Lições de literatura russa

F☀SF☀R☀

VLADIMIR NABOKOV

Lições de literatura russa

edição, introdução e notas
FREDSON BOWERS

tradução
JORIO DAUSTER

7 INTRODUÇÃO
Fredson Bowers

23 Escritores, censores e leitores russos

39 Nikolai Gógol (1809-1852)
39 *Almas mortas* (1842)
90 "O capote" (1842)

99 Ivan Turguêniev (1818-1883)
109 *Pais e filhos* (1862)

138 Fiódor Dostoiévski (1821-1881)
153 *Crime e castigo* (1866)
158 *Memórias do subsolo* (1864)
171 *O idiota* (1868)
174 *Os demônios* (1872)
179 *Os irmãos Karamázov* (1880)

185 Liev Tolstói (1828-1910)
185 *Anna Kariênina* (1877)
289 *A morte de Ivan Ilitch* (1884-1886)

298 Anton Tchekhov (1860-1904)
311 "A dama do cachorrinho" (1889)
320 "No fundo do barranco" (1900)
339 Notas sobre *A gaivota* (1896)

356 Maksim Górki (1868-1936)
364 "Na balsa" (1895)

367 Filisteus e filistinismo
373 A arte da tradução
382 L'envoi

384 ÍNDICE ONOMÁSTICO
393 SOBRE O AUTOR

Introdução

FREDSON BOWERS

Segundo seu próprio relato, em 1940, antes de iniciar a carreira acadêmica nos Estados Unidos, Vladimir Nabokov felizmente se deu "ao trabalho de escrever cem lições — cerca de 2 mil páginas — de literatura russa. [...] Isso me manteve feliz em Wellesley e Cornell durante vinte períodos escolares".* Tudo indica que tais lições (cada qual cuidadosamente calculada para durar os cinquenta minutos das aulas nas universidades americanas) foram escritas entre sua chegada aos Estados Unidos, em maio de 1940, e sua primeira experiência como professor em um curso de verão sobre literatura russa, em 1941, na Universidade Stanford. No semestre iniciado no outono de 1941, Nabokov começou a trabalhar regularmente como professor do Wellesley College, onde ele era o próprio departamento de russo, inicialmente dando aulas de língua e gramática para logo depois criar o curso Russo 201, em que se estudava a literatura russa em tradução para o inglês. Em 1948, ele se transferiu para a Universidade Cornell como professor assistente de literatura eslava, dando os cursos Literatura 311-312 (Mestres da ficção europeia) e Literatura 325-326 (Literatura russa em tradução).

Os escritores russos apresentados neste livro parecem ter feito parte da lista, que ocasionalmente se alterava, dos autores estudados nos cursos Mestres da ficção europeia e Literatura russa em tradução.

* Nabokov, Vladimir. *Strong Opinions*. Nova York: McGraw-Hill, 1973, p. 5.

No curso Mestres, em geral Nabokov dava aulas sobre Jane Austen, Gógol, Flaubert, Dickens e — vez por outra — Turguêniev; no segundo semestre, estudava Tolstói, Stevenson, Kafka, Proust e Joyce.* As lições referentes a Dostoiévski, Tchekhov e Górki reproduzidas neste volume são do curso Literatura russa em tradução, o qual, de acordo com Dmitri, filho de Nabokov, também incluía autores russos menores, cujas anotações não foram preservadas.**

Depois que o sucesso de *Lolita* permitiu que, em 1958, abandonasse o magistério, Nabokov planejou publicar um livro com base em suas diversas lições de literatura russa e europeia. Nunca iniciou o projeto, embora catorze anos antes seu breve livro sobre Nikolai Gógol houvesse incorporado, de forma revisada, as aulas relativas a *Almas mortas* e "O capote". Em dado momento, ele contemplou um livro escolar sobre *Anna Kariênina*, mas, após ter trabalhado no texto por algum tempo, desistiu de levá-lo adiante. O presente volume preserva tudo que nos veio de seus próprios manuscritos das lições referentes aos autores russos.

Há diferenças na apresentação do material com relação ao método que Nabokov adotou para os autores tratados no volume sobre a literatura europeia. No caso dos escritores europeus, Nabokov não se preocupou com os aspectos biográficos, nem mesmo tentando esboçar para seus alunos uma descrição superficial das obras dos autores que não fizeram parte do curso. As lições se concentravam exclusivamente nas obras estudadas. Em contraste, para a literatura russa a fórmula habitual consistiu em apresentar um resumo biográfico seguido de uma lista abreviada dos outros trabalhos do autor, só

---

* As lições de Nabokov sobre autores europeus não russos foram publicadas em *Lectures on Literature*. Nova York: Harcourt Brace Jovanovich/Bruccoli Clark, 1980; Londres: Weidenfeld & Nicolson, 1981.

** Dmitri Nabokov relaciona os seguintes autores como tendo sido estudados durante os anos em Cornell: Púchkin, Jukóvski, Karamazin, Griboedov, Krilov, Liérmontov, Tiutchev, Derjávin, Avvakum, Batiuchkov, Gneditch, Fonvízin, Fet, Leskov, Blok e Gontcharov. Se todos tiverem sido incluídos em um único curso, deve ter se tratado de um rápido levantamento. Na primavera de 1952, na qualidade de professor visitante em Harvard, Nabokov fez uma palestra apenas sobre Púchkin, presumivelmente baseada no material que vinha coletando para sua edição de *Evguêni Oniéguin*.

então passando ao exame em profundidade da obra principal a ser analisada. Pode-se presumir que essa abordagem acadêmica tradicional caracterizou os primeiros ensinamentos de Nabokov em Stanford e Wellesley porque, a julgar por comentários esparsos que fez, ele entendia que os alunos não tinham o menor conhecimento da literatura russa. Daí por que a fórmula então usada costumeiramente nas universidades lhe tenha parecido a mais apropriada para familiarizar os estudantes com novos autores e uma civilização estranha. Ao ministrar o curso Mestres da ficção europeia em Cornell, ele já havia desenvolvido uma abordagem mais individual e mais sofisticada, tal como se observa nas lições sobre Flaubert, Dickens ou Joyce, conquanto aparentemente nunca tenha alterado de forma substancial o roteiro escrito das lições que deu em Wellesley ao ministrá-las em Cornell. Entretanto, uma vez que conhecia sobejamente a literatura russa, é possível que, em Cornell, ele tenha modificado as aulas com um maior número de comentários extemporâneos e tornado menos rígida a apresentação, assim descrita em *Opiniões fortes*: "Embora, no púlpito, eu tivesse desenvolvido um movimento sutil dos olhos para cima e para baixo, nunca houve a menor dúvida na mente dos alunos mais alertas de que eu estava lendo, e não falando de improviso". Na verdade, em algumas das aulas sobre Tchekhov, e em particular naquela sobre *Ivan Ilitch*, de Tolstói, seria de todo impossível ler do manuscrito, uma vez que não há um texto acabado.

Pode-se notar uma diferença ainda mais sutil do que a referente à estrutura. Ao falar sobre os grandes escritores de ficção russos do século 19, Nabokov sentia-se à vontade. Tais autores não apenas representavam para ele o pináculo inalcançável da literatura russa (juntamente com Púchkin, por certo), mas também se contrapunham ao utilitarismo que ele desprezava tanto nos críticos sociais do século anterior quanto, mais acerbamente, nos escritores soviéticos que os sucederam. A palestra pública "Escritores, censores e leitores russos" é bem representativa da postura de Nabokov. Nas aulas, o elemento social presente nas obras de Turguêniev é deplorado e nas de Dostoiévski, ridicularizado, enquanto os trabalhos de Górki são desancados. Assim como nas lições de literatura europeia, Nabokov enfatiza que os alunos não devem ler *Madame Bovary* como uma história da vida burguesa na França provinciana do século 19, ele reserva seus maiores elogios para a recusa de Tchekhov em permitir que o comentário social interfira em suas observações precisas das pessoas tal como o autor as via. Artisticamente, "No fundo do barranco" representa a vida como ela é e as pessoas como elas são, sem a distorção que resultaria da preocupação com o sistema social capaz de gerar tais personagens. Em consequência, nas aulas sobre Tolstói, Nabokov lamenta, com um quê de ironia, que o autor não tenha visto que a beleza dos cachos de cabelo preto no delicado pescoço de Anna era artisticamente mais importante que as opiniões de Lióvin sobre agricultura (similares às de Tolstói). Em todas as suas aulas de literatura, a ênfase nos aspectos artísticos era ampla e constante; entretanto, parece ser mais intensa no tocante aos autores russos porque, para Nabokov, o princípio da qualidade artística combate não apenas os preconceitos do leitor da década de 1950, como ocorre nas aulas de literatura europeia, mas também — o que é mais importante para os escritores — o utilitarismo antagonístico e eventualmente triunfante dos críticos russos do século 19, mais tarde cristalizado no dogma estatal da União Soviética.

O mundo de Tolstói era uma imagem perfeita da pátria que Nabokov perdera. A nostalgia por ele sentida em função do desaparecimento desse mundo e de seus habitantes (ele conhecera Tolstói quando criança) reforça sua ênfase costumeira na apresentação artística da vida na ficção russa em sua idade de ouro, em particular nas obras de Gógol, Tolstói e Tchekhov. No campo da estética, o artístico, naturalmente, não está muito distante do aristocrático, e não há exagero em sugerir que esses dois poderosos traços presentes em Nabokov possam estar por trás de sua repugnância quanto ao que ele considerava o falso sentimentalismo de Dostoiévski. Sem dúvida, alimentam seu desprezo por Górki. Como estava ministrando lições sobre a literatura russa em tradução, Nabokov não podia discutir a importância do estilo em detalhes precisos; mas parece claro que sua antipatia por Górki (independentemente das considerações políticas) se baseava tanto em seu estilo proletário quanto no que julgava ser sua incompetência na apresentação dos personagens e das situações. A pouca admiração de

Nabokov pelo estilo de Dostoiévski também pode ter influenciado em parte a avaliação desfavorável desse autor. São, por sua vez, maravilhosamente eficazes as várias ocasiões em que Nabokov cita Tolstói no original a fim de ilustrar para seus ouvintes os extraordinários efeitos da junção de som e sentido.

A postura pedagógica que Nabokov adota nessas aulas não difere substancialmente da que assume nas de literatura europeia. Sabia estar se dirigindo aos alunos sobre um assunto com que eles tinham pouca familiaridade, devendo por isso incentivá-los a saborear juntos a vida e os personagens complexos de um mundo literário já desaparecido e que Nabokov caracterizava como sendo o Renascimento russo. Para tal fim, utilizou intensamente as citações e as narrações interpretativas selecionadas de modo a tornar inteligíveis aos alunos os sentimentos que eles deviam experimentar durante a leitura, as reações que tais sentimentos deviam despertar e a compreensão da grande literatura baseada numa apreciação aguda e inteligente em vez daquilo que considerava uma estéril teoria crítica. Seu método consistia essencialmente em fazer com que os alunos compartilhassem de seu entusiasmo com a bela escrita, envolvendo-os numa realidade diferente, que é tão mais real por ser uma imagem artística. Trata-se, assim, de aulas muito pessoais, que enfatizam uma experiência a ser dividida. E, naturalmente, por se referirem a assuntos russos, têm de algum modo uma carga de sentimento pessoal maior que a de sua vigorosa apreciação de Dickens, sua capacidade de percepção em Joyce, ou mesmo sua empatia com o escritor Flaubert.

No entanto, isso não significa que essas aulas careçam de análise crítica. Ele é capaz de trazer à tona importantes temas ocultos, como quando indica, em *Anna Kariênina*, os motivos do pesadelo duplo. O fato de que o sonho prenuncia sua morte não é a única coisa importante: em um instante de terrível insight, Nabokov surpreendentemente o associa às emoções que se seguem à conquista de Anna por Vrónski no primeiro encontro adúltero dos dois. E as implicações da corrida de cavalos, na qual Vrónski mata sua montaria Fru-Fru, não são descuradas. É notável a compreensão de que, malgrado a profunda sensualidade amorosa de Anna e Vrónski, as emoções espiritualmente estéreis e egotistas de ambos os condenam, enquanto o casamento de Kitty e Lióvin gera o ideal tolstoiano de harmonia, responsabilidade, ternura, verdade e alegrias no seio da família.

Nabokov tem fascínio pelos arranjos temporais de Tolstói. Ele concede ser um mistério sem solução o modo como o autor consegue fazer coincidir completamente seu senso de tempo com o do leitor, produzindo uma realidade fundamental. A forma como Tolstói joga com as ações dos casais Anna-Vrónski e Kitty-Lióvin em matéria de tempo é examinada em grande e interessante detalhe. Ele indica como a apresentação feita por Tolstói dos pensamentos de Anna enquanto atravessa Moscou no dia de sua morte antecipa a técnica de fluxo de consciência de James Joyce. Também não perde de vista pormenores estranhos, assinalando que os dois oficiais no regimento de Vrónski representam o primeiro retrato da homossexualidade na literatura moderna.

Nabokov é incansável ao ilustrar como Tchekhov fez com que as coisas ordinárias tivessem um valor supremo para o leitor. Apesar de criticar em Turguêniev a banalidade das biografias dos personagens, que interrompem a narrativa, e a relação do que acontece com todos após o fim da história propriamente dita, Nabokov é capaz de apreciar a delicadeza de suas breves e vívidas apresentações, bem como o estilo modulado e sinuoso, que compara com "um lagarto numa parede encantado pelo Sol". Se a sentimentalidade de Dostoiévski o ofende, como na sua raivosa descrição, em *Crime e castigo*, de Raskólnikov e da prostituta debruçados sobre a Bíblia, ele preza seu humor extravagante; e sua conclusão de que, em *Os irmãos Karamázov*, um autor que poderia ser um grande dramaturgo luta em vão com a forma do romance é uma percepção notável.

A distinção de um grande professor, assim como de um crítico, está em ser capaz de atingir o nível do autor em uma obra-prima. Em especial nas aulas sobre Tolstói, que oferecem a leitura mais estimulante e constituem o âmago deste livro, Nabokov vez por outra se une a ele em um nível vertiginoso de experiência imaginativa. A descrição interpretativa com a qual ele guia o leitor através da história de *Anna Kariênina* é por si só uma obra de arte.

A mais valiosa contribuição que Nabokov fez a seus alunos talvez não tenha sido apenas sua ênfase na experiência compartilhada, mas no compartilhamento da experiência com conhecimento de causa. Sendo ele próprio um ficcionista, podia lidar com os escritores analisados em seus terrenos, fazendo com que as histórias e os personagens ganhassem vida graças a sua compreensão daquilo que constitui a arte da escrita. Ao insistir de forma constante na leitura inteligente, ele entendeu que nada se comparava ao domínio dos detalhes pelo leitor como chave para desvendar o segredo de como funcionam as obras-primas. Suas notas acerca de *Anna Kariênina* são um tesouro de informação que enriquece a compreensão da vida íntima do romance. Essa apreciação científica, embora também artística, do detalhe, característica de Nabokov como escritor, constitui em última análise o cerne de seu método de ensino. Ele assim resumiu seu entendimento: "Nos meus tempos de professor, esforcei-me para oferecer aos alunos de literatura a informação exata sobre os detalhes, sobre as combinações de detalhes que produzem a centelha sensual sem a qual um livro é algo morto.* Nesse sentido, as ideias de caráter geral não têm a menor importância. Qualquer imbecil pode assimilar os pontos principais da atitude de Tolstói com respeito ao adultério; porém, a fim de desfrutar da sua arte, o bom leitor precisa querer visualizar, por exemplo, as acomodações em um vagão do trem noturno que fazia a ligação entre Moscou e Petersburgo cem anos atrás".

---

* Sobre essa passagem, John Simon observa: "Mas Nabokov efetivamente exige, malgrado toda a sua rejeição da realidade crua — 'esses personagens farsescos e fraudulentos chamados Fatos' —, uma vigorosa aparência de realidade, que, como ele próprio teria dito, não é o mesmo que similitude. Tal como afirmou numa entrevista, a menos que se conheçam as ruas da Dublin de Joyce e como era o vagão-dormitório do expresso Petersburgo-Moscou em 1870, não é possível entender *Ulysses* e *Anna Kariênina*. Em outras palavras, o escritor faz uso de algumas realidades específicas, porém apenas como isca a fim de prender os leitores numa irrealidade maior — ou realidade maior — de sua ficção" ("The Novelist at the Blackboard". *The Times Literary Supplement*, Londres, 24/4/1981, p. 458). Naturalmente, se o leitor não compreende e assimila esse detalhe, ele permanecerá fora da realidade imaginativa da ficção. É bem verdade que, sem a explicação de Nabokov das condições em que Anna fez aquela funesta viagem para Petersburgo, certos temas de seu pesadelo não podem ser compreendidos.

E ele continuou: "Para isso, os diagramas são muito úteis".* Por tal razão temos seu diagrama, traçado no quadro-negro, das viagens de ida e volta feitas por Bazárov e Arkádi em *Pais e filhos*, e seu desenho da planta do vagão-dormitório no qual Anna viajou de Moscou para Petersburgo no mesmo trem que levava Vrónski. O vestido que Kitty teria usado para patinar é reproduzido a partir de uma ilustração de moda contemporânea. Temos dissertações sobre como se jogava tênis, o que os russos comiam no café da manhã, no almoço e no jantar, assim como a que horas. Esse respeito pelos fatos é digno de um cientista e, juntamente com a compreensão do escritor acerca das complexas trilhas de paixão que percorrem uma grande obra de imaginação, é característica essencial de Nabokov e uma das maiores virtudes das presentes lições.

Tal é o método de ensino, mas dele resulta uma cálida sensação de experiência compartilhada entre Nabokov e o ouvinte-leitor, que reage com alegria à transmissão de seu entendimento obtido por meio das emoções — um dom que só possuem os críticos que são também grandes artistas literários. Essas aulas nos ensinam que a magia da literatura, tão intensamente sentida por Nabokov, tem como propósito dar prazer. Isso foi confirmado quando, na primeira aula de Literatura 311 em Cornell, em setembro de 1953, Vladimir Nabokov pediu aos alunos que explicassem por escrito por que haviam se inscrito no curso. Na aula seguinte, relatou com satisfação que um aluno respondera: "Porque gosto de histórias".

MÉTODO EDITORIAL

Cumpre reconhecer que os textos aqui apresentados correspondem às notas de aula escritas por Vladimir Nabokov, não podendo ser consideradas um produto literário acabado como os que ele produziu ao rever as anotações sobre Gógol para publicá-las em forma de li-

---

* Nabokov, Vladimir. *Strong Opinions*, op. cit., pp. 156-7.

vro.* As notas de aula revelam estágios muito diferentes de preparação e polimento, quando não de estrutura. A maior parte está escrita à mão, com trechos ocasionais (em geral as introduções biográficas) datilografados por sua esposa, Vera, a fim de ajudá-lo a dar as aulas. O grau de preparação varia de notas preliminares em manuscrito para as aulas sobre Górki a abundante material datilografado a respeito de Tolstói, aparentemente planejado para fazer parte de uma longa introdução geral às aulas sobre *Anna Kariênina* retrabalhadas como um livro didático. (Os apêndices ao ensaio sobre *Anna Kariênina* consistem em material preparado para a edição de Nabokov.) Os textos datilografados são frequentemente modificados por ele, que acrescenta novos comentários à mão ou revê frases a fim de aprimorá-las. Dessa forma, as páginas datilografadas tendem a ser mais escorreitas que as manuscritas. Em poucos casos estas últimas parecem ter sido passadas a limpo, porém em geral dão a impressão de ser composições iniciais, com frequência bastante modificadas durante a escrita e as revisões posteriores.

Alguns textos incluídos nas pastas de aulas claramente são meras anotações preliminares, feitas nos estágios iniciais de preparação e não utilizadas, ou, quando consideravelmente revistas, mais tarde incorporadas aos ensaios. Outros textos independentes são mais ambíguos, não sendo sempre possível determinar se refletem ampliações feitas ao longo dos anos e em locais diferentes a partir da série básica de Wellesley (aparentemente não muito modificada, com exceção de Tolstói, para as aulas ministradas em Cornell) ou simples anotações para ser incorporadas em uma futura revisão. Sempre que factível, esse material que não constituiu parte evidente da preparação foi preservado e incluído nos textos das aulas em lugar apropriado.

A transformação desses manuscritos em material de leitura suscita dois problemas: um, estrutural; outro, estilístico. Do ponto de vista estrutural, a ordem da apresentação, ou a organização das aulas sobre qualquer um dos autores, em geral não causa maiores dificul-

---

* O ensaio acerca de Gógol aqui reproduzido foi extraído de: Nabokov, Vladimir. *Nikolai Gogol*. Norfolk: New Directions, 1944.

dades, porém surgem alguns problemas, em especial no que tange às aulas sobre Tolstói, compostas de uma série de seções separadas. Não fica claro, por exemplo, se Nabokov tencionava terminar a história de Anna antes de mergulhar na narrativa sobre Lióvin com a qual pensava encerrar a aula, ou se a trama entre Anna e Vrónski deveria abrir e fechar a série, tal como apresentado no presente livro. Igualmente, é difícil dizer se as *Memórias do subsolo* deveriam encerrar a série de aulas sobre Dostoiévski ou se seguir a *Crime e castigo*. Assim, mesmo em um ensaio como o dedicado a *Anna Kariênina*, no qual é possível encontrar algumas preparações preliminares com vista à publicação, a organização proposta está sujeita a dúvidas legítimas. O problema se intensifica na aula referente a *A morte de Ivan Ilitch*, para a qual só existem notas fragmentárias. Entre esses dois extremos se situa a série sobre Tchekhov, que está apenas parcialmente organizada. A seção dedicada ao conto "A dama do cachorrinho" se encontra bem desenvolvida, porém "No fundo do barranco" está representado apenas por notas singelas com instruções sobre as páginas a ser lidas. O manuscrito referente à peça teatral *A gaivota* não constava das pastas sobre as aulas, mas parece pertencer à série. É bastante elementar, porém deve ter recebido a aprovação de Nabokov, pois o início foi datilografado e uma anotação em russo se refere à continuação do texto.

Em algumas aulas, foi necessário fazer um ligeiro rearranjo quando havia dúvidas sobre a progressão das notas. Em certas páginas existem folhas isoladas com observações de Nabokov — vez por outra, pequenos ensaios independentes, mas com frequência notas ou esboços. Foram todos integrados editorialmente aos textos no esforço de preservar ao máximo as opiniões de Nabokov sobre os autores, suas obras e a arte da literatura em geral.

As citações tinham lugar de destaque no método de ensino de Nabokov como meio de transmitir aos alunos suas ideias acerca da qualidade literária. Ao elaborar a presente edição a partir das aulas, o método de Nabokov foi seguido, com raros cortes em casos de citações demasiado longas, pois elas são de fato muito úteis para relembrar o livro ao leitor ou apresentá-lo a um novo leitor guiado pelas mãos competentes de Nabokov. Em consequência, as citações obedecem comumente às instruções específicas de Nabokov para que se leiam determinadas passagens (quase sempre também assinaladas na cópia levada por ele à sala de aula), permitindo que o leitor participe como se estivesse presente na condição de ouvinte. A fim de facilitar essa mescla entre o texto e a citação, dispensou-se o emprego de aspas em cada inclusão, de modo que, excetuados os sinais de abertura e fechamento, a distinção entre a citação e o texto foi deliberadamente atenuada. Quando isso se mostrou útil, o editor ocasionalmente acrescentou citações para ilustrar as descrições ou explanações de Nabokov, em especial quando não estão disponíveis as cópias dos livros que ele utilizava em sala de aula e não se conta com as indicações de citações adicionais além daquelas especificadas nas notas.

Dos exemplares usados em sala de aula, só foram preservados os de *Anna Kariênina* e de algumas obras de Tchekhov. Neles estão assinaladas as citações e há notas sobre o contexto, na maior parte dos casos também presentes no texto das aulas; outras notas, contudo, indicam onde Nabokov deve fazer algum comentário sobre o estilo ou o conteúdo de passagens a ser enfatizadas por meio da citação ou da referência oral. Sempre que possível, esses comentários nos exemplares anotados foram adicionados ao texto das aulas nos locais adequados. Nabokov condenava acerbamente as traduções feitas do russo para o inglês por Constance Garnett. Consequentemente, os trechos a ser citados no seu exemplar de *Anna Kariênina* são constantemente entremeados de correções dos erros de tradução ou de suas próprias versões do texto original. As citações no presente livro seguem naturalmente as alterações na tradução como ele as teria lido, mas em geral omitem as amargas observações acerca da incompetência e dos erros de tradução. As aulas sobre Tolstói, talvez por ter sido parcialmente retrabalhadas com vista ao livro planejado, são excepcionais por contar com a reprodução datilografada de muitas das citações como parte do próprio texto, em vez de depender do costume de Nabokov de lê-las no exemplar levado à aula. (Esse exemplar difere, por exemplo, do de *Madame Bovary*, usado em outro curso e abundantemente anotado, porque, após a primeira parte, só algumas passagens de *Anna Kariênina* foram revisadas.) A datilografia das citações suscita alguns problemas porque as mudanças feitas no texto copiado da versão de Garnett nem sempre coincidem com as alterações feitas no texto do exemplar usado nas aulas, sendo tais passagens frequentemente abreviadas. Há também uma seção em separado, presumivelmente destinada a ser publicada, mas não reproduzida aqui, rotulada como correções à edição de Garnett para a primeira parte de *Anna Kariênina*, que, ao se referir aos trechos citados, não coincide nem com o manuscrito nem com o livro anotado. A escolha de um desses três como cópia exclusiva para o texto das citações no presente livro seria parcialmente insatisfatória, pois cada série de revisões parece ter sido feita sem referência às demais. Nessas condições, onde a prioridade cronológica tem pouca ou nenhuma importância, considerou-se mais útil fornecer ao leitor o máximo de modificações que Nabokov fez na versão de Garnett usando o manuscrito abreviado como norma, mas introduzindo livremente em seu texto outras alterações efetuadas no exemplar da sala de aula ou na lista datilografada.

Nabokov tinha aguda consciência da necessidade de adaptar as lições ao tempo de aula disponível, não sendo raras as anotações da hora em que aquele ponto determinado deveria ser alcançado. No texto da aula, diversas passagens e mesmo frases específicas são postas entre colchetes. Alguns desses colchetes parecem indicar que a matéria poderia ser omitida caso o tempo não fosse suficiente. Outros podem representar matérias passíveis de ser excluídas mais devido a seu conteúdo ou relevância do que às restrições de tempo; na verdade, algumas dessas dúvidas postas entre colchetes foram posteriormente eliminadas, do mesmo modo que outras tiveram sua condição alterada quando os colchetes foram substituídos por parênteses. Todo esse material não eliminado foi fielmente reproduzido sem os colchetes, que perturbariam a leitura. Naturalmente, as omissões são respeitadas, exceto em alguns casos em que pareceu ao editor que a matéria houvesse sido removida por questões de tempo ou, às vezes, de posição, quando então o trecho omitido foi transferido para um contexto mais apropriado. Por outro lado, certos comentários de Nabokov dirigidos exclusivamente aos alunos, geralmente acerca de assuntos pedagógicos, foram suprimidos como inconsistentes com os objetivos de uma edição dedicada à leitura, mas que, de toda forma, preserva o sabor da apresentação verbal de Nabokov durante as aulas. Entre tais omissões, podem-se mencionar observações do tipo "Vocês todos se recordam de quem *ela* era" ao comparar Anna Kariênina a Atena, ou seu pedido aos alunos para que desfrutassem da cena patética da visita de Anna ao filho que fazia dez anos, ou o fato de soletrar o nome de Tiutchev com um "u" longo (que soa, segundo ele, como "o gorjeio de um passarinho engaiolado", um comentário digno de ser preservado), ou observações para uma plateia pouco sofisticada em sua análise da estrutura de Tolstói: "Eu sei que sincronização [*synchronization*] é uma palavra grande, de cinco sílabas, mas podemos nos consolar com o pensamento de que tinha seis sílabas alguns séculos atrás. Aliás, não vem de *sin* [pecado], mas de *syn* [prefixo grego que significa *junto*] — e significa arranjar os eventos de modo a indicar que eles ocorrem ao mesmo tempo".

Entretanto, alguns desses comentários de sala de aula foram mantidos quando não se mostraram inadequados a um público de leitores mais sofisticados, assim tendo sido feito com respeito à maior parte das instruções.

Estilisticamente, a maioria desses textos não representa de nenhuma forma o que teria sido a linguagem e sintaxe de Nabokov caso os tivesse escrito para constar de um livro, pois existe uma notável diferença entre o estilo geral das notas de aula e o apuro técnico de suas palestras públicas. Uma vez que a publicação sem revisão não havia sido contemplada quando Nabokov escreveu tais lições e as anotações para leitura em classe, seria extremamente pedante tentar transcrever os textos verbatim, em todos os seus detalhes, a partir dos manuscritos às vezes encontrados em forma bruta. O editor de um texto para ser lido em voz alta deve ter a permissão de lidar mais livremente com inconsistências, enganos ocasionais e transcrições incompletas, inclusive a necessidade de adicionar trechos abreviados em conexão com as citações. Por outro lado, nenhum leitor desejará contar com um texto manipulado que, de modo impertinente, buscasse "aperfeiçoar" aquilo que foi escrito por Nabokov mesmo nas seções pouco trabalhadas. Assim, uma vez firmemente rejeitada a abordagem sintética, a linguagem de Nabokov foi reproduzida com fidelidade, exceto pela omissão acidental de palavras e repetições descabidas que resultaram frequentemente de revisões incompletas.

As correções e modificações foram efetuadas discretamente. Desse modo, as únicas notas de rodapé são do próprio Nabokov ou vez por outra um comentário editorial acerca de pontos de interesse, tal como o aparecimento de alguma nota isolada no texto da lição, seja nos manuscritos ou no exemplar anotado para uso em sala de aula. Foram omitidas as indicações sobre a mecânica das aulas, muitas delas em russo, assim como sobre a duração das vogais a ser pronunciadas e a acentuação de sílabas em certos nomes e palavras incomuns. Também não há notas de rodapé que interrompam o fluxo da apresentação a fim de assinalar a inserção de algum trecho específico pelo editor.

A transliteração de nomes russos para o inglês suscitou um pequeno problema, pois Nabokov não se mostrou sempre consistente a esse respeito; mesmo ao fazer uma lista dos nomes na primeira parte de *Anna Kariênina*, presumivelmente para a projetada publicação das lições sobre Tolstói, as grafias transliteradas nem sempre coincidem com as adotadas em seus próprios manuscritos, ou mesmo internamente na lista. As citações dos textos dos tradutores de outros autores também introduzem uma série de sistemas diferentes. Em tais condições, pareceu melhor fazer uma transliteração revista dos nomes em russo em todas essas lições segundo um sistema consistente que foi acertado e conduzido num esforço conjunto entre o professor Simon Karlinsky e a sra. Vladimir Nabokov, merecedora de nossos melhores agradecimentos.

L'envoi é extraído das derradeiras observações de Nabokov aos alunos antes de discutir em detalhe a natureza e as exigências do exame final. Nessas observações, ele afirma ter descrito no início do curso o período da literatura russa que vai de 1917 a 1957. Essa aula inaugural não foi preservada entre os manuscritos, exceto talvez pela única folha que serve como epígrafe para o presente livro [ver a próxima página].

As edições dos exemplares que Nabokov utilizou em classe foram selecionadas por seu baixo custo e fácil disponibilidade. Nabokov admirava, além das traduções do russo para o inglês feitas por Bernard Guilbert Guerney, apenas as de poucos outros.*

✳

O organizador e editor deste livro agradece a Simon Karlinsky, professor de línguas eslavas da Universidade da Califórnia| Berkeley, por sua cuidadosa revisão das lições de Nabokov e por seus conselhos sobre as transliterações [para o inglês]. A ajuda do professor Karlinsky foi fundamental na preparação desta obra.

---

* As edições que Nabokov empregou foram as seguintes: Tolstói, Liev. *Anna Karenina.* Nova York: Modern Library, 1930; Yarmolinsky, Avrahm (org.). *The Portable Chekhov.* Nova York: Viking Press, 1947; Guerney, Bernard Guilbert (org.). *A Treasury of Russian Literature.* Nova York: Vanguard Press, 1943.

É difícil evitar o lenitivo da ironia e o luxo do desprezo ao examinar a imundície em que mãos submissas, tentáculos obedientes comandados pelo polvo inchado do Estado, conseguiram transformar essa coisa ardente e fantasticamente livre que é a literatura. Além disso, aprendi a valorizar minha repugnância por saber que, me mantendo tão indignado, preservo o que posso do espírito da literatura russa. Depois do direito de criar, o direito de criticar é a maior dádiva que podem oferecer a liberdade de pensamento e a de expressão. Vivendo como vivem em liberdade, com a abertura espiritual de que gozam desde o nascimento, vocês talvez possam tomar as histórias de vida nas prisões em terras longínquas como relatos exagerados, propalados por fugitivos ofegantes. Pessoas para quem escrever e ler livros é sinônimo de ter e de manifestar opiniões individuais dificilmente poderão acreditar que existe um país onde, por quase um quarto de século, a literatura se limitou a ilustrar os anúncios de uma empresa de traficantes de escravos. No entanto, se não creem na existência de tais condições, podem pelo menos imaginá-las e, ao fazê-lo, entenderão, com nova pureza e orgulho, o valor de livros de verdade, escritos por homens livres para ser lidos por homens livres.*

VLADIMIR NABOKOV

* Esta é uma página sem título, com o número dezoito, que parece representar tudo o que resta de um levantamento introdutório sobre a literatura soviética acrescentado por Vladimir Nabokov a suas lições sobre os grandes escritores russos.

Escritores, censores e leitores russos

A "literatura russa" como noção, como ideia imediata, limita-se geralmente, para os que não são russos, à consciência de que surgiram naquele país meia dúzia de grandes mestres da prosa entre meados do século 19 e a primeira década do século 20. Tal noção é mais ampla na mente dos leitores russos, pois incluiu, além dos romancistas, certo número de poetas intraduzíveis; de todo modo, a mente dos nativos permanece focada no firmamento resplandecente do século 19. Em outras palavras, "literatura russa" é um evento recente. É também um evento restrito, e os estrangeiros tendem a considerá-la algo completo, algo terminado para sempre. Isso se deve em especial à pobreza da literatura tipicamente regional gerada durante as últimas quatro décadas sob o regime soviético.

Certa vez, calculei que o que há de reconhecidamente melhor na ficção e na poesia russas produzidas desde o começo do século passado monta a cerca de 23 mil páginas em caracteres normais. É evidente que nem a literatura francesa nem a inglesa podem ser tratadas de forma tão compacta. Elas se espalham por muitos séculos mais, com um número formidável de obras-primas. Isso me traz ao primeiro ponto que desejo ressaltar. Se excluirmos uma única obra-prima medieval, a característica muitíssimo cômoda da prosa russa é que ela cabe por inteiro na ânfora de um único século — com um jarrinho de creme adicional fornecido para guardar a sobra que tenha vindo depois. Um século, o 19, foi suficiente para que um país praticamente sem nenhuma tradição literária criasse uma literatura que, em matéria de valor artístico, amplitude de influência e tudo o mais exceto volume, se equipara à gloriosa produção da Inglaterra ou da França, embora as obras-primas nesses países tenham começado a aparecer muito antes. Esse milagroso fluxo de valores estéticos em uma civilização tão jovem não teria sido possível se a Rússia do século 19 não houvesse atingido, com a mesma velocidade incomum e em todas as outras ramificações do crescimento espiritual, um grau de cultura que, mais uma vez, se mostrou comparável ao dos países mais antigos do Ocidente. Bem sei que o reconhecimento dessa cultura exibida no passado pela Rússia não é parte integral da noção que têm os estrangeiros da história russa. A questão da evolução do pensamento liberal na Rússia antes da Revolução foi totalmente obscurecida e distorcida no exterior devido à astuta propaganda comunista nas décadas de 1920 e 1930. Usurparam a honra de haver civilizado a Rússia. É, no entanto, também verdadeiro que nos dias de Púchkin ou Gógol a grande maioria da nação russa permanecia exposta ao frio, sob um véu de neve que caía lentamente do lado de fora das janelas iluminadas em tons de âmbar, sendo este o trágico resultado do fato de que uma refinada cultura europeia havia chegado rápido demais a um país famoso por seus infortúnios, famoso pela miséria de incontáveis seres humildes — mas essa é outra história.

Ou talvez não. Ao esboçar a história da literatura russa recente ou, mais precisamente, ao definir as forças que lutaram para possuir a alma dos artistas, eu poderei, caso tenha sorte, me valer da profunda empatia que pertence a toda arte autêntica devido ao abismo que separa seus valores eternos dos sofrimentos de um mundo turvo — esse mundo, com efeito, não pode ser culpado por considerar a literatura um luxo ou um brinquedo, a menos que possa ser utilizada com um guia prático para os dias atuais.

Para qualquer artista, é um consolo que, em um país livre, ele não seja forçado a produzir guias práticos. Ora, desse ponto de vista limitado, a Rússia do século 19 era estranhamente um país livre: livros e autores podiam ser proibidos e exilados, censores podiam ser patifes ou tolos, czares bigodudos podiam bater pé e se enfurecer, porém essa maravilhosa descoberta dos tempos soviéticos, o método de fazer com que todos os literatos escrevam o que o Estado julga apropriado — esse método era desconhecido na velha Rússia, embora sem dúvida muitos estadistas reacionários tivessem a esperança de encontrar tal instrumento. Um determinista convicto é capaz de argumentar que, entre uma revista em um país democrático que pressiona financeiramente seus colaboradores para fazê-los jorrar o que é exigido pelo assim chamado público leitor — entre isso e a pressão mais direta que um Estado policial exerce a fim de que o autor molde seu romance em torno de uma mensagem política adequada, pode-se argumentar que há unicamente uma diferença de grau; todavia, esse não é o caso, pela simples razão de que há muitos periódicos e filosofias em um país livre, mas apenas um governo em uma ditadura. Trata-se de uma diferença qualitativa. Se eu, um escritor norte-americano, decidir escrever um romance nada convencional sobre, digamos, um ateu feliz, um bostoniano independente que se casa com uma bela moça negra, também ateia, tendo muitos filhos que são uns agnósticos bonitinhos, e vive uma vida bela e feliz até completar 106 anos, quando então morre misericordiosamente em pleno sono — é bem possível que, malgrado seu grande talento, sr. Nabokov, sentimos [nesses casos não achamos, e sim sentimos] que nenhuma casa editorial americana se arriscaria a publicar tal livro simplesmente porque nenhum livreiro desejaria tê-lo em sua loja. Essa seria a opinião do editor, e todo mundo tem o direito de ter uma opinião. Ninguém me exilaria para as geleiras do Alasca se eu afinal conseguisse que meu livro sobre o ateu feliz saísse por uma firma obscura e experimental; por outro lado, os autores nos Estados Unidos nunca recebem ordens do governo para produzir magníficos romances acerca das delícias da livre-iniciativa e das orações matinais. Na Rússia, antes do domínio soviético havia restrições, porém não se davam ordens aos artistas. Eles tinham a certeza — aqueles escritores, compositores e pintores do século 19 — de que viviam em um país em que havia a opressão e a escravatura, mas gozavam de algo que só agora pode ser apreciado, a saber, a imensa vantagem, com relação a seus netos na Rússia moderna, de não ser compelidos a dizer que não existiam a opressão e a escravatura.

Das duas forças que lutavam simultaneamente pela posse da alma do artista, dos dois críticos que avaliavam seu trabalho, o primeiro era o governo. Ao longo do último século, o governo soube perfeitamente que qualquer coisa notável e original em matéria de pensamento criativo era uma nota dissonante e um passo rumo à Revolução. A vigilância do governo em sua forma mais pura foi expressa com perfeição pelo czar Nicolau I nas décadas de 1830 e 1840. Sua frígida personalidade marcou a época muito mais que o filistinismo dos soberanos seguintes, e seu apego à literatura teria sido comovente se de fato viesse do coração. Com incrível perseverança, ele tentou ser tudo com relação aos escritores de então — de uma só vez pai, padrinho, babá, ama de leite, carcereiro e crítico literário. Independentemente das virtudes que possa ter demonstrado nas suas funções majestáticas, cumpre admitir que, no relacionamento com a Musa russa, ele foi, na pior das hipóteses, um fanfarrão malvado e, na melhor, um palhaço. O sistema de censura por ele criado durou até a década de 1860, abrandou-se com as grandes reformas daqueles anos, voltou a se firmar nos últimos decênios do século, foi desmobilizado durante um curto período na primeira década do século 20 para então ressurgir de forma sensacional e assustadora após a Revolução nas mãos dos soviéticos.

Na primeira metade do século 19, agentes de governo intrometidos, chefes de polícia que achavam que Byron era um revolucionário italiano, velhos e pretensiosos censores, certos jornalistas a soldo do governo, a silenciosa Igreja (embora sensível e desconfiada), essa combinação de monarquismo, preconceito e administração parasítica perturbava bastante o autor, mas também lhe proporcionava o prazer de aguilhoar e ridicularizar o governo de mil maneiras sutis e deliciosamente subversivas, com as quais a estupidez governamental era de todo incapaz de lidar. Um idiota pode ser um freguês perigoso, porém o fato de ter um teto tão vulnerável transforma o perigo num esporte de primeira classe; e, fossem quais fossem os defeitos da velha administração na Rússia, deve-se admitir que ela possuía uma virtude excepcional — a falta de cérebro. Em certo sentido, a tarefa do censor se fazia mais difícil por ele ter de deslindar intrincadas alusões políticas em vez de simplesmente lutar contra a obscenidade ostensiva. Com efeito, sob o czar Nicolau I um poeta precisava ser cuidadoso, e as imitações de Púchkin dos modelos franceses indecorosos, como Parny ou Voltaire, eram facilmente esmagadas pela censura. Mas a prosa era virtuosa. A literatura russa não tinha a tradição renascentista da franqueza escancarada, como era o caso de outras literaturas, e até hoje os romances russos primam pela castidade. E, naturalmente, a literatura russa do período soviético é o suprassumo da pureza. Por exemplo, não se pode imaginar um russo escrevendo O *amante de Lady Chatterley*.

Por isso, a primeira força que combatia o artista era o governo. A segunda força que manietava o autor russo do século 19 era a crítica utilitária, antigovernamental e preocupada com as questões sociais, os pensadores radicais da época com suas doutrinas políticas e cívicas. Cumpre enfatizar que — em termos de cultura geral, honestidade, aspirações, atividade mental e virtude humana — esses homens eram incomensuravelmente superiores aos canalhas a soldo do governo ou aos velhos e confusos reacionários que se acotovelavam em torno do trêmulo trono. O crítico radical estava preocupado exclusivamente com o bem-estar do povo e considerava tudo — literatura, ciência, filosofia — apenas como meios para melhorar a situação social e econômica dos desfavorecidos, assim como para reformar a estrutura política do país. Ele era incorruptível, heroico, indiferente às privações do exílio, mas também indiferente aos encantos da arte. Esses homens que lutaram contra o despotismo — Bielínski na década de 1840, os obstinados Tchernichévski e Dobroliúbov das duas décadas seguintes, Mikhailóvski, o maçante bem-intencionado, e dezenas de outros homens decididos e honestos — podem todos ser agrupados sob um rótulo: radicalismo político afiliado aos velhos pensadores sociais franceses e aos materialistas alemães, prenunciando o socialismo revolucionário e o pétreo comunismo de anos recentes, que não devem ser confundidos com o liberalismo russo em seu verdadeiro sentido, idêntico à democracia civilizada na Europa Ocidental e nos Estados Unidos. Consultando os jornais das décadas de 1860 e 1870, fica-se pasmo ao verificar as ideias violentas que esses homens foram capazes de manifestar em um país governado por um monarca absoluto. No entanto, com todas aquelas virtudes, os críticos radicais eram um empecilho tão grande à arte quanto o governo. Governo e revolução, o czar e os radicais, ambos eram filisteus em matéria de arte. Os críticos radicais pelejavam contra o despotismo, porém desenvolveram um despotismo próprio. As exigências, os encorajamentos, as teorias que eles tentaram implementar eram tão irrelevantes para a arte quanto o convencionalismo governamental. O que cobravam dos autores era uma mensagem social e nada de tolices, pois, do ponto de vista deles, um livro só era bom na medida em que tinha utilidade prática para o bem-estar da população. Havia uma falha desastrosa no fervor daquelas pessoas. Advogavam com audácia e sinceridade a liberdade e a igualdade, porém contradiziam seu próprio credo ao desejar subjugar as artes às questões políticas do momento. Se, na opinião dos czares, os autores deviam ser súditos do Estado, na opinião dos críticos radicais os escritores deviam ser súditos das massas. As duas linhas de pensamento estavam fadadas a se encontrar e juntar forças quando por fim, em nossos dias, um novo tipo de regime, a síntese da tríade hegeliana, combinou a ideia das massas com a ideia do Estado.

Um dos melhores exemplos do entrechoque entre o artista e seus críticos nas décadas de 1820 e 1830 é o caso de Púchkin, o primeiro grande escritor russo. A administração, sob o comando pessoal do czar Nicolau, ficou irritadíssima com aquele homem que, em vez de ser um bom súdito do Estado como funcionário menor e louvar as virtudes convencionais em seus escritos profissionais (se é que tinha mesmo de escrever), compunha versos extremamente arrogantes, extremamente independentes e extremamente maliciosos, nos quais uma perigosa liberdade de pensamento era evidente na novidade de sua versificação, na audácia de suas fantasias sensuais e na propensão a ridicularizar tiranos de maior ou menor envergadura. A Igreja deplorava sua frivolidade. Agentes policiais, altas autoridades, críticos pagos pelo governo classificaram o poeta como um versejador superficial e, como ele se recusava terminantemente a utilizar sua pena para copiar documentos banais em uma repartição governamental, Púchkin, um dos europeus mais cultos de sua época, foi chamado de ignorante por algum condezinho ou de palhaço por algum general de meia-tigela. Em suas tentativas de sufocar o gênio de Púchkin, o Estado recorreu ao exílio, à censura feroz, à constante perseguição, ao aconselhamento paternal e por fim a uma atitude favorável aos vilões locais que terminaram por forçá-lo a se engajar em um duelo fatal com um miserável aventureiro da França monarquista.

No entanto, os críticos radicais eram imensamente influentes pois, apesar da monarquia absoluta, conseguiam manifestar suas opiniões revolucionárias e esperanças em periódicos de grande tiragem. Tendo florescido nos últimos anos da curta vida de Púchkin, eles sentiam imensa irritação por aquele homem que, em vez de ser um bom súdito do povo e das causas sociais, escrevia poemas extremamente sutis, extremamente independentes e extremamente imaginativos acerca de qualquer coisa sobre a face da Terra, a própria variedade de seus interesses de algum modo reduzindo o valor da intenção revolucionária que poderia ser discernida em suas tiradas eventuais, demasiado eventuais, contra grandes e pequenos tiranos. A audácia de sua versificação era deplorada como um adorno aristocrático; seu distanciamento artístico entendido como um crime social; escritores medíocres mas sólidos pensadores políticos condenavam sua superficialidade poética. Nas décadas de 1860 e 1870, críticos famosos, os ídolos da opinião pública, ridicularizaram Púchkin e proclamaram enfaticamente que um bom par de botas era muito mais importante para o povo russo que todos os Púchkins e Shakespeares do mundo. É chocante a terrível similaridade entre os adjetivos utilizados pelos extremistas radicais com relação ao maior poeta da Rússia e aqueles usados pelos monarquistas extremados.

O caso de Gógol nas décadas de 1830 e 1840 foi um pouco diferente. Primeiro, devo dizer que sua peça *O inspetor geral* e seu romance *Almas mortas* são produtos de sua fantasia, de pesadelos particulares habitados por seus próprios e incomparáveis seres imaginários. Não são nem poderiam ser uma imagem da Rússia de seu tempo porque, além de outras razões, ele praticamente não conhecia o país; na verdade, ele não foi capaz de escrever a continuação de *Almas mortas* por não possuir informações suficientes e pela impossibilidade de usar as criaturinhas de sua imaginação para produzir uma obra realista que pudesse contribuir para aprimorar os padrões morais da Rússia. Mas os críticos radicais viram na peça e no romance uma acusação ao suborno, à vulgaridade, à injustiça governamental, à escravidão. Atribuíram uma intenção revolucionária à obra de Gógol, e ele, um tímido cidadão cumpridor de seus deveres e com muitos amigos influentes no Partido Conservador, ficou tão alarmado com as coisas que tinham sido detectadas em seus escritos que, nas obras subsequentes, se esforçou para provar que a peça e o romance, longe de ser revolucionários, na realidade se conformavam à tradição religiosa e ao misticismo que ele mais tarde esposou. Quando jovem, Dostoiévski foi banido e quase executado pelo governo por seu engajamento político, porém na maturidade, quando exaltou as virtudes da humildade, da submissão e do sofrimento, foi assassinado na imprensa pelos críticos radicais. E esses mesmos críticos atacaram violentamente Tolstói por retratar o que eles caracterizavam como travessuras românticas de moçoilas e cavalheiros aristocráticos, enquanto a Igreja o excomungou por ter a ousadia de desenvolver uma crença religiosa própria.

Acredito que esses exemplos são suficientes. Pode-se dizer, sem grande exagero, que quase todos os grandes escritores russos do século 19 tiveram de atravessar esse estranho e duplo purgatório.

E então o maravilhoso século 19 chegou ao fim. Tchekhov morreu em 1904, Tolstói em 1910. Surgiu uma nova geração de escritores, um clarão final, um surto febril de talento. Nas duas décadas que precederam a Revolução, o modernismo na prosa, na poesia e na pintura floresceu brilhantemente. Andrei Biéli, um precursor de James Joyce; Aleksandr Blok, o simbolista; e vários outros poetas de vanguarda entraram no palco iluminado. Quando, menos de um ano após a Revolução Liberal, os líderes bolchevistas derrubaram o regime democrático de Kerenski e inauguraram seu reino de terror, a maior parte dos escritores russos foi para o exterior; alguns, como o poeta futurista Maiakóvski, permaneceram. Os observadores estrangeiros confundiram a literatura progressista com a política progressista, e essa confusão foi prontamente confiscada, promovida e mantida viva pela propaganda soviética fora do país. Na verdade, Lênin era um filisteu em matéria de arte, um burguês, e desde o começo o governo soviético lançou as bases para uma literatura convencional e profundamente conservadora, com características primitivas e políticas, além de estar sujeita ao controle da polícia. O governo soviético, com uma admirável franqueza, em tudo diferente das tentativas medrosas, mornas e confusas da velha administração, proclamou que a literatura era um instrumento do Estado; e, durante os últimos quarenta anos, essa feliz união entre o poeta e o policial tem sido mantida de forma muito inteligente. O resultado é a assim chamada literatura soviética, uma literatura convencionalmente burguesa em estilo e invariavelmente monótona em sua tímida interpretação dessa ou daquela ideia governamental.

É interessante meditar sobre a circunstância de que não há diferença real entre aquilo que os fascistas do mundo ocidental queriam da literatura e o que os bolchevistas querem. Permitam-me citar: "A personalidade do artista devia se desenvolver de forma livre, sem restrições. Uma coisa, porém, exigimos: reconhecimento de nossas crenças". Assim falou um dos maiores nazistas, o dr. Rosenberg, ministro da Cultura da Alemanha de Hitler. Outra citação: "Todo artista tem o direito de criar livremente; mas nós, comunistas, devemos guiá-lo de acordo com nosso plano". Assim falou Lênin. Ambas são citações textuais, e sua semelhança seria muito engraçada se toda a situação não fosse tão trágica.

"Guiamos suas penas" — esta, então, foi a lei fundamental baixada pelo Partido Comunista, da qual deveria fluir uma literatura "vital". O corpo redondo da lei tinha delicados tentáculos dialéticos: o passo seguinte consistiu em planejar o trabalho do escritor tão completamente quanto o sistema econômico do país, prometendo-lhe o que os funcionários comunistas denominaram, com um sorrisinho matreiro, "uma variedade infinita de temas" porque cada curva da estrada econômica e política implicava uma visão literária: num dia, a lição seria "fábricas"; no outro, "fazendas"; mais à frente, "sabotagem"; depois, "o Exército Vermelho", e assim por diante (que variedade!), com o romancista soviético, ofegante, correndo de um hospital-modelo para uma mina-modelo ou barragem-modelo, sempre morrendo de medo de que, se não fosse suficientemente ágil, poderia louvar um decreto soviético ou um herói soviético que já teria sido abolido no dia da publicação do livro.

Durante quarenta anos de domínio absoluto, o governo soviético nunca perdeu o controle das artes. Vez por outra, o parafuso é afrouxado por algum tempo para ver o que acontece, e se fazem algumas tímidas concessões à expressão individual. Quando isso ocorre, os estrangeiros otimistas aclamam como um protesto político o novo livro, por mais medíocre que ele seja. Conhecemos todos esses enormes sucessos de venda, *All Quiet on the Don*, *Not by Bread Possessed* e *Zed's Cabin** — montanhas de banalidades, planaltos de platitudes, que são ditas "poderosas" e "convincentes" pelos resenhistas estrangeiros. Mas, infelizmente, mesmo se o escritor soviético atingisse um nível literário comparável a, digamos, Upton Lewis — isso para não mencionar nome algum —, ainda assim não se alteraria o triste fato de que o governo soviético, a mais conformista organização na face da Terra, não pode permitir que existam a busca individual, a coragem criativa, o novo, o original, o difícil, o estranho. E não nos deixemos enganar pelo desaparecimento natural de ditadores idosos. Nada mudou na filosofia do Estado quando Lênin foi substituído por Stálin, e nada mudou agora com a ascensão de Kruschev ou Kruschov ou como quer que ele se chame. Permitam-me citar o que ele disse sobre literatura numa recente reunião do partido (junho de 1957): "A atividade criativa no domínio da literatura e da arte deve ser impregnada do espírito da luta em prol do comunismo, instilar nos corações

---

* O autor faz aqui uma fusão de títulos de livros, conforme traduzidos para o inglês: *All Quiet on the Western Front* (No Brasil: *Nada de novo no front*, 1929), de Erich Maria Remarque, e *Quiet Flows the Don* (*O Don silencioso*, 1925-1940), saga de Mikhail Sholokhov; *Not by Bread Alone* (*Nem só de pão vive o homem*, 1956), de Vladimir Dudintsev, e *The Possessed* (*Os possessos*, 1872), de Dostoiévski; no terceiro caso, mais enigmático, é possível que ele faça referência tanto a *Doctor Zhivago* (*Doutor Jivago*, 1957), de Boris Pasternak, quanto a *Uncle Tom's Cabin* (*A cabana do Pai Tomás*, 1852), o famoso romance antiescravagista de Harriet Beecher Stowe. "Zed" é como se pronuncia em inglês a letra z. Adiante, empregando procedimento semelhante, mescla propositalmente os escritores Upton Sinclair e Sinclair Lewis. (N.T.)

o entusiasmo e a força das convicções, deve desenvolver a consciência socialista e a disciplina de grupo". Adoro esse estilo grupal, essas entonações retóricas, essas perorações didáticas, essa avalanche de clichês jornalísticos.

Uma vez que se estabelece um limite para a imaginação e a vontade do autor, todo romance proletário precisa ter um final feliz, com o triunfo dos soviéticos, razão pela qual o escritor é confrontado com a terrível tarefa de gerar uma trama interessante quando o desfecho é oficialmente conhecido pelo leitor por antecipação. Num livro de suspense anglo-saxão, o vilão é geralmente punido enquanto o homem forte e silencioso em geral conquista a moça frágil e tagarela, porém não há nenhuma lei governamental nos países do Ocidente proibindo uma história que não obedeça à tão querida tradição. Por isso, sempre temos a esperança de que o sujeito malvado mas romântico escapará ileso e o indivíduo bom mas chato será no final rejeitado pela volúvel heroína.

Todavia, o autor soviético não goza de igual liberdade. Seu epílogo está dado por lei, e o leitor sabe disso tão bem quanto o escritor. Como, então, pode ele manter sua plateia em suspenso? Bem, foram descobertas algumas maneiras. Em primeiro lugar, uma vez que a ideia do final feliz não se refere aos personagens, e sim ao Estado policial, e uma vez que o Estado soviético é o verdadeiro protagonista de qualquer romance soviético, podemos ter alguns personagens menores — apesar de bons bolcheviques — sofrendo uma morte violenta desde que a ideia do Estado Perfeito triunfe no final; com efeito, alguns autores espertos ajeitaram as coisas de tal modo que na última página a morte do herói comunista representa o triunfo da ideia comunista de felicidade: morro para que viva a União Soviética. Esse é um modo — embora perigoso, pois o autor pode ser acusado de matar o símbolo juntamente com o homem, o rapaz no convés em chamas juntamente com toda a Marinha. Se ele for cauteloso e astuto, fará com que o comunista que encontra o fim trágico tenha alguma pequena fraqueza, um ligeiro — ligeiríssimo — desvio político ou traço de ecletismo burguês, os quais, sem afetar a carga emocional de suas proezas e de sua morte, serão legalmente suficientes para justificar seu desastre pessoal.

Um hábil autor soviético cuida também de juntar alguns personagens envolvidos no estabelecimento de uma fábrica ou fazenda da mesma forma como um escritor de livros de mistério congrega pessoas numa casa de campo ou num trem onde está para ocorrer um assassinato. Na história soviética, a ideia do crime tomará a forma de algum inimigo secreto que busca perturbar os trabalhos e os planos do empreendimento soviético em causa. E, assim como no enredo criminal de praxe, os vários personagens serão mostrados de modo que o leitor não tenha certeza absoluta se o sujeito severo e melancólico é realmente mau e se o indivíduo bem-falante e socialmente apto é realmente bom. Nosso detetive é aqui representado pelo operário idoso que perdeu um olho na Guerra Civil ou uma jovem esplendidamente saudável que foi enviada pela matriz a fim de investigar por que a produção de algum artigo está caindo em ritmo tão alarmante. Os personagens — digamos, os operários de uma fábrica — são selecionados com vista a exibir todas as nuances de consciência do papel do Estado, alguns sendo realistas leais e honestos, outros guardando recordações românticas dos primeiros anos após a Revolução, outros mais sem instrução ou experiência mas com grande intuição bolchevique. O leitor observa a ação e o diálogo, bem como esta ou aquela pista, tentando descobrir quem entre eles é sincero e quem tem um lado sombrio a esconder. A trama ganha em intensidade e, atingido o clímax quando o vilão é desmascarado pela moça forte e silenciosa, descobrimos o que talvez houvéssemos suspeitado — que o homem responsável por destruir a fábrica não é o feio e velho trabalhador incapaz de pronunciar corretamente os lemas marxistas, louvada seja sua alminha bem-intencionada, mas o sujeito melífluo e bom conhecedor da filosofia marxista; e seu segredo é que o primo da sua madrasta era sobrinho de um capitalista. Já vi romances nazistas fazerem o mesmo em bases raciais. Além dessa semelhança estrutural com os mais comezinhos romances de mistério, cabe notar o ângulo "pseudorreligioso". O velhinho operário que prova ser uma figura admirável é uma paródia obscena do pobre de espírito que, graças à força de sua alma e de sua fé, herdará o Reino dos Céus, enquanto o brilhante fariseu vai para aquele outro lugar. Nessas circunstâncias, é muito engraçado o tema romântico nos livros soviéticos. Tenho aqui dois exemplos colhidos ao acaso. Primeiro, uma passagem do romance de Antonov intitulado *O grande coração*, publicado em capítulos em 1957:

"Olga estava em silêncio.

— Ah — exclamou Vladimir. — Por que você não pode me amar como eu te amo?

— Eu amo meu país — ela disse.

— Eu também — ele exclamou.

— E há algo que eu amo ainda mais — Olga continuou, afastando--se dos braços do rapaz.

— De que se trata? — ele perguntou.

Olga deixou que seus límpidos olhos azuis pousassem sobre ele, respondendo rapidamente:

— É o Partido."

Meu outro exemplo é de um romance de Gladkov, *Energiya* [Energia]:

"Ivan, o jovem operário, pegou a broca. Tão logo sentiu a superfície do metal, ficou agitado, um tremor de excitação percorreu seu corpo. O ruído ensurdecedor da broca fez com que Sônia se afastasse dele com um sobressalto. Depois ela pousou a mão em seu ombro e tocou de leve na mecha de cabelo que lhe caía sobre a orelha. [...]

Olhou então para ele, e o bonezinho que se equilibrava sobre os cachos de seu cabelo zombou de Ivan e o provocou. Foi como se uma descarga elétrica tivesse transpassado o corpo de ambos no mesmo instante. Ele soltou um profundo suspiro e segurou o aparelho mais firmemente."

Espero haver descrito com mais desdém do que pena as forças que lutaram pela alma do artista no século 19 e a opressão final que a arte sofreu no Estado policial soviético. No século 19, os gênios não apenas sobreviveram, mas prosperaram, porque a opinião pública era mais forte do que qualquer czar e porque, de outro lado, o bom leitor se recusava a ser controlado por ideias utilitárias dos críticos progressistas. Atualmente, como a opinião pública na Rússia foi totalmente esmagada pelo governo, o bom leitor talvez ainda exista por lá, em algum lugar em Tomsk ou Atomsk, porém sua voz não é ouvida, sua dieta é supervisionada e sua mente, divorciada das mentes de seus irmãos no exterior. Seus irmãos — este é o ponto: pois da mesma forma como a família universal de escritores bem-dotados transcende as fronteiras nacionais, de igual modo o leitor bem-dotado é uma figura universal, não sujeita às leis espaciais ou temporais. É ele — o bom leitor, o leitor excelente — que várias vezes salvou o artista de ser destruído por imperadores, ditadores, sacerdotes, puritanos, filisteus, moralistas políticos, agentes policiais, inspetores postais e cabotinos. Deixem--me definir esse leitor admirável. Ele não pertence a nenhuma nação ou classe específicas. Nenhum tutor de consciências ou clube de livros podem gerenciar sua alma. Sua abordagem de uma obra de ficção não é governada pelas emoções juvenis que fazem com que o leitor medíocre se identifique com este ou aquele personagem e "pule as descrições". O bom leitor, o leitor admirável, não se identifica com o mocinho ou a mocinha no livro, mas com a mente que o concebeu e compôs. O leitor admirável não busca informações acerca da Rússia num romance russo, pois sabe que a Rússia de Tolstói ou Tchekhov não é a Rússia histórica, mas um mundo específico imaginado e criado pela genialidade de um indivíduo. O leitor admirável não está interessado em ideias gerais, e sim na visão particular. Gosta do romance não porque o ajuda a acompanhar o grupo (usando um clichê diabólico da Escola Nova); gosta do romance porque absorve e compreende cada detalhe do texto, aprecia o que o autor desejava que fosse apreciado, sorri gostosamente para si próprio e se encanta com as ilusões mágicas do mestre em falsificações, do criador de fantasias, do mago, do artista. Na verdade, de todos os personagens que um grande artista cria, seus leitores são os melhores.

Num retrospecto sentimental, o leitor russo de outras eras me parece ter sido um modelo para qualquer outro leitor, assim como os escritores russos foram modelos para escritores em outra língua. Ele iniciaria sua carreira encantadora ainda bem cedo, apaixonando-se por Tolstói ou Tchekhov na infância, a ponto de a babá ter de arrancar *Anna Kariênina* de suas mãos dizendo: "Ah, deixe eu te contar com minhas próprias palavras!" (*Dai-ka, ia tebe rasskazhu svoimi slovami* [*slovo = palavra*]). É assim que o bom leitor aprendeu a se guardar dos tradutores de obras-primas condensadas, dos filmes idiotas sobre os irmãos Kariênin, de todos os outros meios de adular os preguiçosos e esquartejar os mestres.

Em suma, gostaria de enfatizar mais uma vez que não devemos buscar a alma da Rússia nos romances russos: procuremos ali o gênio individual. Contemplemos a obra-prima, não a moldura — e não a cara das outras pessoas que estão olhando para a moldura.

O leitor russo na velha Rússia civilizada certamente sentia orgulho de Púchkin e de Gógol, mas sem dúvida era igualmente orgulhoso de Shakespeare ou Dante, de Baudelaire ou Edgar Allan Poe, de Flaubert ou Homero, e esta era a sua força. Tenho certo interesse pessoal no assunto, porque, se meus pais não houvessem sido bons leitores, eu dificilmente estaria aqui hoje, falando dessas questões nesta língua. Sei bem que há muitas coisas tão importantes quanto a boa escrita e a boa leitura, mas em todas essas coisas é melhor ir direto à essência, ao texto, à fonte, ao âmago — e só então elaborar as teorias que possam seduzir o filósofo, o historiador ou apenas o espírito da época. Os leitores nascem livres e devem permanecer assim; o curto poema de Púchkin ["À maneira de Pindemonte"] com que fecharei minha palestra se aplica não somente aos poetas, mas também àqueles que amam os poetas.

> I value little those much vaunted rights
> that have for some the lure of dizzy heights;
> I do not fret because the gods refuse
> to let me wrangle over revenues,
> or thwart the wars of kings; and 'tis to me
> of no concern whether censors cramp
> the current fancies of some scribbling scamp.
> These things are words, words, words. My spirit fights
> for deeper Liberty, for better rights.
> Whom shall we serve — the people or the State?
> The poet does not care — so let them wait.
> To give account to none, to be one's own
> vassal and lord, to please oneself alone,
> to bend neither one's neck, nor inner schemes,
> nor conscience to obtain some thing that seems

power but is a flunkey's coat; to stroll
in one's own wake, admiring the divine
beauties of Nature and to feel one's soul
melt in the glow of man's inspired design
— that is the blessing, those are the rights!*

[Tradução para o inglês de Vladimir Nabokov]

Texto lido no Festival de Artes da Universidade Cornell, em 10 de abril de 1958

---

* Pouco me importam esses direitos tão alardeados/ que a alguns atraem como alturas vertiginosas;/ não me irrito porque os deuses se recusam/ a me deixar lutar por melhor paga/ ou impedir as guerras dos reis; e a mim/ não importa que a imprensa seja livre para enganar pobres coitados,/ ou se os censores sufocam as fantasias de algum canalha que escreva./ Essas coisas não passam de palavras, palavras, palavras. Meu espírito batalha/ por liberdade maior, por melhores direitos./ A quem devemos servir — ao povo ou ao Estado?/ O poeta não se importa — eles que esperem./ Não responder a ninguém, ser seu próprio/ vassalo e senhor, só agradar a si mesmo./ Não curvando a espinha, nem sua vontade íntima,/ nem a consciência para obter algo que se pareça com/ o poder mas é a libré de um lacaio; andar/ a seu bel-prazer, admirando as divinas/ belezas da natureza e sentindo a alma/ derreter no calor dos desígnios inspirados do homem/ — esta é a bênção, estes são os direitos!

Nikolai Gógol (1809-1852)

ALMAS MORTAS (1842)

Ao verem em *Almas mortas* e *O inspetor geral* uma condenação da *poshlust** típica da Rússia provinciana, burocrática e escravocrata, os críticos russos com preocupações sociais se enganaram redondamente. Os personagens de Gógol apenas por acaso são senhores de terras e funcionários russos, enquanto os cenários onde atuam e sua condição social constituem fatores totalmente sem importância — assim como Monsieur Homais poderia ser um homem de negócios em Chicago, ou a sra. Bloom, a esposa de um professor em Vichni-Volotchok. Além disso, o meio em que viviam e as condições sociais, quaisquer que fossem na "vida real", sofreram tamanhas alterações e reconstituições no laboratório do talento peculiar de Gógol que (como já se observou em relação à peça *O inspetor geral*) é tão inútil analisar *Almas mortas* em busca de um pano de fundo autenticamente russo como seria tentar fazer uma ideia da Dinamarca com base naquele probleminha ocorrido na nebulosa Elsinor. E, se alguém quer "fatos", então precisamos conhecer qual experiência Gógol tinha da vida nas províncias russas. Oito horas numa hospedaria em Podolsk

---

* Palavra inventada por Nabokov como um trocadilho que une *posh* (gíria para elegante, fino) e *lust* (luxúria) a partir do russo *poshlost*, que significa uma mistura de vulgaridade, mediocridade, complacência, pretensão social e arrogância moralista. (N.T.)

e uma semana em Kursk, o resto sendo visto da janela de seu vagão ferroviário. A isso se juntam as recordações de sua juventude passada essencialmente na Ucrânia — em Mirgorod, Nejin, Poltava —, todas essas cidades bem longe do itinerário de Tchitchikov. O que parece verdadeiro, contudo, é que *Almas mortas* oferece ao leitor atento uma coleção de almas mortas e inchadas que pertencem a *poshliaki* e *poshliachki* (respectivamente homens e mulheres que exibem o *poshlust*) descritas com o elã e a riqueza de detalhes estranhos que são típicos de Gógol e elevam a obra ao nível de um tremendo poema épico. E "poema" é na verdade o sutil subtítulo aposto pelo autor a *Almas mortas*. Há algo de lustroso e rechonchudo na *poshlust*, e esse falso brilho, essas curvas suntuosas atraíram o artista em Gógol. O imenso e esférico *poshliak* (singular da palavra) Pável Tchitchikov comendo um figo no fundo do copo de leite que bebe para aplacar a garganta, ou rebolando com a camisola de dormir no meio do quarto enquanto os objetos nas estantes balançam em resposta à sua dança lacedemônia (que termina com ele atingindo o fofo traseiro — seu verdadeiro rosto — com o rosado calcanhar do pé nu, desse modo sendo impelido para o genuíno paraíso das almas mortas), essas são visões que transcendem as variedades menores de *poshlust* discerníveis no tedioso ambiente provinciano ou nas mesquinhas injustiças dos funcionários de baixo nível. Mas um *poshliak*, mesmo com as dimensões colossais de Tchitchikov, inevitavelmente tem alguma falha, uma fresta através da qual se pode enxergar o verme, o imbecil que se encolhe no fundo daquele vazio *"poshlustiano"*.

Desde o início, havia algo de idiota na ideia de comprar almas mortas — almas de servos que tinham morrido desde o último censo e pelos quais os senhores continuavam a pagar impostos, atribuindo-lhes assim um tipo de existência abstrata que, não obstante, repercutia muito concretamente no bolso do proprietário de terras e podia, de modo também "concreto", ser explorada por Tchitchikov, o comprador daqueles fantasmas. Essa idiotice, tênue mas repulsiva, foi durante certo tempo ocultada por um labirinto de complexas maquinações. Do ponto de vista *moral*, Tchitchikov não era de fato culpado de nenhum crime especial por tentar adquirir homens mortos num país em que homens vivos eram legalmente comprados e dados em penhor. Se pinto meu rosto com azul da Prússia feito em casa, em vez de aplicar o azul da Prússia que é vendido pelo Estado e não pode ser fabricado privadamente, meu crime mal suscitará um breve sorriso, e nenhum escritor fará disso uma tragédia prussiana. Mas se eu tiver cercado de mistério todo o negócio e me gabado de uma esperteza que pressupunha as maiores dificuldades para perpetrar um crime daquele tipo, e se, por deixar que um vizinho falastrão desse uma olhada nas latas de tinta feita em casa, sou preso e maltratado por homens com cara azul autêntica, então eu mereço que riam de mim se assim quiserem. Apesar da irrealidade básica de Tchitchikov em um mundo basicamente irreal, o que ele tem de imbecil é patente porque desde o começo comete erro atrás de erro. Foi uma sandice comprar almas mortas de uma velha que tinha medo de fantasmas; foi uma incrível falha de discernimento sugerir tão estranho negócio para o encrenqueiro e fanfarrão Nozdriov. No entanto, para benefício daqueles que gostam de livros que lhes ofereçam "pessoas reais", um "crime real" e uma "mensagem" (esse horror dos horrores, tomado do jargão dos reformistas charlatães), repito que *Almas mortas* não os satisfará. Como a culpa de Tchitchikov é uma questão apenas convencional, seu destino dificilmente pode provocar alguma reação emocional de nossa parte. Esta é uma razão adicional para nos parecer tão ridiculamente errônea a interpretação de leitores e críticos russos no sentido de que *Almas mortas* era uma descrição realista das condições então existentes. Todavia, quando o legendário *poshliak* Tchitchikov é considerado como deve ser, isto é, como uma criatura com a marca especial de Gógol e que se move numa espécie única de espiral gogoliana, a noção abstrata de uma falcatrua naquele negócio de penhorar almas de servos ganha uma força estranha e começa a significar muito mais do que quando a consideramos à luz das condições sociais peculiares que prevaleciam na Rússia cem anos atrás. As almas mortas que ele está comprando não são apenas nomes num pedaço de papel. São as almas mortas que enchem o ar do mundo de Gógol com o bater de suas duras asas, as *animula* desajeitadas de Manílov ou de Korobotchka, as donas de casa na cidadezinha de N., as inúmeras outras pessoas simples que atravessam o livro sem deixar grandes marcas. O próprio Tchitchikov é simplesmente um representante mal pago do demônio, um caixeiro-viajante do Hades, "nosso caro representante, o sr. Tchitchikov", como poderíamos imaginar que Satã e Cia. Ltda. chamaria seu agente cortês e de aparência saudável, mas por dentro trêmulo e podre. A *poshlust* que Tchitchikov personifica é um dos principais atributos do demônio, em cuja existência, cumpre acrescentar, Gógol acreditava muito mais seriamente do que na de Deus. O ponto fraco na armadura de Tchitchikov, aquele rombo enferrujado do qual emana um cheiro tênue mas pútrido (uma lata furada de lagosta em conserva que foi esquecida por algum idiota intrometido na despensa), é a abertura orgânica na couraça do diabo: a estupidez precípua do *poshlust* universal.

Tchitchikov, condenado desde o início, caminha rumo ao desenlace com um balançar do corpo que só os *poshliaki* e *poshliachki* da cidadezinha de N. são capazes de considerar refinado e agradável. Em momentos importantes, quando se lança num daqueles discursos pomposos (com a voz ligeiramente embargada — o tremolo de "queridos irmãos") que têm por objetivo afogar suas reais intenções num melaço sentimental, ele aplica a si mesmo as palavras "verme desprezível" e, curiosamente, um verme de verdade está corroendo suas entranhas e se torna de repente visível caso forcemos um pouco a vista ao nos darmos conta de sua obesidade. Lembro-me de certo anúncio de pneus na velha Europa em que figurava algo parecido com um ser humano, mas feito inteiramente de círculos concêntricos de borracha; da mesma forma, pode-se dizer que o rotundo Tchitchikov era formado pelas dobras apertadas de um enorme verme cor de carne.

Uma vez visualizado o repelente personagem que acompanha o principal tema do livro, e tendo conectado os diferentes aspectos da *poshlust* que comentei de modo aleatório a fim de caracterizar um fenômeno artístico (o *Leitmotiv* gogoliano sendo a "rotundidade" da *poshlust*), *Almas mortas* deixa de representar uma história humorística ou uma peça de acusação social, podendo a partir de agora ser discutido adequadamente. Por isso, tratemos de examinar o desenho um pouco mais de perto.

✳

"Os portões da hospedaria na cidade governamental de N. [*assim começa o livro*] deixaram passar uma pequena e bem elegante *britzka* sobre molas, do tipo usado por homens solteiros tais como coronéis aposentados, capitães do Estado-Maior, proprietários de terras que possuem uma centena de almas de camponeses — em suma, por todos aqueles que são considerados 'cavalheiros de categoria média'. Sentado na *britzka* estava um senhor cuja aparência não podia ser classificada como bonita, mas também não era desagradável: ele não era corpulento demais nem magro demais; não se podia chamá-lo de velho, como também não cabia defini-lo como ainda jovem. Sua chegada não provocou nenhum alvoroço na cidadezinha e não foi acompanhada de nenhum acontecimento incomum; apenas dois mujiques russos, que se encontravam de pé na porta de uma taverna em frente à hospedaria, fizeram alguns comentários, referindo-se no entanto mais ao coche do que ao seu passageiro.

— Olhe aquela roda ali — disse um deles.

— O que é que você acha, ela aguenta ir até Moscou se for preciso, ou não?

— Aguenta — respondeu o outro.

— E até Kazan? Acho que não aguentaria ir tão longe.

— Não mesmo — respondeu o outro.

Assim, a conversa acabou. Além do mais, quando o coche chegou à porta da hospedaria, por acaso passou um jovem usando calças de sarja branca muito justas e curtas, bem como um casaco de fraque então na moda, debaixo do qual se via o peitilho preso com um alfinete de bronze de Tula em formato de pistola. O jovem virou a cabeça, olhou de volta para a carruagem, segurou o boné que o vento ia arrancando, e seguiu seu caminho."

A conversa dos dois "mujiques russos" (um típico pleonasmo gogoliano) é puramente especulativa — detalhe que as abomináveis traduções de Fisher Unwin e Thomas Y. Crowell obviamente não captaram. É um tipo de meditação ser-ou-não-ser de uma espécie primitiva. Os interlocutores não sabem se a *britzka* vai a Moscou ou não, assim como

Hamlet não se deu ao trabalho de ver se, talvez, não tinha perdido seu punhal. Os mujiques não estão interessados na questão do itinerário preciso que a *britzka* seguirá; o que os fascina é exclusivamente o problema teórico de calcular a instabilidade imaginária de uma roda em termos de distâncias também imaginárias; e esse problema é elevado ao nível de uma abstração sublime porque eles desconhecem a distância exata de N. (um ponto imaginário) até Moscou, Kazan ou Tombuctu — e não se importam com isso. Eles representam a notável faculdade criativa dos russos, tão belamente revelada pela própria inspiração de Gógol, que trabalha num vácuo. A fantasia só é fértil quando é fútil. A especulação dos dois mujiques não se baseia em nada tangível e não conduz a resultados concretos. Mas a filosofia e a poesia nascem assim; críticos presunçosos, em busca de alguma moral, poderiam conjecturar que a rotundidade de Tchitchikov deve levar a um destino trágico, simbolizado pela redondeza da roda duvidosa. Andrei Biéli, que era um opiniático genial, caracterizou toda a primeira parte de *Almas mortas* como um círculo fechado girando em torno de seu eixo e borrando a visão dos raios, com o tema da roda surgindo a cada revolução por parte do redondo Tchitchikov. Outro toque especial pode ser exemplificado pelo transeunte acidental — o jovem retratado com uma repentina e totalmente irrelevante riqueza de detalhes: ele aparece como se fosse permanecer no livro (como muitos dos homúnculos de Gógol parecem desejar — mas em vão). Qualquer outro autor de sua época estaria obrigado a assim iniciar o parágrafo seguinte: "Ivan, pois esse era o nome do jovem...". Mas não: uma rajada de vento interrompe sua olhadela e ele segue em frente, não voltando a ser mencionado. Na passagem seguinte, o indivíduo sem rosto no bar da hospedaria (cujos movimentos são tão rápidos ao receber os recém-chegados que não se podem discernir suas feições) é visto um minuto depois saindo do quarto de Tchitchikov e soletrando o nome num pedaço de papel ao descer a escada: "Pá-vel I-va-no-vitch Tchi-tchi-kov". E tais sílabas têm um valor taxonômico para a identificação dessa específica escada.

Em obras de Gógol como *O inspetor geral*, é um prazer observar esses personagens periféricos que enriquecem a textura do pano de fundo. Em *Almas mortas*, o empregado da hospedaria ou o criado pessoal de Tchitchikov (cujo cheiro especial empesta os aposentos que ocupa) não pertencem a essa classe de homenzinhos. Juntamente com o próprio Tchitchikov e os proprietários de terras que este encontra, eles dividem o palco do livro, embora falem pouco e não tenham influência visível sobre o curso das aventuras de Tchitchikov. Do ponto de vista técnico, a criação de figuras periféricas nas peças teatrais depende sobretudo de algum personagem aludir a pessoas que nunca saíram dos bastidores. Num romance, a falta de ação ou fala por parte de personagens secundários não seria suficiente para lhes conceder esse tipo de existência de bastidores, não havendo luzes da ribalta capazes de acentuar a ausência deles no palco. Gógol, no entanto, tinha outra carta guardada na manga. Os personagens periféricos de seu romance são gerados pelas orações subordinadas de suas diversas metáforas, comparações e tiradas líricas. Defrontamo-nos com o fenômeno notável de ver simples formas de linguagem darem origem a criaturas vivas. Aqui está talvez o exemplo mais típico de como isso ocorre.

"Até mesmo o tempo havia se adaptado ao cenário: o dia não estava claro nem sombrio, exibindo, isto sim, um tom cinza-azulado que só se encontra no uniforme desbotado de soldados rasos, aliás uma classe pacífica de guerreiros exceto por se inebriarem um pouco aos domingos."

Não é fácil reproduzir em outro idioma as curvas dessa sintaxe geradora de vida, de forma a vencer o hiato lógico, ou antes biológico, entre um panorama pouco nítido sob um céu nublado e um soldado grogue se aproximando do leitor com um sonoro soluço nos arrabaldes festivos da mesma frase. O truque de Gógol consiste em usar como elo a palavra *vprotchem* ("de resto", "aliás", "*d'ailleurs*"), que é uma conexão apenas no sentido gramatical, malgrado se faça passar por uma ligação lógica pois somente a palavra "soldados" oferece um tênue pretexto para a justaposição de "pacífica"; e, assim que essa falsa ponte do "aliás" executa sua tarefa mágica, aqueles dóceis guerreiros a atravessam cambaleando e cantando rumo à existência periférica que já conhecemos tão bem.

Quando Tchitchikov vai a uma festa na casa do governador, a menção casual a um cavalheiro vestido de preto girando em torno das mulheres com o rosto empoado sob as luzes feéricas leva a uma comparação aparentemente bastante inocente com moscas zumbindo — e no instante seguinte outra vida desponta:

"As abas pretas dos fraques se agitaram e adejaram, separadamente e em grupos, assim como moscas avoejam sobre reluzentes nacos brancos de açúcar num quente dia de julho quando a velha criada [*cá estamos!*] os corta e divide em torrões cintilantes em frente da janela aberta: todas as crianças [*agora vem a segunda geração!*] observam enquanto se acotovelam em volta dela, olhando com curiosidade os movimentos de suas mãos calejadas enquanto os esquadrões aéreos de moscas que o ar leve [*uma das repetições tão próprias ao estilo de Gógol que anos de trabalho sobre cada passagem não foram suficientes para eliminá-las*] produziu entram voando como inquestionáveis donas da casa [*ou, literalmente, 'proprietárias plenas', 'polnia khoziaiki', que Isabel F. Hapgood, na edição da Crowell, traduziu erroneamente por 'gordas donas de casa'*] e, se aproveitando da miopia da velha mulher e do Sol que lhe incomodava os olhos, pousam sobre as deliciosas guloseimas, aqui separadamente, acolá em densos grupos."

Pode-se notar que, enquanto o tempo nublado e a imagem do soldado bêbado terminam na poeirenta distância suburbana (onde reina Ukhoviortov, arranhando nossos ouvidos), neste caso, no símile das moscas, que é uma paródia da prolixa comparação homérica, descreve-se um círculo completo: após seu complicado e perigoso salto-mortal, sem ter uma rede abaixo dele como outros autores acrobáticos, Gógol consegue se contorcer de volta para o inicial "separadamente e em grupos". Muitos anos atrás, durante um jogo de rúgbi na Inglaterra, vi o magnífico Obolensky chutar a bola para longe e depois, mudando de ideia, mergulhar e pegá-la de volta com as mãos... proeza semelhante à executada por Nikolai Vassilievitch. Desnecessário dizer que tudo isso (na verdade, parágrafos e páginas inteiras) foi omitido pelo sr. T. Fisher Unwin, que, para "a grande alegria" do sr. Stephen Graham (ver o prefácio da edição de 1915, Londres), consentiu em que fosse republicada sua tradução de *Almas mortas*. Aliás, Graham achava que "*Almas mortas* é a própria Rússia" e que Gógol "se tornou um homem rico, podendo passar os invernos em Roma e Baden-Baden".

Os vigorosos latidos dos cachorros que recepcionaram Tchitchikov quando chegou à casa da sra. Korobotchka também se mostram igualmente férteis:

"Enquanto isso, os cães latiam em todos os tons possíveis: um deles, com a cabeça jogada para trás, se permitiu ululações tão conscienciosas como se estivesse sendo regiamente pago por seus esforços; outro ladrou alto e repetidamente, mas do modo rotineiro como o sacristão de sua aldeia badala o sino; entre os dois, se ouvia, como a sineta de uma carruagem dos correios, os agudos persistentes do que era provavelmente um filhote; tudo isso coroado pelos tons graves que pertenciam presumivelmente a um velho animal dotado de implacável disposição canina, pois sua voz era tão rouca quanto a de um baixo profundo num coro de igreja, quando o concerto está chegando ao clímax, com os tenores se pondo na ponta dos pés na ânsia de produzir uma nota alta e todos os demais também curvando a cabeça para trás e erguendo o corpo — e só ele, com o queixo mal escanhoado enfiado no lenço do pescoço, afasta os joelhos, quase desce até o chão e de lá emite a nota que faz tremer e chocalhar os vidros das janelas".

Assim o latido de um cachorro gera um coralista de igreja. Em outro trecho (quando Pável chega à casa de Sobakevitch), nasce um músico de modo mais complicado e que traz à mente o símile entre o céu nublado e o soldado bêbado.

"Ao se aproximar da varanda, ele notou dois vultos que surgiram quase simultaneamente à janela: um pertencia a uma mulher usando uma touca enfeitada com fitas e com um rosto tão estreito e comprido quanto um pepino; a outra, de homem, era uma cara redonda e larga como as abóboras da Moldávia chamadas *gorlianki*, das quais em nossa boa terra se fazem balalaicas leves de duas cordas, adorno e delícia de um lépido e jovem campônio de uns vinte anos e passadas atrevidas que se destaca por assoviar entre os dentes e piscar o olho para as raparigas de peitos brancos e pescoço branco que o rodeiam a fim de ouvi-lo dedilhar as cordas delicadamente." [*Esse jovem labrego foi transformado por Isabel Hapgood em sua tradução no "suscetível jovem de vinte anos que caminha pestanejando com seus modos de dândi".*]

A manobra complicada executada pela frase de modo a que surja um músico de aldeia da cabeça taurina de Sobakevitch percorre três estágios: a comparação de tal cabeça com um tipo especial de abóbora; a transformação dessa abóbora em um tipo especial de balalaica; e por fim a entrega dessa balalaica nas mãos de um jovem aldeão que logo começa a tocar de mansinho sentado num tronco, com as pernas cruzadas (calçando as botas novas em folha) e cercado pelas camponesas e pelos mosquitinhos que chegam com o pôr do sol. Especialmente notável é o fato de que tal digressão lírica foi provocada pela aparição do personagem que pode parecer ao leitor casual o mais realístico e mais pachorrento do livro.

Às vezes, o personagem nascido de uma comparação tem tanta pressa de participar da vida do livro que a metáfora termina num sentimentalismo delicioso:

"Um náufrago, segundo consta, se agarra a qualquer pedacinho de madeira porque, naquele momento, não tem a presença de espírito para refletir que nem mesmo uma mosca poderia flutuar em cima daquela lasca, enquanto ele pesa mais de setenta quilos, se não uns bons noventa."

Quem é esse infeliz banhista, que cresce misteriosamente sem parar, engordando ao se alimentar do tutano de uma metáfora? Nunca saberemos — mas quase deu pé para ele entrar na trama.

O método mais simples que esses personagens periféricos empregam para afirmar sua existência consiste em se aproveitar da maneira como o autor acentua determinada circunstância ou condição ilustrando-a com algum detalhe surpreendente. A figura começa a ter vida própria — tal qual o malicioso tocador de realejo com quem o artista na história "O retrato", de H. G. Wells, lutou, com estocadas e borrões de tinta verde, quando o quadro que vinha pintando ganhou vida e se rebelou. Observem, por exemplo, o final do capítulo 7, que tenciona transmitir as impressões do cair da noite numa pacífica cidadezinha do interior. Tchitchikov, após fechar com êxito sua transação espectral com os proprietários de terras, foi recepcionado pelos maiorais da cidade e vai para a cama muito bêbado: seu cocheiro e seu criado saem de mansinho para fazer uma farra e voltam cambaleantes para a hospedaria, de maneira muito cortês se amparando um no outro, e logo caem no sono também.

"[...] soltando roncos com uma incrível densidade sonora, ecoados pelo fino chiado nasal de seu senhor no quarto ao lado. Logo depois, tudo ficou em silêncio e o sono profundo tomou conta da hospedaria; só uma luz permanecia acesa na pequena janela de um certo tenente que chegara de Riazan e era aparentemente um amante de botas, já tendo adquirido quatro pares e continuando a experimentar um quinto par. Vez por outra ia até a cama como se tencionasse tirá-las para se deitar, porém simplesmente não podia; na verdade, aquelas botas eram bem-feitas e, por bastante tempo, ele ficou girando o pé e inspecionando o arrojado formato de um tacão admiravelmente produzido."

Assim termina o capítulo — e aquele tenente continua a experimentar suas imortais botas de cano alto, e o couro brilha, e a vela arde firme e brilhante na única janela iluminada de uma cidadezinha morta no mais fundo de uma noite estrelada. Não conheço nenhuma descrição mais lírica do silêncio noturno do que essa Rapsódia das Botas.

O mesmo tipo de geração espontânea ocorre no capítulo 9, quando o autor deseja transmitir com força especial a formidável confusão que os rumores relativos à compra de almas mortas causaram em toda a província. Proprietários de terras que durante anos tinham ficado enrodilhados em seus buracos como esquilos de repente abriram os olhos e vieram para fora:

"Apareceram um certo Sisoi Pfnutievitch e um certo Macdonald Karlovitch [*nome estranho, para dizer o menos, mas aqui necessário para sublinhar o absoluto afastamento da vida e a consequente irrealidade de tal pessoa, por assim dizer um sonho dentro de um sonho*], de quem ninguém ouvira falar antes; e um sujeito magro e impossivelmente alto [*no original: 'um sujeito alto, alto, com uma estatura tão alta como nunca se viu'*], com a marca de um tiro na mão [...]".

No mesmo capítulo, Gógol explica longamente que não daria nomes porque "com relação a qualquer nome que se invente, é certo que aparecerá em algum canto de nosso império — grande o suficiente para todos os fins — alguma pessoa que o tenha, e que sem dúvida ficará mortalmente ofendida e declarará que o autor se intrometeu sorrateiramente com o propósito expresso de levantar todos os detalhes". No entanto, Gógol não consegue impedir que as duas volúveis senhoras, que ele põe a tagarelar sobre o mistério de Tchitchikov, divulguem seus nomes como se os personagens de fato escapassem a seu controle e revelassem o que ele queria manter oculto. Aliás, uma das passagens em que essas pessoas sem importância praticamente pululam na página (ou montam na pena de Gógol como uma bruxa cavalgando uma vassoura) nos traz à mente, de forma anacronicamente curiosa, certa entonação e truque de estilo usados por Joyce em *Ulysses* (embora Sterne também tenha empregado o método da pergunta abrupta e resposta pormenorizada).

"Nosso herói desconhecia isso totalmente [*que estava aborrecendo com sua conversa empolada certa jovem num salão de baile*] enquanto continuava a lhe dirigir todas aquelas coisas agradáveis que costumava dizer em ocasiões semelhantes em vários lugares. [*Onde?*] Na província de Simbirsk, na casa de Sofron Ivánovitch Bespetchnói, onde sua filha, Adelaida Sofronovna, também estava presente com as três cunhadas, Mária Gavrilovna, Aleksandra Gavrilovna e Adelheida Gavrilovna; na casa de Frol Vassilievitch Pobedonosnói, na província de Penza; e na de seu irmão, onde estavam presentes a irmã de sua esposa, Katerina Mikhailovna, e as primas Rosa Feodorovna e Emília Feodorovna; na província de Viatka, na casa de Piotr Varsonofievitch, onde a irmã de sua nora, Pelageia Egorovna, estava presente, juntamente com uma sobrinha, Sophia Rostislavna, e duas meias-irmãs, Sophia Aleksandrovna e Maklatura Aleksandrovna."

Alguns desses nomes revelam um curioso traço estrangeiro (neste caso, germânico) que Gógol geralmente emprega para transmitir uma sensação de afastamento e distorção óptica devida ao nevoeiro, estranhos nomes híbridos compatíveis com pessoas disformes ou não totalmente formadas; e, enquanto os proprietários de terras Bespetchnói e Pobedonosnói são, por assim dizer, nomes apenas algo embriagados (significando "Despreocupado" e "Vitorioso"), o último da lista é uma apoteose de absurdo digno de um pesadelo, lembrando vagamente o escocês-russo que já admiramos. É difícil conceber que tipo de mente pode ter visto em Gógol um precursor da "escola naturalista" e "um retratista realista da vida na Rússia".

Não apenas as pessoas, mas as coisas também se prestam a essas orgias nomenclaturais. Atentem para os apelidos que os dirigentes da cidadezinha de N. dão às cartas do baralho. *Tchervi* significa copas, mas seu som é muito parecido com o de "minhocas" e, dada a propensão linguística dos russos de esticar uma palavra ao máximo para lhe dar ênfase emocional, ela se torna *tchervotchina*, que significa "parte central comida por minhocas". *Piki* — espadas, do francês *piques* — se transforma em *pikentia*, que presumo ser um final latino humorístico; ou produzem variantes tais como *pikendras* (falso final grego) ou *pitchura* (nuances ornitológicas), às vezes aumentada para *pitchurichtchuk* (o pássaro se tornando um lagarto antediluviano e assim revertendo a ordem da evolução natural). A absoluta vulgaridade e automatismo desses grotescos apelidos, muitos dos quais inventados pelo próprio Gógol, o atraíram como meio notável de revelar a mentalidade daqueles que os usavam.

✳

A diferença entre a visão humana e a imagem enxergada pelo olho facetado de um inseto pode ser comparada com a diferença entre uma figura em meio-tom feita com a tela mais fina e a fotografia correspondente, tal como representada pela reprodução grosseira utilizada na impressão em jornal. A mesma comparação é válida quando aplicada à maneira como Gógol via as coisas e como as veem o leitor e o escritor medianos. Antes da chegada dele e de Púchkin, a literatura russa era míope. As formas que ela enxergava eram um contorno dirigido pela razão: não via a cor como tal, mas apenas usava as combinações rotineiras em que um adjetivo canino segue o substantivo cego, tal como a Europa herdara dos clássicos. O céu era azul, a aurora, vermelha, a folhagem, verde, os olhos da beleza, negros, as nuvens, cinzentas, e assim por diante. Foi Gógol (e depois dele Liérmontov e Tolstói) que pela primeira vez viu o amarelo e o violeta. Que o céu podia ser de um verde pálido ao amanhecer ou a neve de um rico azul num dia claro teria soado como uma tolice herética para o assim chamado "escritor clássico", acostumado aos esquemas cromáticos rigidamente convencionais da escola francesa de literatura do século 18. Por isso, o desenvolvimento da arte da descrição ao longo dos séculos pode ser tratado com proveito em termos da visão, o olho facetado se tornando um órgão unificado e prodigiosamente complexo, e as tão batidas "cores convencionais" (no sentido de *idées reçues*) mostrando gradualmente seus tons sutis e permitindo aplicações maravilhosas. Para dar o exemplo mais impressionante, duvido que qualquer escritor, e certamente não na Rússia, jamais tenha notado os desenhos móveis de luz e sombra no chão sob as árvores ou os truques de cor que os raios de sol fazem nas folhas. A descrição seguinte do jardim de Pliúchkin em *Almas mortas* chocou os leitores russos tanto quanto Manet fez com os bigodudos filisteus de seu tempo.

"Um amplo e velho jardim se estendia atrás da casa e mais além da propriedade, indo se perder nos campos; embora agreste e malcuidado, parecia ser a única coisa que trazia algum frescor àquela vasta área por ser totalmente pitoresco em sua vívida rusticidade. As copas das árvores, que haviam crescido em liberdade, se uniam acima da linha do horizonte em massas de nuvens verdes e cúpulas irregulares de trêmulas folhagens. O tronco branco e colossal de uma bétula, cujo topo tinha sido arrancado por algum relâmpago ou vendaval, se elevava acima das densas massas verdes e se exibia, liso e redondo, como uma bem-proporcionada coluna de mármore reluzente; a fratura oblíqua e pontiaguda que o coroava em vez do capitel era uma mancha negra, contrastando com sua brancura de neve e assemelhando-se a um boné ou um pássaro escuro. Lianas de lúpulo, depois de estrangularem embaixo os arbustos de sabugos, sorveiras e aveleiras, haviam serpenteado pela crista da cerca até se enroscarem na bétula truncada a meia altura do tronco. A partir dali, se penduraram e já começavam a atingir as frondes de outras árvores ou deixavam balançando de leve ao vento seus ramos entrelaçados e os finos ganchos que usam para subir. Aqui e ali a densa vegetação se abria num clarão de luz solar e mostrava um profundo e escuro nicho, semelhante a tenebrosas mandíbulas escancaradas; todo esse cenário era velado pelas sombras, que só permitiam ver em suas negras profundezas uma trilha estreita, uma balaustrada desmoronada, uma casa de verão em ruínas, o tronco oco de um salgueiro decrépito, um aglomerado espesso de velhas junças despontando por trás do tronco, um emaranhado de gravetos e folhas que haviam perdido a vitalidade naquele mato impenetrável e, por fim, um ramo novo de bordo que projetara para o lado as patas verdes de suas folhas, sob uma das quais um raio de sol conseguira penetrar à socapa, fazendo inesperadamente daquela folha uma maravilha translúcida e resplandecente que ardia na densa escuridão.

Nos confins do jardim diversos grandes álamos se erguiam isolados, sobranceiros, com enormes ninhos de corvos sustentados por seus topos oscilantes. Em algumas dessas árvores, galhos deslocados, mas ainda presos aos troncos, pendiam juntamente com sua folhagem murcha. Em uma palavra, era tudo belo como nem a natureza nem a arte podem criar, como só acontece quando as duas se congregam, com a natureza dando o último retoque de seu cinzel à obra do homem (que na maioria das vezes é mal-acabada), aliviando a volumosa aglomeração e suprimindo tanto sua regularidade grosseiramente óbvia quanto os tristes vazios através dos quais transparece de forma clara o pano de fundo, além de dotar de um maravilhoso calor tudo que cresceu na frieza do traçado artificial e do decoro."

Não afirmo que minha tradução seja particularmente boa ou que sua deselegância corresponda à gramática desordenada de Gógol, mas pelo menos é exata no tocante ao sentido. É divertido observar o despautério em que meus antecessores transformaram essa maravilhosa passagem. Isabel Hapgood, por exemplo, que ao menos tentou traduzi-la *in toto*, comete um erro atrás do outro, transformando a "bétula" russa na não endêmica "faia", "álamos" em "freixos", o "sabugo" em "lilás", o "pássaro escuro" em um "melro", a mandíbula "escancarada" (*ziiavshaia*) em "brilhante" (que seria *siiavshaia*) etc., etc.

✳

Os vários atributos dos personagens contribuem para expandi-los de um modo esférico até as mais remotas regiões do livro. A aura de Tchitchikov é mantida e simbolizada por sua caixa de rapé e seu baú de viagem; por aquela "caixa de rapé de prata e esmalte" que ele oferecia generosamente a todos e no fundo da qual se podiam observar duas violetas lá postas delicadamente por proporcionarem um perfume adicional (da mesma forma como nas manhãs de domingo ele esfregava seu corpo sub-humano e obsceno, tão branco e balofo como o de uma gorda larva comedora de madeira, com água-de-colônia — o último vestígio doentiamente adocicado de suas atividades como contrabandista no passado); pois Tchitchikov é um embuste e um fantasma encobertos por uma grossa e pseudopickwickiana camada de carne, tentando ocultar o fedor miserável do inferno que o impregna (muito pior que o "cheiro natural" de seu rabugento criado) usando perfumes redolentes que agradam ao nariz grotesco dos habitantes daquela cidadezinha de pesadelo. E o baú de viagem:

"O autor tem certeza de que, entre seus leitores, haverá alguns suficientemente curiosos para conhecer o interior desse baú. Desejoso de agradar, ele não vê nenhuma razão para lhes negar tal satisfação. Aqui estão os arranjos internos."

E, sem haver advertido o leitor de que o que se segue não é de forma alguma uma caixa, e sim um círculo do inferno e a contrapartida exata da alma horrivelmente rotunda de Tchitchikov (estando o autor prestes a mostrar as entranhas de Tchitchikov sob as fortes luzes do laboratório de vivissecção), ele assim prossegue:

"No centro há uma saboneteira [*sendo Tchitchikov uma bolha de sabão soprada pelo demônio*]; mais além da saboneteira, seis ou sete estreitos e pequenos interstícios para lâminas de barbear [*as faces gorduchas estavam sempre perfeitamente escanhoadas: um falso querubim*], e então dois nichos quadrados para a caixinha de areia e o tinteiro, com pequenas aberturas redondas para as penas, lacre e todos os objetos mais compridos [*instrumentos do escriba na coleta das almas mortas*]; depois, todo tipo de compartimentos com ou sem tampa, para objetos mais curtos, cheios de cartões de visita, anúncios de funerais, entradas de teatro e outros pedacinhos de papel guardados como suvenires [*os adejos sociais de Tchitchikov*]. A bandeja superior, com seus vários compartimentos, podia ser retirada, e debaixo dela havia um espaço ocupado por pilhas de folhas de papel [*o papel sendo o principal meio de comunicação do demônio*], seguindo-se uma pequena gaveta secreta para o dinheiro. Essa gaveta podia ser aberta, sem chamar atenção, por fora do baú [*o coração de Tchitchikov*]. Sempre aberta e fechada muito depressa por seu dono [*sístole e diástole*], era impossível dizer exatamente quanto dinheiro continha [*nem o autor sabe*]."

Andrei Biéli, seguindo uma dessas pistas inconscientes que só podem ser descobertas nos trabalhos de autênticos gênios, observou que esse baú era a *esposa* de Tchitchikov (impotente como todos os personagens sub-humanos de Gógol) da mesma maneira que a peça de vestuário era a amante de Akáki no conto "O capote", ou o campanário a sogra de Chponka no conto "Ivan Fiódorovitch Chponka e sua tia". Pode-se observar, ademais, que o nome da única proprietária de terras, Korobotchka, significa "caixinha" — na verdade, a "caixinha" de Tchitchikov (trazendo à mente a exclamação de Harpagão: "Ma cassette!", na peça de Molière *O avarento*); e a chegada de Korobotchka à cidadezinha, no momento crucial, é descrita com recurso à imagem de caixinhas, em termos sutilmente similares aos usados para a preparação anatômica da alma de Tchitchikov acima citada. Aliás, o leitor precisa ser alertado para o fato de que uma real apreciação dessas passagens exige que ele esqueça qualquer tipo de tolice freudiana que lhe possa ter sido erroneamente sugerida por essas referências fortuitas a relações conjugais. Andrei Biéli se diverte muito zombando dos solenes psicanalistas.

Notemos, de início, que no começo da passagem que se segue (talvez a mais notável de todo o livro), uma referência à noite gera um personagem periférico da mesma forma que gerou o Amante das Botas.

"Todavia, naquele meio-tempo, enquanto ele [*Tchitchikov*] permanecia sentado na desconfortável poltrona, assaltado por pensamentos perturbadores e pela insônia, maldizendo vigorosamente Nozdriov [*o primeiro a abalar a paz de espírito dos habitantes ao se vangloriar das estranhas atividades comerciais de Tchitchikov*] e todos os seus parentes [*a 'árvore genealógica' que cresce espontaneamente em nossa imprecação nacional*], na tênue luz de uma vela de sebo que ameaçava se apagar a qualquer instante sob a capa negra que havia muito se formara sobre todo o pavio, e enquanto a noite escura olhava cegamente para dentro de sua janela pronta a se tornar azul com a aproximação da aurora, e galos distantes assoviavam uns para os outros à distância [*note-se a repetição de 'distante-distância' e o monstruoso 'assoviavam': Tchitchikov ressonava com um leve assovio nasal ao cochilar, e o mundo se torna indistinto e estranho, o ronco se misturando ao duplamente longínquo cocoricar dos galos, enquanto a própria frase se contorce ao dar à luz um ser quase-humano]*, e em algum local da cidade adormecida surge por acaso um casaco peludo de lã — algum pobre coitado usando esse casaco *[aqui estamos]*, sem posição social conhecida e que só sabia uma coisa *[no texto, o verbo está no feminino para concordar com 'casaco peludo' em russo, o qual, por assim dizer, havia usurpado o lugar do homem]* — aquele caminho *[para a taverna]* que, Deus nos proteja, o povo russo percorre com tanta frequência; naquele meio-tempo *[o 'meio-tempo' do começo da frase]*, na outra extremidade da cidadezinha [...]."

Façamos aqui uma pausa, por um momento, para admirar o solitário passante com o rosto azulado pela barba por fazer e o nariz vermelho, tão diferente em seu triste estado (correspondente à mente perturbada de Tchitchikov) do apaixonado sonhador que se deliciava com suas botas quando o sono de Tchitchikov era tão profundo. Gógol assim continua:

"[...] na outra extremidade da cidadezinha estava acontecendo algo que agravaria ainda mais os apuros de nosso herói. A saber: através de ruas remotas e travessas da cidade rodava um veículo muito estranho a que alguém dificilmente poderia dar um nome exato. Não parecia uma *tarantas [o tipo mais simples de carruagem para viagens]*, nem uma caleça, nem uma *britzka*, sendo na realidade mais semelhante a uma melancia muito redonda e bochechuda posta sobre rodas *[correlação sutil com a caixa do rotundo Tchitchikov]*. As bochechas dessa melancia, isto é, as portas da carruagem, que ainda traziam vestígios de seu antigo verniz amarelo, se fechavam muito mal devido à má conservação das maçanetas e fechaduras, que tinham sido perfunctoriamente presas com barbante. A melancia estava cheia de almofadas de *chintz*, pequenas, compridas e normais, assim como de sacos contendo pães e outros comestíveis tais como *kalatchi [pãozinho em forma de bolsa]*, *kokoorki [pãozinho doce com enchimento de ovo ou queijo]*, *skorodoomski [bolinho cozido de* skoro] *e krendels [um* kalatchi *melhorado, em forma de B, ricamente decorado e condimentado]*. Uma torta de galinha e uma *rassolnik [sofisticada torta de miúdos de ave]* eram visíveis até no teto da carruagem. A boleia na parte de trás era ocupada por um indivíduo que poderia ter sido originalmente um lacaio, vestindo um casaco curto de tecido pontilhado feito em casa, com uma barba por fazer ligeiramente grisalha — o tipo de indivíduo chamado de 'rapaz' (embora possa ter mais de cinquenta anos). O chocalhar e os guinchos das braçadeiras de ferro e dos parafusos enferrujados acordaram uma sentinela policial na outra extremidade da cidadezinha [*mais um personagem é aqui criado no melhor estilo gogoliano*], que, erguendo sua alabarda, despertou com um salto e um poderoso urro de 'Quem vem lá?', mas, dando-se conta de que ninguém estava passando e que somente se ouvia ao longe um leve ruído surdo [*a melancia de sonho entrara na cidade de sonho*], ele capturou um certo animal na gola e, caminhando até perto da lanterna, o matou na unha do polegar [*isto é, amassando-o com a unha do encurvado indicador da mesma mão, o sistema adotado pelos russos para lidar com as avultadas pulgas nacionais*], após o que pôs de lado a alabarda e caiu de novo no sono segundo as regras de seu regimento [*aqui Gógol alcança o coche que deixara escapar enquanto se ocupava com a sentinela*]. Os cavalos vez por outra caíam de joelhos, não apenas por não portar ferraduras, mas também por não estar acostumados com os confortáveis pisos citadinos. A decrépita carruagem, depois de percorrer várias ruas, por fim entrou em um escuro caminho que passava em frente a uma pequena igreja paroquial chamada Nicola-na-Nedotitchkakh e parou diante do portão da *protopopcha* [*mulher ou viúva do padre*]. Uma criada com lenço na cabeça e bem agasalhada desceu da *britzka* [*típico de Gógol: agora que o veículo antes impossível de definir chegou a seu destino, em um mundo comparativamente tangível, se transforma numa espécie precisa de carruagem que ele antes tivera o cuidado de não dizer qual era*] e, usando os dois punhos, bateu nos portões com um vigor que faria inveja a qualquer homem; o 'rapaz' no casaco sarapintado foi forçado a descer um pouco depois, porque dormia o sono dos mortos. Ouviram-se os latidos de cachorros e por fim, abertos de par em par, os portões engoliram, não sem alguma dificuldade, aquele desajeitado meio de transporte. O coche penetrou num pequeno quintal abarrotado de pilhas de lenha, galinheiros e gaiolas de todo tipo; emergiu da carruagem uma senhora; essa senhora era a viúva de um secretário do colegiado e uma proprietária de terras: Madame Korobotchka".

Madame Korobotchka é tão semelhante a Cinderela quanto Pável Tchitchikov é semelhante a Pickwick. A melancia de que ela emerge dificilmente pode ser relacionada à abóbora do conto de fadas. Transforma-se em uma *britzka* logo antes de sua aparição, provavelmente pela mesma razão que o assovio dos galos se torna um ronco sibilante. Pode-se presumir que sua chegada é vista através do sonho de Tchitchikov (enquanto cochila na desconfortável poltrona). Ela de fato chega, porém a aparência de sua carruagem é ligeiramente distorcida por seu sonho (todos os sonhos dele sendo presididos pela memória das gavetas secretas do baú) e, se por fim se verifica que o veículo é uma *britzka*, isso se deve apenas ao fato de que Tchitchikov também chegara nesse tipo de coche. Além de tais transformações, o coche é redondo, porque o balofo Tchitchikov é também uma esfera, e todos os seus sonhos revolvem em torno de um centro permanente; ao mesmo tempo, a carruagem é seu baú arredondado. A disposição interna do coche é revelada com a mesma graduação diabólica do baú. As almofadas alongadas são as "coisas compridas" do baú; os doces especiais correspondem aos mementos frívolos guardados por Pável. Os papéis para anotar os servos mortos que foram adquiridos são estranhamente simbolizados pelo criado no casaco sarapintado; e, do compartimento secreto, o coração de Tchitchikov, sai a própria Korobotchka.

*

Ao examinar os personagens nascidos das comparações, já aludi à tirada lírica que se segue imediatamente ao aparecimento da carantonha do vigoroso Sobakevitch, da qual, como de algum imenso e feio casulo, emerge uma delicada e brilhante mariposa. O fato é que, curiosamente, Sobakevitch, apesar de sua solenidade e corpulência, é o personagem mais poético do livro, coisa que exige alguma explicação. Em primeiro lugar, eis aqui os emblemas e atributos de seu ser (ele é visualizado em termos de móveis).

"Ao se sentar, Tchitchikov passou os olhos pelas paredes e pelos quadros nelas pendurados. Todas as pinturas eram de sujeitos fortões — retratos litográficos de corpo inteiro de generais gregos: Mavrocordato, resplandecente em seu uniforme de calças vermelhas e usando óculos, Miaoulis, Kanaris. Todos esses heróis tinham coxas grossas e bigodes tão prodigiosos que causavam arrepios de medo. No meio desses robustos gregos se havia encontrado lugar, sabe-se lá por quê, para o retrato de um sujeitinho baixo e franzino, Bagration [*famoso general russo*], que ali era visto acima de seus pequenos estandartes e canhões em uma moldura miseravelmente estreita. A seguir vinha outra figura grega, a heroína Bobelina, cuja perna parecia maior que o corpo inteiro de qualquer um desses almofadinhas que enxameiam em nossos salões modernos. O dono, sendo ele mesmo um homem robusto e musculoso, aparentemente queria que sua sala fosse adornada com indivíduos tão robustos e musculosos quanto ele."

Mas seria essa a única razão? Não há algo singular nessa inclinação de Sobakevitch pela Grécia romântica? Não haveria um poeta "baixo e franzino" escondido dentro daquele peito vigoroso? Pois nada naqueles dias provocava maior emoção nos russos de inclinação poética do que a aventura de Byron.

"Tchitchikov deu outra olhada em volta da sala: tudo nela era sólido e difícil de manejar ao extremo, assemelhando-se ao dono da casa. Num canto, uma escrivaninha de nogueira se avantajava sobre suas quatro ridículas pernas — um urso dos bons. Mesa, cadeira, poltrona — tudo era do tipo mais pesado e desconfortável; em uma palavra, cada móvel, cada cadeira, parecia estar dizendo 'eu também sou Sobakevitch!' ou 'eu sou muito parecido com Sobakevitch!'."

O que ele come é digno de um gigante bárbaro. Se há porco, todo o animal precisa ser trazido à mesa; se há carneiro, serve-se uma ovelha inteira; se é ganso, a ave toda tem de estar lá. Sua relação com a comida é caracterizada por uma espécie de poesia primitiva e, se fosse possível falar de uma versificação gastronômica, sua métrica prandial seria homérica. A metade do lombo de carneiro que ele despacha em alguns poucos instantes de sussurrante mastigação, o que devora a seguir — empadões maiores que um prato, um peru do tamanho de um vitelo recheado de ovos, arroz, fígado e outros saborosos ingredientes —, tudo aquilo são símbolos, a crosta externa e os adornos naturais do homem proclamando sua existência com o tipo de rouca eloquência que Flaubert costumava aplicar a seu adjetivo favorito "*hénorme*". Como, em matéria de comida, Sobakevitch é partidário do volume, as geleias extravagantes que sua mulher serve após o jantar são ignoradas por ele, assim como Rodin não se dignaria reparar nos enfeites rococós que encontraria no boudoir de uma dama elegante.

"Nenhuma alma parecia estar presente naquele corpo ou, se de fato ele tinha uma alma, ela não se encontrava no lugar correto, mas, como no caso de Kaschei, o imortal [*personagem horripilante do folclore russo*], morava em algum local mais além das montanhas e estava oculta debaixo de grossa crosta, de modo que nada capaz de se agitar em sua profundeza pudesse causar o menor tremor na superfície."

✳

As "almas mortas" são ressuscitadas duas vezes: primeiro por meio de Sobakevitch (que as presenteia com seus volumosos atributos). E depois por Tchitchikov (com a ajuda lírica do autor). No primeiro método, Sobakevitch está se gabando de suas mercadorias:

"— Veja só, por exemplo, o fabricante de carruagens Mikheiev. Pense bem, todas as carruagens que ele fez tinham molas! E, fique sabendo, não eram como aquelas feitas em Moscou, que caem aos pedaços em uma hora, mas realmente sólidas, posso lhe garantir, sem dizer que ele ainda forrava os assentos e envernizava tudo!

Tchitchikov abriu a boca para observar que, por melhor que Mikheiev tivesse sido, ele deixara de existir havia muito; porém Sobakevitch estava se empolgando com o assunto, daí aquela veemência, aquela maestria ao falar.

— Ou veja o caso de Stiepan Probka, o carpinteiro. Aposto minha cabeça que o senhor não vai encontrar ninguém igual a ele em lugar nenhum. Meu Deus, que força tinha aquele homem! Se tivesse servido na Guarda, teria conseguido todas as benditas coisas que desejava: o sujeito tinha mais de dois metros de altura!

Tchitchikov mais uma vez estava prestes a observar que Probka também já não existia, porém parecia ter estourado uma represa dentro de Sobakevitch: seguiram-se tais torrentes de palavras que não havia outro recurso senão escutá-las.

— Ou Miliúchkin, o pedreiro, que era capaz de construir um fogão para aquecer as salas em qualquer casa! Ou Maksim Telitnikov, o sapateiro: com sua sovela ele fazia um par de botas num piscar de olhos; e que botas — faziam a gente se sentir muito agradecida; e isso tudo sem nunca tomar um gole de bebida. Ou Ieremei Sorokoplekhin — ah, aquele homem sabia encarar qualquer outro no mundo: ia fazer negócios em Moscou e só de compensação me pagava quinhentos rublos a cada vez."

Tchitchikov tenta protestar com aquele promotor de mercadorias não existentes, que se acalma um pouco, concordando que as "almas" estão mortas, mas então pega fogo de novo.

"— Não há dúvida de que estão mortos [...]. Mas, por outro lado, o que é que há de bom na vida dos camponeses de hoje? Que tipo de homens *eles* são? Simples moscas — e não homens!

— Sim, mas de qualquer modo pode-se dizer que eles existem, enquanto esses outros não passam de fantasias.

— Fantasias, essa é boa! Se o senhor tivesse visto Mikheiev [...]. Ah, bem, nunca mais o senhor vai ver alguém como ele. Um homenzarrão que quase não cabia nesta sala. Havia mais força naqueles grandes ombros dele que em um cavalo. Gostaria muito de saber onde o senhor iria conseguir uma fantasia dessas!"

Assim falando, Sobakevitch se volta na direção do retrato de Bagration como se pedisse um conselho; e, algum tempo depois, estão prestes a chegar a um acordo após muito regatear e há uma pausa solene. "Da posição privilegiada que ocupa na parede, Bagration, com seu nariz de águia, acompanhou com grande atenção o fechamento do negócio." Isso é o mais próximo a que chegamos da alma de Sobakevitch enquanto ele está por perto, porém se pode perceber um maravilhoso eco do traço lírico em sua natureza vulgar quando Tchitchikov percorre a lista de almas mortas que o corpulento proprietário de terras lhe vendeu.

"E logo depois, quando passou os olhos nas listas e nomes dos que no passado tinham sido realmente camponeses, haviam trabalhado e farreado, tinham sido lavradores e cocheiros, haviam roubado de seus donos ou talvez houvessem sido simplesmente bons mujiques, ele foi tomado por um sentimento estranho que não podia explicar a si mesmo. Cada lista dava a impressão de ter um caráter também especial, fazendo com que os camponeses consequentemente adquirissem um caráter especial. Quase todos os que tinham pertencido a Korobotchka possuíam algum apodo ou apelido. A concisão caracterizava a lista de Pliúchkin, em que muitos dos camponeses eram meramente definidos pela sílaba inicial de seu nome de batismo e patronímico, seguida por alguns pontinhos. A lista de Sobakevitch impressionava por ser extraordinariamente completa e rica em pormenores [...].

— Deus meu — disse Tchitchikov com seus botões numa repentina explosão de emoção típica de patifes sentimentais —, quantos de vocês foram amontoados aqui! Que tipo de vida tiveram, meus amigos? [*Ele imagina tais vidas e, um a um, os mujiques mortos ressuscitam de um salto, empurram o gorducho Pável para o lado e se afirmam.*]

— Ah, aqui está ele, Stiepan Probka, o gigante que devia ter abrilhantado a Guarda. Aposto que você atravessou muitas províncias com seu machado preso ao cinto e as botas penduradas no ombro [*modo como os camponeses russos economizam em matéria de calçados*], se alimentando com um tostão de pão e dois tostões de peixe seco, e sempre trazendo no fundo de seu saco de dinheiro [*para seu senhor*] uns cem rublos de prata ou, quem sabe, algumas notas cosidas nas calças de lona ou enfiadas bem dentro das botas. Que tipo de morte você teve? Subiu até o alto da cúpula de uma igreja tentando ganhar mais [*em salário pelos consertos*] ou talvez tenha se içado até a cruz daquela igreja, quando então escorregou de uma viga e foi arrebentar os miolos no chão, ao que [*algum camarada seu mais velho*], de pé ali por perto, apenas coçou a parte de trás da cabeça e disse com um suspiro: — Bom, meu rapaz, isso é que é um tombo! — e depois amarrou uma corda em volta da cintura e subiu para ocupar seu lugar [...].

— [...] E que tal você, Grigóri Doiejai-ne-doie-dech [*Siga-para-onde-não-vai-chegar*]? Você era cocheiro e, tendo comprado uma troica e uma *kibitka* coberta com esteira, abandonou para sempre sua casa, seu cantinho, a fim de levar os comerciantes para a feira? Entregou sua alma a Deus em plena estrada? Foi despachado por seus próprios camaradas em uma briga pelos favores de alguma belezoca gorducha e corada cujo marido era soldado e estava fora? Ou será que aquelas luvas de couro que você usava ou seus três corcéis de pernas curtas mas resolutos atraíram algum ladrão em uma estradinha de floresta? Ou talvez, após ficar por um tempo pensando à toa no seu catre, você de repente seguiu para a taverna, assim, sem mais nem menos, e caiu em um buraco no gelo do rio, para nunca mais ser visto?"

O simples nome de um dos servos — Neoovajäi-Korito (estranha combinação de "desrespeito" e "gamela de porcos") — sugere, por sua crassa extensão, o tipo de morte que esse homem sofrera: "— Uma carroça malconduzida passou por cima de você enquanto dormia no meio da estrada". A menção a certo Popov, servo doméstico na lista de Pliúchkin, provoca todo um diálogo ao se presumir que o homem provavelmente recebera alguma educação e, por isso, fora culpado (notem o lance superlógico) não de um assassinato vulgar, e sim de um furto refinado.

"— Mas bem cedo um agente da polícia rural chega e te prende por não ter passaporte. Você se mantém despreocupado durante a confrontação. — Quem é o seu dono? — pergunta o policial rural, salpicando a pergunta com algumas palavras mais fortes, como exige a ocasião. — O proprietário de terras fulano de tal — você responde de pronto. — Então o que é que está fazendo aqui? [*a quilômetros de distância*]. — Fui solto em *obrok* [*significando que tivera a permissão de trabalhar por conta própria ou para alguém desde que pagasse uma percentagem de sua remuneração ao proprietário de terras que o possuía*] — você responde sem um momento de hesitação. — Onde está seu passaporte? — Meu novo chefe, o comerciante Pimenov, está com ele. — Chamem aqui Pimenov! [...] Você é o Pimenov? — Sim, me chamo Pimenov. — Ele te deu o passaporte? — Não, não sei nada disso. — Por que você está mentindo? — pergunta o policial rural acrescentando algumas palavras fortes. — Está certo — você responde rapidamente — não dei a ele porque cheguei tarde em casa — por isso deixei com

Antip Prokhorov, o tocador de sino. — Chamem aqui o tocador de sino! — Ele te deu o passaporte? — Não recebi passaporte nenhum dele. — Mentindo outra vez — diz o policial rural, salpicando sua afirmação com algumas palavras fortes. — Vamos lá, onde é que está esse seu passaporte? — Estava comigo — você responde prontamente — mas, com uma coisa e outra, é muito provável que eu tenha deixado cair no caminho. — E que tal este casaco do Exército? — diz o policial rural, de novo lhe dirigindo algumas palavras fortes. — Por que você o roubou? E por que roubou um baú cheio de moedas do padre?"

A conversa segue assim por algum tempo, e então Popov é acompanhado às várias prisões de que nossa grande terra tem sido sempre tão pródiga. No entanto, embora essas "almas mortas" sejam trazidas de novo à vida apenas para ser levadas ao infortúnio e à morte, sua ressurreição é, sem dúvida, bem mais satisfatória e completa que a falsa "ressurreição moral" que Gógol planejava encenar nos projetados segundo e terceiro volumes para gáudio dos cidadãos piedosos e cumpridores da lei. Graças à sua fantasia, a arte de Gógol reviveu os mortos nessas passagens. Considerações éticas e religiosas só poderiam destruir as criaturas suaves, quentes e gordas de sua imaginação.

✳

Manílov tem lábios rosados e é louro, sentimental, sem graça e desleixado (há uma sugestão de "manerismo" em seu nome e de *tuman*, que significa névoa, além de *manil*, um verbo que expressa a ideia de atração sonhadora). São os seguintes seus principais emblemas: a espuma gordurosa no laguinho em meio aos encantos sentimentais de um "jardim inglês", com seus arbustos aparados e o pavilhão com colunas azuis ("Templo da Meditação Solitária"); os nomes pseudoclássicos que dá aos filhos; aquele livro permanentemente exposto em seu escritório e permanentemente aberto na página catorze (não quinze, que poderia implicar algum método decimal de leitura, e não treze, que seria a dúzia de páginas do demônio, porém catorze, um número sem graça, louro e rosado com tão pouca personalidade quanto o próprio Manílov); os descuidados lapsos na mobília da casa, onde as poltronas tinham sido forradas com uma quantidade de seda insuficiente, de modo que duas delas eram cobertas apenas com uma entretela grosseira; os dois candelabros, um dos quais elegantemente feito de bronze escuro com um trio de Graças gregas e um abajur em tom pérola, enquanto o outro era simplesmente um "inválido de bronze", capenga, torto e besuntado de sebo; contudo, o emblema mais adequado é a fileira ordenada de montinhos formados com as cinzas que Manílov sacudia para fora do cachimbo e arrumava em pilhas simétricas sobre o peitoril da janela — o único prazer artístico que ele conhecia.

✳

"Feliz é o escritor que omite esses enfadonhos e repugnantes personagens que nos perturbam por ser tão dolorosamente reais; que se aproxima daqueles que demonstram as elevadas virtudes do homem; que, em meio ao grande turbilhão de imagens que o envolve diariamente, seleciona apenas algumas exceções; que foi sempre fiel à sublime harmonia de sua lira, nunca desceu daquelas altas paragens para visitar seus pobres e insignificantes concidadãos e permaneceu à parte, sem contato com o mundo, totalmente imerso em fantasias remotas e magníficas. Ah, é duplamente invejável seu admirável destino: aquelas visões são um lar e uma família para ele; e, ao mesmo tempo, os trovões de sua fama são ouvidos a grande distância. A deliciosa fumaça do incenso que ele queima anuvia os olhos humanos; o milagre de sua adulação encobre todas as tristezas da vida e retrata unicamente a bondade do homem. Multidões o aplaudem, correndo atrás de sua quadriga triunfal. É chamado de grande poeta universal, elevando-se acima de todos os outros gênios como a águia voa acima de outras criaturas aladas. O mero som de seu nome faz vibrar corações jovens e ardentes; todos os olhos lhe dão as boas-vindas com o fulgor das lágrimas de agradecimento. Seu poder é inigualável. Ele é Deus.

Mas destino diferente aguarda o escritor que ousou evocar todas essas coisas que estão constantemente diante de nós sem ser vistas por olhos indolentes — o chocante pântano de ninharias em que se atolam nossa vida e a essência de personagens frios, arruinados e triviais que atravancam nossa trajetória terrena, às vezes amarga, às vezes tediosa; que ousou fazê-los perfeitamente visíveis e nítidos aos olhos de todos os homens graças ao vigor de seu impiedoso cinzel. Para ele não haverá aplausos ou lágrimas de agradecimento, nem ele excitará o espírito dos leitores com uma admiração unânime; nenhuma garota de dezesseis anos voará para seus braços com a mente agitada pelo fervor heroico. Não sentirá aquele doce encanto quando um poeta ouve apenas as harmonias que ele mesmo criou; e, finalmente, não escapará ao julgamento de seu tempo, o julgamento dos contemporâneos hipócritas e insensíveis que acusarão as criaturas geradas por sua mente de serem vis e imprestáveis, que o colocarão num nicho desprezível na galeria daqueles autores que insultam a humanidade, que lhe atribuirão os padrões morais de seus personagens e lhe negarão tudo, coração, alma e a chama divina do talento. Pois o julgamento do seu tempo não admite que as lentes com as quais se possam pesquisar outros sóis sejam tão maravilhosas quanto as que revelam o movimento de insetos de outra forma imperceptíveis; pois o julgamento do seu tempo não admite que um homem necessite grande profundidade espiritual a fim de ser capaz de iluminar uma imagem suprida pela vida degradante e transformá-la numa delicada obra-prima; nem admite o julgamento do seu tempo que o riso gloriosamente delicioso seja valioso o bastante para merecer um lugar ao lado do mais sublime arroubo lírico, nada tendo a ver com as caretas feitas por um palhaço. O julgamento do seu tempo não admite isso e distorcerá tudo em censuras e insultos dirigidos ao escritor rechaçado; ao lhe serem negadas ajuda, receptividade e simpatia, ele permanecerá, como algum viajante sem destino, sozinho na estrada. Sua carreira será cruel, e ele se dará conta, amargurado, da total solidão[...].

E ainda por um longo tempo, graças a algum poder fantástico, estou fadado a viajar de mãos dadas com meus estranhos personagens e observar as imensas ondas da vida, observá-las através do riso que todos podem ver e das lágrimas invisíveis que todos desconhecem. E mais distante ainda está a hora em que, com uma rajada de origem diversa, a assustadora nevasca da inspiração invadirá minha mente austera e febril. E, em um tremor sagrado, os seres humanos hão de ouvir o trovão sublime de uma voz diferente."

Imediatamente após essa extravagante e eloquente passagem, qual um clarão que nos permite visualizar o que Gógol à época esperava poder fazer no segundo volume de sua obra, vem a cena diabolicamente grotesca em que o gordo Tchitchikov, seminu, dança no quarto de dormir — não exatamente o tipo de exemplo capaz de provar que o "riso gloriosamente delicioso" e o "arroubo lírico" são bons companheiros no livro de Gógol. Na verdade, ele enganou a si próprio caso tenha pensado que podia rir assim. Nem são os arroubos líricos realmente parte integrante do livro, e sim interstícios naturais sem os quais o desenho não seria o que é. Gógol se permite o prazer de ser atirado ao chão pela nevasca que sopra de outra região do mundo (a parte italiana dos Alpes), tal como em *O inspetor geral* o grito modulado do cocheiro invisível ("Eia, meus alados!") traz uma aragem do ar noturno de verão, uma sensação de afastamento e romance, uma *invitation au voyage*.

A principal nota lírica de *Almas mortas* se faz presente de forma impetuosa quando a ideia da Rússia como Gógol a via (uma paisagem peculiar, uma atmosfera especial, um símbolo, uma estrada muito, muito longa) surge em todo o seu estranho encanto através do tremendo sonho do livro. É importante notar que a passagem seguinte está espremida entre a derradeira saída (ou fuga) de Tchitchikov da cidadezinha (posta em polvorosa devido aos rumores de sua transação) e a descrição de seu passado.

"Enquanto isso, a *britzka* havia entrado em ruas mais vazias; cedo, só as cercas [*uma cerca russa é inteiramente fechada e pintada de cinza, com a parte de cima denteada, lembrando por isso uma linha distante de abetos russos*] a ladeavam, anunciando o fim da cidadezinha [*no espaço, não no tempo*]. Veja, o calçamento termina ali onde fica a barreira ['*Chlagbaum': uma baliza móvel com listras pretas e brancas*], a cidade é deixada para trás, não há nada em volta, somos outra vez viajantes na estrada. E, outra vez, em ambos os lados da estrada surge uma sucessão interminável de marcos de quilometragem, agentes dos correios, poços, carroças carregadas, vilarejos lúgubres com samovares, camponesas e algum dono de hospedaria barbudo que assoma de repente à porta com um prato de aveia na mão, um vagabundo com sapatos feitos de palha que já vem andando ao longo de oitocentas verstas [*notem essa constante brincadeira com números — não quinhentas ou cem, mas oitocentas, pois os próprios números tendem a ter uma espécie de individualidade na atmosfera criativa de Gógol*]; vilarejos miseráveis construídos de qualquer maneira, com lojas abjetas feitas de algumas tábuas onde se vendiam barris de farinha de trigo, sapatos de palha [*para o vagabundo que acabou de passar*], pães finos e outras bugigangas; barreiras listradas; pontes sendo reparadas [*isto é, sendo* eternamente *reparadas — uma das características da Rússia caótica, sonolenta e dilapidada de Gógol*]; campos a perder de vista, cobertos de capim, nos dois lados da estrada; as carruagens de viagem dos proprietários de terras, um soldado a cavalo puxando um caixote verde com sua carga de balas e a inscrição: 'Bateria tal e tal'; faixas verdes, amarelas e negras [*Gógol encontra o espaço necessário permitido pela sintaxe russa para inserir 'recém-revolvidas' antes de 'negras', significando áreas em que a terra foi recentemente arada*] para dar variedade às planícies; uma voz cantando ao longe; cristas de pinheiros em meio à névoa; o dobre de sinos das igrejas morrendo aos poucos na distância; corvos como moscas no horizonte sem fim. [...] Rus! Rus! [*nome antigo e poético da Rússia*] Eu te vejo, de algum ponto remoto e lindamente encantado eu te vejo: um país de sujeira e desolação e debandada; nenhuma maravilha arrogante da natureza coroada pelas maravilhas arrogantes da arte aparecem dentro de ti para deliciar ou atemorizar os olhos: nenhuma cidade com altos palácios cheios de janelas erguidos sobre penhascos, nenhuma árvore esplêndida, nenhuma hera cobrindo os muros em meio ao rugir e aos borrifos eternos das cataratas; não é preciso curvar a cabeça para trás a fim de contemplar alguma aglomeração divina de grandes rochas se elevando acima da superfície [*esta é a Rússia privada de Gógol, não a Rússia dos Urais, do Altai, do Cáucaso*]. Não há nenhuma daquelas sombrias aleias com arcos em que se enroscam profusas trepadeiras, heras e incalculáveis milhões de rosas, paisagens sucessivas através das quais se pode de repente divisar ao longe o contorno imortal de montanhas radiosas que se projetam contra um límpido céu cor de prata; dentro de ti só há campos abertos e planos; tuas aldeias diminutas que despontam em meio às planícies não são mais discerníveis do que pontos e sinais [*isto é, num mapa*]: nada em ti pode encantar e seduzir o olhar. Assim, qual é a incompreensível força secreta que me impele em tua direção? Por que ouço constantemente o eco de tua canção melancólica ao soar de oceano a oceano através de toda a sua extensão? Conta-me o segredo da tua canção. O que é isso que chama, que soluça, que toca meu coração? Que sons são esses, ao mesmo tempo punhalada e beijo? Rus! Diz o que queres de mim! Qual o vínculo secreto que nos une? Por que me olhas assim, e por que tudo que conténs me observa com tamanha expectativa? E, enquanto aqui fico parado, cruelmente perplexo e imóvel, eis que uma nuvem ameaçadora, prenhe de chuvas futuras, cobre minha cabeça e cala minha mente diante da vastidão de tuas terras. O que pressagia esse espaço ilimitado? E, já que tu mesma não tens fim, não será dentro de ti que nascerá um pensamento sem limites? E, se chegar um gigante, não será ali onde sobra espaço para as pernas mais poderosas, para as passadas mais enérgicas? Tua imensidade gigantesca me circunda, implacável, e se reflete com terrível nitidez no meu âmago; um poder sobrenatural faz meus olhos brilharem... Ah, quão resplandecente, quão esplêndida, quão remota tu és, do mundo todo desconhecida! Rus! [...]

— Pare, pare, seu idiota! — Tchitchikov gritava para Selifan [*sublinhando o fato de que a digressão lírica não corresponde a uma meditação de Tchitchikov*].

— Espere só até que eu te dê uma bordoada com a bainha da espada — gritou um mensageiro do Estado com bigodes de um metro de comprimento [...]. — Com mil demônios, não vê que esta é uma carruagem do governo? — E, como um fantasma, a troica desapareceu com um trovejar de rodas e um turbilhão de poeira."

O afastamento do poeta de seu país é transformado no afastamento do futuro da Rússia, que de algum modo Gógol identifica com o futuro de sua obra, com a segunda parte de *Almas mortas*, o livro que todos na Rússia esperavam dele e que ele próprio buscava se convencer de que escreveria. Para mim, *Almas mortas* termina com a partida de Tchitchikov da cidadezinha de N. Não sei o que admirar mais ao analisar o trecho seguinte, cuja notável erupção de eloquência conclui a primeira parte: se a mágica de sua poesia — ou se uma mágica de outra espécie bem diferente, pois Gógol confrontava uma dupla tarefa: fazer com que, ao fugir, Tchitchikov escapasse do justo castigo; e, ao mesmo tempo, distrair a atenção do leitor do fato ainda mais desconfortável de que nenhum castigo em termos de leis humanas seria capaz de atingir o agente de Satã em seu retorno ao inferno.

"[...] Selifan acrescentou numa curiosa voz aguda e cantada algo que soou como 'Vamos, meninos'. Os cavalos se animaram e a leve *britzka* disparou como se feita de plumas. Selifan se limitou a sacudir o chicote e soltar gritos guturais ao ser levemente sacudido no banco para cima e para baixo enquanto a troica voava sobre uma pequena elevação ou deslizava colina abaixo ao longo da estrada ondulante e em ligeiro declive. Tchitchikov só fazia sorrir cada vez que era sacolejado nas almofadas de couro, pois amava a velocidade. E, verdade seja dita, qual o russo que não ama a velocidade? Com sua propensão a se abandonar às circunstâncias, a levar a vida na flauta e a deixar que tudo vá para o diabo, sua alma só pode mesmo amar a velocidade. Pois não há certa espécie de melodia mágica e sublime na velocidade? A sensação é de que um poder desconhecido o levanta e o transporta em suas asas, e então você mesmo está voando e tudo passa veloz: os marcos de quilometragem voam, os comerciantes voam na boleia de suas carruagens, florestas voam em ambos os lados da estrada numa sombria sucessão de abetos e pinheiros juntamente com o som de machados e o crocitar dos corvos; toda a estrada está voando não se sabe para onde na distância que se dissolve; e há algo de assustador nesse rápido tremeluzir em meio ao qual as coisas que ficam para trás e desaparecem não têm tempo de fixar seus contornos, e somente o céu acima, com nuvens felpudas e uma lua intrometida, parece imóvel. Ah, troica, troica alada, me conta quem te inventou. Certamente, em nenhum outro lugar senão numa nação veloz tu poderias ter nascido: num país que se levou a sério e se espalhou para muito longe, cobrindo metade do globo, de modo que, se tu começares a contar os marcos da estrada, talvez contes até que uma névoa sarapintada dance diante de teus olhos. E, acho eu, não há nada muito complicado numa carruagem russa. Ela não é presa com parafusos de ferro; suas partes são ajustadas e moldadas graças a um machado, uma trena e à sapiência de um camponês na tradição de Iaroslav; o cocheiro não usa aquelas botas de cano longo dos estrangeiros; ele consiste em uma barba e um par de luvas com separação só para o polegar e se senta num banco comum; mas, tão logo ele se apruma e ergue a mão do chicote, se lançando em uma canção triste, ah, então os corcéis correm como o vento do verão, os raios das rodas girando formam um vazio circular, a estrada estremece, um passante se imobiliza e solta um grito de medo — e eis que a troica tem asas, asas, asas [...]. E agora tudo que se pode ver é um redemoinho de poeira furando um buraco no ar.

Rus, será que, em teu movimento impetuoso, não te assemelhas a uma daquelas ágeis troicas que ninguém consegue ultrapassar? A estrada alada se transforma em fumaça sob ti, as pontes retumbam ao ser atravessadas, tudo fica para trás! Quem testemunha teu avanço se imobiliza como se assistisse a um milagre divino: não foi isso um relâmpago que caiu do céu? E o que significa esse tremendo avanço? Qual a força estranha que passa e está contida nesses estranhos corcéis que ficam para trás? Corcéis, corcéis — que corcéis! Será que o tufão mora em vossas crinas? Cada tendão vosso está afinado com um novo senso de audição? Pois tão logo a canção que conheceis vos alcança vindo de cima, os três, com peitos de bronze, fazem força como se fossem um único, e então vossos cascos quase nem tocam no chão, e vós vos estendeis como três linhas retesadas que cortam o ar, e tudo é transfigurado pela divina inspiração da velocidade! [...] Rus, aonde vais correndo tanto? Responde-me! Nenhuma resposta. O sino do meio trila seu líquido solilóquio; o ar ribombante é estraçalhado e se transforma em vento; todas as coisas sobre a Terra passam voando, e outras nações e Estados olham de soslaio ao recuar e te abrir caminho."

Malgrado a beleza desse crescendo final, do ponto de vista estilístico ele é meramente a lenga-lenga do prestidigitador enquanto faz um objeto desaparecer, o objeto neste caso sendo... Tchitchikov.

✱

Ao deixar a Rússia outra vez, em maio de 1842, Gógol retomou suas estranhas perambulações no exterior. Rodas em movimento já lhe haviam contado a história da primeira parte de *Almas mortas*; os círculos que traçara na sua primeira série de viagens através de uma Europa pouco nítida tinham resultado no fato de que o rotundo Tchitchikov se tornara um pião girando, um arco-íris desbotado; o giro físico havia ajudado o autor a hipnotizar a si e a seus personagens a fim de entrarem naquele pesadelo caleidoscópico que, por muitos anos, as pessoas intelectualmente pouco dotadas vieram a considerar um panorama da Rússia (ou da vida cotidiana na Rússia). Estava na hora de começar o treinamento para a segunda parte.

É válido perguntar se, no fundo do seu crânio (que era tão fantasticamente protuberante), Gógol não presumira que rodas girando, longas estradas se estendendo como dóceis serpentes e a qualidade vagamente intoxicante do movimento suave e constante, coisas que haviam se provado tão satisfatórias na composição da primeira parte, iriam automaticamente produzir um segundo livro capaz de formar um círculo claro e luminoso em torno das cores turbilhonantes do primeiro. Que teria de ser um halo, disso ele estava convencido, pois de outra forma a primeira parte poderia ser atribuída à mágica do demônio. Segundo seu sistema de lançar as bases de um livro depois de publicá-lo, ele conseguiu se convencer de que a (ainda não escrita) segunda parte de fato dera origem à primeira, e que a primeira permaneceria apenas como uma ilustração, despojada de sua fama, caso o volume-mãe não fosse apresentado a um público pouco inteligente. Com efeito, ele ficou desesperadamente prisioneiro da forma autocrática da primeira parte. Ao tentar compor a segunda, teve de agir como o assassino em um dos contos de Chesterton, forçado a fazer com que todas as anotações na casa de sua vítima se conformassem ao formato insólito da falsa mensagem de suicídio.

A cautela mórbida pode ter acrescentado outras considerações. Embora apaixonadamente desejoso de saber em pormenores o que as pessoas achavam de seu trabalho — qualquer pessoa ou crítico, do patife a soldo do governo ao idiota servil à opinião pública —, ele penava para explicar àqueles com os quais se correspondia que, nas resenhas críticas, a única coisa que lhe interessava era a opinião mais ampla e objetiva que elas lhe proporcionavam de sua própria personalidade. Muito o contrariava saber que gente sincera via em *Almas mortas*, com satisfação ou asco, uma vigorosa condenação da escravidão, assim como tinham visto em *O inspetor geral* um ataque à corrupção. Porque, na mente do leitor com preocupações cívicas, *Almas mortas* estava se transformando docemente em *A cabana do Pai Tomás*. É duvidoso se isso o aborrecia menos do que a atitude daqueles críticos — figurões de fraque negro da velha escola, conscienciosas solteironas e puritanos da Igreja Ortodoxa Grega — que deploravam a "sensualidade" de suas imagens. Ele tinha também aguda consciência do poder de seu gênio artístico sobre o público e da responsabilidade — repugnante para ele — que vinha com tal poder. Algo nele desejava um poder ainda maior (sem a responsabilidade), tal como a mulher do pescador na história de Púchkin, que desejava um castelo ainda maior. Gógol se tornou um pregador por precisar de um púlpito a fim de explicar a ética de seus livros e porque o contato direto com os leitores lhe parecia um desenvolvimento natural de sua força magnética. A religião lhe propiciou a necessária entonação e método. Não é provável que lhe houvesse dado algo mais.

✳

Pedra muito especial que rolava e acumulava — ou ele assim pensava — um tipo bem particular de musgo, Gógol passou numerosos verões indo de uma estação de águas para outra. Seus achaques eram difíceis de curar por ser ao mesmo tempo vagos e variáveis: ataques de melancolia, quando sua mente ficava entorpecida com indescritíveis premonições, só capazes de ser aliviados mediante uma abrupta mudança de ambiente; ou um estado recorrente de mal-estar físico caracterizado por calafrios, quando o acúmulo de roupas não aquecia seu corpo e a única coisa que ajudava, se repetida com persistência, era uma enérgica caminhada — quanto mais longa, melhor. O paradoxo era que, ao exigirem uma movimentação constante para estimular a inspiração, tais atividades físicas o impediam de escrever. Mesmo assim, os invernos passados na Itália, gozando de conforto comparativamente maior, foram ainda menos produtivos que os intervalos nas suas intermitentes viagens de diligência. Dresden, Bad Gastein, Salzburgo, Munique, Veneza, Florença, Roma, Florença, Mântua, Verona, Innsbruck, Salzburgo, Karlsbad, Praga, Greifenberg, Berlim, Bad Gastein, Praga, Salzburgo, Veneza, Bolonha, Florença, Roma, Nice, Paris, Frankfurt, Dresden — e tudo começando mais uma vez. Essa série, com as repetições dos nomes de cidades incluídas no que se chamava à época de *grand tour*, não é na verdade o itinerário de um homem em busca da saúde — ou colecionando rótulos de hotéis para mostrar em Moscou, no Estado de Idaho, ou em Moscou, na Rússia —, e sim apenas a linha pontilhada de um círculo vicioso sem nenhuma significação geográfica. As estações de águas de Gógol não eram de fato espaciais. A Europa Central para ele não passava de um fenômeno óptico — e a única coisa que realmente importava, a única obsessão real, a única tragédia real era que seu poder criativo vinha se extinguindo gradual e irremediavelmente. Quando Tolstói abandonou a composição de romances devido à compulsão ética, mística e educacional, seu gênio estava maduro e rijo, e os fragmentos dos trabalhos imaginativos publicados postumamente mostram que sua arte continuava a se desenvolver após a morte de Anna Kariênina. Mas Gógol era um autor de poucos livros, e os planos que havia feito para escrever a grande obra de sua vida por acaso coincidiram com o começo de seu declínio como escritor — depois de ter chegado aos píncaros com *O inspetor geral*, "O capote" e o primeiro volume de *Almas mortas*.

✳

O período da pregação tem início com certos retoques finais que fez em *Almas mortas* — aquelas estranhas intimações de uma apoteose prodigiosa no futuro. Uma inflexão peculiarmente bíblica transparece no contorno de suas frases nas numerosas cartas que escreve do exterior para os amigos. "Ai de quem não atentar para minhas palavras! Abandone tudo por um tempo, abandone todos os desejos que acicatam seus devaneios nos momentos de lazer. Obedeça-me: durante um ano, apenas um ano, cuide de sua propriedade no campo." Incentivar os proprietários de terras a encarar os problemas da vida no campo — com todas as implicações contemporâneas do negócio: colheitas insatisfatórias, capatazes desonestos, servos ingovernáveis, indolência, roubo, pobreza, falta de organização econômica e "espiritual" — se torna seu principal tema e comando, um comando expresso nos tons de um profeta que ordena aos homens abrirem mão de todas as riquezas terrenas. Mas, a despeito do tom, Gógol estava dando ordens aos proprietários de terras para fazerem exatamente o contrário (conquanto soasse como algum grande sacrifício que estivesse exigindo do topo de seu lúgubre monte e em nome de Deus): deixem a grande cidade onde estão esbanjando suas precárias rendas e retornem às terras que Deus lhes deu com o propósito expresso de que possam ficar tão ricos quanto é a própria terra negra, com camponeses robustos e alegres gratos por labutar sob sua supervisão paternal. "O negócio dos proprietários de terras é divino" — esse era o sentido básico do sermão de Gógol.

Não se pode deixar de notar quão ávido, quão imensamente ávido, ele estava não apenas para fazer com que aqueles amuados proprietários de terras e funcionários descontentes voltassem a seus escritórios nas províncias, a seus campos e plantações, mas também para que lhe fornecessem um relato minucioso de suas impressões. Pode-se quase imaginar que havia algo mais no fundo da mente de Gógol, naquela mente que era uma caixa de Pandora, algo mais importante para ele que as condições de vida éticas e econômicas na Rússia rural — a tentativa patética de obter material "autêntico" e em primeira mão para seu livro; porque ele estava vivendo o pior problema de um escritor: perdera o dom de imaginar fatos e acreditava que os fatos podiam existir por si sós.

O problema é que os fatos precisos não existem em estado natural, pois nunca são realmente de todo precisos: a marca branca de um relógio de pulso, um pedaço de esparadrapo amarrotado num calcanhar dolorido, essas coisas não podem ser descartadas pelo mais ardente nudista. Uma simples fileira de números revelará a identidade de quem a faz tão perfeitamente quanto as cifras domesticadas de Poe mostraram o caminho do tesouro. O mais banal curriculum vitae cacareja e bate as asas num estilo peculiar a quem o assina. Duvido que alguém possa dar seu número de telefone sem dizer algo sobre si. Mas Gógol, apesar de tudo que disse acerca de querer conhecer a humanidade porque a amava, na verdade estava muito mais interessado na personalidade do interlocutor. Queria seus fatos com absoluta precisão — e ao mesmo tempo pedia não apenas uma série de números, e sim um conjunto completo de minuciosas observações. Quando alguns dos amigos mais indulgentes cederam relutantemente a seus pedidos e depois, animados com a tarefa, lhe enviaram relatos das condições nas províncias e no campo, em vez de agradecimentos, dele recebiam um urro de decepção e desalento, pois seus correspondentes não eram Gógois. Ele os havia instruído a descrever as coisas — simplesmente descrevê-las. Eles assim fizeram, e como! Gógol ficou frustrado com o material porque seus amigos não eram escritores, e ele não podia recorrer aos amigos que eram autores porque então os fatos fornecidos não seriam de modo algum precisos. Tudo isso é uma das melhores ilustrações da absoluta idiotice de termos tais quais "fatos precisos" e "realismo". Gógol — um "realista"! Há livros didáticos que dizem isso. E, muito possivelmente, o próprio Gógol, em seus esforços patéticos e vãos para obter dos leitores os fragmentos com que comporia o mosaico de seu livro, terá imaginado que agia de forma totalmente racional. É tão simples, ele repetia mal-humoradamente para diversas senhoras e cavalheiros, basta se sentar durante uma hora a cada dia e anotar tudo que viram e ouviram. Melhor faria caso houvesse dito que lhe enviassem a Lua — não importava em que fase. E não se preocupem caso venham junto uma ou duas estrelas e um bom nevoeiro no embrulho de papel azul feito às pressas. E, se uma ponta da Lua se quebrar, eu trato de substituí-la.

Seus biógrafos ficaram perplexos com a irritação que ele demonstrou por não conseguir o que desejava. Perplexos pelo curioso fato de que um escritor genial se surpreendeu porque outras pessoas não eram capazes de escrever tão bem quanto ele. Na verdade, o que mais irritou Gógol foi o fracasso do método sutil que inventara para obter material quando não era mais capaz de criá-lo. A crescente consciência de sua impotência se tornou um tipo de doença que ele ocultava de si próprio e dos outros. Eram bem-vindas as interrupções e os obstáculos ("os obstáculos são nossas asas", segundo afirmou) porque podiam ser responsabilizados pelo atraso. Toda a filosofia de seus últimos anos, com noções básicas do tipo "quanto mais escuros lhe sejam hoje os céus, mais radiantes serão as graças de amanhã", foi gerada pelo sentimento constante de que seu amanhã nunca chegaria.

Por outro lado, ele tinha um acesso de ódio se alguém sugerisse que a chegada da graça poderia ser acelerada — não sou um escritorzinho qualquer, um artesão, um jornalista, ele escrevia. E, embora se esforçasse ao extremo para acreditar e fazer os outros acreditarem que iria escrever um livro da maior importância para a Rússia (e "Rússia" agora era sinônimo de "humanidade" em sua mente muito russa), recusava-se a tolerar os rumores que ele mesmo suscitava por causa de suas insinuações místicas. O período de sua vida que se seguiu à primeira parte de *Almas mortas* poderia ser intitulado "Grandes expectativas" — ao menos do ponto de vista do leitor. Alguns aguardavam uma condenação ainda mais definitiva e vigorosa da corrupção e da injustiça social, outros desejavam ver uma história brincalhona, com uma boa risada em cada página. Enquanto Gógol tremia num daqueles quartos frígidos, com paredes de pedra, que a gente só encontra no extremo sul da Europa, e assegurava aos amigos que sua vida agora era sagrada, que seu corpo devia ser manipulado com grande cuidado, amado e tratado como uma jarra de barro rachada que contém o vinho da sabedoria (isto é, a segunda parte de *Almas mortas*), corria no país a boa notícia de que Gógol estava terminando um livro sobre as aventuras de um general russo em Roma — o livro mais engraçado até então escrito. A parte trágica disso é que, de fato, a melhor coisa nos restos do segundo volume que chegaram até nós são as passagens referentes àquele ridículo autômato, o general Betrichtchev.

Roma e Rússia formavam uma combinação de um tipo mais profundo no mundo irreal de Gógol. Para ele, Roma era um lugar onde tinha tido fases de bem-estar físico que as regiões ao norte lhe negavam. As flores da Itália (sobre as quais disse: "Respeito flores que cresceram sozinhas numa sepultura") causavam nele o intenso desejo de ser transformado num nariz: abrir mão de tudo, tal como olhos, braços, pernas, e ser apenas um imenso nariz, "com narinas do tamanho de dois bons baldes de modo a que eu possa inalar todos os possíveis perfumes primaveris". Ele tinha uma consciência olfativa especial quando estava na Itália. Havia também aquele céu peculiar "todo prateado e com um brilho acetinado, mas revelando os mais profundos tons de azul quando visto através dos arcos do Coliseu". Buscando mitigar sua imagem do mundo como algo distorcido, horroroso e diabólico, ele se esforçava pateticamente para se agarrar à normalidade da concepção de Roma, digna de um pintor de segunda categoria, como um lugar essencialmente "pitoresco": "Gosto dos burros também — os burros que andam sem pressa ou trotam velozmente com os olhos semicerrados e carregam pitorescamente nas costas fortes e corpulentas mulheres italianas cuja touca branca continua a brilhar à medida que se afastam; ou quando esses burros transportam, de forma menos pitoresca, com dificuldade e muitos tropeços, algum inglês magro, comprido e pouco flexível, usando uma capa impermeável de um marrom esverdeado e suspendendo as pernas para não roçarem no chão; ou quando passa um pintor sem paletó mas ostentando uma barba à la Van Dyck e com sua caixa de madeira com o material de pintura" etc. Ele não era capaz de manter esse estilo por um longo tempo, e o romance convencional sobre as aventuras de um senhor italiano que durante certa época ele contemplou escrever felizmente ficou limitado a algumas pálidas generalizações. "Tudo nela, dos ombros às pernas, ágeis e elegantes como uma antiguidade, e até o último dedo do pé, era o ponto mais alto da criação" — não, chega disso, caso contrário os pigarros de embaraço de um melancólico funcionário provinciano, refletindo sobre sua infelicidade nos cafundós da Rússia gogoliana, vão se misturar irremediavelmente com a eloquência clássica.

✳

E em Roma havia Ivanov, o grande pintor russo. Durante mais de vinte anos ele trabalhou no quadro *A aparição do Messias perante o povo*. Em muitos aspectos, seu destino foi similar ao de Gógol, com a diferença de que Ivanov de fato terminou sua obra-prima: conta-se que, quando ela por fim foi exibida (em 1858), ele lá ficou sentado calmamente dando os últimos retoques — isso após vinte anos de trabalho! —, não se importando nem um pouco com a multidão presente na galeria. Tanto Gógol quanto Ivanov viviam em permanente pobreza porque nenhum dos dois conseguia deixar de lado sua vocação e procurar um emprego; ambos eram constantemente incomodados por pessoas impacientes que os censuravam por sua lentidão; ambos eram tensos, mal-humorados, incultos e ridiculamente ineptos em todas as questões práticas. Em sua excelente descrição da obra de Ivanov, Gógol enfatiza tal relação, e é difícil não sentir que, quando fala da figura principal do quadro ("E Ele, na paz celestial e divinamente distante, já se aproxima com passos rápidos e decididos [...]"), este de algum modo se misturou em seus pensamentos com o elemento religioso do livro ainda não escrito, mas que ele via chegar inelutavelmente do prateado firmamento italiano.

*

As cartas que escreveu enquanto trabalhava nas *Selected passages from correspondence with friends* [Passagens selecionadas da correspondência com amigos] não incluem esses trechos (caso incluíssem, Gógol não seria Gógol), mas têm semelhanças com eles tanto no conteúdo quanto no tom. Acreditando que algumas delas tinham forte inspiração divina, pedia que fossem lidas "diariamente durante a semana do jejum"; é duvidoso, contudo, que algum de seus correspondentes fosse suficientemente submisso para fazer isto — convocar os membros da família e empregados da propriedade, limpar a garganta com uma solenidade artificial —, fazer exatamente como o prefeito antes de ler a importantíssima carta no primeiro ato de *O inspetor geral*. A linguagem dessas epístolas é quase uma paródia de entonação santimonial, porém há algumas belas interrupções, como quando, por exemplo, Gógol usa uma linguagem muito incisiva e mundana com relação a uma editora que o ludibriara. As ações piedosas que ele planeja para os amigos passaram a coincidir com incumbências mais ou menos incômodas. Ele desenvolveu um sistema extraordinário de impor penitências a "pecadores", fazendo com que trabalhassem como escravos para ele — encarregando-os de lhe prestarem serviços, comprando e empacotando os livros de que necessitava, copiando resenhas críticas, regateando com editores etc. Em compensação, lhes enviava exemplares de, por exemplo, *A imitação de Cristo* com instruções detalhadas sobre como usá-lo — e instruções bem similares ocorrem em passagens relativas à hidroterapia e problemas digestivos: "Dois copos de água fria antes do café da manhã" é o conselho que dá a alguém que padecia como ele.

"Deixe de lado seus afazeres e cuide dos meus" — essa era a linha geral, que naturalmente seria bem lógica caso seus correspondentes fossem discípulos convencidos de que "quem ajuda Gógol, ajuda Deus". Todavia, as pessoas reais que recebiam tais cartas de Roma, Dresden ou Baden-Baden decidiram que Gógol estava ficando louco ou se fazia propositadamente de bobo. Talvez ele não fosse tão escrupuloso no uso de seus direitos divinos. Vale-se de sua confortável situação como representante de Deus para fins muito pessoais, por exemplo, ao repreender amargamente pessoas que o haviam ofendido no passado. Quando o crítico Pogódin perdeu a mulher, o que o deixou louco de dor, Gógol lhe escreveu o seguinte: "Jesus Cristo o ajudará a se tornar um cavalheiro, coisa que você não é nem por educação nem por inclinação — ela diz isso por meu intermédio" — comentários absolutamente insólitos numa carta de condolência. Aksakov foi uma das poucas pessoas que decidiram deixar Gógol conhecer sua reação a certas admoestações. "Caro amigo", ele escreveu, "nunca duvido da sinceridade de suas crenças ou de sua boa vontade para com os amigos; mas confesso francamente que me aborreci com a forma que sua crença vem tomando. Mais ainda — ela me assusta. Tenho 53 anos. Li Tomás de Kempis antes de você nascer. Estou tão distante de condenar as crenças dos outros como de aceitá-las — enquanto você me diz, como se eu fosse um colegial, e sem ter a mais vaga noção de quais sejam minhas próprias ideias, para ler a *A imitação* e, além disso, para fazê-lo em determinadas horas após meu café da manhã, um capítulo por dia, como uma lição... Isso é ao mesmo tempo ridículo e irritante. [...]"

Mas Gógol persistiu em seu recém-adotado *estilo*. Ele sustentava que tudo aquilo que dizia ou fazia era inspirado pelo mesmo espírito que, dentro em breve, revelaria sua misteriosa essência no segundo e no terceiro volumes de *Almas mortas*. Sustentava também que o volume de *Selected passages* representava um teste, como meio de gerar no leitor o estado de espírito apropriado para receber a continuação de *Almas mortas*. É forçoso admitir que ele falhou totalmente em se dar conta da natureza exata do trampolim que estava tão gentilmente fornecendo.

A maior parte das *Selected passages* consiste nos conselhos de Gógol aos proprietários de terras russos, funcionários das províncias e cristãos em geral. Os proprietários de terras são considerados agentes de Deus, árduos trabalhadores que detêm ações do paraíso e recebem dividendos mais ou menos substanciais em moeda terrena. "Junte todos os seus mujiques e lhes diga que você os faz trabalhar porque é isso que Deus quer que eles façam — não porque você precisa do dinheiro para seus prazeres; e, nesse momento, pegue uma nota e, como prova de suas palavras, queime-a diante deles." A imagem é sedutora. O proprietário de terras, de pé na varanda, mostra uma nota novinha e de cores delicadas com os gestos deliberados de um mágico profissional; uma Bíblia aguarda sobre uma mesa de aspecto inocente; um menino traz uma vela acesa; a plateia de camponeses barbudos está embasbacada, numa expectativa respeitosa; há um murmúrio de admiração quando a nota se transforma numa borboleta de fogo; o prestidigitador esfrega as mãos leve e rapidamente — só a parte de baixo dos dedos; e então, após algum palavreado inconsequente, abre a Bíblia e, como uma Fênix, lá está o tesouro.

O censor generosamente cortou essa passagem na primeira edição por implicar certo desrespeito ao governo devido à destruição injustificada de dinheiro do Estado — assim como os figurões em *O inspetor geral* condenaram a quebra de propriedade do Estado (no caso, cadeiras) pelas mãos dos violentos professores de história antiga. Tem-se a tentação de continuar esse símile e dizer que, em certo sentido, Gógol nas *Selected passages* parecia personificar um de seus personagens deliciosamente grotescos. Nada de escolas, nada de livros, só você e o pároco da aldeia — esse é o sistema educacional que ele sugere ao proprietário de terras. "O camponês não deve nem saber que existem outros livros além da Bíblia." "Leve o pároco da aldeia com você para todos os lugares [...]. Faça dele o capataz de sua propriedade." Em outra assombrosa passagem, são dados exemplos de vigorosas imprecações a ser empregadas quando um servo indolente necessita ser repreendido. Há também extraordinárias erupções de retórica irrelevante — e uma estocada maldosa no infeliz Pogódin. Encontramos coisas como "todos se tornaram farrapos podres" ou "compatriotas, estou apavorado" — "compatriotas" pronunciado em russo com a entonação de "camaradas" ou "irmãos", só que ainda mais emocional.

O livro provocou uma tremenda agitação. A opinião pública na Rússia era em essência democrática — e, aliás, admirava muitíssimo os Estados Unidos. Nenhum czar era capaz de quebrar essa espinha dorsal (ela foi fraturada bem depois pelo regime soviético). Havia diversas escolas de pensamento cívico em meados do século 19; e, embora a mais radical degenerasse mais tarde no estupor atroz do populismo, do marxismo, do internacionalismo e sabe-se mais do quê (para então girar e completar seu círculo inevitável com a escravatura do Estado e o nacionalismo reacionário), não há a menor dúvida de que, na época de Gógol, os "ocidentais" detinham um poder cultural extraordinariamente mais amplo e de melhor qualidade do que qualquer coisa capaz de ser imaginada pelos obscurantistas reacionários. Por isso, não seria inteiramente justo ver no crítico Bielínski, por exemplo, apenas um precursor (que ele de fato foi em termos filogenéticos) daqueles escritores das décadas de 1860 e 1870 que advogaram de forma virulenta a supremacia dos valores cívicos sobre os artísticos; o que eles entendiam por "artístico" é outra questão: Tchernichévski ou Píssarev acumulavam solenemente razões a fim de provar que escrever livros escolares para o povo era mais importante do que pintar "colunas de mármore e ninfas" — coisa que eles julgavam ser a "pura arte". A propósito, é muito divertido, nas argumentações de alguns críticos modernos nos Estados Unidos, esse método superado de trazer todas as possibilidades estéticas para o nível das pequenas concepções e capacidades de cada um deles, ao criticar a "arte pela arte" de um ponto de vista nacional, político ou geralmente filisteu. Quaisquer que fossem suas deficiências ingênuas como juiz de valores artísticos, Bielínski, como cidadão e pensador, possuía aquele maravilhoso instinto de verdade e liberdade que só pode ser destruído pelas políticas partidárias — e estas ainda estavam em sua infância. Naquela época, sua taça ainda continha um líquido puro; com a ajuda de

Dobroliúbov, Píssarev e Mikhailóvski, esse líquido estava fadado a se transformar no caldo de cultura dos mais sinistros germes. Por outro lado, Gógol estava obviamente atolado na lama, tendo confundido o brilho de óleo numa poça suja com algum tipo de arco-íris místico. A famosa carta de Bielínski reprovando veementemente as *Selected passages* ("essa algazarra inflada e indecente de palavras e frases") é um documento digno. Como também continha um ataque vigoroso ao regime czarista, a "carta de Bielínski" bem cedo teve sua distribuição passível de punição com trabalhos forçados na Sibéria. Aparentemente, Gógol ficou mais contrariado com as sugestões de Bielínski de que ele bajulava os aristocratas em busca de ajuda financeira. Bielínski, naturalmente, pertencia à escola dos "pobres mas orgulhosos"; Gógol, como cristão, condenava o "orgulho".

A despeito das torrentes de insultos, reclamações e sarcasmo que o livro gerou de todas as partes, Gógol manteve uma postura bastante corajosa. Embora admitisse que o tivesse escrito "num estado de espírito mórbido e pouco natural" e que "a inexperiência na arte de escrever aquele tipo de obra havia, com a ajuda do demônio, transformado a humildade que de fato sentia numa exibição arrogante de autossuficiência" (ou, como diz em outra ocasião, "me permiti agir como um Khlestakov* qualquer"), ele sustentava, com a solenidade de um resoluto mártir, que o livro tinha sido necessário por três razões: fizera com que as pessoas lhe mostrassem quem ele era; mostrara a ele e às pessoas quem eles eram; e limpara a atmosfera geral tão eficientemente quanto uma tempestade de verão. Isso era o mesmo que dizer: havia feito o que tencionara, isto é, preparar a opinião pública para receber a segunda parte de *Almas mortas*.

✳

Durante seus longos anos no exterior e nas frenéticas visitas à Rússia, Gógol anotava em pedaços de papel (nas carruagens, numa hospedaria, na casa de amigos, em qualquer lugar) fragmentos esparsos a ser apro-

---

* Personagem principal da peça teatral de Gógol *O inspetor geral*. (N.T.)

veitados na suprema obra-prima. Às vezes, lia em grande segredo uma série de capítulos para os amigos mais íntimos; outras vezes, nada tinha a mostrar; às vezes um amigo copiava páginas e páginas do livro, outras vezes ele insistia que ainda não escrevera uma só palavra — tudo estava em seu cérebro. Aparentemente, houve diversos pequenos holocaustos anteriormente ao definitivo, que precedeu por pouco sua morte.

Em certo ponto de seus trágicos esforços, ele fez algo que, à luz de sua fragilidade física, pode ser considerado uma proeza: viajou para Jerusalém com o objetivo de obter o que necessitava para escrever o livro — aconselhamento divino, força e imaginação criativa, assim como uma mulher estéril pode implorar um filho à Virgem na semiobscuridade colorida de uma igreja medieval. Ao longo de vários anos, no entanto, ele havia postergado essa peregrinação: seu espírito, dizia, não estava preparado; Deus não queria ainda, "veja os obstáculos que Ele põe em meu caminho"; certo estado de espírito (que se assemelhava vagamente à "graça" católica) precisava estar presente a fim de assegurar a maior probabilidade de sucesso em sua (absolutamente pagã) empreitada; ademais, ele necessitava de um companheiro de viagem confiável, que não fosse um chato, sabendo quando ficar calado ou quando falar em sincronia perfeita com os estados de espírito prismáticos do peregrino; e que, se solicitado, cuidaria das questões práticas da viagem. Quando por fim se lançou na perigosa aventura, em janeiro de 1848, havia tão poucas razões para que não se transformasse em um triste fracasso como em qualquer outra época.

Uma velha e afável senhora, Nadiejda Nikoláievna Cheremeteva, uma das mais fiéis e mais insípidas correspondentes de Gógol, com quem ele intercambiara muitas preces pelo bem-estar de sua alma, o acompanhou até as barreiras da cidade na saída de Moscou. Os documentos de Gógol provavelmente estavam em perfeita ordem, mas, por um motivo ou outro, ele não gostava que fossem examinados, e a peregrinação sagrada começou com uma das mórbidas mistificações que ele costumava aplicar nos policiais. Infelizmente, também envolveu a velha senhora. Na barreira, ela abraçou o peregrino, caiu em prantos e fez o sinal da cruz sobre Gógol, que reagiu efusivamente. Nesse momento os documentos foram solicitados: o agente queria saber exatamente quem estava de partida. "Essa velha senhora", exclamou Gógol, afastando-se na sua carruagem e deixando madame Cheremeteva numa situação muito incômoda.

À sua mãe ele enviou uma oração especial para ser lida na igreja pelo padre do lugar. Nessa oração, implorava ao Senhor que o salvasse dos assaltantes no Oriente e o poupasse do enjoo na viagem marítima. O Senhor ignorou o segundo pedido: entre Nápoles e Malta, no balouçante navio Capri, Gógol vomitou tão horrivelmente que "os passageiros se admiraram muito". O restante da peregrinação foi tão singularmente obscuro que, caso não houvesse prova oficial de sua ocorrência, seria fácil imaginar que se tratava de uma invenção dele, como antes inventara uma excursão à Espanha. Se durante anos a fio você diz às pessoas que vai fazer alguma coisa e está farto de não tomar a decisão, é possível poupar bastante aborrecimento levando-as a crer num belo dia que já fez a coisa — e é um alívio poder esquecer o assunto!

"O que podem minhas impressões, como aquelas colhidas em um sonho, representar para vocês? Vi a Terra Santa através da névoa de um sonho" (de uma carta para Jukóvski). De relance, o vemos discutindo no deserto com Bazsíli, seu companheiro de viagem. Em algum lugar da Samaria, ele colheu uma abrótea, em algum lugar da Galileia, uma papoula, pois, como Rousseau, tinha uma vaga inclinação pela botânica. Choveu em Nazaré e ele buscou abrigo por algumas horas "mal [se] dando conta de que [se] encontrava em Nazaré enquanto lá fi[cou] sentado" (num banco sob o qual uma galinha se refugiara), "como estaria sentado em qualquer parada de carruagens na Rússia". Os santuários que visitou não se fundiram com a realidade mística em sua alma. Em consequência, a Terra Santa fez tão pouco por sua alma (e seu livro) quanto os sanatórios germânicos haviam feito por sua saúde.

Nos últimos dez anos de vida, Gógol continuou a ruminar teimosamente a continuação de *Almas mortas*. Tinha perdido a capacidade mágica de criar vida do nada; sua imaginação necessitava de material pronto para sobre ele trabalhar, pois ainda tinha força suficiente para se repetir; embora incapaz de produzir um mundo novo em folha, como fizera na primeira parte, ele pensou em usar a mesma textura e recombinar os padrões de outro modo. Faria isso em conformidade com um propósito definido, ausente na primeira parte, mas agora supostamente capaz não apenas de lhe fornecer novo ímpeto, como também de conferir à primeira parte significado retrospectivo.

Independentemente das características especiais do caso de Gógol, o delírio geral que o acometeu era obviamente desastroso. Um escritor está perdido quando passa a se interessar por questões do tipo "o que é a arte?" e "qual o dever de um artista?". Gógol decidiu que o propósito da arte literária era curar almas doentes criando nelas um sentimento de harmonia e paz. O tratamento devia incluir também forte dose de remédios didáticos. Ele se propôs retratar os defeitos e as virtudes nacionais de modo a ajudar o leitor a perseverar nestas últimas e a se livrar dos primeiros. Ao iniciar a continuação, tencionava fazer os personagens não "totalmente virtuosos", porém "mais importantes" que os da primeira parte. Para usar o belo palavreado dos editores e resenhistas, ele desejava injetar neles mais "apelo humano". Escrever romances seria apenas um jogo pecaminoso se a "atitude de compreensão" para com alguns de seus personagens e uma "atitude crítica" para com outros não fossem reveladas com absoluta clareza. Tão claramente, na verdade, que até mesmo o mais humilde leitor (que prefere livros com muitos diálogos e um mínimo de "descrições", pois as conversas "refletem a vida") saberia para que lado torcer. O que Gógol prometeu dar aos leitores — ou melhor, aos leitores imaginados por ele — foram fatos. Segundo disse, ele representaria a Rússia não pelos "traços simpáticos" de indivíduos não convencionais, não por "vulgaridades e excentricidades autocomplacentes", não mediante o recurso sacrílego à visão privada de um artista solitário, mas de forma que "os russos apareceriam na plenitude de sua natureza nacional, em toda a rica variedade das forças internas neles contidas". Em outras palavras, as "almas mortas" se tornariam "almas vivas".

Evidentemente, o que Gógol está dizendo (ou qualquer outro escritor com similares intenções funestas) pode ser reduzido a termos bem mais simples: "Imaginei um tipo de mundo em minha primeira parte, mas agora vou imaginar outro tipo que se ajusta melhor àquilo que entendo serem os conceitos de 'certo' e 'errado', compartilhados de forma mais ou menos consciente por meus leitores imaginários". O sucesso nesses casos (com romancistas que escrevem para revistas populares etc.) depende diretamente do quanto a visão que o autor tem dos "leitores" se aproxima das noções tradicionais (isto é, imaginárias) que os leitores têm de si próprios, noções cuidadosamente criadas e alimentadas pelo suprimento regular de goma de mascar mental fornecido pelos editores em causa. Mas a posição de Gógol, naturalmente, não era tão simples, primeiro porque o que ele se propunha escrever devia corresponder a uma revelação religiosa e, segundo, porque o leitor imaginário supostamente deveria não apenas apreciar os variados detalhes da revelação, mas ser também ajudado moralmente, aperfeiçoado ou mesmo de todo regenerado pelo efeito geral do livro. A principal dificuldade residia em ter de combinar o material da primeira parte, que do ponto de vista de um filisteu lidava com "excentricidades" (mas que Gógol precisava utilizar, uma vez que já não conseguia criar uma nova textura), com o tipo de sermão solene, do qual ele dera assombrosos exemplos em *Selected passages*. Conquanto sua primeira intenção fosse criar personagens não "totalmente virtuosos" mas "importantes", no sentido de representarem de modo adequado uma rica mescla das paixões, estados de espírito e ideais russos, gradualmente descobriu que aqueles personagens "importantes" saídos de sua pena estavam sendo contaminados pelas inevitáveis excentricidades do meio em que eram postos, bem como por suas afinidades internas com os terríveis proprietários de terras da primeira parte. Consequentemente, a única saída consistia em contar com outro grupo de personagens, separados dos primeiros, que seriam muito obviamente e muito estreitamente "bons" porque qualquer tentativa de caracterização profunda no caso deles levaria por certo às mesmas formas estranhas que os não "totalmente virtuosos" continuavam a assumir devido à sua desafortunada linhagem.

Quando, em 1847, o padre Matviei, um religioso fanático russo que combinava a eloquência de João Crisóstomo com as manias mais nebulosas da Idade Média, implorou que Gógol abandonasse de vez a literatura e se ocupasse com obrigações devocionais, tais como preparar sua alma para o Além seguindo as instruções fornecidas pelo padre Matviei e outros de sua estirpe, Gógol fez o possível para que seu correspondente entendesse como seriam maravilhosos os personagens bons de *Almas mortas* se lhe fosse permitido pela Igreja ceder à ânsia de escrever que Deus nele instilara sem que o padre disso desconfiasse:

"Não pode um autor apresentar, na moldura de uma história atraente, exemplos vívidos de seres humanos que são melhores do que aqueles apresentados por outros escritores? Os exemplos são mais potentes que as argumentações; antes de dar tais exemplos, tudo de que precisa um escritor é se tornar ele próprio um homem bom e levar um tipo de vida que agrade a Deus. Eu jamais teria pensado em escrever caso atualmente não fossem lidos muitos romances e contos na sua maioria imorais e pecaminosamente sedutores, mas que são lidos porque atraem interesse e não carecem de talento. Eu também tenho talento — a habilidade de fazer com que a natureza e os homens vivam nas minhas histórias; e, sendo assim, não devo apresentar de forma igualmente sedutora pessoas piedosas e corretas que vivem de acordo com a lei divina? Quero lhe dizer francamente que isso, e não dinheiro ou fama, é meu maior incentivo para escrever."

Seria claramente ridículo supor que Gógol tivesse gastado dez anos tentando apenas escrever alguma coisa que agradasse à Igreja. O que ele estava realmente buscando era escrever algo que agradasse tanto a Gógol, o artista, quanto a Gógol, o monge. Estava obcecado pelo pensamento de que os grandes pintores italianos haviam feito isso mais de uma vez: um claustro fresco, rosas subindo pelos muros, um homem magro e pálido usando um barrete, as cores vivas e radiantes do mural em que vinha trabalhando — esse era o cenário pelo qual Gógol ansiava. Transmudada para a literatura, a obra completa *Almas mortas* formaria três imagens conectadas: crime, punição e redenção. A consecução de tal objetivo era absolutamente impossível não apenas porque o gênio ímpar de Gógol sem dúvida iria anarquizar qualquer esquema convencional se tivesse uma chance, mas porque ele forçara o papel principal, o de pecador, numa pessoa — se é que Tchitchikov pode ser chamado de pessoa — ridiculamente pouco adequada para representá-lo e que, ademais, funcionava num mundo em que coisas tais como salvar a alma simplesmente não aconteciam. Um padre retratado de modo simpático no meio dos personagens gogolianos do primeiro volume seria tão absolutamente impossível como uma obscenidade em Pascal ou uma citação de Thoreau no mais recente discurso de Stálin.

Nos poucos capítulos da segunda parte que foram preservados, as lentes mágicas de Gógol estão turvas. Tchitchikov, embora permanecendo (e como!) no centro do palco, de algum modo sai de foco. Há várias passagens esplêndidas nesses capítulos, porém são meros ecos da primeira parte. E, quando aparecem os "bons" personagens — o proprietário de terras frugal, o comerciante honrado, o príncipe que é como um deus —, tem-se a impressão de estranhos que se acotovelam para tomar posse de uma ventilada casa, onde coisas familiares se encontram em tremenda desordem. Como já mencionei, as trapaças de Tchitchikov nada mais são que fantasmas e paródias de crime, motivo pelo qual nenhum castigo "real" é possível sem distorcer toda a ideia. As "pessoas boas" são falsas porque não pertencem ao mundo de Gógol, sendo por isso despropositados e deprimentes todos os contatos entre elas e Tchitchikov. Se Gógol de fato escreveu a parte da redenção com um "bom padre" (de um tipo ligeiramente católico) salvando a alma de Tchitchikov nos confins da Sibéria (existem informações esparsas de que Gógol estudou a *Siberian Flora* de Pallas para compor o pano de fundo correto), e se Tchitchikov estava fadado a terminar seus dias como um magérrimo monge num remoto monastério, então não surpreende que o artista, num derradeiro e ofuscante clarão de verdade artística, tenha queimado o final de *Almas mortas*. O padre Matviei ficaria satisfeito ao saber que Gógol, pouco antes de morrer, renunciou à literatura; mas as chamas de curta duração que poderiam ser consideradas como prova e símbolo dessa renúncia eram exatamente o contrário: ao se acocorar e soluçar diante daquele fogão ("Onde?", pergunta meu editor. Em Moscou.), um artista destruía o trabalho de longos anos porque finalmente entendera que o livro completo não fazia jus a seu gênio. Por isso, em vez de sumir aos poucos, hipocritamente, numa capela de madeira em meio a pinheiros ascéticos nas margens de um lago lendário, Tchitchikov foi restaurado a seu elemento nativo: as pequenas labaredas azuis de um inferno humilde.

"O CAPOTE" (1842)

"Certo homem que era, ouso dizer, em nada notável: baixo, com cicatrizes de varíola, lembrando um pouco uma cenoura, até mesmo algo míope e começando a ficar careca na frente, com bochechas simetricamente enrugadas e um tipo de temperamento chamado de hemorroidal [...].

Seu nome era Bachmátchkin. O próprio nome já mostra claramente que vinha de *bachmak* — sapato. Mas quando, em que época viera de 'sapato', isso se desconhece por completo. Todos eles — pai e avô, incluindo o cunhado —, todos os Bachmátchkin — costumavam usar botas em que punham solas novas não mais que três vezes por ano."

Gógol era uma criatura estranha, mas o gênio é sempre estranho; somente o saudável escritor de segunda categoria parece aos olhos do leitor agradecido ser um velho e simpático amigo, pois o ajuda carinhosamente a desenvolver suas próprias noções acerca da vida. A grande literatura beira o irracional. *Hamlet* é o sonho tresloucado de um intelectual neurótico. "O capote", de Gógol, é um pesadelo grotesco e sinistro, que cria buracos negros no desenho obscuro da vida. O leitor superficial desse conto verá nele apenas as patuscadas de um bufão extravagante; o leitor solene assumirá que o propósito básico de Gógol era denunciar os horrores da burocracia russa. Mas nem a pessoa que só quer dar uma boa risada nem a que aprecia livros "que fazem pensar" compreenderão a verdadeira natureza de "O capote". Dê-me o leitor criativo: esse conto foi feito para ele.

O seguro Púchkin, o prático Tolstói, o contido Tchekhov, todos tiveram seus momentos de percepção irracional que simultaneamente turvou a frase e revelou um significado secreto que validou a repentina mudança de foco. Com Gógol, porém, essas mudanças são a própria base de sua arte, motivo pelo qual sempre que ele tentou escrever na caligrafia redonda da tradição literária e tratar ideias racionais de forma lógica seu talento o abandonou. Quando, como no imortal "O capote", verdadeiramente soltou as amarras e navegou feliz à beira de seu precipício particular, mostrou ser o maior artista que a Rússia já teve.

Obviamente, há muitas maneiras de fazer com que o plano racional da vida saia de prumo, e todo grande escritor tem seu método próprio. Com Gógol, consistia na combinação de dois movimentos: uma sacudidela e uma escorregadela. Imagine um alçapão que se abre sob seus pés com absurda brusquidão e uma rajada lírica que então o varre e deixa cair, com um baque, na armadilha seguinte. O absurdo foi a musa favorita de Gógol — mas, quando digo "absurdo", não me refiro ao curioso ou ao cômico. O absurdo tem tantas nuanças e graus quanto o trágico, além do que, no caso de Gógol, um faz limite com o outro. Seria errado afirmar que Gógol pôs seus personagens em situações absurdas. Não se pode pôr um homem numa situação absurda se o mundo inteiro em que ele vive é absurdo; não se pode fazer isso caso se entenda por "absurdo" alguma coisa que provoque uma risadinha ou um dar de ombros. Mas, se nos referimos ao patético, à condição humana, se significamos todas as coisas que em mundos menos estranhos estão vinculadas às mais elevadas aspirações, aos mais profundos sofrimentos e às mais fortes paixões — então, naturalmente, lá está a abertura necessária, e um patético ser humano, perdido no meio do irresponsável mundo gogoliano, digno de um pesadelo, seria "absurdo" por causa de algum contraste secundário.

Na tampa da caixinha de rapé do alfaiate havia "o retrato de um general; não sei qual general porque o polegar do alfaiate fizera um buraco na cara do general e um pedaço quadrado de papel fora colado em cima do buraco". Assim ocorre com a absurdidade de Akáki Akákievitch Bachmátchkin. Não esperávamos que, em meio ao turbilhão de máscaras, uma delas provaria ser um rosto de verdade, ou ao menos o lugar onde tal rosto deveria estar. A essência da humanidade é derivada irracionalmente do caos de impostores que formam o mundo de Gógol. Akáki Akákievitch, o principal personagem de "O capote", é absurdo *por ser* patético, *por ser* humano e *por ter sido gerado* por aquelas mesmas forças que parecem contrastar tanto com ele.

Ele não é apenas humano e patético. É algo mais, assim como o pano de fundo não é meramente burlesco. Em algum lugar por trás do óbvio contraste se encontra um sutil vínculo genético. Nele se desvelam o mesmo tremor e bruxuleio que são visíveis no mundo de sonho ao qual pertence. As alusões a algo que se encontra por trás dos cenários grosseiramente pintados são combinadas tão artisticamente com a textura superficial da narração que os russos com consciência cívica deixaram de percebê-las totalmente. Mas a leitura criativa do conto de Gógol revela que, aqui e ali, nas mais inocentes passagens descritivas, esta ou aquela palavra, um mero advérbio ou preposição — por exemplo, as palavras "mesmo" ou "quase" —, é inserida de tal modo que faz com que a frase inofensiva exploda num assombroso espetáculo de fogos de artifício que ilumina um pesadelo; ou o trecho que teve início como uma divagação coloquial de repente sai dos trilhos e avança no irracional, que é onde de fato deveria estar; ou ainda, também abruptamente, uma porta se abre num repelão e uma poderosa onda de espumante poesia penetra aos borbotões para se dissolver no sentimentalismo, se transformar em sua própria paródia ou se desfazer na lenga-lenga do prestidigitador que é uma importante característica do estilo de Gógol. Deixa uma impressão de algo ridículo mas ao mesmo tempo excepcional, constantemente à espreita — e vale lembrar que a diferença entre o lado cômico das coisas e o lado cósmico está apenas numa sibilante e num acento.

✳

O que é, pois, esse mundo estranho que vemos de relance nos interstícios daquelas frases aparentemente inofensivas? De certo modo é o mundo real, mas se nos afigura completamente absurdo, acostumados que estamos à cenografia que o oculta. Desses olhares de soslaio é que se forma o principal personagem de "O capote", um submisso funcionariozinho, incorporando assim o espírito daquele mundo secreto mas real que irrompe através do estilo de Gógol. Esse pequeno funcionário é um fantasma, um visitante vindo de trágicas profundezas que por acaso assumiu o disfarce de um burocrata de baixo nível. Os críticos progressistas russos viram nele a imagem do pobre-diabo oprimido, e a história toda os impressionou como um protesto social.

Mas ela é bem mais que isto. Os vazios e buracos negros na textura do estilo de Gógol implicam defeitos na textura da própria vida. Algo está muito errado, e todos os homens são loucos mansos e engajados em empreitadas que lhes parecem muito importantes enquanto uma força absurdamente lógica os mantém em seus empregos inúteis — esta é a "mensagem" real da história. Num mundo de absoluta inutilidade, de humildade inútil e dominação inútil, os mais altos graus que a paixão, o desejo e o anseio criativo podem atingir são um novo casaco que tanto os alfaiates quanto os fregueses adorem de joelhos. Não me refiro à moral da história ou a uma lição moral. Não pode haver lição moral em tal mundo porque não há alunos e não há professores: esse mundo é assim e exclui tudo que pode destruí-lo, motivo pelo qual toda melhoria, toda luta, todo propósito ou empenho moral se mostra tão absolutamente impossível quanto alterar a trajetória de uma estrela. É o mundo de Gógol e, como tal, totalmente diferente do mundo de Tolstói, de Púchkin, de Tchekhov ou do meu. Mas, após ler Gógol, nossos olhos podem ficar gogolizados, permitindo que vejamos pedacinhos daquele mundo nos lugares mais inesperados. Já visitei muitos países, e algo como o casaco de Akáki Akákievitch revelou ser o sonho apaixonado dessa ou daquela pessoa conhecida por acaso e que nunca ouvira falar em Gógol.

✳

A trama de "O capote"* é muito simples. Um pobre funcionário de baixa categoria toma uma grande decisão e encomenda um novo casaco. Enquanto está sendo preparado, o casaco se torna o sonho de sua vida. Na primeira noite em que o usa, ele é roubado numa rua escura. O funcionário morre de pesar, e seu fantasma circula pela cidade. Isso é tudo em matéria de trama, mas obviamente a verdadeira história (como sempre no caso de Gógol) reside no estilo, na estrutura interna de seu "caso" transcendental. A fim de apreciá-lo devidamente,

---

* A palavra *chinel* (derivada do francês *chenille*) no título em russo significa um sobretudo forrado de pele com mangas largas e uma grande capa.

precisamos executar uma espécie de pirueta mental de modo a nos livrarmos dos valores literários convencionais e acompanhar o autor ao longo da estrada de sonho criada por sua imaginação sobre-humana. O mundo de Gógol é de certo modo relacionado a certas concepções da física moderna, tais como o "Universo-sanfona" ou o "Universo em expansão", estando muito distante dos mundos do século passado que giravam confortavelmente como mecanismos de relógio. Há uma curvatura no estilo literário como há uma curvatura no espaço — porém são poucos os leitores russos que estão prontos a mergulhar de cabeça no caos mágico de Gógol sem cuidados ou remorsos. O russo que pensa que Turguêniev era um grande escritor e baseia seu conceito de Púchkin nos abjetos libretos de Tchaikóvski tratará de nadar de cachorrinho nas ondas mais mansas do misterioso mar de Gógol, limitando-se a apreciar aquilo que considera um humor excêntrico e tiradas pitorescas. Mas o mergulhador, aquele que busca as pérolas negras, o homem que prefere os monstros das profundezas às barracas de praia, encontrará em "O capote" sombras que ligam nossa existência a outros estados e esferas que apreendemos vagamente em nossos raros momentos de percepção irracional. A prosa de Púchkin é tridimensional; a de Gógol tem ao menos quatro dimensões. Ele pode ser comparado a seu contemporâneo, o matemático Lobatchévski, que destronou Euclides e descobriu, um século antes, muitas das teorias que Einstein desenvolveu posteriormente. Se as linhas paralelas não se encontram não é porque não podem, mas porque têm outras coisas a fazer. A arte de Gógol, tal como exibida em "O capote", sugere que as linhas paralelas não apenas podem se encontrar, mas que podem se mover sinuosamente e se entrelaçar das formas mais extravagantes, assim como duas colunas refletidas na água se entregam às mais trêmulas contorções caso a necessária ondinha esteja presente. O gênio de Gógol é exatamente essa ondinha — dois e dois são cinco, se não a raiz quadrada de cinco, e tudo isso ocorre de maneira natural no mundo de Gógol, onde não se pode seriamente afirmar que existam nem a matemática racional nem de fato algum dos acordos pseudofísicos com nós mesmos.

✱

A feitura do casaco e o processo indulgentemente adotado por Akáki Akákievitch para vesti-lo constituem na verdade um *desvestir* e a reversão gradual à completa nudez de seu próprio fantasma. Desde o início da história, ele está treinando para esse salto em altura no terreno do sobrenatural — e detalhes tais como o andar nas ruas na ponta dos pés para não gastar os sapatos ou não saber se está no meio da rua ou no meio da frase, esses detalhes aos poucos dissolvem o funcionário Akáki Akákievitch de tal modo que, lá para o final, o fantasma parece ser a parte mais tangível, mais real de seu ser. O relato de como seu fantasma vaga pelas ruas de São Petersburgo em busca do casaco que lhe foi roubado e por fim se apropria do sobretudo de um alto funcionário que se recusara a ajudá-lo em seu infortúnio — esse relato, que para as pessoas não sofisticadas pode se assemelhar a uma história de terror, é transformado no final em algo para o qual não consigo achar o adjetivo preciso. É tanto uma apoteose quanto uma degringolada. Eis aqui:

"O Figurão quase morreu de susto. Em seu escritório, e geralmente na presença de subordinados, era um homem de atitudes fortes, e quem quer que observasse sua aparência e talhe viris poderia imaginar, com um calafrio, que temperamento ele devia ter; naquele momento, contudo (como ocorre no caso de muitos indivíduos que exibem um aspecto prodigiosamente poderoso), ele sentiu tal pavor que, não sem razão, chegou até a pensar que teria algum tipo de ataque. Chegou até mesmo a tirar o casaco sozinho e então ordenou ao cocheiro, em voz descontrolada, que o levasse para casa a toda a velocidade. Ao ouvir tons que em geral eram usados em momentos críticos e até [*notem o emprego recorrente dessa palavra*] acompanhados de alguma coisa bem mais efetiva, o cocheiro julgou aconselhável encolher a cabeça; chicoteou os cavalos, e a carruagem partiu como uma flecha. Seis minutos depois, ou um pouco mais [*de acordo com o relógio especial de Gógol*], o Figurão já se encontrava na varanda de sua casa. Pálido, apavorado e sem casaco, em vez de visitar Carolina Ivánovna [*uma mulher que ele sustentava*], tinha vindo parar em casa; cambaleou até o quarto de dormir e passou uma noite extremamente agitada, de modo que, no dia seguinte, durante o café da manhã, sua filha lhe disse de imediato: — O senhor está muito pálido hoje, papai. — Mas papai permaneceu em silêncio e [*agora vem a paródia de uma parábola da Bíblia!*] não disse a ninguém o que lhe acontecera, nem onde estivera, nem aonde tinha desejado ir. Toda a ocorrência lhe causou uma impressão muito forte [*aqui começa o deslizar colina abaixo, aquela sentimentalidade espetacular que Gógol utiliza para suas necessidades particulares*]. Até se tornaram mais raras as ocasiões em que se dirigia aos subordinados com as palavras 'Como você ousa dizer isso?' e 'Sabe com quem está falando?', ou pelo menos, se ainda dissesse essas coisas, era só depois de ouvir o que eles tinham a dizer. Mais notável ainda foi o fato de que, a partir daquele momento, o fantasma do funcionário deixou de aparecer: evidentemente o casaco do Figurão coube bem nele; pelo menos não se ouviu mais falar de casacos sendo arrancados do ombro de alguém. No entanto, muitas pessoas vigilantes e ativas se recusavam a ficar tranquilas e continuavam a sustentar que, em áreas remotas da cidade, o fantasma do funcionário ainda era visto. E, na verdade, um guarda dos subúrbios viu com seus próprios olhos [*o lento descenso da inflexão moralista para a inflexão grotesca agora se acelera*] um fantasma aparecer por trás de uma casa. Mas, sendo por natureza bem fracote (tanto assim que, certa vez, um porco comum, bem crescido mas ainda jovem, saiu correndo de uma casa de família e o derrubou no chão para gáudio de um grupo de cocheiros de aluguel dos quais ele exigiu, e obteve, como punição pelo escárnio de que fora vítima, dez moedas de cobre de cada um para comprar rapé), ele não se arriscou a fazer parar o fantasma, e sim continuou a andar atrás dele no escuro até que o fantasma de repente se voltou, parou e perguntou: — O que é que você quer? — mostrando um punho cerrado de tamanho raramente encontrado até mesmo entre os vivos. — Nada — respondeu o guarda, tratando logo de voltar. Aquele fantasma, no entanto, era bem mais alto e tinha um enorme bigode. Aparentemente rumava para a ponte Obukhov e em breve desapareceu completamente em meio às trevas da noite."

A torrente de detalhes "irrelevantes" (tais como a tranquila premissa de que "porco comum, bem crescido mas ainda jovem" é criado usualmente em casas de família) produz um tal efeito hipnótico que o leitor quase deixa de perceber uma coisa simples (e essa é a beleza do lance final). Uma parte da informação mais importante, a ideia estrutural básica da história, é aqui deliberadamente mascarada por Gógol (porque toda realidade é uma máscara). O homem confundido com o fantasma sem casaco de Akáki Akákievitch é na verdade aquele que roubou seu casaco. Mas o fantasma de Akáki Akákievitch só existiu por lhe faltar um casaco, enquanto agora o guarda, incorrendo no mais estranho paradoxo da história, toma como sendo o fantasma exatamente a pessoa que era sua antítese, o homem que roubara o casaco. Assim, a história descreve um círculo completo: um círculo vicioso como são todos os círculos. Embora se disfarcem de maçãs, planetas ou rostos humanos.

Para resumir, a história segue assim: blá, blá, onda lírica, blá, onda lírica, blá, blá, onda lírica, blá, clímax fantástico, blá, blá, e de volta ao caos do qual tudo derivou. Nesse nível sublime de arte, a literatura obviamente não está preocupada em mostrar pena do pobre coitado ou em imprecar contra seu opressor. Ela apela à profundeza secreta da alma onde as sombras de outros mundos passam como as sombras de navios silenciosos e sem nome.

✳

Como um ou dois leitores pacientes devem ter percebido a esta altura, esse é de fato o único apelo que me interessa. Meu objetivo ao fazer estas anotações sobre Gógol se tornou, eu espero, perfeitamente claro. Em poucas palavras, significa que, se você espera descobrir algo sobre a Rússia, se está ansioso para saber por que bloquearam a blitz dos boches, se está interessado em "ideias", "fatos" e "mensagens", tome distância de Gógol. O problema terrível de aprender russo a fim de ler suas obras não será reembolsado em moeda forte. Fique longe, fique longe. Ele nada tem para lhe contar. Não pise nos trilhos. Alta tensão. Fechado para balanço. Evite, abstenha-se, não faça. Gostaria de ter aqui uma lista completa de todas as possíveis proibições, vetos e ameaças. Dispensável, sem dúvida — pois o tipo errado de leitor nunca chegaria até este ponto. Mas dou as boas-vindas ao tipo certo — meus irmãos, meus duplos. Meu irmão está tocando o órgão. Minha irmã está lendo. Ela é minha tia. Você aprenderá de início o alfabeto, as labiais, as linguais, as dentais, as letras que zumbem, o zangão, a mamangaba e a mosca tsé-tsé. Uma das vogais o obrigará a dizer "Ugh!". Você se sentirá mentalmente tenso e abalado após sua primeira declinação de pronomes pessoais. Não vejo, contudo, nenhum outro modo de chegar a Gógol (nem a algum outro escritor russo). Sua obra, como todas as grandes conquistas literárias, é um fenômeno de linguagem, e não de ideias. "Gó-gol", não "Go-gól". O "l" final se dissolve maciamente e não existe em inglês. Não se pode ter a esperança de entender um autor se não sabemos nem pronunciar seu nome. Minhas traduções de várias passagens foram o melhor que meu pobre vocabulário permitiu, mas, mesmo se fossem tão perfeitas quanto as que ouço em meu ouvido interior, sem ser capaz de transmitir sua entonação, ainda assim não substituiriam Gógol. Enquanto tentava comunicar minhas atitudes com relação à sua arte, não apresentei nenhuma prova tangível de sua existência peculiar. Só posso pôr minha mão sobre o coração e jurar que não inventei Gógol. Ele realmente escreveu, realmente viveu.

Gógol nasceu em 1º de abril de 1809. Segundo sua mãe (que, é óbvio, inventou a triste historiazinha que se segue), um poema que ele escreveu aos cinco anos foi lido por Kapnist, um autor bem conhecido. Kapnist abraçou o solene menino e disse aos jubilosos pais: "Ele vai se tornar um escritor genial se o destino lhe der um bom cristão como professor e guia". Mas a outra coisa — ele ter nascido em 1º de abril — é verdade.

Ivan Turguêniev (1818-1883)

Ivan Sergueievitch Turguêniev nasceu em 1818, em Orel (na Rússia Central), filho de um rico proprietário de terras. Sua mocidade foi passada em uma propriedade rural onde pôde observar a vida dos servos e as relações entre eles e o senhor da pior maneira possível: sua mãe tinha um temperamento tirânico, fazendo com que seus camponeses e sua família levassem uma vida miserável. Embora adorasse o filho, ela o perseguia e batia nele por causa da menor desobediência ou travessura infantil. Mais tarde, quando Turguêniev tentou interceder em favor dos servos, ela cortou sua mesada, obrigando-o a viver na penúria, malgrado a rica herança que o aguardava. Turguêniev jamais esqueceu as dolorosas impressões de sua infância. Após a morte da mãe, fez muito para melhorar a condição dos camponeses, libertou todos os criados domésticos e se esforçou para cooperar com o governo quando os servos foram emancipados, em 1861.

Sua educação começou de forma irregular. Entre seus numerosos tutores, contratados indiscriminadamente pela mãe, havia todo tipo de gente estranha, incluindo pelo menos um fabricante de selas. Um ano na Universidade de Moscou e três na de São Petersburgo, onde se formou em 1837, não lhe deram a sensação de haver obtido uma educação adequada, motivo pelo qual preencheu as lacunas estudando numa universidade em Berlim entre 1838 e 1841. Durante o tempo passado naquela cidade, fez amizade com um grupo de jovens russos que tinham interesses semelhantes aos seus e mais tarde formaram o núcleo de um movimento filosófico russo fortemente influenciado pelo hegelianismo, a filosofia alemã "idealista".

No início da juventude, Turguêniev compôs alguns poemas medíocres, na maior parte imitações de Mikhail Liérmontov. Somente em 1847, quando adotou a prosa e publicou um conto, o primeiro da série intitulada *Memórias de um caçador*, ele se firmou como escritor. O conto causou tremenda impressão e, ao ser posteriormente publicado numa coletânea, a reação foi ainda maior. A prosa fluente, plástica e musical de Turguêniev é apenas uma das razões que explicam sua fama imediata, pois a temática especial daqueles contos provocou interesse pelo menos igual. Todos tinham como objeto os servos, apresentando não apenas um estudo psicológico pormenorizado, mas indo além ao idealizá-los como possuindo uma qualidade humana superior à de seus desalmados senhores.

Seguem-se alguns exemplos da prosa rebuscada que usou em tais contos:

"[*A moça*], não sem prazer, ergueu bem alto o cachorro, que fingia gostar daquilo, e o depositou no fundo da carroça." ("Khor e Kalínitch")

"[...] um cachorro, com o corpo fremente e os olhos semicerrados, roía um osso no gramado." ("Meu vizinho Radílov")

"Viatcheslav lllarionovitch é um tremendo apreciador do sexo fraco, e tão logo vê uma pessoazinha bonita no bulevar de sua cidade do interior, começa a segui-la de imediato, mas — e aí está a curiosidade — também se põe a mancar." ("Dois esquilos do campo")

Ao entardecer numa estrada do campo:

"Macha [*a amante cigana que abandonou o personagem principal*] parou e se voltou para encará-lo. De costas para a luz, todo o seu corpo estava imerso em sombras, como se esculpido em madeira escura. Só o branco dos olhos se destacava como amêndoas de prata, enquanto as pupilas tinham se tornado ainda mais negras." ("O fim de Tchertopkhánov")

"Já anoitecia. O Sol se escondera atrás de um pequeno bosque de álamos [...], sua sombra sem fim se espalhava pelos campos silenciosos. Montado num cavalo branco, um camponês seguia a trote por uma trilha escura e estreita que margeava o longínquo bosque. Embora se movesse na sombra, era possível vê-lo com toda a clareza, cada detalhe dele, até mesmo o remendo no ombro; as pernas do cavalo coruscavam graças a um agradável efeito de luz que as destacava. O sol poente avermelhava os troncos dos álamos com um brilho tão cálido que eles pareciam ser troncos de pinheiros." (*Pais e filhos*)

Isso é Turguêniev no que tinha de melhor. São essas pequenas pinturas de cores suaves — mais parecidas com aquarelas do que com as glórias flamengas do museu de Gógol — que ainda admiramos nos dias de hoje. Tais joias são especialmente numerosas em *Memórias de um caçador*.

A galeria de servos idealizados e comovedoramente humanos exibidos por Turguêniev nas *Memórias* enfatiza o óbvio caráter odioso da escravatura, o que irritou muitas pessoas influentes. O censor que aprovara o manuscrito foi aposentado, e o governo se aproveitou da primeira oportunidade para punir o autor. Após a morte de Gógol, Turguêniev escreveu um curto artigo que foi cortado pela censura de São Petersburgo; no entanto, quando o enviou a Moscou, o censor o aprovou e a matéria foi publicada. Turguêniev foi posto na prisão durante um mês por insubordinação e depois exilado para sua propriedade rural, onde ficou por mais de dois anos. Ao retornar, publicou seu primeiro romance, *Rúdin*, seguido de *Ninho de fidalgos* e *Na véspera*.

Rúdin, escrito em 1855, retrata a geração da década de 1840, a idealística intelligentsia russa gerada nas universidades alemãs.

Há coisas bem escritas em *Rúdin*, como "[...] muitas aleias de velhos limoeiros, dourado-escuros e olorosos, com um lampejo de luz esmeralda no final", em que temos as paisagens preferidas de Turguêniev. A aparição repentina de Rúdin na casa de Lasúnski é bastante bem-feita, baseando-se no método predileto de Turguêniev de encenar uma briga conveniente numa festa ou jantar entre o herói frio, pacífico e inteligente e algum sujeito vulgar e colérico ou um idiota pretensioso. Podemos observar o seguinte exemplo típico dos caprichos e maneiras dos personagens de Turguêniev: "Enquanto isso, Rúdin se aproximou de Natália. Ela se pôs de pé, o rosto demonstrando perplexidade. Volintsev, sentado ao lado dela, também se levantou. — Ah, vejo um piano — Rúdin começou falando numa voz baixa e acariciante, como se fosse um príncipe em viagem". Então alguém toca *Erlkönig*, de Schubert. "— Esta música e esta noite [*uma noite estrelada que 'parecia se aninhar e deixar que a alma da gente também se aninhasse' — Turguêniev era um grande expoente do tema 'música e noite'*] — disse Rúdin — me fazem lembrar os meus anos de estudante na Alemanha." Alguém lhe pergunta como se vestiam os estudantes. "— Bem, em Heidelberg eu costumava usar botas de montaria com esporas e uma jaqueta húngara com galões; tinha deixado o cabelo crescer, quase chegava aos meus ombros." Rúdin é um jovem bastante pomposo.

A Rússia naquela época era um imenso sonho: as massas dormiam — figurativamente —; os intelectuais passavam noites em claro — literalmente —, sentados e conversando sobre mil coisas, ou apenas meditando até cinco da manhã, quando saíam para dar uma caminhada. Era comum se jogarem na cama sem tirar a roupa e caírem num sono pesado, ou pularem da cama e se vestirem com a maior rapidez. As donzelas de Turguêniev são em geral muito lépidas ao acordar, vestindo num piscar de olhos as saias-balão, jogando água fria no rosto e saindo às pressas, frescas como rosas, para o jardim onde o encontro inevitável ocorre em um caramanchão.

Antes de ir para a Alemanha, Rúdin havia estudado na Universidade de Moscou. Um amigo dele assim descreve a juventude do grupo: "Meia dúzia de jovens, uma única vela de sebo ardendo [...] a marca mais barata de chá, biscoitos velhos e secos [...], mas nossos olhos brilham, nossas faces estão coradas, nosso coração bate forte [...] e os assuntos de nossas conversas são Deus, a Verdade, o Futuro da Humanidade, Poesia — às vezes dizemos coisas insensatas, mas qual é o mal?".

Como personagem, Rúdin, o idealista progressista da década de 1840, pode ser caracterizado pela resposta de Hamlet: "palavras, palavras, palavras". Ele é totalmente ineficaz apesar de envolvido por completo em ideias progressistas. Toda a sua energia se exaure em torrentes apaixonadas de palavreado idealista. Um coração frio e uma cabeça quente. Um entusiasta que carece de determinação, um sabichão incapaz de agir. Quando a moça que o ama — e que ele também pensa amar — lhe diz que não há esperança de receber o consentimento de sua mãe para se casarem, ele de imediato a deixa, embora ela estivesse pronta a segui-lo para qualquer lugar. Ele parte e vaga pela

Rússia inteira; todas as suas iniciativas dão em nada. Mas a má sorte que o persegue, e que no início consistia na incapacidade de expressar a energia de seu cérebro de outra forma que não através de um fluxo de palavras eloquentes, por fim o molda, endurece os contornos de sua personalidade e o conduz a uma morte inútil porém heroica nas barricadas de 1848 na remota Paris.

Em *Ninho de fidalgos* (1858), Turguêniev celebrou tudo que havia de nobre nos ideais ortodoxos da antiga classe de proprietários de terras. Lisa, a heroína do romance, é a encarnação mais consumada da pura e orgulhosa "donzela de Turguêniev".

Na véspera (1860) é a história de outra moça de Turguêniev, Elena, que deixa sua família e seu país a fim de seguir o amante Insarov, um herói búlgaro cujo único objetivo na vida é a emancipação de sua pátria (à época sob domínio turco). Elena prefere Insarov, que é um homem de ação, aos incapazes jovens russos com quem conviveu na juventude. Insarov morre de tuberculose e Elena persiste corajosamente em sua missão.

Apesar de suas boas intenções, *Na véspera* é artisticamente o menos exitoso dos romances de Turguêniev. No entanto, foi o mais popular. Elena, embora seja uma personagem feminina, era o tipo de personalidade heroica que a sociedade desejava: uma pessoa pronta a sacrificar tudo ao amor e ao dever, superando com bravura todos os obstáculos postos em seu caminho pelo destino, fiel ao ideal de liberdade — emancipação dos oprimidos, liberdade da mulher de escolher o que fazer de sua vida, liberdade de amar.

Após mostrar a derrota moral dos idealistas da década de 1840, após fazer de um búlgaro seu único personagem masculino ativo, Turguêniev foi criticado por não haver criado um só tipo de homem russo positivo e eficaz. Foi o que tentou fazer em *Pais e filhos* (1862). Nesse livro, Turguêniev retrata o conflito moral entre as pessoas bem-intencionadas, fracas e incompetentes da década de 1840 e a nova geração, forte e revolucionária, da juventude niilista. Evguêni Bazárov, o representante dessa geração mais nova, é agressivamente materialista; para ele não existe nem religião nem valores morais ou estéticos. Não acredita em nada senão nas "rãs", ou seja, apenas nos resultados de suas próprias experiências científicas de caráter prático. Não sente pena ou vergonha. E é, *par excellence*, o homem ativo. Embora Turguêniev admirasse bastante Bazárov, os radicais que ele julgava estar lisonjeando na figura daquele jovem forte e ativo se mostraram indignados com o retrato, vendo nele uma mera caricatura desenhada para agradar a seus oponentes. Turguêniev, eles declararam, era um homem acabado, que esgotara todo o seu talento. Turguêniev ficou pasmo. Ele se viu de repente transformado de queridinho da sociedade em uma espécie de espantalho detestável. Turguêniev era um homem extremamente vaidoso; não apenas a fama, mas os sinais exteriores da fama significavam muito para ele. Ficou profundamente ofendido e desapontado. Estava no exterior à época e por lá permaneceu pelo resto da vida, só realizando raras e breves visitas à Rússia.

Seu texto seguinte foi um fragmento, "Basta", em que anunciou a decisão de abandonar a literatura. Apesar disso, escreveu mais dois romances e continuou a produzir até o fim da vida. Desses dois últimos romances, em *Fumo* ele expressou sua amargura com relação a todas as classes da sociedade russa, e em *Solo virgem* tentou mostrar tipos diferentes de russos confrontados com o movimento social de seu tempo (a década de 1870). De um lado, temos os revolucionários se esforçando muito para fazer contato com o povo: 1) as hesitações hamletianas do principal personagem do romance, Nejdanov, culto, refinado, com uma paixão secreta pela poesia e pelo romantismo, porém sem o menor senso de humor, como a maioria dos tipos positivos de Turguêniev, além de fraco e prejudicado em tudo por um mórbido complexo de inferioridade e de sua própria inutilidade; 2) Marianna, a moça pura, verdadeira, austeramente ingênua, pronta a morrer pela "causa"; 3) Solomin, o homem forte e silencioso; 4) Markelov, burro e honesto. Do outro lado estão os falsos liberais e os conservadores declarados, tais como Sipiaguin e Kallomeitsev. O romance é bem pálido, uma vez que o inegável talento do autor luta em vão para manter vivos os personagens e a trama, não tanto porque seu instinto artístico o havia impelido a fazê-lo, mas porque ele estava ansioso para divulgar suas próprias opiniões sobre os problemas políticos de então.

Aliás, como muitos autores daquela época, Turguêniev é explícito demais, não deixando espaço para a intuição do leitor, sugerindo e depois explicando pesadamente a que se referia cada sugestão. Os laboriosos epílogos de seus romances e contos mais longos são dolorosamente artificiais, pois o autor faz o possível para saciar por completo a curiosidade do leitor no tocante aos destinos dos personagens de um modo que dificilmente pode ser considerado artístico.

Ele não é um grande escritor, embora escreva de forma bastante agradável. Nunca produziu algo comparável a *Madame Bovary*, e dizer que ele e Flaubert pertenciam à mesma escola literária é um engano total. Nem a disposição de Turguêniev de enfrentar qualquer problema social que estivesse na moda nem sua manipulação banal das tramas (sempre seguindo o caminho mais fácil) podem ser assemelhadas à arte severa de Flaubert.

Turguêniev, Górki e Tchekhov são especialmente bem conhecidos fora da Rússia, mas não há um modo natural de ligá-los. No entanto, talvez seja interessante notar que o pior de Turguêniev estava claramente presente nas obras de Górki, e o melhor de Turguêniev (em matéria de paisagens russas) foi lindamente desenvolvido por Tchekhov.

Além de *Memórias de um caçador* e dos romances, Turguêniev escreveu numerosos contos curtos e outros mais longos. Os primeiros não têm nenhuma originalidade ou qualidade literária. Entre os últimos, "Um córrego tranquilo" e "Primeiro amor" merecem menção particular.

A vida pessoal de Turguêniev não foi muito feliz. Seu único e grande amor foi a famosa cantora Pauline Viardot-García. Ela era bem-casada, Turguêniev mantinha relações amistosas com a família e não tinha a menor esperança de alcançar a felicidade pessoal, mas, não obstante, devotou a ela toda a sua vida, morou sempre que possível na sua vizinhança e deu um dote às suas duas filhas quando se casaram.

Em geral, ele era bem mais feliz vivendo no exterior do que na Rússia. Lá, nenhum crítico radical o bicava com seus ataques vigorosos. Mantinha relações de amizade com Merimée e Flaubert. Seus livros foram traduzidos para o francês e o alemão. Sendo o único escritor russo de certa estatura conhecido nos círculos literários ocidentais, era inevitavelmente considerado não apenas o maior, mas de fato *o escritor russo*, coisa que lhe aquecia a alma e o deixava muito contente.

Ele impressionava os estrangeiros por seu charme e maneiras elegantes, mas nos encontros com autores e críticos russos assumia uma postura defensiva e arrogante. Teve brigas com Tolstói, Dostoiévski e Niekrassov. Tinha ciúme de Tolstói, embora ao mesmo tempo apreciasse imensamente seu gênio.

Em 1871, a família Viardot se instalou em Paris, seguida por Turguêniev. Apesar de sua inabalável paixão por madame Viardot, ele se se sentia só e carente dos confortos de uma família que fosse realmente sua. Reclamava em cartas aos amigos da solidão, de sua "idade fria", sua frustração espiritual. Às vezes sentia o desejo de voltar à Rússia, porém não tinha suficiente força de vontade para modificar de modo drástico sua rotina: a falta de força de vontade fora sempre seu ponto fraco. Nunca teve a disposição para enfrentar os ataques dos críticos russos, que, após a publicação de *Pais e filhos*, jamais deixaram de se mostrar preconceituosos em relação a suas obras. No entanto, malgrado a hostilidade dos críticos, Turguêniev era extremamente popular junto ao público leitor russo. Os leitores gostavam de seus livros — os romances eram populares até o início do século 20, e os sentimentos humanísticos e liberais que ele expressava atraíam o público, em especial os jovens. Morreu em 1883 em Bougival, perto de Paris, mas seu corpo foi trazido para São Petersburgo. Milhares de pessoas acompanharam seu féretro. Delegações foram enviadas por numerosas sociedades, cidades, universidades etc. Incontáveis coroas de flores foram recebidas. O cortejo fúnebre tinha quase quatro quilômetros de comprimento. Assim, o público leitor russo deu a demonstração final do amor que teve por Turguêniev durante toda a sua vida.

✳

Além de ser bom ao retratar a natureza, Turguêniev também era excelente ao pintar pequenas gravuras coloridas que lembram aquelas expostas em clubes campestres britânicos; exemplo disso são suas descrições de dândis e figuras importantes da Rússia nas décadas de 1860 e 1870: "[...] ele estava vestido nos trinques da moda inglesa: a ponta de um lenço branco, formando um pequeno triângulo, se projetava para fora do bolso achatado do paletó multicolorido; o monóculo estava pendurado a uma fita negra bem larga; a cor mortiça de suas luvas de pelica combinava com o cinza-pálido das calças de tecido axadrezado". Ademais, Turguêniev foi o primeiro autor russo a reparar no efeito da luz do sol fragmentada ou na combinação especial de luz e sombra sobre o rosto das pessoas. Lembrem-se da moça cigana, com o Sol às suas costas, cujo "corpo estava imerso em sombras, como se esculpido em madeira escura" e apenas "o branco dos olhos se destacava como amêndoas de prata".

Essas citações são bons exemplos de sua prosa perfeitamente modulada e bem oleada, a qual se prestava a retratar os movimentos lentos. Uma ou outra de suas frases traz à mente uma lagartixa em um muro adorando o Sol — e as duas ou três últimas palavras da oração se curvam como a cauda da lagartixa. Mas, em geral, seu estilo produz um estranho efeito de segmentação simplesmente porque certas passagens, as favoritas do autor, foram muito mais mimadas que as outras e, em consequência, se destacam, flexíveis e fortes, engrandecidas, por assim dizer, pela predileção dele em meio ao fluxo geral de prosa boa e clara mas em nada excepcional. Mel e óleo — essa comparação pode ser aplicada àquelas frases arredondadas e graciosas que dele emanam quando decide escrever belamente. Como contador de histórias, ele é artificial e até mesmo deficiente; na verdade, ao seguir seus personagens, começa a mancar como aquela figura em "Dois esquilos do campo". Seu talento como autor deixa a desejar em matéria de imaginação literária, isto é, de descobrir naturalmente maneiras de contar a história equiparáveis à originalidade de sua arte descritiva. Talvez por ter consciência desse defeito fundamental, ou quem sabe guiado pelo instinto de autopreservação artística que impede um autor de se demorar num terreno onde tem maior probabilidade de fracassar, ele evita a ação ou, mais exatamente, não descreve a ação em termos de uma narração sustentada. Seus romances e contos consistem sobretudo em conversações em diversos cenários encantadoramente descritos — conversas boas e longas interrompidas por deliciosas e breves biografias, bem como delicadas descrições do campo. No entanto, quando sai de seu caminho para buscar beleza fora dos velhos jardins da Rússia, ele se espoja em uma doçura abjeta. Seu misticismo é do tipo esteticamente pitoresco, com perfumes, névoas flutuantes, velhos retratos que podem ganhar vida a qualquer momento, colunas de mármore, e tudo o mais. Seus fantasmas não causam arrepios na pele, pelo menos não na direção certa. Descrevendo a beleza, ele mergulha fundo: sua ideia de luxo consiste em "[...] ouro, cristal, seda, diamantes, flores, fontes"; e algumas virgens adornadas com flores mas imodestamente vestidas cantam hinos em barcos, enquanto outras, com as peles de tigre e taças de ouro que são parte integrante de sua profissão, brincam nas margens.

Poemas em prosa (1883) é sua obra mais ultrapassada. A melodia soa mal, o brilho parece barato, e a filosofia não é suficientemente profunda para justificar a pescaria de pérolas. Todavia, o texto continua a fornecer bons exemplos de prosa russa pura e bem equilibrada. Entretanto, a imaginação do autor nunca se ergue acima de símbolos que são perfeitos clichês (tais como fadas e esqueletos); e se, no que produziu de melhor, sua prosa nos faz lembrar um leite gorduroso, esses poemas em prosa têm o sabor de creme artificial.

O livro *Memórias de um caçador* talvez contenha alguns de seus melhores escritos. Malgrado certa idealização dos camponeses, a obra apresenta os personagens mais genuínos e naturais, além de algumas descrições extremamente satisfatórias de cenas, de pessoas e, sem dúvida, da natureza.

De todos os seus personagens, as "virgens de Turguêniev" provavelmente alcançaram a maior fama. Masha ("Um córrego tranquilo"), Natália (*Rúdin*) e Lisa (*Ninho de fidalgos*) pouco diferem entre si e estão indubitavelmente contidas na Tatiana de Púchkin. Mas, cada qual com sua própria história, elas têm mais latitude para usar a força moral e a doçura que lhes é comum, bem como não apenas a capacidade, mas, eu diria, a sede de sacrificar todas as considerações mundanas àquilo que consideram seu dever, seja ele a completa submissão da felicidade pessoal às considerações morais superiores (Lisa), seja o completo sacrifício de todas as considerações mundanas à pura paixão (Natália). Turguêniev envolve suas heroínas numa espécie de suave beleza poética que tem um apelo especial para o leitor e muito contribuiu para criar o alto conceito geral das mulheres russas.

PAIS E FILHOS (1862)

Pais e filhos é não apenas o melhor romance de Turguêniev, mas um dos mais brilhantes romances do século 19. O autor conseguiu fazer o que tencionava ao criar um personagem masculino, um jovem russo, capaz de afirmar sua falta de introspecção sem ser, ao mesmo tempo, um ventríloquo de clichês jornalísticos de cunho socialista. Bazárov é um homem forte, sem dúvida — e muito possivelmente, caso tivesse chegado aos trinta anos de idade (acabara de se formar na universidade quando o conhecemos), poderia haver se tornado, além do horizonte do romance, um grande pensador social, um médico eminente ou um ativista revolucionário. No entanto, a natureza e a arte de Turguêniev têm em comum uma debilidade: seus personagens masculinos eram incapazes de triunfar dentro da existência que inventava para eles. Ademais, por trás da audácia, da força de vontade e da violência de alguém que pensa com frieza, existe na personalidade de Bazárov uma corrente de paixão natural nos jovens que ele tem dificuldade de combinar com a dureza de um suposto niilista. Esse niilista se propõe a denunciar e negar tudo, porém não consegue ignorar o amor ardente — ou reconciliar tal amor com suas opiniões no tocante à natureza simplesmente animal do amor. O amor se comprova algo mais que o passatempo biológico do homem. O calor romântico que de repente envolve sua alma o choca, mas satisfaz as exigências da verdadeira arte ao enfatizar em Bazárov a lógica da juventude em todo o mundo, que transcende a lógica do sistema local de pensamento — nesse caso, o niilismo.

Turguêniev, por assim dizer, retira sua criatura de um esquema autoimposto e a coloca no mundo normal da probabilidade. Deixa que Bazárov morra não por causa de um desenvolvimento específico de seu organismo, mas por causa das leis cegas do destino. Ele morre em um silêncio corajoso, como teria morrido no campo de batalha, mas há um elemento de resignação a propósito de sua ruína que se coaduna com a tendência geral de serena submissão ao destino que colore toda a arte de Turguêniev.

O leitor notará — em breve chamarei sua atenção para tais passagens — que os dois pais e o tio são muito diferentes não apenas de

Arkádi e Bazárov, mas também uns dos outros. Perceberá também que Arkádi, o filho, tem um temperamento mais doce, mais simples, mais rotineiro e normal que o de Bazárov. Vou analisar certo número de passagens que são particularmente vívidas e significativas. Será possível observar, por exemplo, a seguinte situação. O velho Kirsánov, pai de Arkádi, tem uma amante tranquila e carinhosa, em tudo encantadora, chamada Feniêtchka, uma moça de origem humilde. Ela é uma das jovens submissas retratadas por Turguêniev e, em torno desse centro passivo, orbitam três homens: Nikolai Kirsánov e também seu irmão Pável, que, graças a algum capricho da memória e da imaginação, vê nela certa semelhança com uma antiga namorada que marcou toda a sua vida. E, além desses dois, há Bazárov, que é mostrado flertando com Feniêtchka, um relacionamento casual que dá origem a um duelo. Todavia, Bazárov morrerá não por causa de Feniêtchka, mas do tifo.

✳

Vale notar uma curiosa característica da estrutura de Turguêniev. Ele se dá ao imenso trabalho de apresentar os personagens de modo adequado, dotando-os de ancestrais e traços reconhecíveis, mas, quando por fim reúne todos, eis que a história terminou e a cortina foi baixada enquanto um maciço epílogo se ocupa com tudo que supostamente deve ocorrer com as criaturas por ele inventadas além do horizonte do romance. Não quero dizer que nada aconteça na história. Pelo contrário, esse romance está repleto de ação; há discussões e outros entrechoques, há até mesmo um duelo — e um vasto e intenso drama cerca a morte de Bazárov. Mas o leitor perceberá que, durante todo o desenvolvimento da ação, e à margem dos eventos em processo de mudança, a vida pregressa dos personagens vai sendo podada e aperfeiçoada pelo autor, que ao longo do tempo demonstra uma tremenda preocupação em expor sua alma, suas ideias e seu temperamento mediante ilustrações funcionais, como, por exemplo, a forma como gente simples é atraída por Bazárov ou a maneira como Arkádi tenta se mostrar à altura da recém-adquirida sabedoria de seu amigo.

A arte da translação de um tema a outro é, para um autor, a técnica mais difícil de dominar, e mesmo artistas de primeira grandeza, como é Turguêniev em seus melhores momentos, sentirão a tentação (devido ao leitor que ele imagina, um leitor comum acostumado a certos métodos) de adotar manobras tradicionais ao passar de uma cena para a outra. As transições de Turguêniev são muito simples e mesmo banais. Ao percorrermos a história, parando em vários pontos para comentar o estilo e a estrutura, acumularemos aos poucos uma pequena coleção desses recursos simples.

Há, de início, a entonação introdutória: "Bem, alguma coisa à vista [...] era a pergunta feita em 20 de maio de 1859 por um cavalheiro com pouco mais de quarenta anos" — etc., etc. Então chega Arkádi, e depois Bazárov é apresentado:

"Nikolai Pietróvitch voltou-se rapidamente e, caminhando na direção do homem alto que usava um casaco comprido, largo e com galões e que acabara de descer da carruagem, apertou com afeto a mão áspera e sem luva que não lhe foi estendida de imediato.

— Estou muitíssimo satisfeito — ele começou — e também grato pelo fato de o senhor mostrar o desejo de nos visitar. Permita-me perguntar seu nome e patronímico.

— Evguêni Vassilievtch — respondeu Bazárov em uma voz preguiçosa mas viril; e, ao baixar a gola do casaco de tecido grosseiro, Nikolai Pietróvitch pôde ver seu rosto por inteiro. Comprido e delgado, com uma testa larga, nariz achatado em cima e fino na ponta, olhos verdes e grandes, suíças cor de areia, suas feições eram iluminadas por um sorriso tranquilo e revelavam autoconfiança e inteligência.

— Espero, caro Evguêni Vassilievtch, que não se sinta entediado em nossa casa — continuou Nikolai Pietróvitch.

Os lábios finos de Bazárov moveram-se de forma quase imperceptível, embora ele não houvesse respondido e tivesse apenas retirado o boné. Seus cabelos longos e bastos, de um louro escuro, não escondiam as protuberâncias na cabeça".

O tio Pável é apresentado no começo do capítulo 4:

"[...] naquele instante entrou na sala de visitas um homem de altura mediana, vestindo um terno escuro de corte inglês, um lenço de pescoço com o laço baixo como estava na moda e sapatos de pelica. Era Pável Pietróvitch Kirsánov. Parecia ter uns quarenta e cinco anos: os cabelos grisalhos, cortados bem curtos, tinham um brilho sombrio, como prata nova; o rosto, amarelo mas livre de rugas, era excepcionalmente regular e de linhas puras, como se esculpido por um cinzel leve e delicado, mostrando notáveis traços de beleza; particularmente bonitos eram os olhos claros, negros e em forma de amêndoas. Toda a aparência do tio de Arkádi, irradiando finura e pedigree, guardara a graça da juventude e uma forte aspiração espiritual, as quais se perdem em grande parte depois dos vinte anos.

Pável Pietróvitch tirou do bolso da calça a mão elegante, com longas unhas rosadas mais finas nas pontas, que parecia ainda mais bonita graças à brancura de neve dos punhos da camisa, abotoados com uma grande e única opala, e a estendeu para o sobrinho. Após um aperto de mãos de estilo europeu, ele o beijou três vezes à moda russa, isto é, tocou sua face três vezes com o bigode perfumado e disse: — Bem-vindo."

Ele e Bazárov não simpatizam um com o outro à primeira vista, e o recurso aqui usado por Turguêniev é a técnica de comédia em que cada qual confidencia separada e simetricamente seus sentimentos a um amigo. Assim, o tio Pável, conversando com o irmão, critica a aparência desleixada de Bazárov, e um pouco mais tarde, após a ceia, Bazárov, conversando com Arkádi, critica as unhas muito bem cuidadas de Pável. Um simples recurso simétrico, particularmente óbvio porque a ornamentação da estrutura convencional é superior à convenção em termos artísticos.

A primeira refeição que fazem juntos, a ceia, transcorre serenamente. Tio Pável foi confrontado por Bazárov, porém precisamos aguardar pelo choque inicial. Outra pessoa é apresentada na órbita do tio Pável bem no final do capítulo 4:

"[Pável Pietróvitch] ficou sentado em seu escritório até bem depois da meia-noite numa bela e confortável poltrona posta diante da lareira, na qual os carvões queimavam sem fazer fumaça e se transformavam em brasas de brilho tênue. Tinha uma expressão concentrada e severa, o que não ocorre quando um homem está absorto apenas em recordações. E, num pequeno quarto dos fundos [*da casa*], uma jovem vestindo uma jaqueta de lã azul sem mangas, com um lenço branco cobrindo seus cabelos negros, estava sentada em cima de um grande baú. Era Feniêtchka. Entre um e outro cochilo, ela escutava ou olhava na direção da porta aberta através da qual se via um berço e se ouvia a respiração regular de um bebê adormecido".

Para Turguêniev atingir seus fins, é importante vincular, na mente do leitor, tio Pável à amante de Nikolai. Arkádi descobre, pouco depois do leitor, que tem um irmãozinho, Mítia.

A refeição seguinte, o café da manhã, começa sem Bazárov. Como o terreno não foi preparado ainda, Turguêniev manda Bazárov coletar rãs enquanto faz com que Arkádi explique a tio Pável as ideias de seu amigo:

"— Quem é Bazárov? — Arkádi sorriu.

— Tio, quer que lhe diga precisamente o que ele é?

— Se me fizer esse favor, sobrinho.

— Ele é um niilista.

— Um niilista — Nikolai Pietróvitch conseguiu dizer. — Tanto quanto eu saiba isso vem do latim, *nihil*, nada; a palavra deve significar um homem que... não reconhece nada.

— Diga: 'que não respeita nada' — comentou seu irmão, voltando a se servir de manteiga.

— Que vê tudo a partir de um ponto de vista crítico — observou Arkádi.

— Isso não é a mesma coisa? — perguntou o tio.

— Não, não é. Um niilista é um homem que não se curva diante de nenhuma autoridade, que não aceita nenhum princípio com base na fé, por maior que seja a aura de reverência em torno desse princípio. [...]

— Então é assim. Bom, vejo que não está na nossa linha. [...] Antes havia hegelianos, e agora há niilistas. Veremos como se pode existir num vazio, num vácuo. E agora, por favor, irmão Nikolai Pietróvitch, toque a campainha, é hora do meu chocolate".

Imediatamente depois disso surge Feniêtchka. Notem sua admirável descrição:

"Ela era uma jovem de uns 23 anos, com uma beleza toda branca e suave, olhos e cabelos negros, lábios vermelhos e pequenos mas roliços como os de uma criança, mãozinhas delicadas. Trajava um vestido simples de tecido estampado; sobre os ombros pousava de leve um lenço azul novo. Trazia uma xícara grande de chocolate e, ao depositá-la diante de Pável Pietróvitch, foi tomada pela confusão; uma onda de sangue quente coloriu de vermelho a pele delicada de seu rosto adorável. Baixou os olhos e se manteve de pé junto à mesa, um pouco curvada para a frente e apoiada na ponta dos dedos. Aparentemente envergonhada de haver entrado, ao mesmo tempo se sentia no direito de entrar".

Bazárov, o caçador de rãs, retorna no final do capítulo, e a próxima mesa de café da manhã é a arena do primeiro *round* entre tio Pável e o jovem niilista, ambos acertando muitos golpes:

"— Arkádi estava nos contando que o senhor não reconhece nenhuma autoridade, que não acredita nelas.

— E por que deveria reconhecê-las? E em que devo acreditar? Quando alguém diz alguma coisa que faz sentido, eu concordo, e isso é tudo.

— E todos os [*cientistas*] alemães fazem sentido? — perguntou Pável Pietróvitch, seu rosto assumindo uma expressão tão impassível, tão remota, como se ele houvesse se retirado para uma altitude celestial.

— De modo algum — retrucou Bazárov com um breve bocejo. Ele claramente não fazia questão de continuar o debate.

— No que me diz respeito — recomeçou Pável Pietróvitch não sem algum esforço — eu sou tão incorrigível que não gosto dos alemães. Meu irmão, por exemplo, tem uma queda por eles. Mas agora se tornaram todos químicos e materialistas...

— Um químico que entende de seu negócio é vinte vezes mais útil que qualquer poeta — interrompeu Bazárov".

Numa excursão para fins de coleta, Bazárov descobriu o que ele e Turguêniev declaram ser um espécime raro de besouro. O termo correto é, obviamente, espécie e não espécime, e aquele besouro adaptado a viver na água nada tem de raro. Só quem não sabe nada de história natural confunde espécime com espécie. As descrições de Bazárov ao montar sua coleção são em geral bastante insípidas.

O leitor notará que, embora Turguêniev tenha preparado o primeiro entrechoque com grande cuidado, a rudeza de tio Pável não soa muito realista. Por "realismo", é claro, apenas indico aquilo que um leitor médio em um estágio médio de civilização sente como correspondendo a uma realidade média da vida. Ora, a mente do leitor havia recebido uma imagem de tio Pável como um homem muito na moda, muito experimentado e muito bem cuidado, que dificilmente se daria ao trabalho de provocar com tamanha dureza um rapaz que encontrou por acaso, amigo de seu sobrinho e hóspede do irmão.

Mencionei que uma característica curiosa da estrutura de Turguêniev é a inclusão de antecedentes na parte de ação da história. Exemplo disso pode ser visto no fim do capítulo 6: "E Arkádi contou a Bazárov a história de tio Pável". A história é apresentada ao leitor no capítulo 7 e interrompe ostensivamente o fluxo da trama que já tinha sido iniciada. Lemos aqui sobre o romance de tio Pável com a fascinante e desafortunada princesa R. na década de 1830. Essa romântica dama, uma esfinge e seu enigma, cuja solução foi finalmente encontrada no misticismo organizado, abandona Pável Kirsánov em 1838 e morre em 1848. Desde então, até o momento presente, em 1859, Pável Kirsánov se retirou para a propriedade rural do irmão.

Mais adiante descobrimos que Feniêtchka não apenas substituiu Mária, a falecida esposa de Nikolai Kirsánov, em suas afeições, mas também substituiu a princesa R. nas afeições de tio Pável — outro caso simples de simetria estrutural. Vemos o quarto de Feniêtchka pelos olhos de tio Pável:

"O pequeno quarto de teto baixo em que ele se viu era muito limpo e acolhedor. Cheirava a assoalho recém-pintado, a camomila e a erva-cidreira. Alinhavam-se contra as paredes cadeiras com costas em formato de lira, trazidas pelo falecido general [*tempos antes, na campanha de 1812*]; em um canto havia uma cama alta e pequena debaixo de um dossel de musselina, próxima a um baú com cantoneiras de ferro e uma tampa convexa. No canto oposto, diante de um grande e escuro ícone de São Nicolau, o Taumaturgo, ardia uma pequena vela dentro de um ovinho de porcelana pendurado por uma fita vermelha presa ao protuberante halo dourado e chegando até a altura do peito do santo; nos peitoris das janelas havia potes de vidro esverdeado contendo a geleia do ano anterior, todos cuidadosamente amarrados e transpassados pela luz de um verde pálido; nas suas tampas de papel, a própria Feniêtchka tinha escrito em letras grandes *groselha* — Nikolai Pietróvitch gostava em especial dessa geleia. Perto do teto, numa gaiola pendurada por uma corda comprida, um pintassilgo de rabo curto piava e saltava de um lado para outro sem cessar; com isso, a gaiola tremia e balançava constantemente, enquanto sementes de cânhamo caíam no chão fazendo um barulhinho macio. Na parede, em cima de uma pequena cômoda, havia algumas fotografias ruins de Nikolai Pietróvitch em várias poses, tiradas por um fotógrafo ambulante; lá também se via uma fotografia de Feniêtchka que era um fracasso total: um rosto sem olhos exibindo um sorriso falso numa moldura precária — não se distinguia mais nada. E, acima de Feniêtchka, o general Iermolov, em um casaco de feltro circassiano, lançava um olhar ameaçador sobre as distantes montanhas do Cáucaso debaixo de uma pequena almofada para alfinetes em forma de sapato que chegava ao nível de suas sobrancelhas".

Vejam agora como a história volta a parar a fim de permitir que o autor descreva o passado de Feniêtchka:

"Nikolai Pietróvitch conhecera Feniêtchka três anos antes, quando aconteceu de pernoitar numa hospedaria em certa cidadezinha remota do distrito. Ficou agradavelmente surpreso com a limpeza do quarto que lhe foi dado, com o frescor da roupa de cama. [...] Naquela época, Nikolai Kirsánov acabara de se mudar para a nova casa e, não querendo ter servos como empregados domésticos, buscava contratar criados; por seu lado, a dona da hospedaria se queixou do baixo número de visitantes na cidade e dos tempos difíceis por que passava; ele propôs que ela servisse como governanta em sua casa e ela aceitou. O marido morrera havia muitos anos, deixando uma filha única — Feniêtchka [...], que então tinha dezessete anos [...]. Ela era tão quieta, tão recatada, que somente aos domingos Nikolai Pietróvitch reparava, numa das laterais da igreja paroquiana, o perfil delicado de seu pequeno rosto branco. Mais de um ano se passou assim".

Nikolai a trata de uma inflamação no olho, que logo foi curada, "mas a impressão que ela causara em Nikolai não acabou tão cedo. Ele passou a ser perseguido por aquele rosto puro, delicado, timidamente erguido;

sentiu na palma das mãos aqueles cabelos suaves, e viu aqueles lábios inocentes e ligeiramente entreabertos através dos quais os dentes brilhavam como pérolas úmidas ao sol. Começou a observá-la com grande atenção na igreja, tentou iniciar uma conversa com ela. [...]

Aos poucos ela começou a se acostumar com ele, embora ainda tímida em sua presença, quando de repente Arina, sua mãe, morreu de cólera. Para onde Feniêtchka poderia ir? Herdou da mãe o amor pela ordem, bom senso e serenidade; mas era tão jovem, tão só. Nikolai Pietróvitch era também bom e modesto. Desnecessário contar o resto".

Os detalhes são admiráveis, aquele olho inflamado é uma obra de arte, mas a estrutura é claudicante, e o parágrafo que conclui o relato é bisonho e acanhado. "Desnecessário contar o resto." Observação tola e estranha, deixando implícito que algumas coisas são tão conhecidas dos leitores que não vale a pena descrevê-las. Na realidade, o gentil leitor não deveria achar muito difícil imaginar com precisão o evento que Turguêniev tão prudentemente e tão pudicamente oculta.

Bazárov se encontra com Feniêtchka — e não é de se admirar que seu bebê tenha gostado tanto dele. Já sabemos como Bazárov se relaciona bem com alminhas simples: camponeses barbudos, meninos de rua, criadas. Também ouvimos, juntamente com Bazárov, o velho Kirsánov tocar Schubert.

O começo do capítulo 10 ilustra outro recurso típico de Turguêniev — uma entonação que está presente no epílogo de seus romances curtos ou, como aqui, quando o autor julga necessário fazer uma pausa e contemplar o arranjo e a distribuição de seus personagens. Vejam como ocorre — é de fato uma pausa para identificação da estação. Bazárov é classificado por meio das reações que causa em outras pessoas:

"Todos na casa haviam se acostumado com ele, com seus modos descuidados, com suas falas monossilábicas e abruptas. Feniêtchka, em especial, se habituara tanto a ele que certa vez mandou que o acordassem no meio da noite. Mítia tinha tido convulsões. Bazárov viera e, entre as piadinhas e os bocejos usuais, ficou duas horas com ela e aliviou o bebê. Por outro lado, Pável Kirsánov passara a detestar Bazárov com toda a força de seu ser; considerava-o orgulhoso, impudente, cínico e vulgar. Suspeitava que Bazárov não tinha o menor respeito por ele — ele, Pável Kirsánov! Nikolai Pietróvitch sentia bastante medo do jovem 'niilista' e tinha dúvida se ele exercia uma boa influência sobre Arkádi, mas prazerosamente o escutava e gostava de presenciar suas experiências científicas e químicas. Bazárov trouxera seu microscópio e se ocupava com ele horas a fio. Embora fizesse gozações com os criados, eles também o apreciavam, sentindo que, no fim das contas, Bazárov era um igual, e não um senhor [...]. Os meninos da fazenda simplesmente corriam atrás do 'doutor' como cachorrinhos. O velho Prokófitch era o único que não gostava dele, passando-lhe os pratos na mesa com uma expressão mal-humorada. [...] A seu modo, Prokófitch era tão aristocrata quanto Pável Kirsánov".

Agora, pela primeira vez no romance, temos o enfadonho recurso das conversas ouvidas à socapa, que foi tão bem descrito com relação a Liérmontov:

"Certo dia se demoraram até tarde antes de voltar para casa; Nikolai Pietróvitch foi recebê-los no jardim, mas, ao chegar ao caramanchão, ouviu de repente os passos rápidos e as vozes dos dois jovens. Eles passavam pelo outro lado do caramanchão e não podiam vê-lo.

— Você não conhece meu pai suficientemente bem — Arkádi dizia.

— Seu pai é um bom sujeito — Bazárov retrucou —, mas é carta fora do baralho; o tempo dele passou.

Nikolai apurou o ouvido. Arkádi não respondeu.

A 'carta fora do baralho' ficou imóvel por alguns minutos e depois voltou lentamente para casa, arrastando os pés.

— Anteontem eu o vi lendo Púchkin — Bazárov continuou. — Explique a ele, por favor, que isso não serve para nada. Afinal, ele já não é mais um menininho; é hora de se livrar de todo esse lixo. A simples ideia de ser romântico nos dias de hoje! Dê a ele alguma coisa de útil para ler.

— Tal como? — perguntou Arkádi.

— Ah, acho que *Stoff und Kraft*, do Büchner, para começar.

— Também acho — Arkádi observou em aprovação. *Stoff und Kraft* é escrito numa linguagem acessível."

Pareceria que Turguêniev está à procura de algumas estruturas artificiais a fim de animar a história: *Stoff und Kraft* [na verdade, *Kraft und*

Stoff (*Força e matéria*, 1854)] oferece um pequeno alívio cômico. Depois aparece um novo fantoche na figura de Matviei Koliázin, o primo dos Kirsánov, que fora criado pelo tio Koliázin. Esse Matviei Koliázin, que por acaso é um inspetor do governo encarregado de examinar as atividades do prefeito local, dará uma contribuição decisiva para que Turguêniev possa arranjar uma viagem de Arkádi e Bazárov à cidadezinha, viagem esta que propiciará o encontro de Bazárov com uma senhora fascinante, de certo modo relacionada à princesa R. de tio Pável.

No segundo round da luta entre tio Pável e Bazárov, eles se defrontam em um chá da tarde duas semanas após o primeiro embate. (As refeições durante esse intervalo, talvez umas cinquenta — três por dia, multiplicado por catorze —, só podem ser imaginadas de forma muito vaga pelo leitor que lhes fala.) Mas primeiro é necessário limpar o terreno:

"A conversa passou para um proprietário de terras vizinho.

— Imprestável; não passa de um aristocratazinho vagabundo — comentou com indiferença Bazárov, que conhecera o sujeito em São Petersburgo.

— Permita-me lhe perguntar — começou Pável Pietróvitch, os lábios trêmulos — segundo seus conceitos, as palavras *imprestável* e *aristocrata* significam a mesma coisa?

— Eu disse: 'Não passa de um aristocratazinho vagabundo' — respondeu Bazárov, tomando sem pressa um gole de chá.

Pável Pietróvitch empalideceu.

— Esta é uma questão totalmente diferente. Não me sinto nem um pouco obrigado a lhe explicar agora por que fico sentado sem fazer nada, como o senhor gosta de dizer. Quero que saiba apenas que a aristocracia é um princípio, e em nossos dias só as pessoas imorais ou frívolas podem viver sem princípios. [...]

Pável Pietróvitch apertou os olhos um pouco. — Então é isso! — observou com uma voz estranhamente contida. — O niilismo vai curar todos os nossos males, e o senhor, os senhores serão nossos heróis e salvadores. Muito bem. Mas por que critica os outros, até mesmo quem denuncia, não é mesmo? O senhor não fala à toa tanto quanto os outros? [...]

— Nossa troca de ideias foi longe demais, acho melhor ficarmos por aqui. Mas estarei pronto a concordar com o senhor — acrescentou Bazárov, erguendo-se — quando me mostrar uma única instituição em nossa sociedade, seja doméstica, seja social, que não mereça o mais completo e mais impiedoso repúdio. [...]

— Aceite meu conselho, Pável Pietróvitch, permita-se alguns dias para pensar sobre isso; provavelmente não encontrará nada agora. Examine todas as nossas classes e pense cuidadosamente sobre cada uma delas, enquanto isso, Arkádi e eu...

— Continue a ridicularizar tudo — interrompeu Pável Pietróvitch.

— Não, vamos continuar a dissecar rãs. Venha, Arkádi. Até logo, senhores".

É curioso que, ao preparar suas cenas, Turguêniev ainda esteja ocupado na descrição da mente de seus personagens em vez de fazer os protagonistas agirem. Isso fica especialmente claro no capítulo 11, em que os dois irmãos, Pável e Nikolai, são comparados e onde, incidentalmente, surge aquela encantadora paisagem. ("Já anoitecia. O Sol se escondera atrás de um pequeno bosque de álamos. [...] Sua sombra sem fim se espalhava pelos campos silenciosos.")

Os capítulos seguintes são dedicados à visita de Arkádi e Bazárov à cidade, que aparece agora como um ponto intermédio e um elo estrutural entre a propriedade rural dos Kirsánov e o local onde vive Bazárov, a quarenta quilômetros da cidadezinha, na direção contrária.

Alguns personagens grotescos mas bastante óbvios são apresentados. Madame Odíntsova é mencionada pela primeira vez numa conversa na casa de uma senhora feminista e de ideias progressistas:

"— Há mulheres bonitas aqui? — perguntou Bazárov ao beber o terceiro copo de vinho.

— Há, sim — respondeu Evdóksia —, mas são todas criaturas sem um pingo de inteligência. *Mon amie* Odíntsova, por exemplo, não é nada feia. Pena que sua reputação seja...".

Bazárov vê madame Odíntsova pela primeira vez no baile do governador.

"Arkádi se voltou e viu uma mulher alta, num vestido preto, de pé na porta da sala. Impressionou-o a dignidade de sua postura. Os braços nus caíam graciosamente de cada lado da estreita cintura; graciosos também eram os raminhos de brinco-de-princesa que desciam dos cabelos radiosos até os ombros ligeiramente inclinados; sob a testa branca e algo saliente, os olhos claros transmitiam uma expressão tranquila e inteligente — sim, efetivamente tranquila, e não pensativa —, enquanto um sorriso quase imperceptível flutuava sobre seus lábios. Seu rosto irradiava uma força grácil e delicada. [...]

A atenção de Bazárov também estava concentrada em madame Odíntsova.

— Quem será ela? — observou. — Ela é diferente de todas as mulheres daqui."

Arkádi é apresentado a ela e a convida para a mazurca seguinte.

"Ele chegou à conclusão de que nunca tinha encontrado mulher tão atraente. Era incapaz de apagar o som da voz dela; até as dobras de seu vestido pareciam ter um caimento diferente do que tinha em outras mulheres — mais elegantes e folgadas —, e seus movimentos eram singularmente suaves e naturais."

Em vez de dançar (era um mau dançarino), Arkádi conversa com ela durante a mazurca, "impregnado da felicidade de estar perto dela, lhe falando, olhando no fundo de seus olhos, a linda testa, todo o seu rosto adorável, digno, inteligente. Ela falou pouco, mas, a partir de algumas de suas observações, Arkádi concluiu que aquela jovem mulher já conseguira sentir e pensar muitas coisas.

"— Com quem você estava — ela perguntou — quando *m'sieu* Sítnikov trouxe você até aqui?

— Ah, então a senhora reparou nele? — Arkádi perguntou por sua vez. — Ele tem um rosto esplêndido, não é verdade? Chama-se Bazárov, é um amigo meu.

Arkádi começou a falar de seu 'amigo' com tais detalhes e tanto entusiasmo que madame Odíntsova o encarou e lhe lançou um olhar agudo.

O governador se aproximou de madame Odíntsova, anunciou que o jantar estava servido e, com uma expressão cansada, lhe ofereceu o braço. Enquanto se afastava, ela se virou para dar um último sorriso e acenar com a cabeça para Arkádi. Ele fez uma profunda reverência, seguiu-a com os olhos (como sua cintura lhe pareceu graciosa, o brilho acinzentado da seda preta dava a impressão de se derramar sobre ela!) [...]

— E então? — Bazárov indagou tão logo Arkádi voltou a se reunir com ele num canto da sala. — Divertiu-se? Um cavalheiro estava me dizendo há pouco que aquela senhora é... ai, ai, ai! Mas o cavalheiro me pareceu um perfeito idiota. Muito bem, você também acha que ela é realmente ai, ai, ai?

— Não chego a entender essa definição — respondeu Arkádi.

— Ah, ora, ora! Que inocência!

— Nesse caso, não entendo o cavalheiro que você menciona. Madame Odíntsova é sem dúvida a mais adorável das criaturas, mas se comportou com tamanha frieza e austeridade que...

— Águas paradas... você sabe! — disse Bazárov rapidamente. — Ela é fria, você diz. É aqui que entra o sabor. Porque você gosta de sorvete, não gosta?

— Talvez — Arkádi murmurou. — Não saberia dizer. Ela quer te conhecer e pediu que eu o levasse para vê-la.

— Posso imaginar o que você disse de mim! No entanto, fez a coisa certa. Vou te acompanhar. Seja ela o que for — simplesmente uma leoa de província ou uma 'mulher emancipada' à la Kúkchina [*Evdóksia*], o fato é que faz muito tempo desde que vi um par de ombros como o dela."

Isso é Turguêniev no que tinha de melhor, a pincelada delicada e vívida (aquele brilho acinzentado é algo excepcional), um senso de cor, luz e sombra maravilhoso. O *ai, ai, ai* é a famosa exclamação russa *ói, ói, ói* — ainda preservada em Nova York entre grupos de armênios, judeus e gregos que vieram da Rússia. Quando é apresentado a ela no dia seguinte, notem a primeira revelação de que Bazárov, o homem forte, pode perder a autoconfiança:

"Arkádi apresentou Bazárov e reparou, intimamente surpreso, que ele parecia embaraçado, enquanto madame Odíntsova permanecia perfeitamente tranquila, tal como na noite anterior. O próprio Bazárov notou seu embaraço e ficou irritado com aquilo. — Só faltava essa! Com medo de uma saia! — ele pensou e, esparramado numa poltrona como Sítnikov, começou a falar com uma liberdade exagerada, enquanto madame Odíntsova mantinha os olhos claros fixos nele".

Bazárov, o plebeu declarado, se apaixonará perdidamente pela aristocrática Anna.

Turguêniev agora usa o recurso que começa a cansar: a pausa para um esboço biográfico em que se descreve o passado da jovem e recém-enviuvada Anna Odíntsova. (O casamento com Odíntsov tinha durado seis anos, até sua morte.) Ela vê o charme de Bazárov por baixo do exterior grosseiro. Uma observação importante da parte de Turguêniev é que só a vulgaridade a ofendia, e ninguém poderia acusar Bazárov de vulgaridade.

✳

Na companhia de Bazárov e Arkádi, visitamos agora a encantadora propriedade rural de Anna, onde os dois passarão quinze dias. A propriedade, Nikólskoie, está situada a alguns quilômetros da cidade e, de lá, Bazárov pretende seguir para a casa de campo de seu pai. Vale notar que ele deixou o microscópio e outros pertences na casa dos Kirsánov, Marino, um pequeno truque cuidadosamente engendrado por Turguêniev a fim de retornar à propriedade dos Kirsánov e assim completar o tema tio Pável-Feniêtchka-Bazárov.

Há algumas pequenas cenas esplêndidas nesses capítulos sobre Nikólskoie, tais como a aparição de Kátia e do galgo:

"Uma linda fêmea de galgo com uma coleira azul entrou correndo na sala de visitas, suas unhas tamborilando no assoalho, seguida de uma moça de dezoito anos, de cabelos negros e tez escura, rosto algo redondo mas agradável, pequenos olhos negros. Carregava uma cesta cheia de flores.

— E aqui está minha Kátia — disse Anna, indicando-a com um gesto da cabeça. Kátia fez uma leve reverência, sentou ao lado da irmã e começou a selecionar as flores. [...]

Ao falar, Kátia exibiu um adorável sorriso, tímido e cândido, enquanto os olhos irradiavam uma cômica severidade. Tudo nela ainda guardava o frescor da juventude: a voz e o colorido de toda a face, o rosado das mãos com os círculos brancos das palmas, os ombros só um pouquinho estreitos. Ela não parava de se ruborizar e respirar rapidamente".

Esperamos agora de Bazárov e Anna algumas boas conversas, e na verdade as recebemos: conversa número 1 no capítulo 16 ("— Sim. Isto parece surpreendê-la... por quê?" — esse tipo de coisa), conversa número 2 no capítulo seguinte e número 3 no capítulo 18. Na primeira, Bazárov expressa as ideias padronizadas dos jovens progressistas de seu tempo e Anna permanece calma, elegante e lânguida. Reparem na encantadora descrição de sua tia:

"A princesa Kh. — uma velhinha mirrada com o rosto enrugado que fazia lembrar um punho fechado, olhos observadores e maliciosos encimados por uma peruca grisalha mal-ajustada — entrou na sala e, praticamente sem cumprimentar os convidados, se deixou cair numa ampla poltrona forrada de veludo na qual só ela tinha o direito de se sentar. Kátia ajeitou um escabelo sob seus pés; a velha senhora não lhe agradeceu e nem mesmo a olhou de relance, suas mãos apenas se movendo de leve sob o xale amarelo que quase cobria todo o seu corpo ressequido. A princesa gostava de amarelo: sua touca também tinha fitas de um amarelo vívido".

O pai de Arkádi tocou Schubert, e logo em seguida Kátia toca a *Fantasia em dó menor* de Mozart: as detalhadas referências musicais de Turguêniev foram uma das coisas que irritaram terrivelmente seu inimigo Dostoiévski. Mais tarde, coletam plantas, e mais uma vez se faz uma pausa para a caracterização adicional de Anna. Aquele doutor é um homem estranho, ela reflete.

Em pouco tempo Bazárov está totalmente apaixonado:

"Bastava pensar nela para que seu sangue se incendiasse; ele poderia dominar facilmente seu sangue, mas algo mais penetrara em seu organismo, algo que jamais admitira, de que sempre zombara, diante do qual seu orgulho se rebelava. De repente, ele imaginava que aqueles castos braços algum dia envolveriam seu pescoço, que aqueles lábios dignos reagiriam a seus beijos, que aquele olhar inteligente pousaria com ternura — sim, com ternura — sobre ele, e sua cabeça começava a girar, por um instante esquecia tudo, até que a indignação de novo ardesse dentro de si. Surpreendia-se acalentando todo tipo de pensamento 'vergonhoso', como se algum demônio zombasse dele. Às vezes lhe parecia que uma mudança estava ocorrendo também em Anna; que alguma coisa emergia na expressão de seu rosto, que talvez... Mas nesse justo momento ele bateria o pé, rangeria os dentes e sacudiria o punho diante de seu próprio rosto". [*Nunca apreciei muito esse ranger de dentes e esse sacudir do punho.*] Ele decide partir, e "ela empalideceu".

Uma nota patética é introduzida pela aparição do velho capataz da família Bazárov, que o havia enviado para saber se o jovem Evguêni Bazárov iria voltar para casa. Esse é o início do tema da família Bazárov, o mais exitoso em todo o romance.

Estamos agora preparados para a conversa número 2. A cena da noite de verão se passa dentro de casa, com uma janela desempenhando um papel romântico bem conhecido:

"— Por que partir? — perguntou Anna, falando agora mais baixo.

Ele [Bazárov] olhou para ela, que havia recostado a cabeça na espreguiçadeira e cruzado os braços, nus até os cotovelos, sobre o peito. Ela parecia mais pálida sob a luz da única lâmpada, coberta com um abajur de papel perfurado. Uma larga túnica branca a ocultava inteiramente em meio a suas suaves dobras; a ponta de seus pés, também cruzados, mal podia ser vista.

— E por que ficar? — Bazárov retrucou.

Anna virou a cabeça ligeiramente.

— Você pergunta por quê? Não gostou do tempo que passou aqui? Ou acha que sua falta não será sentida?

— Tenho certeza disso.

Anna ficou em silêncio por alguns segundos.

— Está enganado se pensa assim. No entanto, não acredito em você. Não pode ter dito isso seriamente.

Bazárov continuava sentado, imóvel.

— Evguêni Vassilievitch, por que não fala alguma coisa?

— Ora, o que posso dizer? Como regra, não vale a pena sentir falta das pessoas, muito menos de mim.

— Abra aquela janela... estou meio sufocada.

Bazárov se levantou e deu um empurrão na janela, que se abriu de supetão e ruidosamente. Não esperava que ela se abrisse com tanta facilidade; além disso, suas mãos tremiam. A noite escura e suave deu uma olhada para dentro da casa com seu céu quase negro, suas folhas farfalhando de leve e a fragrância virginal do ar puro. [...]

— Ficamos tão amigos... — Bazárov disse com voz abafada.

— Sim! Porque eu havia esquecido que você tinha a intenção de partir.

Bazárov se pôs de pé. A lâmpada ardia fracamente no centro da sala escura, olorosa e isolada; vez por outra as cortinas eram sacudidas e um frescor insidioso a invadia; era possível ouvir os misteriosos sussurros daquela noite. Anna não moveu um só membro; uma emoção secreta, que aos poucos a dominava, foi captada por Bazárov. De súbito ele se deu conta de que estava a sós com uma mulher jovem e adorável.

— Para onde você vai? — ela perguntou lentamente.

Ele nada respondeu e se deixou cair numa cadeira.

— Espere um pouco — sussurrou Anna. Seus olhos se fixaram em Bazárov, como se ela o examinasse atentamente.

Ele atravessou a sala com passos longos e, de repente, se aproximou dela, disse 'Adeus!' às pressas, apertou sua mão com tanta força que quase a fez gritar e saiu da sala. Ela ergueu os dedos amassados à altura da boca, soprou-os e, levantando-se impulsivamente da espreguiçadeira baixa, caminhou com passos rápidos até a porta, como se desejasse trazer Bazárov de volta. [...] Sua trança se soltou e, qual uma cobra negra, escorregou sinuosamente até o ombro. A lâmpada ficou acesa até muito tarde no quarto de Anna, onde por longo tempo ela permaneceu sentada e imóvel, apenas passando as mãos pelos braços vez por outra para combater a friagem da noite.

Bazárov voltou para o seu quarto duas horas depois, as botas molhadas pelo orvalho; ele estava taciturno, sentindo falta de ar".

No capítulo 18 temos a terceira conversa, com uma explosão emocional no fim e outra vez a janela:

"Anna estendeu ambas as mãos à frente do corpo, mas Bazárov estava com a testa encostada no vidro da janela. Respirava com dificuldade; todo o seu corpo tremia visivelmente. Não era, porém, o tremor da timidez juvenil, não era o delicioso receio de uma primeira declaração de amor que o dominavam; era a paixão lutando dentro dele, forte e dolorosa — uma paixão não diferente do rancor, e talvez a ele relacionada. Anna sentiu ao mesmo tempo medo e pena dele.

— Evguêni Vassilievitch! — ela disse, e involuntariamente havia um quê de ternura em sua voz.

Ele se voltou rapidamente, devorou-a com os olhos e, agarrando suas duas mãos, puxou-a de repente para junto do peito.

Ela não se libertou logo de seu abraço, mas pouco depois se encontrava de pé em um canto distante da sala, observando Bazárov de lá. Ele correu na direção dela.

— Você me compreendeu mal — ela murmurou às pressas, alarmada. Parecia que, se ele desse mais um passo, ela soltaria um grito. Bazárov mordeu o lábio e saiu da sala."

✳

No capítulo 19, Bazárov e Kirsánov deixam Nikólskoie. (A chegada de Sítnikov visa oferecer um alívio cômico, sendo artisticamente insatisfatória e pouco plausível.) Os três dias seguintes são passados — três dias após três anos de separação — com os velhos pais de Bazárov.

"Bazárov pôs o corpo para fora da carruagem enquanto Arkádi, esticando a cabeça por cima do ombro do companheiro, viu um homem alto e emaciado nos degraus do pequeno solar, com cabelos desgrenhados e um nariz fino e aquilino; seu casaco militar estava desabotoado. Encontrava-se de pé, as pernas bem afastadas, fumando um cachimbo comprido, os olhos semicerrados por causa do sol.

Os cavalos pararam.

— Finalmente você lembrou de nós — disse o pai de Bazárov ainda fumando, embora o cachimbo de estudante praticamente dançasse em seus dedos para cima e para baixo. — Vamos, saia, saia; deixe eu te beijar.

Passou o braço pelos ombros do filho.

— Guênia, Guênia — ouviram a voz trêmula de uma mulher. A porta se abriu de repente e apareceu uma velhinha baixa e rechonchuda usando uma touca branca e uma jaqueta curta e listrada. Ela soltou um 'oh!', seu corpo balançou, e ela teria certamente caído caso Bazárov não a amparasse. Os bracinhos gordos imediatamente lhe enlaçaram o pescoço, a cabeça foi apertada contra seu peito, fez-se um silêncio total. O único som que se ouvia eram os soluços entrecortados de sua mãe."

É uma pequena propriedade; os Bazárov possuem apenas 22 servos. O pai, que servira no regimento do general Kirsánov, é um velho doutor de província, irremediavelmente ultrapassado. Na primeira conversa que mantêm, ele se lança num monólogo patético que aborrece seu filho emancipado e blasé. A mãe pergunta por quanto tempo Eugene vai ficar — depois de três anos de ausência. Turguêniev fecha o capítulo com uma descrição das origens e mentalidade da sra. Bazárov, um recurso que conhecemos bem: a pausa biográfica.

Uma segunda conversa tem lugar, dessa vez entre o velho Bazárov e Arkádi (Evguêni tendo acordado cedo e saído para dar uma caminhada, ficamos sem saber se coletou alguma coisa). No que tange ao velho Bazárov, a conversa é marcada pelo fato de que Arkádi é um amigo e admirador de Evguêni: e essa admiração por seu filho é que regala comovedoramente o coração do pai. Uma terceira conversa ocorre entre Evguêni e Arkádi à sombra de um monte de feno, ocasião em que conhecemos alguns pormenores biográficos acerca de Evguêni. Ele havia vivido ali dois anos seguidos e depois circulara de lugar em lugar pois seu pai era um médico do Exército. A conversa adquire um tom filosófico mas termina numa ligeira discussão.

O verdadeiro drama começa quando Evguêni de repente decide partir, embora prometa voltar um mês depois.

"[O velho Bazárov] após continuar a agitar corajosamente o lenço por mais alguns momentos de pé nos degraus, afundou-se numa cadeira e deixou a cabeça cair sobre o peito.

— Ele nos abandonou, ele nos abandonou! — balbuciou. — Nos abandonou, fica entediado aqui. Agora estou sozinho, sozinho assim! — E, a cada vez que dizia isso, erguia a mão com o indicador apontando para cima. Ao que Arina Vlassíevna se aproximou dele e, encostando a cabeça grisalha na barba grisalha, disse:

— Não há o que fazer, Vássia! Um filho é uma fatia cortada do pão. É como um falcão — sentiu vontade, voou de volta para o ninho; sentiu vontade, saiu voando de novo. Mas você e eu somos como calombos num tronco oco, sentados lado a lado, nunca mudando de lugar. Só eu vou ser sempre a mesma para você, e você sempre o mesmo para mim.

Vassíli Ivánovitch afastou a mão do rosto e abraçou sua mulher, sua amiga e companheira, com mais força do que fizera até mesmo na juventude: ela o consolara em seu sofrimento."

✳

Obedecendo a um capricho de Bazárov, os dois amigos fazem um desvio para passar por Nikólskoie, onde não são esperados. Tendo permanecido lá durante quatro horas insatisfatórias (Kátia não saiu de seu quarto), seguem para Marino. Dez dias depois Arkádi retorna a Nikólskoie. A razão principal é que Turguêniev necessita tê-lo à distância quando ocorre a esperada briga entre Bazárov e tio Pável. A permanência de Bazárov é inexplicada: ele poderia perfeitamente conduzir seus experimentos simples na casa dos pais. Começa agora o tema de Bazárov e Feniêtchka, quando temos a famosa cena no caramanchão de lilases em que não falta o recurso da conversa ouvida à socapa:

"— Gosto quando você fala. É como um riachinho murmurando.

Feniêtchka afastou a cabeça.

— Você diz cada coisa! — ela comentou, passando a mão sobre as flores. — E por que você deveria me ouvir? Já conversou com mulheres tão inteligentes.

— Ah, Theodosia Nikoláievna! Creia em mim, todas as mulheres inteligentes do mundo não valem a covinha em seu cotovelo!

— Ora, ora, que ideia! — murmurou Feniêtchka, pondo as mãos sob o corpo.

— Então vou lhe dizer: quero... uma dessas rosas.

Feniêtchka soltou nova risada e até bateu palmas, tão engraçado lhe pareceu o pedido de Bazárov. Riu e, ao mesmo tempo, se sentiu lisonjeada. Bazárov a olhava fixamente.

— Sem dúvida, sem dúvida — ela disse por fim e, inclinando-se no banco, começou a colher as rosas. — Qual você quer: vermelha ou branca?

— Vermelha... e não muito grande. [...]

Feniêtchka esticou o fino pescoço para a frente e trouxe o rosto para perto da flor. O lenço escorregou da cabeça para seus ombros; uma massa de cabelos negros e lustrosos, ligeiramente desalinhados, se tornou visível.

— Espere, quero cheirar junto com você — disse Bazárov. Ele se inclinou e beijou sofregamente seus lábios entreabertos.

Ela se assustou e o empurrou com as duas mãos plantadas em seu peito. Mas não teve força para afastá-lo, e ele foi capaz de renovar e prolongar o beijo.

Ouviu-se uma tosse seca por trás dos arbustos de lilases. Feniêtchka imediatamente passou para a outra ponta do banco. Pável Pietróvitch apareceu, fez uma pequena reverência e, tendo perguntado com uma espécie de frieza maliciosa 'Você aqui?', afastou-se do caramanchão.

— Você não devia ter feito isso, Evguêni Vassilievitch — ela sussurrou, indo embora. Havia uma nota de genuína reprovação em seu sussurro.

Bazárov se lembrou de outra cena recente, sentindo uma mistura de vergonha e irritação prepotente. Mas logo jogou a cabeça para trás, congratulando-se com ironia por sua admissão formal nas fileiras dos casanovas, e foi para seu quarto".

No duelo que se seguiu, tio Pável mira em Bazárov e dispara, porém erra. Bazárov:

"[...] deu mais um passo e, sem apontar, apertou o gatilho.

Kirsánov teve um ligeiro tremor e apertou a coxa com a mão. Um filete de sangue começou a correr por suas calças brancas.

Bazárov atirou para longe a pistola e se aproximou de seu antagonista.

— Você está ferido? — perguntou.

— Você tinha o direito de me chamar para a barreira — disse Pável Pietróvitch —, mas esse ferimento não é nada. Segundo nosso acordo, cada um de nós tem direito a mais um tiro.

— Realmente, peço desculpas, mas isso vai ter de ficar para outra ocasião — respondeu Bazárov, passando o braço pelos ombros de Kirsánov, que estava começando a empalidecer. — Agora já não sou um duelista, mas um médico, e preciso examinar seu ferimento antes de qualquer outra coisa. [...]

— Isso é bobagem... não preciso da ajuda de ninguém — Kirsánov declarou com a voz entrecortada — e... devemos... outra vez... — Tentou alisar o bigode mas não pôde controlar a mão, seus olhos giraram nas órbitas e ele desmaiou. [...] Kirsánov abriu os olhos lentamente.

— Só preciso de alguma coisa para amarrar este arranhão e então posso caminhar até em casa ou você manda um coche me pegar. O duelo, se assim quiser, não vai ser retomado. Você se comportou com fidalguia — hoje, note bem, hoje.

— Não vale a pena remexer no passado — retrucou Bazárov. — E, quanto ao futuro, também não adianta quebrar a cabeça pensando nisso, porque eu tenciono partir imediatamente".

Na verdade, Bazárov teria agido ainda com maior fidalguia caso houvesse friamente atirado para o ar depois de haver suportado o disparo de tio Pável.

✳

Turguêniev inicia agora sua operação de limpeza do terreno a partir de uma conversa entre tio Pável e Feniêtchka, assim como outra entre tio Pável e seu irmão — quando Pável pede solenemente a Nikolai que se case com Feniêtchka. Uma lição moral é dada sem grande qualidade artística. Tio Pável decide viajar para o exterior: sua alma está morta. Voltaremos a vê-lo de relance no epílogo, mas em essência Turguêniev não precisa mais dele.

Para encerrar o tema de Nikólskoie, voltamos à cidadezinha onde Kátia e Arkádi estão sentados à sombra de um freixo. A fêmea de galgo Fifi também está lá. Os jogos de luz e sombra são lindamente retratados:

"A ligeira brisa que agitava as folhas do freixo fazia dançar os pontos dourados de luz sobre a aleia em sombra e sobre o pelo fulvo das costas de Fifi; o sol não chegava até Arkádi e Kátia, embora vez por outra um vívido clarão incendiasse os cabelos dela. Ambos estavam em silêncio, mas o próprio fato de nada falarem enquanto permaneciam sentados lado a lado era prova de uma relação de confiança; cada um deles parecia não estar pensando no companheiro, porém secretamente desfrutavam da proximidade do outro. O rosto deles também tinha mudado desde que os vimos pela última vez: Arkádi dava a impressão de estar mais calmo, Kátia mais animada, mais ativa".

Arkádi está se libertando da influência de Bazárov. A conversa é funcional — resumindo questões, oferecendo resultados, esboçando o desenlace. É também uma tentativa de traçar as diferenças entre o temperamento de Kátia e o de Anna. É tudo bastante fraco e fora de hora. No momento em que Arkádi quase propõe casamento mas vai embora, aparece Anna. Uma página depois, é anunciada a presença de Bazárov. Quanta atividade!

Agora vamos nos livrar de Anna, Kátia e Arkádi. A cena final tem lugar no caramanchão. Durante outra conversa entre Arkádi e Kátia, o casal Bazárov-Anna é ouvido. Descemos ao nível da comédia de costumes. O recurso de ouvir à socapa está presente, o recurso dos pares está presente, o recurso do resumo está presente. Arkádi retoma o namoro e é aceito. Anna e Bazárov chegam a um entendimento:

"— Olhe — Anna Sergueievna continuou — você e eu cometemos um erro; já não somos tão jovens, especialmente eu; já vivemos bastante, estamos cansados; somos ambos — por que ser falsamente modestos? — inteligentes; no início, atraímos o interesse um do outro, nossa curiosidade foi estimulada, mas então...

— Mas então eu perdi a graça para você — Bazárov interrompeu.

— Você sabe que essa não foi a causa de nosso desentendimento. Mas, seja como for, não tivemos necessidade um do outro, essa foi a razão principal. Havia muita — como devo dizer? — similaridade entre nós. Não entendemos isso logo. [...] Evguêni Vassilievitch, não temos poder sobre... — ela começou, mas soprou uma rajada de vento, fazendo farfalhar as folhas e levando para longe suas palavras.

— Naturalmente, você é livre... — Bazárov declarou pouco depois.

Não foi possível ouvir nada mais, seus passos se afastaram, tudo ficou em silêncio".

No dia seguinte, Bazárov abençoa seu jovem amigo Arkádi e parte.

✳

Chegamos agora ao grande capítulo do romance, o penúltimo, de número 27. Bazárov volta à casa da família e se dedica às atividades médicas. Turguêniev está preparando a morte do personagem. E ela chega. Evguêni pede ao pai um pouco de nitrato de prata fundido:

"— Para que você quer isso?

— Preciso... para cauterizar um corte.

— Corte em quem?

— Em mim.

— Em você? Como assim? Que tipo de corte? Onde é?

— Aqui mesmo, no meu dedo. Fui à cidade hoje — você sabe, de onde trouxeram o camponês com tifo. Iam fazer uma autópsia nele por algum motivo, e há muito tempo não faço esse tipo de coisa.

— E daí?

— Daí que eu pedi ao médico do distrito para me deixar fazer a autópsia; e então me cortei.

Vassíli Ivánovitch de repente ficou branco e, sem pronunciar uma palavra, correu para seu escritório do qual voltou trazendo uma porção de nitrato de prata. Bazárov estava prestes a pegá-lo e sair.

— Pelo amor de Deus — disse seu pai —, deixe eu mesmo fazer isso.

Bazárov sorriu.

— Que doutor devotado!

— Não ria, por favor. Deixe-me ver seu dedo. O corte não é tão grande. Isso dói?

— Aperte mais, não tenha medo.

Vassíli Ivánovitch parou.

— O que você acha, Evguêni... não seria melhor cauterizar isso com um ferro quente?

— Isso devia ter sido feito muito antes; mas agora, para dizer a verdade, até o nitrato de prata é inútil. Se fui infectado, agora é tarde demais.

— O quê... tarde demais... — Vassíli Ivánovitch mal conseguia articular as palavras.

— Claro! Já se passaram mais de quatro horas.

Vassíli Ivánovitch cauterizou o corte um pouco mais.

— Ora, o médico do distrito não tinha nenhum nitrato de prata?

— Não.

— Meu Deus, como isso é possível? Um médico... e ele não tem uma coisa assim tão indispensável!

— Você devia ver as lancetas dele — Bazárov observou, afastando-se depois".

Bazárov tinha sido infectado, fica doente, tem uma recuperação parcial e mais tarde uma recaída que o leva a um estágio crítico da doença. Anna é chamada, chega com um médico alemão, que lhe diz não haver esperança, e vai para a beira do leito de Bazárov.

"— Bom, obrigado — Bazárov repete. — Este é um gesto digno da realeza. Dizem que os monarcas também visitam os moribundos.

— Evguêni Vassilievitch, espero...

— Escute, Anna Sergueievna, vamos falar a verdade. Para mim, acabou. Fui atropelado. E agora se vê que de nada valia pensar no futuro. A morte é um velho truque, mas sempre chega como uma surpresa. Até agora não sinto pavor dela... e mais tarde vem o coma e... — ele assobiou e fez um pequeno gesto que simbolizava a inutilidade. — Bem, o que devo dizer a você? Que te amei? Não havia sentido em dizer isso antes, e muito menos agora. O amor é um corpo, e meu corpo já está se decompondo. Eu faria melhor dizendo como você é bonita! Mesmo agora, aí de pé, tão linda...

Anna estremeceu da cabeça aos pés.

— Não se importe, não fique preocupada. Sente-se lá. Não chegue perto de mim... afinal, minha doença é contagiosa.

Anna cruzou rapidamente o quarto e se sentou numa poltrona perto do divã em que Bazárov se encontrava deitado.

— Magnânima! — ele sussurrou. — Ah, tão perto e tão jovem, fresca e pura... neste quarto repugnante! [...] Bom, adeus! Que você tenha uma vida longa. Isso é o melhor de tudo, e a aproveite ao máximo enquanto é tempo. Veja só que espetáculo horroroso: um verme esmagado, mas ainda se retorcendo. E, entretanto, eu também pensei que realizaria tantas coisas, não iria morrer, não eu! Diante de qualquer problema... bem, eu era um gigante! E agora o único problema que o gigante tem pela frente é morrer com decência, embora isso não faça a menor diferença para ninguém. Não faz mal, não vou abanar o rabo. [...]

Bazárov trouxe a mão à testa.

Anna se inclinou em sua direção.

— Evguêni Vassilievitch, eu estou aqui...

Ele imediatamente afastou a mão e ergueu o corpo.

— Adeus — ele disse com inesperada força, seus olhos luzindo com um brilho derradeiro. — Adeus. Ouça... você sabe que não te beijei naquela vez. Sopre a lâmpada moribunda e deixe que ela se apague...

Anna pousou os lábios em sua fronte.

— Chega! — ele murmurou, caindo de volta sobre o travesseiro. — Agora [...] a escuridão...

Anna saiu de mansinho.

— E então? — Vassíli Ivánovitch perguntou num sussurro.

— Ele adormeceu — respondeu com voz quase inaudível.

Bazárov estava fadado a não mais despertar. Lá para o final da tarde mergulhou na inconsciência total, morrendo no dia seguinte. [...]

E quando por fim deu o último suspiro, e uma lamentação geral tomou conta da casa, Vassíli Ivánovitch teve um acesso de raiva.

— Eu disse que ia me rebelar — gritou com voz roufenha, o rosto rubro e contorcido, sacudindo o punho cerrado no ar, como se ameaçasse alguém — e vou me rebelar.

Mas Arina Vlassíevna, aos prantos, se pendurou no pescoço dele, e ambos se prostraram juntos no chão.

— Lado a lado — Anfisuchka relatou mais tarde nos quartos dos empregados — deixaram a pobre cabeça pender, como ovelhas ao meio-dia...

Mas o mormaço do meio-dia passa, a tarde vem, e depois a noite, até que se chega outra vez ao refúgio sereno onde o sono é doce para os torturados e exaustos."

✳

No epílogo, capítulo 28, todos se casam com base no recurso da criação de pares. Notem aqui a atitude didática e ligeiramente jocosa. O destino tomou as rédeas, mas ainda continua sob o comando de Turguêniev.

"Anna se casou recentemente, não por amor mas por convicção, com um dos futuros líderes da Rússia, um homem muito inteligente, advogado, dotado de grande senso prático, força de vontade e notável eloquência — ainda jovem, simpático, e frio como o gelo. [...] Os Kirsánov, pai e filho, vivem em Marino; as coisas estão melhorando para eles. Arkádi passou a zelar pela administração da propriedade, e a 'fazenda' agora gera uma renda excelente [...]. Kátia tem um filho, o pequeno Nikolai, enquanto Mítia corre para todos os lados e fala muito bem. [...] Em Dresden, no Brühl Terrace, entre duas e quatro da tarde — a hora mais elegante para caminhar —, é possível ver um homem beirando os cinquenta anos, cabelos agora totalmente grisalhos, mas ainda bonito, vestido com grande apuro e exibindo aquela distinção especial de quem está acostumado a circular nas altas camadas da sociedade. Trata-se de Pável Pietróvitch. De Moscou ele seguira para o exterior por questões de saúde, tendo se instalado em Dresden, onde mantém contato em especial com visitantes ingleses e russos. [...] Kúkchina também foi para o exterior. [...] Juntamente com outros dois ou três jovens químicos, que não sabem distinguir oxigênio de nitrogênio mas possuem grandes doses de ceticismo e respeito próprio, Sítnikov se movimenta energicamente por São Petersburgo, também se aprestando para ser uma grande figura e, segundo afirma, levando adiante o 'trabalho' de Bazárov. [...]

Em uma pequena aldeia situada em um dos recantos mais longínquos da Rússia, há um cemitério. Como quase todo cemitério, tem uma aparência desoladora. No entanto, entre aquelas sepulturas há uma intocada pelos homens e não pisoteada por animais; só os pássaros pousam nela e cantam ao amanhecer. Uma grade de ferro a circunda; dois jovens pinheiros lá estão, cada qual plantado numa extremidade.

Evguêni Bazárov está enterrado naquela cova. Com frequência, da cidadezinha que não fica muito longe, um velho casal, ambos agora decrépitos, vem visitá-la — marido e mulher. Apoiando-se mutuamente, chegam com passos pesados e se ajoelham diante da grade. Choram longa e amargamente, contemplando longa e fixamente a pedra muda sob a qual repousa o filho; trocam algumas breves palavras, varrem com a mão o pó da pedra, ajeitam o galho de um dos pinheiros, e então voltam a rezar, pois não conseguem abandonar aquele lugar onde se sentem mais próximos do filho, das recordações que guardam dele."

Fiódor Dostoiévski (1821-1881)

Bielínski na "Carta a Gógol" (1847):

"[...] Você não notou que a Rússia vê sua salvação não no misticismo, não no ascetismo, não no pietismo, mas nos êxitos da civilização, do Iluminismo, do humanitarismo. A Rússia não precisa de sermões (já os ouviu) nem de preces (já as rogou muitas vezes), mas de que desperte no povo o senso de dignidade humana durante tantos séculos perdido em meio à lama e ao estrume, bem como o respeito aos direitos e às leis, não segundo os ensinamentos da Igreja, mas com bom senso e justiça, a ser obedecidos tanto quanto possível. No entanto, em vez disso a Rússia apresenta o horrível espetáculo de uma terra onde os homens compram e vendem outros homens sem ter ao menos a justificativa que os proprietários de plantações nos Estados Unidos astutamente utilizam ao afirmar que os negros não são homens; o espetáculo de uma terra onde as pessoas não se chamam pelos nomes, mas por apelidos ignóbeis (Vankas, Vaskas, Stechkas, Palachkas); enfim, o espetáculo de um país onde não apenas inexistem as garantias à pessoa, à honra e à propriedade, mas onde não impera nem mesmo a ordem mantida pela polícia, pois há apenas enormes corporações formadas por numerosos ladrões e assaltantes administrativos. Os mais urgentes problemas nacionais são agora: a abolição do direito de possuir servos, a proibição dos castigos corporais, a estrita implementação, na medida do possível, pelo menos das leis que já existem. Isso é sentido até pelo próprio governo (perfeitamente consciente daquilo que os proprietários de terras fazem com seus camponeses e de quantas gargantas dos primeiros são cortadas anualmente pelos servos), como provam as medidas tímidas e inúteis que adotam em benefício de nossos 'negros' brancos [...]".

Minha posição em relação a Dostoiévski é curiosa e difícil. Em todos os meus cursos abordo a literatura a partir do único ponto de vista que me interessa — a saber, o da arte duradoura e do talento individual. Dessa perspectiva, Dostoiévski não é um grande escritor; ao contrário, é bastante medíocre — com lampejos de excelente humor, mas, infelizmente, separados por oceanos de platitudes literárias. Em *Crime e castigo*, Raskólnikov por alguma razão mata uma velha usurária e sua irmã. A Justiça, na figura de um inexorável policial, fecha lentamente o cerco em torno dele até que, no final, Raskólnikov se vê forçado a fazer uma confissão pública e, graças ao amor de uma nobre prostituta, empreende uma regeneração espiritual que não parecia tão incrivelmente banal em 1866, quando o romance foi escrito, como nos dias atuais, em que as prostitutas nobres tendem a ser recebidas com uma boa dose de cinismo pelos leitores experimentados. Minha dificuldade, contudo, é que nem todos os leitores com quem converso nesta e em outras salas de aula são experientes. Diria que ao menos um terço deles não conhece a diferença entre a literatura real e a pseudoliteratura, e a esses leitores Dostoiévski pode dar a impressão de ser mais importante e mais artístico do que os autores de porcarias do gênero dos romances históricos norte-americanos ou *A um passo da eternidade*.

Todavia, como estou analisando em profundidade uma série de artistas realmente grandes, é nesse nível elevado que Dostoiévski será criticado. Não me identifico suficientemente com um professor acadêmico a ponto de ensinar assuntos de que não gosto. Estou mais do que pronto para arrasar com Dostoiévski, mas compreendo que pessoas que não tenham lido muito possam se sentir confusas com os valores implícitos em minha análise.

✳

Fiódor Mikhailovitch Dostoiévski nasceu em 1821, em uma família bem pobre. Seu pai era médico em um dos hospitais públicos de Moscou, mas essa era uma posição modesta na Rússia de então, e a família ocupava aposentos pequenos e em condições bastante precárias.

Seu pai era um tiranete, que morreu assassinado em circunstâncias obscuras. Os exploradores da obra literária de Dostoiévski com inclinações freudianas tendem a ver traços autobiográficos na atitude de Ivan Karamázov a respeito do assassinato de seu pai: embora Ivan não tenha sido o verdadeiro assassino, por sua atitude indulgente e por não haver impedido o crime como teria podido, ele de certa forma foi culpado de patricídio. Segundo tais críticos, Dostoiévski durante toda a vida teria carregado um similar peso na consciência, sentindo-se indiretamente culpado depois que seu pai foi morto pelo cocheiro da família. Seja como for, não há dúvida de que Dostoiévski era um neurótico e que, desde a infância, sofreu da misteriosa doença que era a epilepsia. Os ataques epilépticos e sua condição neurótica se agravaram consideravelmente por causa dos infortúnios de que mais tarde padeceu.

Dostoiévski foi educado num internato em Moscou e posteriormente foi para a Escola de Engenharia Militar de São Petersburgo. Ele não tinha interesse especial pela engenharia militar, porém seu pai desejava que o filho frequentasse aquele colégio. Mesmo lá ele dedicou a maior parte do tempo ao estudo da literatura. Depois de se formar, serviu no departamento de engenharia o tempo necessário para compensar a formação que recebera. Em 1844, desligou-se do trabalho e se lançou na carreira literária. Seu primeiro livro, *Gente pobre* (1846), foi um sucesso junto aos críticos literários e ao público leitor. Contam-se várias histórias sobre a trajetória inicial do livro. O amigo de Dostoiévski e também escritor Dmitri Grigórovitch o persuadira a deixá-lo mostrar o manuscrito a Nikolai Niekrassov, à época o editor da mais influente revista literária, *Sovremennik* [O contemporâneo]. Niekrassov e sua amiga Panaiev mantinham na sede da revista um salão frequentado pelos expoentes da literatura russa. Turguêniev e mais tarde Tolstói eram presenças assíduas no salão, assim como os famosos críticos de esquerda Nikolai Tchernichévski e Nikolai Dobroliúbov. Ser publicado na revista de Niekrassov era suficiente para garantir a reputação literária de um autor. Após deixar seu manuscrito com Niekrassov, Dostoiévski foi para a cama cheio de dúvidas: "Eles vão rir do meu *Gente pobre*", ficou dizendo a si mesmo. Às quatro da madrugada, foi acordado por Niekrassov e Grigorovitch, que irromperam em seu apartamento e o cobriram de ruidosos beijos russos: tinham começado a ler o manuscrito à noite e não puderam parar antes de terminá-lo. A admiração de ambos foi tão grande que decidiram acordar o autor e lhe dizer imediatamente o que achavam dele. "Não importa que esteja dormindo: isto é mais importante que o sono", eles disseram.

Niekrassov levou o manuscrito a Bielínski e declarou que nascera um novo Gógol. "Para você, os Gógois parecem nascer como cogumelos", observou Bielínski secamente. Mas, após ler *Gente pobre*, sua admiração foi também ilimitada e ele de pronto pediu que lhe apresentassem o novo autor, enchendo-o de elogios entusiasmados. Dostoiévski ficou extasiado; *Gente pobre* foi publicado na revista de Niekrassov com grande êxito. Infelizmente, o sucesso não durou. Seu segundo romance ou novela, *O duplo* (1846), que é certamente a melhor coisa que ele escreveu e sem dúvida muito superior a *Gente pobre*, foi recebido com indiferença. No meio-tempo, Dostoiévski havia desenvolvido uma tremenda vaidade literária e, sendo muito ingênuo, pouco refinado e grosseiro no trato com as pessoas, fez um papelão junto aos amigos e admiradores recentes, terminando por arruinar completamente o relacionamento com eles. Turguêniev disse que Dostoiévski era uma nova espinha no nariz da literatura russa.

De início, ele se inclinava na direção dos radicais, passando depois a apoiar crescentemente os defensores da ocidentalização do país. Ligou-se também a uma sociedade secreta (conquanto aparentemente não tenha se tornado membro) composta de jovens que esposavam as teorias socialistas de Saint-Simon e Fourier. Esses jovens se reuniam na casa de um funcionário do departamento de Estado, Mikhail Petrachévski, a fim de ler em voz alta e discutir os livros de Fourier, conversar sobre o socialismo e criticar o governo. Após as sublevações de 1848 em vários países europeus, houve uma onda de reação na Rússia: o governo, alarmado, se voltou contra todos os seus antagonistas. Os petrachevskianos foram presos, entre os quais Dostoiévski. Ele foi acusado de "haver tomado parte em planos criminosos e divulgado a carta de Bielínski [*para Gógol*] repleta de expressões insolentes contra a Igreja Ortodoxa e o Poder Supremo, além de ter tentado, juntamente com outros, circular material contrário ao governo com a ajuda de uma editora particular". Ele aguardou o julgamento na Fortaleza de São Pedro e São Paulo, cujo comandante era um general Nabokov, antepassado meu. (A correspondência trocada entre esse general Nabokov e o czar Nicolau a respeito daquele prisioneiro constitui uma leitura engraçadíssima.) A pena foi severa — oito anos de trabalhos forçados na Sibéria (mais tarde comutados para quatro pelo czar), mas um procedimento monstruosamente cruel foi seguido antes que o veredicto fosse lido para os acusados: disseram-lhes que seriam fuzilados, os levaram até o local da execução, tiraram a camisa deles e o primeiro grupo de prisioneiros foi amarrado aos postes. Só então a verdadeira sentença foi lida para eles. Um dos homens enlouqueceu. Os eventos daquele dia deixaram uma profunda cicatriz na alma de Dostoiévski, causando um trauma do qual nunca se recuperou.

Dostoiévski cumpriu os quatro anos de prisão na Sibéria em companhia de assassinos e ladrões, pois não se segregavam então os criminosos comuns dos políticos. Esse período foi descrito em *Recordações da casa dos mortos* (1862), que não constitui uma leitura agradável. Todas as humilhações e sevícias a que foi submetido são descritas em pormenores, assim como os criminosos entre os quais viveu. A fim de não enlouquecer de vez em tal meio, Dostoiévski precisava de alguma válvula de escape, que encontrou no cristianismo neurótico desenvolvido durante aqueles anos. É apenas natural que, entre os condenados com quem viveu, alguns demonstrassem um traço humano ocasional em meio à bestialidade pavorosa. Dostoiévski coletou tais manifestações e sobre elas construiu uma idealização muito artificial e completamente patológica do homem do povo na Rússia. Esse foi seu primeiro passo na estrada espiritual que passou a palmilhar. Em 1854, cumprida a pena, mandaram Dostoiévski servir como soldado num batalhão aquartelado na Sibéria. Em 1855, Nicolau I morreu e seu filho assumiu o trono com o nome de Alexandre II, vindo a ser, de longe, o melhor monarca russo do século 19. (Ironicamente, foi o que morreu nas mãos dos revolucionários, literalmente partido em dois por uma bomba atirada a seus pés.) Muitos prisioneiros foram perdoados no início de seu reinado. Dostoiévski recebeu de volta seu cargo como oficial do Exército e quatro anos mais tarde teve permissão de retornar a São Petersburgo.

Durante os últimos anos de exílio, ele havia retomado sua obra literária com *A aldeia de Stiepántchikovo e seus habitantes* (1859) e *Recordações da casa dos mortos*. Depois do retorno a São Petersburgo, mergulhou na atividade literária. Começou imediatamente a editar, junto com o irmão Mikhail, uma revista literária intitulada *Vremia* [Tempo]. *Recordações da casa dos mortos* e o romance intitulado *Humilhados e ofendidos* (1861) foram publicados inicialmente nessa revista. Sua atitude para com o governo se alterara totalmente desde os tempos do radicalismo juvenil. "A Igreja Católica Grega, a monarquia absoluta e o culto ao nacionalismo russo", os três sustentáculos sobre os quais se erguia o eslavofilismo político de cunho reacionário, constituíam sua fé doutrinária. As teorias do socialismo e o liberalismo ocidental se tornaram para ele as corporificações da contaminação ocidental e do pecado diabólico, dedicadas à destruição do mundo eslavo e greco-católico. É a mesma atitude que se vê no fascismo ou no comunismo — a salvação universal.

Sua vida emocional até então fora infeliz. Havia se casado na Sibéria, mas aquela primeira união se revelou insatisfatória. Em 1862-3 teve um romance com uma escritora e, na companhia dela, visitou a Inglaterra, a França e a Alemanha. Essa mulher, que mais tarde caracterizou de "infernal", parece ter sido uma mau-caráter. Ela se casou posteriormente com Rozanov, um autor extraordinário que combinava momentos de talento excepcional com manifestações de assombrosa ingenuidade. (Eu conheci Rozanov, que então tinha outra esposa.) Ao que tudo indica, essa mulher exerceu uma influência muito negativa sobre Dostoiévski, contribuindo para aumentar sua instabilidade. Foi durante a viagem à Alemanha que se tornou patente pela primeira vez a paixão de Dostoiévski pelo jogo, a qual durante o resto de sua vida constituiu uma praga para a família e um obstáculo insuperável para que ele alcançasse tranquilidade material e paz de espírito.

Após a morte de seu irmão, o fechamento da revista de que ele era editor levou Dostoiévski à bancarrota e o tornou responsável pela família do irmão, dever que assumiu imediata e voluntariamente. A fim de arcar com esses ônus esmagadores, Dostoiévski se dedicou febrilmente ao trabalho. Todos os seus romances mais famosos — *Crime e castigo* (1866), *O jogador* (1867), *O idiota* (1868), *Os demônios* (1872), *Os irmãos Karamázov* (1880) etc. — foram escritos sob uma tensão permanente: ele era obrigado a trabalhar às pressas, cumprindo prazos de entrega praticamente sem tempo de reler o que escrevera ou, melhor dizendo, o que ditara para uma estenógrafa que havia sido forçado a contratar. Nessa estenógrafa ele enfim encontrou uma mulher que lhe era totalmente devotada e cujo senso prático o ajudou a cumprir os compromissos de entrega de originais e a escapar aos poucos das dificuldades financeiras.

Em 1867 se casou com ela, numa união em geral feliz. Durante quatro anos, de 1867 a 1871, eles alcançaram certa segurança financeira e puderam retornar à Rússia. Desde então, e até o fim de sua vida, Dostoiévski gozou de razoável paz. *Os demônios* foi um grande sucesso. Logo depois de sua publicação, foi-lhe oferecido o cargo de editor do semanário extremamente reacionário do príncipe Mechtchérski, *Grajdanine* [Cidadão]. A última obra, *Os irmãos Karamázov*, da qual completou apenas o primeiro volume, pois morreu enquanto escrevia o segundo, foi seu romance mais famoso.

No entanto, mais célebre ainda foi seu discurso, em 1880, na inauguração do memorial dedicado a Púchkin em Moscou, um evento de enorme repercussão em que ficou manifesta a paixão da Rússia por Púchkin e de que participaram os principais escritores da época. Todavia, de todas as falas, a de Dostoiévski foi a mais bem recebida pelo público. Em síntese, ele apresentou Púchkin como o representante do espírito nacional da Rússia, que sutilmente compreende os ideais de outras nações mas os assimila e digere de acordo com sua própria conformação espiritual. Dostoiévski identificou nessa capacidade a prova da missão histórica do povo russo etc. A leitura do discurso não explica o grande sucesso de que desfrutou quando apresentado oralmente. Entretanto, se considerarmos o fato de que naquele momento toda a Europa se aliava contra o crescimento do poder e da influência da Rússia, fica mais fácil compreender o entusiasmo que as palavras de Dostoiévski provocaram em seus ouvintes patrióticos.

Dostoiévski morreu um ano mais tarde, em 1881, pouco antes do assassinato de Alexandre II. Desfrutava então de enorme reconhecimento e estima.

Através das traduções do francês para o russo, a influência ocidental do sentimentalismo com traços lúgubres do chamado gênero gótico — Samuel Richardson (1689-1761), Ann Radcliffe (1764-1823), Dickens (1812-1870), Rousseau (1712-1778), Eugène Sue (1804-1857) — se combina na obra de Dostoiévski com uma compaixão religiosa que beira o sentimentalismo melodramático.

Cumpre distinguir entre "sentimental" e "sensível". Um sentimentalista pode ser uma pessoa brutal; já alguém sensível nunca é cruel. O sentimentalista Rousseau, capaz de chorar por causa de uma ideia progressista, distribuiu, sem lhes dar a menor atenção, seus muitos filhos naturais por vários asilos para pobres e crianças abandonadas. Uma senhora sentimental pode mimar seu papagaio e envenenar a sobrinha. O político sentimental pode se lembrar do Dia das Mães e desapiedadamente destruir um rival. Stálin adorava os bebês. Lênin soluçava ao assistir a uma ópera, em especial *La traviata*. Durante todo um século os autores louvaram a vida simples dos pobres, e assim por diante. É preciso lembrar que, quando falamos de sentimentalistas como Richardson, Rousseau e Dostoiévski, queremos nos referir ao exagero não artístico de emoções familiares a fim de provocar automaticamente a compaixão tradicional do leitor.

Dostoiévski jamais superou a influência que os romances de mistério e as histórias sentimentais europeias tiveram sobre ele. Os efeitos sentimentais implicavam um tipo de conflito muito a seu gosto — colocar pessoas virtuosas em situações patéticas para extrair de tais situações a última gota de comoção. Após retornar da Sibéria, quando seus conceitos essenciais começaram a amadurecer — a ideia da salvação encontrada a partir da transgressão, a supremacia ética do sofrimento e da submissão em contraste com a luta e a resistência, a defesa do livre-arbítrio não como proposição metafísica e sim moral, e a fórmula derradeira de confrontar a Europa egoísta e anti-cristã com a Rússia da irmandade pró-cristã —, quando todas essas ideias (examinadas exaustivamente em inúmeros livros escolares) impregnaram seus romances, muito da influência ocidental ainda subsistia, a ponto de nos sentirmos tentados a afirmar que, de certo modo, apesar de tanto odiar o Ocidente, Dostoiévski era o mais europeu dos escritores russos.

Outra linha interessante de investigação reside no exame dos personagens em seu desenvolvimento histórico, tal como o herói predileto do velho folclore russo, João, o Simplório, considerado um bobalhão por seus irmãos, mas que é na verdade tão astuto quanto um gambá e tem um comportamento totalmente imoral. Figura desagradável e em nada poética como personificação da malícia secreta triunfando sobre os grandes e poderosos, João, o Simplório, constitui o produto de uma nação que teve uma dose excepcional de miséria e serve como curioso protótipo do príncipe Míchkin de Dostoiévski, personagem principal do romance *O idiota*, o homem positivamente bom, o imbecil puro e inocente, o suprassumo da humildade, da resignação e da paz espiritual. E o príncipe Míchkin, por sua vez, teve como neto o personagem criado pelo escritor soviético contemporâneo Mikhail Zochtchenko, o tipo de pascácio alegre que vai levando a vida no mundo totalitário de um Estado policial.

A falta de gosto de Dostoiévski, seu tratamento monótono de pessoas que sofriam de complexos pré-freudianos, o hábito de se espojar nos trágicos infortúnios da dignidade humana — tudo isso é difícil de admirar. Não me agrada o truque de seus personagens de "chegar a Jesus pela via do pecado" ou, como disse o autor russo Ivan Búnin de modo mais incisivo, "espalhar Jesus por toda parte". Assim como não tenho ouvido musical, infelizmente não consigo apreciar Dostoiévski, o Profeta. A melhor coisa que ele escreveu, na minha avaliação, foi *O duplo*, a história — contada de forma muito elaborada, com detalhes quase joycianos (tal como observou o crítico Mirski), e num estilo fortemente saturado de expressividade fonética e rítmica — de um funcionário do governo que enlouquece, obcecado pela ideia de que um colega usurpou sua identidade. É uma perfeita obra de arte, mas praticamente não existe para os seguidores de Dostoiévski, o Profeta, porque foi escrita na década de 1840, muito antes daqueles que são considerados seus grandes romances; ademais, sua imitação de Gógol é tão notável a ponto de parecer por vezes quase uma paródia.

À luz do desenvolvimento histórico da visão artística, Dostoiévski é um fenômeno muito fascinante. Caso se examine de perto qualquer de suas obras, digamos *Os irmãos Karamázov*, se verá que praticamente não existem panos de fundo naturais nem algo que se refira à percepção dos sentidos. Se há uma paisagem, é um panorama de ideias, uma paisagem moral. As condições meteorológicas não existem em seu mundo, razão pela qual não importa muito como as pessoas se vestem. Dostoiévski caracteriza seus personagens a partir da situação, de questões éticas, das reações psicológicas, das repercussões internas. Após descrever a aparência de um personagem, ele usa o velho recurso de não mais se referir a seus traços físicos nas cenas em que aparece. Segundo Tolstói, isso não é característico de um artista, que tem seu personagem em mente todo o tempo e sabe exatamente que gesto específico ele fará neste ou naquele momento. Mas há algo ainda mais notável sobre Dostoiévski. Ele pareceria ter sido escolhido pelo destino para ser o maior dramaturgo russo, porém tomou o rumo errado e escreveu romances. *Os irmãos Karamázov* sempre me pareceu uma peça mal-sistematizada, contendo apenas aqueles móveis e outros recursos indispensáveis aos vários atores: uma mesa redonda com a marca circular e molhada de um copo, uma janela pintada de amarelo para dar a impressão de que fazia sol lá fora ou um arbusto trazido às pressas por um assistente do teatro e posto no palco de qualquer maneira.

✳

Desejo mencionar um método adicional de lidar com a literatura — o mais simples e talvez o mais importante de todos. Se você odiar um livro, pode ainda derivar algum prazer artístico imaginando formas melhores de ver as coisas (ou, o que é o mesmo, de expressá-las) do que as usadas pelo autor que você detesta. O medíocre, o falso, o *poshlust*

— lembrem-se dessa palavra* — pode ao menos permitir um prazer deletério, porém bem salutar, enquanto você esperneia e geme durante a leitura de um livro de segunda categoria que ganhou algum prêmio. Mas os livros de que você gosta também podem ser lidos com estremecimentos e suspiros. Faço, por isso, a seguinte sugestão: A literatura, a verdadeira literatura, não deve ser tragada de um gole como uma poção que pode fazer bem ao coração ou ao cérebro — o cérebro, esse estômago da alma. A literatura deve ser partida em pedacinhos, desmembrada, amassada — para que, então, seu adorável aroma seja sentido na palma da mão, mastigado e lambido com deleite; então, e só então, seu raro sabor será apreciado pelo que realmente vale, e os pedaços partidos e amassados voltarão a se unir em sua mente, revelando a beleza de uma unidade para a qual você contribuiu com um pouco do seu próprio sangue.

✳

Quando inicia uma obra, um artista se propõe a resolver um problema artístico específico que ele próprio formulou. Após selecionar seus personagens, o tempo e o lugar, ele determina as circunstâncias particulares que permitirão a ocorrência natural dos desenvolvimentos desejados sem, por assim dizer, nenhuma violência por parte do artista a fim de chegar ao desenlace almejado mediante as combinações e interações lógicas e naturais das forças que pôs em jogo.

O mundo que o artista cria para tal fim pode ser inteiramente irreal — como, por exemplo, o mundo de Kafka ou de Gógol —, mas há uma exigência absoluta que temos o direito de fazer: esse mundo, pelo tempo que durar, deve ser plausível para o leitor ou espectador. Assim, não é em nada essencial que Shakespeare apresente em *Hamlet* o fantasma do pai do personagem principal. Caso concordemos com aqueles críticos que dizem que os contemporâneos de Shakespeare acreditavam na realidade dos fantasmas, justificando desse modo que

---

* Entre as palavras que expressam alguns aspectos, porém nem todos, de *poshlust* podemos mencionar: vulgar, falso, obsceno, pomposo, de mau gosto.

o autor os incluísse em suas peças como realidades, ou caso presumamos que tais fantasmas são meros objetos cênicos, não importa: a partir do momento em que o fantasma do rei assassinado entra na peça, nós o aceitamos e não duvidamos de que Shakespeare tinha o direito de fazê-lo. Com efeito, a verdadeira medida do gênio está no fato de que o mundo por ele criado é realmente seu, não existia antes (pelo menos na literatura) e, coisa ainda mais importante, foi construído de forma plausível. Desejo considerar o mundo de Dostoiévski dessa perspectiva.

Em segundo lugar, ao lidar com uma obra de arte devemos sempre ter em mente que a arte é um jogo divino. Esses dois elementos — o divino e o lúdico — são igualmente importantes. Divino porque é através desse elemento que o homem mais se aproxima de Deus ao se tornar um verdadeiro criador por conta própria. E é um jogo porque só continua a ser arte enquanto nos seja permitido lembrar que, afinal de contas, se trata de algo inventado, que as pessoas no palco, por exemplo, não são de fato assassinadas; em outras palavras, enquanto nossos sentimentos de horror ou repugnância não obscurecem a consciência de que estamos, como leitores ou espectadores, participando de um jogo complexo e interessante: no momento em que tal equilíbrio é rompido, nos deparamos, em cena, com um melodrama ridículo, e num livro com a descrição soturna, digamos, de um assassinato que deveria ser objeto de alguma matéria jornalística. E deixamos de experimentar aquele sentimento misto de prazer, satisfação e vibração espiritual que constitui nossa reação à verdadeira arte. Por exemplo, não nos repugna nem nos horroriza com o final sanguinolento das três maiores peças até hoje escritas: o enforcamento de Cordélia, a morte de Hamlet e o suicídio de Otelo nos fazem estremecer, mas nesse estremecimento há uma forte dose de satisfação. Tal satisfação não deriva do fato de que estejamos felizes ao ver perecer essas pessoas, mas apenas de nosso encanto com o talento avassalador de Shakespeare. Gostaria que vocês refletissem sobre *Crime e castigo* e *Memórias do subsolo* ou *Notas do subterrâneo* (1864) a partir do seguinte ponto de vista: o prazer artístico que vocês obtêm ao acompanhar Dostoiévski em suas excursões à alma doentia dos personagens é consistentemente maior que quaisquer outras emoções, sensações de nojo ou o interesse mórbido por um crime? Na realidade, há até menos equilíbrio entre a conquista estética e o elemento de reportagem criminal nos outros romances de Dostoiévski.

Em terceiro lugar, quando um artista se lança na exploração dos movimentos e reações de uma alma submetida às insuportáveis tensões da vida, nosso interesse é mais prontamente despertado e podemos seguir com maior precisão o artista como nosso guia nos sombrios corredores da alma caso as reações dessa alma sejam de uma variedade por nós reconhecida. Com tal afirmação certamente não desejo dizer que apenas estamos interessados, ou devemos estar, na vida espiritual do chamado homem médio. Certamente não. O que quero transmitir é que, embora os homens e suas reações sejam infinitamente variados, dificilmente podemos aceitar como reações humanas as de um louco furioso ou de um personagem recém-saído do hospício e prestes a voltar para lá. As reações dessas pobres e deformadas almas em geral já deixaram de ser humanas no sentido usual da palavra, ou são tão insólitas que o problema que o autor se propôs permanece sem solução, independentemente de como se imagina que ele possa ser resolvido pelas reações desses indivíduos pouco comuns.

Consultei os estudos de caso de médicos* e apresento a seguir uma lista relacionando os personagens de Dostoiévski em função das categorias de doença mental de que são acometidos.

I. Epilepsia

Os quatro casos claros de epilepsia entre os personagens de Dostoiévski são: o príncipe Míchkin em *O idiota*; Smierdiakóv em *Os irmãos Karamázov*; Kiríllov em *Os demônios*; e Nelli em *Humilhados e ofendidos*.

1. Míchkin é o caso clássico. Ele tem frequentes surtos de êxtase, a tendência ao misticismo emocional, um extraordinário poder de em-

---

* As observações de Nabokov sobre as categorias de doença mental são extraídas de: Stephenson Smith, S.; Isotoff, Andrei. "The Abnormal from Within: Dostoevsky". *The Psychoanalytic Review*, XXII, out./ 1939, pp. 361-91.

patia que lhe permite adivinhar os sentimentos dos outros. Exibe uma atenção meticulosa aos detalhes, em especial com respeito à caligrafia. Na infância, tinha convulsões frequentes e fora caracterizado pelos médicos como um irremediável "idiota".

2. Smierdiakóv é o filho bastardo do velho Karamázov com uma mulher imbecil. Quando criança, Smierdiakóv demonstrou grande crueldade, gostando de enforcar gatos e enterrá-los em cerimônias profanas. Na juventude, desenvolveu um senso exagerado de autoestima, beirando às vezes a megalomania, tinha convulsões frequentes etc.

3. Kiríllov, o bode expiatório no livro *Os demônios*, é um epiléptico incipiente; conquanto seja digno, gentil e consciencioso, tem uma personalidade patentemente epileptoide. Ele descreve com clareza os sintomas premonitórios que sentia frequentemente. Seu caso é complicado pela propensão ao suicídio.

4. O caso de Nelli não é importante e nada acrescenta ao que os três casos anteriores revelam em termos da consciência do epiléptico.

II. Demência senil

O general Ivólguin em *O idiota* é um caso de demência senil incipiente, complicado pelo alcoolismo. Trata-se de um irresponsável que toma dinheiro emprestado com garantias sem valor para comprar bebida. Acusado de mentir, fica perplexo por um momento, mas logo readquire a confiança e continua na mesma veia. A característica peculiar de suas mentiras patológicas é o que melhor revela sua condição mental, em que a decomposição senil é acelerada pelo alcoolismo.

III. Histeria

1. Lisa Khokhlakova em *Os irmãos Karamázov*, uma moça de catorze anos, é parcialmente paralítica, mas sua enfermidade possui presumivelmente fundo histérico e pode ser curada mediante um milagre. Ela é extremamente precoce, impressionável, coquete e perversa; sofre de febres noturnas — sintomas observados com precisão em casos clássicos de histeria. Sonha com demônios. Nos devaneios quando acor-

dada, contempla ideias de maldade e destruição. Adora refletir sobre o recente patricídio de que Dmitri Karamázov foi acusado e pensa que todos "o amam por haver assassinado seu pai" etc.

2. Lisa Túchina em *Os demônios* é um caso limítrofe de histeria. Ela é excessivamente nervosa e irrequieta, arrogante, embora capaz de fazer esforços inauditos para ser gentil. Tem acessos de riso histérico que terminam em pranto, assim como caprichos estranhos etc.

Além desses casos definitivamente clínicos de histeria, os personagens de Dostoiévski exibem muitas tendências histéricas: Nastássia em *O idiota*, Katerina em *Crime e castigo*, que sofre dos "nervos"; a maioria das mulheres, de fato, mostra tendências mais ou menos marcantes de histeria.

IV. Psicopatia

Entre os principais personagens dos romances são encontrados muitos psicopatas: Stavróguin, um caso de "insanidade moral"; Rogójin, vítima de erotomania; Raskólnikov, um caso de "loucura lúcida"; Ivan Karamázov, outro meio louco. Todos eles exibem certos sintomas de dissociação de personalidade, havendo muitos outros exemplos, inclusive de alguns personagens totalmente insanos.

A propósito, os cientistas refutam por inteiro a ideia advogada por alguns críticos de que Dostoiévski precedeu Freud e Jung. Pode ser comprovado de modo convincente que Dostoiévski, ao construir seus personagens anormais, se utilizou largamente do livro do alemão C. G. Carus intitulado *Psyche*, de 1846. A noção de que Dostoiévski antecedeu a Freud se deve ao fato de que os termos usados no livro de Carus são semelhantes aos empregados por Freud, mas na realidade os paralelos entre ambos não residem de forma alguma na doutrina central, mas apenas na terminologia linguística, que nos dois autores tem um conteúdo ideológico diferente.

É questionável se podemos de fato discutir os aspectos de "realismo" e de "experiência humana" ao analisar um autor cuja galeria de personagens consiste quase exclusivamente em neuróticos e lunáticos. Além do mais, os personagens de Dostoiévski apresentam outro traço notável: ao longo do livro, não se desenvolvem como personalidades. Nós os recebemos completos no começo da história, e assim permanecem sem sofrer alterações significativas embora o meio onde circulam possa mudar e as coisas mais extraordinárias aconteçam com eles. Por exemplo, no caso de Raskólnikov em *Crime e castigo*, vemos um homem evoluir de um crime premeditado para a promessa de uma espécie de harmonia com o mundo exterior, mas tudo isso acontece de algum modo do lado de fora: internamente, mesmo Raskólnikov não experimenta um desenvolvimento verdadeiro da personalidade, e os outros personagens de Dostoiévski o fazem ainda menos. A única coisa que se desenvolve, vacila, toma direções inesperadas, se desvia totalmente para incluir novas pessoas e circunstâncias é a trama. Cumpre lembrar sempre que Dostoiévski é basicamente um autor de livros de mistério, onde cada personagem, uma vez apresentado, permanece imutável até o amargo fim, equipado com seus traços peculiares e hábitos pessoais, sendo tratado ao longo de todo o livro como uma peça num problema complicado de xadrez. Como criador de intrincadas tramas, Dostoiévski consegue prender a atenção do leitor; constrói tensões e mantém o suspense com absoluta maestria. No entanto, ao relermos um livro dele, já conhecendo as surpresas e complicações da trama, logo nos damos conta de que o suspense sentido durante a primeira leitura simplesmente evaporou.

CRIME E CASTIGO (1866)

Dada sua capacidade de inventar uma história com tanto suspense e tantas pistas, Dostoiévski costumava ser lido com avidez por jovens estudantes na Rússia juntamente com Fenimore Cooper, Victor Hugo, Dickens e Turguêniev. Eu devia ter 12 anos quando, 45 anos atrás, li *Crime e castigo* pela primeira vez e o achei um livro maravilhosamente poderoso e excitante. Voltei a lê-lo com dezenove anos, durante os terríveis anos de guerra civil na Rússia, e o achei verboso, pavorosamente sentimental e mal-escrito. Li-o aos 28 anos ao discutir a obra de Dostoiévski num de meus livros, voltando a reler o romance ao me preparar para analisá-lo nas universidades norte-americanas. E só recentemente me dei conta do que havia de tão errado com o livro.

O defeito, a rachadura que a meu juízo destrói todo o edifício do ponto de vista ético e estético, pode ser encontrado no capítulo 4 da parte 10. Reside no começo da cena da redenção quando Raskólnikov, o assassino, descobre o Novo Testamento por intermédio da moça Sônia. Ela vem lendo para ele sobre Jesus e a ressurreição de Lázaro. Até aí, tudo bem. Mas então aparece a frase que, por sua pura idiotice, dificilmente é igualada nas maiores obras da literatura mundial: "A vela bruxuleava no quarto miserável, iluminando precariamente o assassino e a prostituta, que liam juntos o livro eterno". "O assassino e a prostituta" e "o livro eterno" — que triângulo! Essa é uma frase crucial, uma guinada retórica típica de Dostoiévski. Mas o que há de tão horrivelmente errado nela? Por que é tão crua e pouco artística?

Sugiro que nem um verdadeiro artista nem um verdadeiro moralista, nem um bom cristão nem um bom filósofo, nem um poeta nem um sociólogo, teriam posto lado a lado, de um só fôlego e num acesso de falsa eloquência, um assassino junto com — quem? — uma pobre meretriz, curvando as cabeças totalmente diferentes sobre aquele livro sagrado. O Deus cristão, tal como compreendido por aqueles que creem no Deus cristão, perdoou a prostituta dezenove séculos atrás. O assassino, por outro lado, precisa antes de tudo ser examinado medicamente. Os dois se encontram em níveis muito diferentes. O crime desumano e imbecil de Raskólnikov não pode ser nem de longe comparado com a condição de uma jovem que ofende a dignidade humana por vender seu corpo. O assassino e a prostituta lendo o livro eterno — que bobagem! Não há vínculo retórico entre um vil assassino e essa moça infeliz. Há apenas o vínculo convencional entre o romance de mistério com ecos góticos e as historietas sentimentais. Trata-se de um truque literário barato, não de uma obra-prima de emoção e comiseração. Além do mais, vale notar a falta de equilíbrio artístico. O crime de Raskólnikov nos foi mostrado em todos os seus sórdidos pormenores e também foram dadas algumas explicações diferentes para o feito do protagonista. Nunca, porém, vimos Sônia no exercício de sua profissão. A situação é um lugar-comum pretensioso. O pecado da prostituta não precisa ser discutido — e eu sustento que o verdadeiro artista é alguém que nunca deixa de discutir assunto algum.

✳

Por que Raskólnikov matou? A motivação é extremamente confusa.

Se acreditarmos naquilo que Dostoiévski muito otimisticamente deseja que acreditemos, Raskólnikov era um jovem bom, leal por um lado à família e por outro a grandes ideais, capaz de se sacrificar, gentil, generoso e trabalhador, embora muito vaidoso e orgulhoso a ponto de se refugiar totalmente em sua vida interior sem necessitar de nenhum relacionamento humano profundo. Esse excelente jovem, generoso e orgulhoso, é paupérrimo.

Por que Raskólnikov matou a velha usurária e sua irmã?

Aparentemente para salvar sua família da miséria e poupar a irmã, que, a fim de ajudá-lo a cursar a universidade, está prestes a se casar com um homem rico mas brutal.

Mas ele também cometeu esse crime a fim de provar a si mesmo que não era um homem comum, sujeito às leis morais criadas por outrem, mas alguém capaz de fazer sua própria lei, e de arcar com o tremendo ônus espiritual da responsabilidade e de sufocar as angústias da consciência por usar esse meio vil (o assassinato) para alcançar um fim meritório (a ajuda à família, a educação que lhe permitirá ser um benfeitor da humanidade) sem sacrificar seu equilíbrio interno e sua vida virtuosa.

E também cometeu o crime porque uma das ideias prediletas de Dostoiévski era que a propagação de conceitos materialistas estava fadada a destruir os valores morais dos jovens, podendo transformar em assassino até mesmo um jovem fundamentalmente bom, que seria empurrado com facilidade para o crime por um conjunto desafortunado de circunstâncias. Notem as ideias curiosamente fascistas que Raskólnikov expõe num "artigo" que escreveu: a saber, que a humanidade consiste em duas partes — a manada e os super-homens — e que a maioria deveria estar sujeita às leis morais vigentes, mas que os poucos que estão acima dessa maioria deveriam ter a liberdade de instituir suas próprias leis. Assim, Raskólnikov de início declarou que Newton e outros grandes pensadores não deveriam ter hesitado em sacrificar muitas centenas de indivíduos caso eles os impedissem de oferecer à humanidade o benefício de suas descobertas. Mais tarde, de algum modo esquece esses benfeitores da humanidade para se concentrar num ideal totalmente diverso. Toda a sua ambição de repente se concentra em Napoleão, em quem ele vê caracteristicamente o homem forte que governa as massas pela sua audácia em "tomar" o poder que simplesmente está disponível a quem tiver a "ousadia". Trata-se de uma rápida transição de aspirante a benfeitor da humanidade a aspirante a tirano, em busca do poder pelo poder. Uma transformação que exigiria uma análise psicológica mais detalhada do que aquela que Dostoiévski, em sua pressa, estava em condições de empreender.

A outra ideia predileta do autor é a de que um crime traz para quem o cometeu o inferno íntimo, que é o destino inevitável dos malvados. Esse sofrimento solitário, no entanto, de algum modo não conduz à redenção. O que gera a redenção é o sofrimento abertamente aceito, o sofrimento em público, a deliberada mortificação própria e a humilhação perante os outros seres humanos — isso pode trazer ao sofredor a absolvição de seu crime, a redenção, a nova vida, e por aí vai. Esse é, na realidade, o caminho que Raskólnikov seguirá, mas é impossível dizer se ele voltará a matar. E, por fim, há a ideia do livre-arbítrio, de um crime cometido só pelo prazer de cometê-lo.

Será que Dostoiévski consegue tornar tudo isso plausível? Duvido.

Em primeiro lugar, como Raskólnikov é um neurótico, o efeito que qualquer filosofia pode ter sobre um neurótico não contribui para desacreditá-la. Dostoiévski teria servido melhor a seus propósitos caso houvesse feito de Raskólnikov um jovem vigoroso, sóbrio e sério, genuinamente enganado e por fim levado à perdição por aceitar de forma demasiado ingênua o ideário materialista. Mas Dostoiévski, é óbvio, compreendeu perfeitamente que isso não funcionaria, que, mesmo se um vigoroso jovem aceitasse as ideias absurdas que mexeram com a cabeça neurótica de Raskólnikov, uma natureza humana saudável inevitavelmente se rebelaria antes de perpetrar um assassinato premeditado. Pois não é à toa que todos os personagens criminosos de

Dostoiévski (Smierdiakóv em *Os irmãos Karamázov*, Fedka em *Os demônios*, Rogójin em *O idiota*) estão longe de ser totalmente sãos.*

Sentindo a fraqueza de sua posição, Dostoiévski recorreu a todos os incentivos possíveis a fim de empurrar Raskólnikov para o precipício da tentação de matar que, devemos presumir, lhe veio das filosofias alemãs por ele esposadas. A pobreza extrema, não apenas sua mas também da mãe e da irmã queridas, o iminente autossacrifício da irmã, a absoluta vileza moral da vítima escolhida — essa profusão de causas acidentais mostra como o próprio Dostoiévski achou difícil comprovar sua tese. Kropótkin observa muito bem: "Atrás de Raskólnikov sentimos a presença de Dostoiévski tentando decidir se ele próprio, um homem como ele, poderia ser levado a executar pessoalmente o ato cometido pelo personagem. [...] Mas os escritores não são assassinos".

Também endosso por inteiro a afirmação de Kropótkin no sentido de que "[...] homens como o juiz encarregado do caso e Svidrigailov, a corporificação do mal, são pura invenção romântica". Eu iria mais longe e acrescentaria Sônia a essa lista. Sônia é uma digna descendente daquelas heroínas românticas que, por razões que escapam a seu controle, são forçadas a viver fora dos limites estabelecidos pela sociedade e, por essa mesma sociedade, obrigadas a carregar todo o ônus de vergonha e sofrimento associado a tal estilo de vida. Essas heroínas nunca desapareceram da literatura mundial desde que o bom abade de Prévost as apresentou a seus leitores em um livro mais bem escrito, e por isso bem mais comovedor, intitulado *Manon Lescaut* (1731). Em Dostoiévski, o tema da degradação e da humilhação está conosco desde o início, e nesse sentido a irmã de Raskólnikov, assim como Dunia, a moça bêbada vista de relance no bulevar, e Sônia, a prostituta virtuosa, são irmãs dentro da família dostoievskiana de personagens desaventurados.

A convicção apaixonada de Dostoiévski de que o sofrimento físico e a humilhação aperfeiçoam a moralidade do homem pode derivar de

---

* Nabokov cortou a frase seguinte: "Também não é à toa que os governantes do regime recentemente derrotado da Alemanha, baseado na teoria do super-homem e seus direitos especiais, foram igualmente neuróticos ou criminosos comuns, ou ambos".

uma tragédia pessoal: ele deve ter sentido que seu amor pela liberdade, sua rebeldia e seu individualismo sofreram uma perda ou, quando não, tiveram sua espontaneidade afetada durante o tempo que passou na prisão siberiana; mas ele se agarrou teimosamente à ideia de que voltara "um homem melhor".

MEMÓRIAS DO SUBSOLO (1864)

Esse livro, cujo título deveria ser "Memórias de debaixo do chão" ou "Memórias de um buraco de rato", recebeu na tradução para o inglês o título estupidamente incorreto de *Notes from the Underground* [Notas do subterrâneo]. Alguns podem considerá-lo o relato de um caso clínico sobre a mania de perseguição com variantes. Meu interesse por ele se restringe ao estudo de cunho estilístico por melhor retratar os temas, fórmulas e entonações de Dostoiévski. Trata-se de um concentrado de elementos dostoievskianos. Além disso, foi muito bem vertido para o inglês por Guerney.

A primeira parte consiste em onze pequenos capítulos ou seções. A segunda, duas vezes mais longa, consiste em capítulos ligeiramente maiores contendo eventos e conversações. A primeira parte é um solilóquio, mas um solilóquio que pressupõe a presença de uma plateia-fantasma. Ao longo dessa parte, o homem-rato, o narrador, se dirige com frequência a um público aparentemente composto de filósofos amadores, leitores de jornal e aquilo que chama de pessoas normais. Esses senhores espectrais supostamente o ridicularizam enquanto ele supostamente rechaça as zombarias e denúncias graças a mudanças de posição, recuos e vários outros truques de seu intelecto supostamente notável. Essa plateia imaginária ajuda a prosseguir com a histérica pesquisa que ele empreende acerca do estado de sua própria alma em via de se fragmentar. Vale notar as referências a tópicos cotidianos dos meados da década de 1860, mas tais menções são vagas e carecem de poder estrutural. Tolstói também usa os jornais — porém o faz com uma arte maravilhosa quando, por exemplo, no começo de *Anna Kariênina*, não apenas caracteriza Oblónski pelo tipo de informação que ele gosta de seguir nos matutinos, mas também determina, com encantadora precisão histórica ou pseudo-histórica, certo ponto no espaço e no tempo. Em Dostoiévski, as generalidades substituem os elementos específicos.

O narrador começa por descrever a si próprio como um homem rude e irritável, um funcionário hostil que descompõe os requerentes que vão à obscura repartição onde trabalha. Após declarar que é um funcionário hostil ele se retrata, dizendo que não é nem isso: "Não é apenas que eu não pudesse ser hostil; eu não sabia ser nada: nem hostil nem cortês, nem um patife nem um homem honesto, nem um herói nem um inseto". Ele se consola com o pensamento de que um homem inteligente não sobe na vida e que apenas os canalhas e os tolos se tornam alguém. Tem quarenta anos, vive num quarto miserável, ocupou uma posição muito baixa no serviço público, aposentou-se ao receber uma pequena herança e está ansioso para falar sobre si mesmo.

Eu deveria adverti-los neste ponto de que a primeira parte da história, onze pequenos capítulos, é significativa não por aquilo que expressa e relata. O estilo reflete o homem. É essa reflexão que Dostoiévski deseja marcar numa cloaca de confissões através do estilo e dos maneirismos de uma pessoa neurótica, exasperada, frustrada e horrivelmente infeliz.

O tema seguinte é a consciência humana (não como sistema de valores, e sim como capacidade de se conhecer), a compreensão das emoções próprias. Quanto mais esse homem-rato tomava consciência da bondade e da beleza — da beleza moral —, mais ele pecava, mais fundo mergulhava na imundície. Dostoiévski, como ocorre frequentemente com autores desse tipo, autores que têm uma mensagem geral para comunicar a todos os homens, a todos os pecadores, não especifica a depravação de seu personagem. Cabe a nós adivinhá-la.

Após cada ato abominável que comete, o narrador diz que rasteja de volta para seu buraco de rato a fim de degustar a odiosa doçura da vergonha, do remorso, o prazer de sua própria malevolência, a volúpia da degradação. Deliciar-se com a degradação é um dos temas prediletos de Dostoiévski. Aqui, como em outras de suas obras, a arte do escritor perde terreno para o propósito do escritor, uma vez que o pecado cometido é raramente especificado — e a arte é sempre específica. O ato, o pecado, é entendido como algo dado. O pecado é, nesse caso, uma convenção literária semelhante aos recursos dos romances sentimentais e góticos de que Dostoiévski se impregnara. Nessa história em particular, o próprio caráter abstrato do tema, o conceito da ação repugnante e da consequente degradação, é apresentado com uma força bizarra mas bastante incisiva a fim de refletir a condição do homem no buraco de rato. (Repito, é o estilo que conta.) Ao final do capítulo 2, sabemos que o homem-rato começou a escrever suas memórias para explicar as alegrias da degradação.

Ele é, segundo diz, um homem-rato extremamente consciente. Está sendo insultado por uma espécie de homem coletivo normal — ignorante mas normal. A plateia zomba dele. Os senhores estão vaiando. Desejos insatisfeitos, a sede insaciável de vingança, hesitações — um misto de desespero e fé —, tudo isso se combina para criar um êxtase estranho e mórbido no ser humilhado. A rebelião do homem-rato se baseia não num impulso criativo, mas no fato de que ele é apenas um desajustado moral, um anão moral, que vê nas leis da natureza um muro de pedra impossível de ser demolido. No entanto, mais uma vez empacamos aqui numa generalização, numa alegoria, já que não foi evocado nenhum propósito específico, nenhum muro de pedra específico. Bazárov (*Pais e filhos*) sabia que um niilista deseja demolir a velha ordem que, entre outras coisas, endossava a escravidão. O rato aqui está meramente relacionando suas queixas contra um mundo desprezível que ele próprio inventou, um mundo de papelão no lugar de pedras.

O capítulo 4 contém uma comparação: seu prazer, ele diz, é o de uma pessoa com dor de dente que se dá conta de estar mantendo a família acordada com seus gemidos — gemidos que talvez sejam de um impostor. Um prazer complicado, mas o importante é que o homem-rato sugere estar trapaceando.

Por isso, no capítulo 5 temos a seguinte situação: o homem-rato está recheando sua vida de emoções falsas porque carece de emoções reais. Ademais, não tem nenhuma base, nenhum ponto de partida para conseguir aceitar sua vida. Procura uma definição de si mesmo, um rótulo que aplique a si mesmo, por exemplo, "preguiçoso" ou "conhecedor de vinhos", qualquer tipo de gancho, de prego. Mas o que exatamente o compele a buscar um rótulo não é explicado por Dostoiévski: o homem que descreve vive apenas como um maníaco, como um emaranhado de maneirismos. Os imitadores medíocres de Dostoiévski, como Sartre, um jornalista francês, preservam essa tendência até hoje.

No início do capítulo 7 encontramos um bom exemplo do estilo de Dostoiévski, muito bem traduzido por Guerney ao rever a versão de Garnett:

"Mas todos esses são sonhos dourados. Ah, me diga, quem pela primeira vez anunciou, pela primeira vez proclamou que o homem só faz coisas más porque não compreende seus próprios interesses; e que, se fosse esclarecido, caso seus olhos fossem abertos para que enxergasse seus interesses reais e normais, o homem deixaria de fazer coisas más, se tornaria de imediato bom e nobre porque, uma vez iluminado e conhecendo suas verdadeiras vantagens, ele as veria na bondade e em nada mais, pois todos sabemos que ninguém pode conscientemente agir contra seus próprios interesses? Consequentemente, por assim dizer, ele começaria a ser bom? Ah, que criancinha! Ah, que criancinha pura e inocente! Ora, em primeiro lugar, quando, durante todos esses milhares de anos, houve um tempo em que o homem agiu apenas por conta de seu interesse próprio? O que fazer com os milhões de fatos que comprovam que os homens conscientemente, isto é, compreendendo plenamente seus reais interesses, os deixaram para trás e tomaram correndo outro caminho a fim de enfrentarem riscos e perigos, compelidos a fazê-lo por ninguém e por nada, mas, na realidade, simplesmente por não gostarem das estradas muito conhecidas e preferirem, teimosamente, voluntariosamente, percorrer outra trilha difícil e absurda, buscando-a quase às escuras? Por isso, suponho que tal obstinação e perversidade são mais prazerosas que qualquer vantagem".

A repetição de palavras e frases, o tom obsessivo, a absoluta banalidade de cada palavra e a eloquência vulgar dos discursos feitos em cima de um caixote marcam esses elementos do estilo de Dostoiévski.

No capítulo 7, o homem-rato, ou seu criador, atina com uma nova série de ideias em torno do termo "vantagem". Há casos, ele diz, em que a vantagem de um homem deve consistir em seu desejo por certas coisas que de fato lhe são prejudiciais. Naturalmente, isso é tudo conversa fiada; e, assim como o prazer pela degradação e pela dor não foi facilmente explicado pelo homem-rato, a vantagem da desvantagem também não será explicada por ele. Mas um conjunto de novos maneirismos será apresentado nas aproximações tentadoras que ocupam as páginas seguintes.

O que é essa misteriosa "vantagem"? Uma digressão jornalística, no melhor estilo de Dostoiévski, cuida primeiro da "civilização [que] fez a humanidade, se não mais sanguinolenta, ao menos mais ignobilmente, mais odiosamente sanguinolenta". Trata-se de uma velha ideia, que tem origem em Rousseau. O homem-rato evoca uma cena de prosperidade universal no futuro, um palácio de cristal para todos, e por fim eis que surge a misteriosa vantagem: a livre escolha de cada indivíduo, o capricho de cada qual por mais extravagante que seja. O mundo foi lindamente rearranjado, mas eis que surge um homem, um homem comum, que diz: por um capricho, quero destruir esse lindo mundo — e o destrói. Em outras palavras, o homem não almeja nenhuma vantagem racional, mas apenas a capacidade da escolha individual — não importa qual, mesmo que rompa os padrões da lógica, da probabilidade, da harmonia e da ordem. Filosoficamente isso é uma tolice absoluta, uma vez que a harmonia e a felicidade pressupõem e também incluem a presença do capricho.

Mas o homem dostoievskiano pode escolher algo insano, idiota ou desastroso — destruição e morte — porque pelo menos essa é a sua escolha. Aliás, esse é um dos motivos pelos quais Raskólnikov mata a velha em *Crime e castigo*.

No capítulo 9, o homem-rato continua sua arenga em defesa própria. O tema da destruição é retomado. Talvez, ele diz, o homem prefira destruir a criar. Talvez não seja a consecução de algum objetivo que o atraia, porém o processo que o leva a atingir tal objetivo. Talvez, diz o homem-rato, o homem tema ter êxito. Talvez ele goste de sofrer. Talvez o sofrimento seja a única origem da consciência. Talvez o homem, por assim dizer, se torne um ser humano por ocasião de sua primeira consciência da dor.

O palácio de cristal como um ideal, como clichê jornalístico da vida universal perfeita no Além, é mais uma vez projetado na tela e discutido. O narrador conseguiu atingir um estado de total exasperação, e a plateia de jornalistas zombadores que ele confronta parece estar apertando o cerco. Voltamos a um dos pontos mencionados no início: é melhor não ser nada, é melhor permanecer no seu buraco de rato. No último capítulo da primeira parte, ele resume a situação sugerindo que a plateia que vem evocando, os senhores espectrais a quem se dirige, é uma tentativa de criar leitores. E é a essa plateia-fantasma que ele agora apresenta uma série de recordações fragmentárias que talvez ilustrem e expliquem sua mentalidade. Cai uma neve molhada. Por que ele a vê amarela é algo mais emblemático do que óptico. Ele quer dizer, assim suponho, que o amarelo é um branco sujo, "encardido", como ele também diz. Cumpre notar que ele espera obter alívio por escrever. Assim termina a primeira parte, que, repito, é importante pelo estilo, não pela substância.

Por que a segunda parte é intitulada "A respeito da neve molhada" é uma questão que só pode ser respondida à luz dos lugares-comuns da década de 1860 de autores que gostavam de símbolos, alusões a alusões, esse tipo de coisa. O símbolo talvez seja da pureza se tornando úmida e encardida. A epígrafe — também um gesto vago — é um poema lírico de Nekrásov, um contemporâneo de Dostoiévski.

Os eventos que nosso homem-rato descreve na segunda parte ocorrem vinte anos antes, na década de 1840. Ele era à época tão melancólico como é atualmente, odiando os seres humanos tanto quanto agora. Também odiava a si mesmo. Experiências em matéria de humilhação são mencionadas. Odiasse ou não alguma pessoa, era incapaz de olhá-la de frente. Tentava — poderia encarar alguém? — e fracassava. Isso o preocupava até não poder mais. Ele é um covarde, diz, mas por alguma razão ou outra todos os homens decentes de então deviam ser covardes. A que época se referia? À década de 1840 ou à de 1860? As duas eras são tremendamente diferentes do ponto de vista histórico, político e sociológico. Em 1844 estamos num período de reação, de despotismo; em 1864, quando as notas são escritas, estamos numa era de mudança, de iluminismo, de grandes reformas, quando comparada com os anos 1840. Mas o mundo de Dostoiévski, apesar de algumas alusões tópicas, é o mundo cinzento da doença mental, onde nada pode mudar com a única exceção, talvez, do corte de um uniforme militar, detalhe inesperadamente específico para esclarecer uma questão.

Algumas poucas páginas são dedicadas àquilo que nosso homem-rato chama de "românticos". O leitor moderno não pode compreender o argumento, a menos que analise detidamente os periódicos russos das décadas de 1850 e 1860. Dostoiévski e o homem-rato se referem na verdade a "falsos idealistas", pessoas que de alguma forma combinam o que chamam de bom e bonito com coisas materiais, tais como uma carreira burocrática etc. (Eslavófilos atacam os ocidentais por criarem ídolos, e não por seus ideais.) Tudo é expresso de forma muito vaga e banal por nosso homem-rato, e não precisamos perder tempo com isso. Ficamos sabendo que nosso homem-rato, furtivamente, na solidão da noite, se entregou ao que chama de um vício impuro e, aparentemente para tal fim, frequentou diversos antros obscuros. (Somos lembrados de Saint-Preux, o cavalheiro em *Júlia ou A nova Heloísa* — livro de Rousseau —, que também visitou um quarto remoto numa casa de tolerância, onde ficou bebendo vinho branco imaginando que era água até que de repente se viu nos braços do que diz ser *une créature*. Assim é o vício retratado em romances sentimentais.)

O tema do conflito de olhares ganha então um novo ângulo, o das colisões casuais. Nosso homem-rato, aparentemente um sujeito pequeno e magro, é empurrado para o lado por um transeunte, um militar com mais de um metro e oitenta de altura. O homem-rato o encontra com frequência na avenida Niévski, que é a Quinta Avenida de São Petersburgo, e sempre diz a si mesmo que não lhe dará passagem; mas a cada vez cedia espaço, dava um passo para o lado, deixando o gigantesco oficial seguir caminho desimpedido. Certo dia o homem-rato se veste como se fosse para um duelo ou um funeral e, com o coração aos pinotes, tenta se afirmar e não sair da frente. Mas é atirado para o lado pelo militar como uma bola de borracha. Tenta de novo — e consegue manter o equilíbrio: aproximam-se com passos rápidos, ombro contra ombro, e um passa pelo outro em absoluta igualdade de condições. O homem-rato fica encantado. É seu único triunfo em toda a narrativa.

O capítulo 2 se inicia com um relato de seus devaneios satíricos, e por fim a história alça voo. O prólogo ocupou quarenta páginas na tradução de Guerney, incluindo a primeira parte. Em determinada ocasião, o homem-rato visita Símonov, um velho colega de escola. Símonov e dois amigos planejam um jantar de despedida em homenagem a um quarto colega, Zvierkóv, outro militar na história (seu nome deriva de "animalzinho", *zveriok*).

"Esse Zvierkóv também era aluno da escola durante todo o tempo em que estudei lá. No entanto, eu o havia odiado, mesmo nas primeiras séries, simplesmente porque ele era um menino bonito e divertido. Ele sempre teve resultados ruins, piorando à medida que o tempo passava, porém saiu com bom conceito porque pessoas influentes tinham interesse nele. Durante seu último ano na escola, recebeu de herança uma propriedade com duzentos servos e, como quase todos nós éramos pobres, adotou ares de superioridade. Era vulgar ao extremo, mas ao mesmo tempo um sujeito simpático, até quando se mostrava arrogante. A despeito das noções superficiais, fantásticas e falsas de honra e da dignidade, todos nós praticamente nos curvávamos diante de Zvierkóv e, quanto maior sua soberba, maior também a submissão de todos. E essa submissão não se devia a nenhum interesse, mas simplesmente a ele ter sido favorecido pelas dádivas da natureza. Além disso, havia um entendimento geral entre nós de que Zvierkóv era um especialista em matéria de tato e graça sociais. Este último fato, em especial, me enfurecia. Eu detestava o tom áspero e autoconfiante de sua voz, a admiração por suas próprias tiradas humorísticas, que com frequência eram pavorosamente idiotas embora ele usasse uma linguagem ousada; eu odiava seu rosto bonito mas imbecil (pelo qual, no entanto, teria trocado sem pestanejar minhas feições inteligentes) e os modos militares desinibidos que estavam na moda na década de 1840."

O primeiro dos outros dois colegas de escola é Fierfítchkin, um nome de comédia; ele é de origem alemã, um sujeito vulgar e petulante. (Vale observar que Dostoiévski tinha um ódio de natureza patológica em relação a alemães, poloneses e judeus, tal como se vê em suas obras.) O outro colega também é oficial do Exército, e seu nome, Trudoliubov, quer dizer "diligente". Dostoiévski, aqui e em outros lugares, reflete a tendência das comédias do século 18 de atribuir nomes descritivos às pessoas. Nosso homem-rato, que como sabemos gosta de atrair insultos, se oferece para participar também.

"— Então está decidido: nós três, com Zvierkóv como o quarto, 21 rublos, no Hotel de Paris, amanhã às cinco horas — concluiu Símonov, que ficara encarregado de fazer os arranjos.

— Como você calculou 21 rublos? — perguntei, algo agitado, querendo me mostrar ofendido. — Se você me incluir, não vão ser 21, e sim 28 rublos.

Achei que o fato de me convidar de modo tão repentino e surpreendente seria visto como um gesto de todo encantador e que todos seriam conquistados de imediato e me olhariam com respeito.

— Você quer participar também? — Símonov observou sem nenhum prazer aparente, parecendo que tentava evitar olhar para mim. Conhecia-me perfeitamente.

Enfurecia-me saber quão bem ele me conhecia.

— Por que não? Acho que também sou um velho colega dele e devo confessar que fiquei sentido de vocês terem me deixado de fora — eu disse, outra vez enraivecido.

— E onde é que podíamos te encontrar? — retrucou Fierfítchkin asperamente.

— Você nunca se deu bem com Zvierkóv — Trudoliubov acrescentou, enrugando a testa.

Mas eu já tinha me aferrado à ideia e não iria ceder.

— Creio que ninguém tem o direito de opinar sobre isso — retruquei com voz trêmula, como se algo tremendo tivesse acontecido. — Talvez essa seja exatamente a razão de eu querer agora, por não ter sempre me dado bem com ele.

— Ah, não dá para te entender, com todos esses refinamentos — zombou Trudoliubov.

— Vamos colocar seu nome — Símonov decidiu, dirigindo-se a mim. — Amanhã às cinco horas no Hotel de Paris."

Naquela noite o homem-rato sonha com seus dias na escola, um sonho genérico que não caberia num estudo de caso moderno. Na manhã seguinte, engraxou as botas depois que seu criado Apólon já as havia limpado. A neve molhada cai simbolicamente em grossos flocos. Chega ao restaurante e descobre que eles tinham mudado a hora do jantar das cinco para as seis sem que ninguém se desse ao trabalho de informá-lo. Aqui começa o acúmulo de humilhações. Por fim chegam os três colegas e Zvierkóv, o convidado. O que se segue é uma das melhores cenas de Dostoiévski. Ele tinha um dom maravilhoso para a comédia misturada à tragédia, podendo ser caracterizado como um excelente humorista, em que o humor sempre beira a histeria e as pessoas se ferem mutuamente com uma troca cruel de insultos. Tem início uma típica confusão dostoievskiana:

"— Diga-me, você trabalha... numa repartição do governo? — pergunta Zvierkóv, continuando a mostrar consideração por mim. Notando meu embaraço, ele pensou seriamente que devia ser amistoso e, por assim dizer, me alegrar.

'Será que ele quer que eu jogue uma garrafa na sua cabeça?' — pensei, enraivecido. Naquele ambiente em nada familiar eu estava anormalmente propenso a me sentir irritado.

— No departamento N... — respondi aos arrancos, com os olhos fixos no prato.

— E você tem lá uma boa posição? O que o fez deixar seu emprego anterior? — ele perguntou, falando muito lentamente e alongando as vogais.

— O que me levou a fazer isso é que eu queria deixar meu emprego anterior — respondi, arrastando ainda mais as palavras que ele, quase incapaz de me controlar.

Fierfítchkin soltou uma gargalhada. Símonov me olhou com sarcasmo. Trudoliubov parou de comer e começou a me olhar com curiosidade. Zvierkóv fez uma careta, mas fingiu que não havia reparado em nada.

— E a remuneração?

— Que remuneração?

— Quero dizer, seu salário — ele disse, ainda falando devagar.

— Por que você está me interrogando? — No entanto, disse-lhe de imediato qual era meu salário. Fiquei horrivelmente ruborizado.

— Não é dos melhores — Zvierkóv observou majestaticamente.

— É, não dá para você jantar em restaurantes ganhando isso — acrescentou Fierfítchkin em tom insolente.

— No meu entender, é muito baixo — Trudoliubov comentou com seriedade.

— E como você emagreceu! Como mudou! — acrescentou Zvierkóv com um toque de veneno na voz, esquadrinhando a mim e minhas roupas com uma espécie de compaixão petulante.

— Ah, não o faça ficar enrubescido — exclamou Fierfítchkin, soltando uma risada irônica.

— Caro senhor, permita-me lhe dizer que não estou ruborizado — falei por fim — Está ouvindo? Estou jantando aqui, neste restaurante, por minha conta, não à custa de ninguém — preste atenção nisso, sr. Fierfítchkin.

— O quê? Não estão todos aqui jantando à própria custa? Você parece estar... — Fierfítchkin se dirigiu a mim em tom hostil, ficando tão vermelho quanto uma lagosta e me encarando furioso.

— Não vamos entrar nessa discussão — respondi, imitando sua entonação e sentindo que eu tinha ido longe demais. — E imagino que seria melhor falarmos sobre alguma coisa mais inteligente.

— Você pretende exibir sua inteligência, é isso?

— Não fique nervoso, aqui não é o lugar adequado.

— Por que você está falando tantas tolices, meu senhor? Hem? Será que ficou desmiolado em sua repartição?

— Basta, senhores, basta! — Zvierkóv exclamou autoritariamente.

— Como tudo isso é estúpido! — resmungou Símonov.

— Realmente estúpido. Estamos reunidos aqui, um grupo de amigos, dando um jantar de despedida para um camarada, e você começa uma briga — disse Trudoliubov, se dirigindo grosseiramente só a mim: — Você é que pediu para participar, por isso não prejudique a harmonia geral.

[...] Ninguém prestou a menor atenção em mim, e lá fiquei, esmagado e humilhado.

'Meu Deus, essa gente não tem nada a ver comigo!' — pensei. 'E que papel de idiota eu fiz diante deles! [...] Mas, que importa! Devo me levantar imediatamente, neste instante mesmo, pegar meu chapéu e simplesmente sair sem dizer uma palavra... com desprezo! Canalhas! Como se eu desse importância a sete rublos. Eles podem pensar... Que se danem! Não me importo com os sete rublos. Vou embora agora mesmo!'

Naturalmente, não saí. Depois de minha derrota, bebi copos e mais copos de xerez e Lafitte. Não estando acostumado a beber, fiquei logo tocado. Minha irritação aumentava à medida que o vinho subia à cabeça. De repente, senti vontade de insultar todos da forma mais virulenta e depois partir. Aproveitar o momento e mostrar do que eu era capaz, para que dissessem: 'Ele é inteligente, embora ridículo' — e... e... na verdade, que se danem todos! [...]

— Ora bolas, você não vai fazer o brinde? — rugiu Trudoliubov, perdendo a paciência e se voltando ameaçadoramente na minha direção.

— Tenente Zvierkóv, caro senhor — comecei —, permita-me dizer que odeio as orações, as pessoas que fazem discursos, os homens que usam cintas — este é o primeiro ponto, a ser seguido por um segundo ponto.

Houve uma agitação geral.

— O segundo ponto é que eu odeio conversa fiada e tagarelas. Especialmente tagarelas! O terceiro ponto: eu amo a justiça, a verdade e a honestidade.

Continuei a falar quase automaticamente já que estava começando a tremer e não tinha ideia de por que resolvera falar daquele jeito.

— Gosto de pensar, monsieur Zvierkóv; amo a camaradagem em igualdade de condições e não... bem! Eu amo... mas, no entanto, por que não? Brindo a sua saúde também, monsieur Zvierkóv. Seduza as moças circassianas, mate os inimigos da pátria e... e um brinde a sua saúde, monsieur Zvierkóv!

Zvierkóv ergueu-se da cadeira, fez uma reverência e disse:

— Fico-lhe muito grato. — Ele estava tremendamente ofendido e empalidecera.

— Que desgraçado! — urrou Trudoliubov, dando um murro na mesa.

— Ele merecia receber um soco no nariz pelo que disse — grunhiu Fierfítchkin.

— Devemos mandá-lo embora — murmurou Símonov.

— Nem uma palavra, senhores, não façam nada! — exclamou Zvierkóv em tom grave, controlando a irritação geral. — Agradeço a todos, mas sou capaz de lhe mostrar eu próprio quanto valor dou às palavras dele.

— Fierfítchkin, o senhor me dará satisfação amanhã pelas palavras que pronunciou agora! — eu disse em voz alta, dirigindo-me com dignidade a Fierfítchkin.

— Quer dizer, um duelo? Sem dúvida — ele respondeu. Mas provavelmente fui tão ridículo ao desafiá-lo, e minha aparência era tão pouco apropriada ao desafio, que todos, inclusive Fierfítchkin, riram às bandeiras despregadas.

— Sim, é claro, deixe para lá! Ele está muito bêbado — Trudoliubov disse, com repugnância. [...]

Eu me sentia tão atormentado, tão exausto, que teria cortado minha garganta para acabar com tudo aquilo. Estava febril; meus cabelos, empapados de suor, se grudavam à testa e às têmporas.

— Zvierkóv, me perdoe — eu disse abrupta e resolutamente. — Fierfítchkin, você também e todos, todos: insultei todos vocês!

— Ahá! Um duelo não faz seu estilo, meu amigo — Fierfítchkin deixou escapar venenosamente, com os dentes cerrados.

Foi como uma punhalada no meu coração.

— Não, não tenho medo do duelo, Fierfítchkin! Estou pronto a lutar com você amanhã, depois que tenhamos nos reconciliado. Insisto em que duelemos, na verdade você não pode recusar. Quero lhe mostrar que não tenho medo disso. Você atira primeiro e eu atiro para o ar. [...]

Ficaram todos rubros, os olhos faiscando: haviam bebido muito.

— Desejo sua amizade, Zvierkóv; insultei-o, mas...

— Insultou? *Você me* insultou? Compreenda, o senhor jamais poderia, em nenhuma circunstância, me insultar.

— E agora chega. Não nos incomode mais! — concluiu Trudoliubov. [...]

Lá fiquei como se eles tivessem cuspido em mim. O grupo saiu ruidosamente da sala. Trudoliubov começou a cantar alguma canção idiota. [...] Desordem, os restos do jantar, uma taça quebrada no chão, vinho derramado, guimbas de cigarro, vapores de bebidas e delírio em meu cérebro, uma tristeza angustiante em meu coração e por fim o garçom, que vira e ouvira tudo, me encarando com um olhar inquisitivo.

— Eu vou lá! — gritei. — Ou todos eles se ajoelham para implorar por minha amizade ou darei um tapa na cara de Zvierkóv!".

Após o grande capítulo 4, a irritação, a humilhação e outras reações do homem-rato se tornam repetitivas, e em breve uma nota falsa é introduzida pela aparição daquela figura predileta da ficção sentimental, a nobre prostituta, a moça com o coração de ouro caída na sarjeta. Lisa, a jovem de Riga, é um fantoche literário. Nosso homem-rato, a fim de obter algum alívio, começa a ferir e assustar outra criatura humana, a pobre Lisa (irmã de Sônia). As conversações são loquazes e bem medíocres, mas, por favor, é necessário ir até o amargo fim. Talvez alguns de vocês gostem do livro mais do que eu. A história termina com nosso homem-rato expondo a ideia de que a humilhação e o insulto purificarão e elevarão Lisa em meio ao ódio e que talvez os sofrimentos extremos sejam melhores que a felicidade barata. Isso é praticamente tudo.

O IDIOTA (1868)

Em *O idiota* encontramos o tipo dostoievskiano positivo. Ele é o príncipe Míchkin, dotado de uma bondade e capacidade de perdoar que, antes dele, só Jesus Cristo teve. Míchkin é sensível em um grau fenomenal: sente tudo que está acontecendo no interior de outras pessoas, mesmo que elas estejam a quilômetros de distância. É enorme sua sabedoria espiritual, empatia e compreensão pelo sofrimento dos outros. O príncipe Míchkin é a corporificação da pureza, da sinceridade e da franqueza, virtudes que inevitavelmente o põem em conflito doloroso com nosso mundo convencional e artificial. É amado por todos que o conhecem.

Seu futuro assassino, Rogójin, que está perdidamente apaixonado por Nastássia Filipovna e tem ciúme de Míchkin, termina por deixá-lo entrar na casa onde acabou de matar Nastássia e, protegido pela pureza espiritual do príncipe, busca se reconciliar com a vida e aquietar a tempestade de paixões em sua alma.

No entanto, Míchkin também sofre de debilidade mental. Desde a mais tenra infância, foi uma criança retardada, incapaz de falar até os seis anos, vítima da epilepsia, constantemente ameaçado com a completa degeneração do cérebro, a menos que leve uma vida tranquila. (A degeneração do cérebro acaba por afetá-lo na esteira dos eventos descritos no romance.)

Não tendo condições de se casar, como o autor faz questão de deixar claro, Míchkin, não obstante, se sente dividido entre duas mulheres. Uma é Aglaia, a inocentemente pura, bela e sincera jovem que não aceita o mundo ou, melhor, seu destino como filha de uma família abastada a quem cabe se casar com um jovem bem-sucedido e atraente a fim de "viver feliz para sempre". O que de fato Aglaia deseja ela própria não sabe, porém supostamente é diferente das irmãs e da família, "louca" no sentido benevolente que Dostoiévski dá à palavra (ele claramente prefere gente louca a gente normal); em resumo, uma personalidade movida por determinada "busca" própria, tendo assim a centelha de Deus em sua alma. Míchkin e, em certa medida, a mãe de Aglaia são as únicas pessoas que a entendem; enquanto sua mãe intuitiva e ingênua apenas se preocupa com a estranheza da filha, Míchkin compartilha com Aglaia a ansiedade oculta em sua alma. Com o impulso obscuro de salvá-la e protegê-la ao lhe abrir um caminho espiritual na vida, Míchkin concorda com o desejo de Aglaia de se casar com ele. Mas então começa a complicação: há também no livro a demoníaca, orgulhosa, infeliz, traída, misteriosa, adorável e, a despeito de sua degradação, incorruptivelmente pura Nastássia Filipovna, um daqueles personagens completamente inaceitáveis, irreais e irritantes que abundam nos romances de Dostoiévski. Essa mulher abstrata se entrega a sentimentos superlativos: não há limite nem para sua bondade nem para sua maldade. É a vítima de um playboy idoso que, após tê-la feito sua amante e gozado da companhia dela durante vários anos, dediciu se casar com uma mulher decente. Sem maiores preocupações, decide também casar Nastássia Filipovna com seu secretário.

Todos os homens em torno de Nastássia sabem que, no fundo, ela é uma moça decente; apenas seu amante a condena por sua situação irregular. Isso não impede seu noivo (que, aliás, está muito apaixonado por ela) de desprezá-la como uma mulher "decaída" e a família de Aglaia de ficar profundamente chocada quando descobre que ela estabeleceu uma espécie de comunicação clandestina com Nastássia. Na verdade, isso tampouco impede Nastássia de se desprezar por se transformar numa mulher "teúda e manteúda". Somente Míchkin, como Cristo, não vê nenhuma culpa de Nastássia no que está acontecendo e a redime com seu profundo respeito e admiração. (Aqui, mais uma vez, se encontra uma paráfrase oculta da história de Cristo e da mulher pecadora.) Neste ponto citarei uma observação muito apropriada de Mirski sobre Dostoiévski: "Sua cristandade [...] é de um tipo muito duvidoso. [...] Trata-se de uma formação espiritual mais ou menos artificial que é um perigo identificar com a verdadeira cristandade". Se a isso acrescentarmos que ele se arrogava a condição de genuíno intérprete da Cristandade Ortodoxa e que, para desatar qualquer laço psicológico ou psicopático, invariavelmente nos conduzia a Cristo (ou à sua própria interpretação de Cristo) e à sagrada Igreja Ortodoxa, compreenderemos melhor a faceta realmente irritante de Dostoiévski como "filósofo".

Voltemos, porém, à história. Míchkin se dá conta prontamente de que, das duas mulheres que o disputam, Nastássia é a que mais necessita dele por ser a mais desafortunada. Por isso, Míchkin deixa Aglaia sem fazer estardalhaço a fim de salvar Nastássia. Então, ele e Nastássia tentam superar um ao outro em matéria de generosidade, ela buscando desesperadamente libertá-lo para que ele seja feliz com Aglaia, ele não a libertando para que ela não "pereça" (uma palavra cara a Dostoiévski). Mas, tendo Aglaia derrubado o coreto ao insultar deliberadamente Nastássia em sua própria casa (indo lá com tal objetivo), esta não vê mais nenhuma razão para se sacrificar por sua rival e decide levar Míchkin para Moscou. No último momento, a histérica mulher muda novamente de opinião, sentindo-se incapaz de permitir que ele "pereça" por causa dela, e foge, já quase diante do altar, com Rogójin, um jovem comerciante que esbanja com ela a herança que acaba de receber. Míchkin os segue até Moscou. O período seguinte da vida deles e suas atividades são espertamente encobertos com um véu de mistério. Dostoiévski nunca revela ao leitor exatamente o que ocorreu em Moscou, apenas espalha aqui e ali pistas significativas e enigmáticas. Ambos os homens padecem grandes sofrimentos por causa de Nastássia, que está ficando mais e mais insana; Rogójin se torna irmão em Cristo de Míchkin ao intercambiar cruzes com ele. Somos levados a entender que faz isso para se salvar da tentação de matar Míchkin por ciúme.

No final, Rogójin, sendo o mais normal dos três, não pode aguentar mais e mata Nastássia. Dostoiévski lhe fornece circunstâncias atenuantes: ao cometer o crime, Rogójin está muito febril. Passa algum tempo num hospital até ser mandado para uma prisão na Sibéria, esse quarto de despejo onde Dostoiévski descarta as efígies de cera. Míchkin, após permanecer durante a noite na companhia de Rogójin e ao lado do corpo de Nastássia, tem uma recaída derradeira na insanidade e retorna ao asilo na Suíça, onde passou a juventude e de onde nunca deveria ter saído. Todo esse louco imbróglio é intercalado de diálogos destinados a retratar os pontos de vista dos diferentes círculos sociais sobre questões tais como a pena de morte ou a grande missão da nação russa. Os personagens nunca dizem nada sem empalidecer, ruborizar-se ou levantar-se de um salto. Os aspectos religiosos são nauseabundos por seu mau gosto. O autor depende inteiramente de definições sem apoiá-las em nenhuma prova; por exemplo, Nastássia, que, assim nos é dito, é um modelo de reserva, distinção e refinamento de maneiras, às vezes se comporta como uma vagabunda furiosa e mal-humorada.

Mas a trama é habilmente desenvolvida, com muitos recursos engenhosos sendo utilizados para prolongar o suspense. Alguns desses recursos, quando comparados aos métodos de Tolstói, me parecem porretadas em vez do toque suave dos dedos de um artista, porém muitos críticos não concordariam com essa opinião.

OS DEMÔNIOS (1872)

Os demônios é a história de terroristas russos que, tramando violência e destruição, de fato matam um dos seus. O romance foi denunciado como reacionário pelos chamados críticos radicais. Por outro lado, tem sido descrito como um estudo aprofundado de pessoas cujas ideias as conduziram a um pântano onde afundam. Notem as paisagens:

"A névoa formada pela garoa envolvia o campo por inteiro, absorvendo todos os raios de luz, todos os toques de cor, transformando tudo numa massa fumacenta, plúmbea, indistinta. O dia já raiara havia muito, mas ainda parecia ser noite". [*A manhã seguinte ao assassinato de Lebiádkin.*]

"Era um local muito sombrio nos fundos do enorme parque. Como deve ter parecido sinistro naquela frígida noite de outono! Ficava na orla de uma velha floresta pertencente à Coroa. Imensos e antigos pinheiros se erguiam como manchas mais escuras em meio às trevas. O negrume era tanto que eles mal podiam se ver a dois passos de distância. [...]

Em um momento desconhecido no passado, e por uma razão também desconhecida, lá tinha sido construída com pedras brutas uma gruta artificial de aparência absurda. A mesa e os bancos dentro do *grotto* havia muito tinham se deteriorado e caído no chão. Duzentos passos à direita estava situado o terceiro laguinho do parque. Os três laguinhos se estendiam, um após o outro, por um quilômetro e meio, da casa até o fim do parque". [*Antes do assassinato de Chátov.*]

"A chuva da noite anterior havia cessado, mas o tempo continuava úmido, cinzento e ventoso. Nuvens baixas, esfiapadas e encardidas, cruzavam velozmente o céu frio. As copas das árvores emitiam um zumbido grave, os troncos e galhos estralejavam: era um dia melancólico."

Mencionei anteriormente que Dostoiévski lidava com seus personagens como um dramaturgo. Ao introduzi-los, sempre oferece uma breve descrição de sua aparência, à qual praticamente não volta a se referir. Assim, os diálogos são em geral livres das intercalações usadas por outros escritores — a menção a um gesto, um olhar, ou qualquer detalhe relativo ao pano de fundo. Tem-se a impressão de que Dostoiévski não vê seus personagens fisicamente, que eles são meros fantoches — fantoches notáveis e fascinantes mergulhados na corrente das ideias do autor.

As desventuras da dignidade humana que constituem o tema predileto de Dostoiévski podem estar presentes tanto na farsa quanto no drama. Ao se valer desse elemento farsesco sendo ao mesmo tempo carente de um verdadeiro senso de humor, Dostoiévski se encontra por vezes perigosamente perto de descambar para o nonsense verboso e vulgar. (A relação entre uma velha histérica voluntariosa e um débil velho histérico, a história que ocupa as primeiras cem páginas de *Os demônios*, é tediosa e artificial.) A intriga farsesca misturada com tragédia é obviamente algo importado, com um quê francês de segunda categoria na estrutura de suas tramas. Isso não significa, porém, que, quando os personagens aparecem, não haja ocasionalmente cenas bem escritas. Em *Os demônios*, encontramos o delicioso esquete cômico sobre Turguêniev: Karmazínov, o autor na moda, "um homem idoso de rosto muito vermelho, grossas mechas de cabelos grisalhos despontando sob a cartola e se enrolando em volta das orelhinhas limpas e rosadas. *Lorgnette* de aros de tartaruga, presa por uma fita negra bem fina, abotoaduras, botões, anel de brasão, tudo de primeira. Uma voz açucarada mas bem aguda. Só escreve para se exibir, como por exemplo na descrição do naufrágio de um paquete na costa inglesa: 'Melhor olhar para mim, veja como fui incapaz de suportar a visão da criança morta nos braços da mulher morta etc.'". Uma estocada bem solerte, pois Turguêniev escreveu uma descrição autobiográfica de um incêndio num navio — aliás, associado a um desagradável episódio na juventude que seus inimigos se deliciavam em repetir durante toda a vida dele.

✳

"O dia seguinte [...] foi repleto de surpresas, um dia que solucionou alguns enigmas do passado e sugeriu novos, um dia de surpreendentes revelações e perplexidade ainda maior. Pela manhã, [...] atendendo a um pedido especial de Várvara Pietrovna, eu deveria acompanhar meu amigo Stiepan Trofímovitch em sua visita a ela e, às três da tarde, precisava estar com Lisavieta Nikoláievna a fim de lhe dizer — não sei o quê — e ajudá-la — não sei como. E tudo acabou como era de se esperar. Numa palavra, foi um dia de maravilhosas coincidências."

Na casa de Várvara Pietrovna, o autor, com todo o elã de um dramaturgo que defronta seu clímax, amontoa, um após o outro, todos os personagens de *Os demônios*, dois deles chegando do exterior. É uma tolice incrível, mas uma retumbante tolice com lampejos de gênio iluminando a farsa louca e sombria.

Uma vez congregadas em uma sala, essas pessoas pisoteiam a dignidade dos outros, têm brigas horrendas (insistentemente vertidas pelos tradutores como "escândalos", enganados pela raiz gaulesa da palavra russa *skandal*) que simplesmente dão em nada à medida que a narrativa faz uma nova curva fechada.

Trata-se, como em todos os romances de Dostoiévski, de uma torrente de palavras com infinitas repetições, murmúrios à guisa de apartes, um dilúvio verbal que choca o leitor depois de ter lido, por exemplo, a prosa cristalina e perfeitamente equilibrada de Liérmontov. Dostoiévski, como sabemos, é alguém que busca insistentemente a verdade, um gênio em matéria de morbidez espiritual, mas, como também sabemos, não é um grande escritor da estirpe de Tolstói, Púchkin e Tchekhov. E, repito, não porque o mundo que ele cria é irreal — todos os mundos dos escritores são irreais —, porém porque tal mundo é criado rápido demais e sem o senso de harmonia e economia a que a mais irracional obra-prima precisa obedecer (a fim de ser uma obra-prima). Com efeito, em certo sentido Dostoiévski é racional demais em seus métodos simplistas, e, embora seus fatos sejam apenas espirituais e os personagens meras ideias à semelhança de pessoas, a interação entre esses elementos e sua evolução é comandada pelos métodos mecânicos dos romances prosaicos e convencionais do final do século 18 e início do 19.

Desejo enfatizar outra vez o fato de que Dostoiévski era mais um dramaturgo do que um romancista. O que os romances dele representam é uma sucessão de cenas e de diálogos, cenas em que todas as pessoas são reunidas — e com todos os truques do teatro, tais como as *scènes à faire* [cenas obrigatórias ou previsíveis], o visitante inesperado, o alívio cômico etc. Consideradas romances, suas obras desmoronam; consideradas peças, são demasiado longas, difusas e mal-balanceadas.

*

Ele exibe pouco humor na descrição dos personagens e de seus relacionamentos ou das situações, mas às vezes demonstra uma espécie de comicidade cáustica em certas cenas.

*

A guerra franco-prussiana é uma composição musical de Liámchin, um dos personagens de *Os demônios*:

"Começou com os acordes ameaçadores da *Marselhesa*, 'Qu'un sang impur abreuve nos sillons'. Ouve-se o desafio pomposo, a intoxicação das futuras vitórias. Mas de repente, misturando-se com as variações magistrais do hino nacional, surgem os acordes vulgares de *Mein lieber Augustin*.* A *Marselhesa* prossegue sem tomar consciência deles. Aproxima-se o clímax de intoxicação com sua magnificência própria, porém *Augustin* ganha força. *Augustin* se torna mais e mais insolente, e de súbito a melodia de *Augustin* começa a se misturar com a melodia da *Marselhesa*. Esta última começa, por assim dizer, a ficar irritada; dando-se conta por fim da presença de *Augustin*, tenta enxotá-lo como a uma mosca. No entanto, *Mein lieber Augustin* mantém-se firme, é alegre e autoconfiante — e a *Marselhesa* de repente parece ter se tornado terrivelmente tola. Não mais consegue esconder sua mortificação. Lança um gemido de indignação, lágrimas e blasfêmias, com um apelo à Providência, 'pas un pouce de notre terrain, pas une de nos forteresses'.

Mas é obrigada a cantar no compasso de *Mein lieber Augustin*. Sua melodia se transforma bobamente na de *Augustin*. Ela cede e se extingue. E só vez por outra se ouve de novo 'qu'un sang impur' [...]. Porém subitamente se transforma na valsa banal. Submete-se de todo. É Jules

---

* *Ach du lieber Augustin* [Ah, meu querido Augustin] é uma canção composta por Marx Augustin em 1679. Cantor de baladas e tocador de gaita de fole muito querido em Viena, Augustin caiu bêbado na rua e foi tomado como mais uma vítima da peste bubônica que então grassava na cidade. Atirado numa cova coletiva da qual não conseguia sair, Augustin começou a tocar sua gaita de fole e foi salvo, transformando-se num símbolo de esperança para os vienenses. A canção é popular até hoje. (N.T.)

Favre soluçando no peito de Bismark, e entregando tudo [...]. Nesse momento *Augustin* se torna feroz. Ouvem-se sons guturais. Há uma sugestão de incontáveis litros de cerveja, de um frenesi de autoglorificação, exigências de somas enormes, bons charutos, champanhe e reféns. *Augustin* se transforma em um urro selvagem."

OS IRMÃOS KARAMÁZOV (1880)

Os irmãos Karamázov é o exemplo mais perfeito da técnica de história policial tal como empregada constantemente por Dostoiévski em seus outros romances. É um longo romance (mais de mil páginas) e um romance curioso. São muitas as coisas curiosas; até mesmo o título dos capítulos é curioso. Vale notar que o autor não apenas está perfeitamente consciente da natureza excêntrica e estranha do livro, mas até parece querer todo o tempo chamar atenção para isso, brincando com o leitor, usando vários recursos para lhe excitar a curiosidade. Vejamos, por exemplo, o índice dos capítulos. Mencionei como seus títulos são incomuns e intrigantes, a ponto de que alguém que não conhecesse o romance poderia facilmente imaginar que o livro era o libreto de alguma comédia ligeira. Capítulo 3: "Confissões de um coração ardente, expressas em versos". Capítulo 4: "Confissões de um coração ardente, expressas em anedotas". Capítulo 5: "Confissões de um coração ardente, 'de cabeça para baixo'". No segundo volume, capítulo 5: "Tempestade de nervos em uma sala de visitas". Capítulo 6: "Tempestade de nervos na choupana de um camponês". Capítulo 7: "E do lado de fora". Alguns títulos nos surpreendem por seus diminutivos: "Uma conversinha gostosa tomando uns conhaquezinhos" (*Za kon'iatchkom*: *kon'iak* — conhaque; *kon'iatchok* — diminutivo), ou "O pezinho dolorido" (*nojka* — diminutivo de *noga*) de uma velha senhora. A maioria desses títulos não sugere nem de longe o conteúdo do capítulo, como, por exemplo, "Mais uma reputação destruída" ou "A terceira e indiscutível razão", que não fazem o menor sentido. Por fim, vários títulos, por sua impertinência e escolha provocativa de palavras, se assemelham na verdade ao índice de uma coletânea de histórias humorísticas. Com efeito, somente na parte 6, aliás a mais fraca do livro, os títulos dos capítulos conferem com o conteúdo.

Dessa forma zombeteira e brincalhona, o autor astucioso atrai deliberadamente o leitor. Entretanto, esse não é o único modo como o faz, pois utiliza ao longo do livro vários recursos a fim de manter e aguçar sua atenção. Veja-se, por exemplo, a maneira como finalmente revela o nome da cidade onde a ação está ocorrendo desde o começo do romance. Essa revelação só se dá perto do fim: "Skotoprigonievsk [lugar para onde o gado é tangido, local onde o gado é selecionado, algo parecido com cidade do gado], esse é, infelizmente, o nome de nossa cidade, que venho tentando esconder há tanto tempo". Essa supersensibilidade, essa excessiva preocupação do escritor para com o leitor — quando o leitor é visto simultaneamente como a vítima que está sendo atraída para uma armadilha e um caçador cuja trilha o autor atravessa seguidas vezes como uma lebre em fuga —, essa consciência por parte do autor de que o leitor existe deriva em parte da tradição literária russa. Púchkin em *Evguêni Oniéguin* e Gógol em *Almas mortas* frequentemente se dirigem ao leitor num aparte repentino, às vezes com um pedido de desculpas, outras vezes com uma solicitação ou uma piada. Mas deriva também das histórias de detetive ocidentais ou, melhor dizendo, de seu predecessor, o romance sobre crimes. É de acordo com essa última tradição que Dostoiévski utiliza um divertido recurso: com franqueza deliberada, como se estivesse lhe mostrando todas as cartas, logo no começo ele afirma que foi cometido um assassinato. "Aleksiei Karamázov foi o terceiro filho de Fiódor Karamázov, um proprietário de terras que se tornou muito famoso por algum tempo [...] devido à sua morte trágica e nunca esclarecida." Essa aparente sinceridade por parte do autor não passa de um truque estilístico, cujo propósito é informar o leitor desde o início dessa "morte trágica e nunca esclarecida".

O livro é uma típica história de detetive, um exuberante romance de mistério — em câmera lenta. A situação inicial é a seguinte. Temos o pai Karamázov, um velho lascivo e horrendo, uma dessas vítimas que não merecem pena e que são cuidadosamente preparadas para ser mortas por todo escritor de ficção policial precavido. Temos também seus quatro filhos — três legítimos e um ilegítimo —, cada qual podendo ser seu assassino. O mais moço, o angélico Aleksiei (Aliócha) é sem dúvida um personagem positivo, mas, se por uma vez aceitamos o mundo de Dostoiévski e suas regras, podemos contemplar a possibilidade de que até mesmo Aliócha mataria o pai, fosse para o bem de seu irmão Dmitri, que o velho deliberadamente cerceia, fosse numa súbita rebelião contra o mal que seu pai representa, fosse por qualquer outra razão. A trama é apresentada de tal modo que durante muito tempo o leitor fica sem saber quem é o assassino; além disso, quando o alegado assassino vai a julgamento, é o homem errado que comparece perante o tribunal, o filho mais velho do homem morto, Dmitri, embora na verdade o criminoso fosse o filho ilegítimo, Smierdiakóv.

De acordo com o objetivo de enredar o leitor crédulo no jogo de adivinhação que faz parte do prazer de ler romances policiais, o autor cuidadosamente projeta o retrato do possível assassino, Dmitri. O embuste começa quando Dmitri, após tentativas febris porém vãs de obter os 3 mil rublos de que necessita desesperadamente, pega de passagem um pilão de cobre com dezoito centímetros de comprimento, o enfia no bolso e sai correndo. "Ah, meu Deus, ele certamente quer matar alguém", uma mulher exclama.

A moça que Dmitri ama, Gruchenka, outra das mulheres "infernais" de Dostoiévski, também atraiu o velho, que lhe prometeu dinheiro se ela fosse visitá-lo — e Dmitri está persuadido de que a oferta foi aceita. Convencido de que Gruchenka estava com seu pai, salta a cerca e entra no jardim, de onde podia ver as janelas iluminadas da casa; então "ele se aproximou sub-repticiamente e se escondeu na sombra, atrás de um arbusto. Metade do arbusto estava iluminada pela luz que vinha da janela. — Um arbusto com bagas, como elas são vermelhas! — ele sussurrou, sem saber por quê". Tendo caminhado até a janela, "todo o quarto de Fiódor Pavlovitch, um pequeno aposento, se abriu diante dele, como se estivesse na palma de sua mão". O pequeno cômodo era dividido em dois por biombos vermelhos. Fiódor, o pai, lá estava de pé, junto à janela, "usando seu novo penhoar de seda listrada e um cinto de cordão de seda adornado com borlas. Sob a gola do penhoar se via uma camisa limpa e elegante de linho, com abotoaduras de ouro. [...] O velho pôs quase meio

corpo para fora da janela a fim de ver a porta do jardim, que ficava mais
à direita. [...] Dmitri o observava do outro lado, permanecendo imóvel.
Todo o perfil detestado do velho, com a pele pendurada no pomo de adão
e os lábios sorrindo em voluptuosa antecipação, se encontrava iluminado obliquamente no lado esquerdo pela lâmpada. Uma fúria terrível
e ilimitada irrompeu no coração de Dmitri" e, perdendo o controle, ele
subitamente tirou o pilão de cobre do bolso.

Segue-se uma eloquente linha que consiste em asteriscos, mais
uma vez obedecendo à técnica dos romances banais construídos em
torno de atos sanguinolentos. Então, como se tivesse terminado de
recuperar o fôlego, o autor ataca de novo por outro ângulo. A Providência, como Dmitri diria mais tarde, "parece ter cuidado de mim
naquele momento". Isso pode significar que algo conteve sua mão no
derradeiro instante; mas não, imediatamente após tal frase vêm dois
pontos e outra frase que dá a impressão de estar lá a fim de elaborar
a afirmação anterior: naquele justo momento, o velho criado Grigóri
acordou e saiu para o jardim. De modo que a frase sobre Deus, em vez
de significar, como parecia de início, que algum sinal divino o impe-
dira de seguir no caminho do mal, também poderia significar que Deus
despertara o velho criado para permitir que visse e identificasse o assassino em fuga. E então ocorre uma curiosa manobra: a partir da hora
em que Dmitri foge até que as autoridades o prendam por assassinato
na cidadezinha onde se realiza uma feira e ele está se embebedando
na companhia de Gruchenka (e há 75 páginas entre o assassinato e a
detenção), o autor organiza as coisas de modo que o volúvel Dmitri
jamais revele sua inocência ao leitor. O que é mais importante: sempre que se recorda de Grigóri, o criado que golpeou com o pilão e que
talvez tenha morrido, Dmitri nunca se refere a ele pelo nome, descre-
vendo-o apenas como "o velho", o que poderia se aplicar a seu pai. Esse
truque é demasiado ardiloso pois demonstra muito claramente o desejo do autor de manter as falas de Dmitri suficientemente ambíguas
a fim de ludibriar o leitor, que o crê assassino de seu pai.

Mais tarde, no julgamento, um ângulo importante consiste em saber se Dmitri está ou não dizendo a verdade quando alega que tinha
consigo os 3 mil rublos antes de ir à casa do velho. Em caso contrário,

será suspeito de ter roubado os 3 mil rublos que o velho preparara para dar à moça, demonstrando por sua vez que entrou na casa e cometeu o crime. E lá, perante o tribunal, Aliócha, o irmão mais moço, de repente se recorda de que, ao ver Dmitri pela última vez — e isso antes que empreendesse a expedição noturna ao jardim de seu pai —, ele tinha ficado se batendo no peito e proclamando que ali guardava tudo que era necessário para escapar da situação difícil em que se encontrava. Naquela hora, Aliócha havia pensado que Dmitri se referia a seu coração. Porém agora, subitamente, se lembrou de que, mesmo então, observara que Dmitri não batia na altura do coração, mas muito acima. (Dmitri trazia o dinheiro num saquinho pendurado por um cordão ao pescoço.) Essa observação de Aliócha se tornou a única prova, ou sugestão de prova, de que Dmitri efetivamente obtivera o dinheiro antes e, por isso, não necessariamente matara seu pai. Aliás, Aliócha estava errado: Dmitri fazia menção a um amuleto pendurado numa corrente.

No entanto, a seguinte circunstância, que facilmente resolveria a questão e salvaria Dmitri, é de todo ignorada pelo autor. Smierdiakóv havia confessado a Ivan, outro irmão, que o assassino de fato era ele, tendo usado um pesado cinzeiro para cometer o crime. Ivan faz todo o possível para salvar Dmitri, porém esse dado essencial nunca é declarado durante o julgamento. Caso Ivan tivesse falado no tribunal sobre o cinzeiro, não seria necessária nenhuma competência excepcional para estabelecer a verdade examinando o objeto a fim de verificar a presença de sangue e comparando seu formato com o do ferimento mortal. Mas isso não foi feito, uma grave lacuna num romance policial.

Essa análise é suficiente para demonstrar o desenvolvimento característico da trama do romance no que concerne a Dmitri. Ivan, o segundo irmão, sai da cidade a fim de permitir que o assassinato seja executado (por Smierdiakóv, que ele na realidade vinha preparando para isso de um modo metafísico), tornando-se por conseguinte um cúmplice de Dmitri. Assim, Ivan participa muito mais integralmente da trama do livro do que o terceiro irmão, Aliócha, o qual nos dá a impressão de que o autor ficou dividido entre duas linhas: de um lado, a tragédia de Dmitri; de outro, a história de Aliócha, o jovem quase angelical. Mais uma vez, Aliócha é um expoente (o outro sendo o príncipe Míchkin) da infeliz paixão do autor pelo personagem simplório do folclore russo. Toda a longa e débil história do monge Zossima poderia ser eliminada do romance sem afetá-lo; pelo contrário, tal eliminação daria ao livro maior unidade e uma construção mais equilibrada. Por outro lado, de forma absolutamente independente e desligada do esquema geral do livro, encontramos a história muito bem escrita do jovem estudante Iliúcha. No entanto, mesmo nessa excelente história, Aliócha causa um desagradável efeito sentimentaloide ao introduzir outro menino, Kólia, o cachorro Jutchka, o canhão de brinquedo prateado, o nariz frio do cãozinho e os bizarros truques do pai histérico.

Em termos gerais, sempre que o autor trata de Dmitri, sua pena adquire uma vivacidade excepcional. Dmitri parece ser constantemente iluminado por fortes lâmpadas, cuja luz alcança os que estão ao seu redor. Mas, no momento em que nos aproximamos de Aliócha, penetramos num elemento diferente, totalmente inerte. Caminhos sombrios levam o leitor a um mundo opaco de frias reflexões em que não está presente o espírito artístico.

Liev Tolstói (1828-1910)

ANNA KARIÊNINA* (1877)

Tolstói é o maior prosador russo. Deixando de lado seus precursores Púchkin e Liérmontov, podemos relacionar os maiores autores russos em prosa da seguinte forma: primeiro, Tolstói; segundo, Gógol; terceiro, Tchekhov; quarto, Turguêniev.** Isso se parece muito com dar notas nos exames de estudantes, e sem dúvida Dostoiévski e Saltikov estão esperando do lado de fora de meu escritório para discutir seus maus resultados.

O veneno ideológico — a mensagem, para usar um termo inventado por reformistas charlatães — começou a afetar o romance russo em meados do século 18 e o matou em meados do século 20. À primeira vista, pareceria que a ficção de Tolstói é fortemente infectada por suas

---

* "Os tradutores têm enfrentado um grande problema com o nome da heroína. Em russo, um sobrenome que termina com uma consoante adquire um 'a' final (exceto no caso de nomes que não podem ser declinados) quando designa uma mulher: no entanto, só quando a referência é a uma atriz se deveria tornar feminino um sobrenome russo (seguindo um costume francês: *La Pavlova*). A esposa de Ivanov e a de Kariênin deveriam ser chamadas na Inglaterra e nos Estados Unidos de sra. Ivanov e sra. Kariênin — e não 'sra. Ivanova' ou 'sra. Kariênina'. Tendo decidido escrever 'Karenina', os tradutores daqueles países se viram forçados a chamar o marido de Anna de 'sr. Karenina', o que é tão ridículo quanto chamar de 'lord Mary' o marido de 'lady Mary'." Extraído da nota de comentário de Nabokov.

** "Quando alguém lê Turguêniev, sabe que está lendo Turguêniev. Quando lê Tolstói, lê simplesmente porque não pode parar." Nota entre colchetes em outra parte da seção.

posições doutrinárias. Na verdade, sua ideologia era tão moderada, tão vaga e tão distante da política que sua arte — tão potente, tão ferozmente brilhante, tão original e universal — transcendeu de muito o sermão. O que de fato lhe interessou como pensador foram a Vida e a Morte — temas que, afinal de contas, nenhum artista pode deixar de tratar.

✳

O conde Liev Tolstói (1828-1910) era um homem robusto com uma alma irrequieta que, ao longo de toda a vida, ficou dividido entre seu temperamento sensual e sua consciência supersensível. Seus apetites com frequência o fizeram se desviar da tranquila estradinha rural que o ascético que existia nele aspirava tão apaixonadamente percorrer, assim como o libertino que nele havia aspirava aos prazeres citadinos da carne.

Na juventude, o libertino teve melhores oportunidades e prevaleceu. Mais tarde, após seu casamento, em 1862, Tolstói encontrou uma paz temporária na vida em família, dentro da qual administrava sabiamente sua fortuna — possuía terras férteis na região do Volga — e a produção de sua melhor prosa. Foi então, na década de 1860 e no início da de 1870, que escreveu seu imenso *Guerra e paz* (1869) e o imortal *Anna Kariênina*. Mais tarde, no final da década de 1870, quando tinha mais de quarenta anos, sua consciência triunfou: os fatores éticos superaram tanto o estético quanto o pessoal, levando-o a sacrificar a felicidade da esposa, a vida familiar pacífica e a sublime carreira literária àquilo que considerava uma necessidade moral: viver de acordo com os princípios da moralidade cristã racional — a vida simples e severa da humanidade em geral, em vez da aventura excitante da arte individual. E, quando em 1910 se deu conta de que, insistindo em viver em sua propriedade rural e no seio de uma família tempestuosa, ele continuava traindo seu ideal de uma existência simples e virtuosa, Tolstói, aos oitenta anos, saiu de casa e rumou para um monastério ao qual nunca chegou, pois morreu na sala de espera de uma pequena estação ferroviária.

Odeio me intrometer na vida preciosa de grandes escritores e odeio bisbilhotar essas vidas por cima do muro, odeio a vulgaridade do "interesse humano", odeio o farfalhar de saias e risadinhas nos corredores do tempo — e nenhum biógrafo jamais verá nem de relance minha vida privada. No entanto, não posso deixar de observar que a proclamada comiseração de Dostoiévski pelos seres humanos — pelos fracos e humilhados — era apenas de cunho emocional, e seu tipo singular e melodramático de fé cristã de modo algum o impedia de levar uma vida extremamente distante de seus ensinamentos. Por outro lado, Liev Tolstói, assim como seu representante Lióvin, era organicamente incapaz de permitir que sua consciência fizesse um acerto com sua natureza animal — e ele sofria de forma cruel quando essa natureza animal triunfava temporariamente sobre o que ele tinha de melhor.

Como desenvolvimento lógico da nova religião que formulou — uma mistura neutra de Nirvana hindu com o Novo Testamento, Jesus sem a Igreja —, ele concluiu que a arte era profana porque se baseava na imaginação, no logro e na ilusão, sacrificando por isso sem dó o artista fenomenal que havia nele em favor do filósofo bastante banal e de mente estreita (embora bem-intencionado) em que resolveu se transformar. Assim, quando havia acabado de atingir os mais altos picos da perfeição criativa com *Anna Kariênina*, de repente decidiu parar de escrever ficção e se dedicar a ensaios sobre a ética. Felizmente, não foi capaz de manter acorrentado para sempre aquele gigantesco impulso criativo e, sucumbindo vez por outra, acrescentou à sua obra alguns belos contos não contaminados pelo moralismo deliberado, entre os quais o maior de todos, intitulado *A morte de Ivan Ilitch*.

Muitas pessoas veem Tolstói com sentimentos contraditórios. Amam o artista e se sentem intensamente entediados com o pregador; no entanto, é bem difícil separar o pregador Tolstói do artista Tolstói — trata-se da mesma voz grave e lenta, do mesmo ombro vigoroso empurrando uma nuvem de visões ou uma carga de ideias. O que dá vontade de fazer é chutar o esplêndido caixote debaixo de seus pés calçados com sandálias e depois trancá-lo numa casa de pedra, em alguma ilha deserta, com litros de tinta e montanhas de papel — muito distante das preocupações éticas e pedagógicas que o impediam de observar como os cabelos negros de Anna se encaracolavam acima de seu branco pescoço. Mas isso era impossível: Tolstói é homogêneo, é uno, e a luta que, em especial nos últimos anos, foi travada entre o homem que se comprazia com a beleza da terra preta, da carne branca, da neve azul, dos campos verdes e das nuvens arroxeadas e o homem que sustentava ser a ficção pecaminosa e a arte imoral — essa luta continuava confinada dentro do mesmo homem. Pintando ou pregando, Tolstói se esforçava, apesar de todos os obstáculos, para alcançar a verdade. Como autor de *Anna Kariênina*, usou um método de descobrir a verdade; nos sermões, usou outro; porém, por mais sutil que fosse sua arte e por mais enfadonhas que fossem algumas de suas outras atitudes, a verdade em busca da qual tateava de forma ponderosa ou esperava encontrar magicamente na próxima esquina era sempre a mesma — essa verdade era ele próprio, e buscá-la era sua arte.

Só é estranho o fato de que ele nem sempre se reconhecia quando confrontado com a verdade. Gosto da história de que, já idoso, pegou um livro num dia sombrio, muitos anos depois de haver parado de escrever romances, e se interessou pela agradável leitura — ao olhar a capa, reparou: *Anna Kariênina*, de Liev Tolstói.

O que obcecou Tolstói, o que obscureceu seu talento e o que hoje incomoda o bom leitor é que, de algum modo, a procura da verdade lhe parecia mais importante do que a descoberta fluida, vívida e brilhante da ilusão da verdade por intermédio de seu gênio artístico. A velha "verdade russa" nunca foi uma companheira confortável; tinha um temperamento violento e nenhum jogo de cintura. Não era simplesmente a verdade, a *pravda* cotidiana, mas a imortal *istina* — não a verdade, e sim a luz interna da verdade. Quando Tolstói conseguia encontrá-la dentro de si mesmo, no esplendor de sua imaginação criativa, então, quase inconscientemente, se via no caminho certo. Que importância tem seu conflito com a Igreja Católica Grega então prevalecente, que importância têm suas opiniões éticas à luz desta ou daquela passagem imaginativa em qualquer de seus romances?

A verdade essencial, *istina*, é uma das poucas palavras em russo que não podem ser rimadas. Não tem nenhum companheiro verbal, nenhuma associação verbal, erguendo-se solitária e indiferente, com apenas uma vaga sugestão da raiz "ficar de pé" na refulgência sombria de sua rocha imemorial. A maioria dos escritores russos tem demonstrado um tremendo interesse no paradeiro exato da verdade e em suas qualidades essenciais. Para Púchkin, ela era esculpida em mármore e banhada por um sol nobre; Dostoiévski, um artista bem inferior, a enxergava feita de sangue, lágrimas e suor, histérica e impregnada das questões políticas da atualidade; e Tchekhov a observava com um olhar inquisitivo embora aparentemente distraído pela paisagem nebulosa a seu redor. Tolstói marchava diretamente em sua direção, cabeça baixa e punhos cerrados, e encontrou o lugar onde a cruz antes se erguera, ou encontrou... sua própria imagem.

Curiosamente, uma descoberta dele jamais foi notada pelos críticos. Ele descobriu — e sem dúvida nunca se deu conta disso — um método de retratar a vida que corresponde mais agradável e exatamente à nossa ideia do tempo. Ele é o único escritor que conheço cujo relógio está acertado com os incontáveis relógios de seus leitores. Todos os grandes escritores têm bons olhos, e o "realismo" (tal como é chamado) das descrições de Tolstói foi superado por outros; e, embora o leitor comum russo diga que se sente seduzido pela absoluta realidade de seus romances, a sensação de encontrar velhos amigos e de ver locais familiares, isso de nada importa. Outros foram igualmente proficientes ao fazer vívidas descrições. O que de fato seduz o leitor comum é o dom que tem Tolstói de brindar sua ficção com valores temporais que correspondem exatamente ao nosso senso de tempo. É uma conquista misteriosa, não tanto uma característica louvável do gênio, mas algo que pertence à natureza física de sua genialidade. Esse equilíbrio em matéria de tempo, que só ele possui, é o que dá ao gentil leitor o senso de realidade cotidiana que poderia atribuir à visão aguda de Tolstói. A prosa de Tolstói tem o mesmo ritmo de nosso pulso, seus personagens parecem se mover com o mesmo balanço do corpo das pessoas que passam diante de nossa janela enquanto lemos seu livro.

O curioso é que Tolstói era na verdade bastante descuidado ao lidar com a ideia objetiva do tempo. Em *Guerra e paz*, leitores atentos têm detectado crianças que crescem rápido demais ou muito devagar, assim como em *Almas mortas*, de Gógol, apesar do cuidado do autor em vestir seus personagens, verificamos que Tchitchikov usou um sobretudo de pele de urso no meio do verão. Em *Anna Kariênina*, como também veremos, há terríveis derrapagens na estrada coberta de gelo do tempo. Mas tais lapsos de Tolstói nada têm a ver com a impressão de tempo que ele transmite, a ideia de tempo que corresponde tão perfeitamente ao senso cronológico do leitor. Outros grandes escritores foram conscientemente fascinados pela ideia do tempo e, de forma também consciente, tentaram exprimir seu movimento; Proust faz isso quando seu personagem, ao final de *Em busca do tempo perdido*, chega a uma festa onde encontra pessoas que conhecia, mas que agora, por alguma razão, estão usando peruca grisalha, e então percebe que as perucas grisalhas são de fato cabelos grisalhos, que eles envelheceram enquanto o personagem passeava através de suas memórias. Ou vejam como James Joyce regula o elemento do tempo em *Ulysses* por meio de um pedaço de papel amassado que desce o rio Liffy, passando gradativamente debaixo de várias pontes a caminho da baía de Dublin e do mar eterno. Entretanto, esses escritores que de fato lidaram com valores temporais não fazem o que Tolstói faz de forma casual e de todo inconsciente: eles se movem mais devagar ou mais depressa que o relógio de pêndulo do leitor; é o tempo *de* Proust ou o tempo *de* Joyce, não o tempo comum, uma espécie de tempo-padrão que Tolstói de algum modo consegue transmitir.

Não admira, portanto, que os russos idosos, ao tomarem chá à noite, falem dos personagens de Tolstói como pessoas que realmente existiram, pessoas que podem ser semelhantes a seus amigos, pessoas que veem com tanta nitidez como se houvessem dançado com Kitty, Anna ou Natacha num baile ou jantado com Oblónski em seu restaurante predileto,* como em breve o faremos. Os leitores chamam Tolstói de gigante não porque outros escritores sejam anões, mas por-

---

* "Essas sensações muito especiais de realidade, de carne e osso, em relação a personagens que de fato têm vida própria se devem ao fato de que Tolstói possuía a capacidade única de marcar o tempo em compasso conosco; de tal modo que, se imaginássemos uma criatura de outro sistema solar que tivesse curiosidade de conhecer nossa concepção de tempo, a melhor maneira de explicar isso consistiria em lhe dar para ler um romance de Tolstói — em russo, ou ao menos na minha tradução e com meus comentários." Passagem desta seção omitida por Nabokov.

que ele permanece exatamente com a mesma estatura,* em perfeita sintonia conosco, em vez de ir ficando para trás como acontece com outros autores.

E, nesse sentido, é curioso notar que, embora Tolstói se mantivesse constantemente consciente de sua própria personalidade, se metesse constantemente na vida de seus personagens e constantemente se dirigisse aos leitores, nos grandes capítulos que são suas obras-primas o autor é invisível, atingindo assim o ideal desapaixonado que Flaubert tão incisivamente exigia de seus colegas: ser invisível e estar em toda parte como Deus em Seu Universo. Desse modo, vez por outra temos o sentimento de que o romance de Tolstói se escreve por si mesmo, é produzido por seu tema, por seu assunto, e não por determinada pessoa movendo uma pena da esquerda para a direita e então retornando para apagar certa palavra, e refletindo, e coçando o queixo por debaixo da barba.**

Como já observei antes, a intrusão do professor nos domínios do artista nem sempre é claramente definida nos romances de Tolstói. É difícil desenredar o ritmo do sermão do ritmo das meditações pessoais deste ou daquele personagem. No entanto, em certas ocasiões — na verdade com bastante frequência, quando nos deparamos com páginas e mais páginas claramente à margem da história nos dizendo o que deveríamos pensar, o que Tolstói acha da guerra, do casamento ou da agricultura —, então o encanto é quebrado e as pessoas deliciosamente familiares que estavam sentadas ao nosso redor, participando de nossa vida, agora ficaram distantes, a porta tendo sido fechada até que o solene autor haja chegado ao fim do laborioso período em que explica e reexplica suas ideias sobre o matrimônio, Napoleão ou as atividades rurais, quando não suas opiniões éticas e religiosas.

---

* "O escritor russo Búnin me disse que, quando visitou Tolstói pela primeira vez e ficou sentado esperando por ele, quase teve um choque ao ver de repente emergir de uma pequena porta um velhinho em vez do gigante que involuntariamente imaginara. E eu também vi aquele velhinho. Era criança e me lembro vagamente de que papai apertou a mão de alguém numa esquina, e então me disse quando recomeçamos a andar: — Esse era Tolstói." Passagem desta seção omitida por Nabokov.

** Nabokov continuou, mas depois omitiu, "e se aborrecendo com sua mulher, Sofia Andreievna, por permitir que um visitante barulhento entrasse no cômodo ao lado".

Por exemplo, os problemas agrários discutidos no livro, em particular em relação às terras de Lióvin, são extremamente enfadonhos para os leitores de línguas estrangeiras, e não espero que vocês estudem a situação de forma cuidadosa. Artisticamente, Tolstói cometeu um erro ao dedicar tantas páginas a essas questões, em especial porque elas tendem a se tornar obsoletas quando estão vinculadas a certo período histórico e às próprias ideias de Tolstói, que se modificaram ao longo do tempo. A agricultura na década de 1870 não possui o encanto eterno das emoções e motivos de Anna ou Kitty. Diversos capítulos são devotados às eleições de administradores provinciais. Os proprietários de terras, através de uma organização chamada *zemstvo*, tentaram entrar em contato com os camponeses a fim de ajudá-los (e a eles próprios), estabelecendo mais escolas, hospitais melhores, maquinaria mais eficiente etc. Muitos proprietários de terras participaram: os de cunho reacionário e conservador ainda viam os camponeses como escravos — embora oficialmente os servos tivessem sido libertados dez anos antes —, enquanto os proprietários de terras liberais e progressistas estavam realmente ansiosos para melhorar as condições a fim de que os camponeses, compartilhando dos interesses dos fazendeiros, se tornassem mais prósperos, mais saudáveis e mais educados.

✳

Não costumo falar sobre as tramas, mas no caso de *Anna Kariênina* farei uma exceção porque se trata na essência de uma trama moral, um emaranhado de tentáculos éticos, que devemos explorar antes de desfrutar do romance num plano superior ao da mera história.

Uma das personagens femininas mais atraentes na ficção mundial, Anna é uma mulher jovem, bonita e fundamentalmente boa, assim como fundamentalmente fadada a ter um final infeliz. Casada muito cedo, por uma tia bem-intencionada, com um oficial promissor que tem uma esplêndida carreira burocrática, Anna leva uma vida tranquila no mais brilhante círculo da sociedade de São Petersburgo. Adora seu filhinho, respeita o marido, que tem vinte anos mais que ela, e sua natureza vivaz e otimista lhe permite gozar todos os prazeres superficiais que a vida oferece.

Quando encontra Vrónski numa viagem a Moscou, se apaixona perdidamente por ele. Esse amor transforma tudo à sua volta; tudo que ela vê se apresenta sob uma nova luz. Ocorre aquela famosa cena na estação ferroviária de São Petersburgo: Kariênin vem encontrá-la na volta de Moscou e ela subitamente repara no tamanho e na irritante convexidade de suas enormes e deselegantes orelhas. Ela nunca notara antes aquelas orelhas porque nunca o olhara de forma crítica; ele fora uma dessas coisas na vida que ela aceitava sem discutir. Agora tudo mudara. Sua paixão por Vrónski é um clarão de luz branca que faz o mundo anterior parecer uma paisagem morta num planeta morto.

Anna não é apenas uma mulher, não é apenas um esplêndido espécime feminino, e sim uma mulher dotada de uma natureza moral completa, compacta e relevante: tudo sobre seu caráter é significativo e notável, e isso também se aplica a seu amor. Ela não pode se limitar a ter um caso clandestino como faz outra personagem no livro, a princesa Betsy. Sua natureza leal e apaixonada torna impossíveis a simulação e o segredo. Ela não é Emma Bovary, uma sonhadora de província, uma rapariga nostálgica que se esgueira junto a muros em ruínas para chegar à cama de amantes substituíveis. Anna dá a Vrónski toda a sua vida, consente em se separar do filhinho adorado — apesar da agonia que lhe causa não o ver — e vai viver com ele, de início no exterior, na Itália, e depois em sua propriedade na Rússia Central, conquanto esse romance "aberto" faça com que a rotulem como uma mulher imoral aos olhos de seu círculo também imoral. (De certo modo, pode-se dizer que ela realizou o sonho de Emma de escapar com Rodolphe, mas Emma não teria sentido a dor de abandonar o filho, nem havia complicação moral alguma no seu caso.) Por fim, Anna e Vrónski retomam a vida na cidade. Ela escandaliza a sociedade hipócrita não tanto por seu caso de amor, mas por desafiar abertamente as convenções.

Enquanto Anna suporta o peso da ira da sociedade, é desprezada, insultada e posta no ostracismo, Vrónski, como homem — não muito profundo nem muito talentoso, mas sempre na moda —, não é atingido pelo escândalo: recebe convites, vai a lugares, se encontra com os velhos amigos, é apresentado a mulheres aparentemente decentes que não ficariam um segundo na mesma sala com a desonrada Anna. Ele ainda ama Anna, mas às vezes, contente em voltar ao mundo do esporte e da moda, começa a se valer de seus favores. Anna interpreta erradamente algumas deslealdades triviais como uma queda na temperatura do amor de Vrónski por ela. Sente que por si só sua afeição por Vrónski já não é o bastante para ele, que ela pode estar perdendo-o.

Vrónski, um tipo que não tem papas na língua e é intelectualmente medíocre, fica impaciente com o ciúme dela e por isso dá a impressão de confirmar suas suspeitas.* Levada ao desespero pelo pântano em que sua paixão está se afundando, Anna, numa noite de domingo de maio, se atira debaixo de um trem de carga. Vrónski compreende tarde demais o que perdeu. De forma bem conveniente para ele e para Tolstói, a guerra com a Turquia está em curso — estamos em 1876 — e Vrónski parte para o front num batalhão de voluntários. Esse é talvez o único recurso inglório no romance, por ser fácil demais, conveniente demais.

Uma história paralela, que parece se desenvolver numa linha de todo independente, tem a ver com a corte que Lióvin faz à princesa Kitty Cherbátskaia e o posterior casamento dos dois. Lióvin, o personagem em que Tolstói mais se retratou, é um homem dotado de ideias morais, de Consciência, com "c" maiúsculo. A consciência não lhe dá trégua. Lióvin é muito diferente de Vrónski. Este vive apenas para satisfazer seus impulsos e, antes de conhecer Anna, levava uma vida convencional: mesmo no amor ele se satisfaz em substituir os ideais morais pelas convenções de seu círculo. Lióvin, porém, sente que é seu dever compreender com inteligência o mundo ao seu redor e nele encontrar seu lugar. Por isso, a natureza de Lióvin está em constante evolução, cresce ao longo do romance rumo àqueles ideais religiosos que, à época, Tolstói desenvolvia para uso próprio.

---

* Nabokov pôs entre colchetes para fins de reconsideração, mas sem omiti-lo, o seguinte trecho: "Naturalmente, ele é uma pessoa incomparavelmente mais civilizada que o proprietário de terras Rodolphe, o amante pouco refinado de Emma; mas ainda há momentos em que, durante os acessos de raiva de sua amante, ele seria capaz de dizer mentalmente, com a entonação de Rodolphe: — Você está perdendo seu tempo, minha querida".

Em volta desses personagens principais se movem muitos outros. Stiepan Oblónski, o irmão despreocupado e irresponsável de Anna; sua mulher, Dolly, da família Cherbátski, bondosa, séria e sofredora — de certo modo uma das mulheres ideais de Tolstói —, pois sua vida é altruisticamente dedicada aos filhos e ao marido inútil; há o resto da família Cherbátski, uma das velhas famílias aristocráticas de Moscou; a mãe de Vrónski; e toda uma galeria de pessoas da alta sociedade de São Petersburgo. A sociedade petersburguense era muito diferente da moscovita, sendo Moscou a velha cidade gentil, acolhedora, suave e patriarcal, e São Petersburgo, a capital relativamente jovem, a cidade fria, formal e chique onde nasci uns trinta anos depois. Obviamente, há o próprio Kariênin, marido de Anna, um homem seco e honrado, cruel em sua virtude teórica, o funcionário público ideal, o burocrata filisteu que prazerosamente aceita a pseudomoralidade de seus amigos, um hipócrita e um tirano. Em seus melhores momentos, é capaz de um gesto bom e gentil, mas isso é bem cedo esquecido e sacrificado às considerações de sua carreira. À beira do leito de Anna, quando ela está gravemente enferma após dar à luz o filho de Vrónski e certa de que em breve morrerá (o que, todavia, não acontece), Kariênin perdoa Vrónski e lhe toma a mão com um sentimento autêntico de humildade e generosidade cristãs. Mais tarde ele retomará sua personalidade gélida e desagradável, mas naquela hora a proximidade da morte ilumina a cena, e Anna, subconscientemente, o ama tanto quanto a Vrónski: ambos se chamam Aleksiei, ambos compartilham do sonho dela como companheiros amorosos. No entanto, esse sentimento de sinceridade e bondade não dura muito e, quando Kariênin tenta obter um divórcio — algo pouco importante para ele mas que faria toda a diferença para Anna — e se depara com desagradáveis complicações para consumá-lo, simplesmente desiste e se recusa a tentar de novo, por mais dano que tal recusa possa causar a Anna. Além disso, ele consegue obter satisfação pela atitude moralista que assume.

Embora seja uma das maiores histórias de amor da literatura mundial, *Anna Kariênina* não é apenas um romance que trata de aventuras sentimentais. Profundamente preocupado com questões morais, Tolstói estava sempre às voltas com matérias de grande interesse para toda a humanidade em todos os tempos. E há uma questão moral em *Anna Kariênina*, conquanto não aquela que o leitor casual possa imaginar. A moral certamente não é o fato de que Anna deveria pagar por ter cometido adultério (coisa que, num sentido vago, se pode dizer que é a moral corriqueira em *Madame Bovary*). Certamente não é isso, e por razões óbvias: se Anna houvesse permanecido com Kariênin e habilmente ocultado do mundo seu caso, não teria pagado por isso primeiro com sua felicidade e depois com a vida. Anna não foi punida por seu pecado (do qual poderia ter escapado) nem por violar as convenções de uma sociedade, pois todas as convenções têm caráter efêmero e não têm relação com as exigências eternas da moralidade. Qual foi então a "mensagem" moral transmitida por Tolstói em seu romance? Podemos entendê-la melhor se olharmos para o restante do livro e compararmos as histórias de Lióvin-Kitty e de Vrónski-Anna. O casamento de Lióvin é baseado numa concepção metafísica, e não apenas física, do amor, na disposição para o autossacrifício, no respeito mútuo. A aliança entre Anna e Vrónski se fundamentou apenas no amor carnal — e daí derivou seu trágico desfecho.

À primeira vista, pareceria que Anna foi punida pela sociedade por se apaixonar por um homem que não era seu marido. Ora, essa "moral" seria sem dúvida completamente "imoral" e de todo não artística, uma vez que outras senhoras chiques daquela mesma sociedade tinham tantos casos quantos quisessem desde que os mantivessem em segredo, debaixo de um véu escuro. (Lembrem-se do véu azul de Emma ao viajar na companhia de Rodolphe e de seu véu negro no encontro amoroso com Léon em Rouen.) Mas a franca e infeliz Anna não usa esse véu da dissimulação. As normas da sociedade são temporárias; o que interessa a Tolstói são as eternas exigências da moralidade. E então surge a questão moral que ele efetivamente aponta: o amor não pode ser exclusivamente carnal porque nesse caso é egotista e, sendo egotista, destrói em vez de criar. A fim de expor sua posição da maneira mais clara e mais artística possível, Tolstói, numa torrente de imagens extraordinárias, retrata e coloca lado a lado, em vívido contraste, dois amores: o carnal de Vrónski e Anna (lutando em meio às suas emoções espiritualmente estéreis mas ricamente sensuais e fatídicas) e o amor autêntico e cristão, como Tolstói o chamou, do casal Lióvin-Kitty, com as riquezas de natureza sensual presentes mas equilibradas e harmoniosas na límpida atmosfera da responsabilidade, da ternura, da verdade e das alegrias da vida em família.

Uma epígrafe bíblica: *Minha* é a vingança; *Eu* retribuirei, diz o Senhor. (Romanos 12, versículo 19)

Quais são as implicações? Primeiro, a sociedade não tinha o direito de julgar Anna; segundo, Anna não tinha o direito de punir Vrónski ao cometer um suicídio vingativo.

✳

Joseph Conrad, um romancista inglês de origem polonesa, escreveu a Edward Garnett, um escritor menor, em carta datada de 10 de junho de 1902: "Dê lembranças carinhosas à sua esposa, cuja tradução de *Kariênina* é esplêndida. Não ligo muito para o livro, mas isso só faz dar maior brilho a seu meritório trabalho". Nunca perdoarei Conrad por essa gracinha. Na verdade, a tradução de Garnett é muito ruim.

Procuraremos em vão nas páginas de *Anna Kariênina* as sutis transições de Gustave Flaubert, dentro dos capítulos, de um personagem para outro. A estrutura do romance é mais convencional, embora tenha sido escrito vinte anos depois de *Madame Bovary*. As conversas entre personagens que mencionam outros personagens e as manobras dos personagens menores ao provocar os encontros entre os principais participantes são os métodos simples e às vezes bastante primários utilizados por Tolstói. Mais simples ainda são suas mudanças abruptas de cenário ao passar de um capítulo para o outro.

O romance de Tolstói consiste em oito partes, cada qual contendo cerca de trinta capítulos curtos de quatro páginas. Ele se propõe seguir duas linhas — a de Lióvin-Kitty e a de Vrónski-Anna —, embora haja uma terceira linha, subordinada e intermediária, a de Oblónski-Dolly, que desempenha um papel muito especial na estrutura do romance por servir de várias formas como elo entre as duas linhas principais. Stiepan Oblónski e Dolly lá estão para agir como intermediários no relacionamento de Lióvin e Kitty e no de Anna e seu marido. Além do mais, durante a vida de solteiro de Lióvin, um paralelo sutil é estabelecido entre Dolly e a figura de mãe idealizada por Lióvin, a qual ele encontrará para seus próprios filhos em Kitty. Vale notar, também, que Dolly considera a conversa sobre crianças com uma camponesa tão fascinante quanto Lióvin considera as conversas com camponeses sobre agricultura.

A ação do livro tem início em fevereiro de 1872 e se estende até julho de 1876: ao todo, quatro anos e meio. Passa de Moscou para São Petersburgo e se desloca entre quatro propriedades rurais (pois a casa de campo da velha condessa Vrónskaia, perto de Moscou, também exerce um papel no livro, embora nunca sejamos levados até lá).

A primeira das oito partes do romance tem como tema principal o desastre da família Oblónski, com o qual o livro começa, e, como tema secundário, o triângulo Kitty-Lióvin-Vrónski.

Os dois assuntos, os dois temas básicos — o adultério de Oblónski e o sofrimento de Kitty quando seu amor por Vrónski foi frustrado por Anna* — são notas introdutórias ao tema trágico que envolve Vrónski e Anna, o qual não será resolvido tão facilmente quanto os problemas do casal Oblónski-Dolly ou a amargura de Kitty. Dolly em breve perdoaria seu marido irresponsável para o bem de seus cinco filhos e porque o ama — além de que Tolstói considera que duas pessoas casadas e com filhos estão unidas para sempre pela lei divina. Dois anos depois de seu grande desgosto por causa de Vrónski, Kitty se casa com Lióvin e dá início ao que Tolstói considera um casamento perfeito. Mas Anna, que se torna amante de Vrónski após dez meses de persuasão, verá destruída sua vida em família e se suicidará quatro anos depois do começo do livro.

"Todas as famílias felizes são iguais; toda família infeliz é infeliz a seu modo.

Tudo era confusão na casa dos Oblónski [*no sentido de 'lar', pois 'casa' e 'lar' são 'dom' em russo*].** Descobrindo que seu marido tinha um

---

* Numa frase que depois eliminou, Nabokov acrescenta: "Cumpre observar que Anna, que com sabedoria e graça promove a reconciliação e assim faz uma boa ação, simultaneamente comete uma má ação ao cativar Vrónski e fazê-lo romper seu namoro com Kitty".

** "Dom, dom, dom: o sino dobra anunciando o tema da família — casa, lar, casa, lar.

caso com uma moça francesa que trabalhara como tutora dos filhos do casal, a esposa havia declarado que não poderia continuar a viver na mesma casa com ele. Essa situação entrava agora em seu terceiro dia, e não apenas o marido e a mulher, mas todos os membros da família e os empregados estavam cientes dela. Todos na casa achavam que não havia sentido em viverem juntos, que as pessoas reunidas por acaso em qualquer hospedaria tinham mais em comum entre si do que eles, membros da família e empregados dos Oblónski. A esposa não saía de seus aposentos, o marido não voltara para casa nos últimos três dias. As crianças corriam soltas por toda a casa; a tutora inglesa tinha se desentendido com a governanta e escrevera a uma amiga pedindo que lhe encontrasse outro emprego; o cozinheiro partira na véspera, depois do jantar; a mulher que cozinhava para os empregados e para o cocheiro havia anunciado que iria embora.

Três dias após a briga, o príncipe Stiepan Arkáditch Oblónski — Stiva, como era conhecido nos círculos elegantes — acordou em sua hora de costume, isto é, às oito da manhã, não no quarto de dormir da esposa, e sim no sofá forrado de marroquim em seu gabinete de trabalho. Virou o corpo rotundo e bem tratado no macio sofá como se fosse mergulhar de novo num longo sono; abraçou vigorosamente o travesseiro do outro lado e apertou o rosto contra ele; mas imediatamente teve um sobressalto, se sentou no sofá e abriu os olhos.

'Sim, sim, como foi mesmo?', ele pensou, relembrando o sonho.

'Sim, como foi? Ah, já sei. Alábin estava oferecendo um jantar em Darmstadt [Alemanha]; não, não em Darmstadt, mas alguma coisa americana. Sim, Darmstadt ficava nos Estados Unidos. Sim, o jantar era servido em mesas de vidro e as mesas cantavam, *Il mio tesoro* — não *Il mio tesoro*, mas algo melhor, e havia umas garrafinhas para decantar licores que eram ao mesmo tempo mulheres.'"*

→ Tolstói deliberadamente nos dá a pista logo na primeira página: o tema do lar, o tema da família." Essa frase foi extraída de uma página de notas para o começo desta seção. Para uma observação mais elaborada, ver o comentário de Nabokov à nota número 1, na p. 261.

* As passagens citadas por Nabokov nessas aulas baseiam-se na tradução de Garnett — revista por ele, que também faz eventuais reduções e paráfrases para fins de leitura.

O sonho de Stiva constitui o tipo de arranjo ilógico que é rapidamente criado pelo sonhador. Vocês não devem imaginar essas mesas como tendo apenas o tampo de vidro, mas sendo inteiramente feitas de vidro. Os decantadores, de cristal, cantavam em vozes italianas mas ao mesmo tempo eram mulheres — uma dessas combinações econômicas empregadas com frequência pelo administrador não profissional de nossos sonhos. É um sonho agradável, de fato tão agradável que nada tem a ver com a realidade. Ele não acorda no leito conjugal, mas no exílio de seu escritório. Esse, contudo, não é o ponto mais interessante. O interessante é que a natureza irresponsável, transparente, namoradeira e epicurista de Stiva é astuciosamente descrita pelo autor mediante as imagens de um sonho. Esse é o recurso usado para caracterizar Oblónski: um sonho o apresenta. E há outro ponto notável: esse sonho com pequenas mulheres cantando será muito diferente do sonho sobre um homenzinho resmungando que terão tanto Anna quando Vrónski.

Continuemos com nossa pesquisa sobre as impressões que deram forma a certo sonho de Vrónski e Anna mais tarde no livro. A mais relevante ocorre quando ela chega a Moscou e se encontra com ele.

"No dia seguinte, às onze da manhã, Vrónski foi à estação para receber sua mãe, que vinha de São Petersburgo, e a primeira pessoa que encontrou na grande escadaria foi Stiva Oblónski, que aguardava sua irmã vinda no mesmo trem. [*Ela vinha a fim de reconciliar Stiva e sua esposa.*]

— Bom dia — exclamou Stiva. — Quem você veio buscar?

— Minha mãe — respondeu Vrónski. — E você, veio buscar quem?

— Uma linda mulher — disse Stiva.

— Ah — disse Vrónski.

— Você devia ter vergonha de pensar o que está pensando — disse Stiva. — É minha irmã Anna.

— Ah, sei, a mulher de Kariênin — disse Vrónski.

— Você a conhece? — perguntou Stiva.

— Acho que sim, mas talvez não, não tenho certeza. — Vrónski falou despreocupadamente, com a vaga lembrança de algo formal e enfadonho que o nome de Kariênin evocava.

— Mas — Stiva continuou — certamente você conhece meu famoso cunhado. [...]

— Conheço sim, de nome, de vista. Sei que é inteligente, culto, carola ou algo assim. Mas você sabe que esse tipo de gente... *is not in my line* [não faz meu estilo] — acrescentou Vrónski.

Vrónski seguiu o carregador até o vagão onde estava sua mãe, subiu os degraus e, ao entrar, parou no vestíbulo do carro para deixar passar uma mulher que saía. Com o instinto de um homem cosmopolita, classificou-a de imediato como pertencendo à mais alta camada da sociedade. Pediu-lhe desculpas, recuou e estava prestes a retomar seu caminho quando sentiu que devia olhá-la outra vez; não porque fosse muito bonita, não por causa de sua elegância e encanto recatado, mas porque, na expressão de seu rosto encantador ao passar perto dele, havia algo particularmente acariciante e suave. Quando se voltou para vê-la, ela também virou a cabeça. Seus olhos faiscantes, que eram cinzentos porém pareciam mais escuros por causa das grossas pestanas, pousaram com amigável atenção sobre o rosto dele, como se ela o reconhecesse, mas logo se desviaram na direção dos passantes em meio aos quais ela procurava por alguém. Vrónski teve tempo de reparar no ardor reprimido que iluminou aquele rosto e relampejou nos olhos brilhantes, enquanto um tênue sorriso curvava os lábios rubros. Era como se, contra sua vontade, algo dentro dela transbordasse e resplandecesse em seus olhos e no seu sorriso. E então, deliberadamente, ela apagou a luz dos olhos, mas alguma coisa, por conta própria, reluzia ainda no sorriso levemente vulnerável."

A mãe de Vrónski, que viajara com aquela mulher — que era Anna —, apresenta o filho. Oblónski aparece. Então, quando todos saem, deparam com uma confusão. (Rodolphe viu Emma pela primeira vez por cima de uma bacia com sangue. Vrónski e Anna também se conhecem na presença de sangue.)

"Vários homens passaram correndo com o medo estampado na face. O chefe da estação também passou às carreiras trazendo na cabeça aquele boné com cores incomuns [*preto e vermelho*]. Obviamente acontecera algo estranho." Pouco depois souberam que um guarda ferroviário, fosse por estar bêbado ou com o ouvido protegido demais contra o frio, não ouvira quando o trem deu marcha a ré para sair da estação e fora esmagado. Anna perguntou se alguma coisa poderia ser feita pela viúva — ele tinha uma grande família —, e Vrónski imediatamente a olhou de relance e disse à sua mãe que voltaria num instante. Ficamos sabendo mais tarde que ele dera duzentos rublos para a família do guarda. (Notem o homem agasalhado demais sendo esmagado. Notem que sua morte estabelece um tipo de conexão entre Anna e Vrónski. Vamos precisar de todos esses ingredientes quando analisarmos o sonho-gêmeo que eles tiveram.)

"Andando para um lado e para o outro, as pessoas ainda falavam do que tinha ocorrido. — Que morte horrível — disse um homem que passava. Dizem que ele foi cortado em dois. — Nada disso, acho que essa é a maneira mais fácil e mais rápida de partir — disse outro [*e Anna prestou atenção ao que foi dito*]. — Por que não adotam medidas de segurança? — perguntou um terceiro.

Anna se sentou na carruagem e Stiva viu com surpresa que seus lábios tremiam e que ela tinha dificuldade em conter as lágrimas. — O que houve, Anna? — ele perguntou. — É um mau agouro. — Bobagem — disse Stiva."

E ele fala então como foi bom ela ter vindo.

As demais impressões que contribuíram para formar o sonho vêm depois. Anna encontrou Vrónski outra vez no baile e dançou com ele — mas por enquanto isso é tudo. Agora ela está de volta a São Petersburgo, tendo reconciliado Dolly e seu irmão Stiva.

"'Vamos, graças a Deus acabou!' [*seu interesse por Vrónski*], foi o primeiro pensamento que ocorreu a Anna depois de dar o derradeiro adeus ao irmão, que bloqueara a porta do vagão até a sineta tocar pela terceira vez. Sentou-se no luxuoso assento ao lado de Ánuchka [*sua criada*] e olhou ao redor na penumbra do [*assim chamado*] vagão-dormitório. 'Graças a Deus! Amanhã vejo Serguei e Aleks, e retomo minha vida de sempre, tudo bem e tudo normal.'

Ainda ansiosa, como se sentira durante o dia todo, Anna se preparou prazerosamente para a viagem. Com as mãos pequenas e hábeis, abriu e fechou a bolsa vermelha, retirou um travesseirinho, ajeitou-o sobre os joelhos e, cobrindo as pernas com todo o cuidado, se acomodou numa posição confortável. Uma senhora inválida já se preparava para dormir em seu assento. Duas outras senhoras começaram a conversar com Anna, enquanto uma mulher idosa e corpulenta, enrolando as pernas num cobertor, comentava o aquecimento do trem [*um problema crucial com o aquecedor no meio do vagão e todas aquelas gélidas correntes de ar*]. Anna disse algumas palavras, mas, não esperando se divertir com a conversa, pediu a Ánuchka que apanhasse a pequena lanterna de viagem, prendeu-a no braço da poltrona, tirou da bolsa uma espátula e um romance inglês [*cujas páginas não tinham sido abertas*]. De início não avançou na leitura. A agitação e o barulho a perturbavam [*gente passando pelo corredor que cortava as seções sem portas daquele vagão noturno*]; depois, quando o trem partiu, ela não pôde deixar de escutar o som das rodas; mais tarde, foi distraída pela neve que se chocava contra a janela esquerda e se grudava ao vidro, bem como pela visão do bem agasalhado cobrador [*eis aí um toque artístico: a tempestade sopra do oeste e se coaduna com o estado de espírito melancólico de Anna, um desequilíbrio moral*] e pelas conversas sobre a terrível nevasca que rugia do lado de fora. E assim seguiram: os mesmos chacoalhar e estalejar, a mesma neve nas janelas, as mesmas transições rápidas do calor sufocante para o frio e mais uma vez para o calor, as mesmas visões fugazes das mesmas pessoas [*cobradores, encarregados de abastecer os aquecedores centrais*] no lusco-fusco cambiante, as mesmas vozes, e Anna começou a ler e a entender o que lia. Sua criada já cochilava, agarrando no colo a bolsa vermelha da patroa com as mãos largas enfiadas em luvas de lã, uma das quais rasgada na ponta de um dos dedos [*o pequeno defeito correspondendo ao transtorno no estado de espírito de Anna*]. Anna lia, mas achava de mau gosto seguir as sombras da vida de outras pessoas. Ela também tinha um imenso desejo de viver. Se a principal personagem do romance estava cuidando de um enfermo, ela sentia vontade de se movimentar silenciosamente no quarto de um homem doente; se lesse que um membro do parlamento discursava, queria estar ela própria pronunciando o discurso; ao ler como lady Mary se livrara dos cães, provocara a cunhada e surpreendera todo mundo com sua coragem e determinação, Anna desejava fazer o mesmo. Mas não havia chance de fazer nada; e, brincando com a lisa faca de marfim em suas mãos pequenas, ela se forçava a continuar a ler. [*Seria Anna uma boa leitora de nosso ponto de vista? Será que sua participação emocional na vida do livro nos faz lembrar de outra senhora? De Emma?*]

O herói do romance estava prestes a alcançar a felicidade à inglesa, um baronato e uma propriedade rural, quando Anna de repente achou que ele devia de algum modo se sentir envergonhado, e que ela também estava envergonhada [*identificando o homem no livro com Vrónski*]. Mas de que ele devia se envergonhar? 'E *eu*, de que devo me envergonhar?', perguntou-se com a surpresa de quem se crê ofendida. Descansou o livro e se recostou mais fundo no assento, pegando a faca firmemente com as duas mãos. Não havia nada. Ela repassou todas as suas impressões de Moscou. Tudo tinha sido bom, agradável. Lembrava-se do baile, lembrava-se da expressão de adoração total no rosto de Vrónski, lembrava-se de toda a sua conduta com ele: nada havia de vergonhoso. E, apesar de tudo, naquele ponto de suas recordações o sentimento de vergonha se intensificou, como se alguma voz interior, justamente quando pensava em Vrónski, estivesse lhe dizendo: 'Esquentando, mais quente ainda, fervendo'. [*Como no jogo em que um objeto é escondido e a direção certa é sugerida por essas exclamações térmicas — e notem que o quente e o frio estão se alternando também no vagão-dormitório.*] 'O que é?', ela se perguntou, mudando de posição na poltrona. 'O que isso significa? Será que entre mim e aquele jovem oficial existe, ou pode existir, qualquer outro relacionamento que não o de meros conhecidos?' Deu um muxoxo de desprezo e pegou o livro de novo; mas agora era definitivamente incapaz de seguir a história. Passou a faca de marfim pelo vidro da janela, encostando depois sua superfície lisa e fria [*mais uma vez o contraste de quente e frio*] no rosto, e quase riu alto por causa do sentimento de prazer que de repente e sem razão a invadiu [*sua natureza sensual assume o controle*]. Sentiu como se seus nervos fossem cordas de violino mais e mais retesadas pelas cravelhas. Sentiu que seus olhos se abriam mais e mais, os dedos dos pés e das mãos se contraíam, algo dentro dela a oprimia, enquanto todas as formas e todos os sons, na penumbra irregular, pareciam atingi-la com rara vividez. Momentos de dúvida a assaltavam continuamente, não sabia se o trem avançava, recuava [*comparar isso com uma importante metáfora em* Ivan Ilitch] ou se se encontrava parado; se ao seu lado estava Ánuchka ou uma pessoa estranha. 'O que é isso no braço da poltrona, um casaco de pele ou algum animal grande e peludo? E o que sou eu? Eu mesma, ou outra pessoa?' Ela temia ceder a esse estado de oblívio. Mas algo a atraía para ele. Sentou-se para evitar aquele marasmo, afastou a coberta das pernas e tirou o capuz do vestido de lã. Por um instante readquiriu a plena consciência e se deu conta de que o funcionário que entrara no vagão, usando um longo casaco de [tecido] nanquim em que faltava um botão [*outro defeito que reflete seu estado de espírito*], era o responsável pelo aquecedor, que ele observava o termômetro, que o vento e a neve entraram atrás dele [*defeito revelador*] pela porta do vagão; mas então tudo voltou a se tornar indistinto. O funcionário parecia estar roendo algo na parede, a senhora idosa começou a esticar as pernas ocupando toda aquela área do vagão e a enchendo com uma nuvem negra; ouviu então assustadores ruídos de coisas se quebrando e se chocando, como se alguém estivesse sendo destroçado [*reparem neste meio-sonho*]; um clarão ofuscante de fogo vermelho toldou sua vista, como se um muro se erguesse ocultando tudo. Anna teve a impressão de que afundava no chão. Mas não era terrível, era delicioso. A voz de um homem encapotado [*reparem nisto também*] e coberto de neve gritou alguma coisa perto de seu ouvido. Ela se compôs mentalmente e entendeu que estavam numa estação, que o homem encapotado era o cobrador. Pediu à criada que lhe entregasse o capuz que retirara e o cachecol, vestiu-os e caminhou na direção da porta.

— A senhora quer sair? — perguntou a criada.

— Sim, quero tomar um pouco de ar. Está muito quente aqui dentro. — Abriu a porta que dava para a plataforma aberta do vagão. A neve e o vento correram para atacá-la, lutando com ela pelo controle da porta. [*Comparem isso com o vento lutando contra Lióvin no final do livro.*]

Abriu a porta e saiu. O vento parecia estar esperando por ela [*mais uma vez a falácia patética sobre o vento: emoções atribuídas a objetos pelo ser humano em apuros*]; com um assobio jubilante tentou dominá-la e levá-la consigo, mas ela se agarrou à fria haste de ferro e, segurando a saia, desceu para a plataforma da estação e caminhou até a área protegida do vento. Na extremidade aberta do vagão, o vento soprava forte, mas na plataforma, abrigada pelo comboio, estava calmo.

A violenta nevasca começou de novo a zunir entre as rodas dos vagões e a esquina da estação, ao longo das colunas. Vagões, colunas e pessoas, tudo que se podia ver estava coberto de neve num dos lados, que ali se acumulava sem parar. [*Reparem agora no ingrediente do sonho posterior.*] A sombra encurvada de um homem deslizou abaixo de onde ela se encontrava, e Anna ouviu os sons de um martelo golpeando ferro. — Me entregue logo esse telegrama! — rompeu uma voz irada das trevas tempestuosas do outro lado. [...] Figuras encapotadas passaram correndo, cobertas de neve. Dois cavalheiros com cigarro aceso passaram por ela. Anna sorveu mais uma vez profundamente o ar fresco, e acabara de tirar a mão do regalo para agarrar a balaustrada da plataforma do vagão quando outro homem bem próximo, vestindo um casacão militar, se interpôs entre ela e a luz bruxuleante de uma lâmpada da estação. Ela se virou e imediatamente reconheceu Vrónski. Erguendo a mão à pala do quepe, ele fez uma reverência e perguntou se ela queria alguma coisa, se poderia lhe prestar algum auxílio. Anna o encarou por alguns segundos sem responder e, embora ele estivesse na sombra, viu, ou imaginou ter visto, a expressão de seu rosto e seus olhos. Era mais uma vez aquela expressão de êxtase respeitoso que tanto a impressionara na véspera. [...]

— Não sabia que você estava no trem. Por que está aqui? — ela perguntou, deixando tombar a mão com a qual agarrara a balaustrada de ferro. Uma alegria encantadora e irreprimível iluminou o rosto de Anna.

— Por que estou aqui? — ele disse, olhando diretamente nos olhos dela. — Você sabe a razão. Estou nesse trem para estar onde você está. Não consigo evitar.

Naquele momento, como se vencesse todos os obstáculos, o vento varreu a neve do teto dos vagões e fez retinir algumas placas de ferro que haviam se soltado, enquanto o rugir grave do apito da locomotiva soou à frente, triste e nostálgico. [...]

E, apoiando-se na fria balaustrada, ela galgou os degraus e chegou rapidamente ao vestíbulo do vagão. [...]

Em São Petersburgo, tão logo o trem parou e ela desceu, a primeira pessoa que atraiu sua atenção foi o marido. 'Ah, meu Deus! Por que as orelhas dele são assim?', pensou, observando sua figura fria e imponente, mas em especial as orelhas, cujas cartilagens sustentavam a aba do chapéu redondo de feltro preto."

✳

"[Lióvin] caminhou pela aleia na direção do rinque de patinação enquanto se repetia: 'Você não deve ficar excitado, tem de ficar calmo. O que há contigo? O que é que você quer? Fique quieto, idiota', ele pediu a seu coração. E, quanto mais tentava se controlar, mais ofegante ficava. Um conhecido o viu e chamou pelo nome, porém Lióvin nem o reconheceu. Seguiu rumo aos declives de onde vinha o estrépito metálico das correntes dos trenós ao ser puxados para cima, o ribombar dos trenós que desciam e os sons de vozes alegres. Mais alguns passos e se abriu diante de seus olhos o rinque, onde imediatamente, em meio a todos os patinadores, ele a localizou.

Sabia que ela estava lá pelo êxtase e pelo terror que empolgaram seu coração. Conversava com uma mulher na outra extremidade do rinque. Nada havia de notável em suas vestimentas ou atitude. No entanto, para Lióvin era tão fácil achá-la em meio à multidão como divisar uma rosa silvestre entre as urtigas [...]."

✳

"Naquele dia da semana e naquela hora do dia, as pessoas de certo círculo, que se conheciam umas às outras, costumavam se encontrar no rinque. Lá havia hábeis patinadores exibindo seus dotes, assim como principiantes se agarrando às costas de cadeiras com patins e deslizando com movimentos tímidos e canhestros; meninos e velhos patinando para se manter em boa forma física. Pareciam a Lióvin um grupo de seres privilegiados porque estavam perto dela. Todos os patinadores, aparentemente sem atentar para tal fato, se aproximavam dela, a ultrapassavam e até mesmo falavam com ela, desfrutando da excelente superfície do gelo e do tempo bom independentemente de sua presença.

Nikolai Cherbátski, o primo de Kitty, vestindo uma jaqueta curta e calças apertadas, estava sentado num banco calçando os patins. Ao ver Lióvin, gritou para ele: — Ah, o melhor patinador da Rússia! Já chegou há muito tempo? O gelo está ótimo, ponha logo os patins, meu amigo.

— Não trouxe os patins — respondeu Lióvin, surpreso com tal ousadia e naturalidade na presença dela, mas sem a perder de vista um só segundo, embora não olhasse diretamente. Sentiu que um sol invisível se aproximava dele. Ela se encontrava na curva do rinque e, mantendo bem juntos os pés finos nas altas botas de patinação de frente rombuda, começou a deslizar em sua direção com evidente receio. [*Ridículo: na tradução de Garnett, Kitty abre os pés.*] Um garotinho, com roupas típicas russas, balançando os braços violentamente e se curvando muito para a frente, estava prestes a ultrapassá-la. Ela patinava sem grande firmeza e, tirando as mãos do pequeno regalo preso por um cordão a seu pescoço, se preparou para uma emergência. Olhou na direção de Lióvin, que reconhecera, riu para ele e de seus próprios receios. Vencida a curva, tomou impulso com um dos pés e patinou diretamente rumo ao primo. Agarrando-se a seu braço, sacudiu a cabeça para Lióvin com um sorriso. Era mais encantadora do que ele imaginara. Mas o que sempre o surpreendia nela era a expressão dos olhos, gentil, calma e sincera.

— Você já chegou há muito tempo? — ela perguntou, dando-lhe um aperto de mãos. — Obrigada — acrescentou, quando ele apanhou no chão o lenço que caíra do regalo. [*Tolstói observa de perto seus personagens. Faz com que eles falem e se movam — mas suas falas e movimentos produzem reações no mundo que o autor criou para eles. Isso fica claro? Creio que sim.*]

— Não sabia que você patinava, e tão bem.

Ela o olhou com atenção, como se desejasse descobrir a causa da confusão dele.

— Um elogio seu vale muito. Todos dizem que você é um excelente patinador — ela disse, varrendo com a mão pequena, calçada numa luva preta, os cristais de gelo que tinham caído sobre o regalo. [*Mais uma vez o olhar frio de Tolstói.*]

— É verdade, houve um tempo em que eu era apaixonado pela patinação — respondeu Lióvin. — Queria chegar à perfeição.

— Acho que você faz tudo com paixão — ela disse sorrindo. — Gostaria muito de ver você patinar. Ponha os patins e vamos patinar juntos.

'Patinar juntos! Será possível?', pensou Lióvin, olhando fixamente para ela.

— Vou pôr agora mesmo — ele disse.

E foi arranjar um par de patins.

— Faz muito tempo desde que o senhor veio aqui — disse o empregado, sustentando seu pé e prendendo o patim no calcanhar da bota. — Não tem aparecido nenhum patinador de primeira categoria desde o seu tempo. Está bem assim? — perguntou, apertando a tira."

Algum tempo depois, "um dos jovens, o melhor patinador desde os tempos de Lióvin, saiu do café de patins, com um cigarro na boca. Desceu correndo os degraus cobertos de gelo, fazendo um barulhão a cada vez que os patins golpeavam a madeira. Sem ao menos alterar a posição relaxada dos braços, saiu patinando velozmente sobre o gelo.

— Ah, esse é um truque novo! — disse Lióvin, e logo subiu as escadas para tentar repeti-lo.

— Não vá quebrar o pescoço! Precisa estar bem treinado! — gritou o primo de Kitty para ele.

Lióvin chegou à varanda e, começando a correr para tomar impulso, desceu na disparada, mantendo o equilíbrio com um movimento dos braços a que não estava acostumado. Tropeçou no último degrau, mas, tocando de leve com a mão no gelo, conseguiu se recuperar graças a um esforço violento e saiu patinando, um largo sorriso estampado no rosto."

✳

Estamos em um jantar dois anos depois de Lióvin ser rejeitado por Kitty, um jantar organizado por Oblónski. Primeiro retraduzirei uma pequena passagem sobre um cogumelo escorregadio.

"— Fiquei sabendo que você matou um urso! — disse Kitty, tentando diligentemente pegar com o garfo um escorregadio cogumelo em conserva, cada pequena estocada fazendo tremer as rendas que cobriam seu alvo braço. [*O olhar brilhante de um grande escritor sempre reparando nas ações de suas marionetes depois que lhes deu o poder da vida.*] — Há ursos na sua propriedade? — ela acrescentou, voltando sua delicada e encantadora cabeça na direção dele e sorrindo."

Chegamos então à famosa cena do giz. Após o jantar, Kitty e Lióvin se veem por alguns instantes a sós no salão.

"Kitty, dirigindo-se a uma mesa de jogo, se sentou e, pegando um pedaço de giz, começou a traçar círculos concêntricos no imaculado tampo verde.

Retomaram o assunto iniciado durante o jantar — a liberdade e as ocupações das mulheres. Lióvin compartilhava da opinião de Dolly de que uma moça que não se casasse deveria encontrar alguma ocupação adequada para uma mulher no seio de sua própria família. [...]

Seguiu-se um silêncio. Ela desenhava ainda com o giz sobre a mesa. Seus olhos brilhavam com uma luz suave. Influenciado pelo estado de espírito dela, Lióvin foi invadido por um crescente sentimento de felicidade.

— Que horror! Rabisquei toda a mesa! — ela disse e, largando o giz, fez menção de se levantar.

'O quê? Eu ficar sozinho... sem ela?', ele pensou com desgosto, e pegou o giz. — Espere um minuto, disse. — Há muito tempo quero lhe perguntar uma coisa.

Ele olhou diretamente no fundo de seus olhos afetuosos, embora assustados.

— Por favor, pergunte.

— Aqui — ele disse, e escreveu as letras iniciais *q, d, n, v, q, d, n*, que significavam: 'Quando disse *não*, você queria dizer *nunca*?'. Não parecia provável que Kitty pudesse adivinhar aquela frase complexa, mas ele a olhou como se sua vida dependesse de que ela compreendesse as letras. Ela lançou a ele um olhar sério, depois franziu a testa e começou a ler. Uma ou duas vezes o mirou de relance, como se perguntasse 'É mesmo o que eu estou pensando?'.

— Compreendo — ela disse, corando ligeiramente.

— Que palavra é essa? — ele perguntou, apontando para o *n* que significava *nunca*.

— Significa *nunca* — ela respondeu —, mas não é verdade!

Ele rapidamente apagou o que havia escrito, lhe deu o giz e se levantou. Ela escreveu *n, e, n, p, s, d* [...], que queria dizer: 'Naquela época não podia ser diferente'.

Ele a olhou inquisitivamente, timidamente.

— Só *naquela época*?

'Sim', respondeu seu sorriso.

— E agora? — ele perguntou.

— Bem, leia isto — ela disse. Escreveu as letras iniciais *e, e, p*, que queriam dizer 'Esqueça e perdoe'."

Tudo isso é um pouco rebuscado. No entanto, sem dúvida o amor pode fazer milagres ao vencer o abismo entre duas mentes e apresentar instâncias de terna telepatia — embora essa leitura de pensamentos tão detalhada, mesmo em russo, não seja muito convincente. Não obstante, os gestos são encantadores, e a atmosfera da cena, artisticamente genuína.

Tolstói era partidário da vida natural. A natureza, alcunha de Deus, havia decretado que a fêmea humana devia sofrer mais dores no parto do que, digamos, a fêmea de um porco-espinho ou uma baleia. Por isso, ele era violentamente contrário à eliminação dessa dor.

Na revista *Look* (parente pobre da *Life*) de 8 de abril de 1952, há uma série de fotos sob o título "Eu fotografei o nascimento de meu filho". Um bebê excepcionalmente pouco atraente faz uma careta no canto da página. Segundo a legenda, disparando sua câmera enquanto se encontrava deitada na mesa de parto, a sra. A. H. Heusinkveld, uma fotógrafa-escritora (o que quer que isso seja), de Cedar Rapids, Estado de Iowa, registra (diz a legenda) aqueles flagrantes extraordinários do nascimento de seu primeiro filho — das contrações iniciais até o primeiro choro do bebê.

Que fotografias ela tira? Por exemplo, "Marido [*usando uma gravata filistina pintada à mão, com uma expressão desconsolada em seu rosto simples*] visita sua esposa em meio a outras dores" ou "A sra. Heusinkveld fotografa a irmã Mary enquanto ela borrifa a paciente com desinfetantes".

Tolstói teria se oposto virulentamente a tudo isso.

Exceto por um pouco de ópio, que não ajudava muito, nenhum anestésico era usado naquele tempo para aliviar as dores do parto. O ano é 1875, e em todo o mundo as mulheres davam à luz como nos últimos 2 mil anos. O tema de Tolstói aqui é duplo: primeiro, a beleza do drama da natureza; e, segundo, seu mistério e terror tal como sentidos por Lióvin. Os métodos modernos de parto — anestesia e hospitalização — tornariam impossível o grande capítulo 15 da parte 7, e a amenização da dor natural seria vista como muito errada para Tolstói, o Cristão. Kitty, naturalmente, estava tendo o filho em casa enquanto Lióvin andava de um lado para outro.

"Ele não sabia se era tarde ou cedo. As velas tinham queimado até o fim. Sentado, ouvia a conversinha fiada do doutor. [...] De repente, do quarto de Kitty veio um grito que não era deste mundo, tão pavoroso que ele nem teve um sobressalto, mas, aterrorizado, cravou os olhos no médico em muda interrogação. O médico inclinou a cabeça para o lado, apurou os ouvidos e riu com aprovação. Tudo era tão extraordinário que nada poderia parecer estranho a Lióvin. [...] Pouco depois ele foi na ponta dos pés até o quarto, circundou a parteira [*Ielisavieta*] e a mãe de Kitty, chegando junto ao travesseiro de Kitty. O grito morrera, mas algo havia mudado. Ele não viu nem entendeu o que era, e não tinha o menor desejo de ver e entender. [...] O rosto inchado e agoniado de Kitty, uma trança grudada na têmpora molhada de suor, estava voltado para ele. Os olhos dela buscaram os seus, as mãos erguidas imploraram pelas suas. Agarrando as mãos frias em suas mãos quentes, ela começou a apertá-las contra o rosto.

— Não vá, não vá! Não tenho medo, não tenho medo. Mamãe, tire meus brincos, estão me incomodando. [*Juntem esses brincos com o lenço, os cristais de gelo nas luvas e outros pequenos objetos que Kitty manuseia ao longo do romance.*] Então, subitamente, ela o afastou. — Ah, isso é horroroso, estou morrendo, vá embora — ela gemeu. [...]

Lióvin levou as mãos à cabeça e saiu correndo do quarto.

— Está tudo bem, é tudo normal — disse Dolly quando ele passou. [*Ela já vivera aquilo sete vezes.*]

'Mas', pensou Lióvin, 'eles podem dizer o que quiserem'. Sabia agora que estava tudo acabado. Ficou de pé no aposento ao lado, a cabeça encostada na ombreira da porta, e ouviu alguém soltar gritos e urros como jamais ouvira, sabendo que a coisa que emitia aqueles urros era Kitty. Agora, porém, ele deixara de querer ter um filho, agora odiava aquele filho. Não pedia nem pela vida dela agora. Tudo que queria era que acabasse aquela tenebrosa agonia.

— Doutor, o que houve, o que houve? Deus meu! — ele disse, agarrando o braço do médico quando este saiu do quarto.

— Bem — disse o doutor — está no fim — e seu rosto era tão grave ao dizê-lo que Lióvin entendeu que o fim era a morte dela." [*Obviamente, o que o médico queria dizer é que tudo estaria terminado em breve.*]

Agora vem a parte que enfatiza a beleza daquele fenômeno natural. Reparem, aliás, que a história da ficção literária como um processo evolutivo pode ser vista como uma exploração gradual de camadas mais e mais profundas da vida. É de todo impossível imaginar Homero, no século 9º a.C., ou Cervantes, no século 17 de nossa era, descrevendo um parto com detalhes tão maravilhosos. Não se trata de saber se certos eventos ou emoções são ou não apropriados ética ou esteticamente. O que desejo acentuar é que o artista, como o cientista, no processo de evolução da arte e da ciência, está sempre explorando tudo ao seu redor, compreendendo um pouco mais que seu predecessor, penetrando mais fundo com um olhar mais agudo e brilhante — e esse é o resultado artístico.

"Fora de si, ele correu para o quarto. A primeira coisa que viu foi o rosto da parteira. Ainda mais franzido e severo do que antes. O rosto de Kitty não era visível. No lugar onde ele estava havia algo apavorante em sua extrema distorção e pelos sons que emitia. [*Agora vem a beleza da coisa.*] Lióvin caiu e bateu com a cabeça na moldura de madeira da cama, sentindo que seu coração explodia. O grito terrível nunca cessava, se tornava ainda mais pavoroso e, como se tivesse atingido o último nível do terror, de repente parou. Lióvin não podia acreditar em seus ouvidos, mas não podia haver a menor dúvida; o grito cessara e ele ouviu uma agitação controlada, uma respiração acelerada, e a voz dela, entrecortada pelos sorvos de ar, viva, terna e extasiada, pronunciou baixinho: — Acabou!

Ele ergueu a cabeça. Exausta, com as mãos pousadas no edredom, tão linda e serena, ela o olhou em silêncio e tentou sorrir, mas não pôde.

E, de súbito, do mundo misterioso e tremendamente longínquo no qual ele tinha vivido as últimas 22 horas, Lióvin se viu transportado num instante para o velho mundo de todos os dias, agora inundado de uma tão fulgurante felicidade que era impossível suportar. As cordas retesadas se romperam, soluços e lágrimas de alegria que ele jamais previra chegaram com tal violência que seu corpo tremeu por inteiro. [...] Caindo de joelhos diante da cama, ele levou aos lábios a mão de sua mulher e a beijou, o beijo sendo retribuído por um débil movimento dos dedos. [*Todo o capítulo é uma sequência magnífica de imagens. As tênues figuras de linguagem que existem se transformam delicadamente em descrições diretas. Mas agora estamos prontos para a conclusão por meio de um símile.*] Enquanto isso, ao pé da cama, pelas mãos hábeis da parteira, como a luz bruxuleante no óleo de uma lamparina, brilhou a vida de um ser humano que nunca existira e que agora... viveria e criaria à sua própria imagem."

Vamos observar depois a imagem da luz em conexão com a morte de Anna no capítulo sobre seu suicídio. A morte é o parto da alma. Assim, o nascimento de um ser e o nascimento da alma (morte) são expressos nos mesmos termos de mistério, terror e beleza. O parto de Kitty e a morte de Anna se tocam nesse ponto.

Passemos ao nascimento da fé em Lióvin, às dores do nascimento da fé.

✳

"Lióvin caminhou com grandes passadas ao longo da estrada, absorto não tanto em seus emaranhados pensamentos quanto em sua condição espiritual, nunca tendo sentido coisa semelhante. [...]"

[*Um camponês com quem ele conversara tinha dito que outro camponês vivia por conta do estômago, e acrescentou que as pessoas não deveriam viver para comer, mas pela verdade, por Deus, por sua alma.*]

"'Será que encontrei uma solução para mim, será que meus sofrimentos terminaram?', pensou Lióvin andando pela estrada poeirenta. Estava sem fôlego de tão emocionado. Saiu da estrada rumo à floresta e se sentou à sombra de um choupo. Tirou o chapéu da cabeça quente e se recostou, apoiado num cotovelo, no capim fofo e verdejante do bosque [*que a sra. Garnett pisoteou: não é uma 'grama plumosa'*].

'Sim, preciso deixar isso claro para mim mesmo', ele pensou enquanto seguia os movimentos de um pequeno inseto verde ao galgar lentamente um capim, no que foi interrompido pela folha de uma erva daninha. 'O que eu descobri?', ele se perguntou [*referindo-se à sua condição espiritual*], dobrando uma folha para abrir caminho ao besouro e outra para lhe servir de ponte. 'Por que faz que me sinta tão feliz? O que foi que descobri?'

'Só descobri o que eu sempre soube. Livrei-me da falsidade, encontrei o Mestre'."

No entanto, devemos atentar não tanto para as *ideias*. Afinal, cumpre ter sempre em mente que a literatura não é um jogo de *ideias*, mas de *imagens*. As ideias não importam muito quando comparadas às imagens e à magia de um livro. O que nos interessa não é o que Lióvin pensou, ou o que Liev pensou, mas aquele pequeno inseto que exprime tão perfeitamente os meneios, as mudanças e os contornos do pensamento.

Chegamos agora aos últimos capítulos da trajetória de Lióvin — à sua conversão definitiva —, porém, mais uma vez, precisamos atentar para as imagens e deixar que as ideias se acumulem ao acaso. A palavra, a expressão, a imagem é a verdadeira função da literatura. *Não* as ideias.

Na propriedade de Lióvin, a família e os convidados haviam feito um piquenique. Agora era hora de voltarem.

"O pai de Kitty e Serguei, meio-irmão de Lióvin, subiram na pequena carroça e se foram: nuvens de tempestade se avolumavam, o resto do grupo se apressou a voltar a pé.

Mas a frente do temporal, às vezes branca, outras vezes negra, avançou tão rápido que eles foram obrigados a acelerar o passo para chegar em casa antes da chuva. As nuvens mais próximas e cada vez mais baixas, tão escuras como fumaça carregada de fuligem, moviam-se com grande velocidade no céu. O grupo estava a duzentos passos da casa, o vento tempestuoso soprava forte, a qualquer momento cairia um aguaceiro.

As crianças correram na frente soltando gritos de medo e alegria. Dolly, lutando como podia com as saias que lhe enredavam as pernas, mais corria do que andava, os olhos fixos nas crianças. Os homens, agarrando o chapéu, caminhavam ao lado dela com passos largos. Encontravam-se a pequena distância da varanda quando uma enorme gota caiu na beirada da calha de ferro. As crianças atingiram o abrigo da casa falando excitadamente.

— Minha mulher está em casa? — perguntou Lióvin à governanta, que os recebera no vestíbulo com os lenços e cobertores que estava prestes a mandar para os participantes do piquenique.

— Pensamos que estivesse com o senhor — ela respondeu.

— E o bebê?

— Devem estar todos no bosque, a babá também.

Recolhendo num gesto brusco os cobertores e casacos, Lióvin correu na direção do bosque.

Naquele curto espaço de tempo, a massa de nuvens engolfara o Sol tão completamente que o dia estava escuro como num eclipse. Teimosamente, o vento tentava fazê-lo parar como se reivindicasse seus direitos [*a patética falácia do vento, como na viagem de trem de Anna; mas a imagem direta agora se transformará numa comparação*]. Arrancando as folhas e flores dos limoeiros, revirando a folhagem dos galhos das bétulas brancas a fim de revelar sua nudez estranha e terrível, o vento retorcia e jogava tudo para o lado — acácias, flores, bardanas, capins compridos, as altas copas das árvores. Soltando gritinhos, as moças camponesas que trabalhavam no jardim correram para as dependências dos empregados. A chuvarada, que já encobrira com seu pálido véu a floresta distante e metade dos campos mais próximos, avançava célere sobre o bosque. As gotas da chuva, se espargindo ao tocar o solo, perfumavam o ar. Curvando a cabeça* e lutando contra o vento que se esforçava para lhe roubar os agasalhos que trazia [*continuação da falácia patética*], Lióvin se aproximava do bosque e acabara de entrever alguma coisa branca atrás de um carvalho quando houve um súbito fulgor, toda a terra parecendo incendiar-se, o céu se partindo em dois. Ao abrir os olhos que o clarão cegara, Lióvin olhou através do

---

* A tradução de Garnett diz: "Portando a cabeça dobrada à sua frente", o que levou Nabokov a comentar meticulosamente: "Notem que a sra. Garnett decapitou o homem".

grosso véu de chuva e, para seu horror, a primeira coisa que notou foi a posição estranhamente modificada da crista verde do carvalho que se erguia no meio do bosque. [*Comparem com a cena da corrida, quando Vrónski sente 'sua posição mudada' no momento em que o cavalo quebrou a espinha ao saltar um obstáculo durante a corrida.*]

'Será que ele foi atingido?', Lióvin mal teve tempo de pensar, pois, em seu rápido avanço, a folhagem do carvalho desapareceu detrás de outras, e se ouviu o baque da grande árvore tombando sobre as demais.

O brilho intenso do relâmpago, o som do trovão e o repentino calafrio que percorreu seu corpo se uniram num único espasmo de terror.

— Meu Deus, meu Deus, neles não — ele disse.

E, embora refletisse de imediato como era inútil rezar para que o carvalho não os tivesse matado ao cair, pois já tombara, ele repetiu a prece, sabendo que não tinha nada de melhor a fazer.

Estavam na outra extremidade do bosque, debaixo de um velho limoeiro, e o chamavam. Duas figuras em roupas escuras (os vestidos eram de cor clara quando saíram)* se curvavam sobre alguma coisa. Kitty e a babá. A chuva quase cessara, o céu começava a clarear quando Lióvin se aproximou delas. A saia da babá permanecia seca, porém Kitty estava molhada da cabeça aos pés, as roupas encharcadas grudando em seu corpo. Ambas continuavam na mesma posição desde que caíra a tempestade, curvadas sobre um carrinho de bebê protegido por um guarda-chuva verde. — Vivos? Em segurança? Graças a Deus — ele disse. Suas botas empapadas de água escorregavam e chapinhavam nas poças enquanto ele corria na direção das duas. [...] [*Ele estava zangado com sua mulher.*] Recolheram as fraldas molhadas do bebê." [*Molhadas pela chuva? Isso não fica claro. Notem como o temporal de Júpiter foi transformado na fralda molhada de um bebê querido. As forças da natureza se renderam ao poder da vida em família. A falácia patética foi substituída pelo sorriso de uma família feliz.*]

O banho do bebê: "Com uma das mãos, Kitty apoiava a cabeça do bebê bochechudo; ele flutuava de costas na água do banho, batendo

---

* Nabokov intervém: "Naturalmente, esse detalhe é desvirtuado por Garnett, que escreve 'eram vestidos leves de verão quando saíram'".

as pernas. Com a outra mão, ela espremeu a esponja sobre ele, e os músculos de seu antebraço se contraíram na medida certa [...]". [*Isso também foi mal traduzido por Garnett, que ignora por completo a referência aos músculos.*]

A babá, sustentando o bebê com uma das mãos por baixo da barriguinha, o tirou da bacia e derramou um jarro de água sobre ele, que, embrulhado em toalhas e já seco, após alguns gritinhos lancinantes foi entregue à mãe.

"— Bem, fico feliz em ver que você está começando a gostar dele — disse Kitty para o marido depois de se aboletar confortavelmente em seu lugar predileto, dando de mamar ao bebê. — Você se lembra de ter dito que não sentia nada por ele?

— Realmente? Eu disse isso? Ah, só disse que estava um pouco desapontado.

— Com ele?

— Não com ele, mas... bem, com meus próprios sentimentos. Por alguma razão tinha esperado mais, uma nova e deliciosa emoção, uma grande surpresa — e, em vez disso, tive repugnância, pena.

Ela ouviu atentamente, olhando para ele por cima do bebê enquanto repunha nos dedos os anéis que havia tirado ao lhe dar banho. [...] [*Tolstói nunca deixa escapar um gesto.*]

Vendo-se sozinho ao sair do quarto do bebê, Lióvin retornou em pensamento a alguma coisa indistinta que havia em sua mente. Em vez de entrar na sala de visitas, onde ouviu vozes, parou junto à sacada e, apoiando os cotovelos no parapeito, contemplou o céu. Agora já estava bastante escuro. Ao sul não havia nuvens, que tinham se deslocado para o outro lado do firmamento. De lá chegavam lampejos de relâmpagos e o ribombar longínquo de trovões. Ele escutou o pingar cadenciado das gotas que caíam dos limoeiros no jardim, observando o triângulo de estrelas que conhecia tão bem e a Via Láctea com todas as suas ramificações. [*Agora vem uma deliciosa comparação que deve ser vista com amor e precaução.*] A cada clarão, a Via Láctea e até as estrelas mais brilhantes desapareciam, porém, tão logo o relâmpago se extinguia, elas retomavam seus lugares como se alguma mão as houvesse jogado de volta com boa pontaria. [*Essa encantadora comparação é clara?*]

'Bem, o que está me deixando perplexo?', Lióvin se perguntou. 'Estou especulando sobre a relação com Deus em todas as diferentes religiões da humanidade. Mas por que me preocupo com isso? [*Por que, na verdade, murmura o bom leitor?*] A mim individualmente, pessoalmente, a meu próprio coração foi revelado um conhecimento sobre o qual não paira nenhuma dúvida e que é inatingível por meio da razão, e aqui estou eu teimosamente tentando usar minha razão. [...] Eu não tenho o direito de decidir, nenhuma possibilidade de decidir a questão das outras crenças e suas relações com a divindade.'

— Ah, você não entrou — disse Kitty ao passar pelo terraço rumo à sala de visitas. — O que está acontecendo? — perguntou, observando atentamente o rosto dele à luz das estrelas.

Mas ela nada teria visto caso um relâmpago não houvesse ocultado as estrelas e revelado seu rosto. Naquele instante, ela o viu com clareza e, notando sua expressão calma e feliz, sorriu para ele. [*Esse é o efeito secundário funcional da deliciosa comparação que comentamos e que ajuda a esclarecer as coisas.*]

'Ela compreende', Lióvin pensou. 'Será que devo lhe contar? Sim.' Porém, naquele justo momento, ela começou a falar: — Me faça um favor. Vá ao quarto de hóspedes e veja se foi arrumado direito para receber Serguei [*o meio-irmão de Lióvin*]. Não posso fazer isso. Veja se já puseram o novo lavatório.

— Está bem — respondeu Lióvin, dando-lhe um beijo. 'Não, melhor não falar sobre aquilo', ele pensou. 'É mesmo só para mim, vitalmente para mim, e não deve ser expresso em palavras.'

'Esse novo sentimento não me mudou, não me fez feliz como sonhei que aconteceria com o sentimento por meu filho. Também não me surpreende. Mas, fé ou não, esse sentimento chegou para ficar.'

'Vou continuar como sempre, perdendo a paciência com o cocheiro, me metendo em discussões raivosas, demonstrando pouco tato. Continuará a existir um muro de reticência entre minha alma e as outras pessoas, até mesmo entre mim e a minha mulher. Vou culpá-la ainda por meus próprios medos, e sentir remorso por fazer isso. Ainda não serei capaz de entender, usando a razão, por que rezo, mas continuarei a rezar. Entretanto, a partir de agora cada minuto de minha vida, aconteça o que acontecer, não mais será vazio de sentido como era antes. Minha vida ganhou agora o sentido positivo do bem que *eu* tenho o poder de lhe dar.'"

Assim termina essa parte do livro, numa nota mística que parece mais um trecho do diário do próprio Tolstói do que do personagem por ele criado. Esse é o pano de fundo do romance, sua Via Láctea, a linha da vida da família Lióvin-Kitty. Em breve passaremos para a trama de ferro e sangue, para a história de Vrónski e Anna, que contrasta tão fortemente com esse céu polvilhado de estrelas.

Embora mencionado anteriormente, Vrónski aparece pela primeira vez no capítulo 14, parte 1, na casa dos Cherbátski. Incidentalmente, é aqui que tem início um pequeno tema interessante, o do "espiritismo", mesas cujos pés batem no chão, médiuns em transe e coisas do gênero, um passatempo muito em moda à época. Vrónski, com ânimo brincalhão, deseja participar dessas atividades; entretanto, muito depois, no capítulo 22 da parte 7, é curiosamente graças às visões mediúnicas de um charlatão francês que angariara clientes importantes na alta sociedade de São Petersburgo que Kariênin decide não conceder o divórcio a Anna — e um telegrama anunciando tal decisão, recebido no período final de trágicas tensões entre o casal, contribui para criar o estado de espírito que leva ao suicídio dela.

Algum tempo antes de Vrónski conhecer Anna, um jovem funcionário lotado no departamento de seu marido confessara estar apaixonado por ela, que com bom humor contou tudo a Kariênin; agora, porém, após o primeiro olhar trocado com Vrónski no baile, um mistério ominoso assolou sua vida. Ela nada diz à cunhada sobre o fato de Vrónski dar algum dinheiro para a viúva do guarda ferroviário, uma ação que estabelece, nesse caso através da morte, certo tipo de vínculo secreto entre ela e seu futuro amante. Mais ainda, Vrónski visitou a casa da família Cherbátski, na noite anterior ao baile, no exato momento em que Anna relembra vividamente o filho do qual está afastada durante os poucos dias passados em Moscou para resolver os problemas do irmão. O fato de ter esse filho querido é o que mais tarde interferirá constantemente em sua paixão por Vrónski.

As cenas da corrida de cavalos, nos capítulos centrais da parte 2, contêm diversas implicações simbólicas deliberadas. Primeiro, há o ângulo de Kariênin. No pavilhão onde se encontram os espectadores, um general de alta patente ou membro da família real, socialmente superior a Kariênin, zomba dele por não estar participando da competição. Kariênin responde com deferência mas de modo ambíguo: "Estou participando de uma corrida mais difícil", frase de duplo sentido, capaz de significar simplesmente que os deveres de um estadista são mais difíceis do que um esporte competitivo, mas também sugerir sua posição delicada como um marido traído que necessita ocultar o sofrimento e trilhar um estreito curso de ação entre seu casamento e sua carreira. Vale notar também que a quebra da espinha do cavalo coincide com a revelação por Anna, ao marido, de sua infidelidade.

Um simbolismo ainda mais profundo transparece nas ações de Vrónski durante a funesta corrida de cavalos. Ao quebrar a espinha de Fru-Fru e destruir a vida de Anna, Vrónski está executando atos análogos. É fácil notar a repetição de "com o queixo tremendo" nas duas cenas: a da queda metafísica de Anna, quando ele contempla de cima o corpo adúltero de sua amante, e a da queda física de Vrónski, quando contempla de cima o cavalo moribundo. O tom de todo o capítulo referente à corrida, com a aproximação do clímax patético, é ecoado nos capítulos relativos ao suicídio de Anna. A explosão de ira apaixonada de Vrónski — a ira para com sua bela e indefesa égua de pescoço delicado, que ele matou por causa de um movimento em falso ao se sentar na sela no momento errado do salto — é especialmente notável em contraste com a descrição que Tolstói faz algumas páginas antes de Vrónski se preparando para a corrida — "ele era sempre frio e controlado" —, o que não condiz com a forma terrível como ele prugueja contra a égua ferida.

"Fru-Fru estava caída diante dele, respirando com dificuldade e dobrando a cabeça para fitá-lo com seus lindos olhos. Ainda sem entender o que ocorrera, Vrónski puxou as rédeas da égua. Ela voltou a se debater como um peixe e, fazendo ranger as abas da sela, liberou as patas dianteiras; entretanto, incapaz de levantar o traseiro, tremeu da cabeça à cauda e voltou a tombar de lado. Com o rosto contorcido pelo ódio, o queixo tremendo e as faces pálidas, Vrónski chutou com o calcanhar a barriga da égua e voltou a puxar a rédea. O animal não se moveu, mas, enfiando o focinho no chão, simplesmente olhou para seu dono com um olho que falava.

— Ai, ai, ai! — gemeu Vrónski, agarrando a cabeça. — Ah! O que é que eu fiz! Perdi a corrida! Tudo culpa minha, vergonha, imperdoável! E essa pobre e linda criatura... morta por mim!"

Anna quase morreu dando à luz o filho de Vrónski.

Não falarei muito sobre a tentativa de Vrónski de se matar após a cena em que o marido de Anna a visita em seu leito de enferma. Não é uma cena satisfatória. Naturalmente, os motivos de Vrónski para se dar um tiro podem ser compreendidos. O principal era o orgulho ferido, uma vez que, do ponto de vista moral, o marido de Anna se mostrara, e parecera ser, um homem melhor do que ele. A própria Anna havia chamado o marido de santo. Vrónski dá um tiro em si próprio pela mesma razão que um cavalheiro insultado de seu tempo teria desafiado quem o insultara para um duelo, não a fim de matar o desafeto, mas, pelo contrário, com o objetivo de forçá-lo a alvejar o insultado. Expondo-se ao fogo obrigatório do outro homem, o insulto seria eliminado. Caso sobrevivesse, Vrónski teria disparado para o alto, poupando a vida do adversário e com isso o humilhando. Essa é a ideia básica da honra que animava os duelos, embora, naturalmente, tenha havido casos em que um participante desejasse matar o outro. Infelizmente, Kariênin não teria aceitado um duelo, e Vrónski foi obrigado a duelar consigo mesmo, expondo-se a seu próprio fogo. Em outras palavras, a tentativa de suicídio de Vrónski é uma questão de honra, um tipo de haraquiri, tal como entendido no Japão. Na perspectiva geral da moralidade teórica, o capítulo é aceitável.

Mas não o é do ponto de vista artístico, do ponto de vista da estrutura do romance. Não é de fato um evento necessário no romance; interfere no tema do sonho-morte que corre ao longo do livro; interfere tecnicamente na beleza e na originalidade do suicídio de Anna. Se não me engano, não há uma só referência retrospectiva à tentativa de suicídio de Vrónski no capítulo que cuida da jornada de Anna rumo à morte. E isso não é natural: de alguma forma, Anna deveria se lembrar de que aquilo estava em conexão com seus planos fatais. Não tenho dúvida de que Tolstói, como artista, sentiu que o tema do suicídio de Vrónski tinha uma tonalidade diferente, nuances e estilos diversos, não podendo ser ligado artisticamente aos últimos pensamentos de Anna.

O *pesadelo duplo*

Um sonho, um pesadelo, um pesadelo duplo desempenha papel importante no livro. Digo "pesadelo duplo" porque Anna e Vrónski têm o mesmo sonho. (Essa interconexão monogramática de dois padrões cerebrais não é desconhecida na chamada vida real.) Notem também que Anna e Vrónski, naquela centelha de telepatia, têm experiência similar à de Kitty e Lióvin ao lerem o pensamento um do outro quando escrevem as letras iniciais das palavras no feltro verde de uma mesa de jogo. Todavia, no caso de Kitty e Lióvin a ponte cerebral é uma leve e luminosa estrutura que conduz a paisagens de ternura, deveres amorosos e profundo êxtase. No caso de Anna e Vrónski, ao contrário, o vínculo é um pesadelo opressivo e pavoroso, com sombrias implicações proféticas.

Como alguns de vocês terão adivinhado, eu me oponho de modo educado porém firme à interpretação freudiana dos sonhos com sua ênfase em símbolos que podem ter tido alguma realidade na mente bastante banal e pedante do doutor vienense, mas que não têm necessariamente nenhuma realidade na mente de indivíduos não condicionados pela psicanálise. Por isso, discutirei o tema do pesadelo de nosso romance nos termos do livro, nos termos da arte literária de Tolstói. Planejo percorrer com minha lanterninha aquelas obscuras passagens do romance onde três fases do pesadelo de Anna e Vrónski podem ser observadas. Primeiro, vou determinar a formação do pesadelo a partir de várias peças e ingredientes encontrados na vida consciente de Anna e Vrónski. Depois, analisarei o próprio sonho tal como sonhado tanto por Anna quanto por Vrónski num momento crítico da vida entrelaçada dos dois — quando mostrarei que, embora os ingredientes do sonho-gêmeo não tivessem sido iguais para os dois, o resultado, o próprio pesadelo, é o mesmo, conquanto mais vívido e mais detalhado no caso de Anna. Por fim, revelarei a conexão entre o pesadelo e o suicídio de Anna, quando ela se dá conta de que aquilo que o horrível homenzinho em seu pesadelo estava fazendo com o ferro era o que a vida pecaminosa que levara havia feito com sua alma — golpeando-a e destruindo-a —, e que desde o começo a ideia da morte estava presente no fundo de sua paixão, nas asas de seu amor, e que agora ela seguirá as instruções de seu sonho e fará com que um trem, um objeto feito de ferro, destrua seu corpo.

Comecemos, assim, estudando os ingredientes do pesadelo duplo, de Anna e de Vrónski. A que me refiro quando falo em ingredientes de um sonho? Desejo deixar isso bem claro. Um sonho é um espetáculo — uma peça teatral encenada dentro do cérebro, com uma iluminação débil e diante de uma plateia mentalmente confusa. O espetáculo é em geral bem medíocre, interpretado descuidadamente, com um elenco de amadores, acessórios reunidos ao acaso e um cenário mambembe. Mas o que nos interessa sobre os sonhos neste momento é que os atores, os acessórios e as várias partes do cenário são tomados por empréstimo à nossa vida consciente pelo produtor dos sonhos. Diversas impressões recentes e algumas mais antigas são misturadas, de forma mais ou menos negligente e apressada, no palco mal-iluminado de nossos sonhos. Vez por outra, a mente acordada descobre um significado no sonho da noite anterior; e, se tal significado foi muito impressionante ou coincidir de algum modo com nossas emoções conscientes em seu nível mais profundo, então o sonho pode se manter intato e ser repetido, o espetáculo sendo encenado várias vezes como no caso de Anna.

Que impressões um sonho expõe em seu palco? Elas são sem dúvida furtadas de nossa vida quando estamos despertos, embora distorcidas e combinadas em novas formas pelo produtor experimental, que não é necessariamente um comediante de Viena. No caso de Anna e Vrónski, o pesadelo toma a forma de um homenzinho pavoroso, com uma barba suja e desgrenhada, curvado sobre um saco dentro do qual procura alguma coisa, enquanto fala em francês — conquanto tenha a aparência de um proletário russo — sobre a necessidade de malhar o ferro. A fim de compreender a arte de Tolstói nessa matéria, é instrutivo notar a construção do sonho, a acumulação de elementos disparatados de que o sonho consistirá — construção esta que tem início no primeiro encontro dos dois, quando o guarda ferroviário morre esmagado. Proponho examinar as passagens em que tais impressões ocorrem e que formarão esse pesadelo compartilhado. Chamamos essas impressões formativas de ingredientes do sonho.

A recordação do homem morto pelo trem em marcha a ré está no fundo do pesadelo que persegue Anna e que Vrónski (embora com menores detalhes) também tem. Quais eram as principais características do homem esmagado? Primeiro, ele estava muito agasalhado e com as orelhas cobertas por causa da nevasca, não ouvindo assim o arranco para trás do trem que havia levado Anna para Vrónski. Isso é ilustrado, antes que o acidente ocorra, pelas impressões de Vrónski na estação enquanto espera a chegada do trem que trazia Anna.

Através da névoa gelada era possível ver os empregados da ferrovia, com seus casacos e botas de feltro, cruzando os trilhos em curva; logo depois, quando o trem chegou soltando baforadas de vapor, pôde-se ver o maquinista fazendo um gesto amigável — muito agasalhado e coberto de neve acinzentada.

O sujeito esmagado era um pobre coitado e deixou uma família na miséria — portanto, um miserável maltrapilho.

Atentem, aliás, para o seguinte ponto: esse homem miserável é o primeiro elo entre Vrónski e Anna, uma vez que ela sabe que ele deu dinheiro para a família do morto apenas para lhe agradar — foi seu primeiro presente para ela — e que, como mulher casada, não deveria aceitar presentes de cavalheiros desconhecidos.

Ele foi esmigalhado por uma grande massa de ferro.

Eis aqui algumas impressões preliminares. As palavras de Vrónski quando o trem entra na gare: "Podia-se ouvir o rolar de um grande peso". A vibração da plataforma da estação é vividamente descrita.

Agora seguiremos essas imagens — muito agasalhado, homem maltrapilho, golpeado pelo ferro — ao longo do resto do livro.

A ideia dos agasalhos transparece nas sensações de Anna, que curiosamente oscilam, no trem noturno a caminho de São Petersburgo, entre o sono e a plena consciência.

O cobrador encapotado e coberto de neve e o encarregado do aquecedor, que ela semiacordada vê roendo a parede com o som de algo que se despedaça, nada mais são do que o mesmo homem esmagado sob um disfarce — o símbolo de algo oculto, vergonhoso, destroçado, quebrado e doloroso no fundo de sua recém-nascida paixão por Vrónski. E é o homem muito agasalhado que anuncia a parada onde ela encontra Vrónski. A ideia do ferro pesado liga-se a tudo isso durante as mesmas cenas de sua viagem de retorno para casa. Na parada, ela observa a sombra de um homem encurvado que, por assim dizer, desliza sob seus pés e testa o ferro das rodas com o martelo, e logo depois vê Vrónski, que a seguiu no mesmo trem e está perto dela na plataforma da estação. Ouve-se ainda o clangor de uma placa solta de ferro açoitada pela nevasca.

As características do homem esmagado foram agora ampliadas e estão firmemente gravadas na mente dela. Duas novas ideias foram acrescentadas à do agasalho: a de algo destroçado e a das pancadas de ferro.

O pobre maltrapilho está curvado sobre alguma coisa.

Ele trabalha nas rodas de ferro.

A bolsa vermelha

A bolsa de Anna é preparada por Tolstói no capítulo 28 da parte 1. É descrita como "semelhante a um brinquedo" ou "pequenininha", mas vai crescer. Quando está prestes a deixar a casa de Dolly em Moscou rumo a São Petersburgo, num acesso de choro estranho, Anna inclina o rosto avermelhado sobre a pequena bolsa na qual está pondo uma touca de dormir e alguns lenços de cambraia. Uma vez acomodada no vagão do trem, ela abrirá a bolsa vermelha a fim de tirar um pequeno travesseiro, um romance inglês e uma espátula para abri-lo, passando-a depois para as mãos da criada que dormitava ao seu lado. Trata-se do último objeto que abandona ao se despedir da vida quatro anos e meio depois (maio de 1876), pulando debaixo de um trem, quando a bolsa vermelha, que ela tenta soltar do pulso, a atrasa por um momento.

Chegamos agora ao que era conhecido tecnicamente como "a queda" de uma mulher. Do ponto de vista ético, essa cena está muito distante de Flaubert, da euforia de Emma e do charuto de Rodolphe naquele ensolarado bosquete de pinheiros perto de Yonville. Ao longo do episódio de Tolstói há uma permanente comparação ética do adultério com um assassinato brutal — o corpo de Anna, nessa imagem ética, é pisoteado e esquartejado pelo amante devido a seu pecado. Ela é vítima de uma força esmagadora.

"Aquilo que para Vrónski havia sido por quase um ano o desejo mais avassalador de sua vida [...], aquilo que para Anna fora o sonho de um êxtase impossível, terrível e por tal razão ainda mais arrebatador, tais desejos tinham sido satisfeitos. Ele se pôs diante dela, pálido, o queixo tremendo. [...]

— Anna! Anna! — ficou repetindo numa voz trêmula. Sentiu o que deve sentir um assassino quando vê o corpo do qual roubou a vida. Aquele corpo cuja vida roubara era o amor deles, o amor recém-descoberto. A vergonha diante da nudez espiritual de ambos os chocou. No entanto, malgrado o horror do assassino diante do corpo de sua vítima, era preciso que ele o esquartejasse, o escondesse, se aproveitasse do que ganhara ao cometer o crime.

Com fúria, com paixão, o assassino se atira sobre o corpo, o arrasta, o corta em pedaços. E assim ele cobriu o rosto e os ombros dela de beijos."

Esse é um desenvolvimento adicional do tema da morte, que teve início com o guarda muito agasalhado sendo cortado em dois pelo trem que levou Anna a Moscou.

Estamos prontos agora para os dois sonhos um ano depois, no capítulo 2 da parte 4.

"Quando chegou em casa, Vrónski encontrou um bilhete de Anna.

Ela havia escrito: 'Estou adoentada e me sentindo triste. Não posso sair, mas preciso vê-lo. Venha esta noite. Meu marido vai para o Conselho às sete e ficará lá até às dez'. Estranhou muito que ela o convidasse apesar da insistência de seu marido para que não o recebesse; decidiu ir.

Naquele inverno, Vrónski havia sido promovido a coronel e, tendo deixado o quartel do regimento, vivia sozinho. Após o almoço, deitou-se no sofá e, dentro de cinco minutos, as recordações das cenas asquerosas que testemunhara durante os últimos dias [*ele havia acompanhado um príncipe estrangeiro em visita à Rússia, a quem foram mostrados os piores exemplos da vida mundana*] se misturaram com a imagem de Anna e de um camponês [*um coletor de peles*] que tivera papel importante em certa caçada de ursos, e Vrónski adormeceu. Acordou no escuro [*já era noite*], trêmulo de horror, apressando-se a acender uma vela. 'Que foi isso? O que foi? Que coisa horrorosa eu sonhei? Sim, sim, acho que era um homenzinho imundo, parecido com aquele coletor de peles de barba desgrenhada, encurvado, fazendo alguma coisa'; e de repente começou a falar palavras estranhas em francês. 'Sim, não havia mais nada no sonho', ele disse para si mesmo. 'Mas por que foi tão horrível?' Mais uma vez se lembrou vividamente do camponês e das palavras incompreensíveis em francês que ele pronunciara, sentindo um calafrio de horror percorrer sua espinha.

'Que bobagem!', pensou Vrónski, olhando para o relógio. [*Estava atrasado para a visita a Anna. Ao entrar na casa de sua amante, deu com Kariênin saindo.*] Vrónski fez uma reverência com a cabeça, e Kariênin, mordendo o lábio, levou a mão ao chapéu e seguiu em frente. Vrónski viu como ele, sem olhar para trás, subiu na carruagem, onde o lacaio lhe passou o cobertor para as pernas e o binóculo de teatro antes que o coche partisse. Vrónski entrou no vestíbulo, a testa franzida, os olhos faiscando de orgulho e raiva.

Ele se encontrava ainda no vestíbulo quando escutou o som dos passos de Anna se afastando. Sabia que o estava esperando, ela ouvira sua chegada e agora voltava para a sala de visitas. [*Ele estava atrasado. O sonho o atrasara.*]

— Não — ela exclamou ao vê-lo, com os olhos marejados de lágrimas às primeiras palavras. — Não, se as coisas continuarem assim, vai acontecer muito, muito antes.

— O que vai acontecer, minha querida?

— O quê? Estou esperando agoniada há uma hora, duas horas. [...] Não, [...] não posso brigar com você. Certamente você não pôde vir. — Ela pôs as duas mãos sobre os ombros dele e olhou no fundo de seus olhos, com uma expressão apaixonada e inquisitiva. [...]

[*Notem que a primeira coisa que ela lhe diz está vagamente ligada à ideia de que vai morrer.*]

— Um sonho? — repetiu Vrónski, e imediatamente recordou o camponês em seu próprio sonho.

— Sim — ela disse — um sonho. Fazia muito tempo que não tinha esse sonho. Sonhei que tinha corrido para meu quarto, que tinha de pegar alguma coisa lá, descobrir alguma coisa; você sabe como é nos sonhos — ela continuou, os olhos arregalados de horror. — E, no quarto, num canto, havia alguma coisa.

— Ah, que bobagem! Como você pode acreditar...

Mas Anna não deixou que ele a interrompesse. O que estava dizendo era importante demais para ela.

— E a coisa se virou, e vi que era um camponês com uma barba suja e desgrenhada, baixinho, horroroso. Eu queria fugir, mas ele se curvou sobre um saco e começou a mexer dentro dele com as duas mãos... [*Ela usa a mesma palavra — desgrenhada. Vrónski, em seu sonho, não tinha discernido o saco ou as palavras. Ela tinha.*]

Anna mostrou como ele movia as mãos. O terror estava estampado em seu rosto. E Vrónski, recordando seu sonho, sentiu o mesmo terror lhe invadindo a alma.

— Ele tentava pegar alguma coisa no saco e falava rapidamente, muito rapidamente, em francês, você sabe: *Il faut le battre, le fer, le broyer, le pétrir...* [*É preciso bater nele, o ferro, moê-lo, moldá-lo.*] E, no meu horror, tentei acordar, e acordei... mas acordei dentro do sonho. E comecei a me perguntar o que aquilo significava. E Korniei [*uma criada*] me disse: — A senhora vai morrer no parto, vai morrer... E despertei. [*Não é durante o nascimento de uma criança que ela morrerá. Mas vai morrer no nascimento da alma, no nascimento da fé.*] [...]

Mas ela parou de súbito. A expressão de seu rosto se alterou instantaneamente. O horror e a excitação foram de repente substituídos por uma atenção suave, solene, beatífica. Ele não conseguia entender o significado da mudança. Ela estava ouvindo os primeiros sinais de uma nova vida dentro dela."

[*Reparem como a ideia da morte está associada à ideia do parto. Deveríamos conectá-la com a luz bruxuleante que simboliza o bebê de Kitty e com a luz que Anna verá imediatamente antes de morrer. Para Tolstói, a morte é o nascimento da alma.*]

Comparemos agora os sonhos de Anna e Vrónski. Sem dúvida, são essencialmente o mesmo, baseando-se em última análise nas impressões iniciais colhidas na estação ferroviária um ano e meio antes e no guarda esmagado por um trem. Entretanto, no caso de Vrónski, o infeliz maltrapilho é substituído ou, diríamos, interpretado por um camponês, um coletor de peles, que participara de uma caçada de ursos. No sonho de Anna há impressões adicionais da viagem de trem para São Petersburgo — o cobrador, o funcionário encarregado do aquecedor. Em ambos os sonhos, o pequeno e pavoroso camponês exibe uma barba desgrenhada e movimentos bruscos ao buscar alguma coisa — resquícios da ideia dos agasalhos em excesso. Nos dois sonhos ele se curva sobre algo e pronuncia palavras em francês — a língua que os dois utilizavam nas conversas do dia a dia num mundo que Tolstói considerava falso. Mas Vrónski não entende o sentido daquelas palavras; Anna, sim, e elas contêm a ideia do ferro, de algo golpeado e amassado — e esse algo é ela.

O *último dia de Anna*

A sequência e os eventos dos últimos dias de Anna, em meados de maio de 1876, são bastante claros.

Na sexta-feira, ela e Vrónski brigaram, fizeram as pazes e decidiram partir de Moscou para a propriedade rural dele, na Rússia Central, na segunda ou na terça-feira, como ela desejava. Vrónski preferia ir mais tarde porque queria finalizar alguns negócios, porém acabou cedendo. (Ele estava vendendo um cavalo e também uma casa que pertencera à sua mãe.)

No sábado, chega um telegrama de Oblónski, que está em São Petersburgo, a cerca de 560 quilômetros ao norte de Moscou, lhes dizendo que há poucas chances de Kariênin conceder o divórcio a Anna. Ela e Vrónski têm outra briga naquela manhã. E Vrónski passa o dia fora, cuidando dos negócios.

Na manhã de domingo, o último dia da vida dela, Anna foi despertada por um terrível pesadelo, que já a assaltara várias vezes, antes mesmo de se tornar amante de Vrónskaia. Um homenzinho com uma barba em desalinho curvado sobre um ferro fazia algo, resmungando palavras francesas sem sentido, e ela, como sempre ocorria nesse pesadelo (o que o tornava tão horroroso), sentia que o camponês não lhe dava a menor atenção, mas que as coisas tenebrosas que ele fazia a afetavam diretamente. Após ter esse horripilante pesadelo pela última vez, Anna observa da janela Vrónski engajado numa breve e agradável conversa com certa jovem e sua mãe — a quem a velha condessa Vrónskaia, de sua propriedade nos subúrbios, havia solicitado que lhe entregasse, para assinatura, alguns documentos relacionados à venda da casa. Vrónski parte sem se reconciliar com Anna. Primeiro se dirige às estrebarias onde mantém um cavalo de corrida que está prestes a vender, mandando a carruagem de volta para ser usada por Anna. Depois, segue de trem para a casa da mãe nos subúrbios a fim de colher sua assinatura nos documentos que ela lhe enviara. Uma primeira mensagem, instando-lhe que não a deixasse sozinha, foi enviada por Anna para as estrebarias através do cocheiro Mikhail; mas, como Vrónski já havia partido, o mensageiro e a mensagem retornaram: Vrónski tinha ido tomar o trem para a casa de sua mãe, situada a alguns quilômetros da cidade. Anna manda o mesmo Mikhail com o mesmo bilhete para a casa da velha condessa, enviando simultaneamente um telegrama para lá, insistindo para que ele volte de imediato. O telegrama inopinado chega antes do patético bilhete.

À tarde, por volta das três, ela visita Dolly na caleche dirigida pelo cocheiro Fiódor, e em breve analisaremos seus pensamentos no caminho. Cuidemos primeiro do cronograma. Às seis, volta para casa e encontra uma resposta a seu telegrama — Vrónski informa que não poderá chegar antes das dez horas da noite. Anna decide tomar um trem e descer na estação de Obirálovka, que fica perto da casa da mãe de Vrónski e de onde planeja entrar em contato com ele. Caso ele não se encontre com ela na estação e não retornem juntos para a cidade, Anna resolve que seguirá viagem para qualquer lugar e nunca mais voltará a vê-lo. O trem parte de Moscou às oito da noite e, cerca de vinte minutos depois, ela se encontra em Obirálovka, na estação de subúrbio. Lembrem-se de que é domingo, com muita gente circulando, e o impacto das várias impressões, festivas e vulgares, se mistura a suas elucubrações dramáticas.

Ela é recebida em Obirálovka por Mikhail, o cocheiro a quem havia encarregado de levar o bilhete, que agora traz uma segunda resposta de Vrónski confirmando que não pode voltar antes das dez horas. Anna também fica sabendo pelo cocheiro que está presente na casa da velha condessa a jovem que ela gostaria que se casasse com seu filho. A situação assume na mente de Anna os tons ardentes de uma perfídia diabólica contra ela. É então que resolve se matar, atirando-se debaixo de um trem de carga que entra na estação, naquele ensolarado domingo de maio de 1876, 45 anos depois da morte de Emma Bovary.

Essa é a cronologia dos eventos. Recuemos agora cinco horas naquela tarde de domingo a fim de examinarmos alguns detalhes de seu último dia.

O fluxo de consciência ou monólogo interior é um método de expressão inventado por Tolstói, um russo, muito antes de James Joyce. Ele busca apreender a mente do personagem no seu curso normal, em dado momento correndo em meio às emoções e lembranças pessoais, para depois desaparecer sob a superfície e, mais adiante, ressurgir como uma fonte oculta que reflete os variados elementos do mundo exterior. É uma espécie de registro da mente do personagem em ação, passando de uma imagem ou ideia para outra sem nenhum comentário ou explicação por parte do autor. Em Tolstói, o artifício encontra-se ainda em sua forma rudimentar, com o autor prestando alguma ajuda ao leitor, mas em James Joyce o estratagema é levado ao estágio final de um registro objetivo.

Voltemos à última tarde de Anna, um domingo em Moscou, no mês de maio de 1876. O tempo melhorou após uma manhã de chuva fina. Os telhados de ferro, as calçadas, os paralelepípedos, as rodas, o couro e as placas de metal das carruagens — tudo resplandece à luz do sol primaveril. São três horas da tarde de domingo em Moscou.

Sentada no canto de sua confortável carruagem, uma caleche, Anna repassa os acontecimentos dos últimos dias, relembrando as brigas com Vrónski. Culpa a si própria pela humilhação que havia imposto à sua alma. Passa então a ler as tabuletas das lojas. Entra agora o artifício do fluxo de consciência:

"Escritório e depósito. Dentista. Sim, vou contar tudo a Dolly. Ela não gosta de Vrónski. Vou sentir vergonha, mas lhe conto tudo. Ela gosta de mim. Seguirei seu conselho. Não vou ceder a ele. Não vou deixar que me ensine nada. Loja de pão doce de Fillípov. Alguém me disse que mandam a massa para São Petersburgo. A água de Moscou é ótima para as massas. Ah, aquelas fontes de água fria em Mitichtchi e aquelas panquecas! [...] Muito tempo atrás, quando eu tinha dezessete anos, fui com minha tia visitar de carruagem o monastério que existe lá, ainda não havia a estrada de ferro. Será que era eu mesma? Aquelas mãos vermelhas? Tudo que parecia tão maravilhoso e inalcançável agora não vale nada, e o que já tive agora ficou fora de meu alcance para sempre! Quanta humilhação! Como ele se sentirá orgulhoso e superior ao receber meu bilhete implorando para que volte. Mas vou lhe mostrar, vou lhe mostrar uma coisa. Como fede essa tinta! Por que precisam ficar pintando esses prédios? Modista. Um homem fazendo uma reverência. É o marido de Ánuchka.

Nossos parasitas. [*Vrónski havia dito isso.*] Nossos? Por que nossos? [*Não temos mais nada em comum.*] O terrível é que não se pode rasgar o passado. Por que essas duas meninas estão rindo? Provavelmente coisas do amor. Não sabem como é triste, como é degradante. O bulevar, as crianças. Três garotos correndo, brincando de ser cavalo. Serioja! [*O filhinho dela.*] Estou perdendo tudo e não vou tê-lo de volta".

Após sua visita sem resultados a Dolly, onde por acaso vê Kitty, Anna volta para casa. No caminho, o fluxo de consciência é retomado. Seus pensamentos se deslocam entre o incidental (específico) e o dramático (geral). Um senhor gordo e rubicundo a confunde com alguém conhecido, ergue a cartola luzidia acima da cabeça calva e também luzidia, percebendo então o erro.

"Pensou que me conhecia. Bem, ele me conhece tanto quanto qualquer outra pessoa no mundo. Eu mesma não me conheço. Só conheço meus apetites, como dizem os franceses. Aquelas crianças querem o sorvete sujo; isso elas sabem. Sorveteiro, balde, tira o balde de cima da cabeça, seca o suor do rosto com uma toalha. A mesma toalha. Todos nós queremos o que é doce: se não confeitos caros, então um sorvete barato na rua, e Kitty é igual: se não Vrónski, então Lióvin; e todas nos odiamos mutuamente, eu a Kitty, Kitty a mim. Sim, essa é que é a verdade. [*Ela agora se surpreende com a grotesca combinação de um nome russo engraçado e a palavra francesa que significa cabeleireiro. Notem que o*

pequeno camponês russo em seu pesadelo resmungava palavras em francês.]
Tiútkin, coiffeur. *Je me fais coiffer par Tiútkin.* [*Vou fazer meu cabelo com Tiútkin. Ela reforça a impressão com essa piadinha insossa.*] Vou contar isso a ele quando chegar — ela sorriu. Mas imediatamente se lembrou de que agora não tinha ninguém a quem contar coisas engraçadas."

O fluxo de consciência não cessa.

"E também não há nada engraçado. Tudo é odioso. Sinos de igreja. Com que cuidado aquele comerciante faz o sinal da cruz. Devagar. Com medo de que caia alguma coisa do seu bolso interno do paletó. Todas essas igrejas tocando sinos, toda essa tapeação. Simplesmente para esconder que todos nós nos odiamos como aqueles cocheiros de carruagens de aluguel ali na frente, insultando-se um ao outro."

Com o cocheiro Fiódor e o lacaio Piotr na boleia, ela segue para a estação a fim de tomar o trem para Obirálovka. O fluxo de consciência retorna no caminho para a estação.

"Sim, qual foi a última coisa em que pensei com clareza? O cabeleireiro Tiútkin? Não, não foi isso. Sim, o ódio, a única coisa que mantém os homens juntos. Inútil irem [*dirigindo-se mentalmente a algumas pessoas numa carruagem de aluguel, sem dúvida a caminho de uma excursão no campo*]. E o cachorro que estão levando também não servirá para nada. Vocês não conseguem escapar de si mesmos. Operário totalmente bêbado, a cabeça rolando para um lado e para o outro; esse aí encontrou um meio mais rápido. O conde Vrónski e eu *não* chegamos a esse estado de intoxicação, embora desejássemos tanto. [...]

Mulher pedindo esmola com um bebê. Pensa que tenho pena dela. Ódio, tortura. Colegiais rindo. Serioja! [*Outra vez o grito lírico para dentro.*] Pensei que amava meu filho, costumava me emocionar com minha própria ternura, mas consegui viver sem ele, abri mão dele por outro amor e não lamentei a troca até que esse amor tivesse sido satisfeito. E com repugnância ela pensou no que queria dizer com 'esse amor', sua paixão carnal por Vrónski."

Anna chega à gare e toma um trem local para Obirálovka, a estação mais próxima da propriedade da condessa Vrónskaia. Ao tomar assento no trem, duas coisas acontecem simultaneamente. Ela ouve vozes falando num francês afetado e, no mesmo instante, vê um medonho homenzinho com cabelos desgrenhados e todo sujo se curvar sobre as rodas do vagão. Com um choque insuportável de reconhecimento sobrenatural, ela se lembra da combinação de seu velho pesadelo, o horrível camponês martelando num ferro e balbuciando palavras francesas. O francês — símbolo da vida artificial — e o anão maltrapilho — símbolo de seu pecado, de seu pecado imundo e deformador da alma —, as duas imagens se mesclam num clarão funesto.

Notem que os carros desse trem local são de um tipo diferente daquele do expresso noturno entre Moscou e São Petersburgo. No trem suburbano, os vagões são bem mais curtos e consistem em cinco compartimentos. Não há corredor. Cada compartimento tem uma porta de cada lado, por isso as pessoas entram e saem batendo com violência cinco portas de cada lado do vagão. Como não há corredor, o cobrador, quando passa com o comboio em movimento, precisa usar um estribo em cada lado do carro. Esses trens suburbanos têm uma velocidade máxima de cinquenta quilômetros por hora.

Anna chega vinte minutos depois em Obirálovka e, graças à mensagem trazida pelo criado, descobre que Vrónski não está disposto a vir de imediato — como ela lhe implorara. Caminha ao longo da plataforma conversando com seu torturado coração.

"Duas criadas viraram a cabeça, olharam fixamente para ela e fizeram comentários acerca de sua roupa. — De verdade — disseram da renda que usava. Um menino que vendia refrigerantes também a olhou demoradamente. Ela caminhou ainda para mais longe na plataforma. Algumas senhoras e crianças que tinham vindo esperar um cavalheiro de óculos pararam de rir e também a olharam com atenção. Ela apressou o passo e chegou ao fim da plataforma. Um trem de carga estava dando marcha a ré. A plataforma vibrou. E de repente ela pensou no homem esmagado [*no dia em que conhecera Vrónski, mais de quatro anos antes, quando aquele trem do passado voltou à sua memória*]. E ela soube o que tinha de fazer. Com um movimento rápido e leve, desceu os degraus que conduziam de um tanque d'água para os trilhos e parou bem perto do trem que se deslocava lenta e pesadamente. [*Anna estava agora no nível da via férrea.*] Olhou a parte de baixo dos vagões, os parafusos, correntes e grandes rodas de ferro do carro que passava devagar, e seus olhos tentaram encontrar o ponto intermediário entre as rodas da frente e as de trás a fim de aproveitar o momento em que tal ponto estivesse à sua frente [*o ponto do meio, a entrada para a morte, o pequeno arco*]. 'Lá embaixo', ela disse a si mesma, contemplando a sombra do vagão, a poeira de carvão sobre os dormentes, 'lá embaixo, bem no meio, e vou puni-lo, vou escapar de todo mundo e de mim também'.

Anna queria se jogar sob as rodas do primeiro vagão quando a parte central passasse à sua frente, mas a bolsinha vermelha [*nossa velha amiga*], que ela tentara desprender do pulso, a atrasou: tarde demais, o vão central havia passado. Esperou pelo carro seguinte. Era como entrar n'água ao se banhar num rio, e ela fez o sinal da cruz. Esse gesto familiar lhe trouxe uma torrente de antigas recordações e, de repente, a névoa que até então tudo encobrira foi rompida e ela entreviu por inteiro o brilho de sua vida pregressa. Mas não tirou os olhos das rodas do vagão que se aproximava e, no momento exato em que o ponto central ficou à sua frente, atirou para o lado a bolsa vermelha e, encolhendo a cabeça, se apoiou sobre as mãos debaixo do vagão; num gesto ágil, como se fosse erguer-se outra vez, ficou de joelhos. No mesmo instante, se sentiu aterrorizada. 'Onde estou? Que estou fazendo?' Tentou se levantar, dar meia-volta, mas algo imenso e impiedoso a atingiu pelas costas e a arrastou. Ela rezou, sentindo que era impossível lutar. [*Numa derradeira visão*] Um pequeno camponês, resmungando consigo mesmo, martelava o ferro, e a vela com a ajuda da qual Anna havia lido um livro de problemas, de falsidade, de tristeza e de maldade luziu como nunca antes, iluminou para ela tudo que fora escuridão, crepitou, começou a bruxulear e se extinguiu para sempre."

Caracterização dos personagens

Tudo era confusão na casa dos Oblónski, mas reinava a ordem no reino de Tolstói. Um vívido conjunto de pessoas, os principais personagens do romance, já começou a existir para o leitor na parte 1, a natureza curiosamente dúplice de Anna já é perceptível no papel duplo que ela desempenha ao aparecer pela primeira vez, quando, graças à delicadeza de tato e à sabedoria feminina, restaura a harmonia num lar conflitado, enquanto ao mesmo tempo age como uma feiticeira malevolente ao destruir o romance de uma jovem. Recuperando-se rapidamente de seus desprezíveis apuros graças à bondosa ajuda da irmã, o bon vivant Oblónski, com seu bigode louro e olhos de mormaço, já está, nos encontros com Lióvin e Vrónski, desempenhando o papel de mestre de cerimônias que lhe é dado no romance. Mediante uma série de imagens profundamente poéticas, Tolstói transmite a ternura e a intensidade do amor de Lióvin por Kitty, que, não sendo correspondido de início, atingirá ao longo do livro o que era para Tolstói o árduo e divino ideal do amor, a saber, o casamento e a procriação. A proposta de Lióvin chega na hora errada e dá especial relevo à paixonite de Kitty por Vrónski — um tipo de embaraço sensual que termina com a adolescência. Vrónski, um homem notavelmente bonito mas algo pesadão, muito inteligente mas desprovido de talento, socialmente encantador mas no fundo bastante medíocre, revela em seu comportamento em relação a Kitty uma espécie de morna insensibilidade que pode facilmente se transformar mais tarde em rudeza e até mesmo em brutalidade. E o leitor notará, com um sorriso, que nenhum dos jovens do livro triunfará como amante na primeira parte, cabendo tal proeza ao solene Kariênin das orelhas feias. Com isso nos aproximamos da moral da história: o casamento de Kariênin, carecendo de verdadeira afinidade entre os cônjuges, é tão pecaminoso quanto será o caso amoroso de Anna.

Também aqui, na primeira parte, há um prenúncio do trágico romance de Anna; e, numa introdução temática mas contrastando com o caso dela, três diferentes exemplos de adultério ou coabitação são oferecidos por Tolstói: 1) Dolly, uma mulher fenecida aos 33 anos, com muitos filhos, encontra por acaso um bilhete amoroso dirigido por seu marido, Stiepan Oblónski, a uma jovem francesa que algum tempo antes servira como tutora para seus filhos; 2) o irmão de Lióvin, Nikolai, figura digna de pena, vive com uma mulher bondosa porém inculta que, num êxtase de reforma social comum naqueles tempos, ele tirou de um bordel de terceira categoria onde ela fora uma residente passiva; 3) no último capítulo da primeira parte, Tolstói fecha a série com o caso de adultério alegre que envolve Petrítski e a baronesa Shilton, em que não há embustes e nenhum laço de família envolvido.

Esses três exemplos de relações amorosas irregulares — de Oblónski, Nikolai Lióvin e Petrítski — são dados à margem das complicações éticas e emocionais de Anna. Vale observar que os problemas de Anna têm início no momento em que conhece Vrónski. Na verdade, Tolstói arranja as coisas de tal modo que os acontecimentos na primeira parte (que ocorrem cerca de um ano antes que Anna se torne efetivamente amante de Vrónski) pressagiam seu trágico destino. Com uma força e uma sutileza artísticas inéditas nas letras russas, Tolstói introduz na vida de Vrónski e Anna o tema da morte violenta simultaneamente com o da paixão violenta: o acidente fatal com um empregado da ferrovia, coincidindo com o primeiro encontro dos dois, se transforma num elo horrível e misterioso entre eles quando Vrónski, sem alarde, ajuda a família do morto apenas porque Anna chega a pensar nisso. Senhoras casadas da alta sociedade não deveriam aceitar presentes de cavalheiros desconhecidos, mas eis aqui Vrónski dando a Anna, por assim dizer, o mimo da morte do guarda ferroviário. Vale também notar que esse ato de cavalheirismo, esse lampejo de conivência (tendo uma morte acidental como motivação acidental), é algo que Anna em retrospecto considera vergonhoso, como se fosse o primeiro estágio de sua infidelidade ao marido, um acontecimento que não devia ser mencionado nem a Kariênin nem à jovem Kitty, que está apaixonada por Vrónski. O que é ainda mais trágico: Anna sente de imediato, quando ela e o irmão estão saindo da estação, que o acidente (somando-se ao encontro com Vrónski e ao fato de Anna vir resolver os problemas do irmão adúltero) é um mau agouro. Ela se sente estranhamente perturbada. Um passante diz a outro que essa morte instantânea é também a mais fácil — observação que Anna ouve sem querer, mas que penetra em sua mente: uma impressão que germinará.

Não só o estado de espírito do infiel Oblónski no início do livro é uma paródia grotesca do destino de sua irmã, mas também outro tema relevante é entrevisto nos eventos daquela manhã: o das visões significativas durante o sono. O sonho do irresponsável e volúvel Stiva possui exatamente o mesmo valor, em termos de caracterização do personagem, que certo pesadelo sinistro que Anna terá mais tarde possui em relação à sua personalidade rica, profunda e trágica.

O timing *de Tolstói*

A cronologia de Anna Kariênina se baseia num senso de *timing* artístico único nos anais da literatura. Após ler a parte 1 do livro (34 pequenos capítulos perfazendo um total de 135 páginas), o leitor fica com a impressão de que diversas manhãs, tardes e noites, pelo menos uma semana na vida de várias pessoas, foram descritas em detalhes vigorosos. Em breve examinaremos as informações pertinentes, mas, antes disso, talvez seja aconselhável nos livrarmos da questão das refeições.

No cotidiano de um habitante rico de Moscou ou São Petersburgo na década de 1870, haveria a seguinte sequência de refeições. O café da manhã, por volta das nove horas, consistiria em chá ou café com pão e manteiga: poderia ser — como na mesa de Oblónski — algo sofisticado (por exemplo, um *kalatchi*, uma rosquinha especial polvilhada de farinha de trigo, crocante por fora e mole por dentro, servida quente num guardanapo). O almoço leve, entre duas e três da tarde, seria seguido de lauto jantar por volta das cinco e meia, com licores russos e vinhos franceses. O chá com doces, geleias e várias guloseimas russas seria servido entre as nove e dez horas da noite, após o que a família se retiraria; mas seus membros mais frívolos poderiam coroar o dia com uma ceia na cidade às onze horas ou até mais tarde.

A ação começa às oito da manhã de uma sexta-feira, 11 de fevereiro (no velho calendário; e 23 no novo) de 1872. A data não é mencionada no texto, porém pode ser facilmente deduzida com base nos seguintes elementos:

1. Os acontecimentos políticos nas vésperas da guerra contra a Turquia, tal como aludidos na última parte do romance, fixam seu término em julho de 1876. Vrónski se torna amante de Anna em dezembro de 1872. A corrida de obstáculos tem lugar em agosto de 1873. Vrónski e Anna passam o verão e o inverno de 1874 na Itália e o verão de 1875 na propriedade rural dele; em novembro vão para Moscou, onde Anna se suicida numa tarde de domingo, em maio de 1876.

2. No capítulo 6 da primeira parte, nos é dito que Lióvin passou os dois primeiros meses do inverno (isto é, [na Rússia] de meados de outubro à segunda semana de dezembro de 1871) em Moscou, retiran-

do-se então para sua propriedade rural por dois meses e voltando para Moscou em fevereiro. Menciona-se que, cerca de três meses depois, chegou uma primavera tardia, que gerou uma vegetação exuberante (capítulo 12, parte 2).

3. Oblónski lê em seu matutino sobre o conde Beust, embaixador da Áustria em Londres, que passa por Wiesbaden ao retornar à Inglaterra (ver nota 17, mais adiante). Isso seria pouco antes do serviço de ação de graças pela recuperação do príncipe de Gales, que foi realizado numa terça-feira, 15/27 de fevereiro de 1872; e a única sexta-feira possível é 11/23 de fevereiro de 1872.

Dos 34 pequenos capítulos que compõem a primeira parte, os cinco primeiros são dedicados a um relato ininterrupto das atividades de Oblónski. Ele acorda às oito horas, toma o café da manhã entre nove e nove e meia, chega ao escritório às onze. Pouco antes das duas da tarde, Lióvin aparece lá inesperadamente. Do capítulo 6 até o fim do capítulo 9, Oblónski é posto de lado para que Lióvin seja apresentado. Surge aqui pela primeira vez o artifício de Tolstói de retroceder cronologicamente a fim de tratar o tema de Lióvin. Voltamos quatro meses no tempo para uma breve recapitulação e, a partir de então (capítulos 7-9), seguimos Lióvin do momento em que chega a Moscou na manhã de sexta-feira, passando por sua conversa com o meio-irmão em cuja casa está hospedado e pela visita (recapitulada) ao escritório de Oblónski, até o rinque de patinação onde, às quatro da tarde, ele se exercita com Kitty. Oblónski reaparece ao final do capítulo 9: chega às cinco da tarde para pegar Lióvin a fim de jantarem juntos; a refeição no Hotel d'Angleterre ocupa os capítulos 10 e 11. Oblónski então é dispensado de novo. Sabemos que Lióvin foi vestir suas roupas para a noite e comparecerá à soirée na casa dos Cherbátski, onde vamos esperá-lo (capítulo 12). Ele chega (capítulo 13) às sete e meia e, no capítulo seguinte, é descrito o encontro entre Lióvin e Vrónski. Estivemos agora com Lióvin ao longo de umas doze páginas (capítulos 12 a 14); Lióvin sai por volta das nove. Vrónski fica aproximadamente mais uma hora. Antes de ir dormir, o casal Cherbátski discute a situação (capítulo 15), enquanto o resto da noitada de Vrónski, até a meia-noite, é descrito no capítulo 16. O leitor perceberá nesse ponto que a noite de Lióvin, depois que sai da casa dos Cherbátski, será descrita posteriormente. No meio-tempo, após uma série de dezesseis capítulos, o primeiro dia do romance (sexta-feira, 11 de fevereiro) chega ao fim para Vrónski, que dorme a sono solto em seu quarto de hotel, e para Oblónski, que encerra seu dia dramático e alegre num restaurante noturno.

O dia seguinte, sábado, 12 de fevereiro, começa às onze horas da manhã com Vrónski e Oblónski chegando separadamente à estação ferroviária para receberem o expresso de São Petersburgo que traz a mãe de Vrónski e a irmã de Oblónski (capítulos 17 e 18). Após deixar Anna em casa, Oblónski vai para seu escritório por volta do meio-dia, e seguimos Anna ao longo de seu primeiro dia em Moscou até às nove e meia da noite. Esses capítulos (17 e 18), que lidam com os acontecimentos do sábado, ocupam umas vinte páginas.

Os capítulos 22 e 23 (que ocupam cerca de dez páginas) são dedicados ao baile que tem lugar três ou quatro dias depois, digamos, na quarta-feira, 16 de fevereiro de 1872.

No capítulo seguinte (24), Tolstói usa um artifício que foi sugerido nos capítulos 6 a 8 e que figurará de forma proeminente no livro, qual seja, o retrocesso no tempo com referência às ações de Lióvin. Retornamos à noite de sexta-feira, 11 de fevereiro, a fim de seguir Lióvin da casa dos Cherbátski à de seu irmão, aonde ele chega às nove e meia e faz uma ceia em companhia dele (capítulos 24 e 25). Na manhã seguinte, de outra estação (Nijegorodski) que não aquela (Peterburgski) em que Anna chega no mesmo sábado, Lióvin viaja de volta para sua propriedade na Rússia Central, presumivelmente perto de Tula, cerca de 480 quilômetros ao sul de Moscou, e sua noite lá é relatada nos capítulos 26 e 27.

Pulamos então para a quinta-feira, 17 de fevereiro de 1872, a fim de seguir Anna, que no dia seguinte ao baile parte para São Petersburgo, aonde chega após uma viagem noturna (capítulos 29 a 31) por volta das onze horas da sexta-feira, 18 de fevereiro. Essa sexta-feira é descrita em detalhes nos capítulos 31 a 33, e aqui a cronologia precisa é usada de forma deliberada por Tolstói para caracterizar, com nuances irônicas, a existência escrupulosamente ordenada de Kariênin, que dentro em breve será destroçada. Logo após encontrar Anna na estação, ele vai presidir uma reunião da Comissão, regressa à casa às quatro da tarde, recebe com a esposa convidados para jantar às cinco, sai de novo por volta das sete a fim de comparecer a uma reunião do Gabinete, retorna às nove e meia, toma chá com Anna, se retira para seu gabinete de trabalho e à meia-noite vai pontualmente para o quarto do casal. O último capítulo (34) cuida da chegada de Vrónski em casa naquela mesma sexta-feira.

Pode-se ver, neste breve relato das linhas cronológicas na primeira parte, que Tolstói usa o tempo como ferramenta artística de várias formas e para fins diversos. O curso das atividades regulares de Oblónski nos primeiros cinco capítulos é instrumental para enfatizar sua rotina despreocupada num dia de semana, das oito da manhã até o jantar às cinco e meia da tarde, uma existência voltada à satisfação de seus apetites animais que a infelicidade da mulher não chega a prejudicar. A primeira parte começa com essa rotina e se encerra simetricamente com a organização mais rígida e imponente do dia de Kariênin, cunhado de Oblónski. Nenhuma apreensão quanto à completa mudança interior de Anna afeta os horários de seu marido à medida que, no correr de uma série de reuniões de comissões e outras tarefas administrativas, ele se aproxima serena e firmemente da hora de dormir e de seus prazeres lícitos. O "tempo" de Lióvin interrompe erraticamente o curso regular do dia de Oblónski, e a qualidade do temperamento nervoso e instável de Lióvin se reflete nos curiosos puxões que aqui são dados nos fios da teia cronológica que Tolstói está urdindo. Por fim, vale ressaltar a notável harmonia entre duas cenas especiais da primeira parte: a noite do baile, com a tomada de consciência sonhadora e exagerada, por Kitty, dos feitiços de Anna; e a noite da viagem de trem para São Petersburgo com as estranhas fantasias que perpassam o *chiaroscuro* da mente de Anna. Essas duas cenas formam, por assim dizer, os pilares internos do edifício do qual o "tempo" de Oblónski e o "tempo" de Kariênin são meras alas.

Estrutura

Qual é a chave para uma apreciação inteligente da estrutura dessa vasta obra de Tolstói que é *Anna Kariênina*? A chave reside nas considerações de tempo. O propósito de Tolstói, e sua proeza, é a sincronização de sete vidas principais, e é essa sincronização que devemos seguir a fim de racionalizar a delícia que tal magia produz em nós.

Os primeiros 21 capítulos têm como tema mais importante o desastre dos Oblónski. São introduzidos dois assuntos em floração: 1) o triângulo Kitty-Lióvin-Vrónski e 2) o início do tema Vrónski-Anna. Atentem para o fato de que Anna, capaz de promover a reconciliação entre seu irmão e a esposa com a graça e sabedoria de uma habilidosa deusa Atena, simultânea e diabolicamente causa o rompimento da combinação Kitty-Vrónski ao cativar este último. O adultério de Oblónski e a mágoa dos Cherbátski preparam o tema Vrónski-Anna, que não será resolvido tão naturalmente quanto o problema entre Oblónski e Dolly ou a amargura de Kitty. Dolly perdoa o marido para o bem dos filhos e porque o ama; Kitty se casa com Lióvin dois anos depois, no que se comprova ser uma união perfeita, um matrimônio sob medida para o coração de Tolstói; mas Anna, a mulher bela e sombria do romance, verá a destruição da vida de sua família e morrerá.

Ao longo da primeira parte do livro (34 capítulos), sete vidas são postas lado a lado: Oblónski, Dolly, Kitty, Lióvin, Vrónski, Anna e Kariênin. No tocante aos dois casais (os Oblónski e os Kariênin), as uniões estavam prejudicadas desde o início: foram reparadas no caso dos Oblónski, mas começaram a se deteriorar no caso dos Kariênin. Um rompimento total ocorreu em dois casais possíveis, Vrónski-Kitty e Lióvin-Kitty. Em consequência, Kitty fica sem par, Lióvin fica sem par e Vrónski (ainda não definitivamente unido a Anna) ameaça desfazer o casal Kariênin. Por isso, cumpre assinalar, como pontos importantes na primeira parte, o embaralhamento de sete relações e a necessidade de cuidar de sete vidas (com os pequenos capítulos saltando de uma para outra) que avançam juntas no começo de fevereiro de 1872.

A parte 2, composta de 35 capítulos, começa para todos em meados de março; mas então testemunhamos um fenômeno curioso: o triângulo Vrónski-Kariênin-Anna se desenvolve mais rápido que Lióvin e Kitty, ambos ainda sem par. Este é um elemento fascinante na estrutura do romance — os que têm par vivem mais rapidamente que os que não o têm. Caso sigamos a linha de Kitty, descobrimos que, sem par, ela está definhando em Moscou e é examinada por um famoso doutor por volta de 15 de março; malgrado suas aflições, ajuda a cuidar dos seis filhos de Dolly (o bebê com dois meses) que sofrem de escarlatina, e depois é levada pelos pais para Soden, uma cidade de veraneio alemã, na primeira semana de abril de 1872. Essas questões são tratadas nos três primeiros capítulos da parte 2. Apenas no capítulo 30 acompanhamos os Cherbátski em Soden, onde o tempo e Tolstói curam Kitty completamente. Cinco capítulos são dedicados a essa cura, e então Kitty regressa à Rússia, indo em fins de junho de 1872 para a propriedade de campo dos Oblónski-Cherbátski, a alguns quilômetros da propriedade de Lióvin, com o que se encerra a parte 2 no tocante a ela.

Na mesma parte 2, a vida de Lióvin na propriedade rural é corretamente sincronizada com a passagem de Kitty pela Alemanha. Lemos sobre as atividades dele no campo num conjunto de seis capítulos, de 12 a 17. Tal conjunto é ladeado por dois outros que tratam da vida de Vrónski e dos Kariênin em São Petersburgo; e o ponto mais importante a assinalar é que a equipe temporal Vrónski-Kariênin está mais de um ano à frente da equipe temporal Kitty-Lióvin. No primeiro conjunto de capítulos da parte 2, dos capítulos 5 a 11, o marido se preocupa e Vrónski persevera, até que no capítulo 11, após quase um ano de perseguição, Vrónski se torna tecnicamente amante de Anna. Estamos em outubro de 1872. Mas, no caso da vida de Lióvin e Kitty, estamos apenas na primavera. Eles estão atrasados vários meses. Outro salto adiante é dado pela equipe temporal Vrónski-Kariênin (uma boa expressão nabokoviana — equipe temporal, *time-team* —; podem usá-la desde que me deem o devido crédito) num conjunto de doze capítulos, de 18 a 29, em que acontece o famoso episódio da corrida de cavalos com obstáculos, seguido da confissão de Anna ao marido, em agosto de 1873 (faltando ainda três anos para o fim do romance). Nova mudança de marcha: voltamos à primavera de 1872 e a Kitty na Alemanha. De modo que, ao término da parte 2, temos uma situação curiosa: a vida de Kitty e a de Lióvin estão cerca de catorze ou quinze meses atrasadas com relação à de Vrónski e dos Kariênin. Repetindo, os que têm par se movimentam mais depressa que os sem par.

Na parte 3, que consiste de 32 capítulos, permanecemos por algum tempo com Lióvin, depois vamos com ele e Dolly visitar a propriedade rural dos Oblónski pouco antes da chegada de Kitty; finalmente, no capítulo 12, em pleno verão de 1872, Lióvin tem uma visão encantadora de Kitty chegando numa carruagem da estação ferroviária após regressar da Alemanha. O conjunto seguinte de capítulos nos leva a Vrónski e ao casal Kariênin em São Petersburgo logo depois da corrida (verão de 1873), quando retrocedemos no tempo para setembro de 1872 e vamos à propriedade rural de Lióvin, da qual ele parte em outubro de 1872 para uma viagem algo vaga à Alemanha, França e Inglaterra.

Quero agora enfatizar o seguinte ponto: Tolstói está em apuros. Seus amantes e o marido traído vivem rapidamente — deixaram a solteira Kitty e o solteiro Lióvin bem atrás, pois estamos no meio do inverno de 1873, em São Petersburgo, durante os primeiros dezesseis capítulos da parte 4. Mas em lugar algum Tolstói nos fornece a duração exata da permanência de Lióvin no exterior, e a diferença superior a um ano entre o tempo de Lióvin-Kitty e Vrónski-Anna está amparada apenas numa observação cronológica no capítulo 11 da parte 2, relativa ao fato de Anna se tornar amante de Vrónski: ele a cortejara durante cerca de um ano antes que ela cedesse — e essa é a magnitude do atraso de Lióvin-Kitty. Mas o leitor comum não presta grande atenção à cronologia, pois mesmo os bons leitores raramente o fazem, e por isso somos induzidos ao erro de sentir e pensar que os episódios de Vrónski-Anna estão sincronizados com os episódios de Lióvin-Kitty, e que os diversos acontecimentos nos dois conjuntos de vidas ocorrem mais ou menos simultaneamente. O leitor está consciente de que os personagens se deslocam no espaço, da Alemanha para a Rússia Central, do campo para São Petersburgo ou Moscou, e vice-versa; mas não está necessariamente consciente de que também se deslocam no tempo — para a frente no caso de Vrónski-Anna, para trás no de Lióvin-Kitty.

Nos primeiros cinco capítulos da parte 4, observamos o desenvolvimento do tema Vrónski-Kariênin em São Petersburgo. Estamos agora no meio do inverno de 1873, e Anna está grávida, esperando um filho de Vrónski. No capítulo 6, Kariênin visita Moscou por razões políticas e Lióvin também vai à cidade após a viagem ao exterior. Nos capítulos 9 a 13, Oblónski oferece um jantar em sua casa, na primeira semana de janeiro de 1874, durante o qual Lióvin e Kitty voltam a se encontrar. Tem lugar a cena das letras escritas com giz. Na minha função de fiscal do tempo, posso afirmar que isso ocorre exatamente dois anos após o início do romance, embora, para o leitor e para Kitty (ver várias referências na conversa que ela tem com Lióvin à mesa de jogo enquanto brincam com o giz), só um ano tenha transcorrido. Estamos assim confrontados com um fato maravilhoso: há uma reveladora diferença entre o tempo físico de Anna, de um lado, e o tempo espiritual de Lióvin, do outro.

Chegando à parte 4, exatamente no meio do livro, todas as sete vidas voltam a caminhar juntas como no começo, em fevereiro de 1872. Estamos agora em janeiro de 1874 no calendário de Anna e no meu, porém em 1873 pelo do leitor e de Kitty. A segunda metade da parte 4 (capítulos 17 a 23) mostra Anna quase morrendo de parto em São Petersburgo e a reconciliação de Kariênin e Vrónski, seguida da tentativa de suicídio deste último. A parte 4 termina em março de 1874: Anna se separa do marido, ela e o amante vão para a Itália.

A parte 5 consiste em 33 capítulos. As sete vidas não marcham juntas por muito tempo. Vrónski e Anna, na Itália, mais uma vez tomam a dianteira. É uma corrida para valer. O casamento de Lióvin nos seis primeiros capítulos ocorre no início da primavera de 1874; e, quando voltamos a ver o casal Lióvin, no campo e depois no leito de morte do irmão de Lióvin (capítulos 14 a 20), estamos no começo de maio de 1874. Mas Vrónski e Anna (intercalados entre esses dois conjuntos de capítulos) estão dois meses adiantados e desfrutando, sem muita segurança, de um julho mediterrâneo em Roma.

O elo de sincronização entre essas duas equipes temporais é agora Kariênin sem par. Como há sete pessoas principais envolvidas e a ação do romance depende de uni-las, e sendo sete um número ímpar, uma delas ficará obviamente de fora e sem parceiro. No começo, Lióvin era quem sobrava, o supérfluo; agora é Kariênin. Retornamos aos Lióvin na primavera de 1874, e então acompanhamos as várias atividades de Kariênin, o que aos poucos nos leva a fins de março de 1875, quando Vrónski e Anna regressaram a São Petersburgo após um ano na Itália. Ela visita seu filhinho quando ele faz dez anos, digamos em 1º de março, uma cena patética. Pouco depois, ela e Vrónski vão viver na propriedade rural dele, que, muito convenientemente, fica na mesma região administrativa onde se situam as propriedades de Oblónski e Lióvin.

Eis que nossas sete vidas estão outra vez alinhadas na parte 6, composta de 33 capítulos, de junho a novembro de 1875. Passamos a primeira metade do verão de 1875 com os Lióvin e seus parentes; em julho, Dolly nos dá uma carona em sua carruagem até a propriedade dos Vrónski para umas partidas de tênis. Oblónski, Vrónski e Lióvin são reunidos no restante dos capítulos durante a eleição de dirigentes do condado no dia 2 de outubro de 1875 e, um mês depois, Vrónski e Anna vão para Moscou.

A parte 7 consiste em 31 capítulos. É a mais importante do livro, seu clímax trágico. Estão todos agora sincronizados em fins de novembro de 1875: seis estão em Moscou, formando três casais: o par Vrónski-Anna já inseguro e amargurado; os Lióvin aumentando a família; e os Oblónski. Nasce o bebê de Kitty e, no começo de maio de 1876, o casal visita Kariênin em São Petersburgo e retorna a Moscou. Começa então uma série de capítulos, do 23 até o final da parte 7, dedicada aos últimos dias de Anna. Sua morte por suicídio ocorre em meados de maio de 1876. Já relatei essas páginas imortais.

A parte 8, a derradeira, é uma máquina muito incômoda, composta de dezenove capítulos. Tolstói usa um artifício de que se valeu várias vezes no curso do romance ao fazer com que um personagem se movesse de um lugar para outro, conseguindo assim transferir a ação de um conjunto de pessoas para outro.* Os trens e as carruagens desempenham papel fundamental no romance: temos as duas viagens de trem de Anna na parte 1, de São Petersburgo para Moscou e de volta a São Petersburgo. Oblónski e Dolly funcionam em muitas ocasiões como agentes de viagem, levando o leitor em sua companhia aonde

---

* Nabokov introduz mas elimina uma observação dirigida aos alunos: "Vocês se lembram do que chamamos de 'agente separador'". Trata-se de uma referência às lições sobre Dickens dadas no semestre anterior, quando analisou a função estrutural de personagens por ele chamados de *poires*, usados sobretudo para reunir personagens ou fornecer informações em conversas com eles. Em outra ocasião, Nabokov diz que Oblónski era um tipo de *poire*.

quer que Tolstói queira que ele vá. Na verdade, Oblónski finalmente recebe um grande salário por serviços prestados ao autor. Agora, nos primeiros cinco capítulos da parte 8, temos o meio-irmão de Lióvin, Serguei, viajando no mesmo trem com Vrónski. A data é fácil de determinar por causa das várias alusões às notícias de guerra. Os eslavos da Europa Oriental, os sérvios e os búlgaros, estavam lutando contra os turcos. Isso aconteceu em agosto de 1876; um ano mais tarde a Rússia declara guerra à Turquia. Vrónski é visto à frente de um destacamento de voluntários que parte para a frente de batalha. Serguei, no mesmo trem, está indo visitar os Lióvin, o que resolve a situação não só de Vrónski como de Lióvin. Os últimos capítulos são dedicados à família de Lióvin no campo e à conversão dele quando tateia em busca de Deus seguindo as instruções de Tolstói.

Do relato da estrutura do romance de Tolstói se verá que as transições são bem menos ágeis e bem menos elaboradas do que as transições de grupo a grupo, no interior dos capítulos, em *Madame Bovary*. Os breves e abruptos capítulos em Tolstói substituem os parágrafos fluentes de Flaubert. Mas também se notará que Tolstói tem mais vidas em suas mãos do que Flaubert. Neste último, um passeio a cavalo, uma caminhada, um baile, uma viagem de carruagem entre a aldeia e a cidade, assim como inumeráveis pequenas ações e movimentos, promovem as transições de cena a cena dentro dos capítulos. No romance de Tolstói, grandes trens, retinindo e lançando baforadas de vapor, são utilizados para transportar e matar os personagens — e qualquer tipo convencional de transição é usado, começando por exemplo a parte ou o capítulo seguintes com a mera declaração de que se passou determinado período de tempo e que agora certo grupo de pessoas está fazendo isto ou aquilo em dado lugar. Há mais melodia no poema de Flaubert, um dos romances mais poéticos até hoje escritos; há mais potência no grande livro de Tolstói.

Esse é o esqueleto ambulante do romance, que apresentei em termos de uma corrida com as sete vidas alinhadas no início; depois Vrónski e Anna se adiantam, deixando Lióvin e Kitty para trás; de novo os sete se alinham e mais uma vez, como os movimentos cômicos e espasmódicos de um belo brinquedo, Vrónski e Anna reassumem a liderança, embora não por muito tempo. Anna não termina a corrida. Dos seis outros, só Kitty e Lióvin retêm o interesse do autor.

Imagens

As imagens podem ser definidas como a evocação, por meio de palavras, de algo que visa apelar ao senso de cor, de contorno, de som, de movimento ou qualquer outra percepção do leitor, de modo a projetar em sua mente uma cena de vida ficcional que se torna para ele tão realista quanto qualquer recordação pessoal. A fim de produzir essas vívidas imagens, o escritor emprega uma ampla gama de artifícios, do curto epíteto expressivo às elaboradas ilustrações verbais e complexas metáforas.

1. *Epítetos*. Entre estes cumpre notar e admirar o "lânguido estalido" e o "escabroso" aplicados tão magnificamente ao interior escorregadio e ao exterior áspero das ostras selecionadas que Oblónski saboreia em companhia de Lióvin durante sua refeição no restaurante. A sra. Garnett eximiu-se de traduzir as belas palavras *chliupaiuchtchie* e *sherchavie,* competindo-nos restaurá-las. Os adjetivos empregados na cena do baile para expressar os encantos adolescentes de Kitty e o charme perigoso de Anna também deveriam ser coletados pelo leitor. Especialmente interessante é o fantástico adjetivo composto que significa literalmente "diáfano-rendado-sedoso-iridescente" (*tiulevo-lento-krujevno-tsvetnoi*) e é usado para descrever as mulheres presentes ao baile. O velho príncipe Cherbátski se refere a um membro balofo e idoso de seu clube como *chliupik*, coisa molenga, palavra usada pelas crianças para caracterizar o ovo cozido que ficou esponjoso e flácido ao ser rolado muitas vezes numa brincadeira russa que se faz durante a Páscoa, em que tais ovos são empurrados para se chocarem uns com os outros.

2. *Gestos*. Enquanto seu lábio superior está sendo raspado, Oblónski responde à pergunta do valete (se Anna está vindo sozinha ou com o marido) levantando um único dedo; ou Anna, em sua conversa com Dolly, exemplificando os surtos de derrapagem moral de Stiva, faz um encantador gesto de quem apaga alguma coisa diante da testa.

3. *Detalhes de percepção irracional.* Muitos exemplos no relato do meio-sonho de Anna no trem.

4. *Toques cômicos extravagantes.* O velho príncipe pensa que está imitando a esposa quando grotescamente dá um riso afetado e faz uma reverência dobrando os joelhos ao falar de casamentos arranjados.

5. *Ilustrações verbais.* São inúmeras: Dolly, sentada diante da penteadeira e se sentindo miserável, esconde sua tristeza ao perguntar rapidamente e com voz forte o que o marido quer; as unhas de pontas convexas de Grinévitch; os beiços pegajosos do velho cão de caça, sonolento e bem-aventurado — essas são imagens encantadoras e inesquecíveis.

6. *Comparações poéticas.* Raramente usadas por Tolstói, apelam para os sentidos, como, por exemplo, as adoráveis alusões à luz difusa do sol e uma borboleta ou quando Kitty é descrita no rinque de patinação e em um baile.

7. *Comparações utilitárias.* Apelam mais para a mente do que para os olhos, mais para o senso ético do que para o estético. Quando os sentimentos de Kitty antes do baile são comparados aos de um moço antes da batalha, seria ridículo visualizá-la no uniforme de um tenente; porém, como jogo de palavras simples e racional, a comparação funciona bem e tem o toque de parábola que Tolstói cultiva com tamanha assiduidade em certos capítulos finais.

Nem tudo é imagem direta no texto de Tolstói. A comparação com tons de parábola ganha imperceptivelmente entonações didáticas com as repetições deliberadas que caracterizam o relato feito por Tolstói de situações e estados de espírito. A esse respeito, as afirmações diretas na abertura dos capítulos merecem especial atenção: "Oblónski tinha aprendido tudo com facilidade na escola" ou "Vrónski nunca tinha tido uma genuína vida em família".

8. *Símiles e metáforas.* As velhas bétulas encrespadas dos jardins, com todos os ramos vergados ao peso da neve, pareciam envoltas em novas e festivas vestes (capítulo 9, parte 1).

Mas, para Lióvin, era tão fácil achá-la em meio à multidão como divisar uma rosa silvestre entre as urtigas. Ela tornava tudo brilhante, era o sorriso que iluminava tudo ao seu redor. O lugar onde ela se encontrava lhe parecia um santuário. Ele saiu andando e evitou por longo tempo olhar para ela como se evita olhar para o Sol, mas continuou a vê-la, como se vê o sol, sem olhar (capítulo 9).

Teve a sensação de que um sol invisível se aproximava dele (capítulo 9).

Como o sol se escondendo atrás de uma nuvem, seu rosto perdeu tudo que tinha de amigável (capítulo 9).

O tártaro instantaneamente, como se provido de molas, depositou o cardápio encadernado e pegou outro com a lista de vinhos (capítulo 10).

Ela não foi capaz de acreditar naquilo, tal como teria sido incapaz de crer, em qualquer momento, que os brinquedos mais apropriados para crianças de cinco anos fossem pistolas carregadas (capítulo 12).

Kitty sentiu alguma coisa parecida com a sensação de um jovem antes da batalha (capítulo 13).

Palavras de Anna: "Conheço essa bruma azul acima das montanhas na Suíça. Aquela névoa que encobre tudo no tempo feliz em que a infância vai chegando ao fim e o vasto círculo alegre e bem-aventurado em que vivemos [*desemboca num caminho cada vez mais estreito*]" (capítulo 20).

O farfalhar que fazia ao se mover, como o zumbido incessante de uma colmeia (capítulo 22).

A impressão que ela dava de uma borboleta agarrada à folha de grama mas prestes a esvoaçar de novo ao abrir suas asas iridescentes (capítulo 23).

E, no rosto de Vrónski [...] ela [*Kitty*] viu aquela expressão que a impressionara [...] como a de um cão inteligente quando faz alguma coisa errada (capítulo 23).

No entanto, imediatamente, como se calçasse velhos chinelos, ele [*Vrónski*] retornou ao mundo despreocupado e agradável em que sempre viveu (capítulo 24).

As comparações podem ser símiles ou metáforas, ou uma mistura de ambos. Seguem-se alguns modelos de comparação.

O modelo do *símile*:

Entre a terra e o mar, o nevoeiro era como um véu.

Isso é um símile. O uso do "como" ou equivalente é típico do símile: um objeto é como outro.

Caso quem escreve vá adiante e diga que o nevoeiro era como o véu de uma noiva, trata-se de um símile aumentado com elementos poéticos; mas se a pessoa disser que o nevoeiro era como o véu de uma noiva gorda cujo pai era ainda mais gordo e usava peruca, trata-se de um símile desconexo, afetado por uma continuação ilógica, do tipo usado por Homero para os fins de sua narração épica e por Gógol para obter os efeitos grotescos de um sonho.

E agora o modelo da *metáfora*:

O véu do nevoeiro entre a terra e o mar.

O elo "como" desapareceu, a comparação é integrada. Uma metáfora aumentada seria:

O véu do nevoeiro estava rasgado em vários lugares.

Isso porque o fim da frase é uma continuação lógica. Numa metáfora desconexa a continuação seria ilógica.

Comparação ética funcional

Um traço peculiar do estilo de Tolstói reside no fato de que, em geral, suas comparações, símiles e metáforas não são usados para fins estéticos, e sim éticos. Em outras palavras, suas comparações são utilitárias, funcionais. São empregadas não para realçar as imagens, para dar novas cores à nossa percepção artística de determinada cena; são empregadas, isto sim, para enfatizar um argumento moral. Por isso as chamo de metáforas ou símiles morais de Tolstói — ideias éticas expressas por meio de comparações. Esses símiles e metáforas, repito, são estritamente funcionais e, portanto, bastante rígidos, obedecendo a um padrão recorrente em sua construção. O modelo é o seguinte: "Ele se sentiu como uma pessoa que...". A primeira parte da fórmula é um estado emocional — e então vem uma comparação: "uma pessoa que..." etc. Por exemplo:

[*Lióvin pensando sobre a vida de casado.*] A cada passo ele sentia o que um homem sentiria se, após admirar o curso sereno e feliz de um barquinho num lago, entrasse ele próprio no bote. Descobre então que não era bastante se sentar imóvel, equilibrando-se; que a pessoa também precisava manter o rumo certo sem um momento de desatenção, que havia água por baixo e era necessário remar, que doíam as mãos de quem não estava acostumado, e que só era fácil quando visto de longe; mas fazer tudo aquilo, embora muito aprazível, era bastante difícil (capítulo 14, parte 5).

[*Durante uma briga com a mulher.*] Ele ficou ofendido no primeiro momento, mas de imediato sentiu que não podia ser ofendido por ela, que ela era parte dele próprio. Naquele instante ele se sentiu como um homem se sente quando, tendo recebido de repente um golpe violento pelas costas, se volta à procura do antagonista, irado e desejoso de se vingar, mas descobre simplesmente que se machucou sozinho, que não há ninguém com quem se bater, que precisa suportar e aliviar a dor (capítulo 14, parte 5).

Aceitar aquela repreensão injustificada era uma situação ignóbil, mas fazê-la sofrer ao apresentar suas justificações era pior ainda. Como um homem semidesperto numa agonia de dor, ele teve vontade de arrancar e atirar longe a parte dolorida, mas ao acordar sentiu que a parte dolorida era ele próprio (capítulo 14, parte 5).

A imagem angélica de madame Stahl, que ela [*Kitty*] carregara no coração por todo um mês, se desvaneceu para nunca mais voltar, assim como uma figura humana vista nas roupas descuidadamente jogadas sobre uma cadeira desaparece no momento em que nossos olhos deslindam os padrões de suas dobras (capítulo 34, parte 2).

Ele [*Kariênin*] sentiu-se como um homem que, após atravessar calmamente um precipício por uma ponte, descobre de repente que a ponte foi desmantelada e que havia um abismo sob seus pés (capítulo 8, parte 2).

Ele se sentiu como um homem poderia se sentir ao voltar à casa e descobrir que ela está trancada (capítulo 9, parte 2).

Como um touro de cabeça baixa, ele aguardou submisso o golpe [*do obukh*] que sentiu ter sido erguido acima dele (capítulo 10, parte 2).

[Vrónski] percebeu bem depressa que, embora a sociedade estivesse aberta para ele pessoalmente, se encontrava fechada para Anna. Como na brincadeira de salão do gato e rato [*com uma pessoa dentro do círculo de participantes e outra do lado de fora*], as mãos unidas erguidas para ele eram baixadas para impedir o caminho dela (capítulo 28, parte 5).

Ele não podia ir a lugar nenhum sem dar de cara com o marido de Anna. Ou, pelo menos, era o que parecia a Vrónski, assim como alguém com um dedo machucado tem a impressão de esbarrá-lo continuamente em tudo, como se de propósito (capítulo 28, parte 5).

Nomes

Ao se dirigir a alguém, a forma mais comum e neutra entre russos educados não é o sobrenome, mas o primeiro nome e o patronímico. Ivan Ivánovitch (significando "Ivan, filho de Ivan") ou Nina Ivánovna (significando "Nina, filha de Ivan"). Um camponês pode chamar outro de "Ivan" ou "Vanka", mas, de outro modo, só parentes ou amigos de infância, ou pessoas que quando jovens serviram no mesmo regimento ou coisa parecida, usam o primeiro nome ao se falarem. Conheço numerosos russos, com quem mantenho relações de amizade há duas ou três décadas, mas que eu não sonharia em chamar de outra forma que não Ivan Ivánovitch ou Boris Pietróvitch, conforme o caso; e, por isso, a facilidade com que norte-americanos idosos se tornam Harry ou Bill após alguns drinques parece impossivelmente absurda ao formal Ivan Ivánovitch.

Um homem talentoso cujo nome completo é, digamos, Ivan Ivánovitch Ivanov (significando "Ivan, filho de Ivan, com sobrenome Ivanov"; ou, no estilo norte-americano, "sr. Ivan Ivanov, Jr.") será Ivan Ivánovitch (frequentemente encurtado para "Ivan Ivanitch": o segundo "i" pronunciado como "â") para seus conhecidos e empregados, *barin* (meu senhor) ou "sua excelência" para os criados em geral; "sua excelência" também para um inferior no escritório, caso a pessoa ocupe um alto posto burocrático; *gospodin* (senhor) Ivanov para um superior colérico — ou para alguém que precisa desesperadamente se dirigir a ele, mas não conhece seu primeiro nome e patronímico; Ivanov para seus professores no curso ginasial; Vânia para os parentes e amigos íntimos de infância; Jean para uma prima melindrosa; Vaniucha ou Vaniuchenka para a mãe ou esposa que o adora; Vanetcheka Ivanov, ou mesmo Johnny Ivanov, para o *beau monde* caso ele seja um esportista, um libertino ou apenas uma pessoa vazia mas simpática e elegante. Esse Ivanov pode pertencer a uma família nobre porém não muito antiga, pois os sobrenomes derivados de primeiros nomes sugerem árvores genealógicas comparativamente curtas. Por outro lado, se esse Ivan Ivánovitch Ivanov pertencer às classes mais baixas — se for um criado, um camponês ou um jovem comerciante —, ele pode ser chamado de Ivan por seus superiores, Vanka pelos companheiros e Ivan Ivanitch pela esposa submissa com um lenço na cabeça; e, se for um velho empregado da casa, pode ser chamado de Ivan Ivanitch em um gesto de deferência da família a que ele serve há meio século; e um velho e respeitável camponês ou artesão pode também ser chamado pelo significativo "Ivanitch".

Em matéria de títulos, príncipe Oblónski ou conde Vrónski ou barão Shilton significavam na velha Rússia exatamente o que um príncipe, um conde ou um barão representavam na Europa continental, príncipe correspondendo aproximadamente ao duque inglês e barão a baronete. Cumpre notar, entretanto, que os títulos não implicam nenhuma relação com os Romanov (a família do czar, cujos parentes próximos eram chamados de grão-duques) e que muitas famílias da nobreza mais antiga nunca tiveram um título. A nobreza de Lióvin era mais antiga que a de Vrónski. Um homem de origem relativamente pouco glamourosa mas favorito da corte poderia receber do czar o título de conde, parecendo provável que o pai de Vrónski houvesse sido nobilitado desse modo.

Sobrecarregar um leitor estrangeiro com o uso de uma dúzia de nomes, a maioria dos quais impronunciável por ele, para designar uma só pessoa é ao mesmo tempo injusto e desnecessário. Na lista a seguir forneci os nomes completos e os títulos tais como empregados por Tolstói no texto em russo; mas em minha tradução revista* simplifi-

---

* Juntamente com as outras seções do que chamamos neste livro de "Outras notas" (ver p. 261), Nabokov tencionava que as observações sobre os nomes fizessem parte do

quei sem dó as formas de tratamento, só permitindo que aparecesse um patronímico quando o contexto o exigia absolutamente (ver também as notas 6, 20, 30, 68, 73, 79 e 89).

Segue-se a lista completa dos personagens que aparecem, ou são mencionados, na parte 1 de *Anna Kariênina*.

O grupo Oblónski-Cherbátski

Oblónski, príncipe Stiepan Arkádievitch ("filho de Arkádi"); diminutivo do primeiro nome, Stiva; 34 anos; de família pertencente à nobreza antiga; até 1869 serviu em Tver, sua cidade natal, ao norte de Moscou; é agora (1872) chefe de um dos vários departamentos governamentais de Moscou; horas de trabalho: por volta das onze da manhã até às duas da tarde, e das três até às cinco; pode ser visto também cuidando de assuntos oficiais em sua residência; tem uma casa em Moscou e uma propriedade rural (dote de sua mulher), Erguchovo, distante 32 quilômetros de Prokóvskoie, a propriedade de Lióvin (presumivelmente na província de Tula, na Rússia Central, ao sul de Moscou).

Sua esposa, Dolly (diminutivo anglicizado de Dária; o diminutivo em russo é Dacha ou Dáchenka); nome completo: princesa Dária Aleksándrovna ("filha de Aleksandr"), esposa de Oblónski. Nascida princesa Cherbátskaia; 33 anos de idade; na primeira parte, está casada há nove anos.

Seus cinco filhos (em fevereiro de 1872), três meninas e dois meninos: a mais velha (oito anos) Tânia (diminutivo de Tatiana); Gricha (diminutivo de Grigóri); Macha (Mária); Lili (Ielisavieta); e o bebê Vássia (Vassíli). Um sexto nascerá em março e duas crianças morreram, perfazendo um total de oito. Na parte 3, quando vão para a propriedade rural Erguchovo em finais de junho de 1872, o bebê tem três meses de idade.

→ material que serviria como prefácio de uma edição didática de *Anna Kariênina* contendo uma nova tradução. É uma grande pena que tal projeto nunca tenha sido levado a cabo.

Irmão de Dolly, sem nome, afogou-se por volta de 1860 no mar Báltico; duas irmãs: Natália (em francês Nathalie), casada com Arsiêni Lvov, diplomata e posteriormente funcionário do palácio real (o casal tem dois filhos, um chamado Micha, diminutivo de Mikhail) e Kitty (diminutivo anglicizado de Ekaterina; diminutivo russo: Kátia, Kátienka), com dezoito anos de idade.

Príncipe Nikolai Cherbátski, um primo.

Condessa Mária Nórdston, uma jovem mulher casada. Amiga de Kitty.

Príncipe Aleksandr Cherbátski, nobre moscovita, e sua esposa ("a velha princesa") são os pais de Dolly, Natália e Kitty.

Filip Ivánitch Nikítin e Mikhail Stanislávitch Grinévitch, funcionários do departamento de Oblónski.

Zakhar Nikítitch (primeiro nome e patronímico), secretário de Oblónski.

Fomin, tipo duvidoso, parte de um caso examinado no departamento de Oblónski.

Alábin, amigo de Oblónski na alta sociedade.

Príncipe Golítsin, cavalheiro que janta com uma senhora no Hotel d'Angleterre.

Sr. Brenteln, casado com a princesa Chakhóvskaia.

Condessa Bánina, em cuja casa Oblónski assiste ao ensaio de uma peça teatral privada.

Sra. Kalínina, viúva de um capitão, com um requerimento.

Mademoiselle Roland, anteriormente tutora dos filhos de Oblónski e agora sua amante. Ela será substituída no capítulo 7 da parte 4, cerca de dois anos depois (inverno de 1873-4), pela jovem bailarina Macha Tchibíssova.

Miss Hull, tutora inglesa dos filhos do casal Oblónski.

Mademoiselle Linon, velha tutora francesa de Dolly, Natália e Kitty.

Matriona Filimónovna ("filha de Filimon"), sem sobrenome; diminutivo: Matriocha; velha babá das meninas da família Cherbátski, cuidando agora dos filhos dos Oblónski. Seu irmão, um cozinheiro.

Matviei, velho valete e mordomo de Oblónski.

Outros criados na casa dos Oblónski: Mária, uma espécie de governanta; um cozinheiro; uma assistente do cozinheiro, que prepara as refeições dos empregados; várias arrumadeiras anônimas; um lacaio; um cocheiro; um barbeiro que vai lá todos os dias; um acertador de relógios que aparece semanalmente.

Os Bóbrichev, os Nikítin, os Miechcov, famílias moscovitas mencionadas por Kitty em conexão com bailes alegres e enfadonhos. Iegóruchka (diminutivo de Geórgi) Korsúnski, um instrutor amador de danças nos bailes oferecidos por seus amigos.

Sua esposa, Lídia.

Eliêtska, sr. Krívin e outros convidados no baile.

O grupo Kariênin

Kariênin, Aleksiei Aleksándrovitch ("filho de Aleksandr"), nobreza russa de antiguidade não especificada, anteriormente (por volta de 1863) governador de Tver; agora um estadista que ocupa alto posto num dos ministérios, aparentemente o do Interior ou das Propriedades Imperiais; tem uma casa em São Petersburgo.

Sua esposa, Anna Arkádievna ("filha de Arkádi") Kariênina, nascida princesa Oblónskaia, irmã de Stiva. Casada durante oito anos.

Serioja (diminutivo de Serguei), filho deles, com oito anos em 1872.

Condessa Lídia Ivánovna ("filha de Ivan"), nenhum sobrenome mencionado, amiga do casal Kariênin; interessada, como então era moda, na união das religiões católicas (grega e romana) e das nações eslavas.

Právdin, correspondente da condessa, com vagas conexões maçônicas.

Princesa Ielisavieta Fiódorovna Tviérskaia; diminutivo anglicizado: Betsy; prima de primeiro grau de Vrónski, casada com o primo em primeiro grau de Anna.

Ivan Pietróvitch (primeiro nome e patronímico), sobrenome não mencionado, cavalheiro de Moscou conhecido de Anna, que por acaso viaja no mesmo trem que ela.

Um anônimo guarda ferroviário esmagado por um trem em marcha a ré; deixa viúva e muitos filhos.

Numerosas pessoas, passageiros e funcionários, em trens e estações ferroviárias.

Ánuchka (diminutivo inferior de Anna), criada de Anna Kariênina.

Mariette, tutora francesa de Serioja, sobrenome não mencionado; no final da parte 4 é substituída por *miss* Edwards.

Kondráti (primeiro nome), um dos cocheiros do casal Kariênin.

O grupo Vrónski

Vrónski, conde Aleksiei Kirílovitch, filho do conde Kiril Ivánovitch Vrónski; diminutivo Aliócha; capitão de cavalaria (*rotmistr*) dos Guardas e ajudante de ordens na corte; lotado em São Petersburgo; de licença em Moscou; tem um apartamento na rua Morskaia (num bairro elegante) e uma propriedade rural, Vozdvíjenskoie, a cerca de oitenta quilômetros da propriedade de Lióvin, presumivelmente na província de Tula, Rússia Central.

Seu irmão mais velho, Aleksandr, vivia em São Petersburgo, comandante de um Regimento dos Guardas, pai de pelo menos duas filhas (a mais velha se chama Marie) e de um menino recém-nascido; o nome de sua esposa é Vária (diminutivo de Várvara), nascida princesa Tchirkova, filha de um "dezembrista".* Mantém uma dançarina.

Condessa Vrónskaia, mãe de Aleksandr e Aleksiei, tem um apartamento ou casa em Moscou e uma propriedade nos arredores da cidade. Para chegar até lá, descia-se na estação ferroviária Obirálovka, situada a alguns minutos do centro, se tomada a linha Nijegorodski.

Criados de Aleksiei Vrónski: um valete alemão e um ordenança; a criada da velha condessa e o mordomo Lauriênti, ambos viajando com ela para Moscou ao voltar de São Petersburgo; um velho lacaio da condessa, que vai recebê-la na estação de Moscou.

Ignátov, camarada de Vrónski em Moscou.

Tenente "Pierre" Petrítski, um dos melhores amigos de Vrónski, que se hospeda em seu apartamento, em São Petersburgo.

Baronesa Shilton, senhora casada, amante de Pierre.

---

* Após a morte de Alexandre I, um grupo de membros liberais das classes superiores e oficiais militares se rebelaram para evitar a coroação de Nicolau I. A revolta foi facilmente sufocada e, dos 289 "dezembristas", 5 foram executados, 31 aprisionados e o resto banido para a Sibéria. (N.T.)

Capitão Kamieróvski, camarada de Petrítski.

Vários conhecidos mencionados por Petrítski: oficiais Bierkóchiev e Buzulúkov; uma mulher, Lora; Fiértingov e Miléev, seus amantes; e uma grã-duquesa (grão-duques e grã-duquesas pertenciam à família Romanov, isto é, eram parentes do czar).

O grupo Lióvin

Lióvin, Konstantin Dmítritch ("filho de Dmitri"), descendente de uma família nobre de Moscou mais antiga que a do conde Vrónski; representante de Tolstói no universo do livro; 32 anos de idade; tem uma propriedade rural, Pokróvskoie, no distrito de "Karázinski", e outra no distritto de Seleznióvski, ambas na Rússia Central ("província de Káchin" — presumivelmente a província de Tula).

Nikolai, seu irmão mais velho, mal-humorado e tuberculoso.

Mária Nikoláievna, primeiro nome e patronímico. Sobrenome não mencionado; diminutivo: Macha; amante de Nikolai e prostituta regenerada.

A irmã de Nikolai e Konstantin, nome não mencionado, vive no exterior.

O meio-irmão mais velho deles, Serguei Ivanóvitch Kóznichev, autor de obras sobre questões filosóficas e sociais; tem uma casa em Moscou e uma propriedade na província de Káchin.

Um professor da Universidade de Kharkov, sul da Rússia.

Trubin, trapaceiro em jogos de cartas.

Krítski, conhecido de Nikolai Lióvin, pessoa amarga e esquerdista.

Vaniúchka, menino adotado por Nikolai Lióvin e agora funcionário no escritório de Pokróvskoie, a propriedade dos Lióvin.

Prokófi, criado de Kóznichev.

Empregados da propriedade de Konstantin Lióvin: Vassíli Fiódorovitch (primeiro nome e patronímico), o administrador; Agáfia Mikháilovna (primeiro nome e patronímico), anteriormente babá da irmã de Lióvin, agora sua governanta; Filip, jardineiro; Kuzmá, criada; Ignat, cocheiro; Semion, pedreiro; Prokhor, camponês.

Outras Notas de aula sobre trechos de Anna Kariênina

1. *Tudo era confusão na casa dos Oblónski*
No texto em russo, a palavra *dom* (casa, lar, conjunto formado pela família e empregados) é repetida oito vezes ao longo de seis frases. Essa repetição solene e monótona, *dom, dom, dom*, num dobre pelo destino funesto de uma família (um dos temas principais do romance), é um artifício deliberado de Tolstói.

2. *Alábin, Darmstadt, Estados Unidos*
Oblónski e vários de seus amigos, tais como Vrónski e presumivelmente Alábin, estão pensando em organizar uma ceia num restaurante em homenagem a certa cantora famosa (ver nota 75); esses agradáveis planos permeiam seu sonho e se misturam a recordações de notícias recentes nos jornais: ele é um grande leitor de assuntos políticos. Entendo que, por volta dessa época (fevereiro de 1872), a *Gazette de Cologne*, em Darmstadt (capital do grão-ducado de Hesse, parte da Prússia em 1866), devotava muitas matérias aos chamados pedidos de recompensa do Alabama (exigências de indenização feitas pelos Estados Unidos à Inglaterra por prejuízos causados à navegação norte-americana durante a guerra civil). Em consequência, Darmstadt, Alábin e os Estados Unidos se misturaram no sonho de Oblónski.

3. *Il mio tesoro*
"Meu tesouro". Da ópera de Mozart *Don Giovanni* (1787), é cantada por Don Ottavio, cuja atitude em relação às mulheres é consideravelmente mais moralista que a de Oblónski.

4. *Mas, enquanto ela estava na casa, nunca tomei nenhuma liberdade. E o pior de tudo é que ela já está...*
O primeiro "ela" se refere a mademoiselle Roland; o segundo, à esposa de Oblónski, Dolly, grávida de oito meses (Dolly dará à luz uma menina no final do inverno, isto é, em março).

5. *Aluguel de carruagens*
Os Oblónski alugavam uma carruagem e dois cavalos. Era hora de pagar o aluguel.

6. *Anna Arkádievna, Dária Aleksándrovna*
Ao falar com um criado, Oblónski se refere à sua irmã e à esposa usando seus primeiros nomes e patronímicos. Com relação a Dolly, não teria feito grande diferença se ele houvesse dito *kniaginia* (a princesa) ou *barinia* (a senhora) em vez de "Dária Aleksándrovna".

7. *Suíças*
Estavam na moda na década de 1870, nos Estados Unidos e na Europa.

8. *O senhor quer tentar*
Matviei reflete que seu patrão quer ver se a esposa reage às notícias da mesma forma que faria antes do desentendimento do casal.

9. *As coisas vão se arranjar*
O velho criado usa um termo popular confortavelmente fatalista: *obrazuetsia*, as coisas vão se arranjar sozinhas, no final dá tudo certo, isso vai passar.

10. *Quem gosta de descer ladeira abaixo...*
A babá cita a primeira parte de um provérbio russo bastante conhecido: "Quem gosta de descer ladeira abaixo também deveria gostar de puxar seu trenozinho".

11. *Ruborizando-se de repente*
São prodigiosamente comuns no romance, como em geral na literatura daquela época, as instâncias em que as pessoas coram, ficam ruborizadas e vermelhas, pegam cor etc. (e a ação oposta de empalidecer). Seria plausível argumentar que as pessoas no século 19 coravam e empalideciam mais frequentemente e de forma mais visível do que hoje devido ao fato de que a humanidade era então mais moça. Na verdade, Tolstói apenas segue uma velha tradição literária ao usar tais ações

como uma espécie de código ou anúncio que informa ou relembra o leitor dos sentimentos de determinado personagem. Mesmo assim, o artifício é usado de modo algo excessivo e se choca com passagens no livro em que, como no caso de Anna, o "rubor" tem a realidade e o valor de uma característica individual.

Isso pode ser comparado a outra fórmula muito usada por Tolstói: o "leve sorriso", que transmite uma gama de sentimentos — condescendência bem-humorada, simpatia cortês, amizade furtiva, e assim por diante.

12. *Um comerciante*
O nome do comerciante, que por fim compra aquela floresta em Erguchovo (a propriedade rural de Oblónski), é Riabínin: ele aparece no capítulo 16 da parte 2.

13. *Ainda úmido*
No velho processo de impressão de jornais, tal como empregado na Rússia e em toda parte, era necessário umedecer o papel antes que ele pudesse ser satisfatoriamente trabalhado. Por isso, um exemplar recém-impresso seria úmido ao toque.

14. *O jornal de Oblónski*
O jornal levemente liberal que Oblónski lia era sem dúvida a *Russkie Vedomosti*, diário moscovita publicado a partir de 1868.

15. *Riurik*
Em 862, Riurik, chefe de uma tribo varegue da Escandinávia, cruzou o mar Báltico vindo da Suécia e fundou a primeira dinastia na Rússia (862-1598). Após um período de confusão política, seguiu-se o reinado dos Romanov (1613-1917), uma família bem menos antiga que os descendentes de Riurik. Na obra de Dolgorukov sobre a genealogia russa, figuram somente sessenta famílias descendentes de Riurik em 1855. Entre estas, contava-se a família Obolenski, da qual o nome "Oblónski" é uma imitação óbvia e algo negligente.

16. *Bentham e Mill*

Jeremy Bentham (1740-1832), jurista inglês, e James Mill (1773-1836), economista escocês, cujos ideais humanistas atraíram o interesse da opinião pública russa.

17. *Corria o rumor de que Beust havia viajado para Wiesbaden*

O conde Friedrich Ferdinand von Beust (1809-1886), estadista austríaco. Naquela época, a Áustria era um vespeiro de intriga política, tendo suscitado muita especulação na imprensa russa o fato de que, em 10 de novembro (calendário gregoriano) de 1871, Beust foi subitamente demitido de sua função como chanceler imperial e designado embaixador junto à corte britânica. Pouco antes do Natal de 1871, imediatamente após apresentar suas credenciais, ele deixou a Inglaterra para passar dois meses com a família no norte da Itália. Segundo os jornais de então e suas próprias memórias (Londres, 1887), o retorno a Londres passando por Wiesbaden coincidiu com as preparações para o serviço de ação de graças a ter lugar na Catedral de São Paulo, na terça-feira, 15/27* de fevereiro de 1872, pela recuperação (de uma febre tifoide) do príncipe de Gales. Oblónski leu sobre a passagem de Beust por Wiesbaden numa sexta-feira; e a única sexta-feira disponível é obviamente 11/23 de fevereiro de 1872 — que estabelece lindamente o dia de abertura do romance.

Alguns de vocês podem ainda se perguntar por que eu e Tolstói mencionamos tais insignificâncias. Para fazer com que sua magia, sua ficção, pareça *real*, o artista às vezes a situa, como faz Tolstói, numa moldura histórica específica e definida, citando fatos que podem ser verificados numa biblioteca — essa fortaleza da ilusão. O caso do conde Beust é um exemplo excelente a ser suscitado quando se discute a diferença entre a chamada vida real e a chamada vida ficcional. De um lado, há o fato histórico, um certo Beust, estadista e diplomata, que não apenas existiu, mas deixou um livro de memórias em dois volumes em que cuidadosamente rememora todas as tiradas humorísticas e piadas políticas que fez ao longo de sua longa carreira

---

* A primeira data refere-se ao calendário juliano; a segunda, ao calendário que o substituiu — o gregoriano —, adotado na Rússia após 1917. (N.T.)

pública. Por outro lado, há Stiepan Oblónski, que Tolstói criou dos pés à cabeça, e a questão é saber qual dos dois, o conde Beust da "vida real" ou o príncipe Oblónski da "vida fictícia", está mais vivo, é mais real, é mais crível. Apesar de suas memórias — prolixas e cheias de insossos lugares-comuns —, Beust permanece uma figura vaga e convencional, enquanto Oblónski, que nunca existiu, é imortalmente vívido. Além do mais, o próprio Beust adquire uma centelha de vida ao participar de um parágrafo tolstoiano num mundo inventado.

18. *Elas (Gricha e Tânia) estavam empurrando alguma coisa, e então algo caiu. [...] Tudo era confusão, pensou Oblónski.*
Esse pequeno acidente com um trem simulado em meio à confusão no lar do adúltero será entendido pelo bom leitor como a premonição sutil, gerada pela arte presciente de Tolstói, de uma catástrofe consideravelmente mais trágica na parte 7 do livro. É especialmente curioso que, mais tarde, o filhinho de Anna, Serioja, participe de uma brincadeira na escola em que os meninos representam um trem em movimento; quando o tutor doméstico o encontra macambúzio, a tristeza não se deve ao fato de ele ter se machucado na brincadeira, mas por se ressentir da situação familiar.

19. *Ela está de pé... isso significa que não dormiu outra vez a noite toda.*
Dolly em geral acordava tarde e nunca estaria desperta assim tão cedo (por volta das nove e meia) caso tivesse dormido normalmente a noite inteira.

20. *Tantchúrotchka*
Um diminutivo adicional, brincalhão e carinhoso, do diminutivo comum "Tânia" ou "Tanetchka". Oblónski faz um cruzamento com *dotchúrotchka*, diminutivo amoroso de *dotchka*, a palavra russa que significa "filha".

21. *Requerente*
Oblónski, como qualquer alto funcionário, tinha condições de acelerar os trâmites de um processo ou evitar a burocracia, quando não

de influenciar a decisão sobre alguma questão duvidosa. A visita do requerente pode ser comparada ao contato nos Estados Unidos com um deputado para pedir determinado favor. É claro que, entre os requerentes, havia mais cidadãos comuns do que pessoas influentes, já que qualquer amigo de Oblónski ou indivíduo de alto nível social poderia lhe solicitar favores durante um jantar ou por intermédio de amigos comuns.

22. *O relojoeiro*

Era comum que as casas dos cavalheiros russos fossem visitadas semanalmente por um relojoeiro (nesse caso, um alemão), em geral às sextas-feiras, a fim de conferir e dar corda nos relógios de mesa, de parede e de pé. Esse parágrafo define o dia da semana em que o romance tem início. Para um livro em que o tempo tem tamanha importância, um relojoeiro é a pessoa certa para começá-lo dessa forma.

23. *Dez rublos*

No início da década de 1870, um rublo valia aproximadamente três quartos de dólar, mas o poder de compra de um dólar (1,30 rublo) era em certos aspectos bem maior do que hoje. Grosso modo, o salário governamental de 6 mil rublos por ano recebido por Oblónski em 1872 corresponderia a 4,5 mil dólares de então (pelo menos 15 mil de hoje,* livre de impostos).

24. *E o pior de tudo...*

O pior de tudo, Dolly reflete, é que dentro de mais ou menos um mês ela vai ter uma criança. Por parte de Tolstói, esse é um eco, finamente criado, dos pensamentos de Oblónski sobre a mesma questão.

25. *Completo liberalismo*

A noção de "liberalismo" de Tolstói não coincidia com os ideais democráticos do Ocidente e com o verdadeiro liberalismo, tal como compreendido pelos grupos progressistas na velha Rússia. O "libe-

---

* Por volta de 1950. Atualmente o valor corresponderia a mais de 100 mil dólares. (N.T.)

ralismo" de Oblónski tem um viés definitivamente patriarcal e, como podemos verificar, Oblónski não está imune ao preconceito racial convencional.

26. *Uniforme*
Oblónski mudou do traje de passeio que usava para o uniforme de alto funcionário do governo (isto é, uma casaca verde).

27. *Escritório provincial de Penza*
Penza, principal cidade da província de Penza, a sudeste de Moscou.

28. *Kamer-iunker*
Em alemão, *Kammerjunker*; cavalheiro do quarto de dormir do rei, camareiro real. Uma das várias posições na Corte russa de natureza honorária, implicando modestos privilégios como o de poder frequentar os bailes imperiais. A menção desse título em associação com Grinévitch sugere simplesmente que ele pertencia, e disso se orgulhava, a um escalão social mais elevado que seu colega, o velho e dedicado burocrata Nikítin. Este último não é necessariamente parente dos Nikítin mencionados por Kitty.

29. *A educação de Kitty*
Embora desde 1859 já existissem escolas secundárias para mulheres, uma família nobre como a dos Cherbátski mandaria suas filhas para um dos "Institutos para Jovens da Nobreza", que datavam do século 18, ou as educaria em casa por tutoras e professores visitantes. O programa consistiria em um estudo profundo de francês (língua e literatura), dança, música e desenho. Em muitas famílias, sobretudo em São Petersburgo e Moscou, o inglês viria logo atrás do francês.

Uma jovem de sua classe nunca sairia de casa sem estar acompanhada de uma tutora, da mãe ou de ambas. Ela só seria vista caminhando a certas horas elegantes em certos bulevares elegantes, quando então um lacaio a seguiria alguns passos atrás — por razões tanto de segurança quanto de prestígio.

30. *Lióvin*

Tolstói escreveu "Levin", derivando o sobrenome desse personagem (nobre russo que representava um jovem Tolstói no mundo imaginário do romance) de seu próprio primeiro nome "Lev" (o equivalente russo de "Leão"). Alfabeticamente, o "e" russo é pronunciado como "ié", mas em vários casos pode ter o som de "ió". Tolstói pronunciava seu primeiro nome ("Lev" em russo) como "Liov", em vez do habitual "Liev". Eu escrevo "Lióvin" em vez de "Levin" não tanto para evitar qualquer confusão (cuja possibilidade aparentemente não ocorreu a Tolstói) com um sobrenome judaico muito conhecido mas de derivação diversa, mas para enfatizar a qualidade emocional e pessoal da escolha do autor.

Lvov

Ao dar para o marido de Natália Cherbátski, um diplomata com maneiras extremamente sofisticadas, o sobrenome Lvov, Tolstói usou uma derivação comum de "Lev" como se desejasse indicar outra faceta de sua personalidade na juventude, isto é, o desejo de ser absolutamente comme il faut.

31. *Oblónski usava tratamento informal*

Os russos (assim como os franceses e os alemães), ao se dirigirem a pessoas íntimas, usam a segunda pessoa do singular (*tu* em francês, *du* em alemão) em vez de "você". O equivalente em russo é *ti*, pronunciado aproximadamente como "tâ". Embora em geral o *ti* fosse usado com o primeiro nome do interlocutor, não é inusual a combinação de *ti* com o sobrenome ou mesmo com o primeiro nome e o patronímico.

32. *Membro ativo da* zemstvo, *nesse caso um novo tipo de homem*

As *zemstvos* (criadas por uma lei de 1º de janeiro de 1864) eram assembleias distritais e provinciais com conselhos eleitos por três grupos: proprietários de terras, camponeses e citadinos. Lióvin tinha sido de início entusiasta desse sistema administrativo, mas agora o censurava porque os proprietários de terras estavam colocando seus amigos mais necessitados em posições lucrativas.

33. *Nova roupa*

De acordo com as gravuras da moda de então, Lióvin provavelmente vestia um bem-cortado paletó curto com galões nas bordas e envergara uma casaca para a visita noturna à casa dos Cherbátski.

34. *Gurin*

Nome comercial que sugere um restaurante bom porém não muito elegante, apropriado para um almoço com amigos.

35. *Oito mil acres no distrito de Karázinski*

A alusão é claramente a um distrito na província de Tula (adicionalmente disfarçada como "Káchin"), na Rússia Central, ao sul de Moscou, onde Tolstói possuía uma vasta extensão de terra. Uma "província" (ou "governo" — *guberniia*) consistia de vários distritos (*uezdi*), nesse caso, onze. Tolstói inventou "Karázinski", derivando-o com inventividade de Karázin (nome de um famoso reformador social, 1773-1842), e combinando o distrito de Krapivenski, onde se situava sua propriedade, Iasnaia Poliana, a cerca de treze quilômetros de Tula na ferrovia Moscou-Kursk, com o nome de uma aldeia vizinha (Karamichevo). Lióvin também tinha terras no distrito de "Seleznióvski", igualmente na província de "Káchin".

36. *Jardim Zoológico*

Tolstói tem em vista um rinque de patinação no Presnenski Pond ou alguma parte do lugar ao sul do Zoológico, no noroeste de Moscou.

37. *Meias vermelhas*

De acordo com minha fonte (Wilcox, R. Turner. *Mode in Costume*. Nova York, 1948, p. 308), o roxo e o vermelho estavam na moda em matéria de saias e meias para as moças de Paris por volta de 1870, e as damas elegantes de Moscou seguiam as parisienses. No caso de Kitty, o sapato seria provavelmente uma botinha com botões feita de tecido ou de couro.

38. *Uma questão filosófica muito importante*
Tolstói não se dava ao trabalho de ir muito longe em busca de um assunto adequado. Problemas relativos ao conflito entre a mente e a matéria ainda são discutidos em todo o mundo, porém a verdadeira questão, tal como definida por Tolstói, era tão velha e óbvia na década de 1870, e é exposta em termos tão gerais, que dificilmente um professor de filosofia viajaria de Kharkhov a Moscou (mais de 480 quilômetros) para debatê-la com outro intelectual.

39. *Keiss, Wurst, Knaust, Pripasov*
Segundo o *Allgemeine Deutsche Biographie* (Leipzig, 1882), houve um educador alemão chamado Raimund Jacob Wurst (1800-1845) e um compositor Heinrich Knaust (ou Knaustinus), mas não consigo encontrar nenhum Keiss e muito menos Pripasov, preferindo pensar que Tolstói se divertiu inventando essa série de filósofos materialistas com — em uma percentagem plausível — um nome russo na esteira de três nomes alemães.

40. *O rinque de patinação*
Desde os primórdios da história, quando os primeiros patins foram fabricados com um osso metatársico de cavalo, jovens e meninos costumam brincar na superfície gelada de rios e pântanos. O esporte era extremamente popular na velha Rússia e, por volta de 1870, atraía ambos os sexos. Patins de aço, com as pontas arredondadas ou finas, eram presos aos sapatos com travas, cavilhas ou parafusos que penetravam na sola. Isso foi antes que os bons patinadores usassem botas especiais com patins fixados permanentemente.

41. *As velhas bétulas encrespadas dos jardins, com todos os ramos vergados ao peso da neve, pareciam envoltas em novas e festivas vestes*
Como se observou anteriormente, o estilo de Tolstói, embora permitisse o uso abundante da comparação utilitária ("parabólica"), é curiosamente carente de símiles ou metáforas poéticas que apelem precipuamente ao senso artístico do leitor. Essas bétulas (além das comparações posteriores com o "sol" e a "rosa silvestre") são uma exce-

ção. Em breve elas lançarão algumas espículas de geada festiva sobre a pele do regalo de Kitty.

É curioso comparar a consciência que tem Lióvin dessas árvores simbólicas no momento em que começa a cortejar Kitty com outras velhas bétulas (mencionadas pela primeira vez por seu irmão Nikolai) que padecem em uma crucial tempestade de verão na última parte do livro.

42. *Às costas de cadeiras*
Um principiante podia avançar com movimentos inseguros agarrando-se às costas de uma cadeira pintada de verde e provida de patins de madeira; nas mesmas cadeiras, as senhoras e senhoritas podiam circular empurradas por um amigo ou um empregado pago para isso.

43. *Roupas típicas russas*
O menino, filho de um cavalheiro, usa para patinar os trajes das classes inferiores ou uma versão estilizada deles — botas altas, casaco curto com cinto, gorro de pele de carneiro.

44. *Estamos em casa nas quintas-feiras... "Quer dizer hoje?", disse Lióvin*
Trata-se de um engano de Tolstói, mas, como foi dito antes, o tempo de Lióvin ao longo do livro tende a se atrasar em relação ao de outros personagens. Os Oblónski (e nós) sabem que é sexta-feira (capítulo 4), e referências posteriores ao domingo o confirmam.

45. *O Hotel d'Angleterre ou o Ermitage*
O Ermitage é mencionado mas não escolhido, pois não seria muito apropriado para um romancista fazer propaganda de um dos melhores restaurantes de Moscou (onde, segundo Karl Baedeker, escrevendo na década de 1890, isto é, vinte anos depois, um bom jantar sem vinho custava 2,25 rublos, ou alguns poucos dólares de então). Tolstói o menciona, juntamente com o inventado Hotel d'Angleterre, apenas para assinalar o padrão gastronômico deste último. Note-se que o jantar tem lugar no horário antiquado, entre cinco e seis da tarde.

46. *Trenó*

Os coches de aluguel, assim como os veículos particulares, com exceção da *kareta* (uma carruagem fechada sobre rodas, tal como a usada por Oblónski), eram trenós relativamente apertados para duas pessoas. A neve permitia o uso maciço de trenós nas ruas de Moscou e São Petersburgo, aproximadamente entre novembro e abril.

47. *Tártaros*

Nome dado a quase 3 milhões de habitantes do antigo Império Russo, na maioria muçulmanos de origem turca, resquícios das invasões mongóis do século 13. Da província de Kazan, a leste da Rússia, milhares deles migraram no século 19 para São Petersburgo e Moscou, onde alguns seguiram a profissão de garçom.

48. *A moça francesa à mesa do bufê*

Sua função seria supervisionar o bufê e vender flores.

49. *Príncipe Golítsin*

A generalização de um cavalheiro. O moralista em Tolstói tinha tanta aversão a "inventar" (embora o artista nele tenha inventado um número maior de pessoas plausíveis do que qualquer autor precedente, com exceção de Shakespeare) que com frequência, em seus rascunhos, o vemos usando "nomes reais" em vez daqueles ligeiramente camuflados que sobrepunha depois. Golítsin é um nome bem conhecido e, nesse caso, Tolstói aparentemente não se preocupou em distorcê-lo para Goltsov ou Lítsin em seu texto final.

50. *Ostras*

Ostras de Flensburg: provinham de áreas de criação na Alemanha (costa de Schleswig Holstein, no mar do Norte, ao sul da Dinamarca), as quais, de 1859 a 1879, foram arrendadas a uma companhia em Flensburg, na fronteira com a Dinamarca.

Ostras de Ostend: desde 1765 larvas de ostra foram levadas da Inglaterra para Ostend, na Bélgica.

A produção das ostras Flensburg e Ostend era pequena na década de 1870, e a procura, muito grande por parte dos epicuristas russos.

51. *Sopa de repolho e grãos cozidos*
Chtchi — uma sopa que consistia sobretudo em repolho fervido — e *gretchnevaia kacha* — farinha de trigo-sarraceno — eram, e presumivelmente ainda são, os alimentos básicos dos camponeses russos, de cujas refeições rústicas Lióvin participava na condição de fazendeiro diletante, homem do campo e entusiasta da vida simples. No meu tempo, quarenta anos depois, era tão chique tomar ruidosamente uma *chtchi* quanto degustar um petisco francês.

52. *Chablis, Nuits*
Vinhos da Borgonha, respectivamente brancos e tintos. Os vinhos brancos conhecidos como Chablis são produzidos no departamento de Yonne (leste da França), a mais velha área vinícola da Europa, isto é, a antiga província da Borgonha. Nuits (topônimo) St. Georges, que presumivelmente foi a sugestão do garçom, provém de vinhedos ao norte de Beaune, no centro do distrito da Borgonha.

53. *Parmesão*
Comia-se queijo com pão como hors-d'œuvre e entre os pratos.

54. *Corcéis garbosos*
O maior poeta da Rússia, Aleksandr Púchkin (1799-1837), traduziu para o russo (de uma versão francesa) a *Ode LIII* da assim chamada *Anacreontea*, uma coletânea de poemas atribuídos a Anacreon (nascido no século 6º a.C., na Ásia Menor, e morto aos 85 anos), mas em que não estão presentes as formas peculiares do grego iônico em que ele escreveu, de acordo com fragmentos autênticos citados por autores da Antiguidade. Oblónski comete graves enganos ao citar Púchkin. Sua versão registra:

> *Corcéis garbosos reconhecemos*
> *Pelo que neles se marcou com ferro e fogo;*

Os homens arrogantes da Pártia
Se destacam por suas altas mitras;
Quanto a mim, reconheço
Os amantes felizes por seus olhos *[...]*

55. *E com desgosto leio o pergaminho da vida que levei,/ e tenho um so-*
bressalto, denunciando-a/ E amargurado me queixo...
Lióvin cita uma passagem do comovente poema de Aleksandr Púchkin
"Recordação" (1828).

56. *Recrutas*
No resumo das notícias semanais do *Pall Mall Budget* de 29 de dezembro de 1871, encontro o seguinte: "Foi publicado um decreto imperial
em São Petersburgo estabelecendo o recrutamento para o ano de 1872
à taxa de seis por mil para todo o império, incluindo o reino da Polônia.
Essa é a taxa normal a fim de recompor os efetivos do Exército e da
Marinha" etc.

Esta nota tem pouco a ver com o presente texto, porém é interessante per se.

57. *Himmlisch ist's...*
"Conquistar minha lascívia teria sido divino, mas, como não tive êxito,
sinto um bocado de prazer."

De acordo com uma breve nota na tradução do romance feita por
Maude (1937), Oblónski cita essa frase do libreto da opereta *Fleder-*
maus, a qual, no entanto, foi encenada pela primeira vez dois anos
após aquele jantar.

A referência exata seria: *Die Fledermaus, komische Operette in drei*
Akten nach Meilhac und Halevy (autores de *Le Réveillon*, uma peça
francesa de *vaudeville*, ela própria derivada da comédia alemã *Das*
Gefängnis de Benedix), *bearbeitet von Haffner und Genée, Musik von*
Johann Strauss. Encenada primeiramente em Viena, em 5 de abril
de 1874 (segundo os *Annals of Opera* de Loewenberg, 1943). Não encontrei aquela citação anacrônica no libreto, mas talvez conste da
obra completa.

58. *Aquele cavalheiro em Dickens...*

A referência é ao pomposo e presunçoso sr. John Podsnap na obra de Dickens *Our mutual friend* [Nosso amigo comum], publicada pela primeira vez em Londres, em vinte episódios mensais, de maio de 1864 a novembro de 1865. Podsnap, que "tinha a consciência jubilosa de seu próprio mérito e importância, decidira que, ao deixar de lado qualquer coisa, simplesmente a eliminava para sempre. Chegara mesmo a desenvolver um gesto peculiarmente floreado do braço direito com o qual limpava o mundo dos problemas mais difíceis empurrando-os para trás...".

59. O Banquete *de Platão*

Em seu diálogo, Platão, famoso filósofo ateniense morto em 347 a.C. aos oitenta anos de idade, reúne vários participantes de um banquete para discutir o amor. Um deles distingue retoricamente o amor terreno do divino; outro canta loas ao amor e a seus feitos; um terceiro, Sócrates, identifica dois tipos de amor, um que deseja a beleza para determinado fim, e outro desfrutado por almas criativas que geram boas ações, e não filhos de seu próprio corpo (extraído de uma velha edição da *Enciclopédia Britânica*).

60. *A conta do jantar*

Esse jantar literário tinha custado 26 rublos incluindo a gorjeta, por isso a parte de Lióvin correspondeu a 13 rublos (cerca de 10 dólares de então). Os dois homens haviam tomado duas garrafas de champanhe, um pouco de vodca e ao menos uma garrafa de vinho branco.

61. *A princesa Cherbátskaia se casara havia trinta anos*

Um engano de Tolstói: a julgar pela idade de Dolly, teriam sido ao menos 34 anos.

62. *Mudanças dos hábitos sociais*

Em 1870, a primeira instituição de ensino superior para mulheres (os Cursos Lubianski — Lubianskie Kursi) foi inaugurada em Moscou. Em geral, era uma época de emancipação para as mulheres russas. As

jovens reivindicavam liberdades que antes nunca haviam gozado —
entre outras, a de escolher o próprio marido em vez de aceitar o ar-
ranjado por seus pais.

63. *Mazurca*
Uma das danças nos bailes da época ("Cavalheiros começando com o
pé esquerdo, as damas com o direito, escorregar, escorregar, escorregar, escorregar, juntar os pés, dar meia-volta saltando" etc.). O filho
de Tolstói, Serguei, numa série de notas sobre *Anna Kariênina* (*Literaturnoie nasledstvo*, v. 37-8, Moscou, 1939, pp. 567-90), diz: "A mazurca
era a preferida das damas: para dançá-la, os cavalheiros convidavam
aquelas que mais os atraíam".

64. *Kaluga*
Cidade ao sul de Moscou na direção de Tula (Rússia Central).

65. *Clássica, moderna*
Com referência às escolas russas, a educação "clássica" (*klassicheskoie*)
significava o estudo de latim e grego, enquanto a "moderna" (*realnoie*)
implicava a substituição dessas línguas por idiomas vivos, com ênfase
no tratamento "científico" e prático de outras matérias.

66. *Espiritismo*
A conversa (na casa dos Cherbátski) em volta de mesas cujos pés batem no chão, no capítulo 14 da parte 1, com Lióvin criticando o "espiritismo", Vrónski sugerindo que todos tentassem e Kitty procurando
alguma mesinha para usar — tudo isso se desenvolve de modo estranho no capítulo 13 da parte 4, quando Lióvin e Kitty usam uma mesa
de jogo para escrever com giz e se comunicarem num código amoroso.
Tratava-se de uma moda elegante à época — batidinhas de fantasmas,
mesas que pulavam e instrumentos musicais que atravessavam o aposento em pequenos voos, além de outras aberrações curiosas da matéria e da mente, com médiuns bem pagos fazendo pronunciamentos e
personificando os mortos enquanto fingiam dormir. Embora móveis
que dançam e aparições sejam tão antigos quanto o mundo, sua ex-

pressão moderna deriva do povoado de Hydesville, perto de Rochester, no Estado de Nova York, onde em 1848 foram registrados ruídos produzidos pelos ossos dos tornozelos ou outras castanholas anatômicas das irmãs Fox. Malgrado todas as denúncias e desmistificações, o "espiritismo", como infelizmente aquilo se tornou conhecido, fascinou o mundo e, por volta da década de 1870, toda a Europa estava vendo as mesas saltitarem. Uma comissão designada pela Sociedade Dialética de Londres para investigar "fenômenos que são alegadamente manifestações espirituais" tinha feito recentemente um relatório sobre o assunto e, durante certa sessão, um médium chamado Home havia "se erguido trinta centímetros acima do solo". Mais tarde no livro, encontraremos esse sr. Home num disfarce óbvio e veremos como o espiritismo, uma simples brincadeira sugerida por Vrónski na parte 1, afetará estranha e tragicamente as intenções de Kariênin e o destino de sua mulher.

67. *Brincadeira do anel*
Uma brincadeira de salão apreciada por jovens da Rússia e presumivelmente de outros países: os participantes formam um círculo segurando a mesma cordinha, ao longo da qual um anel é passado de mão em mão, enquanto o que está no centro do círculo tenta adivinhar nas mãos de quem o anel está oculto.

68. *Príncipe*
O modo como a princesa Cherbátskaia se dirige ao marido como *kniaz* (príncipe) é uma velha peculiaridade moscovita. Notem também que o príncipe chama as duas filhas de "Katenka" e "Dachenka" na melhor tradição russa, isto é, não se curvando à moda recente dos diminutivos ingleses ("Kitty" e "Dolly").

69. *Tiútki*
Substantivo no plural aplicado pelo rabugento príncipe aos jovens desmiolados, com conotações de vaidade e janotice. Não cabe bem em Vrónski, que parece ter sido visado pelo pai de Kitty naquela ocasião: ele pode ser vaidoso e frívolo, mas é também ambicioso, inteligente e

perseverante. Os leitores observarão o eco curioso dessa palavra incomum no nome do cabeleireiro ("Tiútkin *coiffeur*") cuja tabuleta Anna vê de passagem no dia de sua morte, ao atravessar as ruas de Moscou. Ela se surpreende com o contraste absurdo de "Tiútkin", um nome de comédia russa, com o severo epíteto francês *"coiffeur"* e por um segundo imagina que poderia distrair Vrónski, fazendo disso uma piada.

70. *Corpo de pajens*
Pazbeski ego imperatorskogo velichestva korpus (Corpo de Pajens de Sua Majestade Imperial): colégio militar para os filhos da nobreza na velha Rússia, fundado em 1802, reformado em 1865.

71. *Château des Fleurs, cancã*
Alusão a um restaurante noturno com um palco onde se realizavam espetáculos de *vaudeville*. "O notório cancã [...] nada mais é que uma quadrilha dançada por pessoas rudes" (Dodworth, Allen. *Dancing and its Relations to Education and Social Life*. Londres, 1885).

72. *A estação ferroviária*
A estação ferroviária Nikolaiévski ou Peterburgski, no centro, ao norte de Moscou. A linha foi construída pelo governo entre 1843 e 1851. Um trem rápido cobria a distância entre São Petersburgo e Moscou (cerca de 640 quilômetros) em vinte horas no ano de 1862 e em treze horas em 1892. Partindo de São Petersburgo por volta das oito da noite, Anna chegou a Moscou pouco depois das onze do dia seguinte.

73. *Ah, sua Serenidade*
Um inferior — criado, funcionário de baixo nível ou comerciante — se dirigiria a um alto membro da nobreza (príncipe ou conde) como "sua Serenidade" (em russo, *vashe siiatel'stvo*; em alemão, *Durchlaucht*). O uso que o príncipe Oblónski (naturalmente ele próprio um *siiatel'stvo* de pleno direito) faz do termo ao cumprimentar o conde Vrónski é uma brincadeira condescendente; ele imita um contínuo idoso que repreende algum jovem vigarista — ou se comporta como um senhor respeitável que fala com um jovem solteiro e estouvado.

74. *Honi soit qui mal y pense*
Divisa da Ordem da Jarreteira: "Maldito seja quem vê malícia nisto". Frase pronunciada por Eduardo III em 1348 ao censurar as risadinhas de alguns nobres quando caiu ao chão a liga de uma dama.

75. *Diva*
Essa palavra italiana ("a divina") é aplicada a cantoras famosas (por exemplo, a diva Patti); na década de 1870, na França e em outros países, o termo era frequentemente usado com referência a estrelas do teatro de revista, porém creio que aqui se refere a uma cantora ou atriz respeitável. Essa diva, refletida e multiplicada, participa do sonho de Oblónski — aquele do qual ele acorda na sexta-feira 11 de fevereiro. Mais adiante, Oblónski e Vrónski falam da ceia a ser dada em homenagem a ela no dia seguinte, domingo 13 de fevereiro. Oblónski comenta "a nova cantora" com a condessa Vrónskaia na estação ferroviária no sábado de manhã 12 de fevereiro. Por fim, algumas páginas mais tarde, ele diz a seus familiares, às nove e meia da noite daquele mesmo sábado, que Vrónski acaba de chamá-lo para perguntar sobre o jantar que devem dar no dia seguinte em homenagem a uma celebridade estrangeira. Aparentemente, Tolstói não foi capaz de decidir se seria uma ocasião formal ou frívola.

Cumpre observar que, no final da parte 5, a aparição de uma famosa cantora (a diva Patti, dessa vez identificada) ocorre num momento crítico do romance entre Anna e Vrónski.

76. *Através da névoa gelada era possível ver os empregados da ferrovia, com seu casaco de inverno e botas de feltro, cruzando os trilhos em curva.*
Aqui começa uma sequência de movimentos sutis por parte de Tolstói com vista a criar um acidente pavoroso e, simultaneamente, expor as impressões que mais tarde estarão presentes num pesadelo crucial, tanto de Anna quanto de Vrónski. A má visibilidade em meio aos vapores gelados está conectada a várias figuras encapotadas, tais como aqueles trabalhadores ferroviários e, mais adiante, o bem protegido maquinista coberto de neve. O acidente que Tolstói está preparando é assim descrito: "um guarda ferroviário [...], com o ouvido protegido

demais contra o frio, não ouvira quando o trem deu marcha a ré para sair da estação [*a névoa visual se torna auditiva*] e fora esmagado". Vrónski vê o corpo lacerado, e ele (e possivelmente Anna) também nota um camponês sair do trem carregando um saco às costas — uma impressão visual que dará frutos. O tema do "ferro" (que é martelado e amassado no pesadelo subsequente) também é introduzido aqui em termos da plataforma da estação que vibra sob um grande peso.

77. *A locomotiva veio rolando*

Na famosa fotografia (1869) dos dois primeiros trens transcontinentais que se encontram no Promontory Summit, no Estado de Utah, a locomotiva da Central Pacific (seguindo de São Francisco para leste) exibe uma grande e flamejante chaminé em forma de funil, enquanto a locomotiva da Union Pacific (seguindo de Omaha para oeste) tem apenas uma chaminé fina e reta, encimada por um aparador de centelhas. Os dois tipos de chaminé eram usados nas locomotivas russas. Segundo a obra de Collignon intitulada *Chemins de Fer Russes* (Paris, 1868), a locomotiva de sete metros e meio com rodas do tipo "oOOo" que puxava o trem rápido entre São Petersburgo e Moscou tinha uma chaminé reta com dois metros e trinta centímetros de altura, isto é, superando em trinta centímetros o diâmetro das rodas tão vigorosamente descritas por Tolstói.

78. *A aparição daquela senhora...*

O leitor não precisa ver Anna com os olhos de Vrónski, mas todos que estejam ansiosos para apreciar os detalhes da arte de Tolstói devem compreender claramente qual a aparência que ele desejava lhe dar. Anna era bem robusta, mas possuía um porte maravilhosamente gracioso, um caminhar singularmente leve. Seu rosto era bonito, viçoso e vivaz. Os cabelos negros e encaracolados tendiam a ficar desgrenhados, os olhos cinzentos reluziam à sombra das grossas pestanas. Seu olhar podia se iluminar com um brilho encantador ou assumir uma expressão séria e tristonha. Os lábios sem pintura eram de um vermelho intenso. Tinha braços roliços, pulsos finos e mãos pequenas. Seu aperto de mão era vigoroso, os movimentos rápidos. Tudo nela era elegante, charmoso e genuíno.

79. *Oblónski! Aqui!*
Dois cavalheiros, amigos íntimos ou camaradas militares, poderiam se chamar por seu sobrenome ou mesmo por seu título — conde, príncipe, barão —, reservando o primeiro nome ou apelido para ocasiões especiais. Quando Vrónski grita para Stiva "Oblónski!", está usando uma forma de tratamento incomparavelmente mais íntima do que se houvesse pronunciado o nome e patronímico de Stiepan Arkádievitch.

80. *Vous filez le parfait amour. Tant mieux, mon cher.*
Você faz amor lindamente. Que bom, meu querido.

81. *Cor incomum, acontecimento incomum*
Obviamente, não há nenhuma conexão real entre os dois, mas a repetição é característica do estilo de Tolstói porque ele rejeitava as falsas elegâncias e se dispunha a admitir algo canhestramente forte, caso transmitisse melhor o sentido desejado. Compare-se a ressonância, em certos aspectos semelhante, de "sem pressa" e "apressadamente" cerca de cinquenta páginas depois. O boné do chefe da estação ferroviária era de um vermelho muito vivo.

82. *Bóbrichev*
Podemos deduzir que eles eram os anfitriões daquele baile.

83. *O vestido de Anna*
O exame de um artigo intitulado "Paris fashions for February" no *London Illustrated News*, de 1872, revela que, embora as roupas para passear na rua mal tocassem no chão, os vestidos de noite tinham uma longa cauda quadrada. O veludo era o tecido predileto e, para um baile, uma dama usaria um *robe princesse* de veludo preto por cima de uma saia de *faille* com bordas de renda de chantilly e um ramalhete de flores nos cabelos.

84. *Valsa*
Serguei Tolstói, na série de notas já mencionada (ver nota 63), descreve a ordem das danças num baile como o descrito no romance:

"O baile começaria com uma valsa ligeira, seguida de quatro quadrilhas e uma mazurca com diversos movimentos predeterminados [...]. A dança final seria um cotilhão [...] com figurações tais como *grand-rond*, *chaîne* etc., e intercalado com outras danças como a valsa, o galope e a mazurca".

Em seu livro *Dancing*, de 1885, Dodworth lista 250 movimentos predeterminados no cotilhão. O *grand-rond* é assim descrito sob o número 63: "Os cavalheiros escolhem cavalheiros, as damas escolhem damas; forma-se um grande círculo com os cavalheiros dando-se as mãos em um lado do círculo, as damas no outro; o movimento começa com o círculo girando para a esquerda; então, o monitor, que segura uma dama pela mão direita, avança e se separa dos outros [*dançarinos*], indo para o centro do círculo [...], voltando-se para a esquerda com todos os cavalheiros enquanto sua parceira se volta para a direita com todas as damas, continuando pelo lado do salão até formar duas linhas que se defrontam. Quando os dois últimos acabam de passar, as linhas avançam, cada cavalheiro dançando com a dama do lado oposto". Várias "cadeias" — duplas, ininterruptas etc. — podem ser deixadas à imaginação do leitor.

85. *Teatro do povo*
De acordo com uma nota na tradução de Maude, um teatro do povo (ou mais precisamente um teatro financiado por particulares — pois à época Moscou só tinha teatros pertencentes ao Estado) foi estabelecido "na Feira de Moscou de 1872".

86. *Ela recusara cinco pares*
Também havia recusado Lióvin alguns dias antes. Todo o baile (com sua maravilhosa pausa: "a música havia cessado") é sutilmente simbólico do estado de espírito e da situação de Kitty.

87. *Era encantador o pescoço de carne rija com seu colar de pérolas [jemtchug] [...], encantadora sua agitação [ojivlenie], embora houvesse algo assustador [ujasnoie] e pungente [jestokoie] em seu charme.*
A repetição do "j" (com esse zumbido sugerindo a qualidade funesta

de sua beleza) é retomada artisticamente no penúltimo parágrafo do capítulo: "[...] o incontrolável [*neuderjimi*] brilho adejante [*drojachtchi*] de seus olhos e de seu sorriso o fulminou [*objog*]."

88. *Monitor de danças*

O monitor precisava estar atento o tempo todo, pronto a instigar os atrasados, alertar os lentos, despertar os distraídos, admoestar os que ocupavam o salão por tempo demasiado, supervisionar a formação preparatória das figurações, confirmar se cada dançarino estava no lado certo do par e, caso se fizessem necessários movimentos simultâneos, dar o sinal para que o movimento se iniciasse, e assim por diante. Desse modo, ele é forçado a executar as funções de monitor, instrutor e supervisor, mas também as de bedel. Dando-se o devido desconto pela posição social e pela habilidade em matéria de dança das pessoas presentes naquele baile, essas constituíam de modo geral as obrigações de Korsunski.

89. *Há um cavalheiro, Nikolai Dmitritch*

A amante de baixa classe de Nikolai usa o primeiro nome e a forma abreviada do patronímico como o faria a esposa respeitosa de um pequeno-burguês.

Quando Dolly, ao falar do marido, usa o primeiro nome e o patronímico, ela está fazendo coisa diferente: escolhe a maneira mais formal e neutra de se referir a ele a fim de enfatizar as desavenças entre os dois.

90. *E as bétulas, e nossa sala de aula*

Recorda-se com intensa ternura nostálgica dos aposentos na mansão ancestral, onde, quando garotos, ele e o irmão costumavam ter aulas com um tutor ou tutora.

91. *Ciganos*

Os restaurantes noturnos exibiam artistas ciganos (*tzygan*) que cantavam e dançavam. As belas artistas ciganas eram extremamente populares entre os libertinos russos.

92. *Seu trenó baixo atapetado*

Um tipo de trenó rústico, mas confortável, que parecia consistir em um tapete sobre patins.

93. *Aquecida*

A mansão de Lióvin era aquecida por meio de fogões a lenha holandeses, um em cada cômodo, e possuía janelas duplas com chumaços de algodão entre os vidros.

94. *Tyndall*

John Tyndall (1820-1893), autor de *Heat as a Mode of Motion* (1863 e edições posteriores). Essa foi a primeira explanação popular da teoria mecânica do calor, que no início da década de 1860 ainda não chegara aos manuais didáticos.

95. *Terceiro sino*

Os três toques de sino nas estações ferroviárias já haviam se tornado uma instituição nacional na década de 1870. O primeiro toque, quinze minutos antes da partida, instalava a ideia da viagem na mente do futuro passageiro; o segundo, dez minutos depois, sugeria que o projeto poderia ser realizado; imediatamente depois do terceiro o trem apitava e deslizava para fora da estação.

96. *Vagão*

Em termos gerais, duas noções de conforto nas viagens noturnas dividiam o mundo nas três últimas décadas do século 19: o sistema Pullman, nos Estados Unidos, que se baseava em seções cercadas por cortinas e transportava rumo a seu destino passageiros adormecidos, que podiam esticar os pés; e o sistema Mann, na Europa, que os levava de lado, em compartimentos. No entanto, em 1872, um vagão de primeira classe (chamado eufemisticamente de vagão-dormitório por Tolstói) do expresso noturno entre Moscou e São Petersburgo era algo bem primitivo, hesitando entre um vago modelo Pullman e o modelo de "boudoir" do coronel Mann. O vagão tinha um corredor lateral, toaletes, aquecedores a lenha e também plataformas abertas nas extremidades, que Tolstói chamava de "varandas" (*kryletchki*), pois não tinha sido ainda inventado o vestíbulo fechado. Daí por que a neve entrava pelas portas das extremidades quando os cobradores e encarregados dos fogões passavam de um carro a outro. As acomodações para a noite eram seções sujeitas a correntes de ar e parcialmente separadas do corredor, sendo evidente pela descrição de Tolstói que havia seis passageiros por seção (em vez dos quatro em compartimentos com camas, surgidos posteriormente). As seis senhoras na seção "dormitório" reclinavam-se em poltronas que formavam fileiras de três, com espaço entre elas suficiente apenas para permitir a extensão dos suportes para os pés. Em 1892, Karl Baedeker menciona vagões de primeira classe naquela linha cujas poltronas podiam se transformar em camas à noite, mas não explica como se processava a metamorfose; de qualquer modo, em 1872 o simulacro de repouso com o corpo estendido não incluía nenhuma roupa de cama. Para compreender alguns aspectos importantes da viagem noturna de Anna, o leitor deve visualizar claramente o seguinte arranjo: Tolstói se refere indiscriminadamente aos confortáveis assentos como "pequenos divãs" ou "poltronas", e ambos os termos estão corretos, uma vez que, de cada lado da seção, o divã era dividido em três poltronas. Anna se senta de frente para o norte, no canto do lado direito, junto à janela, podendo ver as janelas do lado esquerdo mais além do corredor. À sua esquerda se encontra a criada, Ánuchka (que dessa vez viaja com ela na mesma seção, e não na segunda classe, como na ida para Moscou); mais para oeste há uma senhora corpulenta que, estando junto ao corredor no lado esquerdo da seção, sofre mais o desconforto das variações de temperatura. Diretamente à frente de Anna, uma idosa inválida faz um esforço para se acomodar melhor durante a noite; há duas outras senhoras nos assentos opostos ao de Anna com quem ela troca algumas palavras.

97. *Pequena lanterna de viagem*
Em 1872, um aparelho bem primitivo, com uma vela, um refletor e uma alça metálica que podia ser fixada ao braço de uma poltrona do vagão, junto ao cotovelo do leitor.

98. *O aquecedor*

Eis aqui um conjunto adicional de impressões que remetem ao guarda ferroviário encapotado que foi esmagado ("alguém [...] sendo destroçado") e prenunciam o suicídio de Anna (o muro que oculta tudo, a sensação de queda). Para a sonolenta Anna, o pobre coitado que cuida do aquecedor parece estar roendo algo na parede, e isso surgirá distorcido, em seu futuro pesadelo, nos movimentos do repulsivo anão que tateia em busca de alguma coisa e a amassa.

99. *Uma parada*

Trata-se da estação de Bologoe, a meio caminho entre Moscou e São Petersburgo. Na década de 1870, a parada se fazia em plena madrugada e durava vinte minutos, permitindo que os passageiros tomassem alguma coisa.

100. *Chapéu redondo*

Em 1850, foi lançado um chapéu duro de copa baixa, desenhado pelo chapeleiro inglês William Bowler, e esse foi o modelo original do chapéu-coco — chamado de "derby" nos Estados Unidos porque o conde de Derby usava um desses chapéus, de cor cinza e com uma faixa preta, quando assistia às corridas de cavalo. Passou a ser muito usado a partir da década de 1870.

As orelhas de Kariênin devem ser notadas como o terceiro item na série de "coisas erradas" que caracterizam o estado de espírito de Anna.

101. *Pan-eslavista*

Aquele que promovia a união espiritual e política de todos os eslavos (sérvios, búlgaros etc.) com a Rússia à frente.

102. *Pôr [Serioja] para dormir*

Seria por volta das nove da noite. Por algum motivo, Serioja foi posto na cama antes da hora de costume (ver acima onde se menciona que ele ia dormir "por volta das dez" — hora singularmente tardia para uma criança de oito anos).

103. Poésie des Enfers, *de Duc de Lilles*
Possivelmente uma alusão disfarçada por parte de Tolstói ao escritor francês conde Mathias Philippe Auguste Villiers de L'Isle-Adam (1840-1889). Tolstói inventou o título "A poesia do Hades".

104. *Os dentes de Vrónski*
Ao longo do romance, Tolstói se refere diversas vezes aos dentes esplendidamente regulares de Vrónski (*splochnie zubi*), que formam uma sólida e lisa fachada de marfim quando sorri, mas, antes que ele desapareça das páginas do livro na parte 8, seu criador, punindo Vrónski no físico magnífico, o acomete com uma dor de dentes maravilhosamente bem descrita.

105. *Uma nota especial sobre o jogo de tênis*
No final do capítulo 22 da parte 6, Dolly assiste a uma partida de tênis de que participam Vrónski, Anna e dois convidados. Estamos em julho de 1875, e o tênis que estão jogando na propriedade rural de Vrónski é o jogo moderno que certo major Wingfield introduziu na Inglaterra em 1873. Foi um sucesso imediato, sendo praticado na Rússia e nos Estados Unidos já em 1875. Na Inglaterra, o tênis é frequentemente chamado de *lawn tennis* porque inicialmente era jogado nos gramados de croqué, duros ou turfosos, e também para distingui-lo do antigo jogo de tênis praticado em quadras fechadas especiais e chamado de *court-tennis*. Esse tipo de tênis é mencionado tanto por Shakespeare quanto por Cervantes e era jogado por antigos soberanos que corriam pesadamente e resfolegavam nos ecoantes recintos. Mas o *lawn tennis*, repito, é o nosso jogo moderno. Vale notar a descrição precisa de Tolstói: os jogadores divididos em duas duplas se posicionavam nos lados opostos de uma rede bem esticada e presa a postes dourados (gosto do fato de serem dourados — um eco da origem monárquica e da ressurreição aristocrática do jogo) em um bem aparado campo de croqué. São descritos os vários truques dos jogadores. Vrónski e seu parceiro, Sviajski, jogam bem e com entusiasmo: sem perder de vista a bola por um segundo, corriam agilmente na direção dela, sem pressa ou sem atraso, esperavam pelo quique e a devolviam com preci-

são — embora eu tema que as jogadas fossem, em sua maioria, *lobs*. O parceiro de Anna, um jovem chamado Vieslóvski, que Lióvin expulsara de sua casa algumas semanas antes, era o pior de todos. Surge então um interessante detalhe: com a permissão das senhoras, os homens haviam tirado o paletó e jogavam vestindo apenas a camisa. Dolly achou a coisa toda pouco natural — adultos correndo atrás de uma bola como crianças. Vrónski é um grande admirador das modas e hábitos ingleses, como é o caso do tênis. A propósito, o jogo era então muito menos vigoroso que hoje. O saque de um homem era uma batidinha leve, feita com o corpo rígido e a raquete mantida verticalmente à altura dos olhos; o saque de uma jogadora era um golpe fraco, com a mão mantida abaixo do cotovelo.

106. *Uma nota especial sobre a questão da religião*

Os personagens do romance pertencem à Igreja russa, então chamada de Igreja Grega Ortodoxa — ou mais corretamente greco-católica —, que se separou da Igreja romana há quase mil anos. Quando encontramos pela primeira vez um dos personagens menores, a condessa Lídia, ela está interessada na união das duas igrejas, como também a carola Madame Stahl, que finge ter grande devoção cristã e de cuja influência Kitty logo depois se livra em Soden. No entanto, como eu disse, a principal crença no romance é a greco-católica. Os Cherbátski, Dolly, Kitty, seus pais, todos são mostrados combinando a obediência tradicional com um tipo de fé natural, antiquada e pouco rígida aprovada por Tolstói, que, ao escrever o romance na década de 1870, ainda não desenvolvera seu intenso desprezo pelo ritual das igrejas. A cerimônia matrimonial de Kitty e Lióvin, assim como os padres, são descritos de forma simpática. É durante o casamento que Lióvin, havia muitos anos afastado de qualquer Igreja por se considerar ateu, sente as primeiras pontadas do nascimento da fé, voltando depois a ter dúvidas — porém, no fim do livro, o vemos num estado de graça que lhe causa perplexidade, com Tolstói o empurrando carinhosamente rumo à sua seita.

A MORTE DE IVAN ILITCH (1884-1886)

Em grau maior ou menor, todas as pessoas são o palco de uma luta entre duas forças: a ânsia de privacidade e o impulso para sair pelo mundo. Em outras palavras, a introversão, o interesse dirigido para dentro de si próprio, a busca da vida interior com seus vigorosos pensamentos e fantasias; e a extroversão, o interesse dirigido para fora, a busca do mundo exterior com pessoas e valores tangíveis. Para tomar um exemplo simples: um intelectual, professor ou aluno de universidade, às vezes revela as duas facetas. Pode ser um amante dos livros e pode ser um tipo sociável, ambos em conflito dentro do mesmo homem. Um estudante que conquista ou deseja conquistar prêmios pelo conhecimento adquirido pode também desejar (ou se espera que deseje) prêmios pelo que costuma ser chamado de liderança. Naturalmente, temperamentos diferentes tomam decisões diferentes, e há mentes em que o mundo interior sempre triunfa sobre o exterior, e vice-versa. Mas precisamos levar em conta o fato de que ocorre ou pode ocorrer esse conflito entre as duas versões de um homem — a introversão e a extroversão — no íntimo de um único ser. Conheço alunos que, na busca da vida interior, ao perseguir ardentemente o conhecimento de determinado assunto predileto, se veem forçados a tapar os ouvidos com as mãos a fim de eliminar o burburinho de um dormitório; ao mesmo tempo, porém, mostram um grande desejo gregário de fazer parte das brincadeiras, de ir para uma festa ou reunião, de trocar a beca pela banda.

Daí decorrem os problemas de escritores como Tolstói, em quem o artista lutou contra o pregador, o grande introvertido contra o robusto extrovertido. Tolstói sem dúvida se dava conta de que, dentro dele como de muitos outros escritores, havia uma luta pessoal entre a solidão criativa e a vontade de se associar a toda a humanidade — a batalha entre a beca e a banda. Em termos tolstoianos, utilizando-se os símbolos da filosofia que ele adotou após escrever *Anna Kariênina*, a solidão criativa se tornou sinônimo de pecado: era egoísmo, era mimar seu próprio ego e, portanto, algo pecaminoso. Inversamente, a ideia de humanidade era, em termos tolstoianos, a ideia de Deus: Deus está nos homens e Deus é o amor universal. E Tolstói advogava a diluição da personalidade de cada um nesse amor divino e universal. Em outras palavras, sugeria que, na luta pessoal entre o artista irreligioso e o homem devoto, era melhor que vencesse o segundo, caso aquele ser, na sua integridade, desejasse alcançar a felicidade.

Cumpre reter uma visão lúcida desses fatos espirituais a fim de apreciarmos a filosofia de *A morte de Ivan Ilitch*. Ivan é o equivalente russo de João, que em hebreu significa Deus é Bom, Deus é Benevolente. Sei que não é fácil para pessoas que não falam russo pronunciar o patronímico Ilitch, que obviamente significa filho de Iliá, a versão russa de Elias ou Elijah, que por sinal significa em hebreu "Jeová é Deus". Iliá é um nome muito comum em russo, pronunciado como o francês "*il y a*".

Meu primeiro ponto é que não se trata da história da morte de Ivan, e sim da vida de Ivan. A morte física descrita no conto é parte da vida mortal, é apenas a última fase da mortalidade. De acordo com Tolstói, o homem mortal, a pessoa, o indivíduo, o ser físico segue seu caminho físico rumo à lata de lixo da natureza; de acordo com Tolstói, o homem espiritual retorna à região sem nuvens do Deus-Amor universal, uma morada de bem-aventurança neutra, tão cara aos místicos orientais. A fórmula tolstoiana é: Ivan viveu uma vida má e, como a vida má é simplesmente a morte da alma, então Ivan viveu a morte em vida; e, uma vez que mais além da morte está a luz viva de Deus, então Ivan morreu para entrar numa nova Vida — com letra maiúscula mesmo.

O segundo ponto é que esse conto foi escrito em março de 1886, quando Tolstói tinha quase sessenta anos e havia cristalizado a noção de que escrever obras-primas literárias era um pecado. Decidira firmemente que, caso escrevesse qualquer coisa após seus grandes pecados da meia-idade — *Guerra e paz* e *Anna Kariênina* —, seriam apenas histórias simples para o povo, os camponeses, as crianças em idade escolar, fábulas educativas, contos de fadas moralistas, esse tipo de coisa. Aqui e ali em *A morte de Ivan Ilitch* há uma tíbia tentativa de seguir tal linha, e lá encontraremos exemplos de um estilo pseudofabular. Entretanto, de modo geral é o artista que está no comando. Esse conto é a realização mais artística, mais perfeita e mais sofisticada de Tolstói.

Graças ao fato de que Guerney traduziu o conto de forma tão admirável, afinal terei a oportunidade de discutir o estilo de Tolstói, um instrumento maravilhosamente complexo e laborioso.

Vocês podem ter lido, ou certamente leram, alguns desses pavorosos livros didáticos escritos não por educadores, mas por pessoas que falam sobre livros em vez de falar por meio dos livros. Talvez tenham lido neles que o objetivo principal de um grande escritor, e na verdade a maior indicação de sua grandeza, reside na "simplicidade". Traidores, e não professores. Nas provas feitas por estudantes de ambos os sexos que caíram nessa esparrela, ao falarem sobre este ou aquele autor e provavelmente relembrando o que aprenderam nesses manuais, eles afirmam coisas do gênero: "seu estilo é simples", ou "seu estilo é claro e simples", ou "seu estilo é muito bonito e simples". No entanto, lembrem-se de que a "simplicidade" é pura conversa fiada. Nenhum grande escritor é simples. O jornal *The Saturday Evening Post* é simples. A linguagem jornalística é simples. Upton Lewis é simples. Mamãe é simples. Condensações são simples. A condenação às penas eternas é simples. Mas autores da estirpe de Tolstói e Melville nunca são simples.

Uma característica peculiar do estilo de Tolstói consiste no que chamarei de "purismo às apalpadelas". Ao descrever uma meditação, uma emoção ou um objeto tangível, Tolstói segue os contornos do pensamento, da emoção ou do objeto até estar totalmente satisfeito com sua recriação, com sua descrição. Isso envolve o que podemos chamar de repetições criativas, uma série compacta de afirmações repetitivas, uma vindo imediatamente após a outra, cada qual mais expressiva, cada qual mais próxima do sentido de Tolstói. Ele apalpa, desfaz o embrulho verbal em busca de seu significado interno, descasca a maçã da frase, tenta dizer de certa forma, depois de uma forma melhor, tateia, protela, brinca com as palavras.

Outra característica de seu estilo é a maneira como tece detalhes notáveis na trama da história, a inventividade das descrições de estados físicos. Ninguém na década de 1880 escrevia assim na Rússia. O conto é um precursor do modernismo russo, pouco antes da enfadonha e convencional era soviética. Se há toques de fábula, ouve-se também aqui e ali uma entonação terna e poética, assim como um tenso monólogo mental, a técnica do fluxo de consciência que ele já inventara para descrever a última viagem de Anna.

Um traço conspícuo da estrutura se encontra no fato de que Ivan está morto quando o conto começa. Todavia, há pouco contraste entre o corpo morto e as pessoas que discutem sua morte e observam o cadáver, uma vez que, do ponto de vista de Tolstói, a existência delas não é vida, e sim a morte em vida. Descobrimos logo no início uma das muitas linhas temáticas do conto, o padrão de trivialidades, o mecanismo automático, a vulgaridade insensível da vida burocrática da classe média nas cidades, algo de que o próprio Ivan participara até recentemente. Seus colegas no serviço público pensam em como a sua morte afetará a carreira deles: "Por isso, ao receberem a notícia da morte de Ivan Ilitch, o primeiro pensamento de cada um dos cavalheiros naquelas repartições foi sobre as mudanças e promoções que ela poderia ocasionar entre eles ou seus conhecidos.

'Tenho certeza de que pego o lugar do Chtabel ou do Vinnikov', pensou Fiódor Vassilievitch. 'Me prometeram isso faz muito tempo, e a promoção representa mais oitocentos rublos por ano para mim, sem falar nos extras.'

'Agora preciso providenciar a transferência de meu cunhado de Kaluga', pensou Piotr Ivánovitch. 'Minha mulher vai ficar muito satisfeita e aí não vai poder dizer que nunca faço nada por seus parentes'".

Notem como ocorre a primeira conversa, mas, afinal, esse egoísmo é um traço humano muito normal e humilde porque Tolstói é um artista e se situa acima da denúncia moral. E é por isso que a conversa sobre a morte de Ivan, esgotados os pensamentos interesseiros, termina com uma caçoada inocente. Após as sete páginas introdutórias do capítulo 1, Ivan Ilitch é, por assim dizer, ressuscitado, revive toda a sua vida em pensamento antes que o autor o faça retornar fisicamente ao estado descrito no primeiro capítulo (pois a morte e uma vida má são sinônimos) e penetrar espiritualmente no estado entrevisto de modo tão lindo no último capítulo (pois não existe morte uma vez finda a chamada existência física).

Egotismo, falsidade, hipocrisia e acima de tudo automatismo são os elementos mais importantes da vida. O automatismo põe as pessoas no nível dos objetos inanimados — e é por isso que tais objetos também entram em ação e se tornam personagens no conto. Não símbolos de certo personagem, não atributos como nas obras de Gógol, mas agentes ativos equiparados aos personagens humanos.

Tomemos a cena entre a viúva de Ivan, Praskóvia, e o melhor amigo dele, Piotr.

"Piotr Ivánovitch deu um suspiro de desalento ainda mais profundo, e Praskóvia Fiódorovna apertou seu braço em sinal de gratidão. Quando chegaram à sala de visitas, iluminada por uma lâmpada fraca e com os móveis forrados de cretone cor-de-rosa, se sentaram em volta da mesa — ela num sofá e Piotr Ivánovitch num divã baixo e macio, cujas molas cediam espasmodicamente sob seu peso. Praskóvia Fiódorovna estivera a ponto de alertá-lo para que tomasse outro assento, mas mudou de ideia por achar que tal advertência não se coadunava com sua situação atual. Sentando-se no divã, Piotr Ivánovitch relembrou como Ivan Ilitch havia decorado aquele cômodo e como o consultara acerca do cretone cor-de-rosa com folhas verdes. Toda a sala estava repleta de móveis e bugigangas; a caminho do sofá, a renda do xale preto da viúva se prendeu à beira entalhada da mesa. Piotr Ivánovitch ergueu-se para soltá-la, e as molas do divã, aliviadas de seu peso, também se ergueram e lhe deram um empurrão. A viúva começou a soltar o xale ela própria, e Piotr Ivánovitch voltou a se sentar, subjugando as molas rebeldes sob o corpo. Mas, como a viúva não conseguira se livrar de todo, Piotr Ivánovitch se levantou de novo e mais uma vez o divã se rebelou e até estralejou. Enfim liberta, ela tirou do bolso um lenço limpo de cambraia e se pôs a chorar. — Você pode fumar — disse numa voz magnânima mas carregada de pesar, voltando-se a fim de discutir com Sokolov o preço do pedaço de terra para a sepultura.

— Cuido de tudo sozinha — disse a Piotr Ivánovitch, mudando de lugar os álbuns que se encontravam sobre a mesa; ao notar que a mesa estava ameaçada pela cinza do cigarro, imediatamente lhe entregou um cinzeiro. [...]"

Quando Ivan repassa sua vida com a ajuda de Tolstói, verifica que a culminação de sua felicidade naquela vida (antes de ficar doente e nunca mais se recuperar) foi quando conquistou um excelente cargo bem remunerado no serviço público e alugou um caro apartamento burguês para sua família. Uso o termo burguês no sentido filisteu, não no de classe social. Refiro-me ao tipo de apartamento que impressionaria uma mente convencional na década de 1880 como algo moderadamente luxuoso, com todas as quinquilharias e ornamentos. Hoje, naturalmente, um filisteu poderá sonhar com vidro e aço, televisores ou aparelhos de rádio disfarçados de estantes de livros e móveis sem graça.

Mencionei que esse foi o pináculo da alegria filisteia de Ivan, mas foi naquele pico que a morte saltou sobre ele. Caindo de uma escadinha ao pregar uma cortina, ferira fatalmente o rim esquerdo (meu diagnóstico é que o tombo resultou em um câncer do rim); mas Tolstói, que detestava os médicos e a medicina em geral, confunde deliberadamente a questão sugerindo diversas outras possibilidades — rim flutuante, alguma doença do estômago e até mesmo apendicite, que dificilmente seria no lado esquerdo como é mencionado diversas vezes. Mais tarde, Ivan faz uma piada irônica, dizendo que foi mortalmente atingido ao atacar a cortina, como se ela fosse uma fortaleza.

✳

A partir de então a natureza, sob o disfarce da desintegração física, entra em cena e destrói o automatismo da vida convencional. O capítulo 2 começara com a frase: "A vida de Ivan tinha sido extremamente simples e comum — e por isso mesmo extremamente terrível". Terrível porque fora automática, trivial, hipócrita — sobrevivência animal e contentamento infantil. A natureza agora provoca uma mudança extraordinária. A natureza para Ivan é desconfortável, suja, indecente. Um dos arrimos da vida convencional de Ivan era o decoro, a decência superficial, as superfícies limpas e elegantes da vida, a respeitabilidade. Tudo isso se foi agora. Porém a natureza não entra apenas como o vilão da peça: também tem seu lado bom. Muito bom e doce. Isso nos conduz ao tema seguinte, o de Gerasim.

Como dualista consistente que era, Tolstói exibe o contraste entre a vida na cidade — convencional, artificial, intrinsecamente vulgar e superficialmente elegante — e a vida na natureza, aqui representada por Gerasim, um jovem camponês de olhos azuis, asseado e calmo, um dos criados de nível mais baixo na casa e a quem cabiam as tarefas mais repugnantes — que ele executava com angelical indiferença. Ele personifica a bondade natural no esquema tolstoiano das coisas, estando assim mais perto de Deus. Aparece no conto inicialmente como a personificação da natureza ágil e veloz, ainda que vigorosa. Gerasim compreende que Ivan tem uma doença fatal, mas se compadece dele de forma lúcida e desapaixonada.

"Gerasim fazia tudo facilmente, de boa vontade e com simplicidade, e seu temperamento alegre emocionava Ivan Ilitch. A saúde, o vigor e a vitalidade em outras pessoas lhe eram ofensivas, mas a força e o elã vital de Gerasim não o mortificavam, e sim o confortavam.

O que atormentava Ivan Ilitch em especial era o logro, a mentira, sabe-se lá como, aceita por todos, de que ele não estava à morte e simplesmente enfermo, precisando apenas ficar em repouso e fazer o tratamento para que tudo se resolvesse. [...] Via que ninguém se compadecia dele, pois ninguém desejava admitir sua condição. Somente Gerasim a reconhecia e tinha pena dele, e por isso só se sentia à vontade com Gerasim. [...] Só Gerasim não mentia; tudo levava a crer que somente ele entendia os fatos e não considerava necessário ocultá-los, apenas sentindo pena de seu patrão macilento e enfraquecido. Certa vez, quando Ivan Ilitch o mandava embora, ele disse sem rebuços: — Como todos nós vamos morrer, de que adianta eu reclamar de algum probleminha? — ele perguntou, demonstrando que não achava seu trabalho penoso, pois o fazia para um moribundo e esperava que alguém fizesse aquilo para ele quando chegasse sua hora."

✳

O tema final pode ser resumido na pergunta de Ivan Ilitch: e se toda a minha vida foi errada? Pela primeira vez ele sente pena de outras pessoas. Vem então a semelhança com o clima de comoção de conto de fadas encontrado no final de *A bela e a fera*, a magia da metamorfose, a magia da promessa de volta aos reinos encantados e à fé, como recompensa pela transformação espiritual.

"De repente alguma força o atingiu no peito e no lado do corpo, dificultando ainda mais a respiração, e ele caiu por um buraco, no fundo do qual havia uma luz. [...]

'Sim, nem tudo foi certo', ele disse a si mesmo, 'mas isso não importa. Pode ter sido assim. Mas o que é a coisa certa?', ele se perguntou, e subitamente ficou imóvel.

Isso aconteceu no final do terceiro dia, duas horas antes de sua morte. Naquele exato instante seu filho em idade escolar entrou de mansinho e se aproximou do leito. [...]

Naquele exato momento Ivan Ilitch caiu pelo buraco e viu a luz, sendo-lhe revelado que, embora sua vida não tivesse sido o que deveria ser, isso ainda podia ser corrigido. Ele se perguntou: 'O que é a coisa certa?', e ficou quieto, à escuta. Sentiu então que alguém lhe beijava a mão. Abriu os olhos, fitou o filho e sentiu pena dele. Sua mulher se aproximou, e ele a olhou. Ela o contemplava de boca aberta, com lágrimas correndo pelo nariz e pela face, e uma expressão de desespero. Ele sentiu pena dela também.

'Sim, estou fazendo com que eles se sintam miseráveis', ele pensou. 'Estão penalizados, mas será melhor para eles quando eu morrer.' Ele queria dizer isso mas não teve forças para fazê-lo. 'Além do mais, por que falar? Preciso agir', ele refletiu. Encarando a mulher, indicou o filho e disse: — Leve-o daqui... sinto muito por ele... sinto muito por você também... Tentou acrescentar: 'Me perdoe', porém disse 'Desista' — e acenou com a mão, sabendo que Aquele cuja compreensão importava entenderia.

E repentinamente ficou claro para ele que tudo aquilo que o oprimia e não o abandonava estava caindo ao mesmo tempo por dois lados, por dez lados, por todos os lados. Sentia pena deles, precisava agir de modo a não feri-los: liberá-los e se livrar daqueles sofrimentos. 'Como é bom e como é simples!', ele pensou. [...]

Procurou por seu antigo medo da morte e não o encontrou. 'Onde ele está? Que morte?' Não havia medo porque ele não foi capaz de encontrar a morte.

Em lugar da morte, havia luz.

'Então é isso!', ele exclamou subitamente. 'Que alegria!'

Para ele tudo isso aconteceu em um único instante, e o significado desse instante não se alterou. Para os presentes, sua agonia continuou por duas horas mais. Sons arquejantes subiram de sua garganta, o corpo esquelético estremeceu, os estertores foram se tornando mais e mais raros.

— Tudo acabou! — disse alguém perto dele.

Ele ouviu essas palavras e as repetiu em sua alma.

'A morte acabou', disse para si mesmo. 'Não existe mais.'

Ele sorveu o ar, parou no meio de um suspiro, se esticou e morreu."

Anton Tchekhov (1860-1904)

O avô de Anton Pávlovitch Tchekhov era um servo, mas por 3.500 rublos comprou sua própria liberdade e a da família. O pai era um pequeno comerciante que perdeu todas as suas economias na década de 1870, após o que a família foi viver em Moscou enquanto Anton Pávlovitch permaneceu em Taganrog (sudeste da Rússia) a fim de terminar o curso secundário. Ele se sustentava com seu próprio trabalho. Terminado o curso, no outono de 1879, também foi para Moscou e entrou para a universidade.

Os primeiros contos de Tchekhov foram escritos a fim de amenizar a pobreza em que vivia a família.

Ele estudou medicina e, após se formar na universidade de Moscou, serviu como assistente do médico distrital numa pequena cidadezinha de província. Foi lá que começou a acumular sua imensa riqueza de observações sutis sobre os camponeses que iam ao hospital em busca de ajuda médica, sobre os oficiais do Exército (pois um batalhão de artilharia tinha seu quartel na cidadezinha — vocês encontrarão alguns desses militares em *As três irmãs*) e sobre aqueles inúmeros personagens típicos da Rússia provincial de seu tempo por ele recriados mais tarde em seus contos. Naquela época, contudo, escrevia principalmente pequenas matérias humorísticas, que assinava com diferentes pseudônimos literários a fim de preservar seu nome verdadeiro para os artigos médicos. O material humorístico foi publicado em vários diários, muitas vezes ligados a grupos políticos violentamente antagônicos ao governo.

Tchekhov nunca participou de movimentos políticos, não por ser indiferente ao sofrimento das pessoas simples sob o antigo regime, mas por achar que não estava predestinado a se engajar na atividade política: ele também servia ao povo, porém de forma diferente. Como acreditava que o mais necessário era a justiça, durante toda a vida levantou a voz contra todos os tipos de injustiça, embora o fizesse na condição de escritor. Tchekhov era em primeiro lugar um individualista e um artista. Assim, não era alguém inclinado a se "juntar" a outros: seu protesto contra a injustiça e a brutalidade prevalecentes era feito de forma individual. Em geral, os críticos que escrevem sobre Tchekhov repetem que não são capazes de entender o que o levou, em 1890, a empreender uma viagem perigosa e cansativa à ilha Sacalina com o objetivo de estudar a vida dos condenados a penas de servidão naquela área.*

Suas duas primeiras coletâneas de contos — *Contos multicores* e *No crepúsculo* — apareceram em 1886 e 1887, tendo sido imediatamente aclamadas pelo público leitor. A partir de então, pertencendo à elite dos escritores, tinha condições de publicar seus contos nos melhores periódicos e foi capaz de abandonar a carreira médica para dedicar todo o seu tempo à literatura. Comprou pouco depois uma pequena propriedade perto de Moscou, onde cabia toda a família. Os anos que lá passou estão entre os mais felizes de sua existência. Ele derivava imenso prazer de sua independência e dos confortos que podia proporcionar aos velhos pais, do ar fresco e do trabalho no jardim, das visitas de numerosos amigos. A família Tchekhov parece ter sido muito alegre, cheia de piadas: as brincadeiras e o riso eram a característica principal da vida deles.

"Tchekhov não apenas ansiava por fazer tudo se tornar verde, por plantar árvores e flores, por tornar o solo fértil, mas estava sempre desejoso de criar algo novo. Graças à sua natureza ativa, dinâmica e vital, ele não se dedicou meramente a descrever a vida, e sim a transformá-la, a construí-la. Era visto circulando energicamente no prédio da primeira Casa do Povo de Moscou com biblioteca, salão de leitura,

---

* No início da aula, Nabokov interpolou passagens do artigo de Kornei Tchukóvski "Friend Chekhov", publicado na *Atlantic Monthly*, n. 140, set./1947, pp. 84-90.

auditório e teatro; ou se esforçando para criar em Moscou uma clínica especializada em doenças de pele; com ajuda do pintor Iliá Repin, organizou um Museu de Pintura e Belas-Artes em Taganrog; promoveu a construção da primeira estação biológica da Crimeia; coletava livros para as escolas na ilha de Sacalina, no oceano Pacífico, e os enviava para lá em grandes remessas; ergueu três escolas para filhos de camponeses nas proximidades de Moscou, uma após a outra, além de um campanário e um corpo de bombeiros para servir aos camponeses. Mais tarde, quando se mudou para a Crimeia, lá construiu uma quarta escola. Em geral, qualquer construção o fascinava, pois em sua opinião essa atividade sempre aumentava a soma total da felicidade humana. Ele escreveu para Górki: 'Se cada homem fizesse o que pode em seu pedacinho de chão, como o mundo seria maravilhoso!'.

Em seu caderno de notas, ele disse o seguinte: 'O turco cava um poço para salvar sua alma. Seria bom se cada um de nós deixasse uma escola, um poço ou qualquer coisa assim, para nossa vida não se perder na eternidade sem que aqui fique a menor marca'. Essas atividades frequentemente exigiam um trabalho muito duro por parte dele. Quando, por exemplo, estava construindo as escolas, ele próprio se dava ao trabalho de lidar com operários, pedreiros, instaladores do aquecimento e carpinteiros; comprava todo o material de construção, inclusive os azulejos e as portas para os fogões, supervisionando pessoalmente os trabalhos.

Ou veja seu trabalho como médico. Durante a epidemia de cólera, trabalhou sozinho como médico do distrito, tomando conta de 25 povoados sem nenhum assistente. E a ajuda que deu às pessoas esfomeadas durante os anos em que houve a perda das colheitas. Exerceu a medicina durante muitos anos, sobretudo entre os camponeses dos subúrbios de Moscou. Segundo sua irmã, Mária Pavlovna, que o auxiliou na qualidade de enfermeira formada, 'ele tratou mais de mil camponeses doentes por ano em casa, sem cobrar nada, fornecendo-lhes todos os remédios'." Todo um livro poderia ser escrito sobre seu trabalho em Ialta como membro do Comitê de Amparo aos Visitantes Enfermos. "Ele se dedicou tanto que era, na prática, a própria instituição. Muitos tuberculosos iam para Ialta naquela época, vindos de Odessa, Kichinev e Kharkov, só por terem ouvido falar que Tchekhov vivia na cidade. 'Tchekhov vai nos curar. Tchekhov vai arranjar onde possamos dormir e comer, vai nos conseguir o tratamento'."(Tchukóvski)

Essa imensa bondade impregna a obra literária de Tchekhov, conquanto, no caso dele, não se trate de algo programado ou de uma mensagem literária, e sim unicamente da coloração natural de seu talento. E era adorado por todos os seus leitores, o que significava praticamente por toda a Rússia, pois no final da vida sua fama era de fato enorme.

"Sem sua sociabilidade fenomenal, sua disposição permanente de se dar com qualquer pessoa, de cantar junto com outros cantores e de se embebedar com outros bêbados, sem o interesse febril pela vida, hábitos, conversas e ocupações de milhares de pessoas, ele dificilmente teria sido capaz de criar aquele mundo colossal e enciclopedicamente detalhado da Rússia das décadas de 1880 e 1890 que recebeu o nome de *Contos de Tchekhov*.

— Você sabe como escrevo meus contos? — ele perguntou a Korolenko, o jornalista radical e também contista tão logo se conheceram. — É assim!

'Deu uma olhada em sua mesa', conta Korolenko, 'pegou o primeiro objeto que viu — no caso um cinzeiro —, colocou-o à minha frente e disse: — Se você quiser, recebe amanhã um conto intitulado 'O cinzeiro'."

Pareceu a Korolenko que naquele instante se operava uma transformação mágica no cinzeiro: "Certas situações indefinidas, aventuras que não tinham ainda adquirido forma concreta, começavam a se cristalizar em torno do cinzeiro".

A saúde de Tchekhov, que nunca fora muito boa (tendo sofrido devido às agruras da viagem à ilha de Sacalina), cedo tornou imperativo que ele buscasse um clima mais ameno do que o da região de Moscou. Era tuberculoso. Partiu primeiro rumo à França, indo depois se instalar em Ialta, na Crimeia, onde comprou uma casa de campo com pomar. A Crimeia, em geral, e Ialta, em particular, são locais muito bonitos, com um clima comparativamente menos rigoroso. Lá Tchekhov viveu do final da década de 1880 até quase o fim, só deixando Ialta raramente para visitar Moscou.

O Teatro de Arte de Moscou, fundado na década de 1890 por dois amadores (o diretor Stanislávski e o literato Nemirovitch-Dantchenko, ambos dotados de extraordinário talento administrativo), já era famoso antes de encenar as peças de Tchekhov, mas é sem dúvida verdade que "se encontrou" e atingiu um novo pináculo de perfeição graças às peças de Tchekhov que ajudou a tornar famosas. *Tchaika* [*A gaivota*] tornou-se o símbolo do teatro: a reprodução de uma gaivota estilizada passou a figurar nas cortinas e nos programas do teatro. *O jardim das cerejeiras*, *Tio Vânia* e *As três irmãs* representaram triunfos para o teatro assim como para o autor. Mortalmente enfermo de tuberculose, Tchekhov aparecia para a estreia, ouvia a aclamação apaixonada da plateia, desfrutava do sucesso de sua peça e então, mais doente do que nunca, regressava ao retiro de Ialta. Sua esposa, Olga Knipper, uma das principais se não a principal atriz do teatro, às vezes lhe fazia breves visitas na Crimeia. Não era um casamento feliz.

Em 1904, muito doente, ele se apresentou para a estreia de *O jardim das cerejeiras*. O público não esperava vê-lo, e sua presença provocou aplausos tonitruantes. Ele foi então homenageado pela elite da intelligentsia de Moscou. Foram feitos discursos intermináveis. Ele estava tão fraco por causa da doença e isso era tão perceptível que se ouviram gritos vindo da plateia: "Sente-se, sente-se! Deixem Anton Pávlovitch se sentar!".

Pouco depois ele empreendeu sua última viagem em busca da cura, dessa vez para Badenweiler, na Floresta Negra da Alemanha. Ao chegar lá, teria exatamente mais três semanas de vida. Em 2 de julho de 1904, morreu longe da família e dos amigos, em meio a gente estranha, numa cidade estranha.

✳

Existe uma diferença entre um artista de verdade, como Tchekhov, e um artista didático, como Górki, um desses ingênuos e nervosos intelectuais russos que imaginavam que tudo se resolveria com um pouco de paciência e bondade no trato dos miseráveis, semisselvagens e imperscrutáveis camponeses russos. Observe-se o conto de Tchekhov "Em casa".

"Um rico engenheiro construiu uma casa para ele e sua mulher; há um jardim, uma fonte, uma bola de vidro, mas nenhuma terra arável — o objetivo é ar puro e lazer. Dois de seus cavalos — animais brancos como a neve e de pelo lustroso, esplêndidos e saudáveis, fascinantemente parecidos — são levados pelo cocheiro para o ferreiro.

— Cisnes, verdadeiros cisnes — diz o ferreiro, contemplando-os com reverente espanto.

Um velho camponês se aproxima. — Bem — ele diz com um sorriso manhoso e irônico —, brancos eles são, mas e daí? Se meus dois cavalos fossem empanturrados de aveia, também iam ter um pelo lustroso como esse. Queria ver esses dois puxando um arado e sendo chicoteados."

Ora, num conto didático, especialmente em algum que contivesse boas ideias e propósitos, essa frase representaria a voz da sabedoria, e o velho camponês, que de modo tão simples e profundo expressa uma realidade existencial, seria mostrado como um belo exemplar de homem maduro, símbolo da consciência da classe camponesa em seu processo de emancipação etc. O que faz Tchekhov? Muito provavelmente nem notou que pusera na mente do velho camponês uma verdade sagrada para os radicais de seu tempo. O que lhe interessava era o fato de ser autêntica, genuína, em termos dos pensamentos do homem como personagem e não como símbolo — um homem que falou aquilo não por ser sábio mas porque sempre procurava ser desagradável, estragar os prazeres dos outros: odiava cavalos brancos assim como o gordo e bem-apessoado cocheiro; tratava-se de um homem solitário, viúvo, que levava uma vida enfadonha e não podia trabalhar por causa de uma enfermidade que chamava de *gryz* (hérnia) ou *glisty* (vermes). Recebia algum dinheiro do filho que trabalhava numa confeitaria de uma grande cidade, vagava à toa o dia inteiro e, se encontrava um camponês trazendo para casa alguma lenha ou pescando, costumava dizer: "Essa madeira está podre" ou "Num dia como o de hoje os peixes não mordem".

Em outras palavras, em vez de fazer do personagem o instrumento para dar uma lição, em vez de complementar o que pareceria a Górki ou a qualquer autor soviético uma verdade socialista fazendo com que o resto do homem fosse maravilhosamente bom (tal como, numa história burguesa banal, se amar sua mãe ou seu cachorro, você não pode ser uma má pessoa), em vez disso Tchekhov nos oferece um ser humano vivo sem se importar com mensagens políticas ou tradições literárias.* Aliás, podemos notar que seus homens sábios em geral são uns chatos, como era Polônio.

A ideia fundamental de seus melhores e piores personagens parece ter sido que, enquanto não chegarem efetivamente às massas russas a cultura moral e espiritual, o bem-estar físico e a prosperidade econômica, de nada valerão os esforços dos mais nobres e bem-intencionados intelectuais que constroem pontes e escolas se lá estiver também a taverna que serve vodca. Sua conclusão era que a arte pura, a ciência pura e o ensino puro, não tendo contato direto com as massas, a longo prazo produzirão melhores resultados do que as tentativas bisonhas e confusas dos benfeitores. Cumpre notar que o próprio Tchekhov era um intelectual russo do tipo tchekhoviano.

✳

Nenhum autor criou personagens tão patéticos — sem dar ênfase a isso — como Tchekhov, personagens que podem ser resumidos por uma citação de seu conto "Na carruagem": "'Como é estranho!', ela refletiu. 'Por que Deus dá a pessoas fracas, inúteis e infelizes um temperamento doce e olhos tristes, belos e bondosos — e por que elas são tão atraentes?'". Há um velho mensageiro de aldeia no conto "Em serviço" que caminha na neve quilômetros e quilômetros cumprindo tarefas frívolas e inúteis que ele não entende nem questiona. Há o jovem no conto "Minha vida" que abandonou sua casa confortável e se tornou um pintor de paredes miserável porque não podia

---

* Nabokov fecha esta seção com um parágrafo omitido: "Em suma, Tchekhov e Púchkin são os escritores mais puros que a Rússia produziu em termos da harmonia completa que seus escritos transmitem. Sinto que foi uma maldade falar de Górki na mesma aula, mas o contraste entre os dois é extremamente instrutivo. No século 21, quando espero que a Rússia seja um país mais doce do que é hoje, Górki será apenas um nome nos livros escolares, mas Tchekhov viverá enquanto existirem bosques de bétulas, crepúsculos e a ânsia de escrever".

mais suportar a autossatisfação nauseabunda e cruel da vida numa pequena cidade, simbolizada para ele nas casas horrorosas e desconjuntadas construídas por seu pai como arquiteto. Que autor resistiria à tentação de traçar um paralelo trágico: pai constrói casas, o filho está condenado a pintá-las? Mas Tchekhov nem ao menos se refere à questão, que, se enfatizada, criaria um buraco no conto. Em "A casa de mezanino", há a frágil moça com um nome impronunciável em inglês, Misyus, tremendo de frio num vestido de musselina na noite outonal e o "eu" do conto cobrindo com seu casaco os magros ombros dela — e então sua janela se iluminando e o romance de algum modo minguando. Há o velho camponês, no conto "A nova Villa", que, atrozmente, não entende a bondade fútil e pouco entusiástica de um proprietário rural excêntrico, mas ao mesmo tempo lhe deseja muitas felicidades de todo o coração; e, quando a filhinha mimada do patrão, que mais parecia uma bonequinha, caiu em prantos ao sentir a atitude hostil dos outros habitantes da aldeia, ele tira do bolso um pepino salpicado de migalhas de pão e enfia na mão dela, dizendo à paparicada menina burguesa "agora pare de chorar, garotinha, ou mamãe vai contar a papai, e papai vai te dar uma surra" — reação que sugere algo habitual na vida dele, mas sem que Tchekhov dê ênfase a isso ou tenha de explicá-lo. No conto "Na carruagem", há uma professora de aldeia cujos patéticos devaneios são destroçados pelos percalços numa estrada esburacada e pelo apelido vulgar, embora brincalhão, com que o cocheiro se dirige a ela. No conto mais surpreendente, "No fundo do barranco", há uma jovem mãe camponesa, simples e carinhosa, Lipa, cujo bebê, nu e rosado, é morto com água fervente por outra mulher. Na maravilhosa cena que precede essa, quando o bebê ainda está saudável e alegre, a jovem mãe brinca com ele — vai até a porta, retorna, faz uma reverência de longe, dizendo "bom-dia, senhor Nikifor", correndo então para ele e o abraçando com um grito de amor. E nesse mesmo conto encantador há um camponês miserável que conta à moça como ele vaga sem destino por toda a Rússia. Certo dia, um cavalheiro, provavelmente exilado de Moscou por suas opiniões políticas, o encontra nas margens do Volga e, observando seus farrapos e seu rosto, cai no pranto e, segundo o camponês, diz em voz alta: "Pobre coitado, seu pão é tão preto quanto sua vida".

Tchekhov foi o primeiro escritor a depender das correntes profundas da sugestão a fim de transmitir um significado preciso. No mesmo conto sobre Lipa e o bebê, seu marido é um vigarista condenado a trabalhos forçados. Antes disso, quando ainda conduzia com sucesso seus negócios escusos, ele costumava enviar cartas para casa numa bela caligrafia, que não era dele. Certo dia, comenta por acaso que é seu bom amigo Samorodov quem as escreve para ele. Nunca encontramos esse seu amigo; porém, quando o marido é condenado a trabalhos forçados, as cartas enviadas por ele da Sibéria vêm na mesma e bela caligrafia. Isso é tudo, mas fica perfeitamente claro que o bom Samorodov, seja ele quem for, foi seu cúmplice no crime e agora sofre igual punição.

✳

Certa vez um editor comentou comigo que todo escritor tem um certo número gravado dentro de si, o número exato de páginas que constitui o limite de qualquer livro que irá escrever. Meu número, relembro, era 385. Tchekhov não poderia jamais escrever um bom romance longo — era um corredor de cem metros, não de maratona. Aparentemente, não era capaz de manter em foco os padrões existenciais que seu talento percebia aqui e ali: conseguia retê-los, em sua nitidez desigual, somente pelo tempo necessário para deles derivar um conto, mas o cenário se recusava a permanecer iluminado e detalhado como seria necessário caso fosse transformado num romance longo e sólido. Suas qualidades como dramaturgo são as mesmas do escritor de contos longos: os defeitos de suas peças são os mesmos que se tornariam óbvios caso ele houvesse tentado compor um romance de peso. Tchekhov tem sido comparado a Maupassant, um escritor francês de segunda categoria (conhecido, sabe-se lá por quê, como "De Maupassant"); e, embora essa comparação seja prejudicial a Tchekhov do ponto de vista artístico, há um traço comum a ambos: eles não podiam se permitir textos compridos. Quando Maupassant forçou sua pena a percorrer uma distância que ultrapassava de longe seus dotes naturais, como nos romances *Bel-Ami* ou *Uma vida*, eles provaram ser, na melhor das hipóteses, uma série de contos rudimentares amalgamados de forma mais ou menos arbitrária, produzindo um tipo de impressão irregular pela falta da corrente interior que impele o tema e é tão natural em romancistas natos como Flaubert ou Tolstói. Exceto por um *faux-pas* na juventude, Tchekhov jamais tentou escrever um livro volumoso. Suas produções mais longas, como *O duelo* ou *Três anos*, não deixam de ser contos.

Os livros de Tchekhov são histórias tristes para pessoas com humor: somente um leitor com senso de humor pode realmente apreciar a tristeza que elas contêm. Existem autores que provocam algo que fica a meio caminho entre um risinho sufocado e um bocejo — muitos dos quais, por exemplo, são humoristas profissionais. Outros há que causam alguma coisa entre uma risada e um soluço — como era o caso de Dickens. Há também o tipo pavoroso de humor que é introduzido de modo consciente pelo autor a fim de trazer algum alívio apenas técnico após uma boa cena trágica — mas esse é um truque distante da verdadeira literatura. O humor de Tchekhov não pertencia a nenhuma dessas categorias, era puramente tchekhoviano. As coisas para ele eram engraçadas e tristes ao mesmo tempo, mas você não veria a tristeza delas caso não visse também o lado engraçado, pois ambos se encontravam interligados.

Os críticos russos notaram que o estilo de Tchekhov, sua escolha de palavras e coisas assim, não revelava nenhuma das preocupações artísticas especiais que obcecaram, por exemplo, Gógol, Flaubert ou Henry James. Seu dicionário é pobre, sua combinação de palavras, quase trivial — as passagens retoricamente dramáticas, o verbo suculento, o adjetivo apimentado, o epíteto com sabor de *crème de menthe* servido numa bandeja de prata, tudo isso lhe era estranho. Não se tratava de um inventor verbal como Gógol; seu estilo literário vai às festas em trajes de passeio. Assim, Tchekhov serve como um bom exemplo quando se tenta explicar que um escritor pode ser um artista perfeito sem ser excepcionalmente vívido em sua técnica verbal ou excepcionalmente preocupado com os arabescos feitos por suas frases.

Quando Turguêniev se senta para tratar de uma paisagem, vê-se que está preocupado com o vinco das calças de sua frase; cruza as pernas com um olho na cor das meias. Tchekhov não se importa, não porque tais coisas não sejam importantes — para alguns escritores são naturais e muito lindamente importantes quando correspondem ao temperamento do autor —, mas porque seu temperamento nada tem a ver com a inventividade verbal. Nem mesmo algum erro gramatical ou um lugar-comum o preocupavam.* O mágico nisso é que, malgrado ele tolerasse defeitos que um iniciante talentoso teria evitado, malgrado se satisfizesse com palavras pedestres, Tchekhov conseguia transmitir uma impressão de beleza artística muito superior à de numerosos escritores que pensavam saber o que era uma prosa rica e bela. Ele o fazia mantendo todas as suas palavras sob a mesma luz fraca e usando o mesmo tom exato de cinza, um tom situado entre o de uma cerca velha e o de uma nuvem baixa. A variedade de seus estados de espírito, as centelhas de delicioso humor, a economia de caracterização profundamente artística, o detalhe vívido e o esvanecimento gradual da vida humana (como uma imagem cinematográfica que se extingue aos poucos) — todas essas características tchekhovianas são reforçadas por estarem impregnadas de e serem envoltas por uma névoa verbal levemente iridescente.

Seu humor suave e sutil infunde-se no cinzento das vidas criadas por ele. Para o crítico russo com preocupações de cunho filosófico ou social, ele era o expoente máximo de um tipo, de caráter excepcionalmente russo. É bem difícil para mim explicar o que é ou foi esse tipo, pois está intimamente ligado à história psicológica e social da Rússia do século 19. Não é de todo correto dizer que Tchekhov lidava com pessoas simpáticas e ineptas. É um pouco mais verdadeiro dizer

---

* Nabokov escreveu de início "não o preocupavam muito" — e prosseguiu com uma passagem que merece ser preservada por seu interesse, embora ele a tenha omitido: "Não o preocupavam muito, enquanto Conrad, por exemplo, segundo Ford Madox Ford, tentava encontrar uma palavra com duas sílabas e meia — não apenas duas ou apenas três, mas exatamente duas e meia, quando achava isso de todo necessário para finalizar determinada descrição. E, sendo ele Conrad, tinha toda a razão, pois essa era a natureza de seu gênio. Tchekhov não teria dado a menor importância para isso — e era um escritor muito maior do que nosso caro amigo Conrad".

que seus homens e mulheres são simpáticos porque são ineptos. Mas o que atraiu o leitor russo foi que, nos personagens de Tchekhov, ele reconhecia o tipo de intelectual russo, de idealista russo, uma criatura estranha e patética pouco conhecida no exterior e que não pode existir na Rússia soviética. O intelectual de Tchekhov era um homem que combinava a mais profunda decência humana de que um homem é capaz com uma incapacidade quase ridícula de realizar seus ideais e princípios; um homem dedicado à beleza moral, ao bem-estar de seu povo, ao bem-estar do Universo, porém incapaz, em sua vida privada, de fazer qualquer coisa de útil; malbaratando sua vida provinciana em um nevoeiro de sonhos utópicos; sabendo perfeitamente o que é bom, o que é digno de ser vivido, mas ao mesmo tempo afundando-se mais e mais no pântano de uma existência banal, infeliz no amor, absolutamente incompetente em tudo — um homem bom, incapaz de estar bem. Esse é o personagem que atravessa — disfarçado de médico, estudante, professor de povoado, muitos outros profissionais — todos os contos de Tchekhov.

A maior irritação de seus críticos com preocupações políticas vinha do fato de que em nenhum momento o autor relacionava esse tipo a algum partido político específico nem lhe conferia um programa político definido. Mas essa era exatamente a questão. Os idealistas ineficientes de Tchekhov não eram terroristas, nem social-democratas, nem aspirantes a bolchevistas, nem membros de nenhum dos inúmeros partidos revolucionários da Rússia. O importante é que esse típico personagem tchekhoviano era o infeliz portador de uma vaga porém bela verdade humana, um ônus do qual ele não conseguia se livrar nem podia suportar. O que vemos são seguidos tropeços em todos os contos de Tchekhov, mas é o tropeço que ocorre porque o caminhante está contemplando as estrelas. Ele é infeliz, esse homem, e faz os outros infelizes; não ama os próximos, aqueles que estão realmente perto dele, e sim os mais afastados. O sofrimento de um negro numa terra distante, de um *coolie* chinês ou de um trabalhador nos longínquos Urais lhe provoca mais dor que os infortúnios de seu vizinho ou os problemas de sua mulher. Tchekhov derivava um prazer artístico especial em retratar todas as delicadas variedades daquele tipo de intelectual russo dos tempos anteriores à guerra e à revolução. Esses homens sabiam sonhar, mas eram incapazes de governar. Destruíam sua vida e a de outros homens, eram tolos, fracos, fúteis e histéricos; no entanto, sugere Tchekhov, bem-aventurado é o país que podia produzir aquele tipo particular de homem. Eles perdiam oportunidades, evitavam a ação, passavam noites insones planejando mundos que não podiam construir; todavia, o simples fato de que tais homens — movidos por tamanho fervor, ardor, abnegação, pureza de alma e retidão moral — tenham vivido e provavelmente ainda sobrevivam na sórdida e impiedosa Rússia de hoje constitui uma promessa de coisas melhores para o mundo em geral, pois talvez a mais admirável entre as muitas admiráveis leis da natureza é a sobrevivência do mais fraco.

É desse ponto de vista que Tchekhov foi apreciado por aqueles igualmente interessados na miséria do povo russo e na glória da literatura russa. Embora nunca voltado para fornecer mensagens sociais ou éticas, o talento de Tchekhov quase involuntariamente revelou mais sobre as sombrias realidades do faminto, confuso, servil e irado campesinato russo do que uma multidão de outros escritores, tais como Górki, por exemplo, que alardearam suas ideias sociais se valendo de uma procissão de manequins pintados. Vou além e digo que aquele que prefere Dostoiévski ou Górki a Tchekhov nunca será capaz de apreender a essência da literatura e da vida russas — e, o que é bem mais importante, a essência da arte literária universal. Era uma brincadeira comum entre os russos dividir seus conhecidos entre os que gostavam de Tchekhov e os que não gostavam. Os que não gostavam não eram boa gente.

Recomendo de coração que leiam tão frequentemente quanto possível os livros de Tchekhov (mesmo nas traduções que eles sofreram) e sonhem ao longo da leitura porque para isso foram escritos. Em uma era de rubicundos gigantes como Golias, é muito útil ler sobre delicados Davis. Aquelas paisagens desoladas, aqueles salgueiros murchos ao longo de lúgubres estradas cheias de lama, os corvos cinzentos cortando céus plúmbeos, a inesperada visita de alguma recordação surpreendente num local totalmente ordinário — toda essa patética semiobscuridade, toda essa encantadora fraqueza; todo esse mundo tchekhoviano tão cinza quanto as asas de um pombo vale a pena ser guardado como um tesouro diante do clarão dos mundos poderosos e autossuficientes que nos são prometidos pelos adoradores de Estados totalitários.

"A DAMA DO CACHORRINHO" (1899)

Tchekhov entra no conto "A dama do cachorrinho" sem bater à porta. Não há conversa fiada. O primeiro parágrafo revela a principal personagem, a jovem senhora de cabelos louros seguida por seu lulu branco no cais de Ialta, uma cidade de veraneio da Crimeia, às margens do mar Negro. E, imediatamente depois, aparece o personagem masculino, Gurov. Sua esposa, que ele deixou com os filhos em Moscou, é descrita vividamente: seu corpo maciço, as sobrancelhas negras e grossas, a maneira como se dizia "uma mulher pensante". Cumpre notar a magia das ninharias que o autor coleta — o hábito da esposa de omitir uma letra muda ao escrever determinadas palavras ou de se dirigir ao marido usando a forma mais longa e mais completa de seu nome, características que, combinadas à impressionante seriedade de seu rosto de sobrancelhas salientes e à postura rígida, transmitem exatamente a impressão necessária. Uma mulher durona, com as vigorosas ideias feministas e sociais de seu tempo, mas que, no fundo do coração, seu marido considera limitada, pouco inteligente e sem o mínimo encanto. Daí se passa naturalmente para a constante infidelidade de Gurov, para sua atitude geral para com as mulheres — "essa raça inferior" como as chama, mas sem a qual ele não poderia existir. Sugere-se que essas aventuras amorosas russas não eram tão esvoaçantes quanto aquelas da Paris de Maupassant. Complicações e problemas são inevitáveis com essas pessoas decentes e indecisas de Moscou, que, além de lentas e pesadas para dar a partida, logo se enredavam em tediosas dificuldades.

Então, com o mesmo método de ataque claro e direto, utilizando a ponte "e assim [...]",* deslizamos de volta para a dama com o cachorrinho. Tudo nela, mesmo seu penteado, dizia a Gurov que a jovem mulher estava entediada. Embora reconhecendo perfeitamente que sua atitude em relação a uma mulher solitária em uma cidade litorânea elegante era baseada em histórias vulgares e em geral falsas, o espírito de aventura o leva a chamar o cachorrinho, que desse modo se torna um elo entre os dois. Ambos estão num restaurante.

"Ele fez um sinal convidativo e, quando o lulu se aproximou, sacudiu o dedo para ele. O cachorrinho rosnou; Gurov voltou a ameaçá-lo.

A jovem senhora o olhou de relance e imediatamente baixou a vista.

— Ele não morde — disse, enrubescendo.

— Posso lhe dar um osso? — ele perguntou. E, tendo ela aquiescido, indagou cortesmente: — A senhora está em Ialta há muito tempo?

— Uns cinco dias."

Conversam. O autor já sugeriu que Gurov era espirituoso na presença de mulheres; e, em vez de fazer com que o leitor aceite sua palavra sem comprová-la (vocês conhecem o velho método de descrever uma conversa como "brilhante" sem dar nenhum exemplo do diálogo), Tchekhov reproduz suas tiradas de um modo realmente atraente e sedutor. "Entediada? Muitas pessoas boas vivem em... (e nesse ponto Tchekhov relaciona os nomes de cidades bem provincianas, mas escolhidas a dedo) e não se sentem entediadas, mas, quando chegam aqui de férias, tudo é tédio e poeira. Daria até para pensar que estavam vindo de Granada" (o nome de uma ilha que excitava a imaginação dos russos). O resto da conversa, cujo tom fica bem claro pela citação acima, é transmitido indiretamente. Surge então uma primeira visão do sistema tchekhoviano de sugerir a atmosfera por meio de detalhes concisos da natureza: "O mar tinha uma rica tonalidade lilás, com uma faixa dourada pela Lua"; quem quer que tenha vivido em Ialta sabe como isso transmite exatamente a impressão de uma noite de

---

* Nabokov continua com uma frase omitida: "Ou talvez mais bem traduzido por 'agora', como começam muitos parágrafos nos contos de fadas que usam uma linguagem mais direta".

verão naquela cidade. Esse primeiro movimento do conto termina com Gurov sozinho no quarto de hotel, pensando na dama enquanto se prepara para dormir e imaginando seu pescoço delicado e aparentemente tão frágil, os belos olhos cinzentos. Vale notar que só agora, graças à imaginação do personagem principal, Tchekhov dá forma visível e definida à jovem mulher, traços que combinam perfeitamente com seu jeito lânguido e a expressão de tédio que já conhecíamos.

"Deitado na cama, relembrou que até recentemente ela era uma estudante, frequentando as aulas como a filha dele; pensou na timidez e retraimento que ainda existiam em seu riso e na maneira de conversar com um estranho. Devia ter sido a primeira vez na vida em que, sozinha, havia sido seguida, observada e engajada em uma conversa com um único propósito, que ela não tinha dificuldade em adivinhar. Gurov pensou em seu pescoço fino e delicado, nos lindos olhos cinzentos.

'Mas há algo nela que me dá pena', refletiu antes de cair no sono."

O movimento seguinte (cada qual dos quatro diminutos capítulos ou movimentos que compõem o conto não tem mais de quatro ou cinco páginas) começa uma semana depois, com Gurov indo ao pavilhão e trazendo para a moça uma limonada gelada em um dia quente e ventoso, com a poeira circulando no ar; à noite, quando o siroco amaina, eles caminham até o quebra-mar para ver o vapor que chega.

"A jovem senhora perdeu o *lorgnon* em meio à multidão", Tchekhov comenta de passagem, e essa afirmação incidental, sem nenhuma influência direta na história, de certo modo corresponde ao estado emocional de desânimo já mencionado.

Então, no quarto de hotel dela, sua falta de jeito e recato são revelados com delicadeza. Eles se tornaram amantes. Ela está agora sentada com os longos cabelos caindo pelos lados do rosto, na pose melancólica de uma pecadora em um quadro antigo. Havia uma melancia sobre a mesa. Gurov corta um pedaço e começa a comê-lo sem pressa. Esse toque realista é um artifício típico de Tchekhov.

Ela lhe fala sobre sua existência na cidadezinha longínqua de onde vem, e Gurov se sente algo entediado com sua ingenuidade, confusão e lágrimas. Só então ficamos conhecendo o nome de seu marido: Von Dideritz — provavelmente de origem alemã.

Eles vagam por Ialta na névoa das primeiras horas da manhã.

"Em Oreanda, sentaram-se num banco não muito longe da igreja, contemplaram o mar lá embaixo e ficaram em silêncio. Mal se podia ver Ialta através da névoa matinal; nuvens brancas pairavam sobre o cume das montanhas. As folhas não se moviam nas árvores, os grilos cricrilavam, e o som abafado e monótono do mar, vindo de baixo, falava da paz, do sono eterno que nos espera. Ele assim ribombara quando ali não existia Ialta nem Oreanda; assim ribomba agora e ribombará com a mesma indiferença e som oco quando não mais existirmos. [...] Sentado junto a uma jovem mulher, que ao nascer o Sol lhe parecera tão adorável, Gurov, acalmado e fascinado pelo panorama mágico — o mar, as montanhas, as nuvens, o vasto céu —, pensou como tudo é verdadeiramente belo no mundo quando paramos para refletir: tudo exceto o que pensamos ou fazemos quando esquecemos os objetivos mais elevados da vida e nossa própria dignidade humana.

Um homem se aproximou — provavelmente um vigia —, olhou-os e se afastou. E esse detalhe também pareceu misterioso e bonito. Viram um vapor chegar de Feodosia, suas luzes empalidecendo sob o brilho da aurora.

— A grama está coberta de orvalho — disse Anna Sergueievna rompendo o silêncio.

— Sim, é hora de voltarmos."

Passam-se vários dias e ela precisa retornar à cidade onde morava. "'Também está na hora de voltar para o norte', pensou Gurov, depois de vê-la partir."* E assim termina o capítulo.

O terceiro movimento nos faz mergulhar diretamente na vida de Gurov em Moscou. A riqueza de um alegre inverno russo, os assuntos da família, jantares em clubes e restaurantes, tudo isso é sugerido de forma rápida e vívida. Uma página é então dedicada a algo estranho que lhe aconteceu: ele não consegue esquecer a dama com o cachorrinho. Tem muitos amigos, mas não pode satisfazer a curiosa ânsia que tem de falar sobre sua aventura. Quando acontece de falar de modo

---

* "De volta da Flórida para Ithaca", acrescentou Nabokov à margem, mencionando a cidade onde fica a Universidade Cornell, ao norte do país, a fim de esclarecer seus alunos.

muito vago sobre o amor e as mulheres, ninguém tem ideia do que ele quer dizer, e somente sua esposa ergue as sobrancelhas negras e diz: "Pare com essa conversinha boba, não é do seu estilo".

E então chegamos ao que, nos contos tranquilos de Tchekhov, pode ser visto como o clímax. Há algo que o cidadão médio chama de romance e algo que chama de prosa — embora ambos sejam a matéria-prima da poesia para o artista. Esse contraste já foi sugerido pela fatia de melancia que Gurov comeu em um quarto de hotel em Ialta em momento tão romântico, sentando-se pesadamente e mastigando para valer. Tal contraste é lindamente complementado quando por fim Gurov, tarde da noite, deixa escapar para um amigo ao saírem do clube: "Se você soubesse que mulher maravilhosa eu conheci em Ialta!". O amigo, um funcionário burocrático, subiu em seu trenó e os cavalos se puseram em marcha, mas de repente ele se voltou e chamou por Gurov. "Sim?", perguntou Gurov, sem dúvida esperando alguma reação ao que acabara de mencionar. "Aliás" — disse o sujeito — "você tinha toda razão. Aquele peixe no clube estava cheirando bem mal".

Isso serve como uma transição natural para a descrição do novo estado de espírito de Gurov, seu sentimento de que vive entre selvagens para quem as cartas e a comida representam tudo na vida. Sua família, seu banco, suas inclinações, tudo parece frívolo, tedioso, sem sentido. Por volta do Natal, ele diz à esposa que vai fazer uma viagem de negócios a São Petersburgo, mas em vez disso viaja para a remota cidadezinha do Volga onde vive a jovem senhora.

Os críticos de Tchekhov nos velhos tempos, quando imperava na Rússia a mania dos problemas cívicos, ficaram enfurecidos com sua maneira de descrever o que eles consideravam questões triviais e desnecessárias, em vez de examinar em profundidade e resolver os problemas do casamento burguês. Pois, tão logo Gurov chega à cidadezinha de madrugada e ocupa o melhor quarto do hotel local, Tchekhov não descreve seu estado de espírito nem enfatiza sua difícil posição moral, e sim oferece algo bem mais artístico: comenta o carpete cinzento, feito de tecido de uniforme militar, e o tinteiro com porta-canetas, também cinza por causa da poeira e adornado pela figura de um cavaleiro que acena com o chapéu, mas cuja cabeça desapareceu. Apenas isso: não é nada, mas é tudo em termos de uma literatura autêntica. Outro elemento na mesma linha é a transformação fonética que o porteiro do hotel impõe ao nome alemão Von Dideritz. Tomando conhecimento do endereço, Gurov vai até lá e observa a casa. Depara-se com uma comprida cerca cinzenta encimada de pontas de pregos. Impossível escapar dessa cerca, Gurov se diz, e aqui temos a nota conclusiva na sequência de coisas feias e cinzentas antes sugerida pelo carpete, pelo tinteiro e pela pronúncia inculta do porteiro. Os pequenos e inesperados meandros, assim como a leveza dos toques, são aquilo que situa Tchekhov acima de todos os escritores russos, no mesmo nível de Gógol e Tolstói.

Pouco depois ele vê um velho criado sair com o lulu branco que conhecia tão bem. Quis chamá-lo (por uma espécie de reflexo condicionado), mas de repente o coração começou a bater mais rápido e, em sua excitação, ele não conseguiu se lembrar do nome do cachorrinho — outro toque de mestre. Mais tarde, decide ir ao teatro local, onde pela primeira vez está sendo encenada a opereta *A gueixa*. Em sessenta palavras, Tchekhov pinta um quadro completo de um teatro de província, sem esquecer o prefeito, que, modestamente, se esconde no camarote atrás de uma cortina de veludo de modo que só suas mãos são visíveis. A dama então aparece. E ele se dá conta com total clareza de que no mundo inteiro não há ninguém mais próximo, mais querido e mais importante que aquela frágil mulher, perdida em meio à multidão de provincianos, uma mulher que nada tinha de excepcional, trazendo à mão um lorgnon vulgar. Ao ver o marido dela, lembra-se de que ela o havia qualificado como uma pessoa servil — e ele de fato tem a aparência de um criado.

Segue-se uma cena especialmente notável, quando Gurov consegue falar com ela e os dois iniciam uma rápida e louca caminhada por todo tipo de escadas e corredores, subindo e descendo, passando por numerosos funcionários de província com seus uniformes. Tchekhov não esquece nem mesmo de "dois estudantes que fumavam na escada e os olharam de cima".

"— Você tem de ir embora — disse Anna Sergueievna num sussurro. — Está me ouvindo, Dmitri Dmitritch? Vou vê-lo em Moscou. Nunca fui feliz, estou infeliz agora e nunca, nunca vou ser feliz, nunca! Por isso, não me faça sofrer ainda mais! Juro que irei a Moscou. Mas agora vamos nos separar. Meu querido, meu amor, precisamos nos separar!

Apertou a mão dele e desceu às pressas, voltando-se para vê-lo, e em seus olhos Gurov pôde ver o quanto ela estava infeliz. Permaneceu parado por algum tempo, ouvindo, e então, quando se fez silêncio, pegou o casaco e deixou o teatro."

O quarto e último capítulo retrata a atmosfera de seus encontros secretos em Moscou. Tão logo chegava, ela enviava um mensageiro de chapéu vermelho ao encontro de Gurov. Certo dia, ele estava indo encontrá-la e sua filha seguia com ele na mesma direção, rumo à escola. Grandes flocos de neve úmida caíam lentamente.

O termômetro, Gurov dizia à filha, mostrava alguns graus acima do ponto de congelamento (na verdade, três graus centígrados), mas mesmo assim a neve caía. A explicação é que essa temperatura mais alta só se aplica à superfície da Terra, enquanto nas camadas superiores da atmosfera a temperatura é muito mais baixa.

Enquanto falava e caminhava, Gurov não parava de pensar que ninguém no mundo sabia ou algum dia saberia daqueles encontros secretos.

O que o intrigava era que toda a parte falsa de sua vida — o banco, o clube, as conversas, as obrigações sociais — se passava abertamente, enquanto a parte real e interessante permanecia oculta.

"Ele tinha duas vidas: uma aberta, vista e conhecida por todos que precisavam conhecê-la, repleta de verdades convencionais e falsidades convencionais, exatamente como a vida de seus amigos e conhecidos; e outra vida que seguia em segredo. E, graças a uma combinação estranha e talvez acidental de circunstâncias, tudo que era interessante e importante para ele, tudo que lhe era essencial, tudo que ele sentia com sinceridade e a respeito de que não precisava mentir a si mesmo, tudo que constituía o âmago de sua vida transcorria sem ser visto pelos outros, enquanto tudo que era falso, a concha dentro da qual se escondia para encobrir a verdade — o trabalho no banco, por exemplo, as discussões no clube, as referências à 'classe inferior', a presença nas festas de aniversário em companhia da esposa —, tudo isso era feito abertamente. Julgando os outros por si mesmo, não acreditava no que via, imaginando sempre que todo homem vivia sua vida real e mais interessante sob o manto do segredo como sob o manto da noite. A vida privada de cada indivíduo se baseia no segredo, e talvez parcialmente por isso o homem civilizado mostre tamanha ansiedade em relação à necessidade de que se respeite sua privacidade."

A cena final está carregada de toda a emoção sugerida desde o início. Eles se encontram, ela soluça, eles sentem que formam o mais unido dos casais, que são os mais ternos amigos; ele observa que seu cabelo está ficando um pouco grisalho e sabe que só a morte acabará com o amor deles.

"Os ombros em que suas mãos haviam pousado eram quentes e tremiam. Ele sentiu compaixão por aquela vida, ainda tão cálida e adorável, mas provavelmente já prestes a fenecer e murchar como a dele. Por que ela o amava tanto? Ele sempre parecera diferente do que era às mulheres, que amavam nele não o verdadeiro Gurov, mas o homem criado pela imaginação delas e por quem haviam procurado avidamente durante toda a vida; mais tarde, quando reconheciam seu erro, mesmo assim continuavam a amá-lo. E nenhuma delas fora feliz com ele. No passado, Gurov conhecera mulheres, se unira a elas e delas se separara, mas jamais havia amado; chame aquilo do que quiser, mas não de amor. E só agora, quando sua cabeça estava grisalha, ele se apaixonara, realmente, de verdade — pela primeira vez na vida."

Eles conversam, discutem sua posição, como se livrar da necessidade daquele sórdido manto de segredo, como ficar juntos para sempre. Não encontram nenhuma solução e, no estilo típico de Tchekhov, a história vai se extinguindo sem um ponto final, mas seguindo o curso natural da vida.

"E parecia que dentro em breve a solução seria encontrada, dando início a uma vida nova e gloriosa; e era claro para ambos que o fim ainda estava muito distante, e o que seria mais complicado e difícil para eles estava apenas começando."

Todas as regras tradicionais de contar histórias foram violadas nesse maravilhoso conto de cerca de vinte páginas. Não há nenhum problema, nenhum clímax usual, nenhuma moral no fim. E se trata de um dos maiores contos escritos até hoje.

Repetiremos agora os diversos elementos que são típicos desse e de outros contos de Tchekhov.

Primeiro: a história é contada da forma mais natural possível, não ao lado da lareira após o jantar como ocorre com Turguêniev ou Maupassant, mas como uma pessoa relata a outra as coisas mais importantes em sua vida, devagar mas sem fazer nenhuma pausa, falando baixinho.

Segundo: a caracterização rica e exata dos personagens é obtida graças à seleção e distribuição cuidadosas de pormenores pequenos mas notáveis, com absoluto desprezo pela descrição demorada, pela repetição e pela forte ênfase empregadas por autores menores. Em cada descrição, um detalhe é escolhido para iluminar toda a cena.

Terceiro: não há nenhuma moral a ser exposta nem mensagem especial a ser transmitida. Comparem isso com os escritos de Górki e Thomas Mann, que têm endereços certos.

Quarto: o conto se baseia num sistema de ondas, nas nuances de determinados estados de espírito. Se as moléculas que formam o mundo de Górki são feitas de matéria, em Tchekhov temos um mundo de ondas em vez de partículas de matéria, o que, a propósito, está mais próximo da moderna compreensão científica do Universo.

Quinto: o contraste entre poesia e prosa, acentuado aqui e ali com tanta percepção e humor, é em última análise um contraste apenas para os personagens; com efeito, sentimos (e isso é também típico do gênio autêntico) que para Tchekhov o sublime e o vil não são diferentes, que a fatia de melancia e o mar lilás, assim como as mãos do prefeito, são pontos essenciais da "beleza e comiseração" do mundo.

Sexto: o conto de fato não termina, porque, enquanto as pessoas estiverem vivas, não há uma conclusão possível ou definitiva para seus problemas, esperanças ou sonhos.

Sétimo: o narrador parece sair do seu caminho a fim de se referir a ninharias, que em outro tipo de conto serviriam como marcos para denotar uma mudança na trama — por exemplo, os dois rapazes no teatro escutariam coisas que não deviam ouvir e espalhariam rumores, ou o tinteiro daria origem a uma carta que mudaria o rumo dos acontecimentos. Entretanto, justamente por tais pormenores não serem significativos, eles ganham em importância ao transmitir a atmosfera real desse conto.

"NO FUNDO DO BARRANCO" (1900)

A ação em "No fundo do barranco"* tem lugar por volta de 1900, em uma aldeia da Rússia chamada Ukleyevo: *kley* significa "cola". A única coisa que se podia dizer dessa aldeia é que, certo dia, em um velório:

"O sacristão viu caviar de ovas grandes entre os pratos do bufê e começou a comê-lo avidamente; as pessoas o cutucaram, puxaram-no pela manga, porém ele parecia petrificado de prazer: como não sentia nada, continuou comendo. Devorou todo o caviar, embora houvesse quase dois quilos no vidro. Muito tempo havia se passado desde então e o sacristão morrera anos antes, mas o caviar ainda era lembrado. Quem sabe porque a vida lá fosse pobre demais ou as pessoas não tivessem suficiente inteligência para reparar em alguma outra coisa além daquele incidente insignificante que ocorrera dez anos antes, porém o fato é que ninguém tinha mais nada a dizer sobre a aldeia de Ukleyevo".

Ou talvez não houvesse nada de bom para contar exceto aquilo. Ali se via ao menos uma centelha de graça, um sorriso, algo humano. Todo o resto não apenas era feio, mas ruim — um vespeiro cinzento de logros e de injustiça. "Só havia duas casas decentes, construídas de tijolos e com telhados de ferro; uma era ocupada pela administração rural; na outra, de dois andares e bem defronte da igreja, vivia Grigóri Pietróvitch Tsibukin, um comerciante natural de Yepifan." Em ambas residia o mal. Tudo no conto, exceto as crianças e a criança-mulher Lipa, será uma sucessão de fraudes, uma sucessão de máscaras.

Primeira máscara: "Grigóri possuía uma mercearia, mas apenas para manter as aparências: na realidade, comercializava vodca, gado, couros, grãos e porcos; comprava e vendia tudo que lhe aparecia na frente; e, por exemplo, quando houve demanda no exterior por gralhas para fazer chapéus femininos, ele ganhava trinta copeques a cada par de aves; comprava árvores para produzir lenha, emprestava dinheiro para receber os juros e, de modo geral, era um velho bem esperto".

---

* Em inglês, o título usual é "In the Gully", mas Nabokov menciona que o conto é também conhecido como "In the Ravine". A melhor tradução em português seria "Na ravina". (N.T.)

Esse Grigóri também sofrerá uma metamorfose muito interessante ao longo do conto.

O velho Grigóri tem dois filhos: um surdo, que vive em casa e é casado com uma jovem mulher que parece alegre e agradável mas é na realidade uma peste; o outro é detetive numa cidade próxima e ainda solteiro. Notem que Grigóri tem imensa estima pela nora Aksínia: veremos por que em um minuto. O velho Grigóri, que enviuvara, se casou de novo com uma mulher chamada Várvara:

"Tão logo ela se mudou para o pequeno quarto no andar de cima, tudo na casa pareceu ficar mais claro, como se novos vidros tivessem sido postos nas janelas. As lamparinas brilhavam diante das gravuras de santos, as mesas estavam cobertas de toalhas brancas, flores salpicadas de vermelho surgiram nos peitoris e no jardim da frente; no jantar, em vez de comerem todos de uma só tigela, cada pessoa tinha seu próprio prato".

A princípio ela também parecia ser uma boa mulher, uma mulher encantadora, de todo modo mais bondosa que o velho.

"Na véspera de um jejum ou durante o festival da igreja local, que durava três dias, a loja de Grigóri fornecia aos camponeses carne salgada já estragada, tão malcheirosa que era difícil ficar ao lado do barril em que era guardada, recebendo em troca dos homens bêbados, como garantia de pagamento futuro, foices, bonés e lenços de cabeça de suas mulheres. Os trabalhadores nas fábricas, entorpecidos pela vodca de má qualidade, ficavam caídos na lama, e a degradação parecia pairar como uma densa névoa sobre a cidadezinha. Nessas horas, porém, era um alívio pensar que lá em cima, na casa, havia uma mulher tranquila e bem vestida que nada tinha a ver com carne salgada ou vodca."

Grigóri é um homem duro e, embora pertença agora à baixa classe média, descende de camponeses — seu pai era provavelmente um próspero trabalhador rural — e, como é natural, odeia os camponeses.

Segunda máscara: Sob a aparência alegre, Aksínia também é dura, sendo por isso tão admirada pelo velho Grigóri. Aquela bela mulher é uma trapaceira:

"Aksínia servia na loja e, do quintal, se podia ouvir o tilintar de garrafas e moedas, suas risadas e conversas em voz alta, assim como as reclamações iradas dos fregueses que ela tapeara, ao mesmo tempo que se via que a venda ilícita de vodca corria solta na loja. O homem surdo também ficava sentado na loja ou andava pelas ruas com a cabeça descoberta e as mãos enfiadas nos bolsos, olhando desatento para as cabanas de madeira ou para o céu. Tomavam chá seis vezes por dia; quatro vezes por dia sentavam-se à mesa para comer as refeições. E à noite contavam o que haviam ganhado, atualizavam os registros, iam para a cama e dormiam a sono solto".

Agora vem a transição para as fábricas de estamparia de algodão do lugar e para seus donos. Vamos chamá-los coletivamente de família Khrimin.

Terceira máscara (adultério): Aksínia não apenas engana os fregueses na loja, ela também trai o marido com um dos proprietários das fábricas.

Quarta máscara: Essa é apenas uma pequena máscara, uma espécie de autotrapaça. "Também foi instalado um telefone na administração rural, mas ele em breve parou de funcionar ao abrigar percevejos e baratas. O chefe do distrito era semianalfabeto e escrevia todas as palavras nos documentos oficiais com letras maiúsculas. Mas, quando o telefone estragou, ele disse: 'Sim, agora vai ser difícil viver sem um telefone'."

Quinta máscara: Essa se refere ao filho mais velho de Grigóri, o detetive Anísim. Estamos agora imersos no tema do logro que permeia o conto. Mas Tchekhov mantém ocultas algumas informações importantes sobre Anísim:

"O filho mais velho, Anísim, vinha para casa raramente, apenas nos grandes feriados, mas com frequência mandava por algum habitante da aldeia presentes e cartas escritas por outra pessoa em linda caligrafia e sempre em um papel que as fazia parecer um requerimento formal. As cartas eram repletas de expressões que Anísim jamais usava ao conversar: 'Queridos papai e mamãe, estou lhes enviando meio quilo de chá preto oriental para a satisfação de suas necessidades físicas'".

Na frase "escritas por outra pessoa numa linda caligrafia" há um pequeno mistério que será gradualmente esclarecido.

É curioso que, quando ele chega em casa certo dia e algo em seu comportamento sugere que foi expulso da polícia, ninguém se importa com isso. Pelo contrário, a ocasião parece festiva, encorajando as ideias de casamento. Diz Várvara, a esposa de Grigóri e madrasta de Anísim:

"— Não é possível, meu Deus! Esse rapaz está com 28 anos e ainda continua solteiro. — [...] Do aposento adjacente, sua fala doce e regular soava como uma série de suspiros. Ela começou a sussurrar com o marido e Aksínia, cujos rostos também adquiriram uma expressão marota e misteriosa, como se fossem um grupo de conspiradores. Ficou decidido que Anísim iria se casar".

Tema da criança: Essa é uma transição para a principal personagem do conto, a moça chamada Lipa. Filha de uma viúva que trabalhava como arrumadeira, ajudava a mãe em suas diversas tarefas.

"Ela era pálida, magra e frágil, com traços suaves e delicados, bronzeada por trabalhar ao ar livre; um sorriso modesto e melancólico pairava sempre sobre seu rosto, e o olhar infantil irradiava confiança e curiosidade. Era jovem, ainda uma criança, os seios quase imperceptíveis, porém já podia estar casada por ter atingido a idade legal [*dezoito anos*]. Era realmente bonita, e a única coisa que podia ser considerada pouco atraente eram suas mãos grandes e masculinas, que agora, desocupadas, pendiam como duas grandes garras."

Sexta máscara: Essa se refere a Várvara, que, embora bastante agradável, não passa de uma concha vazia de bondade sob a qual nada existe.

Assim, toda a família de Grigóri é uma sucessão de máscaras e de embustes.

Entra então Lipa, dando início a novo tema, o da confiança — a confiança infantil.

O segundo capítulo termina com outra visão de relance de Anísim. Tudo nele é falso: há algo de muito errado, que ele não esconde suficientemente.

"Após a visita de inspeção, o dia do casamento foi marcado. Anísim andava pela casa e assobiava; de repente, lembrando-se de alguma coisa, ficava sorumbático e olhava fixamente para o chão, em silêncio, como se desejasse sondar as profundezas da Terra. Não manifestava prazer por estar prestes a se casar, na semana de São Tomás [*depois da*

Páscoa], nem o desejo de ver a noiva, limitando-se a assobiar entre os dentes. E era evidente que só estava se casando porque seu pai e sua madrasta assim queriam, além de ser costume no campo casar o filho para ter alguém que ajudasse em casa. Quando partia, ele parecia não ter pressa e não se comportava como nas visitas anteriores: mostrava--se mais animado do que de hábito, dizia coisas erradas."

No terceiro capítulo, vale observar o vestido estampado de verde e amarelo de Aksínia para o casamento de Anísim e Lipa, pois Tchekhov vai descrevê-la consistentemente em termos de um réptil (existe no leste da Rússia uma espécie de cascavel chamada "barriga amarela"). "As costureiras estavam fazendo para Várvara um vestido marrom com rendas pretas e contas de vidro, e para Aksínia um vestido leve de tecido verde, com uma frente amarela e uma cauda." Embora se diga que tais costureiras pertenciam à seita dos Flagelantes, isso não significava muito por volta de 1900 — não queria dizer que seus membros efetivamente se chicoteassem, era apenas uma das numerosas seitas existentes na Rússia, assim como há muitas neste país. Grigóri inclusive passa a perna nas duas pobres moças:

"Quando as costureiras terminaram seu trabalho, Grigóri não lhes pagou em dinheiro, mas com produtos da loja, e elas se foram entristecidas, carregando embrulhos de velas de sebo e latas de sardinhas de que não precisavam nem um pouco; ao saírem da aldeia e chegarem a um campo aberto, sentaram-se numa pequena colina e choraram.

Anísim chegou três dias antes do casamento, vestindo roupas novas dos pés à cabeça. Calçava galochas reluzentes e, em vez da gravata, um cordão de metal vermelho com bolinhas na ponta; pendurado com displicência nos ombros, um sobretudo também novo. Depois de fazer o sinal da cruz serenamente diante do ícone, ele cumprimentou seu pai e lhe entregou dez moedas de prata de um rublo e dez de meio rublo; deu igual quantia a Várvara e, a Aksínia, vinte moedas de um quarto de rublo. O principal encanto dos presentes residia no fato de que todas as moedas, como se escolhidas a dedo, eram novas e brilhavam ao sol".

Tratava-se de moedas falsas. Faz-se uma alusão a Samorodov, o amigo de Anísim e também falsário, um homenzinho moreno, dono da linda caligrafia na qual eram escritas as cartas mandadas para casa.

Torna-se gradualmente claro que Samorodov é o cérebro daquele negócio de falsificação, mas Anísim se esforça para parecer importante, gabando-se de seus maravilhosos poderes de observação e de seu talento como detetive. No entanto, como detetive e como místico, ele sabe que "qualquer um pode roubar, mas não há lugar onde se possa esconder o produto do roubo". Sob esse estranho personagem corre um veio curioso de misticismo.

Vocês apreciarão a descrição deliciosa das preparações para o casamento e, depois, do estado de espírito de Anísim na igreja durante a cerimônia.

"Lá estava ele se casando, precisava ter uma esposa por ser a coisa certa a fazer, mas não estava pensando naquilo agora, de alguma forma havia esquecido inteiramente do casamento. Seus olhos ficaram marejados, impedindo-o de ver os ícones, e sentiu o coração pesado; rezou e implorou a Deus que os infortúnios que o ameaçavam, que estavam a ponto de desabar sobre ele amanhã, se não hoje, se afastassem como as nuvens carregadas que, na época da seca, passam por um vilarejo sem lhe conceder uma gota de chuva. [*Ele sabia como os detetives são competentes, sendo um deles.*] Tantos pecados haviam se acumulado no passado, parecia tão impossível se livrar deles que era incongruente até mesmo pedir perdão. Mas pediu e até soltou um soluço audível, porém ninguém atentou para isso porque achou-se que ele tinha tomado umas e outras."

Por um momento surge o tema da criança: "Ouve-se o lamento irritado de uma criança. — Mamãe, me leva daqui. — Silêncio aí! — gritou o padre".

Um novo personagem é então apresentado: Yelizarov (apelidado de Muleta), carpinteiro e pedreiro. Trata-se de uma pessoa imatura, gentil e ingênua, meio biruta. Ele e Lipa se situam no mesmo nível de modéstia, simplicidade e confiança — e ambos são seres humanos de verdade apesar de não possuir a esperteza dos personagens malevolentes do conto. Muleta, que parece vagamente dotado de vidência, pode estar tentando de modo intuitivo impedir o desastre que o próprio casamento irá causar: "— Anísim e você, minha menina, se amam e vão viver uma vida abençoada por Deus, minhas crianças, e Nossa Mãe nos céus não os abandonará. [...] — Crianças, crianças, crianças, ele murmurou rapidamente. — Aksínia, minha querida, Várvara querida, vamos viver todos em paz e harmonia, meus machadozinhos [...]". Ele chama as pessoas pelos diminutivos de suas ferramentas de trabalho.

Sétima máscara: Outra máscara, outro embuste, se refere ao chefe do distrito rural e seu assistente, "que tinham servido juntos por catorze anos e, durante todo esse tempo, nunca haviam assinado um único documento para ninguém ou deixado que uma só pessoa saísse da repartição sem ser ludibriada ou prejudicada. Estavam agora sentados lado a lado, ambos gordos e enfastiados, como se até a pele do rosto deles tivesse uma coloração peculiar, doentia, por estarem tão profundamente imersos na injustiça e na falsidade". "Imersos na falsidade" é uma das duas notas principais de todo o conto.

Cumpre observar os vários detalhes do casamento. Anísim preocupado com sua situação, com o desastre que se aproxima; a camponesa que grita do lado de fora "vocês chuparam o sangue da gente, seus monstros. Que o diabo os carregue!"; e a maravilhosa descrição de Aksínia:

"Aksínia tinha olhos cinzentos ingênuos que raras vezes piscavam, e um sorriso modesto pairava continuamente sobre seu rosto. E, naqueles olhos que não piscavam, naquela cabecinha sustentada pelo longo pescoço e em seu corpo delgado havia algo que lembrava uma serpente, toda de verde com a frente do corpete amarela e o sorriso nos lábios, ela parecia uma daquelas víboras que, esticando o corpo e levantando a cabeça, olha para os passantes em meio ao centeio que começa a brotar na primavera. A família Khrimin a trata como uma igual, sendo bastante óbvio que havia muito tempo ela mantinha uma relação íntima com o mais velho deles. Mas seu marido não via nada: ficava sentado de pernas cruzadas e comia nozes, quebrando-as com os dentes e fazendo um ruído semelhante ao de um tiro de pistola.

Mas eis que o próprio Grigóri foi para o centro da sala e, acenando com o lenço, indicou que também queria participar da dança russa, e de toda a casa e da multidão no quintal subiu um som de aprovação:

— Foi *ele mesmo* quem entrou na roda! *Ele mesmo*! [...]

A festa continuou até tarde, até às duas da madrugada. Anísim, cambaleante, se despediu dos cantores e músicos, dando a cada qual uma moeda nova de meio rublo. Seu pai, que não cambaleava mas privilegiava uma das pernas, levou os convidados à porta e disse a cada um: — O casamento custou dois mil.

Quando as pessoas se dispersavam, uma delas levou o bom casaco do dono da hospedaria de Shikalova em vez de seu velho sobretudo. Anísim de repente se enfureceu e começou a gritar: — Parem, vou descobrir agora mesmo. Sei quem roubou! Parem!

Correu para a rua atrás de alguém, mas foi apanhado, trazido de volta para casa e — bêbado, vermelho de raiva e suando em bicas — empurrado para dentro do quarto onde a tia estava despindo Lipa, e lá os dois foram trancados".

Depois de cinco dias, Anísim, que respeitava Várvara por ser uma mulher decente, confessa a ela que pode ser preso a qualquer momento. Quando parte para a cidade, temos uma bela descrição.

"Chegando ao alto do barranco, Anísim olhou de volta na direção da aldeia. Era um dia quente e claro. O gado saía para o pasto pela primeira vez, e camponesas de todas as idades caminhavam junto à manada em suas roupas de festa. O touro castanho mugiu, feliz de estar solto, e escarvou o solo com a pata da frente. Em toda parte, acima e abaixo, as cotovias cantavam. Anísim contemplou a graciosa igrejinha branca — caiada recentemente — e pensou como tinha rezado lá cinco dias antes; contemplou a escola com seu telhado verde, o riacho em que costumava se banhar e pescar, e seu coração vibrou de alegria. Teve vontade de que um muro se erguesse do chão e o impedisse de ir mais longe, pois assim ficaria apenas com o passado."

É a última vez que vê aquela cena.

E agora vem a encantadora transformação de Lipa. A consciência de Anísim não apenas pesara muito, mas o afetara por inteiro e também se tornara um ônus para Lipa, embora ela nada soubesse de sua vida complicada. Com a saída dele, o peso é removido e ela se sente livre.

"Vestindo uma velha saia, os pés descalços e as mangas dobradas até em cima, ela lavava as escadas da entrada e cantava numa vozinha prateada; quando trouxe um grande balde de água e olhou para o céu com seu sorriso de criança, ela própria lembrava uma cotovia."

Tchekhov agora vai fazer algo muito difícil do ponto de vista de um autor. Vai se aproveitar de que Lipa quebrou seu silêncio, ela que não costumava abrir a boca, e a fará descobrir as palavras capazes de revelar os fatos que conduzirão ao desastre. Ela e Muleta estão voltando de uma longa excursão a pé para visitar uma igreja remota, com a mãe dela vindo atrás, e Lipa diz:

"— E agora tenho medo de Aksínia. Não é que ela faça alguma coisa, está sempre sorrindo, mas às vezes olha de relance para a janela e há muita raiva em seus olhos, eles têm um brilho verde como os das ovelhas num redil escuro. Aquela gente da família Khrimin está levando Aksínia para um caminho errado: 'O velho', dizem para ela, 'é dono de um pedaço de terra em Butiokino, uns quarenta hectares, e lá tem areia e água. Por isso, Aksínia', eles dizem, 'você pode construir uma olaria lá e vamos ser seus sócios'. Os tijolos estão valendo vinte rublos o milheiro, é um negócio lucrativo. Ontem, no jantar, Aksínia disse para o velho: 'Quero construir uma olaria em Butiokino. Vou entrar nesse negócio por minha conta'. Ela riu enquanto dizia isso. O rosto de Grigóri Pietróvitch se fechou, dava para ver que ele não gostou da ideia. 'Enquanto eu estiver vivo', ele disse, 'a família não deve se separar, temos que continuar unidos'. Ela o fulminou com o olhar e apertou os dentes. [...] Foram servidos bolinhos fritos, que ela não comeu".

Quando chegam ao mourão que marca o limite de uma propriedade, Muleta toca nele para ver se está firme, em gesto típico de seu personagem. Nesse ponto, ele, Lipa e algumas moças que colhem cogumelos representam as pessoas felizes e ingênuas de Tchekhov contra um pano de fundo de infortúnio e injustiça. Eles encontram gente que volta da feira: "Passou uma carroça levantando poeira, vindo atrás dela um cavalo que não fora vendido — e que parecia contente de não ter sido vendido". Há uma sutil conexão simbólica entre Lipa e o alegre cavalo não vendido. O dono de Lipa desaparecera. Outro ponto que reflete o tema da criança: "Uma velha levava um menininho com um boné e botas grandes; o garoto estava cansado por causa do calor e das pesadas botas, que o impediam de dobrar o joelho, mas, apesar disso, tocava uma corneta de metal sem cessar e com toda a força. Eles haviam descido o barranco e dobrado numa rua, porém a corneta ainda podia ser ouvida". Lipa vê e ouve o menininho porque ela própria espera um bebê. Na passagem "Lipa e sua mãe, que haviam nascido pobres e se prepararam para viver assim até o fim, dando aos outros tudo, exceto sua alma assustada e gentil, talvez tenham imaginado por um minuto que, nesse vasto e misterioso mundo, em meio a uma miríade de vidas, elas também valiam alguma coisa", recomendo que atentem para as palavras "alma assustada e gentil". E notem também a pequena e linda descrição de uma noite de verão:

"Por fim chegaram em casa. Os ceifadores estavam sentados no chão, junto ao portão e perto da loja. Como em geral os camponeses de Ukleyevo se recusavam a trabalhar para Grigóri, ele tinha de contratar gente de outras localidades, e agora, ao cair a noite, havia homens com longas barbas negras sentados lá. A loja estava aberta e, pela porta, eles podiam ver o surdo jogando damas com um menino. Os ceifadores cantavam baixinho, de forma quase inaudível, ou reclamavam em voz alta a remuneração do dia, mas nada lhes era pago devido ao medo de que fossem embora antes de completar o trabalho. O velho Grigóri, sem paletó e vestindo apenas o colete, tomava chá com Aksínia debaixo da bétula; sobre a mesa havia uma lâmpada acesa.

— Ei, vovô — um ceifador gritou de fora do portão, como se quisesse provocá-lo —, pelo menos paga a metade pra gente! Ei, vovô!".

Na página seguinte, Grigóri se dá conta de que os rublos de prata eram falsos e os entrega a Aksínia para serem jogados fora, porém ela os usa para pagar os ceifadores. "— Malvada" — exclama Grigóri, atônito e alarmado. "— Por que você me fez casar com gente dessa família?", Lipa pergunta à sua mãe. Há certa quebra no tempo após o capítulo 5.

Uma das passagens mais notáveis do conto ocorre no capítulo 6, quando, absoluta e divinamente indiferente ao que se passa a seu redor (o destino merecido de seu marido idiota e a maldade terrível que vem da víbora Aksínia), absoluta e divinamente indiferente a todo esse mal, Lipa está ocupada com o bebê e lhe promete sua visão mais vívida, a única coisa que conhece na vida. Joga-o para o alto e o pega de volta, cantando no ritmo dos movimentos: "— Você vai ficar muito grande, muito, muito grande. Vai ser um homem, vamos trabalhar juntos! Vamos lavar o chão juntos!". Suas recordações mais vívidas da infância têm a ver com lavar o chão.

"— Mãezinha, por que eu o amo tanto? Por que sinto tanta pena dele? — continuou numa voz trêmula, os olhos brilhando com as lágrimas que neles afloram. — Quem é ele? Como é ele? Tão leve como uma pluma, como uma migalhinha, mas eu o amo, amo como se fosse uma pessoa de verdade. Ele não sabe fazer nada, não fala, mas mesmo assim eu sempre sei o que os olhinhos queridos dele me dizem que ele quer."

O capítulo termina com a notícia de que Anísim cumprirá seis anos de trabalhos forçados na Sibéria. Acrescenta-se então um belo toque com as palavras do velho Grigóri:

"— Estou preocupado com o dinheiro. Lembra-se de que, antes do casamento, Anísim me trouxe algumas moedas novas de um rublo e de meio rublo? Algumas eu guardei naquela época, mas outras misturei com meu próprio dinheiro. Quando meu tio Dmitri Filatitch — que Deus o tenha — ainda vivia, ele costumava ir a Moscou e à Crimeia para comprar mercadorias. Quando estava fora comprando as mercadorias, sua mulher andava com outros homens. Tiveram seis filhos. E, sempre que bebia, meu tio soltava uma risada e dizia: 'Não consigo nunca saber quais são os meus filhos e quais são os filhos dos outros'. Um sujeito bem tranquilo, sem dúvida, mas agora não sei quais são os rublos genuínos e quais são os falsos. Todos me parecem falsificados... Compro um bilhete na estação, dou ao sujeito três rublos, e fico imaginando que são falsos. Estou assustado. Devo estar doente".

A partir de então ele perde a razão e, em certo sentido, é redimido.

"Ele abriu a porta e, sinalizando com o dedo, chamou Lipa. Ela se aproximou com o bebê nos braços.

— Se você quiser alguma coisa, Lipinka, é só pedir — ele disse. — E coma de tudo que quiser, não nos importamos com isso, desde que te faça bem. — Fez o sinal da cruz em cima do bebê. — E tome conta de meu neto. Meu filho se foi, mas meu neto ficou.

Lágrimas rolaram por seu rosto; soltou um soluço e se afastou. Logo depois, foi para a cama e dormiu profundamente após sete noites de insônia."

Essa foi a noite mais feliz da pobre Lipa — antes dos acontecimentos pavorosos que iriam se seguir.

Grigóri toma providências para dar ao neto o terreno de Butiokino que Aksínia deseja usar para construir uma olaria. Aksínia fica furiosa.

"— Ei, Stiepan! — ela se dirigiu ao homem surdo. — Vamos para minha casa neste minuto! Vamos para a casa do meu pai e da minha mãe, não quero viver com condenados. Se apronte!

Havia roupas penduradas nas linhas que cruzavam o quintal; ela agarrou suas saias e blusas ainda úmidas e as jogou nos braços estendidos do surdo. Então, em sua fúria, correu pelo quintal onde as roupas de cama e mesa estavam penduradas, arrancou todas, e as que não eram dela foram atiradas no chão e pisoteadas.

— Minha Virgem Maria, façam ela parar! — gemeu Várvara. — Que mulher! Dê Butiokino a ela, pelo amor de Deus."

Chegamos agora ao clímax.

"Aksínia correu para a cozinha, onde as roupas estavam sendo lavadas. Lipa trabalhava lá sozinha, a cozinheira tinha ido ao rio enxaguar as roupas. A tina e o caldeirão fumegavam junto ao fogão, o ar na cozinha estava abafado e quase irrespirável de tanto vapor. No chão havia uma pilha de roupas sujas, e Nikifor, sacudindo suas perninhas vermelhas, fora posto num banco perto delas porque assim não se machucaria se caísse. Quando Aksínia entrou, Lipa pegou uma blusa dela da pilha e a pôs na tina, esticando então a mão na direção de uma grande concha, cheia de água fervendo, colocada sobre a mesa.

— Me dá isso aqui — disse Aksínia, olhando-a com ódio e arrancando a blusa da tina. — Você não tem nada que pegar nas minhas roupas! Você é a mulher de um condenado e devia saber quem é e qual é o seu lugar!

Lipa a olhou estupefata, sem nada compreender, mas de repente reparou que o olhar de Aksínia se voltava na direção da criança: subitamente entendeu e ficou entorpecida dos pés à cabeça.

— Você tirou minha terra, então toma aqui! — Dizendo isso, Aksínia pegou a concha com água fervente e a derramou sobre o corpo de Nikifor.

Seguiu-se um grito como nunca tinha sido ouvido em Ukleyevo, e ninguém teria acreditado que uma criatura tão fraca e pequena como Lipa fosse capaz de gritar assim. De repente se fez silêncio no quintal. Aksínia entrou na casa sem dizer uma palavra, com o sorriso ingênuo de sempre nos lábios. O surdo continuou a andar de um lado para o outro no quintal com os braços carregados de roupas, que começou a pendurar de novo, em silêncio, sem pressa. E até que a cozinheira voltasse do rio ninguém se atreveu a entrar na cozinha para ver o que tinha acontecido."

Destruído o inimigo, Aksínia outra vez sorri, a terra agora é automaticamente sua. O surdo pendurando as roupas de novo é um toque magistral de Tchekhov.

O tema da criança continua quando Lipa volta a pé do distante hospital. O bebê morreu, ela carrega seu pequeno corpo embrulhado na manta.

"Lipa desceu pela estrada e, antes de chegar ao povoado, sentou-se junto a um laguinho. Uma mulher trouxe um cavalo até a beira da água, mas o animal não bebeu. — O que mais você quer? — a mulher perguntou baixinho, perplexa. — O que mais você quer?

Um menino de camisa vermelha, sentado na beira da água, lavava as botas de montaria de seu pai. Não havia mais vivalma à vista, fosse no povoado ou na colina. — Não quer beber — disse Lipa, olhando para o cavalo."

Esse pequeno grupo merece atenção. O menino não é o filho dela. Tudo é emblemático da felicidade que a vida simples em família poderia ter lhe proporcionado. É digno de nota o simbolismo inconspícuo de Tchekhov.

"A mulher com o cavalo e o menino com as botas então se foram, não ficando ninguém lá. O Sol foi dormir, cobrindo-se com uma colcha filigranada de ouro; longas nuvens, vermelhas e lilás, se estendiam pelo céu, vigiando seu descanso. Em algum lugar longínquo uma ave noturna soltou um grito alto, um som oco e melancólico como o de uma vaca trancada num celeiro. O canto daquela ave misteriosa era ouvido todas as primaveras, mas ninguém sabia qual era sua aparência nem onde vivia. No alto do morro onde ficava o hospital, nos arbustos próximos ao laguinho e nos campos, os rouxinóis entoavam suas melodias com todo o ardor. O cuco ia somando os anos de vida de alguém, perdia a conta e começava de novo. No laguinho, os sapos trocavam insultos, quase estourando de tensão, e dava até para entender as palavras: 'Isso é o que você é! Isso é o que você é!'. Que barulheira! Parecia que todas as criaturas cantavam e gritavam para que ninguém pudesse dormir naquela noite de primavera, para que todos, até mesmo os raivosos sapos, apreciassem cada minuto e dele desfrutassem: a vida é dada uma única vez."

Entre os escritores europeus, pode-se distinguir o bom do mau pelo simples fato de que o escritor medíocre tem geralmente um rouxinol de cada vez, como ocorre na poesia convencional, enquanto o bom autor faz com que vários cantem juntos, como realmente se passa na natureza.

Os homens que Lipa encontra na estrada são provavelmente fabricantes clandestinos de bebida alcoólica, mas Lipa os vê de outro modo sob o luar.

"— Vocês são religiosos? — Lipa perguntou ao homem idoso.

— Não, somos de Firsanovo.

— Você olhou para mim e trouxe alívio para meu coração. [*Uma entonação quase bíblica no texto em russo.*] E o rapaz é tão delicado. Pensei que vocês deviam ser religiosos.

— Você ainda tem um caminho muito longo para andar?

— Até Ukleyevo.

— Suba, te damos carona até Kuzmenki, depois você segue em frente e viramos à esquerda.

Vávila [*o jovem*] subiu na carroça com o tonel enquanto o velho e Lipa subiram na outra. Seguiram a passo, com Vávila à frente.

— Meu filhinho sofreu muito o dia todo — disse Lipa. — Me olhava com seus olhinhos sem dizer nada; queria falar e não podia. Deus meu! Minha Virgem Maria! No meu desespero, caí várias vezes no chão. Estava lá em pé e então caía ao lado da cama. Me diga, vovô, por que um bebezinho tem de sofrer tanto antes de morrer? Quando um adulto sofre, homem ou mulher, seus pecados são perdoados, mas por que um bebezinho que não cometeu nenhum pecado? Por quê?

— Quem saberá dizer? — respondeu o ancião.

Rodaram em silêncio durante meia hora.

— Não podemos saber tudo, como e por quê — disse o velho. — Um passarinho não tem quatro asas, mas só duas porque é capaz de voar com duas; e por isso não se permite que o homem saiba tudo, mas só metade ou um quarto. Tanto quanto precisa para viver, é isso o que ele sabe. [...]

— Não se importe — ele repetiu. — A sua não é a maior das desgraças. A vida é longa, ainda vêm por aí coisas boas e ruins, tudo ainda está por vir. A mãe Rússia é grande — ele disse, olhando para um lado e para o outro. — Rodei por toda a Rússia, vi tudo nela, e você pode acreditar em minhas palavras, querida. Vêm por aí coisas boas e coisas más. Fui como mensageiro da minha aldeia até a Sibéria, já estive no rio Amur e nas montanhas Altai, e emigrei para a Sibéria. Lá trabalhei na terra, e então fiquei com saudade da mãe Rússia e voltei para minha aldeia natal. E, quando voltei, tive de começar do zero, como se costuma dizer. Eu tinha uma mulher que ficou para trás na Sibéria, foi enterrada lá. Por isso, agora sou um trabalhador contratado. E te digo: desde então, já tive coisas boas e coisas ruins. Não quero morrer, minha querida. Ficaria contente se ainda vivesse uns vinte anos, porque houve mais coisas boas do que más. E viva nossa grande mãe Rússia! — ele disse, olhando de um lado e do outro, e também para trás. [...]

Quando Lipa chegou em casa, o gado ainda não tinha sido levado para o pasto, todos dormiam. Sentou-se nos degraus e esperou. O velho foi o primeiro a aparecer; ele compreendeu o que havia acontecido tão logo a viu, e durante um longo tempo, incapaz de pronunciar uma só palavra, ficou estalando os beiços.

— Ah, Lipa — ele disse —, você não tomou conta do meu neto.

Várvara foi acordada. Juntou as mãos e começou a chorar, imediatamente cuidando de vestir o corpo do bebê.

— E ele era tão bonito... — ela disse. — Ah, minha querida. Você só tinha um filho e não soube tomar conta dele direito, sua bobinha."

Na sua inocência, Lipa nunca pensou em contar que Aksínia é quem havia matado seu bebê. Aparentemente, a família acreditava que Lipa tivesse se descuidado e, por acidente, houvesse escaldado a criança ao entornar uma panela de água quente.

Após a missa em intenção do bebê morto, "Lipa serviu à mesa, e o padre, erguendo o garfo onde estava espetado um cogumelo salgado, disse a ela:

— Não chore pelo bebê. Pois assim é o Reino do Céu.

E só quando todos tinham partido Lipa se deu conta inteiramente de que Nikitor não mais existia e nunca existiria, caindo então no pranto. Não sabia para que aposento devia ir a fim de chorar, sentindo que agora, com o filho morto, ela não tinha lugar naquela casa, não tinha razão para estar lá, que se tornara um estorvo. E que os outros também sentiam assim.

— E agora, por que você está urrando desse jeito? — gritou Aksínia, aparecendo de repente na porta; por causa do enterro, vestia roupas novas e tinha posto pó de arroz no rosto. — Cale a boca!

Lipa tentou parar, mas não pôde, soluçando mais alto do que nunca.

— Está me ouvindo? — gritou Aksínia, batendo com o pé no chão em um violento acesso de ira. — Acha que eu estou falando com quem? Saia desta casa e nunca mais ponha os pés aqui, sua condenada. Fora!

— Calma, calma, calma — o velho interrompeu nervosamente. — Aksínia, não grite tanto, minha querida... Ela só está chorando, é muito natural... O filho dela morreu.

— É muito natural — Aksínia o imitou. — Que ela passe a noite aqui, mas não quero ver sinal dela amanhã! — É muito natural — imitou-o outra vez e, rindo, entrou na loja".

Tendo perdido o tênue vínculo que a ligava àquela casa, Lipa se foi para nunca mais voltar.

Em todos os casos, exceto no de Aksínia, a verdade é gradualmente revelada.*

---

* Nabokov abre esta seção com o seguinte comentário para os alunos: "Há aqui outra vez um intervalo de tempo entre os capítulos 8 e 9. Vocês notarão o saboroso detalhe tchekhoviano quando os membros da família Khrimin — um dos quais, se não todos, tem ou teve uma relação íntima com sua mulher — 'presenteiam o surdo com um re ógio de ouro, que ele tira constantemente do bolso e leva ao ouvido'".

A qualidade artificial das virtudes de Várvara é belamente exemplificada pelas geleias que ela não para de fazer: o volume é grande demais, a geleia fica açucarada em excesso e se torna intragável. Vale lembrar que Lipa gostava muito daquela guloseima. A geleia passou a ser algo negativo para Várvara.

As cartas de Anísim ainda chegam naquela linda caligrafia — evidentemente seu amigo Samorodov está cumprindo pena junto com ele nas minas da Sibéria —, e a verdade aqui também transparece. "Vivo doente neste lugar, me sinto miserável, pelo amor de Deus me ajudem!"

O velho Grigóri, semilouco, infeliz, sem ninguém que o ame, é a mais vívida representação da verdade que aos poucos vem à tona.

"Certo belo dia de outono, ao cair da noite, o velho Grigóri estava sentado perto dos portões da igreja, com a gola do casaco de pele virada para cima de tal modo que só se podia ver seu nariz e a ponta do boné. Na outra extremidade do comprido banco estava sentado Yelizarov, o pedreiro, ao lado de Yakov, o vigia da escola, um velho desdentado de setenta anos. Muleta e o vigia conversavam.

— As crianças deviam dar comida e bebida para os velhos... Honrai vosso pai e vossa mãe [...] — Yakov estava dizendo com irritação — enquanto ela, essa mulher [*Aksínia*], botou o sogro para fora de sua própria casa; o velho não tem o que comer nem beber, para onde é que ele pode ir? Não come nada faz três dias.

— Três dias! — disse Muleta, impressionado.

— Fica lá sentado sem dizer uma palavra. Está enfraquecido. E por que ficar em silêncio? Devia processá-la, ninguém a aplaudiria no tribunal.

— Quem aplaudiu quem no tribunal? — perguntou Muleta, que não ouvia muito bem.

— O quê? — indagou o vigia.

— A mulher está certa — disse Muleta —, faz o melhor que pode. Naquele tipo de negócio, não podem ganhar dinheiro sem isso, quer dizer, sem trapacear...

— Posto para fora de sua própria casa! — Yakov continuou, irritado.

— Economizar para comprar sua casa, e depois expulsar as pessoas de lá! Sem dúvida ela é muito boazinha! Uma peste!

Grigóri ouviu e não se mexeu. [...]

— Se é sua própria casa ou a dos outros, não faz diferença desde que ela seja bem aquecida e as mulheres não zanguem com você... — disse Muleta, soltando uma risada. — Quando eu era moço, gostava muito da minha Nastássia. Ela era uma mulher tranquila. Mas costumava falar o tempo todo: 'Compre uma casa, Makaritch! Compre uma casa, Makaritch! Compre um cavalo, Makaritch!'. Estava morrendo, e mesmo assim dizia: 'Compre um *drochki* de corrida, Makaritch, para não ter que andar!'. E tudo que eu fiz foi comprar para ela biscoito de gengibre.

— O marido dela é surdo e débil mental — Yakov prosseguiu, sem ouvir Muleta —, um idiota dos bons, igualzinho a um ganso. Não consegue entender nada. A gente pode bater na cabeça de um ganso com um pedaço de pau que mesmo assim ele não entende.

Muleta se levantou a fim de ir para casa. Yakov também se ergueu e ambos se afastaram juntos, ainda conversando. Quando tinham dado cinquenta passos, o velho Grigóri também se pôs de pé e caminhou atrás deles, com passadas hesitantes como se andasse sobre gelo escorregadio."

Nesse último capítulo, o aparecimento de um novo personagem, na figura do vigia desdentado, é uma jogada de mestre de Tchekhov, sugerindo a continuidade da existência, mesmo que o fim do conto se aproxime — porém a história prosseguirá com velhos e novos protagonistas, seguindo seu próprio curso como a vida segue o dela.

Notem a síntese ao final do relato: "A aldeia já mergulhava na penumbra da noite, e o Sol só brilhava na parte mais alta da estrada, que seguia coleante como uma serpente colina acima". A notável trilha serpenteante, um símbolo de Aksínia, se apaga e desvanece na serena beatitude da noite.

"Mulheres velhas voltavam dos bosques trazendo com elas as crianças e as cestas cheias de cogumelos. Camponesas de todas as idades chegavam juntas da estação, onde tinham trabalhado carregando os vagões com tijolos cujo pó vermelho se fixara na pele abaixo dos olhos. Cantavam em coro. À frente do grupo vinha Lipa, olhando para o céu e cantando a plenos pulmões, como se exultante com o fato de que o dia por fim terminava e se poderia descansar. Em meio à multidão, segurando pelo nó algo envolto num lenço, ofegante como sempre, caminhava Praskóvia, sua mãe, que ainda saía para trabalhar durante o dia.

— Boa noite, Makaritch! — gritou Lipa para Muleta. — Boa noite, querido!

— Boa noite, Lipinka — gritou Muleta, encantado. — As meninas e as mulheres adoram o carpinteiro rico! Há-há! Minhas filhas, minhas filhas. (Muleta soluçou.) Meus queridos machadinhos!"

Muleta não é muito eficiente, porém representa em geral o que existe de bondade no conto — no seu estado habitual de confusão mental, pronunciara palavras de paz durante o casamento, como se tentasse em vão impedir o desastre.

O velho Grigóri debulhou-se em lágrimas — um pobre e silencioso rei Lear.

"Muleta e Yakov passaram, e ainda se podia ouvir a conversa deles enquanto se afastavam. Passou então Grigóri na esteira dos dois, e de repente se fez silêncio na multidão. Lipa e Praskóvia se deixaram ficar um pouco para trás e, quando o velho emparelhou com elas, Lipa fez uma reverência profunda e disse: — Boa noite, Grigóri Pietróvitch. — Sua mãe também se curvou. O velho parou e, sem nada dizer, olhou para as duas; seus lábios tremiam e os olhos transbordavam de lágrimas. De dentro do embrulho com laço de sua mãe, Lipa tirou um pedaço de torta recheada de trigo-sarraceno e lhe deu. Ele aceitou e começou a comer.

O Sol já havia se posto: seu brilho se apagou também na parte alta da estrada. Estava ficando escuro e frio. Lipa e Praskóvia continuaram andando e, durante algum tempo, se benzendo."

Lipa era a pessoa de antes, cantando sempre que podia, feliz no seu pedacinho de mundo, unida ao bebê morto na friagem da noite que caía — e inocentemente, inconscientemente, levando para seu Deus o pó vermelho dos tijolos que faziam a fortuna de Aksínia.

NOTAS SOBRE A GAIVOTA (1896)

Em 1896, *A gaivota* [*Tchaika*] foi um fracasso total no Teatro Aleksandrine, em São Petersburgo, mas um retumbante sucesso no Teatro de Arte de Moscou, em 1898.

A primeira cena — a conversa entre dois personagens menores, a moça Macha e o professor de aldeia Miedviediênko — é totalmente impregnada pelos modos e estados de espírito de ambos. Ficamos sabendo sobre eles e sobre os dois personagens principais, a atriz que começa a ganhar fama Nina Zarietchnaia e o poeta Trepliov, que estão organizando uma apresentação teatral de amadores na aleia do parque: "Eles estão apaixonados, e nessa noite suas almas se unirão no esforço de expressar a visão artística de que compartilham", diz o professor no estilo rebuscado tão típico de um semi-intelectual russo. Ele tem boas razões para se referir a isso, estando também apaixonado. No entanto, cumpre admitir que essa introdução é decididamente abrupta. Tchekhov, como Ibsen, estava sempre ansioso para se livrar das explicações tão cedo quanto possível. Sórin, o proprietário de terra balofo e afável, visita Trepliov, seu sobrinho, que se sente nervoso em relação à peça que vai encenar. Os trabalhadores que construíram o palco se aproximam e dizem que vão tomar um trago. Enquanto isso, o velho Sórin pede a Macha que diga ao pai dela (empregado de Sórin na propriedade rural) que mantenha o cachorro quieto durante a noite. Diga isso a ele você mesmo, Macha responde de maneira abrupta. O gênio de Tchekhov se revela no movimento perfeitamente natural dos personagens, na associação de detalhes de menor importância que, no entanto, são autênticos do ponto de vista da vida real.

Na segunda cena, Trepliov fala com o tio sobre sua mãe, a atriz profissional que sente ciúme da moça que estrelará a peça. Não se pode nem falar da Duse* em sua presença. Meu Deus, exclama Trepliov, pelo menos tente.

---

* Eleonora Duse (1858-1924) foi considerada na Europa uma das maiores atrizes do século 19 e início do 20, tendo interpretado Julieta aos catorze anos. (N.T.)

Com outro autor, o retrato completo da mulher nesse diálogo expositivo seria um exemplo horrível das técnicas tradicionais, sobretudo porque o jovem está falando com o próprio irmão dela. Com a força de seu talento, Tchekhov o faz se valendo de pormenores engraçados: ela tem 70 mil rublos no banco, mas, se alguém lhe pede um empréstimo, começa a chorar... Ele fala então das rotinas teatrais, da moralidade hipócrita da família, das coisas novas que deseja criar; fala de si próprio, de sua sensação de inferioridade porque a mãe está sempre cercada de artistas e escritores famosos. É um monólogo bem longo. Por meio de uma pergunta judiciosamente plantada, ele é ainda levado a falar sobre o escritor Trigórin, amigo de sua mãe. Charme, talento, mas, depois de Tolstói e Zola, não se tem vontade de ler Trigórin. Notem o fato de Tolstói e Zola serem postos no mesmo nível — típico de um jovem autor como Trepliov no final da década de 1890.

Aparece Nina. Temia que seu pai, um proprietário de terras da região, não a deixasse vir. Sórin vai chamar a família, pois a Lua está nascendo e chegou a hora de começar a peça de Trepliov. Notem dois lances típicos de Tchekhov: primeiro, Sórin canta alguns compassos de uma canção de Schubert, e depois conta com uma risada as coisas horríveis que já disseram sobre seu canto; em segundo lugar, quando Nina e Trepliov são deixados a sós, eles se beijam e imediatamente ela pergunta: "Que árvore é aquela ali?". A resposta: um olmo. "Por que é tão escura?", continua. Essas ninharias revelam, melhor do que qualquer coisa inventada antes de Tchekhov, a melancólica impotência dos seres humanos — o velho que desbaratou sua vida, a moça delicada que nunca será feliz.

Os trabalhadores voltaram. É hora de começar. Nina menciona seu medo de enfrentar o público — ela terá de representar diante de Trigórin, o autor daqueles contos maravilhosos. "Sei lá. Não li nenhum", diz Trepliov secamente. Os críticos, que gostam de observar essas coisas, notaram que, enquanto Arkádina, a atriz mais velha, tem ciúme da amadora Nina, que apenas sonha com uma carreira no palco, seu filho, o jovem escritor sem grande sucesso ou talento, tem ciúme de um escritor realmente notável, Trigórin (aliás, uma espécie de duplo de

Tchekhov como autor profissional). Chega o público. Primeiro Dorn, o velho médico, e a esposa de Chamraiev (o gerente da propriedade de Sórin), a qual foi no passado amante do doutor. Depois entram Arkádina, Sórin, Trigórin, Macha e Miedviediênko. Chamraiev pergunta a Arkádina sobre um velho cômico que ele costumava aplaudir. "Você está sempre me perguntando sobre figuras insignificantes dos tempos antediluvianos", ela responde de mau humor.

Pouco depois sobe a cortina. Em vez do cenário há uma lua de verdade e a vista do lago. Nina, sentada numa pedra, tem uma fala lírica no estilo de Maeterlinck, com lugares-comuns místicos, obscuramente banal. ("É algo na linha decadente", sussurra Arkádina. "Mamãe!", diz seu filho em tom suplicante.) Nina prossegue. A ideia é que se trata de um espírito falando depois que toda a vida cessou na Terra. Os olhos vermelhos do demônio aparecem. Arkádina acha graça e Trepliov perde a paciência, pede que baixem a cortina e vai embora. Os outros a criticam por haver magoado seu filho. Mas ela própria se sente insultada — aquele menino irascível, orgulhoso [...] quer me ensinar como deve ser o teatro... O ponto sutil é que, embora realmente deseje destruir as velhas formas de arte, Trepliov não tem talento para inventar nada que as substitua. Notem o que Tchekhov faz aqui: que outro autor teria ousado caracterizar o principal protagonista — um personagem dito positivo, isto é, do qual se espera que conquiste a simpatia da plateia — como um poeta menor, atribuindo ao mesmo tempo real talento às pessoas menos simpáticas da peça, a atriz desagradável e autoindulgente, assim como o escritor enfaticamente profissional, egotista e supercrítico?

Ouve-se uma cantoria vinda do lago. Arkádina relembra o tempo em que a juventude e a alegria imperavam naquele lugar. Ela se arrepende de haver ferido o filho. Nina aparece e Arkádina lhe apresenta Trigórin. "Ah, sou sua leitora assídua!" Vem então uma deliciosa paródia do próprio método de Tchekhov de contrastar poesia e prosa. "É, o cenário era bonito", diz Trigórin, acrescentando após uma pausa: "Aquele lago deve estar cheio de peixes". E Nina fica intrigada ao saber que um homem pode se divertir pescando quando, nas palavras dela, vivenciou os encantos do trabalho criativo.

Sem nenhuma conexão especial (mais um artifício típico de Tchekhov e de uma beleza genuína em termos de vida real), embora evidentemente dando sequência à linha de pensamento da conversa anterior, Chamraiev relembra um incidente engraçado ocorrido em um teatro anos antes. A piada não provoca um único sorriso e há uma pausa depois. Pouco após, a plateia se dispersa, enquanto Sórin reclama em vão com Chamraiev sobre o latido do cachorro à noite, Chamraiev repete uma anedota anterior sobre um cantor de igreja e Miedviediênko, o paupérrimo professor de aldeia com ideias socialistas, indaga quanto ganha um desses cantores. O fato de que a pergunta fica sem resposta chocou muitos críticos, que exigiam fatos e números em uma peça teatral. Lembro-me de haver lido em algum lugar a solene afirmação de que um dramaturgo deve dizer aos espectadores com toda a clareza qual a renda dos diferentes personagens, pois de outro modo seus sentimentos e ações não podem ser perfeitamente entendidos. Mas Tchekhov, o gênio da observação casual, atinge, com a harmoniosa interação desses comentários triviais, píncaros muito mais altos do que os escravos rotineiros da causa e efeito.

Dorn diz a Trepliov, que agora reaparece, ter gostado da peça — ou do que ouviu dela. Explica suas próprias opiniões acerca da vida, das ideias e da arte. Trepliov, inicialmente comovido com seus elogios, agora o interrompe duas vezes. Onde está Nina? Sai correndo, quase às lágrimas. "Ah, juventude, juventude!", suspira o médico. Macha retruca: "Quando as pessoas não têm mais nada a dizer, dizem: 'Ah, juventude, juventude'". Para grande desgosto de Dorn, ela toma uma pitada de rapé e então fica subitamente histérica, dizendo-lhe que está desesperada e perdidamente apaixonada por Trepliov. "— Todo mundo está tão nervoso — o médico repete —, todos tão nervosos. E todo mundo está apaixonado. É a magia desse lago. Mas como ajudá-la, minha criança querida, como?"

Assim termina o primeiro ato, e podemos perfeitamente entender que o espectador médio no tempo de Tchekhov, assim como os críticos — esses sacerdotes das opiniões médias —, tivesse ficado bastante irritado e confuso. Não havia uma linha definida de conflito. Ou melhor, houve várias linhas vagas e um conflito fútil, pois não se pode esperar nenhum entrechoque surpreendente entre, de um lado, um filho facilmente irritável e fraco e, de outro, uma mãe irascível mas igualmente fraca, cada qual sempre sentindo remorso por suas palavras impensadas. Nada especial é sugerido pelo encontro entre Nina e Trigórin, e os romances dos outros personagens são becos sem saída. Terminar o ato com um óbvio beco sem saída parecia um insulto às pessoas ávidas por uma boa briga. Todavia, a despeito de Tchekhov ainda estar vinculado às próprias tradições que contestava (as exposições bem simples, por exemplo), o que pareciam defeitos e absurdos para o crítico médio eram realmente a semente da qual brotaria um dia uma grande peça de teatro — pois não posso ocultar o fato de que, malgrado minha admiração por Tchekhov e seu autêntico talento, ele não criou uma obra-prima perfeita. Sua conquista residiu em mostrar o caminho certo para se escapar da masmorra da causação determinista, da causa e efeito, e romper os grilhões que mantinham cativa a dramaturgia. O que espero de futuros dramaturgos não é que apenas repitam os métodos de Tchekhov, pois que a ele pertencem, ao seu tipo de gênio, mas que inventem e utilizem outros métodos que, ainda com maior vigor, garantam a liberdade da criação no teatro. Dito isso, tratemos de examinar o próximo ato e ver que surpresas ele reservava para uma plateia irritada e perplexa.

Ato II. Um campo de croqué, parte da casa e do lago. Arkádina está dando a Macha algumas sugestões sobre como uma mulher se mantém em boa forma física. A partir de um comentário casual, ficamos sabendo que há bastante tempo Arkádina é amante de Trigórin. Sórin chega, juntamente com Nina, que tem a oportunidade de estar lá porque seu pai e sua madrasta viajaram por três dias. Uma conversa tortuosa sobre o abatimento de Trepliov, a saúde precária de Sórin.

"MACHA: Quando ele lê alguma coisa em voz alta, seus olhos parecem em fogo, ele empalidece. Tem uma voz bela e triste, e os modos de um poeta.

Ouve-se Sórin roncando, reclinado numa cadeira de jardim. [*Que contraste!*]

DR. DORN: Boa noite, menina.

ARKÁDINA: Olá, Piotr!

SÓRIN: O que houve? (*Senta-se.*)

ARKÁDINA: Você está dormindo?

SÓRIN: De jeito nenhum.

(*Uma pausa.*) [*Tchekhov, grande mestre das pausas.*]

ARKÁDINA: Você não cuida nem um pouco de sua saúde — isso é ruim, meu irmão.

SÓRIN: Bem que eu gostaria... Só que o doutor aqui não está interessado.

DR. DORN: De que serve ver um médico aos sessenta anos?

SÓRIN: Um homem de sessenta também quer viver.

DR. DORN: (*irritado*) Ah, está bem. Tente alguma coisa para os nervos.

ARKÁDINA: Acho que ele devia ir para alguma estação de águas alemã, dr. Dorn.

DR. DORN: Bem... Bem, pode ir, sim. Mas talvez não deva ir.

ARKÁDINA: Entendeu o que ele quer dizer? Eu não.

SÓRIN: Não há nada para entender. É tudo perfeitamente claro."

E assim seguem as coisas. A plateia errada pode ficar com a impressão de que o autor está desperdiçando seus preciosos vinte minutos, seu segundo ato, enquanto o conflito e o clímax aguardam impacientes nas coxias. Mas está tudo certo. O autor conhece seu métier.

"MACHA: (*levantando-se*) Acho que está na hora do almoço. (*Move-se indolentemente.*) Meus pés estão dormentes.

(*Sai.*)"

Pouco depois, Chamraiev aparece e fica aborrecido porque sua mulher e Arkádina querem ir à cidade quando os cavalos são necessários para a colheita. Discutem; Chamraiev se irrita e se recusa a continuar como gerente da propriedade. Pode-se chamar isso de conflito? Bem, houve algo antes — aquela recusa a silenciar o cachorro durante a noite — mas, vamos e venhamos, diz o crítico com desdém, que paródia é essa?*

Nesse ponto, com toda a simplicidade e grande ousadia, Tchekhov, o inovador, recorre ao velhíssimo truque de fazer com que Nina, a

---

* "E nem mesmo um moralista notaria aqui o paradoxo que se poderia considerar típico de uma classe decadente: o empregado tomando liberdades com o patrão — pois isso não era comum no campo russo. Trata-se de um mero incidente baseado naqueles personagens específicos, que poderiam ou não ter sido mencionados." Essa nota na margem foi omitida por Nabokov.

principal personagem feminina (agora sozinha no palco), exponha seus pensamentos em voz alta. Bem, ela é uma atriz em floração — mas nem isso pode servir de desculpa. É uma fala bem banal. Ela está intrigada com a circunstância de que uma atriz famosa chora porque não pode ter as coisas como quer, e um escritor famoso passa o dia inteiro pescando. Trepliov retorna de uma caçada e atira uma gaivota marinha aos pés de Nina. "Eu me sinto um canalha por ter matado essa ave." E acrescenta: "Em breve vou me matar da mesma maneira". Nina se aborrece com ele. "Ultimamente você fala usando símbolos. A ave também parece ser um símbolo. (*Ela a põe sobre um banco.*) Mas, me desculpe, eu sou simples demais; não entendo de símbolos." (Notem que essa linha de pensamento terá um final muito interessante — a própria Nina será a corporificação do símbolo que ela não compreende e que Trepliov utiliza erradamente.) Trepliov reclama, com raiva, que ela se tornou fria e indiferente para com ele depois do fracasso da peça. Refere-se à sua própria rudeza. Há a tênue sugestão de um complexo hamletiano, que Tchekhov de repente vira ao avesso aplicando outro tema hamletiano à figura de Trigórin, que entra com passos silenciosos trazendo um livro nas mãos. "Palavras, palavras, palavras", exclama Trepliov antes de sair.

Trigórin anota em seu livro uma observação sobre Macha: "Cheira rapé, toma bebidas fortes... Sempre de preto. O professor está apaixonado por ela". O próprio Tchekhov mantinha um livro de notas como aquele a fim de registrar personagens que poderiam se revelar úteis. Trigórin diz a Nina que ele e Arkádina aparentemente estão indo embora (por causa da briga com Chamraiev). Respondendo a Nina, que considera "uma maravilha ser um escritor", Trigórin tem uma fala encantadora de quase três páginas. Para um autor que encontra uma oportunidade de falar sobre si próprio, é tão boa e tão típica que supera a aversão original a longos monólogos no teatro moderno. Todos os detalhes de sua profissão são notavelmente bem expostos: "Aqui estou eu, falando a vocês, e me sinto emocionado, mas ao mesmo tempo fico lembrando que um longo conto inacabado espera por mim sobre a escrivaninha. Vejo, por exemplo, uma nuvem; reparo que se parece com um piano, e imediatamente digo a mim mesmo que devo usar isso em um conto. Uma nuvem passageira com a forma de um piano. Ou, digamos, os aromas de heliotrópio no jardim. De pronto os coleto, um cheiro enjoativamente doce. Devo mencioná-lo quando descrever o lusco-fusco no verão [...]". Ou então: "Quando, no começo da carreira, uma nova peça minha era encenada, sempre me parecia que os espectadores morenos tomavam posição contra mim e que os louros eram friamente indiferentes...". Ou ainda: "Ah, sim, é um prazer escrever, enquanto você escreve... mas depois... O público lê e diz: 'Sim, é encantador, mostra talento... Bonzinho — mas tão inferior a Tolstói! [...] Sim, um bom conto — mas Turguêniev é melhor'". (Essa era a experiência do próprio Tchekhov.)

Nina lhe diz que estaria pronta a enfrentar todas aquelas dificuldades e desapontamentos se pudesse ser famosa. Trigórin, olhando para o lago e absorvendo o ar e a paisagem, observa que é uma pena ter de ir embora. Ela indica a casa na margem oposta onde sua mãe vivera.

"NINA: Nasci lá. Passei a vida perto desse lago e conheço todas as suas ilhotas.

TRIGÓRIN: Sim, aqui é lindo. (*Reparando na gaivota sobre o banco.*) E o que é isso?

NINA: Uma gaivota. Trepliov a matou.

TRIGÓRIN: Uma bela ave. Realmente, não gostaria nem um pouco de ir. Olhe aqui, tente persuadir Arkádina a ficar. (*Faz uma anotação no livro.*)

NINA: O que você está escrevendo?

TRIGÓRIN: Ah, nada... Só uma ideia. (*Guarda o livro no bolso.*) Uma ideia para um conto: lago, casa, moça ama o lago, feliz e livre como uma gaivota. Um homem passa por acaso, lança um olhar, um capricho, e a gaivota morre.

(*Pausa*)

ARKÁDINA (*da janela*): Ei, onde é que você está?

TRIGÓRIN: Estou indo!

ARKÁDINA: Vamos ficar.

(*Ele entra na casa*)

(*Nina é deixada sozinha e permanece com ar preocupado na frente do palco.*)

NINA: Um sonho...

Cortina."

Três coisas devem ser ditas sobre o final desse segundo ato. Em primeiro lugar, já notamos o ponto fraco de Tchekhov: a presença de mulheres jovens e poéticas. Nina é ligeiramente artificial. O último suspiro bem junto às luzes da ribalta é algo ultrapassado, pois não se situa no mesmo nível de perfeita simplicidade e realidade natural do resto da peça. Sem dúvida estamos conscientes de que ela habitualmente assume posturas teatrais, mas, apesar disso, o recurso não funciona. Trigórin diz a Nina, entre outras coisas, que é raro ele conhecer alguma moça e que ele já chegou a uma idade em que é difícil imaginar claramente os sentimentos dos doces dezoito anos, motivo pelo qual, em seus contos, as moças em geral carecem de autenticidade. (Poderíamos acrescentar: algo errado em relação à boca, como as famílias das pessoas retratadas por Sargent costumavam dizer ao pintor.) Curiosamente, o que Trigórin diz pode ser aplicado a Tchekhov como dramaturgo, pois em seus contos — como, por exemplo, "A casa de mezanino" ou "A dama do cachorrinho" — as jovens mulheres são maravilhosamente vivas. Mas isso é porque ele não as faz falar muito. Este é o primeiro ponto.

O segundo é que, tanto quanto se pode ver e julgando por suas próprias opiniões sutis acerca da profissão de escritor, além de seu poder de observação, Trigórin é de fato um bom escritor. Porém, de certo modo as anotações que ele faz sobre a ave, o lago e a moça não dão a impressão de que dali sairá um bom conto. Ao mesmo tempo, já se pode adivinhar que a trama da peça será exatamente a do conto, e nada mais. O interesse técnico passa a ser se Tchekhov conseguirá escrever um bom conto a partir do material que, no livro de notas de Trigórin, soa bastante banal. Caso consiga, então estávamos certos em presumir que Trigórin é um escritor de qualidade, capaz de transformar um tema corriqueiro em uma bela história. E, por fim, uma terceira observação. Assim como Nina não compreendeu o verdadeiro significado do símbolo quando Trepliov trouxe a ave morta, Trigórin também não se dá conta de que, ao permanecer na casa junto ao lago, ele se tornará o caçador que mata o pássaro.

Em outras palavras, o final do ato mais uma vez é obscuro para o espectador médio porque não se pode ainda esperar nada preciso. Tudo o que de fato aconteceu até então é que houve uma briga, decidiu-se por uma partida, adiou-se a partida. O verdadeiro interesse reside justamente no caráter vago das falas e nas meias promessas artísticas.

Ato III, uma semana depois. Sala de jantar na mansão de campo de Sórin. Trigórin está tomando o café da manhã e Macha fala sobre si a fim de que "você, como escritor, possa se valer da minha vida". Com base em suas primeiras palavras, fica-se sabendo que Trepliov tentou se suicidar mas que o ferimento não é grave.*

Aparentemente, o amor de Macha por Trepliov continua, pois agora ela decide se casar com o professor, a fim de esquecer o poeta. Ficamos sabendo também que Trigórin e Arkádina se preparam para sair de vez. Segue-se uma cena entre Nina e Trigórin. Ela lhe dá de presente um medalhão no qual estão gravados o título de um de seus livros assim como os números de uma página e de uma linha. Quando Arkádina e Sórin entram, ela sai às pressas, pedindo a Trigórin que lhe conceda alguns minutos antes de partir. Notem, contudo, que não se pronunciou nenhuma palavra de amor e que Trigórin é um pouco obtuso. À medida que segue a peça, ele fica murmurando e tentando se lembrar da frase que constaria daquela página. Será que há livros meus nesta casa? Sim, no escritório de Sórin. Afasta-se para encontrar o volume desejado, o que constitui uma razão perfeita para tirá-lo do palco. Sórin e Arkádina discutem os motivos para a tentativa de suicídio de Trepliov: ciúme, ociosidade, orgulho... Quando ele sugere que Arkádina lhe dê algum dinheiro, ela começa a chorar, como o filho predissera que faria nesses casos. Sórin fica excitado e tem um ataque de tonteira.

Depois que Sórin é levado do palco, Trepliov e Arkádina conversam. Trata-se de uma cena ligeiramente histérica e não muito convincente. Primeiro movimento: ele sugere à mãe que empreste algum dinheiro a Sórin, e ela retruca que é uma atriz e não a dona de um banco. Pausa.

---

* "Notem que, segundo as regras que odeio, não é permitido que alguém se mate no intervalo entre dois atos, embora a pessoa possa tentar o suicídio, desde que não morra; e, vice-versa, não se pode deixar que um personagem erre o tiro no último ato se ele sai do palco para acabar com sua vida." Passagem omitida por Nabokov.

Segundo movimento: ele lhe pede que mude a atadura em sua cabeça e, enquanto Arkádina faz isso com muita ternura, ele a relembra de um ato de grande bondade que sua mãe praticou no passado, mas de que ela já não se recorda. Trepliov diz o quanto a ama, mas — e aí vem o terceiro movimento: por que ela está tão influenciada por aquele homem? — isso a irrita. Ele diz que a literatura de Trigórin lhe causa enjoo; ela retruca que o filho é um joão-ninguém invejoso; discutem violentamente; Trepliov começa a chorar; voltam a fazer as pazes (desculpe sua mãe pecadora); ele confessa que ama Nina, mas diz que ela não o ama; não pode mais escrever, perdeu toda a esperança. A ondulação emocional aqui é um pouco óbvia demais — praticamente uma exibição em que o autor obriga os personagens a demonstrar seus truques. E há um grave erro logo depois. Trigórin entra, folheando o livro e procurando a linha, lendo então para benefício da plateia: "Aqui está: 'Se em algum momento você precisar de minha vida, basta vir aqui e tomá-la'".

Obviamente, o que de fato teria acontecido é que Trigórin, procurando pelo livro no escritório de Sórin e o achando numa prateleira baixa, teria em condições normais se acocorado e lido ali mesmo a frase. Como sói acontecer, um erro leva a outro. A frase seguinte também é muito fraca. Trigórin, pensando em voz alta: "Por que me parece ouvir tanta tristeza no chamado dessa alma jovem e pura? Por que meu coração fica tão pesado e dói tanto?". Essa fala é definitivamente medíocre, e um bom escritor, como Trigórin, dificilmente se permitiria algo tão sentimentaloide. Tchekhov estava confrontado com a difícil tarefa de repentinamente humanizar seu escritor e cometeu o grave engano de fazê-lo trepar em pernas de pau a fim de torná-lo mais visível para os espectadores.

Trigórin diz à sua amante sem rodeios que deseja ficar e tentar a sorte com Nina. Arkádina cai de joelhos e, em fala muito bem arquitetada, implora: Meu rei, meu belo deus... Você é a última página da minha vida etc. Você é o melhor escritor da atualidade, a única esperança da Rússia etc. Trigórin explica à plateia que não tem nenhuma força de vontade — é fraco, frouxo, sempre obediente. Ela repara que ele está escrevendo algo no livro de notas. Ele diz: "Esta manhã ouvi por acaso uma boa expressão: o bosque de pinheiros das virgens. Pode vir a ser útil... (*Ele se espreguiça*.) Outra vez vagões de estrada de ferro, estações ferroviárias, refeições apressadas, costeletas, conversas...".*

Chamraiev vem dizer que a carruagem está pronta e fala de um velho ator que conheceu. Isso parece típico dele à luz do que falou no primeiro ato, porém aqui algo curioso parece acontecer. Notamos que Tchekhov inventou um artifício para tornar seus personagens mais autênticos, fazendo-os contar uma piadinha, tecer algum comentário tolo ou se recordar de algo incidental, em vez de obrigar o avarento a só falar de seu ouro ou os médicos de suas pílulas. Mas agora a frustrada deusa do determinismo se vinga, e o que parecia ser uma observação encantadora e casual, capaz de revelar indiretamente a natureza de quem fala, transforma-se em uma característica inescapável e imperiosa da sovinice do usurário. O livro de notas de Trigórin, as lágrimas de Arkádina quando se suscitam questões de dinheiro, as recordações de atores teatrais por Chamraiev — tudo isso passa a funcionar como rótulos irremovíveis e tão desagradáveis quanto os elementos recorrentes nas peças tradicionais, uma gracinha que determinado personagem repete nos momentos mais inesperados (ou, melhor dizendo, mais esperados). Isso mostra que Tchekhov, embora tenha quase conseguido criar um tipo novo e melhor de dramaturgia, foi ardilosamente enredado em suas próprias armadilhas. Tenho a firme impressão de que ele não teria sido vítima dessas convenções — aquelas que imaginava haver rompido — caso conhecesse um pouco melhor as numerosas formas que elas assumem. Creio que não estudou a arte do teatro de modo completo, não analisou um número suficiente de peças, não era crítico o bastante de certos aspectos técnicos do gênero.

Durante a azáfama da partida (com Arkádina dando um rublo, que então valia cerca de cinquenta centavos de dólar, para os três criados e repetindo que eles deviam dividir a quantia entre si), Trigórin consegue trocar algumas palavras com Nina. Verifica-se sua grande

---

* "Notem que, tal como na exibição das oscilações de sentimento na cena entre mãe e filho, aqui temos uma exibição do homem voltando a ser um escritor profissional — um pouco óbvio demais. Segue-se outra exibição: Chamraiev..." Passagem omitida por Nabokov.

eloquência em relação à ingenuidade dela, à sua pureza angelical etc. Ela lhe diz que decidiu se tornar uma atriz e ir para Moscou. Marcam um encontro lá e se abraçam. *Cortina*. Não há dúvida de que, embora tenha algumas coisas boas, em especial as falas, esse ato é bem inferior aos que o precedem.*

Ato IV. Dois anos se passaram. Tchekhov tranquilamente sacrifica a velha lei da unidade cronológica a fim de garantir a unidade de lugar, pois a esse respeito há alguma coisa bastante natural em saltar para o verão seguinte, quando Trigórin e Arkádina são esperados de volta a fim de ficar outra vez com seu irmão, Sórin, na casa de campo.

Uma sala de visitas convertida por Trepliov em local de trabalho — montes de livros. Entram Macha e Miedviediênko. Casaram-se e têm um filho. Macha está preocupada com Sórin, que tem medo de ficar sozinho. Referem-se ao esqueleto de teatro que permanece no jardim às escuras. A sra. Chamraiev, mãe de Macha, sugere a Trepliov que ele seja mais bondoso com sua filha. Macha ainda o ama, porém agora tem a esperança de esquecê-lo quando seu marido for transferido e ambos se mudarem para outra cidade.

Ficamos sabendo por acaso que Trepliov escreve para revistas. O velho Sórin instalou sua cama no quarto de Trepliov. É bastante natural que um homem sofrendo de asma anseie por uma mudança — o que não deve ser confundido com o artifício de "manter no palco" algum personagem. Ocorre uma deliciosa conversa entre o médico, Sórin e Miedviediênko. (Arkádina foi à estação receber Trigórin.) Por exemplo, o médico alude ao fato de ter passado bastante tempo e gastado muito dinheiro em países estrangeiros. Falam de outras coisas. Há uma pausa. Então fala Miedviediênko.

"MIEDVIEDIÊNKO: Posso perguntar, doutor, qual a cidade estrangeira de que mais gosta?

---

* "Por favor, notem com muito cuidado a estranha vingança que acabei de descrever [da deusa do determinismo]. Há sempre um demônio esperando à socapa pelo autor incauto quando ele pensa que sabe tudo. E, o que é mais importante, isso ocorre exatamente quando ele volta a utilizar recursos tradicionais, o clímax se aproxima e a plateia espera não a cena obrigatória (que seria demasiado esperar de um autor como Tchekhov), mas pelo menos alguma cena 'satisfatória' no sentido do que deseja ver. É nesse momento que Tchekhov fica aquém do esperado." Passagem omitida por Nabokov.

DORN: Gênova.

TREPLIOV: Por que Gênova — entre tantas cidades?"

O médico explica: só uma impressão, as vidas lá parecem fazer rodeios e fundir-se — de forma semelhante, ele acrescenta — ao mundo e às almas em sua peça — aliás, onde anda ela agora, aquela jovem atriz? (Uma transição bem natural.) Trepliov conta a Dorn sobre Nina. Manteve um romance com Trigórin, tiveram um filho, a criança morreu; não é uma boa atriz, embora reconhecida como profissional aplicada, assume papéis importantes, mas o faz de modo pouco refinado, sem bom gosto, solta suspiros, gesticula. Há momentos em que demonstra certa capacidade, por exemplo quando morre, porém são bem raros.

Dorn indaga se ela tem talento e Trepliov responde que é difícil dizer. (Notem que Nina está em posição similar à de Trepliov em termos de sucesso artístico.) Conta que a seguiu de cidade em cidade, onde quer que ela se apresentasse, mas Nina nunca deixou que ele se aproximasse. Às vezes escreve. Depois que Trigórin a abandonou, deu sinais de desequilíbrio mental. Assina as cartas com a palavra "gaivota". (Vale notar que Trepliov esqueceu a conexão.) Acrescenta que ela agora está por perto, vaga pela propriedade, não ousa aparecer nem quer que ninguém fale com ela.

"SÓRIN: Ela era uma moça encantadora.

DORN: O que você disse?

SÓRIN: Disse que era uma moça encantadora."

Arkádina volta da estação na companhia de Trigórin. (Intercaladamente com essas cenas, vemos as agruras de Miedviediênko ao ser maltratado por seu sogro.) Trigórin e Trepliov conseguem trocar um aperto de mãos. Trigórin trouxe um exemplar de uma revista literária mensal de Moscou com um conto de Trepliov e, com a afabilidade insolente de um escritor famoso se dirigindo a um iniciante, diz que as pessoas estão interessadas nele, que o acham misterioso.

Pouco depois, todos, com exceção de Trepliov, se sentam para jogar víspora, como sempre fazem nas noites chuvosas. Folheando a revista, Trepliov se diz: "Trigórin leu o material dele, mas nem cortou as páginas do meu conto". Acompanhamos o jogo de víspora numa cena bonita e bem típica de Tchekhov. Parece que, para alcançar todo o potencial de seu talento, ele necessita pôr as pessoas à vontade, fazê-las se sentirem em casa e confortáveis, conquanto isso não impeça um leve enfado, pequenos pensamentos sombrios, recordações emocionais etc. E, embora mais uma vez os personagens exibam suas peculiaridades ou hábitos — Sórin cochila de novo, Trigórin fala de pesca, Arkádina relembra seus êxitos teatrais —, isso é feito de modo muito mais natural do que o falso pano de fundo dramático do ato anterior, sendo bastante normal que as mesmas pessoas, reunidas dois anos depois no mesmo local, repitam pateticamente os velhos comportamentos. Sugere-se que os críticos trataram Trepliov, o jovem autor, com muita dureza. Os números na víspora são cantados. Arkádina nunca leu uma só linha dos escritos do filho. O jogo é então interrompido porque todos vão cear, exceto Trepliov, que continua a matutar sobre seus manuscritos. Um monólogo — e tão bom que se pode desculpar seu convencionalismo: "Falei tanto sobre novas formas e agora sinto que pouco a pouco escorrego rumo à rotina". (Tal como a maioria das observações profissionais na peça, isso pode ser aplicado de certa forma ao próprio Tchekhov, mas apenas quando ele tem alguma recaída, como no ato anterior.) Trepliov lê: "'Seu rosto pálido emoldurado pelos cabelos negros'. Isso é uma droga, esse 'emoldurado'", ele exclama e risca a frase. "Vou começar com o personagem sendo acordado pelo barulho da chuva — e que se dane o resto. A descrição do luar é muito longa e elaborada. Trigórin criou seus próprios truques; para ele é fácil. Ele mostra o gargalo de uma garrafa quebrada brilhando na represa de um rio e a sombra negra sob o moinho de roda — isso é tudo, e o luar está acabado; mas comigo, é um tal de 'luz trêmula' e 'estrelas ligeiramente bruxuleantes', além dos sons distantes do piano que 'se dissolvem no ar levemente inebriante da noite'. É horrível, pavoroso..." (Aliás, temos aqui uma bela definição da diferença entre a arte de Tchekhov e a de seus contemporâneos.)

Segue-se o encontro com Nina, que, do ponto de vista da dramaturgia tradicional, pode ser considerado a cena principal da peça e a que chamei de "satisfatória". Na verdade, é muito boa. As falas dela aqui estão muito mais na linha de Tchekhov quando não mais se preocupa em retratar virgens puras, ansiosas e românticas. Ela está cansada, perturbada, infeliz, uma mixórdia de recordações e detalhes. Ainda ama Trigórin e ignora a tremenda emoção de Trepliov, que pela última vez tenta convencê-la a ficar com ele. "Sou uma gaivota", ela diz sem nenhuma conexão especial. "Agora estou misturando as coisas. Lembra-se de que certa vez você matou uma gaivota? Um homem passou por acaso, viu a ave e a matou. Ideia para um conto. Não... estou me confundindo outra vez." "Espere um pouco, vou lhe dar alguma coisa para comer", diz Trepliov, agarrando-se à última chance. É tudo muito bem-feito. Ela recusa, fala de novo sobre seu amor por Trigórin, que a abandonou tão rudemente, e então se lança no monólogo da peça de Trepliov no começo do primeiro ato, saindo depois às pressas.

O fim do ato é magnífico.

"TREPLIOV: (*após uma pausa*) Será uma pena se alguém a encontrar no jardim e contar à mamãe. Mamãe vai ficar angustiada. [*Notem que essas são suas últimas palavras, porque, após destruir friamente os manuscritos, ele abre uma porta à direita e passa para um aposento menor, onde pouco depois se mata com um tiro.*]

DORN: (*lutando para abrir a porta do lado esquerdo* [*contra a qual minutos antes Trepliov empurrara uma poltrona para não ser perturbado enquanto falava com Nina*]) Estranho. A porta parece trancada. (*Por fim entra e afasta a poltrona.*) Hum... Uma espécie de corrida de obstáculos.

[*Os outros também voltam da ceia*] (*Arkádina, o casal Chamraiev, Macha, Trigórin, o criado com vinho e cerveja.*)

ARKÁDINA: Ponha aqui. A cerveja é para Trigórin. Vamos beber e continuar com o jogo. Sentem-se.

[*Velas são acesas.*] (*Chamraiev leva Trigórin até uma cômoda.*)

CHAMRAIEV: Olhe, aqui está a ave que você me pediu que empalhasse no verão passado.

TRIGÓRIN: Que ave? Não me lembro. (*Reflete.*) Não, realmente não me lembro.

(*Ouve-se um disparo vindo da direita. Todos têm um sobressalto.*)

ARKÁDINA (*assustada*): Que foi isso?

DORN: Eu sei. Alguma coisa provavelmente explodiu no meu armário de remédios. Não se preocupem. (*Ele sai e volta meio minuto depois* [*enquanto os outros estão se acomodando para retomar o jogo*].) Sim, eu tinha razão. Uma garrafa de éter explodiu. (*Ele cantarola.*) 'Ah, minha menina, mais uma vez seus encantos me enfeitiçam...'

ARKÁDINA (*sentando-se à mesa*): Ufa, levei um susto. Lembrei daquela vez em que... (*Cobre o rosto com as mãos.*) Quase desmaiei.

DORN (*folheando a revista e se dirigindo a Trigórin*): Um ou dois meses atrás apareceu um artigo nesta revista... uma carta dos Estados Unidos... e queria lhe perguntar... (*Conduz Trigórin [gentilmente] para a frente do palco*), porque, você sabe, estou muito interessado no assunto. (*Em voz ligeiramente mais baixa.*) Por favor, poderia levar Arkádina para outro aposento? O fato é que seu filho se suicidou.

Cortina."

Esse é, repito, um final notável. Reparem que a tradição do suicídio nos bastidores é quebrada pela principal personagem envolvida ao não se dar conta do que aconteceu, mas, por assim dizer, imitando a verdadeira reação quando se recorda de uma ocasião anterior. Notem, também, que é o médico quem fala, por isso não há necessidade de chamar um doutor a fim de satisfazer a plateia. Notem, por fim, que, se antes de sua tentativa fracassada Trepliov falara em se suicidar, nessa cena não há uma única sugestão — e, no entanto, o ato é perfeita e completamente motivado.*

---

* Esse parágrafo final foi omitido por Nabokov.

Maksim Górki (1868-1936)

Em *Infância*, Górki deixou um relato de sua vida na casa do avô materno, Vassíli Kachirin. É uma história soturna. O avô era um homem tirânico e violento; seus dois filhos — tios de Górki —, embora sentindo terror do pai, por sua vez atemorizavam e maltratavam suas mulheres e filhos. Era uma atmosfera de brutalidade incessante, repreensões sem motivos, surras de chicote desumanas, lutas por dinheiro e deprimentes súplicas a Deus.

"Entre os quartéis e a prisão", diz Aleksandr Roskin, biógrafo de Górki, "em meio a um mar de lama, havia fileiras de casas — pardas, verdes e brancas. E em todas elas, como na da família Kachirin, as pessoas brigavam e discutiam porque o pudim queimara ou o leite coalhara, em todas elas prevaleciam os mesmos interesses mesquinhos com relação a panelas, frigideiras, samovares e panquecas — e em todas os moradores religiosamente celebravam os aniversários e os dias santos bebendo com avidez até quase estourarem".*

Isso se passou em Níjni-Novgórod, e no pior meio social possível — o dos *mechtchane*, apenas superior ao dos camponeses e no mais baixo degrau da classe média, gente que perdera a relação salutar com a terra sem haver adquirido coisa alguma que preenchesse o vácuo assim criado. Desse modo, as pessoas se tornavam vítimas dos piores vícios das classes médias, sem as virtudes que as redimem.

---

* Roskin, Aleksandr. *From the Banks of the Volga*. Tradução para o inglês de D. L. Fromberg. Nova York: Philosophical Library, 1946, p. 11.

O pai de Górki também havia tido uma infância melancólica, porém se tornara um bom homem. Morreu quando Górki tinha quatro anos, razão pela qual sua mãe enviuvada havia voltado a viver com aquela família medonha. A única recordação feliz desses dias para Górki era da avó, que, malgrado o terrível ambiente que a envolvia, mantinha uma espécie de otimismo bem-aventurado e revelava grande bondade; só por causa dela o menino soube que existia a felicidade, que a vida era apesar de tudo feita de felicidade.

Aos dez anos Górki começou a trabalhar para se sustentar. Foi sucessivamente entregador de sapataria, lavador de pratos em um paquete, aprendiz de desenhista, aprendiz de pintor de ícones, trapeiro e apanhador de pássaros. Descobriu então os livros e começou a ler tudo que podia. De início leu indiscriminadamente, mas bem cedo desenvolveu um sentimento apurado pela boa literatura. Sentiu o desejo ardente de estudar, mas logo se deu conta de que não tinha a menor chance de ser aceito por alguma universidade, o que motivara sua ida para Kazan. Na mais absoluta pobreza, foi empurrado para a companhia dos *bosiaki* — palavra russa que significa vagabundos — e lá fez observações valiosas que posteriormente explodiriam como uma bomba nos aturdidos meios literários das capitais.

No fim, teve de voltar a trabalhar como assistente de padeiro num porão, onde a jornada durava catorze horas. Em breve se associou aos grupos revolucionários clandestinos, nos quais encontrou pessoas mais compatíveis com suas ideias do que os colegas de padaria. E continuou a ler tudo que podia — literatura, ciência, questões sociais e médicas, qualquer coisa que lhe caísse nas mãos.

Aos dezenove anos tentou se suicidar. O ferimento foi grave, mas ele se recuperou. A nota encontrada em seu bolso começava assim: "Culpo pela minha morte o poeta alemão Heine, que inventou a dor de dentes do coração...".

Vagou a pé por toda a Rússia e, chegando a Moscou, foi direto à casa de Tolstói. O escritor não estava, mas a condessa o convidou para entrar na cozinha, onde lhe ofereceu café e pãezinhos. Ela comentou que um grande número de vagabundos vinha visitar seu marido, com o que Górki concordou polidamente. De volta a Níjni, morou com dois revolucionários que haviam sido exilados de Kazan por ter participado dos protestos estudantis. Quando a polícia recebeu ordens de prender um deles e descobriu que escapara, deteve Górki para interrogá-lo.

"Que tipo estranho de revolucionário você é!", disse o inspetor-geral durante o interrogatório. "Escreve poemas e coisas assim... Quando eu te deixar ir embora, é melhor mostrar esse material para Korolenko." Após um mês de prisão, Górki foi libertado e, seguindo o conselho do policial, foi ver Vladimir Korolenko. Este era um escritor muito popular mas de segunda categoria, adorado pela intelligentsia, suspeito pela polícia de abrigar simpatias revolucionárias — e um homem muito bondoso. No entanto, sua crítica foi tão severa que assustou Górki, fazendo-o abandonar a criação literária por longo tempo e ir para Rostov, onde trabalhou por certo período como estivador. E não foi Korolenko, e sim um revolucionário chamado Aleksandr Kalujni, que Górki conhecera por acaso em Tbilisi, no Cáucaso, quem o ajudou a encontrar seu rumo na literatura. Encantado com as vívidas narrativas de tudo que ele testemunhara na vida de vagabundo, Kalujni insistiu em que Górki descrevesse tais experiências em palavras simples, as mesmas que utilizava para contá-las. E, uma vez escrito o relato, Kalujni o levou ao jornal da cidade e conseguiu que fosse publicado. Estávamos em 1842, e Górki tinha 24 anos.

Mais tarde, contudo, Korolenko provou ser uma grande ajuda — não apenas por seus valiosos conselhos, mas também ao arranjar um emprego para Górki no escritório de um jornal a que estava ligado. Durante esse ano de jornalismo em Samara, Górki trabalhou duro, tentou aperfeiçoar seu estilo (pobre coitado!) e escreveu diversos contos que foram publicados no jornal. Ao final daquele ano, ele se tornara um escritor conhecido, tendo recebido muitas ofertas de jornais da região do Volga. Aceitou uma proposta de Níjni e retornou à cidade natal. Em seus trabalhos, acentuava ferozmente a amarga verdade da vida russa de seu tempo. E, entretanto, cada linha que escreveu estava impregnada de sua fé inabalável no homem. Por mais estranho que pareça, esse pintor dos mais sombrios recantos da vida, das mais cruéis brutalidades, foi também o maior otimista que a literatura russa gerou.

Suas tendências revolucionárias eram bastante claras. Fortaleciam sua popularidade nos círculos da intelligentsia radical, porém também faziam a polícia redobrar a vigilância em relação a alguém que havia muito figurava nas listas de suspeitos. Não demoraram a prendê-lo porque uma fotografia sua com dedicatória havia sido encontrada nos aposentos de um homem detido por atividades revolucionárias, tendo sido, contudo, libertado pouco depois, por falta de provas incriminadoras. De volta a Níjni, a polícia o manteve sob observação. Indivíduos estranhos estavam sempre nas imediações da casa de madeira de dois andares onde ele morava. Um deles poderia estar sentado num banco, fingindo que contemplava indolentemente o céu. Outro estaria encostado a um poste de iluminação, ostensivamente absorto na leitura de algum jornal. O cocheiro da carruagem de aluguel parada perto da porta da frente também se comportava de modo incomum: aceitava prontamente transportar Górki ou qualquer de seus visitantes para onde quer que eles desejassem, de graça se necessário. Mas nunca admitia outros passageiros. Todos aqueles homens eram simplesmente agentes da polícia.

Górki se engajou em trabalhos filantrópicos. Organizou uma festa de Natal para centenas de crianças pobres; fundou um abrigo confortável para os desempregados e sem-teto durante o dia, com biblioteca e piano; promoveu um movimento para enviar cadernos com figuras cortadas de revistas às crianças nas aldeias. Começou também a tomar parte ativa em ações revolucionárias. Assim, levou clandestinamente um mimeógrafo de São Petersburgo para Níjni-Novgórod a fim de que um grupo revolucionário instalasse um centro de impressão secreto. Como se tratava de um crime grave, foi preso, embora na época estivesse muito enfermo.

A opinião pública, que não era uma força facilmente descartável na Rússia pré-revolucionária, apoiou Górki com todo o vigor. Tolstói saiu em sua defesa, uma onda de protesto varreu o país. O governo se viu obrigado a ceder: Górki foi solto e posto em prisão domiciliar. "Policiais foram instalados em seu vestíbulo e na cozinha. Um deles se intrometia constantemente em seu escritório", lamenta o biógrafo. Todavia, sabemos que Górki estava "imerso no trabalho, com frequência escrevendo até altas horas da noite" e também que ele "encontrou por acaso" um amigo na rua e, sem ser perturbado, conversaram sobre a iminência da revolução. Um tratamento não de todo terrível, diria eu. "A polícia e o serviço secreto eram impotentes para contê-lo." (A polícia soviética o teria feito num piscar de olhos.) Alarmado, o governo ordenou que ele fosse viver em Arzamas, uma cidadezinha sonolenta no sul da Rússia. "As represálias contra Górki suscitaram um irado protesto por parte de Lênin", prossegue o sr. Roskin. "'Um dos mais importantes escritores da Europa', escreveu Lênin, 'cuja única arma é a liberdade de expressão, está sendo banido pelo governo autocrático sem julgamento'."

Sua enfermidade — tuberculose, como no caso de Tchekhov — piorou durante a temporada na prisão, e os amigos, inclusive Tolstói, pressionaram as autoridades. Górki teve permissão de mudar-se para a Crimeia.

Antes, ainda em Arzamas, Górki, debaixo do nariz da polícia secreta, participou intensamente de atividades revolucionárias. Escreveu uma peça — *Os pequeno-burgueses* — que retrata o meio miserável e sufocante em que vivera sua infância. Essa peça não se tornaria tão famosa quanto a seguinte, *Ralé*. "Ainda na Crimeia, sentado na varanda enquanto a noite caía, Górki havia refletido em voz alta sobre sua nova peça: o principal protagonista é o antigo mordomo de uma família abastada que as vicissitudes da vida levaram a um asilo de pobres, do qual nunca conseguiu escapar. Seu pertence mais valioso é a gola de uma camisa de smoking — o único objeto que o vincula à vida anterior. O asilo está apinhado, todos se odeiam. No entanto, no último ato chega a primavera, o palco é inundado pela luz do sol e os moradores do asilo saem de seus lúgubres aposentos esquecendo o ódio mútuo..." (Roskin, Aleksandr. *From the Banks of the Volga*).

Quando *Ralé* ficou pronta, era bem mais do que o esboço acima sugere. Todos os personagens são figuras vivas e oferecem um papel vantajoso para um bom ator. O Teatro de Arte de Moscou a encenou com tremendo êxito, tornando a peça conhecida por todos.

✳

Talvez seja apropriado, neste ponto, fazer alguns comentários acerca daquele maravilhoso teatro. Antes de sua fundação, o melhor alimento teatral que o espectador russo podia obter tinha origem quase exclusivamente nas companhias imperiais de São Petersburgo e Moscou. Elas dispunham de recursos consideráveis, suficientes para contratar os melhores atores, mas a administração das casas de espetáculo era muito conservadora, o que, em matéria artística, frequentemente significa ser muito enfadonha: as produções, na melhor das hipóteses, seguiam linhas de todo convencionais. Entretanto, para um ator de fato talentoso não havia conquista maior do que subir a um palco "imperial", pois os teatros particulares eram muito pobres, incapazes de competir com os financiados pela corte.

Quando Stanislávski e Nemirovitch-Dantchenko fundaram seu pequeno Teatro de Arte de Moscou, tudo logo começou a mudar. De algo bastante banal, o teatro passou a ser gradualmente o que sempre deveria ter sido: um templo de arte elaborada e genuína. O teatro era financiado apenas pela fortuna particular dos fundadores e de alguns de seus amigos, porém não necessitava de imensos fundos. A ideia básica consistia em servir à Arte, não visando ao lucro ou à fama, mas à realização artística de alto nível. Nenhum papel era considerado mais importante do que outro, todos os detalhes eram merecedores de tanta atenção quanto a escolha da peça. Os melhores atores nunca recusavam os papéis menores que lhes eram atribuídos porque seus talentos os capacitavam a dar destaque a tais partes. Nenhuma peça era encenada até que o diretor estivesse seguro de que os melhores resultados possíveis tinham sido obtidos quanto à realização artística e à perfeição de cada pormenor — não importava o número de ensaios que isso exigisse. O tempo não era questão. O espírito de missão animava cada membro da companhia, e, caso qualquer outra consideração se tornasse mais importante do que a busca da perfeição artística para alguém, já não haveria lugar para ele naquela comunidade teatral. Contaminados pelo profundo entusiasmo artístico de seus fundadores, vivendo como uma grande família, os atores se empenhavam em cada produção como se fosse a primeira e única na vida deles. Havia um respeito religioso no comportamento de todos, um comovente altruísmo; e também um tremendo trabalho de equipe, pois nenhum ator deveria se importar mais com seu desempenho ou sucesso individual do que com o êxito coletivo do espetáculo. Ninguém podia entrar depois que começava a peça. Não se admitiam aplausos entre os atos.

Esse era o espírito do Teatro de Arte de Moscou, que revolucionou a atividade teatral russa: antes ligeiramente imitativa, sempre pronta a adotar métodos estrangeiros depois de cristalizados nos teatros do exterior, ela ganhou um grande impulso artístico e passou a servir de modelo e inspiração para diretores de outros países. As principais ideias que promoveram tal revolução foram as seguintes: o ator deveria acima de tudo temer as técnicas rígidas e os métodos tradicionais, se esforçando, em vez disso, para penetrar na alma do personagem que iria interpretar. Nessa tentativa de fazer um retrato convincente de determinado tipo dramático, o ator, durante o período de ensaios, deveria viver uma vida imaginária adaptada ao personagem em questão; assim, no cotidiano assumiria maneirismos e entonações apropriadas para a ocasião, de tal modo que, quando chamado a pronunciar suas falas no palco, as palavras lhe viessem tão naturalmente quanto se ele fosse de fato o personagem, falando de forma inteiramente natural.

Apesar de qualquer aspecto que se possa criticar nesse método, uma coisa é certa: toda vez que gente talentosa se aproxima da arte com a vontade exclusiva de servi-la com sinceridade e no limite máximo de sua capacidade, o resultado é sempre gratificante. Foi esse o caso do Teatro de Arte de Moscou. Seu êxito se revelou excepcional. Filas se formavam com dias de antecedência para garantir acesso ao pequeno auditório; os jovens de maior talento buscavam a oportunidade de se unirem aos "moscovitas", de preferência às companhias de teatro imperiais. O teatro logo criou filiais: a primeira, a segunda e a terceira "oficinas", que continuaram indissoluvelmente ligadas à instituição de origem, embora cada qual seguisse diferentes linhas de investigação artística. Também foi criada uma oficina especial em hebraico, a Habima, na qual o melhor diretor e vários atores não eram judeus; os resultados artísticos por ela alcançados também foram notáveis.

Um dos melhores atores do Teatro de Arte de Moscou foi seu fundador e diretor — e me sinto tentado a acrescentar, seu líder ditatorial —, Stanislávski, enquanto Nemirovitch serviu como coditador e diretor alternativo.

Os principais sucessos do teatro foram as peças de Tchekhov e a *Ralé* de Górki, além, obviamente, de muitas outras. Mas aquelas nunca saíam do repertório e provavelmente ficarão para sempre vinculadas ao nome do Teatro de Arte de Moscou.

No começo de 1905 — ano da chamada Primeira Revolução —, o governo deu ordens aos soldados para que atirassem contra uma multidão de operários que marchavam com o objetivo pacífico de entregar uma petição ao czar. Mais tarde, soube-se que o desfile havia sido organizado por um agente duplo, um *agent provocateur* do governo. Inúmeras pessoas, incluindo muitas crianças, foram deliberadamente mortas a tiros. Górki escreveu um vigoroso apelo, intitulado "A todos os cidadãos russos e à opinião pública dos países da Europa", denunciando os "assassinatos premeditados" e implicando o czar. Como era de se esperar, foi preso.

Dessa vez, os protestos contra sua prisão choveram de toda a Europa, assinados por famosos cientistas, políticos e artistas, obrigando o governo de novo a ceder e libertá-lo (imaginem o governo soviético cedendo nos dias de hoje!), após o que ele foi para Moscou e ajudou abertamente a preparar a Revolução, amealhando fundos para a compra de armas e transformando seu apartamento em um arsenal. Estudantes revolucionários montaram um estande de tiro em seus aposentos e ali treinavam regularmente.

Quando a Revolução fracassou, Górki escapuliu pela fronteira e foi para a Alemanha, seguindo mais tarde para a França e para os Estados Unidos. Lá, fez palestras e continuou a denunciar o governo russo, tendo também escrito seu longo romance, *A mãe*, uma obra bem medíocre. A partir de então, viveu no exterior, particularmente em Capri, na Itália. Continuou bastante ligado ao movimento revolucionário russo, frequentou congressos revolucionários fora do país e se tornou amigo íntimo de Lênin. Em 1913, o governo proclamou uma anistia, e Górki não apenas regressou à Rússia, mas ali publicou, durante a Primeira Guerra, um grande jornal de sua propriedade, *Letopis* (*A crônica*).

Após a Revolução Bolchevique no outono de 1917, Górki desfrutou da grande amizade de Lênin e de outros líderes, tendo se tornado a principal autoridade em matéria literária. Usou tal autoridade com modéstia e moderação, compreendendo que em muitas questões literárias sua formação precária não lhe permitia impor julgamentos válidos. Também usou seus contatos para interceder sistematicamente em favor de pessoas perseguidas pelo novo governo. De 1921 a 1928 voltou a viver no exterior, sobretudo em Sorrento — em parte devido à saúde periclitante e em parte devido a diferenças políticas com os soviéticos. Em 1928 foi praticamente intimado a voltar. Até sua morte, em 1936, viveu na Rússia, publicou várias revistas, escreveu diversas peças e contos, continuou a beber muito como durante a maior parte de sua vida. Em junho de 1936, ficou muito doente e morreu numa confortável *datcha* posta à sua disposição pelo governo soviético. Há numerosas indicações de que morreu envenenado pela Tcheka, a polícia secreta soviética.

Como artista criativo, Górki teve pouca importância. Todavia, como um fenômeno pitoresco na estrutura social da Rússia, desperta algum interesse.

"NA BALSA" (1895)

Tomemos um conto típico de Górki, intitulado "Na balsa".* Cumpre considerar o método de exposição do autor. Certo Mítia e certo Serguei estão pilotando uma balsa no largo e brumoso Volga. Ouve-se o dono da balsa, que está na parte dianteira, gritando raivosamente, e Serguei murmura para que o leitor ouça: "Pode gritar! Você põe para pilotar a balsa esse miserável desse Mítia, incapaz de mover uma palha, porque é o seu filho, e depois grita tanto que todo o rio [*e o leitor*] te ouve. Você foi sovina o bastante [*Serguei continua a explicar no monólogo*] para não contratar um segundo timoneiro [*pondo em vez disso seu filho para me auxiliar*], por isso agora trate de gritar até não poder mais". Essas últimas palavras, o autor nota — e só Deus sabe quan-

---

* Essa frase dá início à quinta página de um texto manuscrito, abaixo de uma passagem incompleta e omitida que se refere à descrição feita por Courtenay do estilo "barato e melodramático" de Górki. As páginas anteriores não foram preservadas.

tos autores já usaram esse recurso —, são resmungadas em voz suficientemente alta para ser ouvidas na frente da balsa, como se Serguei (acrescenta o autor) quisesse que fossem ouvidas (ouvidas pela plateia, acrescento eu, pois esse tipo de exposição se parece muitíssimo com a cena de abertura de alguma velha e desbotada peça teatral, com o valete e a arrumadeira tirando pó dos móveis e falando sobre os patrões).

Pouco depois, ficamos sabendo, pelo continuado monólogo de Serguei, que o pai encontrara uma bela mulher para o filho, Mítia, e depois fez da nora sua amante. Serguei, o cínico saudável, zomba do choroso Mítia e ambos conversam longamente no estilo retórico e artificial que Górki reservava para essas ocasiões. Mítia explica que vai se filiar a uma seita religiosa, e as profundezas da boa e velha alma russa são energicamente transmitidas ao leitor. A cena passa para a outra extremidade da balsa, e agora o pai é visto com sua querida Mária, a esposa do filho. Trata-se de um velho vigoroso e pitoresco, figura bem conhecida na ficção. Ela, a fêmea atraente, contorce o corpo com os movimentos daquele animal tão frequentemente citado, o gato (o lince é uma variante mais recente), e se inclina na direção do amante, que profere um discurso. Não apenas ouvimos mais uma vez os tons pomposos do autor, mas quase o vemos caminhando com largas passadas entre os personagens e lhes dando a deixa para cada fala. "Sou um pecador, eu sei", diz o velho pai, "Sei que Mítia, meu filho, está sofrendo, mas será que minha própria posição é agradável?" — e por aí vai. Nos dois diálogos, aquele entre Mítia e Serguei e esse entre o pai e Mária, o autor está tentando tornar tudo menos improvável, toma cuidado para fazer com que os personagens digam — como o faria um velho dramaturgo — "já falamos sobre isso mais de uma vez", pois de outro modo seria de esperar que o leitor se perguntasse por que cargas-d'água foi necessário pôr duas duplas numa balsa no meio do Volga para que discutam seus conflitos. Por outro lado, caso seja aceita a constante repetição de tais conversas, não se pode deixar de perguntar se a balsa chegou a algum lugar. As pessoas não falam muito quando navegam em meio ao nevoeiro em um rio largo e caudaloso — mas isso, eu suponho, é o que se chama de realismo nu e cru.

Raia o Sol, e eis aqui o que Górki consegue fazer em termos de descrição da natureza: "Diamantes de orvalho reluziam nos campos verde-esmeralda ao longo das margens do Volga" (exibição digna de uma joalheria). Enquanto isso, na balsa, o pai sugere que matem Mítia, e "um sorriso misterioso e encantador aflora nos lábios da mulher". *Cortina.*

Cumpre notar aqui que os personagens esquemáticos e a estrutura mecânica do conto de Górki seguem formas tão ultrapassadas como as do *fabliau* e da *moralité* da época medieval. Note-se também o baixo nível cultural — o que se chama na Rússia de "semi-intelligentsia" —, algo desastroso num escritor cuja natureza essencial *não é* a visão e a imaginação (que podem realizar milagres mesmo que o autor não seja culto). A demonstração lógica e a paixão pelo raciocínio, entretanto, exigem, para ter êxito, uma dimensão intelectual de que Górki carecia por completo. Sentindo que precisava encontrar alguma compensação pela pobreza de sua arte e pelo caos de suas ideias, ele sempre buscou os assuntos chocantes, o contraste, o conflito, a violência e a crueldade. Como aquilo que os resenhistas chamam de "história poderosa" distrai o gentil leitor e o afasta de uma apreciação genuína, Górki causou uma impressão forte e exótica nos seus leitores da Rússia e mais tarde de outros países. Já ouvi pessoas inteligentes sustentarem que o conto absolutamente falso e sentimental intitulado "Vinte e seis e mais uma" é uma obra-prima. Vinte e seis miseráveis trabalham em uma padaria situada em um porão, homens duros, grosseiros e desbocados que cercam de uma adoração quase religiosa a moça que vem todos os dias comprar pão — e depois a insultam ferozmente quando ela é seduzida por um soldado. Isso pareceu algo novo, mas uma análise mais cuidadosa revela que a história é tão tradicional e batida quanto os piores exemplos da velha escola de romances sentimentais e melodramáticos. Não há no conto uma só palavra viva, uma única frase que não seja um clichê; é tudo feito de balinhas cor-de-rosa com a quantidade certa de fuligem para fazer o produto atraente.

Daí à chamada literatura soviética, era só um passo.

Filisteus e filistinismo

Um filisteu é um adulto cujos interesses são de natureza material e corriqueira, e cuja mentalidade é formada pelas ideias ordinárias e pelos ideais convencionais de seu grupo e de seu tempo. Referi-me a "adulto" porque a criança ou o adolescente que podem parecer pequenos filisteus não passam de pequenos papagaios imitando o comportamento de pessoas confirmadamente vulgares, já que é mais fácil ser um papagaio do que uma garça branca. "Pessoa vulgar" é mais ou menos sinônimo de "filisteu": a ênfase em "pessoa vulgar" recai não tanto no convencionalismo do filisteu, mas na vulgaridade de algumas de suas noções convencionais. Podem-se usar também os termos "grã-fino" e "pequeno-burguês". A grã-finagem sugere a vulgaridade refinada das cortinas de renda, que é pior do que a simples grossura. Arrotar na frente de outras pessoas pode ser rude, mas dizer "perdão" depois de arrotar é prova de falso refinamento e, por isso, pior do que vulgar. Uso as expressões burguês e pequeno-burguês seguindo Flaubert, e não Marx. No sentido flaubertiano, trata-se de um estado de espírito, e não de um extrato de conta bancária. Um burguês é um filisteu satisfeito consigo mesmo, uma pessoa vulgar com ares distintos.

Não é provável que exista um filisteu em uma sociedade primitiva, embora sem dúvida os rudimentos do filistinismo possam ser encontrados mesmo lá. Por exemplo, pode-se imaginar que um canibal preferiria que a cabeça humana que ele come fosse artisticamente pintada, assim como o filisteu norte-americano prefere que suas laranjas sejam cor de laranja, seu salmão, cor-de-rosa, seu uísque, amarelo. Mas, em geral, o filistinismo pressupõe um estado de civilização avançado em que, ao longo do tempo, certas tradições se acumularam formando um monturo, e agora começam a feder.

O filistinismo é internacional, encontrado em todos os países e em todas as classes. Um duque inglês pode ser um filisteu tanto quanto um maçom norte-americano, um burocrata francês ou um cidadão soviético. A mentalidade de um Lênin, um Stálin ou um Hitler em relação às artes e às ciências era totalmente burguesa. Um operário ou um mineiro de carvão podem ser tão burgueses quanto um banqueiro, uma dona de casa ou uma estrela de Hollywood.

O filistinismo implica não apenas um estoque de ideias corriqueiras mas também o uso de frases feitas, clichês, banalidades expressas em palavras desbotadas. Um verdadeiro filisteu consiste exclusivamente dessas ideias triviais. No entanto, cumpre admitir que todos nós temos nossos momentos de clichê; todos nós, na vida cotidiana, frequentemente utilizamos palavras não como palavras, e sim como sinais, como moedas, como fórmulas. Isso não significa que sejamos todos filisteus, conquanto queira dizer que devemos ser cuidadosos a fim de não nos deixarmos mergulhar muito fundo no processo automático de intercambiar lugares-comuns. Em um dia quente, quase todo mundo vai lhe perguntar: "Está aguentando esse calor?". Porém, isso não significa necessariamente que quem pergunta é um filisteu. Pode ser simplesmente um papagaio ou um estrangeiro esperto. Quando alguém lhe pergunta como você vai, talvez seja um triste clichê responder "eu vou bem"; todavia, caso você fizesse um relato detalhado de seu estado de saúde, poderia passar por um pedante e um chato. Ocorre também que os chavões são usados como uma espécie de disfarce ou um atalho para evitar as conversas com gente tola. Conheço grandes intelectuais, poetas e cientistas que, no restaurante da universidade, se limitam a trocar trivialidades.

Portanto, quando me refiro a uma pessoa vulgar e satisfeita consigo própria, a figura que tenho em mente não é o filisteu ocasional, mas o tipo acabado, o burguês de boa cepa, o suprassumo universal do estereótipo e da mediocridade. Ele é o conformista, o homem que se molda ao grupo, mas também tipificado por outra característica: é pseudoidealista, pseudocompadecido e pseudossábio. O engodo é o melhor aliado do filisteu. Muitas palavras eloquentes — tais como "beleza", "amor", "natureza", "verdade" e outras semelhantes — se transformam em máscaras e fantasias quando usadas por uma pessoa vulgar e autossatisfeita. Em *Almas mortas* ouvimos Tchitchikov. Em *A casa abandonada*, Skimpole. Em *Madame Bovary*, Homais. O filisteu gosta de impressionar e gosta de ser impressionado, razão pela qual um mundo de embustes, de trapaças mútuas, é formado por ele e em torno dele.

Em sua ânsia febril de se conformar, de pertencer, de se juntar, o filisteu fica dividido entre dois desejos: o de agir como todos agem, de admirar, de usar esta ou aquela coisa porque milhões de pessoas usam; ou então de fazer parte de um círculo exclusivo, de uma organização, de um clube, da clientela de determinado hotel ou da lista de passageiros de um transatlântico (com o capitão de uniforme branco e comidas maravilhosas), e se deliciar ao saber que ao lado dele está sentado o presidente de uma corporação ou um conde europeu. O filisteu é quase sempre um esnobe. Excita-se com a riqueza e a posição social: "Querido, realmente conversei com uma duquesa!".

Um filisteu nada sabe de arte nem se interessa pelo assunto, inclusive a literatura: na essência é antiartístico. No entanto, quer ser informado e é treinado para ler revistas. Lê com assiduidade o *Saturday Evening Post** e, quando o faz, se identifica com os personagens. Se é homem, identifica-se com o fascinante executivo ou qualquer chefão importante — pouco comunicativo com os inferiores, mas no fundo um bom garoto e jogador de golfe; se mulher — que poderíamos chamar de "filistineta" —, identificar-se-á com a fascinante secretária de cabelos ruivos, magricela, mas no fundo uma grande mãe, que eventualmente se casa com o chefe com pinta de garotão. O filisteu não distingue um escritor de outro; na verdade, lê pouco e

---

* Revista semanal publicada entre 1897 e 1969, muito popular por conter artigos sobre fatos correntes, mas também histórias de interesse humano, textos humorísticos, cartuns e ilustrações (inclusive as do famoso pintor e ilustrador Norman Rockwell). (N.T.)

só o que pode lhe ser útil, embora possa fazer parte de um clube do livro e escolher obras muito, *muito* bonitas, uma mistura de Simone de Beauvoir, Dostoiévski, Marquand, Somerset Maugham, *Doutor Jivago* e Mestres da Renascença. Não dá maior valor às pinturas, mas, em busca de prestígio, pode pendurar na sala de visitas reproduções das mães de Van Gogh ou de Whistler, apesar de secretamente preferir Norman Rockwell.

Em seu amor pelo útil, por bens materiais, torna-se vítima indefesa das empresas de publicidade. Os anúncios podem ser muito bons — alguns são mesmo bastante artísticos —, mas isso não importa. O importante é que tendem a apelar para o orgulho do filisteu de possuir coisas, não importa se baixelas de prata ou roupas de baixo. Refiro-me ao seguinte tipo de anúncio: a família acaba de receber um aparelho de rádio ou de televisão (ou um carro, uma geladeira, um faqueiro — qualquer coisa serve). O produto acaba de ser entregue: a mãe aperta as mãos numa bem-aventurança que a deixa abobalhada, as crianças excitadas fazem um círculo em volta da mesa na qual está entronizado o Ídolo; o cachorro se estica para alcançar a beirada da mesa, e até as rugas sorridentes da vovó podem ser vistas ao fundo; um pouco à parte, com os polegares alegremente enfiados nas cavas do colete, surge o triunfante papai, o orgulhoso provedor. Meninos e meninas nos anúncios são sempre sardentos, faltando os dentes da frente nos pequerruchos. Nada tenho contra as sardas (de fato acho que são bastante atraentes em criaturas vivas), e é bem possível que uma pesquisa especial revele que os norte-americanos de pouca idade são em sua maioria sardentos; talvez outra pesquisa mostre que todos os executivos de sucesso e as donas de casa bonitas tiveram sardas na infância. Repito não ter nada contra elas, porém acho que há uma dose considerável de filistinismo envolvida no seu uso pelos publicitários. Foi-me dito que, quando um pequeno ator sem sardas, ou apenas ligeiramente sardento, precisa aparecer na televisão, se aplica em seu rosto um conjunto artificial de sardas. Vinte e duas sardas é o mínimo: oito sobre cada zigoma e seis no nariz atrevido. Nas histórias em quadrinhos, as sardas parecem um caso grave de urticária. Numa dessas tiras, figuram mesmo como pequenos círculos. No entanto, embora nos anúncios os meninos engraçadinhos sejam louros ou ruivos e tenham sardas, os rapazes bonitos são em geral morenos e sempre exibem sobrancelhas negras e grossas. Os escoceses viram celtas.

O potente filistinismo que emana dos anúncios não se deve ao fato de exagerarem (ou inventarem) a glória deste ou daquele artigo, mas de sugerirem que o cúmulo da felicidade humana é passível de ser comprado e que tal aquisição de certa forma enobrece o comprador. Sem dúvida, o mundo que criam é bastante inofensivo em si próprio porque todos sabem que é engendrado pelo vendedor com o entendimento de que o comprador vai compartilhar do faz de conta. O engraçado não é que seja um mundo onde nada espiritual subsiste além dos sorrisos de êxtase de pessoas que servem ou consomem cereais celestiais, ou um mundo onde o jogo dos sentidos precisa seguir as regras burguesas; o engraçado é que se trata de um mundo fictício em cuja verdadeira existência nem os vendedores nem os compradores realmente acreditam no fundo do coração — em particular neste país sábio e tranquilo.

Os russos têm, ou tiveram, um nome especial para o filistinismo autossatisfeito — *poshlust*. O *poshlismo* é composto não apenas daquilo que é obviamente ordinário, mas sobretudo do falsamente importante, do falsamente bonito, do falsamente inteligente, do falsamente atraente. Aplicar o rótulo mortífero de *poshlismo* a alguma coisa constitui não apenas um julgamento estético, mas uma acusação moral. O genuíno, o cândido e o bom nunca são *poshlust*. É possível afirmar que um homem simples e incivilizado raramente será um *poshlust*, pois isso pressupõe o verniz da civilização. Um camponês necessita ir viver numa cidade a fim de se tornar vulgar. Uma gravata pintada precisa cobrir algum honesto pomo de adão a fim de produzir o *poshlismo*.

É possível que o termo tenha sido tão belamente inventado por russos graças ao culto da simplicidade e do bom gosto na velha Rússia. A Rússia de hoje — um país de idiotas morais, de escravos sorridentes e algozes mal-encarados — deixou de reparar no *poshlismo* porque a Rússia soviética está tomada por uma espécie peculiar, a mistura de despotismo e pseudocultura; mas, nos velhos tempos, um Gógol, um Tolstói, um Tchekhov, em busca da simplicidade da verdade, facilmente distinguiam o lado vulgar das coisas, assim como os sistemas desprezíveis de pseudorreflexão. Entretanto, os *poshlistas* são encontrados por toda parte, em todos os países, aqui como na Europa — na realidade, o *poshlismo* é mais comum na Europa do que aqui, apesar de nossos anúncios norte-americanos.

A arte da tradução

Três graus de pecados podem ser discernidos no estranho mundo da transmigração verbal. O primeiro, e menor, consiste nos erros óbvios devidos à ignorância ou ao conhecimento mal-orientado. Isso se deve exclusivamente à fraqueza humana e, portanto, é desculpável. O passo seguinte rumo ao inferno é dado pelo tradutor que intencionalmente pula palavras ou passagens as quais não se esforça por entender, assim como aquelas que podem parecer obscuras ou obscenas para leitores vagamente imaginados; ele aceita o olhar vazio que seu dicionário lhe dá sem nenhuma dor de consciência, além de subordinar a honestidade intelectual à pudicícia: tal tradutor está tão pronto a saber menos que o autor quanto a pensar que sabe mais. O terceiro, e pior, grau de torpeza é alcançado quando uma obra-prima é aplainada e lixada para tomar determinada forma ou abjetamente adornada para se conformar às noções e preconceitos de certo público. Isso é um crime, a ser punido colocando quem o cometeu num cepo com orifícios onde se prendam sua cabeça e seus pés como acontecia com os plagiadores no tempo dos sapatos de fivelas.

Os erros clamorosos incluídos na primeira categoria podem ser divididos em duas classes. A insuficiente familiaridade com a língua estrangeira em causa pode transformar uma expressão corriqueira numa afirmação extraordinária que o autor nunca desejou fazer. "*Bien être général*" se torna a declaração máscula de que "é bom ser um general": sabe-se que a esse bravo guerreiro um tradutor francês de *Hamlet* passou o caviar. Do mesmo modo, numa edição alemã de Tchekhov, certo professor, tão logo entra na sala de aula, é obrigado a ficar absorto em "seu jornal", o que levou um resenhista pomposo a ver naquilo a triste condição do ensino público na Rússia pré-soviética. Mas o verdadeiro Tchekhov estava se referindo simplesmente a um diário que o professor abria para conferir as lições, as notas e a lista de presença. Inversamente, palavras inocentes num romance inglês, tais como *first night* (primeira noite) ou *public house* (taverna) se tornaram na tradução russa "noite de núpcias" e "bordel". Bastam esses exemplos simples. São ridículos e chocantes, porém não contêm nenhum propósito pernicioso; e, quase sempre, a frase deturpada ainda faz algum sentido.

A outra classe de erros na primeira categoria inclui algo mais sofisticado, fruto de um ataque de daltonismo linguístico que de repente cega o tradutor. Caso tenha sido atraído pelo extraordinário quando o óbvio está diante de seus olhos (o que um esquimó prefere comer — sorvete ou gordura? Sorvete), ou caso baseie inconscientemente sua versão em alguma acepção errônea que leituras repetidas imprimiram em sua mente, ele consegue distorcer de modo inesperado e às vezes brilhante a mais honesta palavra ou a mais dócil metáfora. Conheço um poeta muito consciencioso que, ao lutar com a tradução de um texto deveras intrincado, verteu *"is sicklied o'er with the pale cast of thought"** [é enfraquecida por se pensar demasiado] de maneira a transmitir a impressão de um pálido luar. Fez isso por dar como certo que *sickle* [foice] se referia ao formato da lua nova. Em outra ocasião, graças ao senso de humor germânico, a semelhança entre as palavras russas que designam "arco" e "cebola" levou um professor alemão a traduzir "curva da praia" (em um conto de fadas de Púchkin) por "mar de Cebola".

O segundo, e muito mais grave, pecado de omitir passagens difíceis ainda é desculpável se o tradutor simplesmente não as entende; mas como é desprezível a pessoa metida a puritana que, embora compreendendo perfeitamente o texto, teme que ele possa embaraçar um idiota ou corromper um anjinho inocente! Em vez de se aninhar gostosamente nos braços do grande escritor, ele se preocupa com a possibilidade de que o pequeno leitor brinque num canto com alguma coisa perigosa ou

---

* *Hamlet*, de Shakespeare, Ato III, cena 1. (N.T.)

suja. Talvez o mais encantador exemplo de modéstia vitoriana que eu conheço conste de uma das primeiras traduções para o inglês de *Anna Kariênina*. Vrónski havia perguntado a Anna qual era o problema dela. "Eu estou *beremenna*" (grifo do tradutor), respondeu Anna, fazendo o leitor estrangeiro se perguntar que estranha e horrível doença oriental isso seria; tudo porque o tradutor achou que "estou grávida" poderia chocar alguma alma pura, sendo uma boa ideia deixar intocada a palavra russa.

No entanto, colocar máscaras e amenizar expressões parecem pecados veniais quando comparados à terceira categoria, pois aqui entra com passos pomposos e exibindo suas abotoaduras com pedras preciosas o fraudulento tradutor que rearruma os aposentos íntimos de Sherazade segundo seu próprio gosto e, com elegância profissional, tenta melhorar a aparência de suas vítimas. Assim, por exemplo, a regra geral nas traduções russas de Shakespeare foi a de dar a Ofélia flores mais bonitas que as pobres ervas que ela encontrou. Segundo a versão russa,

Lá veio ela com as mais belas grinaldas
De violetas, cravos, rosas e lilases.

O esplendor dessa exibição floral fala por si próprio; aliás, foram expurgadas as digressões da rainha, concedendo-lhe as boas maneiras de que ela tão tristemente carecia e deixando de lado os pastores liberais. Como alguém foi capaz de fazer essa coleção botânica nas margens do Helje ou do Avon, essa é outra questão.

Mas tais perguntas não foram feitas pelo solene leitor russo, primeiro porque ele não conhecia o texto original, e segundo porque a única coisa que lhe interessava em Shakespeare era aquilo que os comentaristas alemães e os radicais pátrios haviam descoberto em matéria de "problemas eternos". Por isso, ninguém ligou para o que aconteceu com os cachorrinhos de Goneril, quando o verso

Tray, Blanche e Sweetheart, vejam, latem para mim

foi horrivelmente metamorfoseado em

Uma matilha de cães de caça latia em meu encalço.

Toda a cor local, todos os detalhes tangíveis e insubstituíveis foram engolidos por esses cães.

Mas a vingança é doce — até mesmo a vingança inconsciente. O maior conto escrito em russo é "O capote", de Gógol. Sua característica essencial, a parte irracional que forma a trágica corrente subterrânea daquilo que, de outro modo, seria uma historinha sem sentido, está organicamente ligada ao estilo peculiar em que o conto é escrito: há estranhas repetições do mesmo absurdo advérbio, e tais repetições se transformam em um tipo único de encantação; há descrições que parecem bastante inocentes até que se descobre que o caos reside do outro lado da rua, e que Gógol introduziu nesta ou naquela frase inofensiva uma palavra ou símile que faz com que toda a passagem exploda em um espetáculo feérico de pesadelo. Há também aquele tatear desajeitado que, da parte do autor, é uma imagem consciente dos gestos desgraciosos em nossos sonhos. Nada disso resta na versão para o inglês — afetada, petulante e muito pedestre (ver — por uma única vez — a tradução de Claude Field). O exemplo a seguir me dá a impressão de que estou testemunhando um assassinato e nada posso fazer para evitá-lo:

> Gógol: [...] seu [*de um pequeno funcionário*] apartamento no terceiro ou quarto andar [...] contendo algumas poucas ninharias, *tais como uma lâmpada* — bagatelas compradas com muitos sacrifícios [...].
> Field: [...] mobiliado com algumas peças pretensiosas, adquiridas etc. [...]

Adulterar obras-primas estrangeiras, maiores ou menores, pode envolver na farsa uma terceira parte inocente. Muito recentemente, um famoso compositor russo me pediu que traduzisse para o inglês um poema russo que ele musicara quarenta anos atrás. A tradução para o inglês, alertou-me, deveria seguir de perto os sons do texto — que era infelizmente a versão feita por K. Balmont de "Os sinos", de Edgar Allan Poe. A qualidade das numerosas traduções de Balmont pode ser facilmente compreendida se eu disser que suas próprias obras exibem a incapacidade quase patológica de escrever uma única frase melodiosa. Partindo com um número suficiente de rimas banais e recolhendo pela estrada qualquer metáfora que lhe pedisse carona, ele transformou aquilo que Poe levara bastante tempo para compor em algo que qualquer rimador russo seria capaz de produzir num piscar de olhos. Trazendo o texto de volta para o inglês, preocupei-me apenas em encontrar as palavras inglesas que soassem como as russas. Se alguém algum dia esbarrar com minha versão em inglês daquela versão em russo, poderá quem sabe retraduzi-la tolamente para o russo, de modo que o antigo poema de Poe continuará a ser "balmontizado" até que, talvez, "Os sinos" se transformem em "O silêncio". Algo ainda mais grotesco aconteceu com o poema lindamente sonhador de Baudelaire "Convite à viagem" (*"Mon enfant, ma soeur/ Songe à la douceur..."*). A versão russa se deve à pena de Merejkóvski, que possuía ainda menos talento poético que Balmont. Começava assim:

Minha doce noivinha,
Vamos dar um passeio;

Isso logo gerou uma trepidante canção que foi adotada por todos os tocadores de realejo da Rússia. Gosto de imaginar um futuro tradutor de canções folclóricas russas a "reafrancesando" assim:

Viens, mon p'tit
À Níjni
[Venha, minha menina,
Visitar Níjni]

e por aí vai, *ad malinfinitum.*

✳

Excluídos os fraudadores inequívocos, os levemente idiotas e os poetas impotentes, existem, grosso modo, três tipos de tradutores — e isso nada tem a ver com minhas três categorias de pecados; ou, melhor dizendo, qualquer dos três tipos pode errar de modo semelhante. Esses três são: o intelectual que anseia por ver o mundo apreciar a obra de um gênio obscuro tanto quanto ele a aprecia; o trabalhador medíocre mas bem-intencionado; e o escritor profissional que desfruta de um momento de lazer na companhia de seu colega estrangeiro. O intelectual, espero, será preciso e pedante: notas de pé de página — na *mesma* página do texto e não varridas para o fim do volume — nunca serão copiosas e detalhadas demais. A diligente senhora que traduz na undécima hora o décimo primeiro volume das obras completas de alguém será, assim temo, menos precisa e menos pedante; mas não se trata do fato de que o intelectual comete menos erros grosseiros do que uma humilde operária das letras; a questão é que, em geral, tanto ele quanto ela são absolutamente carentes de talento criativo. Nem a erudição nem a operosidade podem substituir a imaginação e o estilo.

Chega então o autêntico poeta que tem os dois últimos atributos e se compraz em traduzir alguma coisinha de Liérmontov ou Verlaine nos intervalos da composição de seus próprios poemas. Ou ele não conhece o idioma de origem e tranquilamente se baseia na chamada tradução "literal" feita a seu pedido por uma pessoa bem menos brilhante porém mais instruída, ou então, conhecendo a língua, lhe faltam a precisão do intelectual e a experiência do tradutor profissional. Todavia, nesse caso o inconveniente básico é que, quanto maior seu talento individual, mais provável é que ele afogue a obra-prima estrangeira sob as cintilantes ondinhas de seu estilo pessoal. Em vez de se vestir como o verdadeiro autor, ele veste o autor com suas próprias indumentárias.

Podemos agora deduzir os requisitos que um tradutor deve possuir a fim de ser capaz de oferecer a versão ideal de uma obra-prima estrangeira. Antes de tudo, deve ter tanto talento quanto o autor por ele escolhido, ou ao menos o mesmo tipo de talento. Nesse sentido, porém apenas nesse sentido, Baudelaire e Poe, ou Jukóvski e Schiller, foram parceiros ideais. Segundo, ele deve conhecer profundamente as duas nações e as duas línguas envolvidas, estando perfeitamente a par dos pormenores relativos ao estilo e métodos de seu autor, bem como do pano de fundo social das palavras, suas modas, história e associações históricas. Isso leva ao terceiro ponto: possuindo o talento e o conhecimento, ele deve ter o dom da imitação, sendo capaz de interpretar, por assim dizer, o papel do verdadeiro autor ao personificar com o máximo de verossimilhança seus traços de comportamento e fala, seus modos e sua mente.

Recentemente busquei traduzir diversos poetas russos que haviam sido desfigurados de modo grosseiro por tentativas anteriores, ou jamais traduzidos. Meu domínio do inglês era menor que meu domínio do russo; a diferença era, na verdade, a que existe entre uma casa geminada e uma mansão de família, entre o conforto autoconsciente e o luxo habitual. Por isso, não estou satisfeito com os resultados obtidos, porém meus estudos revelaram várias regras das quais outros escritores podem se beneficiar.

Por exemplo, fui confrontado com o seguinte verso inicial de um dos mais prodigiosos poemas de Púchkin:

*Yah pom-new chewed-no-yay mg-no-vain-yay**

As sílabas foram vertidas para os sons mais próximos em inglês que consegui encontrar; seu disfarce mimético as faz parecer bem feias, mas não se importem: o *chew* (mastigar) e o *vain* (vão) estão foneticamente associados a outras palavras russas que significam coisas bonitas e importantes, e a melodia do verso, com o apetitoso e suculento *chewed-no--yay* bem no meio, assim como os "m" e os "n" se equilibrando de cada lado, são, para um ouvido russo, muito excitantes e calmantes — uma combinação paradoxal que qualquer artista entenderá.

Ora, se alguém pegar um dicionário e buscar aquelas quatro palavras, obterá a afirmação tola, banal e bem familiar: "Lembro um maravilhoso momento". O que fazer com esse pássaro que você derrubou com um tiro só para descobrir que não era uma ave-do-paraíso, mas um papagaio fugido da gaiola, ainda repetindo em gritos agudos sua mensagem imbecil enquanto bate as asas sem sair do chão? Por mais sonhador que seja, ninguém pode imaginar que irá persuadir um leitor estrangeiro de que "Lembro um maravilhoso momento" é o início perfeito de um poema perfeito. A primeira coisa que descobri foi que a expressão "uma tradução literal" não faz muito sentido. *Iá pomniu* é um

---

* Trata-se do famoso poema "K***", escrito em 1825 e dedicado a Anna Kern, o grande amor de Púchkin. Em inglês, uma transliteração mais comum seria *ja pomnyu chudnoye mgnovenya*, e em português *iá pomniu tchudnoiêi mgnoveniêi*. (N.T.)

mergulho mais profundo e mais suave no passado do que sugere "lembro", o qual cai de barriga como um saltador inexperiente; *tchudnoiêi* tem um adorável "monstro" russo dentro dele, além de um sussurrado "ouça" e o final do dativo de "raio de sol", bem como outras relações significativas entre palavras russas. Pertence, fonética e mentalmente, a certa série de palavras, e essa série russa não corresponde a nenhuma série em inglês na qual se encontra "lembro". Inversamente, a palavra "lembrar", embora não se encaixe na série correspondente a *pomniu*, está associada a uma série própria quando poetas de verdade a usam. A palavra central no verso de Housman "Que são aqueles *relembrados* morros azuis?" ["What are those blue *remembered* hills?"] se torna em russo *vspomnivcheiessiá*, termo horrivelmente desconjuntado, cheio de calombos e chifres, que não pode estabelecer nenhuma conexão interna com "azul", como ocorre tão lindamente em outras línguas, pois o sentido russo de azul pertence a uma série diferente daquele de "lembrar/relembrar".

Essa inter-relação entre palavras e a não correspondência de séries verbais em diferentes idiomas sugere outra regra, a saber, que as três palavras principais do verso se reforçam, acrescentando algo que nenhuma delas teria em separado ou em qualquer outra combinação. O que torna possível essa troca de valores secretos não é apenas o contato entre palavras, mas a posição exata de cada qual em termos tanto do ritmo do verso quanto em relação às demais. Isso precisa ser levado em conta pelo tradutor.

Por fim há o problema da rima. *Mgnoveniêi* tem mais de 2 mil rimas que, como numa caixinha de surpresas, pulam diante de nós à menor pressão, embora não me ocorra nenhuma para *moment*. Também não é insignificante a posição de *mgnoveniêi* no final do verso, pois se deve ao fato de Púchkin saber, de forma mais ou menos consciente, que não precisaria empreender uma caçada para achar seu companheiro. Mas a posição de *moment* no verso em inglês não oferece semelhante segurança; pelo contrário, seria extremamente temerário que alguém pusesse tal palavra ali.

Assim me deparei com aquele verso de abertura, tão típico de Púchkin, tão individual e harmonioso; e, após examiná-lo cautelosamente de todos os ângulos aqui sugeridos, tratei de enfrentá-lo. A luta durou a pior parte de uma noite. Finalmente o traduzi, mas mostrar agora minha versão poderia levar o leitor a duvidar de que a perfeição é alcançável se simplesmente forem seguidas algumas regras perfeitas.*

---

* Nabokov traduziu de Púchkin para o inglês o monumental *Evguêni Oniéguin* e diversos poemas, porém sua versão de "K***" nunca foi publicada, permanecendo assim um mistério o verso inicial que é aqui mencionado — se é que ele jamais ousou de fato traduzi-lo. (N.T.)

L'envoi

Conduzi-os pelo mundo maravilhoso de um século de literatura. Que essa literatura seja a russa não deve importar muito a vocês porque não são capazes de ler em russo — e, na arte da literatura (pois a entendo como uma arte), a linguagem é a única realidade que divide essa arte universal em artes nacionais. Enfatizei continuamente, neste e em outros cursos, que a literatura não pertence ao departamento de ideias gerais, e sim ao departamento de palavras e imagens específicas.

Tolstói (1828-1910) e Tchekhov (1860-1904) foram os últimos escritores que pudemos estudar em detalhe. Muitos de vocês não terão deixado de observar que, entre eles e nosso tempo — ou, menos pomposamente, meu tempo —, há um intervalo de cinquenta anos. Alguns talvez desejem explorar esses anos.

Uma primeira dificuldade para o estudante norte-americano é que os melhores artistas desse período (1900 a 1950) foram traduzidos de modo abominável. Uma segunda dificuldade é que, na busca de algumas poucas obras-primas, a maioria das quais em verso (alguns poemas de Vladimir Maiakóvski e Boris Pasternak), ele se vê obrigado a atravessar um pântano amorfo e monstruoso de escritos medíocres que só tinham fins políticos.

O período em causa se divide basicamente em duas partes:

1900 a 1917
1920 a 1957

O primeiro período revela um visível florescimento de todas as formas de arte. Os poemas líricos de Aleksandr Blok (1880-1921) e um extraordinário romance de Andrei Biéli (1880-1934) intitulado *Petersburgo* (1916) são seus ornamentos mais notáveis. Como esses dois autores fizeram experiências em matéria de forma, às vezes até mesmo um leitor russo inteligente tem dificuldade de entendê-los, e ambos foram dolorosamente mutilados nas versões em inglês. Em outras palavras, seria prodigiosamente difícil para um estudante norte-americano encarar esses dois sem conhecer a língua.

Esbocei a segunda parte do período (1920 a 1957) no início deste curso. É a fase da crescente pressão governamental, de autores guiados por decretos, de poetas inspirados pela polícia política, do declínio da literatura. Ditaduras são sempre conservadoras em matéria artística — por isso não é de surpreender que os escritores russos que não fugiram da Rússia tenham produzido uma literatura que é muito mais burguesa que a mais burguesa literatura inglesa ou francesa. (Somente no começo do período soviético houve uma tentativa, por parte dos serviços de propaganda, de fazer as pessoas acreditarem que a política de avant-garde era de algum modo um sinônimo da arte de avant-garde.) Um grande número de artistas foi para o exílio e, como hoje se tornou bem claro, as maiores maravilhas da literatura russa de nosso tempo foram geradas por expatriados. Este, no entanto, é um assunto algo pessoal — e é aqui que me detenho.

Índice onomástico

"Abnormal from Within: Dostoevsky, The" (Isotoff), 150n

Aglaia (*O idiota*), 172-3

"Ah, meu querido Augustin" (Augustin), 178

Aksakov, Serguei Timofeievich, 80

Aksínia, 321-4, 326, 328-9, 331-2, 334-8

Alábin (*Anna Kariênina*), 199, 257, 261

aldeia de Stiepántchikovo e seus habitantes, A (Dostoiévski), 143

Aleksandrovna, Maklatura (*Almas mortas*), 50

Aleksandrovna, Sophia (*Almas mortas*), 50

Alexandre I, czar, 259n

Alexandre II, czar, 142, 145

Alighieri, Dante, 37

Aliócha (*Os irmãos Karamázov*), ver Karamázov, Aleksiei Fiódorovich

Allgemeine Deutsche Biographie, 270

Almas mortas (Gógol), 8, 29, 39-42, 44, 46, 52, 67, 69, 71-2, 74, 77, 81, 83, 85, 88-9, 180, 369

amante de Lady Chatterley, O (Lawrence), 27

Anacreontea (Anacreonte), 273

Anfisuchka (*Pais e filhos*), 135

Anísim, 322-7, 330, 336

Anna Kariênina (Tolstói), 8, 11-3, 15-20, 36, 74, 158, 185-90, 192-204, 206-10, 212-6, 218-71, 275-84, 286-90, 375

Annals of Opera, 274

Antonov, Anton, 35

Ánuchka (Anna *Kariênina*), 202-3, 205, 233, 259, 285

Apólon (*Memórias do subsolo*), 166

Arkádi (*Pais e filhos*), 14, 110-1, 113-5, 118-22, 124, 128-9, 131-3, 136

Arkádina (*A gaivota*), 341, 343-6, 348-51, 353-5

Atena, 19, 243

Atlantic Monthly [revista], 299

Augustin, Marx, 178

Austen, Jane, 8

avarento, O (Molière), 55

aventuras do senhor Pickwick, As (Dickens), 54, 58

Avvakum, 8n

Bachmátchkin, Akáki Akákievitch ("O capote"), 90-1

Baedeker, Karl, 271, 285

Balmont, K., 376-7

"balsa, Na" (Górki), 364-6

Bánina, condessa (*Anna Kariênina*), 257

"Basta" (Turguêniev), 104

Batiuchkov, 8n

Baudelaire, 377-8

Baudelaire, Charles, 37

Bazárov, Evguêni Vassilievitch (*Pais e filhos*), 103, 111, 125, 127-8, 130, 132-4, 136

Bazárov, Vassíli Ivanovich (*Pais e filhos*), 129, 133, 135, 260

Bazárova, Arina Vlassíevna, 128, 135

Bazsíli, 85

Beauvoir, Simone de, 370
Bel-Ami (Maupassant), 307
Bentham, Jeremy, 264
Bespetchnói, Sofron Ivánovitch (*Almas mortas*), 50
Betrichtchev (*Almas mortas*), 77
Betsy (*Anna Kariênina*), 193, 258
Beust, conde F. F. (*Anna Kariênina*), 240, 264-5
Bíblia, 12, 81, 96
Biéli, Andrei, 30, 44, 55, 383
Bielínski, Vissarion, 27, 82-3, 138, 141
Bierkóchiev (*Anna Kariênina*), 260
Bismark, príncipe, 179
Blok, Aleksandr, 8n, 30, 383
Bloom, Molly (*Ulysses*), 39
Bóbrichev, família (*Anna Kariênina*), 258, 281
Bonaparte, Napoleão, *ver* Napoleão Bonaparte
Bovary, Emma (*Madame Bovary*), 193, 194n, 196, 201, 204, 226, 232, 369
Bowler, William, 286
Brenteln, sr. (*Anna Kariênina*), 257
Büchner, Ludwig, 118
Búnin, Ivan, 146, 191
Buzulúkov (*Anna Kariênina*), 260
Byron, [George Gordon] lord, 26, 59

cabana do Pai Tomás, A (Stowe), 32n, 73
"capote, O" (Gógol), 8, 55, 74, 90-4, 376
"carruagem, Na" (Tchekhov), 304, 306
Carus, Carl Gustav, 152
casa abandonada, A (Dickens), 369
"casa de mezanino, A" (Tchekhov), 305, 347
Cervantes, Miguel de, 213, 287
Chakhóvskaia, princesa (*Anna Kariênina*), 257
Chamraiev (*A gaivota*), 341-2, 344, 350, 354
Chátov (*Os demônios*), 175
Cherbátski, Aleksandr (*Anna Kariênina*), 257, 259
Cherbátski, Nikolai (*Anna Kariênina*), 208, 257
Cheremeteva, Nadiejda Nikoláievna, 84-5
Conrad, Joseph, 197, 308
"Convite à viagem" (Baudelaire), 377
Cooper, James Fenimore, 153
Cordélia (*Rei Lear*), 149
"córrego tranquilo, Um" (Turguêniev), 105, 108

Courtenay, 364n
crepúsculo, No (Tchekhov), 299
Crime e castigo (Dostoiévski), 12, 16, 139, 144, 149, 152-3, 162
Cristo, *ver* Jesus Cristo
Crowell, Thomas Y., 43, 46

"dama do cachorrinho, A" (Tchekov), 16, 311, 347
Dancing and its Relations to Education and Social Life (Dodworth), 278, 282
Das Gefängnis (Benedix), 274
De Kempis, Tomás, 80
demônios, Os (Dostoiévski), 144, 152, 174-7, 179
Derby, conde de, 286
Derjávin, Gavrila Romanovich, 8n
Dickens, Charles, 8-9, 11, 145, 153, 247n, 275, 307
Die Fledermaus (Strauss), 274
Dobroliúbov, Nikolai, 27, 83, 140
"Dois esquilos do campo" (Turguêniev), 100, 107
Dolgorukov, 263
Dolly (*Anna Kariênina*), 195, 197-8, 202, 210, 212, 215, 226, 231-3, 237, 243-5, 247, 249-50, 256-7, 261-2, 265-6, 275, 277, 283, 287-8
Dorn (*A gaivota*), 341-2, 344, 352
Dostoiévski, Fiódor Mikhailovich, 8-10, 12, 16, 30, 32n, 106, 124, 138-147, 149-50, 152-59, 161-5, 167, 172-5, 177, 179-81, 185, 187, 189, 310, 370
Doutor Jivago (Pasternak), 32n, 370
Dunia (*Crime e castigo*), 157
duplo, O (Dostoiévski), 141, 146
Duse, Eleonora, 339

Edwards, *miss* (*Anna Kariênina*), 259
Egorovna, Pelageia (*Almas mortas*), 50
Einstein, Albert, 94
Elena (*Na véspera*), 103
Eliêtska (*Anna Kariênina*), 258
Em busca do tempo perdido (Proust), 190
"Em casa" (Tchekhov), 302-3
Enciclopédia Britânica, 275
Energiya (Gladkov), 35
Erlkönig (Schubert), 101
Euclides, 94
Evdóksia (*Pais e filhos*), *ver* Kúkchina
Evguêni Oniéguin (Púchkin), 8n, 180, 381

Favre, Jules Claude Gabriel, 178-9

Fedka (*Os demônios*), 157

Feniêtchka (*Pais e filhos*), 110, 113, 115-7, 123, 129-31

Feodorovna, Emília (*Almas mortas*), 50

Feodorovna, Rosa (*Almas mortas*), 50

Fet, Afanasi Afanasiévich, 8n

Field, Claude, 376

Fierfítchkin (*Memórias do subsolo*), 165-70

Fiértingov (*Anna Kariênina*), 260

Figurão ("O capote"), 95

Filatitch, Dmitri ("No fundo do barranco"), 330

Filimónovna, Matriona (*Anna Kariênina*), 257

Filipovna, Nastássia (*O idiota*), 171-2

Fiódorovitch, Vassíli (*Anna Kariênina*), 260

Fiódorovna Praskóvia (*A morte de Ivan Ilitch*), 293

Flaubert, Gustave, 8-9, 11, 37, 60, 105, 191, 197, 226, 248, 307, 367

Fomin (*Anna Kariênina*), 257

Fonvízin, Denis Ivanovich, 8

Ford, Ford Madox, 308

Fourier, Charles, 141

Fox, irmãs, 277

Freud, Sigmund, 152

"Friend Chekhov" (Tchukóvski), 299n

From the Banks of the Volga (Roskin), 356n, 360

Fromberg, D. L., 356

Fumo (Turguêniev), 104

"fundo do barranco, No" (Tchekhov), 10, 16, 305, 320-2, 324-31, 333-6, 338

gaivota, A (Tchekhov), 16, 302, 339

Gales, príncipe de (*Anna Kariênina*), 240, 264

Garnett, Constance, 17-18, 161, 199n, 208, 215, 216-7n, 218, 249

Garnett, Edward, 197

Gavrilovna, Adelheida (*Almas mortas*), 50

Gavrilovna, Aleksandra (*Almas mortas*), 50

Gavrilovna, Mária (*Almas mortas*), 50

Gente pobre (Dostoiévski), 140-1

Gerasim (*A morte de Ivan Ilitch*), 294-5

Gladkov, Fiódor Vassilievich, 35

Gneditch, 8n

Gógol, Nikolai Vassilievich, 8, 10, 14, 15n, 24, 29, 37, 39, 41, 44-6, 49-51, 53, 55-7, 64, 67-9, 71-3, 75-85, 87-93, 95, 97-8, 101, 138, 141, 147-8, 180, 185, 189, 252, 293, 307, 316, 372, 376

Golítsin, príncipe (*Anna Kariênina*), 257, 272

Goneril (*Rei Lear*), 375

Gontcharov, Ivan Aleksandrovich, 8

Górki, Maksim, 8-10, 15, 105, 300, 302-4, 310, 319, 356-60, 363-6

Graham, Stephen, 46

Grajdanine [semanário], 144

grande coração, O (Antonov), 35

Griboedov, A. S., 8n

Grigóri (*Almas mortas*), 62

Grigóri (*Os irmãos Karamázov*), 182

Grigórovitch, Dmitri, 140

Grinévitch, Mikhail Stanislávitch (*Anna Kariênina*), 250, 257, 267

Gruchenka (*Os irmãos Karamázov*), 181-2

gueixa, A [opereta], 316

Guerney, Bernard Guilbert, 21, 158, 161, 165, 291

Guerra e paz (Tolstói), 186, 189, 290

Gurov Dmitri Dmitritch ("A dama do cachorrinho"), 311-8

Hamlet (Shakespeare), 44, 90, 102, 148-9, 373, 374n

Hapgood, Isabel F., 46-7, 53

Harpagão (*O avarento*), 55

Heat as a Mode of Motion (Tyndall), 284

Heine, Heinrich, 357

Heusinkveld, A. H., 211

Hitler, Adolf, 31, 368

Homais (*Madame Bovary*), 39, 369

Home, Daniel, 277

homem-rato, 158-66, 171

Homero, 37, 213, 252

Housman, A. E., 380

Hugo, Victor, 153

Hull, *miss* (*Anna Kariênina*), 257

Humilhados e ofendidos (Dostoiévski), 143, 150

Ibsen, Henrik, 339

idiota, O (Dostoiévski), 144, 146, 150-2, 157, 171-4

Iermolov, general (*Pais e filhos*), 116

Ignat (*Anna Kariênina*), 260
Ignátov (*Anna Kariênina*), 259
Ilitch, Ivan (*A morte de Ivan Ilitch*), 9, 205, 290, 292, 295-6
Iliúcha (*Os irmãos Karamázov*), 184
imitação de Cristo, A (De Kempis), 80
Infância (Górki), 356
Insarov (*Na véspera*), 103
inspetor geral, O (Gógol), 29, 39, 44, 67, 73-4, 79, 81, 83n
irmãos Karamázov, Os (Dostoiévski), 144, 147, 179-84
Isotoff, Andrei, 150n
Ivan (*Energiya*), 35
"Ivan Fiódorovitch Chponka e sua tia" (Gógol), 55
Ivanov, Aleksandr Andreievich, 78
Ivánovitch, Piotr (*A morte de Ivan Ilitch*), 292-3
Ivánovna, Carolina ("O capote"), 95
Ivánovna, condessa Lídia (*Anna Kariênina*), 258
Ivólguin, Gania (*O idiota*), 151

jardim das cerejeiras, O (Tchekhov), 302
Jesus Cristo, 80, 171, 173
João, o Simplório, 146
jogador, O (Dostoiévski), 144
Joyce, James, 8-9, 11-13, 30, 50, 190, 232
Jukóvski, Vassíli Andreievich, 85, 378
Julieta (*Romeu e Julieta*), 339n
Jung, Carl Gustav, 152

K*** (Púchkin), 379n, 381n
Kachirin, Vassíli, 356
Kafka, Franz, 8, 148
Kalínina, sra. (*Anna Kariênina*), 257
Kallomeitsev (*Solo virgem*), 104
Kalujni, Aleksandr, 358
Kamieróvski, capitão (*Anna Kariênina*), 260
Kapnist, Vassíli Vassilievich, 98
Karamazin, Nikolai Mikhailovich, 8n
Karamázov, Aleksiei Fiódorovich [Aliócha] (*Os irmãos Karamázov*), 180-1, 183-4
Karamázov, Dmitri (*Os irmãos Karamázov*), 152, 181-4
Karamázov, Fiódor Pavlovitch (*Os irmãos Karamázov*), 180
Karamázov, Ivan Fiódorovich (*Os irmãos Karamázov*), 140, 152, 183

Kariênin, Aleksiei Aleksándrovitch (*Anna Kariênina*), 195, 258-9
Kariênina, Anna Arkádievna (*Anna Kariênina*), 8, 12, 13n, 36, 74, 185n, 192-8, 200-6, 214, 216, 220-39, 241-49, 251, 254, 258, 262-3, 265, 278-81, 285-7, 288-9, 292, 314, 316, 375
Karlinsky, Simon, 20-1
Karlovitch, Macdonald (*Almas mortas*), 49
Karmazínov (*Os demônios*), 176
Kaschei (*Almas mortas*), 60
Katerina (*Crime e castigo*), 152
Kátia (*Pais e filhos*), 123-4, 129, 131-2, 136, 257
Kerenski, Aleksandr Fiódorovich, 30
Kern, Anna, 379n
Khlestakov (*O inspetor geral*), 83
"Khor e Kalínitch" (Turguêniev), 100
Khrimin, família ("No fundo do barranco"), 322, 326, 328, 336
Kiríllov (*Os demônios*), 150-1
Kirsánov, Nikolai Pietróvitch (*Pais e filhos*), 110-1, 113, 115-20, 123, 136
Kirsánov, Pável Pietróvitch (*Pais e filhos*), 110, 112, 114-20, 123, 127-8, 130-1, 136
Kitty (*Anna Kariênina*), 12, 14, 190, 192, 194, 196-8, 208-10, 212-5, 217-20, 223, 229, 233, 237-8, 240, 242-51, 253, 257-8, 267, 269, 271, 276-7, 282, 288
Knaust [ou Knaustinus], Heinrich, 270
Knipper, Olga, 302
Kólia (*Os irmãos Karamázov*), 184
Koliázin, general Matviei Ilitch (*Pais e filhos*), 119
Kondráti (*Anna Kariênina*), 259
Korobotchka, sra. (*Almas mortas*), 41, 47, 55, 58, 62
Korolenko, Vladimir Galaktionovich, 301, 358
Korsúnski, legóruchka (*Anna Kariênina*), 258
Kóznichev, Serguei Ivanóvitch (*Anna Kariênina*), 260
Kraft und Stoff (Büchner), 118-9
Krilov, Ivan Andreievich, 8n
Krítski (*Anna Kariênina*), 260
Krívin (*Anna Kariênina*), 258
Kropótkin, Piotr Alexeievich, 157
Kruschev, Nikita, 32
Kúkchina (*Pais e filhos*), 122, 136
Kuzmá (*Anna Kariênina*), 260

L'Isle-Adam, Auguste Villiers de, 287
Lasúnski (*Rúdin*), 101
Lauriênti (*Anna Kariênina*), 259
Lázaro, 154
Lebiádkin (*Os demônios*), 175
Lênin, Vladimir Ilitch, 31-2, 145, 360,
363, 368
Léon (*Madame Bovary*), 196
Leskov, Nikolai, 8n
Letopis [jornal], 363
Liámchin (*Os demônios*), 178
Lídia (*Anna Kariênina*), 258, 288
Liérmontov, Mikhail Iúrievitch, 8n, 51, 100,
118, 177, 185, 378
Life [revista], 211
Linon, *mademoiselle* (*Anna Kariênina*), 257
Lióvin, Konstantin Dmítritch (*Anna
Kariênina*), 10, 12, 16, 187, 192, 194,
196-8, 205, 207-10, 212-20, 223, 233, 237,
239-50, 253, 255, 256, 259-60, 268-9,
271, 273-6, 282, 284, 288
Lióvin, Nikolai Dmítritch (*Anna Kariênina*),
237, 238, 260, 271, 283
Lipa ("No fundo do barranco"), 305-6,
320, 323-5, 327-38
Lisa (*Memórias do subsolo*), 171
Lisa (*Ninho de fidalgos*), 103, 108
Lisa (*Os irmãos Karamázov*), 151
Literaturnoie nasledstvo, 276
Lobatchévski, Nikolai Ivanovich, 94
Lolita (Nabokov), 8
Look [revista], 211
Lord Byron, *ver* Byron, [George Gordon],
lord
Lvov, Arsiêni (*Anna Kariênina*), 257, 268

Macha (*A gaivota*), 100, 339, 341-3, 345,
348, 351, 354
Madame Bovary (Flaubert), 10, 17, 105,
196-7, 204, 248, 369
mãe, A (Górki), 363
Maeterlinck, Maurice, 341
Maiakóvski, Vladimir, 30
Makaritch ("No fundo do barranco"),
337-8
Manet, Édouard, 52
Manílov (*Almas mortas*), 41, 64
Mann, Thomas, 319
Manon Lescaut (Prévost), 157
Mária ("Na balsa"), 365

Mária (*Pais e filhos*), 115
Marianna (*Solo virgem*), 104
Mariette (*Anna Kariênina*), 259
Markelov (*Solo virgem*), 104
Marquand, John Philips, 370
Marselhesa, 178
Marx, Karl, 367
Matviei (*Anna Kariênina*), 257, 262
Matviei, padre, 87, 89
Maugham, Somerset, 370
Maupassant, Guy de, 306, 311, 319
Mechtchérski, príncipe, 144
Melville, Herman, 291
Memórias de um caçador (Turguêniev),
100-1, 105, 108
Memórias do subsolo (Dostoiévski), 16,
149, 158
Merejkóvski, 377
Merimée, Prosper, 105
"Meu vizinho Radílov" (Turguêniev), 100
Míchkin, príncipe (*O idiota*), 146, 150, 171-4,
183-4
Miechcov (*Anna Kariênina*), 258
Miedviediênko (*A gaivota*), 339, 341-2,
351-2
Mikhail (*Anna Kariênina*), 231
Mikháilovna, Agáfia (*Anna Kariênina*), 260
Mikhailovna, Katerina (*Almas mortas*), 50
Mikhailóvski (Garin-Mikhailóvski), Nikolai,
27
Mikheiev (*Almas mortas*), 60-1
Miliúchkin (*Almas mortas*), 61
Mill, James, 264
"Minha vida" (Tchekhov), 304
Mirski, 146, 173
Misyus ("Minha vida"), 305
Mítia ("Na balsa"), 364-6
Mítia (*Pais e filhos*), 113, 117, 136
Mode in Costume (Wilcox), 269
Molière [Jean-Baptiste Poquelin], 55
morte de Ivan Ilitch, A (Tolstói), 16, 187,
289, 290, 292
Mozart, Wolfgang Amadeus, 124, 261
Muleta ("No fundo do barranco"), 325,
328, 336-8

Napoleão Bonaparte, 156, 191
Nastássia ("No fundo do barranco"), 337
Natália (*Anna Kariênina*), 257, 268
Natália (*Rúdin*), 101, 108

Nejdanov (*Solo virgem*), 104
Nelli (*Humilhados e ofendidos*), 150-1
Nemirovitch-Dantchenko, Vladimir
  Ivanovitch, 302, 361-2
Neoovajäi-Korito (*Almas mortas*), 63
Newton, Isaac, 156
Nicolau I, czar, 26-7
Niekrassov, Nikolai, 106, 140-1
Nikítin, Filip Ivánitch (*Anna Kariênina*),
  257-8, 267
Nikolai Gogol (Nabokov), 15n
Nikoláievna, Lisavieta (*Os demônios*), 176
Nikoláievna, Mária (*Anna Kariênina*), 260
Nikoláievna, Theodosia (*Pais e filhos*), 129
Nina (*A gaivota*), 339-41, 343-7, 349,
  352-4
Ninho de fidalgos (Turguêniev), 101, 103,
  108
Nórdston, condessa (*Anna Kariênina*),
  257
Nosso amigo comum (Dickens), 275
Notas do subterrâneo (Dostoiévski), 149,
  158
"nova Villa, A" (Tchekhov), 305
Novo Testamento, 154, 187
Nozdriov (*Almas mortas*), 41, 55

Oblónskaia, Dária Aleksándrovna,
  princesa (*Anna Kariênina*), *ver* Dolly
Oblónski, Stiepan Arkáditch [ou Stiva]
  (*Anna Kariênina*), 158, 190, 195, 197-201,
  209, 230, 236-44, 246-7, 249-50, 255-7,
  261-8, 272-4, 278-9, 281
Obolensky (*Almas mortas*), 46
Odíntsov, sr. (*Pais e filhos*), 123
Odíntsova, Anna Sergueievna (*Pais e
  filhos*), 120-2
Ofélia (*Hamlet*), 375
Olga (*O grande coração*), 35
Opiniões fortes (Nabokov), 9
Otelo (*Otelo, o mouro de Veneza*), 149
Ottavio, don (*Don Giovanni*), 261

Pais e filhos (Turguêniev), 14, 101, 103, 106,
  109-36, 160
Pallas, Peter Simon, 89
Panaiev, sra., 140
Parny, visconde de, 27
Pascal, Blaise, 89
Pasternak, Boris, 32n, 382

Patti, Adelina, 279
pequeno-burgueses, Os (Górki), 360
Petersburgo (Biéli), 383
Petrachévski, Mikhail, 141
Petrítski, tenente Pierre (*Anna Kariênina*),
  237-8, 259
Pfnutievitch, Sisoi (*Almas mortas*), 49
Pietróvitch, Nikolai (*Pais e filhos*), *ver*
  Kirsánov, Nikolai Pietróvitch
Pietróvitch, Pável (*Pais e filhos*), *ver*
  Kirsánov, Pável Pietróvitch
Pietrovna, Várvara (*Os demônios*), 176-7
Pimenov (*Almas mortas*), 63
Píssarev, Dmitri, 82-3
Pliúchkin (*Almas mortas*), 52, 62-3
Pobedonosnói, Frol Vassilievitch (*Almas
  mortas*), 50
Podsnap, sr. John (*Nosso amigo comum*),
  275
Poe, Edgar Allan, 37, 75, 376-8
Poemas em prosa (Turguêniev), 108
Pogódin, Mikhail, 80, 82
Popov (*Almas mortas*), 63-4
Portable Chekhov, The (Yarmolinsky), 21n
Praskóvia ("No fundo do barranco"), 338
Právdin (*Anna Kariênina*), 258
Prévost, abade, 157
"Primeiro amor" (Turguêniev), 105
Pripasov (*Anna Kariênina*), 270
Probka, Stiepan (*Almas mortas*), 60, 62
Prokhor (*Anna Kariênina*), 260
Prokhorov, Antip (*Almas mortas*), 64
Prokófitch (*Pais e filhos*), 118
Proust, Marcel, 8, 190
Psyche (Carus), 152
Psychoanalytic Review, The [revista], 150n
Púchkin, A., 8-9, 24, 27-9, 37, 51, 73, 90, 93-4,
  108, 118, 144, 177, 180, 185, 189, 273-4,
  304, 374, 379-81

R., princesa (*Pais e filhos*), 115, 119
Radcliffe, Ann, 145
Ralé (Górki), 360, 363
Raskólnikov (*Crime e castigo*), 12, 139, 152-7,
  162
"ravina, Na" (Tchekhov), 320n
Recordações da casa dos mortos
  (Dostoiévski), 142-3
Rei Lear (Shakespeare), 338
Repin, Iliá Yefímovich, 300

"retrato, O" (Wells), 48
Réveillon, Le (vaudeville), 274
Riabínin (Anna Kariênina), 263
Richardson, Samuel, 145
Rockwell, Norman, 369n, 370
Rodolphe (Madame Bovary), 193, 194n, 196, 201, 226
Rogójin (O idiota), 152, 157, 171, 173-4
Roland, mademoiselle (Anna Kariênina), 257, 261
Rosenberg, Alfred, 31
Roskin, Aleksandr, 356, 360
Rostislavna, Sophia (Almas mortas), 50
Rousseau, Jean-Jacques, 85, 145, 162, 164
Rozanov, Vassili Vassilievich, 143
Rúdin (Rúdin), 101-2
Rúdin (Turguêniev), 101, 108
Russkie Vedomosti [jornal], 263

Saint-Simon, conde, 141
Saltikov-Shchedrin, Mikhail Yevgrafovich, 185
Samorodov ("No fundo do barranco"), 306, 324, 336
Sargent, John Singer, 347
Sartre, Jean-Paul, 161
Saturday Evening Post, The [revista], 291, 369
Schiller, Friedrich, 378
Schubert, Franz, 101-2, 117, 124, 340
Selifan (Almas mortas), 69-70
Semion (Anna Kariênina), 260
Serguei ("Na balsa"), 364-5
Sergueievna, Anna ("A dama do cachorrinho"), 132, 134
Serioja [Serguei] (Anna Kariênina), 233-4, 258-9, 265, 286
Shakespeare, William, 29, 148-9, 287, 374n, 375
Sherazade (As mil e uma noites), 375
Shilton, barão (Anna Kariênina), 255
Shilton, baronesa (Anna Kariênina), 237, 259
Siberian Flora (Pallas), 89
Símonov (Memórias do subsolo), 165-70
Sipiaguin (Solo virgem), 104
Sítnikov, Victor (Pais e filhos), 121, 123, 127, 136
Skimpole (A casa abandonada), 369

Smierdiakóv, Pável Fiódorovich (Os irmãos Karamázov), 150-1, 157, 181, 183
Sobakevitch (Almas mortas), 47, 58-62
Sócrates, 275
Sofronovna, Adelaida (Almas mortas), 50
Sokolov (A morte de Ivan Ilitch), 293
Solo virgem (Turguêniev), 104
Solomin (Solo virgem), 104
Sônia (Crime e castigo), 154, 157
Sônia (Energiya), 35
Sônia (Memórias do subsolo), 171
Sórin, Piotr (A gaivota), 339-43, 348-9, 351-3
Sorokoplekhin, Ieremei (Almas mortas), 61
Sovremennik [revista], 140
Stahl, madame (Anna Kariênina), 253, 288
Stálin, Josef, 32, 89, 145, 368
Stanislávski, Konstantin, 302, 361-2
Stavróguin, Nikolai (Os demônios), 152
Sterne, Laurence, 50
Stevenson, Robert Louis, 8
Sue, Eugène, 145
Sviajski (Anna Kariênina), 287
Svidrigailov (Crime e castigo), 157

Tatiana (Evguêni Oniéguin), 108
Tchaikóvski, Piotr Ilich, 94
Tchekhov, Anton, 8-10, 12, 16-7, 30, 36, 90, 93, 105, 177, 185, 189, 298-9, 301-13, 315-9, 322, 324, 328, 332, 337, 339-44, 345, 347, 349-53, 360, 363, 372-3, 382
Tchernichévski, Nikolai Gavrilovich, 27, 82, 140
Tchibíssova, Macha (Anna Kariênina), 257
Tchirkova, princesa Vária [ou Várvara] (Anna Kariênina), 259
Tchitchikov, Pável (Almas mortas), 40-8, 50, 53-6, 58-62, 67, 69-72, 88, 89, 190, 369
Tchukóvski, Kornei, 299n, 301
Telitnikov, Maksim (Almas mortas), 61
Thoreau, Henri David, 89
Tio Vânia (Tchekhov), 302
Tiutchev, Fiódor Ivanovitch, 8n, 19
Tiútkin (Anna Kariênina), 234, 278
Tolstói, Liev, 8-10, 12-3, 15-7, 19-21, 30, 36, 51, 74, 90, 93, 106, 140, 147, 158, 174, 177, 185-98, 208, 211-2, 218, 220-1, 223-4, 226, 229-30, 232, 236-45, 247-8, 250, 252,

255, 260-6, 268-72, 275-6, 279-81, 284, 287-94, 307, 316, 340, 346, 357, 359-60, 372, 382

Tolstói, Serguei, 281

traviata, La (Verdi), 145

Treasury of Russian Literature, A (Guerney), 21n

Trepliov (*A gaivota*), 339-43, 345-8, 351-2, 354-5

Três anos (Tchekhov), 307

três irmãs, As (Tchekhov), 298, 302

Trigórin (*A gaivota*), 340-1, 343, 345-52, 354-5

Trofímovitch, Stiepan (*Os demônios*), 176

Trubin (*Anna Kariênina*), 260

Trudoliubov (*Memórias do subsolo*), 166-8, 170

Tsibukin, Grigóri Pietróvitch ("No fundo do barranco), 320

Túchina, Lisa (*Os demônios*), 152

Turguêniev, Ivan, 8-9, 12, 94, 99-106, 108-15, 117-18, 120, 122-3, 124, 128-9, 131, 133, 136, 140-1, 153, 176, 185, 308, 319, 346

Tviérskaia, princesa Ielisavieta Fiódorovna (*Anna Kariênina*), *ver* Betsy

Tyndall, John, 284

Ukhoviortov (*Almas mortas*), 46

Ulysses (Joyce), 50, 190

um passo da eternidade, A (Jones), 139

Unwin, Thomas Fisher, 43, 46

Van Gogh, Vincent, 370

Vaniúchka (*Anna Kariênina*), 260

Varsonofievitch, Piotr (*Almas mortas*), 50

Várvara ("No fundo do barranco"), 176-7, 259, 321, 323-4, 326-7, 331, 334, 336

Vassilievitch, Fiódor (*A morte de Ivan Ilitch*), 292

Vassilievitch, Nikolai (*Almas mortas*), 46

Vávila ("No fundo do barranco"), 333

Verlaine, Paul, 378

véspera, Na (Turguêniev), 101, 103, 321

Viardot-García, Pauline, 105

vida, Uma (Maupassant), 307

Vieslóvski (*Anna Kariênina*), 288

Volintsev (*Rúdin*), 101

Voltaire, 27

Von Dideritz ("A dama do cachorrinho"), 313, 316

Vremia [revista], 143

Vrónskaia, condessa (*Anna Kariênina*), 198, 230, 234, 259, 279

Vrónski, conde Aleksiei Kirílovitch (*Anna Kariênina*), 11-12, 14, 16, 193-8, 200-2, 204, 206, 217, 220-35, 237-48, 250-1, 254-5, 258-61, 276-7, 278-81, 287

Vrónski, conde Kiril Ivánovitch (*Anna Kariênina*), 259

Wells, H. G., 48

Whistler, James Abbott McNeill, 370

Wingfield, major Walter Clopton, 287

Wurst, Raimund Jacob, 270

Yakov ("No fundo do barranco"), 336-8

Yarmolinsky, Avrahm, 21n

Yelizarov ("No fundo do barranco"), 325, 336; *ver também* Muleta

Zochtchenko, Mikhail, 146

Zola, Émile, 340

Zossima, monge (*Os irmãos Karamázov*), 184

Zvierkóv (*Memórias do subsolo*), 165-71

Sobre o autor

Vladimir Nabokov (1899-1977) nasceu em São Petersburgo. Depois da Revolução Russa, mudou-se com a família para a Alemanha, em 1919. Estudou literatura francesa e russa no Trinity College, em Cambridge (Inglaterra). Em 1940, emigrou para os Estados Unidos, onde deu aulas de literatura em várias universidades, como Stanford, Cornell e Harvard.

Considerado um dos mais importantes escritores do século 20, além de *Lolita*, sua obra mais conhecida, é autor também de *Fogo pálido*, *Ada ou ardor*, *Desespero*, *A defesa Lujin*, *Machenka*, entre outros.

A marca FSC® é a garantia de que a madeira utilizada na fabricação do papel deste livro provém de florestas gerenciadas de maneira ambientalmente correta, socialmente justa e economicamente viável e de outras fontes de origem controlada.

Copyright © 1981 Espólio de Vladimir Nabokov
Copyright da introdução © 1981 Fredson Bowers
Copyright da tradução © 2021 Editora Fósforo
Publicado em acordo especial com HarperCollins Publishers LLC

Todos os direitos reservados. Nenhuma parte desta obra pode ser reproduzida, arquivada ou transmitida de nenhuma forma ou por nenhum meio sem a permissão expressa e por escrito da Editora Fósforo.

Título original: *Lectures on Russian Literature*

EDIÇÃO E PREPARAÇÃO Três Estrelas
COORDENAÇÃO EDITORIAL Juliana de A. Rodrigues
ASSISTÊNCIA EDITORIAL Mariana Correia Santos
REVISÃO Geuid Dib Jardim
ÍNDICE ONOMÁSTICO Três Estrelas e Maria Claudia Carvalho Mattos
PRODUÇÃO GRÁFICA Jairo Rocha
CAPA Alles Blau
IMAGEM DO AUTOR The Vladimir Nabokov Literary Foundation
PROJETO GRÁFICO DO MIOLO Alles Blau
EDITORAÇÃO ELETRÔNICA Página Viva

Dados Internacionais de Catalogação na Publicação (CIP)
(Câmara Brasileira do Livro, SP, Brasil)

Nabokov, Vladimir Vladimirovich, 1899-1977
Lições de literatura russa / Vladimir Nabokov ; tradução Jorio Dauster ; edição, introdução e notas Fredson Bowers. — São Paulo : Fósforo, 2021.

Título original: Lectures on Russian Literature
ISBN: 978-65-89733-16-4

1. Literatura russa — História e crítica I. Bowers, Fredson. II. Título.

21-67013   CDD – 891.709

Índice para catálogo sistemático:
1. Literatura russa : História e crítica   891.709

Cibele Maria Dias — Bibliotecária — CRB/8-9427

Editora Fósforo
Rua 24 de Maio, 270/276
10º andar, salas 1 e 2 — República
01041-001 — São Paulo, SP, Brasil
Tel: (11) 3224.2055
contato@fosforoeditora.com.br
www.fosforoeditora.com.br

Este livro foi composto em GT Alpina
e GT Flexa e impresso pela Ipsis
em papel Pólen da Suzano para a
Editora Fósforo em junho de 2021.